岁月有光，我心有你

考拉 / 著

台海出版社

图书在版编目（CIP）数据

岁月有光，我心有你 / 考拉著 . -- 北京 : 台海出版社 ,2022.2
ISBN 978-7-5168-3192-2

Ⅰ.①岁… Ⅱ.①考… Ⅲ.①长篇小说－中国－当代
Ⅳ.① I247.5

中国版本图书馆 CIP 数据核字（2022）第 016773 号

岁月有光，我心有你

著　　者：考　拉
出 版 人：蔡　旭
封面设计：中尚图
责任编辑：姚红梅

出版发行：台海出版社
地　　址：北京市东城区景山东街 20 号　　邮政编码：100009
电　　话：010-64041652（发行，邮购）
传　　真：010-84045799（总编室）
网　　址：www.taimeng.org.cn/thcbs/default.htm
E - m a i l：thcbs@126.com

经　　销：全国各地新华书店
印　　刷：天津中印联印务有限公司
本书如有破损、缺页、装订错误，请与本社联系调换

开　　本：710 毫米×1000 毫米　　1/16
字　　数：555 千字　　　　　印　　张：31
版　　次：2022 年 2 月第 1 版　　印　　次：2022 年 2 月第 1 次印刷
书　　号：ISBN 978-7-5168-3192-2
定　　价：79.00 元

目录

第1章　孩子没了

空荡荡的病房内，刺鼻的消毒水味直往尹沫熙的鼻腔里钻，她躺在床上紧紧地蜷缩着身体，痛苦地紧闭双眼。

站在床边的正是她的主治医生若冰。

若冰伸手轻轻地抚摸着尹沫熙的额头，安慰她："很抱歉，孩子已经没了，你也清楚以你现在的身体状态，必须打掉孩子。不过只要你积极治疗，等到病好后还是可以再要孩子的。"

尹沫熙麻木地点头，胸口却用力地起伏着，她努力深吸口气，想要抚平内心不安的情绪。

然而，胸口燃烧的涩意却丝毫没有缓解。

尹沫熙内心比谁都清楚这个孩子的重要性，孩子一旦没了，所有的一切也都将彻底消失。

若冰将尹沫熙从床上艰难地扶起。

忽然，病房外传来一阵骚乱。

"让我进去，我是尹沫熙的家属，我是她老公。"

尹沫熙无奈地叹息摇头，他终究还是知道了。

若冰轻声在她耳边征询她的意见："要让他进来吗？"

尹沫熙低头犹豫了一下，随后点点头，脸色一片惨白，"让他进来吧，我总要面对他的。"

当他看到病床上那个面色苍白的女人时，心，不由得往下沉了沉。

他快速上前，一把抓住尹沫熙的手臂，声音微微颤抖地质问："孩子呢？打掉了？"

尹沫熙看着他，眼角的泪水如泉涌般流了下来。

"我问你话呢，孩子呢？我的孩子呢！"

男人在短暂的压抑后，再也控制不住地怒吼出声。

尹沫熙直直地望着他，双拳倔强地握成一团，她的指甲将手心掐得要流出血来。

这一刻，没有谁比她更痛！

半晌，她点点头，声音却是出奇的平淡冷静："嗯，打掉了。如今孩子没了，我们可以离婚了吧！"

此时此刻，她所做的一切，只为换回她的自由。

爱情，婚姻，走到这一步，该做出了断了。

尹沫熙笑了笑，眼里闪烁着泪花。

她的爱情早就已经千疮百孔，是她太过执着，才会将自己逼进婚姻的死角中垂死挣扎。

吴建成没想到尹沫熙会狠心到将孩子打掉，他语气有些颤抖地质问道："你敢擅作主张打掉我的孩子？谁给你的这个权力？"

那张俊逸得让人窒息的脸庞，此刻却尽是杀意。

见他如此愤怒，尹沫熙不知该高兴还是该难过。

"怎么？你也会不舍，也会心痛吗？"

尹沫熙强撑着自己坐在那里，直勾勾地瞪着眼前的男人，她刚打掉孩子身体还很虚弱，脸色惨白得跟纸一样，可她的嘴角却始终噙着淡淡的笑意。

就是这抹笑意让吴建成的心格外的痛。

尹沫熙的婆婆得知她来医院打胎也匆忙赶到了医院，只一眼，她便清楚尹沫熙肚中的孩子怕是早已不在了。

老太太踉踉跄跄地走到尹沫熙面前，伸出食指指了指她平坦的小腹，声音中带着颤抖："我的孙子，你把我孙子给弄死了？"

这个孩子得来不易，尹沫熙已经有个五岁的女儿，若是能生下这个孩子，岂不是儿女双全？

尹沫熙的婆家人还不知道她的病情，若冰几次忍不住想要说出口，却被尹沫熙暗中阻拦下来。

她不想对长辈不敬，无奈地轻叹出声，随后近似祈求地说道："妈，孩子已经没了，让建成在离婚协议书上签字吧。"

事到如今，她只求婆家人能够放她自由。

老太太气得浑身颤抖个不停，伸出右手直接甩了尹沫熙一个耳光。

刚刚吴建成没舍得打下的那一耳光，她婆婆倒是下手利索。

尹沫熙觉得脸上火辣辣的疼着，她低着头死死咬住下唇倔强地不肯在婆婆面前落泪。

胸口的痛意渐渐加深，她委屈，不甘心，她明明没错！

小三都已经怀了老公的孩子，她还有什么理由留住自己肚子里的这个孩子？

气氛僵持不下时，病房外却传来尹沫熙公公惊喜的声音："建成！建成啊！她生了，生了个大胖小子。"

听到公公的声音，尹沫熙和吴建成的身子同时颤了颤，下一秒，吴建成整个人已经飞奔出去。

老太太心中大喜，她得意地看着尹沫熙，不无嘲讽地说道："还是老天有眼，我就知道我们吴家是不会绝后的！你不愿意给建成生儿子？没关系，自然有别的女人愿意为我们吴家开枝散叶！像你这样的女人，活该被建成抛弃，哼！"

老太太对着尹沫熙冷哼一声，转身就走出去看她那刚出生的大胖孙子。

尹沫熙望着婆婆匆匆离去的背影，一如白瓷的小脸一片惨白，她颤抖着声音难以置信地询问着眼前的医生。

"那个女人……她生了个男孩？"

若冰看到尹沫熙这样心里不好受，却还是要将实情残忍地说出："嗯，那个女人在你进入手术室不久后就被送进了产房，刚刚产下一个男孩。"

得知小三生子的消息后，尹沫熙低头一阵沉默。

若冰知道她心里难受，只好再次柔声安慰她："这样也好，你不会再被这男人和那样的家庭所束缚，解脱自己不是更好吗？"

尹沫熙木讷地点点头，想哭却哭不出来，一脸的悲戚。

她沙哑着声音仰头哈哈大笑着，一行泪水却缓缓而下，"这是命，命中注定我斗不过那个女人，命中注定我守不住我的孩子，命中注定我要失去我的老公和家庭。"

尹沫熙虚弱地躺在床上，双眸紧闭着，任由泪水肆意滑过脸庞。

她累了，她被这段婚姻折磨得痛苦不堪。

她知道自己该放手了，也清楚自从小三介入他们婚姻的那一刻起，她就已经彻彻底底地输了。

第2章　背着她找女人

三个月前……

尹沬熙从闺蜜小雪那里收到消息，得知她的老公和一个女人正在××大酒店开了一个房间。

那家酒店，她已经熟悉得不能再熟悉了！

每年的结婚纪念日，她的老公都会陪她在那家酒店里庆祝。

他们会在楼下西餐厅享用丰盛的晚餐，喝点红酒，气氛热起来后就会去楼上开个房间庆祝一下。

尹沬熙一边开车一边在心里算着，距离今年的结婚纪念日还有一个星期的时间。

想不到，依旧是那家酒店，只是她老公却提前送了这样一份"惊喜大礼"。

结婚七年，终究是躲不过七年之痒吗？

思绪混乱中，尹沬熙已经将车开到了酒店门口。

14层……

走廊的尽头，0414号房间。

他们每年结婚纪念日都会在这个房间内亲密无间，尹沬熙想不通，他出轨就算了，竟然还带着小三在他们之前的专属房间内做那种事情？

想到这，尹沬熙就觉得头皮发麻，手脚无力。

从电梯口到走廊尽头，这段路程并不远，可是尹沬熙却觉得这是她与他之间最远的距离。

她急于证实心中的猜测，急匆匆地直奔走廊尽头。

此时，迎面走来一个男人，他手里拿着一台单反相机，此刻正低头确认着相机内的照片。

两人擦肩而过，尹沬熙手肘不小心碰到了男人手中的相机。

"啪"的一声，他手中的单反摔落在走廊的地砖上。

尹沬熙并未停下，继续往前走，她已经来到0414号房间门口，望着门牌号发呆。

进？还是不进？

当场抓奸也是需要勇气的！

如果房间内并没有上演她所想象的那一幕，到时，她该如何收场？

就在她茫然无措不知如何是好时，有人轻轻拍了拍她的肩膀。

尹沫熙受惊地回头看了一眼，好看的眉却紧紧皱成一团。

这个男人是谁？她好像从未见过。

"这位小姐！你……"

陌生男人准备说明刚刚的情况，是她撞到自己导致相机摔在地上出现故障。

更何况相机内有重要相片，她应该给予一定补偿。

只是，男人话音未落，却被尹沫熙抢先开口："你哪家报社记者？你知不知道你这样是不道德的！你们这些狗仔队成天就知道拍人家的花边新闻，天天蹲在酒店，你很闲吗？有能耐你去跑几个有意义的大新闻，少在这里浪费时间。"

尹沫熙暗中观察了一下这个男人，一米八的个头，阳光帅气，一身黑色的休闲西服与眼眸的颜色相映生辉，煞是动人。

不同于自己老公那种成熟稳重的魅力，这个男人，身上散发着时尚气息，有点邪魅却又有点张扬。

可再看他的脸，那么精致，干净得一塌糊涂！

单从外貌上来讲，尹沫熙对他并无反感。

只是，当尹沫熙视线下移，看到他手中的那台单反相机时，瞬间明白了他的用意。

她不禁低头冷哼一笑："没想到现在的狗仔队也够拼的，还真是个无论做什么都看脸的年代啊！我告诉你，没经本人允许你不可以随便拍这些照片。"

尹沫熙大脑给出的第一个信号就是删除相机内的所有照片。

这个男人的出现让尹沫熙更加笃定，自己的老公和那个小三就在房间内做着那些可耻的事情。

若不是这样，房间外又怎么会有狗仔出没？

尹沫熙心痛却也更气愤，她老公可是国内最大娱乐公司的总裁，那么谨慎小心的一个人却因为一个女人被狗仔死死盯住？

尹沫熙知道，正是因为她老公身份特殊，所以有很多人都等着看她家的丑闻。作为妻子，她有责任也必须守住老公的名声。

尹沫熙陡然瞪大眼睛，那双水眸写满不满，倒是让这个男人眉头紧锁。

这疯女人在说什么？

他是沐云帆！美国最大能源集团的小少爷！堂堂一知名国际摄影师，多本时尚杂志的特约摄影师，给无数名人拍过多组时尚大片，最后却被这个女人当成那种混日子的狗仔队？

沐云帆张了张嘴想要反驳，尹沫熙却不给他任何机会，她猛地向前一把夺过他手中的相机摔在地上，一边摔还一边用脚不停地踩着："我让你拍，我让你再拍！"

如此过激的举动彻底惹恼了沐云帆，这个女人，简直不可理喻！

尹沫熙没想到她和狗仔之间的争执惊扰了屋内的那对狗男女。0414房间的门被人突然推开，尹沫熙的老公吴建成同一名红衣女子从房间内走了出来。

听到高跟鞋的声音后，尹沫熙身体一僵，她老公和小三就在身后，可她却无路可退甚至无法脱身。

现在这样，是绝对不能让他瞧见的。

尹沫熙看了一眼眼前怒火中烧的这个男人，想都没想直接扑进他的怀抱，纤细的双手环住沐云帆的腰身。

这……

沐云帆腰身一紧，怀内飘来一阵茉莉香气，是这个女人身上独有的香味。

可她这又是闹得哪一出？

尹沫熙突然抬眸，水眸却蒙上一层雾气，她的眼睛红红的，眼中的泪水好似下一秒就要崩溃决堤。

沐云帆眉头皱得更深，他看了一眼从0414号房间内走出的那对男女，再联想到刚才尹沫熙对着他的相机猛踩猛砸的样子，聪明如他，忽然间明白了什么。

这女人八成是来酒店捉奸的吧！

他不再说话，只是低头看着怀里的女人，配合她完成这一系列的动作。

吴建成看了一眼走廊外的男女，只当他们是吵架中的小情侣。不过那男人怀里的女人，怎么看起来有些面熟？

"老公！你看你真是多心，我就说没事的嘛。人家小情侣闹别扭呢。你怎么这么紧张啊？还怕你老婆查过来不成？哎呀你放心啦，我们这么小心不会暴露的，再说你老婆不是一向最信任你吗？"

女人挽着吴建成的手臂，整个身子柔若无骨地瘫在他的怀内。

小三如此娇嗲的声音让尹沫熙心头一震。

她叫他老公！

果然，她老公，背着自己找了别的女人！

第3章　那个女人是谁

吴建成见走廊外的小情侣并不是自己认识的人，也就放松了警惕，他竟然在走廊外公然和自己的地下情人调情。

那个打扮妖艳的红衣女子直接抱住吴建成的脖子，撒娇地抱怨道："你到底什么时候和你老婆说离婚的事啊？你该不会真想让我做一辈子的地下情人吧？"

小三，总要为自己的将来谋条出路的。

在这个社会上，自己的行为是不被人认可甚至被人谩骂唾弃的。

付出了这么多，委屈了这么久，若是连个名分都捞不到，岂不是太赔本了？

尹沫熙身体一软，直接瘫在沐云帆的怀中，大脑思绪开始涣散，可她却强撑着自己耐心地等待着老公的回答。

吴建成，是真的要和自己离婚吗？

他的答案……

尹沫熙静静地等待着，吴建成却低头一阵沉默。

离婚吗？

他从未想过这个问题。

眼前的小三性感妖娆，哄得他兴奋不已。

可尹沫熙，那是他老婆，他们已经有了一个五岁的女儿，现在小熙又怀了二胎。

这么完美的家庭，他为何要舍弃破坏？

虽然心里已经有了答案，可为了稳住眼前的女人，他还是深情地抚摸着她嫩白的脸颊，柔声安慰道："说，我肯定说！可你也知道，她现在刚刚怀上孩子。时机不对，以后，以后有时间我就跟她说离婚的事。"

因为背对着自己的老公和那个小三，尹沫熙看不到吴建成脸上的表情到底怎样。

不过从话语中，却听得出他对那个女人满是宠溺之情。

吴建成的这个回答，无疑是当头一棒，是致命打击。

好不容易等到小三和她老公转身离开，尹沫熙再也撑不住自己的身体，眼前一黑，晃了晃身子差点晕过去。

尹沫熙伸手扶住旁边的栏杆，身子虚弱地靠在冰冷的墙壁上。

她的身体仍在不住地颤抖着，她眨了眨眸子，向上仰着，拼命忍住眼角快要决堤而出的泪水。

此时此刻，谁来告诉她，她该怎么做？要怎样才能解决这次婚姻危机？

尹沫熙彻底慌了，她喘息几下后，忽然站直身子，没有理会身旁的沐云帆，而是眸光呆滞地跟随她老公离去的方向追了出去。

"哎，你要去哪？"

沐云帆紧随其后也跟了出去。

尹沫熙来到酒店花园内，可她追出来时早已不见老公和小三的踪影，他们应该已经离开了。

尹沫熙沿着泳池边一步步缓慢地向前走着，她也不知道自己此刻想要做什么，想要去哪里。

不想回家，更不想面对那个男人。

心，痛得快要喘不过气来。

沐云帆追上她，想要跟她理论相机被摔一事。

"这位小姐……"

沐云帆叫住尹沫熙。

她转过身子，还未开口，娇弱的身体竟直直后仰着落入了泳池中。

刺骨的寒意袭满全身。

明明是温暖如春的季节，可尹沫熙却只觉得她的身体同她的心，已经寒到了极点。

沐云帆没想到她会落水，眼下最重要的就是救她，他扔下手中的相机，没有犹豫，直接跳下泳池将她捞了上来。

尹沫熙紧闭双眼，似乎没了意识。

他心里一急，不停地唤道："醒醒！快醒醒。"

无论沐云帆如何叫她，尹沫熙都没有任何反应。

情急之下，沐云帆只好将她横抱在怀中，迈着大步直接返回他的房间。

房间内，沐云帆的助理小月正在做最后的整理工作。

模特已经离开，地上还散落着品牌方送来的样衣。

小月见沐云帆抱着个女人回来，微微皱眉，面色不悦地问他："你不是回工作室了吗？怎么弄了个女人回来？"

沐云帆也是无可奈何，一脸无奈地解释道："刚刚在走廊内碰见的，她落水了先扶她上床休息一下。"

沐云帆把尹沫熙平放在床上，小月立刻放下手头的工作，走过来瞧了瞧，脸色有些难堪。

"这……这……"

小月看着浑身湿透的尹沫熙，有些为难。

沐云帆见状立刻抓起地上的红色长裙递给小月："先帮她换上，我去叫服务员换床被子。"

"可是……这是厂商的样品，只是拿来拍商品目录的，我们可是要全部还回去的。"

小月及时提醒着沐云帆，不仅如此，这些衣服都是出自国际知名奢侈品牌，光是这一套的价格就让人有些难以接受。

若是真的给这个陌生女人换上，这衣服的钱，谁出？

沐云帆顾不上这些，直接从钱包内拿出一张信用卡塞入小月手中："这钱我出，到时候我直接跟品牌的负责人解释清楚。快去换上。"

小月无奈，眉头不禁皱得更深，云帆从不缺钱，可他什么时候这么善良乐于助人了？

虽然猜不透他的心思，不过小月还是照做，替昏迷中的尹沫熙换上了新的红裙。

看着她还在昏迷中，沐云帆不敢轻易离开。

"你先回工作室吧，这边的事情我自己处理。"

沐云帆命令着助理，小月却不甘心地问道："只是一个陌生女人，你至于做这么多？你还有一组照片没有处理，明天就要交片了。"

小月的唠叨让沐云帆有些烦躁，他摆摆手继续命令着："你先回去，别给我添麻烦。"

"可是……"

小月开口想要继续劝他，沐云帆却猛地回头看了她一眼，面色虽然平静，只是眉眼间早已覆上一层寒霜。

小月知道自己逾越了，这才闭嘴乖乖离开。

她走后，房间内终于安静下来。

沐云帆坐在床前静静地打量着昏迷中的女人。

她不过是一个已婚女罢了，可是沐云帆说不清自己的感觉，就是对她有些兴趣。

他拿出自己的手机，对着这个女人的睡颜拍了几张照片。

他这种国际知名摄影师，平日绝不会浪费自己相机的内存空间，除了大牌模特和美景外，沐云帆不会为无关紧要的人拍照。

至于为何会有这种冲动，沐云帆自己也不清楚原因。

过了一会儿，床上的女人终于有了反应，长如蝶翼般的睫毛微微扑闪着。

沐云帆低下头近距离地观察她，更期待这双羽睫开启后的眸子，会是怎样的一种情绪。

"唔……"

昏迷中的尹沫熙不舒服地发出一声呻吟，睫毛渐渐开启，下一秒，一双秋水明眸映入沐云帆的眼中。

她的确是有些特别的。

那双水眸中承载了几分怨念和委屈，楚楚可怜却又带着坚韧不屈的倔强。

夕阳的余晖透过窗户直接洒了进来，照在尹沫熙的身上，暖暖的，煞是动人。

"你醒了。"

沐云帆的声音犹如泉水划过，温润心田，让人不禁觉得暖暖的。

可尹沫熙却惊出一身冷汗。

"这里是哪里？"

为什么？

她为何会和一个陌生男人，独处在这酒店的房间内？

尹沫熙警觉地瞪着沐云帆！想着尽快离开这里。

尹沫熙的脸上飞快地染上一抹绯红。

对于眼前的状况，尹沫熙也有些搞不清楚。

她的头到现在还晕的。

此刻，她局促不安，白皙的小脸上好像炸开了一朵罂粟花朵，那份纯情和美好让人看了不禁窒息。

她低下头让自己镇定下来，脑中思绪飞快闪过，她想起这个男人和自己在酒店走廊尽头发生争执，随后她老公和那个女人走了出来。

她为了躲避老公只好找这个男人当挡箭牌。

可她该不会因此傻傻地把自己赔了进去吧？

尹沫熙想到这些，身体不禁打了个寒战。

她再次抬眸，如珍珠般黑色的双眸迸出吃人的怒火，"无论你做什么我都不会上当！虽然不知道你都拍了哪些照片，可你若是真敢写出来，我绝对不会让你好过！"

她的表情异常严肃，沐云帆看得出，为了维护那出轨的老公，她的确会说到做到。

沐云帆无奈地低头叹息，他这么高级的摄影师，为何在这个女人看来就是个无名的混混狗仔？

而更让沐云帆好奇的是，这个女人对待老公出轨的态度，显然太过不同。

"你老公背着你和别的女人偷情，你却仍旧拼死维护他的名誉？是你老公出轨在先，明明是他错，你却反倒如此担心不安？"

沐云帆欣赏这个女人身上的独特气质，可是却也讨厌她一味的忍让和懦弱。

他似乎已经看到这段婚姻的结局，注定是失败的。

尹沫熙身体有些僵硬，目光缓缓看向沐云帆，她用手紧紧捂住自己的胸口，克制住颤抖的脊背，可眼圈却微微泛红："你肯定没结过婚吧？但凡是结过婚的人，无论出轨的，还是被出轨的，都不会轻易就放弃这段婚姻和感情。难道因为他背叛了我，我就要在外面胡来？如果是这样，那我和他还有什么区别？我和他的婚姻还如何保住？"

是啊，婚姻一旦出现裂痕，总要有一方要隐忍着找出法子去弥补这一切。

尹沫熙的确心有不甘，也的确委屈得要死。

可那又怎样？结婚七年，她真的能说舍弃就舍弃吗？

想想他们已经五岁的女儿，再想想肚子里这个还未出世的孩子，尹沫熙无法放弃。

沐云帆只是安静地看着尹沫熙，眼前的女人，的确是悲哀且无助的。

他没结过婚，所以无法体会尹沫熙的那种绝望和悲哀。

房间内陷入安静，尹沫熙背对着沐云帆轻声抽泣。

沐云帆走过去，想要劝劝她，可是紧了紧喉咙，却又不知该说些什么。

尹沫熙擦了擦眼角的泪水，低头看了一眼身上的这条红裙。

那是一件紧身裙，耀眼的红刺得她眼睛有些睁不开。

她不习惯穿这种凸显身材的衣服，更不喜欢这种张扬的颜色。

沐云帆见她并不喜欢，有些无奈地摇摇头："我想你老公是偏爱红色的吧？或者可以说，你老公更喜欢刺激和危险。"

沐云帆的话让尹沫熙颇为不解，她警觉地挑了挑眉，疑惑地问道："为什么这么说？"

沐云帆蹲下身子，平视尹沫熙，嘴角却不由得勾出一个邪恶的笑容。

他一步步地向尹沫熙靠近，凑在她的耳边轻声提醒："你当时是背对着他们的，看不见那个女人的模样，不知道她到底啥样。可是你别忘了，我当时是正对着他们。自然，那个小三长什么样子我看得清清楚楚！"

湿热的气息从耳蜗传来，弄得尹沫熙耳朵痒痒的。

可下一秒，沐云帆所说的话却让她惊讶得彻底僵直身体。

没错！

她当时看不见那个女人的样子，可是这个男人却看得清清楚楚。

尹沫熙忽然一把死死地抓住沐云帆的手臂，指尖用力深深陷入皮肤中，掐得沐云帆不禁疼得皱起眉头。

就算她再怎么镇定，只要一说到那个小三，她还是激动得不能控制自己的情绪。

尹沫熙心里有种钝钝的痛意，她心里只有一个念头，一定要找出那个女人！

一双坚定的眸子带着无尽的恨意瞪向沐云帆，喉咙似乎喷火一般的质问道："那个女人！是谁？到底是谁！"

第4章　我要保住他的名声

沐云帆的手臂被尹沫熙掐得生疼，他不禁皱了皱眉，忍不住"嘶"地倒吸一口冷气。

这女人看起来柔弱，想不到力气却大得惊人，可想而知她对那个第三者是有多么的憎恨。

沐云帆用力将她的手甩开。

低头一看，手臂上已经沁出丝丝血印。

他有些无奈，看来今天遇见这个女人，既让他毁了相机，白搭了一套高定礼服，现在还挂了彩。

沐云帆此刻倒是有些后悔，当时真不该和这个女人纠缠在一起的。

现在，他想撇清关系，不过尹沫熙却对他不依不饶。

"你什么意思？和她认识？你想包庇她，还是你觉得这是一条可利用的消息，想要成为明天的头版头条？"

在尹沫熙的印象中，已经把他的形象定义成了狗仔队。

加上她老公身份特殊，尹沫熙担心今天过后，会流言四起。

一提起狗仔队，沐云帆就觉得头疼。

他虽有些崩溃，却还是耐着性子告诉尹沫熙："再次声明一点！我不是什么狗仔。其次，我看见她了没错，可我根本就不认识她。你问我她是谁，你让我怎么回答你？"

沐云帆一本正经地看着尹沫熙，接受她的审视。

尹沫熙想从他的脸上寻找一丝破绽，两人对视几十秒，尹沫熙最终败下阵来。

那双眸子如此清澈严肃，看不出有一丝欺瞒。

他不认识，那是否说明，那个第三者并不是老公旗下娱乐公司内的艺人？

如果不是艺人，自己应该还有机会扳回一局吧？

尹沫熙垂下眸子，目光呆滞茫然，好像一个找不到家的小女孩。

那般无助的茫然表情，让沐云帆的心又软了几分。

他想帮她，可那个小三……

以沐云帆摄影师专业的角度来看，那个小三身形标致，性感迷人。从身高到脸蛋，都是标准的模特身材。

也可能是刚刚出道的模特？

沐云帆从业五年多的时间，也经常为国内一线大牌艺人拍照。

他对这个女人毫无印象，只能说明，她不是艺人，或者她还没火到让沐云帆认识她的地步。

"现在知道你老公出轨了，你下一步准备怎么做？"

沐云帆只是随口问了一下，尹沫熙的表情有些僵硬，看起来相当的痛苦。

她的头依旧很痛，最近几天身体不舒服，加上今天这种事情，她根本无心去思考太多。

可是小三袭来，她知道自己若是再没有危机意识，吴建成妻子的位置，可能很快就会成为别人的。

她疲惫地揉了揉自己的太阳穴，随后嗓音沙哑地开口："不管我怎样做，都和你无关。"

良久之后，尹沫熙忽然踮起脚尖，一把揪过沐云帆的衣领，目光直视沐云帆，声音清冷地警告着："我不管你是哪家的记者，我现在只提醒你一件事！不要把今天看到的事情写出去！否则，我和我老公都不会轻易饶过你。我能保住我这个家，我同样有能力保住我老公的名声！"

尹沫熙的眼里闪着熊熊火光，沐云帆细细看去，这坚定的视线被一片红色映衬得如此慑人。

沐云帆忽然来了兴趣，他很想问问尹沫熙，如果自己不按照她所说的去做，她又会如何呢？

只是，沐云帆未有机会开口，尹沫熙就抓过床头的钱包，从里面拿出一沓百元钞票直接扔在了床上。

"这些是衣服钱，剩下的算是封口费。看你年纪轻轻长得也不错，既然能靠脸蛋混饭，何必靠挖人隐私来生活？"

尹沫熙看了一眼沐云帆，随后一脸遗憾地直摇头。

沐云帆感觉自己快要被气炸了，他眼前的女人却好像什么都没发生过似的，竟然就那样大摇大摆地走出了房间。

"你！你！你……"

沐云帆手指着尹沫熙离去的方向，你了半天……

看着她走掉，沐云帆没有追出去。

他拿起床上的百元钞票数了数，只给他这么点封口费，未免太瞧不起他了吧！

况且，她毁坏的相机钱还没要回来。

不过这些都不是真正的原因，沐云帆只是觉得好奇，好像有一种魔力吸引着他想要知道……

那个女人，到底是谁的老婆？

第5章　夫妻温情

尹沫熙穿着那身红裙走出了酒店，她回到车子里，整个人都瘫在了方向盘上。

一想到自己要回去面对出轨的老公，尹沫熙就不知道要如何控制自己的情绪。

她多怕自己会忍不住质问出声。

而她也清楚，若是此时把一切挑明，对自己并非是最好的选择。

手包内的手机突然响起，尹沫熙拿出手机看了一眼屏幕，显示的是小雪的名字。

她有些疲惫地按下了接听键，声音听起来相当的苦涩。

"小雪，我在酒店外。"

"你在酒店外？你真的去了？我本想一直守在酒店外的。可我婆婆突然打电话说有急事让我回家一趟，你也知道我婆婆那性格。"

小雪向尹沫熙解释着自己并没有留在现场的原因，若不是婆婆打来电话，她是绝对会站在尹沫熙身边，一直帮助她的。

小雪的好意，尹沫熙心里都懂。

"我知道，若不是你告诉我，我到现在还被蒙在鼓里。只是……"

尹沫熙话说到一半突然沉默了。

只怕是回家后，无法面对生活了七年的老公吧。

这种心情小雪特别理解，她的老公对她又何尝不是这样？很多时候，她也不过是睁一只眼闭一只眼罢了。

只是小雪想不通，她老公那样的男人本就是个花心萝卜，可是小熙的老公不一样。

他不应该啊！

小雪只好耐着性子劝着尹沫熙："我看建成不像是那样的人。也可能是一时被迷惑了所以做出了糊涂事。你们两个还有孩子，小的还没出世呢，这婚不能说离就离。小熙，凡事要考虑清楚啊，尤其是离婚这种大事，千万不能草率决定。"

小雪倒是觉得小熙委屈，不离婚的话委屈了自己，离了，却委屈了孩子。

算来算去，最痛苦的人还是她自己。

尹沫熙望着车窗外的风景，长长地叹息一声："该面对的总要面对的。你别担心我，我不会轻易让这个家散了的。"

小雪点点头，小熙一向成熟冷静，这种事情应该自有分寸。

不过她更好奇，那个女人到底是谁？

"看见了吗？看清那个女人到底是谁了吗？"

尹沫熙无奈地摇摇头："没有，今天发生了一些事情。哪天有时间我再和你细说吧。"

小雪更是觉得可惜："白白浪费了一次好机会，我以为你能看清她的脸呢。那你现在打算怎么做？"

尹沫熙微微眯起双眸，小雪这个问题让她感到困惑。

想要奋起反击，可她也得想想如何揪出那个女人。

她头痛地靠在椅背上，有气无力地说道："暂时还没想好，小雪这件事情先不要告诉建成，我们就当什么事情都没发生过一样。等我知道那个女人到底是谁之后，再做决定。知己知彼，才能百战百胜。"

小三在暗处，可她却在明处。

看来想要留住老公的心，她也得多下功夫才是。

尹沫熙看了一眼时间，已经是下午五点多，她匆匆挂了闺蜜的电话，转动方向盘往家的方向开去。

往常这个时候，她已经准备好晚饭等着老公回来。

吴建成有一点做得特别好，不管在外面是否有女人，晚上六点前，他一定会准时回家陪妻子。

想到这，尹沫熙心思一定。

还肯回家，就说明，家在他心中的位置依旧是无可替代的。

半个多小时之后，尹沫熙的车子驶进了花园内。

吴建成回家后不见妻子踪影，担心地四处寻找。见车子开进来，他立刻跑到院子里去迎接尹沫熙。

当尹沫熙停好车子，从车内走下来时，吴建成有些看呆了。

他老婆竟然穿着一身红色的紧身长裙，火红的长裙将她曼妙的身材紧紧包住。犹如美人蛇一般灵动纤细，修长双腿匀称优美。

一头乌黑的秀发没有刻意整理过，有些凌乱，却又随意地披散着，更显得她肤若凝脂，透着说不出的妖娆性感。

吴建成眼底闪过一丝震惊，他走上前搂住她。

尹沫熙娇小的身躯迅速被拥入温暖的怀抱。

可她的心，却渐渐冷却。

尹沫熙听着吴建成的心跳声，这才明白那个狗仔的用意。

他，果然是喜欢红色，喜欢热情。

尹沫熙小脸微微扬起，有些疲惫却又有些愧疚地道歉："对不起，今天有事出去了一趟，所以回来得晚了。你还没吃饭吧？"

他的嘴和胃都被自己惯坏了，除了她做的饭，他很少吃外面的东西。

吴建成痴迷地凝视着自己的妻子，摇摇头，声音渐渐放柔："我不饿，你今天一定也很累，我们叫外卖如何？"

吴建成的视线始终无法从妻子身上挪开，她是他的女人，他自然知道她有多美，也知道她的身体有多迷人。

只是，七年的时间，再美的人终究会让人觉得烦腻。他出轨，也无非是想换个口味而已。

直到今天，尹沫熙换了一种穿衣风格，他眼前一亮，这才发现自己的老婆竟然如此火辣动人。

记得刚结婚时，她单纯得犹如一只小白兔。结婚后，她慵懒随意好似一只与世无争的小懒猫。

如今，她的性感成熟、风情万种更是让他惊愕窃喜。

能有这样的娇妻陪伴，他心里的确是满足的。

尹沫熙暗暗观察吴建成脸上的表情变化。

他眼中的柔情仿佛要滴出水来。

尹沫熙不能理解，不过是换了身衣服而已，他对自己竟然如此痴迷？

"你想吃什么？"

吴建成想到妻子肚子里还有个小的，更是对她关怀备至。

尹沫熙想了想，叫外卖也好，她今天这么疲惫是不想做饭的。

"虾饺和一些小菜就好。"

吴建成点点头，搂着她的纤纤细腰回了屋内，他扶着尹沫熙在沙发上坐下，随后打电话叫了送餐服务。

尹沫熙觉得这身长裙虽然好看，但是裙摆太长让她不太舒服。

"我上楼去换件衣服再下来。"

尹沫熙起身准备去楼上换身居家服，刚一转身，吴建成就拉住她的手臂，直接将她拽回自己的怀内。

吴建成深情地凝视着怀中的娇妻，目光如炬，宠溺地摇了摇她的下颚："别换，我喜欢你穿成这样。"

尹沫熙眯起眼睛，探究地望着眼前的老公。

她是喜欢自己，还是喜欢自己像那个女人一般穿成这样来取悦他？

吴建成不知道她心中的想法，他迫不及待地想要一吻芳泽。

下一秒，不给尹沫熙反抗的时间，他低下头冷不防地吻住了她的唇，贪婪且疯狂，霸道得似乎要让她窒息一般。

第6章　他好脏

尹沫熙双手抵在他的胸前，被他吻得头晕目眩。

结婚七年来，只有在新婚伊始时，吴建成才会对她有这种兴趣和激情。

她面色惨白，心却不似最开始那般狂跳不已。

经过今天的所有事情之后，她内心渐渐平静。

与其说平静，还不如说是麻木了。

吴建成贪婪地想要探取更多，双手更是不安分地在她身上渐渐游走。

尹沫熙身体一僵，想要推开他。

恰巧这时门铃响起，应该是送餐服务到了。

吴建成无视门铃声，继续深入想要得到更多，尹沫熙觉得腰身一紧，两人的身体已经紧紧靠在一起。

尹沫熙无奈，只好推开他小声抗议："我肚子饿了，我饿就算了，你还想把你儿子也饿着？"

尹沫熙故作可怜地指着自己的小肚子，她才刚刚怀孕不到两个星期。肚子还未凸起，可是这一次，她对肚子里的孩子确实充满了期待。

如果是个男孩，那么她就有办法让吴建成和那个女人彻底断了。

门铃声依旧恼人地响个不停，吴建成不舍，却也还是松开了怀里的娇妻。

对于这个孩子，不仅他宝贝得很，就连家里的两位老人也很是期待。

吴建成宠溺地刮了刮尹沫熙的鼻尖，不解地在她耳边轻声问道："可是你怎么就确定，这一胎一定会是个男孩？"

尹沫熙没有回答，只是微微一笑指了指落地窗外："你想让送餐员等多久？"

吴建成看了一眼落地窗外，又看了一眼只笑不语的老婆，他就是喜欢她这样从容淡定的姿态，他无奈地摇摇头："你啊你！好，我去开门，你乖乖坐下来等我，今天让我来照顾你。"

吴建成一向很疼爱尹沫熙，只是今天，格外的宠爱。

尹沫熙见他走出玄关，没有乖乖留下而是上楼去换了一件舒服的衣服。

她知道自己应该按照他的喜好去做，不这样的话，怎能挽留他的心？

她也看到了，刚刚他有多宠爱她，对她异常迷恋。

这些她都懂，只是今天，她想让自己喘口气，只是今天，她想继续做她自己。

打开衣柜，从衣架上取下一件宽松随意的居家服套上。

而换下的那身红色长裙，尹沫熙想要扔了，可是看着手中的裙子，她却不禁有些失神。

"算了，或许以后还有用得到的地方。"

尹沫熙自言自语，最后还是把它挂在了衣柜内。

换好衣服，尹沫熙下楼来到客厅，吴建成已经将饭菜摆放好，就等她来享用。

不过，吴建成在看到尹沫熙换了居家服后，微微皱眉，显然有些不满，他顿了顿，最后倒也没说什么。

"怎么？不喜欢我穿成这样？"

吴建成脸上的表情太过明显，尹沫熙将一切看在眼里，却还是不甘心地问出声。

吴建成意识到自己伤害了她，走过去揽住她瘦弱的肩膀，低头在她发间落下一吻，柔声解释："没有，你穿什么我都喜欢。只是……那裙子的确很漂亮。不过没关系，哪天你再穿给我看。先吃饭吧。"

尹沫熙知道吴建成喜欢她这个样子，她没有继续追问，而是坐下来和他一起吃晚餐。

虽然不是吃大餐，可是这顿饭倒也吃得浪漫。

吴建成点了蜡烛，放了尹沫熙最爱的音乐。

一切都那么美好，气氛不错，音乐也很让人享受。

眼前更是有一桌的美食可以享用。

若是往常，尹沫熙会觉得自己是这个世界上最幸福的女人，没有其他杂念。

可现在，她没有办法集中精神，脑子里总是出现一个人影，一个女人身着一身性感红裙，还有那个声音也一直在耳边回荡。

那个女人，就好像是一根毒刺，直接扎进尹沫熙的胸口，拔不出来，又无法愈合。

疼得她只能咬紧牙关一个人承受。

"啊，张开嘴，我喂你。"

吴建成夹起一块红烧肉送入尹沫熙的口中，她乖乖张嘴，虽然脸上带着笑意。

可怎么看都像是任人操纵的傀儡娃娃，毫无生气。一顿饭吃下来，尹沫熙觉得异常疲惫。晚饭过后，尹沫熙上楼独自把自己锁在洗手间内。她需要一个人静一静，让自己心思沉淀。然而吴建成却偏偏要在这个时候找来。

他回到卧室，发现老婆不在，便去洗手间看看。刚一转动门把手，发现洗手间的门上了锁。吴建成蹙紧眉头，脸上的笑容渐渐消失。他们夫妻间从不锁门的，尹沫熙在里面，到底在搞什么？

"老婆，你在里面吗？"

门外传来敲门声，尹沫熙一惊，立刻擦干眼角的泪水。深吸一口气，这才缓缓将门打开。

"我……"尹沫熙还在找借口，她刻意将门锁上，的确会引起吴建成的怀疑。

吴建成低下头目光灼灼地盯着尹沫熙，他诧异地发觉，尹沫熙脸上还带着泪痕，眼睛也红红的。

好像哭过？她是躲起来哭泣，才会把门反锁不想让他知道？

吴建成低着头，见尹沫熙一脸局促站在那里，双手不安分地搅在一起。

可怜兮兮的模样更像是一个做错事的孩子。

那一瞬，他心里最柔软的地方被她推开，他心疼地搂过她，有些不解地问道："为什么哭？谁欺负你了？还是今天发生了什么事情？"

刚刚还好好的，可一转身的工夫，他的老婆就把自己反锁在洗手间内无声哭泣。

想到尹沫熙可能在外面受了什么委屈，吴建成的心就好像被人捅了一刀，硬生生地疼着。

他的声音温润得好像泉水流过，直接涌入人的心田。

她喜欢看他紧张自己的模样，可这样的问题却让她倍感委屈。

尹沫熙想要控制自己的情绪，却还是忍不住委屈地哭了出来。

"这是怎么了？好，你不想说就不说吧，乖，不哭。"

见她的泪如洪水决堤般喷涌而出，吴建成瞬间就慌了神，他最怕尹沫熙落泪了。

吴建成低下头，温柔地捧起尹沫熙的脸颊，轻轻地吻去她眼角的泪水。他的吻和刚刚那一吻不同，如此的轻柔，如此的珍惜。他的吻顺着眼角一路向下，滑过她小巧的鼻尖，最后紧紧锁住她的娇唇。

怀中的人刚刚哭过，可吴建成却被她楚楚可怜的模样燃烧了欲火。他伸手一颗颗解开尹沫熙的睡衣扣子，尹沫熙一惊，本能地直接将他推开。

她呆呆地站在那里，一双美眸中却写满了惊讶。这分明是增进感情的好机会，她本应牢牢抓住。

可她却一手把他推开。

尹沫熙知道自己不该如此，可她，她只是觉得自己的老公，好脏……

第7章　半夜来电

尹沫熙的过激反应让吴建成措手不及，他们是夫妻，夫妻感情一直恩爱和谐。可是小熙为何要拒绝他？这一点，吴建成怎样都想不明白。

他由上至下地打量着尹沫熙，她的脸上写满了紧张和不安。和刚刚的表情不同，甚至还有那么一点点嫌弃？小熙在嫌弃他？吴建成意识到这一点后，脸色瞬间冷了下来。

"小熙……"

吴建成唤了一声尹沫熙，她微微失神，点点头应了一声："嗯。"

吴建成欲言又止，他想继续下去，可是尹沫熙这么一折腾，反倒让他没了兴趣。

"你有事瞒我，你今天到底怎么了？"吴建成盯着尹沫熙，一眼望进尹沫熙的内心最深处，那双精明的眼眸，深不可测，让人不禁有些战栗。

尹沫熙从未在吴建成面前说过谎，所以想要瞒过他的确不太容易。

视线交错，尹沫熙别开他探究的目光，垂下眸子淡淡地开口解释："我知道我今天有些反常，我只是觉得心情烦躁而且很累。身子好像沉甸甸的不舒服。怀孕的时候都这样，情绪变化特别快，你别太在意。"

好在自己是孕妇，尹沫熙知道自己的演技拙劣，可能无法蒙混过去。

可一旦借着孕妇的身份来打掩护，就好办多了。

吴建成眯了眯眸子，想到之前好像听母亲说起过这么一回事。只是，小熙第一胎时没什么特别反应，怎么这第二胎，就情绪多变了？他虽然心里觉得奇怪，可是妻子是孕妇，他作为丈夫自然要多多关心自己的老婆。

吴建成伸出手臂将尹沫熙揽入怀中，温柔地劝她："是啊，孕妇情绪比较多变也是可以理解的。刚刚是我不好，我太莽撞了。你要是觉得累了我们就早点休息吧。"

尹沫熙点点头，吴建成扶着她上了床，帮她盖好了被子，随后转身关了灯。

尹沫熙睁着眼睛望着天花板发呆，虽然屋内一片漆黑，可她能感觉到吴建成就在自己的身边。

她明显感觉到床的中央陷了下去，随后一双手轻轻地搭在尹沫熙的小腹上喃喃自语着："别人生一胎就很辛苦了，可你却为我生两个孩子，老婆，谢谢你。我真的很爱你。"

耳边是吴建成的甜言蜜语，尹沫熙极力克制自己颤抖的身体，这才勉强让自己忍住即将滑落的泪。

老公已经出轨，晚上却在她的枕边说着如此情话，在尹沫熙看来自己的确是可悲的。

难道自己真的悲哀到，只能利用这肚中的孩子，才能留住身边的老公？

一片漆黑中，尹沫熙转身想看看老公的脸，可是黑暗中她什么都看不见，只能感受他的气息，那么熟悉却又那么陌生。

耳边传来吴建成均匀的呼吸声，可能是今天一天太累了，他倒在床上不到十分钟的时间就沉沉地睡去。

老公睡得很香，不过尹沫熙却彻底地失眠了。

她躺在床上，在一片漆黑中思考着今后的人生。

　　首先要做的，就是把女儿从婆婆那边接回来，有孩子在多少可以让老公收收心。

　　时间一分一秒地过去，她听着床头闹钟嘀嗒嘀嗒地走着，可是心里却异常烦乱。

　　无论她怎么让自己静心，这一夜都无法安眠。尹沫熙不知道到底过了多久，一个小时，或者是两个多小时？床头柜上传来一阵震动声，尹沫熙循声望去，那边有一片光亮格外刺眼。

　　那是她老公吴建成的手机，平时尹沫熙从来不会偷偷查他的手机。可是今天，看着那片亮光处，尹沫熙竟然悄悄地伸出了手。她只是想知道，这么晚，到底是谁在给他发信息？会是今天在宾馆的那个红衣女子吗？她的老公，在家里和她相处时，还要和那个女人有所来往吗？

　　所有的疑问憋在尹沫熙的心中，若是解不开那个谜题，她怕自己早晚被憋出病来。

　　犹豫的手挂在半空停顿了几秒……

　　手机屏幕已经灭了，房间内又是一片漆黑。

　　屋内静得好像什么都没发生过一样。

　　十几秒后。

　　尹沫熙似乎是下了很大的决心，起身将手伸向床头柜，一把握住了吴建成的手机。她小心翼翼地转身看了一眼熟睡中的吴建成，他睡得很熟，应该不会醒吧？

　　尹沫熙将身子靠在床头，开始解锁。想到要偷窥老公的秘密，尹沫熙既紧张又不安。她按下了解锁键，可是屏幕中却提示她输入密码。

　　尹沫熙望着手机屏幕微微愣神，他竟然给手机设置了密码？什么时候的事？来不及多想，立刻输入了自己的生日，可是手机却没有解开。尹沫熙蹙眉，心一点点地向下坠着。

　　不是自己的生日，难道是女儿的生日？

　　尹沫熙再度尝试输入一组数字，可是结果却是一样的，手机仍没有被解开。

　　尹沫熙彻底地绝望了，她直勾勾地看着屏幕发呆，想要望穿屏幕内的所有内容。

　　此刻她才清楚，原来这段情早就有了裂痕。

　　原来他们夫妻之间，早就有了秘密。

　　熟睡中的吴建成感觉旁边好像有光，浓密的睫毛微微颤了颤随后睁开眼睛，看了一眼旁边的位置。

这一看，吓得他立刻从床上坐起来。

"老婆……你干吗呢？"

吴建成这一嗓子吓得尹沫熙手一抖，手机从手心滑落摔在了地板上。

只听"啪"的一声。

尹沫熙仿佛听见了他们婚姻破裂的声音。

尹沫熙回过神，看了一眼地上的手机，故作镇定地解释道："你手机刚才响了，应该是短信息。我看你睡得正熟又不想打扰你，所以就自作主张拿起来帮你看看。"

尹沫熙的话让吴建成心里一紧，这个时间，该不会是她吧？

吴建成立刻下床捡起手机，输入密码后发现，的确有一条未读短信。

而发信息的女人，正是他的地下情人！

吴建成快速浏览了一下短信内容，随后将手机放回床头柜上，装作什么都没发生一样笑了笑："没事，是条垃圾短信。"

第8章　难道你在外藏了女人？

垃圾短信？

尹沫熙不禁想笑，吴建成跟她说了多少谎言，以至于尹沫熙自己都不清楚，这七年的时间，老公是从什么时候开始对她说谎的？又到底对她说了多少的谎言？

吴建成每说一句谎言，尹沫熙都觉得自己的心，仿佛被人硬生生地割下了一片肉似的疼着。

尽管知道那是谎话，可尹沫熙却还是镇定地淡淡一笑："原来是这样啊，现在的垃圾短信真是恼人，大半夜的还要打扰别人。"

尹沫熙顺着吴建成的谎话继续说下去。

吴建成发现妻子没有异常，这才摸了摸额头上的冷汗，轻松地钻回了被窝内："是啊，现在这些垃圾短信诈骗电话什么的，真是越来越过分了。好了老婆你今天辛苦了，我们早点睡吧。"

吴建成已经躺了下来，刚要闭上眼睛休息，尹沫熙却在他耳边幽幽地开口：
"可是老公……你的手机是什么时候设置的密码？"

湿热的气息喷洒在吴建成的耳后，却让他身体猛地一颤。

他怎么把这事给忘了？

没错，就是担心自己的老婆偷看手机内容，吴建成才特意设置了手机密码。

可万万没想到，今天就被老婆给撞见了。

尹沫熙躺在吴建成的身侧，等待着他给自己一个答复。

吴建成在短暂的惊慌失措后，迅速地冷静下来，他暖暖一笑随后解释道："老婆你别多想，你也知道我的身份有多特殊。我本身就是娱乐公司的老总，那些狗仔成天盯着我。我也是担心自己手机被人捡去后会泄露什么重要内容，所以才设置的密码。"

吴建成的过多解释反倒是此地无银三百两，尹沫熙没计较那么多，而是继续咄咄逼问："是吗？也对，现在狗仔是挺烦人的。那密码到底是什么？我以为是我的生日结果不是。"

显然，吴建成很难躲过今晚这一劫。

他只能继续寻找借口自圆其说。

"密码那么简单那些狗仔也能猜得出嘛，所以我就设置了一个比较复杂的密码。"

"这样啊？不过为什么这么担心你的手机？难道你的手机里有什么见不得人的内容？还是说……你在手机里藏了什么不该藏的照片？"

尹沫熙循序渐进地直入主题，这样的追问让吴建成惊出了一身的冷汗。

今晚不寻常，或者可以说今天一整天他老婆都很反常。

她平时从来不会追问这种细节的问题，也不会对他起疑心。

难道自己暴露了？

吴建成没有回答，而是低头暗自思考，应该如何见招拆招。

他还在想自己哪里暴露了，谁知尹沫熙却突然伸个懒腰撒娇地笑了笑："老公你真好笑，我不过是逗逗你而已，你看你怎么紧张成这个样子？难道你手机里还真藏了秘密不成？"

尹沫熙巧笑嫣然地望着吴建成，天真无邪的面孔让吴建成心里微微一颤。

她单纯的样子，怎么看都不像是对自己起了疑心。

吴建成这才松了口气，伸出手臂将尹沫熙揽入怀中，有些抱怨地说道："你啊你，还是这么调皮！我手机里哪有什么秘密，我对你永远都没有秘密。好了你今天这么辛苦，我们早点睡吧。"

尹沫熙点点头，她也厌倦了这种和最亲近的人还要尔虞我诈、互相飙戏的日子，她今天真的累了。

若是继续演下去，她担心自己会穿帮。

和老公道了一声晚安，尹沫熙关了床头的台灯，闭上眼睛沉沉睡去。

这一夜，两人倒也睡得安稳。

只是这一夜过后，两人由最初的紧紧相拥的姿态，一点点地分开。

醒来时，尹沫熙发现他和老公是背对背的姿势，她睡在床的这一边，而她的老公却睡在了床的另一边。

尹沫熙只是觉得很累，她闭上眼睛继续睡着。

不想起床，不想给老公做早饭。这一天，她想罢工。

早上六点半，吴建成率先起了床。

他转身看了一眼还在床上熟睡的妻子，她乖巧可人的模样好像一只慵懒的小猫。

他宠溺地摇摇头，俯身在她娇嫩的脸蛋上轻轻一吻。

可能是这一胎怀的真的很辛苦吧，见尹沫熙如此疲惫，吴建成内心也生出几分疼惜和自责。

看来从今天起，他应该多多关爱自己的老婆。

吴建成穿好衣服，去洗手间洗漱一番后，就直接下楼进了厨房。

记得刚结婚那阵，吴建成还给老婆下过厨，不过自从他从岳父手中接过公司之后，就很少会为老婆做饭了。

可能是因为愧疚，也可能是不忍心让老婆委屈，他今天竟然甘愿当一天的完美老公。

打开冰箱，拿了几个鸡蛋和西红柿，他还记得小熙最爱吃的就是西红柿鸡蛋打卤面。

又过了一会儿，楼上的尹沫熙终于醒来，她习惯性地伸手摸了摸旁边的位置。

空空的。

他已经走了吗？

尹沫熙洗完脸后下了楼，准备去冰箱内翻点东西吃。

可刚到楼下，就闻到阵阵香味扑鼻而来，尹沫熙诧异地看向厨房的方向，不禁加快脚步走向那里。

　　刚到厨房门口，就见老公正站在灶台前帮她煮面。

　　味道还是那个味道，只是动作有些生疏了而已。

　　那一瞬间，她眼睛红红的。

　　他有多久，没这样为自己着想过了？

　　尹沫熙吸了吸鼻子，轻轻走到老公身后，伸出双臂环住了吴建成的腰。

　　吴建成一惊，低头一看，原来是小熙醒了。

　　刚好面也已经煮好，他关了火，转身低头宠溺地刮了刮尹沫熙的鼻尖："时间刚刚好，我煮了你最爱吃的西红柿鸡蛋打卤面。你瞧你，眼睛怎么红了？太感动了吗？"

　　尹沫熙一直都是一个小女人，给她一点点好处她就会感动得热泪盈眶。

　　吴建成不管在外面有多鬼混，却唯独不想和尹沫熙离婚的原因，也正是如此。

　　那份美好，那份对婚姻的执着和对自己的信任，让吴建成对尹沫熙无法说不，更无法说出离婚那两个字。

　　那个女人和小熙之间，他最爱的还是自己的妻子，这一点，他很肯定……

　　可是婚姻，在小熙的眼中，能容得下这黑暗的污点吗？

第9章　蛛丝马迹

　　就连尹沫熙都瞧不起自己这种态度，竟然为了一碗西红柿鸡蛋打卤面，就感动得热泪盈眶？

　　自己就这么容易满足吗？

　　也正是如此，吴建成这个做老公的才会这样轻视自己，以为在外面找了个小三，回家有些愧疚，下碗面就可以解决了？

　　尹沫熙在心里暗暗发誓，这一次，绝对不会这么轻易结束。

　　吴建成扶着尹沫熙在桌边坐下，亲自盛好面送到她的面前。

　　"我亲爱的老婆，我还想亲自喂你吃完这碗面。可是怎么办？我好像要迟到了。"

　　吴建成握住尹沫熙的手，一脸愧疚地看向她。

他是真的很想陪老婆吃完这碗面，可是上班就快迟到，他今天还有其他特殊的事情要处理。

尹沫熙不是那么不明事理的女人，她点点头表示理解："赶紧去上班吧，我自己吃就好。"

尹沫熙的脸上始终保持着淡淡的笑意，让人看不出内心的真实情绪。

吴建成突然想到什么，立刻从裤兜内掏出自己的手机拿给尹沫熙："老婆，手机密码我设置成了你的生日，你看看。"

原来早上起来后，吴建成就已经把密码改了回来，还删除了所有和小三的聊天短信，包括小三的一些照片和各种聊天软件的聊天记录。

一切都删除得干干净净，所以尹沫熙翻了又翻，始终没有看到任何内容。

她嘴角的笑容不禁渐渐拉扯得越来越深。

还真是他的好老公，为了隐瞒自己竟然把证据销毁得如此干净。

她对着吴建成温柔一笑，随后把手机还给了他："其实也没什么可看的，我知道你不会背叛我。"

"背叛我"这三个字，尹沫熙说得格外沉重，似乎是在提醒吴建成什么。

吴建成只是觉得有些奇怪，却没深究。

尹沫熙起身一直送吴建成到了门口，她依依不舍地踮起脚尖帮吴建成整理他的领带。

一边整理一边提议道："老公，我想朵朵了。而且总这么麻烦妈我也不好意思。你很久没和朵朵一起玩了吧，别总顾着工作，我们下周陪朵朵一起去游乐场好不好？"

尹沫熙知道，这时必须让自己的女儿回来。

有女儿在，加上肚子里的这个，相信吴建成会有所收敛。

说到朵朵，吴建成也怪想女儿的。因为尹沫熙怀了二胎才把朵朵送到她奶奶家。

这一送就是一个多星期，做父亲的怎会不想自己的可爱女儿。

"我也挺想孩子的，是啊，我一直在忙。很少陪朵朵去游乐场。那就这么说定了，我到公司后就给妈打电话给她说一下。后天就把朵朵接回家来。"

尹沫熙点点头，抓过系好的领带直接靠近吴建成，翘起脚尖吻上了吴建成的薄唇。

这一吻，极其轻柔，又淡淡的好似蜻蜓点水般一掠而过。

尹沫熙在吴建成耳边轻声呢喃着："老公我爱你。"

尹沫熙的特殊举动让吴建成微微一愣。

孕妇情绪多变他能理解，可是这小熙，未免变得也太多了吧……

不过，她如此主动，他喜欢。

吴建成不舍地抚摸着她耳边散落的秀发，甜蜜回应着："我也爱你，很爱很爱。"

"我也爱你"这几个字不经意间敲打在尹沫熙的心头，有种钝钝的痛意。

尹沫熙眼角的笑意微微一变，她脸上的表情停顿几秒后，再次恢复以往的淡笑："我知道了，快去上班吧。"

看着老公走出门外，尹沫熙这才回到屋内。

她走进厨房，在餐桌前坐下，开始享用老公给她准备的这碗打卤面。

拿起筷子吃了一口，眉头不禁蹙成一团。

这面的味道变了，吴建成忘了放糖，虽然只是两小勺的白糖，可没有这白糖，西红柿的味道太酸反倒让这面变了味道。

她以为他记得，他应该记得她不喜欢吃太酸的东西。

尹沫熙不禁望着那碗面呵呵一声冷笑。

他们的婚姻，好像也忘记了加调料，所以才会这般苦涩吧？

尹沫熙直接把那碗面倒在了垃圾桶内，她觉得身子有些乏，便上楼休息了。

中午的时候，闺蜜小雪因为担心她的状况，便再次打来了电话。

"你和建成没事吧？"

小雪不知道小熙昨晚是如何面对吴建成的，不过可以想象她内心肯定挣扎着痛苦着。

尹沫熙不愿再提这个话题。

"总之是很煎熬。这种煎熬还要持续一段时间，直到那个小三消失我才能轻松吧。"

尹沫熙头痛地揉了揉太阳穴，她快疯了，想了一上午也不知道那个小三到底是谁。

"笨蛋，想查还查不到吗？要不要给你介绍几个私人调查员啊？随便给他们一些信息，应该就能查到什么的。"

小雪还在为尹沫熙出谋划策，头痛的尹沫熙望着窗外的白云发呆。

那天是在酒店内，那她可以找谁去调查此事呢？

那个狗仔？

不行！绝对不行！

那还有谁见过那个女人的样子？

"喂？喂？小熙啊，你在听吗？"

电话那端小雪有些着急，尹沫熙突然回过神来："酒店里，是在酒店。"

尹沫熙的自言自语让小雪有些摸不着头脑。

"啊，是，你是在酒店撞见他们俩的，我说小熙你到底想说什么啊？"

小雪总觉得尹沫熙自从知道自己老公出轨后，好像整个人都变得不太正常了。

尹沫熙却兴奋地连连说道："对，是酒店，就是酒店。我知道了！小雪我一会再给你打，我先挂了啊。"

尹沫熙匆匆挂了闺蜜的电话，从衣柜抓过一件外套套在身上，拿了钱包直接出了门。

她开车再次来到了那家酒店，那家她再熟悉不过的酒店。

尹沫熙进入大厅，找前台服务员询问："我有事找你们经理。"

就在尹沫熙说话时，一个男人从她身边匆匆走过。

尹沫熙下意识地回头看了一眼，那个男人已经走出了大门。

只是……

那个身影，怎么看起来有些眼熟呢？

尹沫熙还在对着酒店大门的方向发呆，酒店的经理已赶到了前台。

"吴太太，您找我有什么事吗？"

尹沫熙和吴建成是宾馆的VIP客人，经理自然不敢怠慢。

尹沫熙将经理拉到一边的角落里，随后有些尴尬地开口："我想查看一下昨天下午两点到五点这段时间，宾馆走廊外的监控录像，可以吧？"

摄像头，应该会拍下那个女人的样子吧？

第10章　变了味的婚姻

经理没想到尹沫熙是来查那段监控录像的。

这让她有些犯难，"可是……这……吴太太，你说的那个时间段的监控录像，已经被人抢先一步拿走了。"

就在刚刚，有个男人查看了昨天下午的监控视频，并且直接把视频U盘拿走了。

尹沫熙一听，身子晃了晃，她立刻扶住旁边的大理石柱让自己镇定下来。

难道是吴建成干的吗？他想把所有证据都销毁？

尹沫熙没有放弃，而是固执地要求着："是谁拿走的视频？你不是说刚刚有个男人查看了那段监控吗？那你可以让我看一眼刚才的那段监控录像吧？我就想看看是谁拿走了那个监控视频，拜托你了。"

尹沫熙急切地想要知道，那个男人到底是不是吴建成，或者是吴建成派来的？

经理不敢得罪尹沫熙，只好答应她的请求，直接带她来到了监控室。

保安调出了刚刚大厅内的监控录像，随后用手指了一下屏幕上的那个男人说道："吴太太，就是他。是他拿走了昨天下午的监控视频，他是我们酒店老总的好朋友。"

保安指出了画面中的那个男人，还向尹沫熙解释了这个男人和他们酒店老板的关系。

尹沫熙向前倾着身子，眯了眯眼睛，看了又看，这才想起来……

这个男人，不是昨天在酒店走廊遇见的那个狗仔吗？

怎么会……怎么会是他呢？

尹沫熙隐约有种不祥的预感。

"你们老总现在在哪？可以给我一下这个男人的联系方式吗？我有急事找他。"

尹沫熙必须尽快找到那个男人，她担心这个记者拿到那段监控视频就会把它发布出去。

如果是那样的话，老公的名誉保不住，他们的婚姻更是无法挽回。

可尹沫熙的请求让经理很是为难："吴太太，我们老总在美国出差呢。况且这位先生是老总的朋友，我们并不知道他的联系方式。很抱歉，我们帮不了你。"

没人能帮得了她，尹沫熙无奈地走出了酒店大门。

站在酒店门口，看着街上人来人往，她却突然觉得自己好孤独、好无助。

那个男人，到底是谁，到底想做什么？

几千米外的豪华大厦，沐云帆和他的助理留在工作室内，两人对着镜头中的吴建成研究了很久。

"我总觉得这个男人有些眼熟，你有印象吗？"

因为沐云帆一年中有十多个月都在国外拍片，很少会留在国内，所以对国内的风云人物并不是很熟悉。

他的助理也不是太了解商业圈的新闻，不过这个男人的确很眼熟。

助理立刻在网上搜索着监控视频中，那个男人的所有信息。

很快，她有了答案。

"是SK娱乐企业的总裁，他叫吴建成，对了。他的老婆就是那天你救下的那个女人，好像是叫尹沫熙。"

助理将搜集到的全部信息拿给沐云帆过目。

在个人信息中的照片资料上来看，这个男人的确就是视频中的那个出轨老公。

沐云帆嘴角不禁勾起一抹坏笑。

想不到那个女人来头不小，国内顶尖娱乐公司总裁的老婆，怪不得她那么紧张她老公的名声。

"啊对了！前几天SK公司希望你能帮他们公司的艺人，拍摄一些封面宣传照和一组写真照。这工作，你接吗？"

助理小心翼翼地观察着沐云帆脸上的表情，他接工作从来都是看心情的，如果不想接，她这个做助理的断然不敢随意做主。

沐云帆没想到尹沫熙的老公会向他发出邀请，他淡然一笑，随后反问道："接，为何不接？既然是国内顶尖娱乐公司，酬劳应该不会少。帮我接了。"

沐云帆一口答应了这个工作，而他之所以这么爽快，只是想再见见那个女人。

他很好奇，这个女人，守住她的婚姻了吗？

沐云帆拿出手机翻出了尹沫熙的那几张照片，接了这份工作后，应该很快就能和她见面了吧？

……

下午，尹沫熙还是像往常一样回到家中，开始准备吴建成的晚饭。

今天吴建成表现良好，竟然提前一个小时就回到了家中。

他脱下衣服，见老婆在厨房忙碌着，有些心疼地走过去从背后将她抱住："要不我们请个保姆吧。每天看你这么辛苦为我准备一日三餐，我真的很心疼你。"

尹沫熙是完美老婆，独自一人照顾家里的一切，从来不肯叫保姆过来帮忙。

她觉得这是她的家，照顾孩子和老公这种事情，就应该她亲自去做。

尹沫熙用头发蹭了蹭吴建成的下巴，撒娇地说道："你知道我不习惯家里有陌生人，你早下班回家陪我，我就很开心了。好了，晚饭还有一会儿才能好，你先上楼洗个澡休息一下。"

吴建成点点头，转身上楼去休息。

刚进房间，手机就不安分地响了起来。

吴建成拿起手机一看，打来电话的不是别人，正是那个地下情人。

他眉头皱起黑着一张脸，显然有些不满。

为了不让老婆发现，吴建成拿着手机进了洗手间。

"我不是跟你说了！我回家后不要给我打电话，你当我在跟你开玩笑是吗？"

吴建成将洗手间的门关上，坐在马桶盖上开始质问他的女人。

他最讨厌有心机的女人，而这个女人显然是故意这么做的。

她太急于求成了，如此反倒让吴建成反感。

电话那端的女人意识到吴建成是真的生气了，立刻献媚地道歉着："亲爱的你别生气嘛，我只是太想你了。你今天这么早就离开了公司，我当然会想你啊。"

这个女人的胡搅蛮缠，让吴建成有些疲惫。

他阴沉着一张脸，眼眸深邃，如同千年寒潭般溢满森森的寒意，声音更是冷了几分："如果你不能按照我所说的去做，那我们就分手吧。我对你也算不错，公司正在准备给你出写真和新的唱片专辑，又给你接了一部偶像剧，虽然不是女一号，不过戏份也不算少。"

吴建成似乎有意和这个女人划清界限，毕竟他老婆已经怀了第二个孩子。

想到小熙为了这个家付出这么多，他也意识到自己的确不该这样背叛她。

"什么？分手？亲爱的，你不能这样对我！算了，我不烦你了，我们彼此冷静一下。明天到公司我们再细谈。"

女人先挂了电话，吴建成对着镜子无奈地叹息一声。

洗手间外，尹沫熙默默地擦去眼角的泪。随后悄无声息地下了楼……

第11章　我们又见面了

从尹沫熙得知老公出轨，已经是第十天了。

这几天家里还算安宁，吴建成也比较安分，早早回家陪她，还亲自下厨帮她做饭。

一切看起来都那样甜蜜美好，只是心里的刺有多痛，只有尹沫熙自己清楚。

她知道，那根刺并未拔掉，不仅没有拔掉，反而越插越深！

她发呆时，电话再次响起。

她已经记不起这像幽灵般的电话是哪天开始的。

可能是五天前，也可能是六天前。

每天上午十点左右，家里电话总会响起，尹沫熙淡定地走过去拿起话筒。

电话已经接通，可是对方始终没有说话。

对方沉默，尹沫熙也跟着沉默，直到几十秒后对方挂了电话，尹沫熙才缓缓地放下话筒。

虽然对方一句话未说，可尹沫熙心里清楚，这个电话肯定是那个女人打来的。

最近吴建成表现良好，那个女人大概也是被逼急了吧？

尹沫熙望着电话发呆，她搞不清楚那个拿了监控视频的男人到底什么意思。

已经过去十天了，尹沫熙每天都忐忑不安地盯着娱乐版的头条新闻。

可最近无论是娱乐版还是金融版，根本没有她家老公的任何消息。

而那个女人，她更是无从下手。

她已经暗中调查了公司内的所有艺人，可是表面上却又完全看不出来什么。

正在烦恼时，院子里传来老公的声音。

尹沫熙立刻起身去看。

只见吴建成和一个男人同时下车，两人有说有笑的看起来关系还不错。

尹沫熙眯了眯眸子，她站在落地窗前看不清那个男人的脸，只是感觉有些熟悉罢了。

是他的好友吗？怎么不打声招呼就来了？

尹沫熙立刻上楼换了一件衣服，弄好头发简单地化了一个淡妆，便匆匆下了楼。

当她走下楼梯时，吴建成已经同另一人在客厅的沙发上坐下。

见她下来，吴建成笑着起身迎了过去："怎么这么慢才下来？我给你介绍一下，这是我们公司好不容易才请到的，国际知名摄影师沐云帆先生。他之前给很多国际婚纱品牌拍过不少大片和目录。我想你应该会喜欢，便把他邀请到家中做客。"

吴建成也算是投其所好，给老婆一份惊喜大礼。

尹沫熙之前是婚纱设计师，只是因为嫁了人有了孩子才放弃了这个工作。

不过，只要说起和婚纱有关的事情，她总是会兴奋得像个孩子一般开心。

尹沫熙有些激动，能给那么多国际婚纱品牌拍照的摄影师，肯定是个了不起的人物。

沐云帆微微一笑，缓缓转过身子望着尹沫熙，嘴角的那抹笑意却意味不明。

尹沫熙在看清那张脸后，脸上的表情变化太快，从诧异、惊愕，最后再慢慢恢复正常。

只是，她终究还是吓了一跳，呆呆地站在那里忘了打招呼。

吴建成小声地在她耳边提醒着："老婆你是不是看到人家长得帅就花痴了？怎么不说话呢？"

尹沫熙这才回过神来，她尴尬地笑了笑，随后友好地伸出手自我介绍道："你好，我是建成的妻子尹沫熙。欢迎来家里做客。"

沐云帆没有马上伸出手去回应她，只是低下头仔细地打量了一番尹沫熙后，这才伸手握住她的手。

"听吴总说您之前是婚纱设计师，我怎么也想不到你会是做这个的。"

听沐云帆的口气，好像两人之前就认识？

吴建成好奇地多看了沐云帆一眼，随后自嘲地摇摇头。

怎么会呢，老婆平时都在家里照顾女儿，很少有机会出去交朋友。

尹沫熙被沐云帆弄得十分窘迫，她没想到当日帮过她的那个狗仔，竟然会是一位国际知名摄影师。

那天她对沐云帆做了很多无理的事，想到那天对他的态度，尹沫熙就觉得自己的脸在火辣辣地烧着。

"你们先坐，我去煮咖啡。"

尹沫熙转身逃到了厨房，她只是有些慌张有些无措。

这世上竟然真有这么巧的事情。

可拿走监控录像的人的确是他，那么这个叫沐云帆的摄影师，到底是什么用意呢？

尹沫熙对此百思不解。

客厅内，吴建成突然接到助理的电话，说是公司有急事要求他必须尽快回去处理。

吴建成挂了电话后歉意地看了一眼沐云帆："真是不好意思，公司有事我必须马上回去。既然来了就尝尝我老婆的手艺吧，她做的饭真的很好吃。那我就先失陪了。"

沐云帆起身笑着摇摇头："没关系，我们也算是朋友了，和我不用这么客气。"

听到吴建成的说话声，尹沫熙走出厨房，见他穿上衣服要往外走，有些疑惑地问道："刚回来，就要走吗？"

吴建成愧疚地点点头："是啊，公司有急事。老婆帮我好好招待云帆。我先走了。"

尹沫熙没有拒绝，吴建成走了也好，她也想单独和这个摄影师好好聊聊。

尹沫熙点点头，站在玄关处目送老公离开了家。

吴建成走后，沐云帆不禁冷笑出声："还真是一个听话的好妻子啊，我以为你会和他大吵一架，没想到你只是逆来顺受，就这样默默忍耐而已。别怪我没提醒你，你这样懦弱，那个小三早晚会爬到你的头上来。"

沐云帆如此事不关己的看客态度，反倒激怒了尹沫熙。

她像一只炸毛的狮子，直接冲到了沐云帆的面前，瞪着那双美眸阴沉地咆哮道："沐云帆是吧？你到底什么意思？你来我家见我，就是为了在这冷嘲热讽吗？还有，酒店内的监控录像是你拿走的吧？你到底什么意思？拿走监控录像，又成了与我老公合作的摄影师，现在还跑来我家？你到底想怎样？"

一个神秘女人已经很让尹沫熙头疼了，现在又跑来一个神秘兮兮的摄影师。

再这样下去，她担心自己的头真的会炸掉。

面对尹沫熙的咆哮质问，沐云帆却相当淡定，他的眼里闪过一丝悸动，却又很快被他的笑容所掩饰。

下一秒，他的表情冷了下来，有些残酷却又异常严肃地提醒尹沫熙。

"那段监控视频你还是不看的好。那个女人很妖媚也很有手段，你根本斗不过她！"

在沐云帆看来，尹沫熙在这段婚姻中已经是在垂死挣扎。

可尹沫熙却紧握双拳，愤怒地一字一句地发问道："还没开始，你怎么就确定我一定会输？"

第12章　我不会输

是啊，一切还未开始，尹沫熙不会轻易认输。

那个女人有那个女人的手段，可尹沫熙，也是相当聪明的女人。

她也有自己的方式去挽回丈夫的心。

"你的挽回方式就是默不吭声，像个傻子似的听他使唤？听你老公说你怀了二胎，我真是搞不懂你们这些女人，老公都背着自己和别的女人好上了，这种情况下你还要为他生孩子？"

作为一个男人，沐云帆自然不能理解女人的想法，更无法理解像尹沫熙这种女人的思考方式。

尹沫熙并未理会他，她冷静下来，声音微冷地再次问了一遍："要么告诉我那个女人是谁，要么把监控视频交给我。"

尹沫熙给沐云帆两种选择。

可沐云帆却只是用嘴角扯出一抹嘲笑的弧度："如果我两样都不选呢？"

尹沫熙似乎并未在意，无所谓地耸耸肩，冷淡地说道："没关系，你说与不说都无所谓。反正不出一个星期，那个女人就会自动找上我。"

女人的直觉一向很准，那个女人已经给家里连着打了一个星期的匿名电话，相信再有一个星期，就会坐不住主动来找她谈。

尹沫熙也很期待，传说中那强劲的对手，到底长什么样。

沐云帆看向她，眼里闪过一丝兴味："你比我想象中的更镇定，更冷静。"

"是吗？我当你这句话是夸我了。想吃什么？虽然我很讨厌你，不过既然你是我老公的客人，该有的礼节还是不能省略的。"

出于礼貌，尹沫熙准备招待沐云帆吃午饭。

"随便，听说你厨艺不错，相信不管做什么应该都不会难吃。我也不是很挑食。"

"知道了，请你在这坐一会儿，稍等一下。"

尹沫熙说完，自顾自地转进了厨房。

这顿午饭她准备得比较仓促，虽然简单却很精致。

牛排、意大利面和烤鸡。只是用了一个多小时就弄出了一桌丰盛的午餐。

尹沫熙准备叫沐云帆来用餐，转过身，却惊讶地发现，原来沐云帆一直站在厨房门口静静地看着她。

她不知道这个男人是什么时候站在这里的，又看了多久。

只是，那双漆黑的双眸，太过深沉深邃，让尹沫熙有些发怵。

"你什么时候站在这里的？怎么连一点声音都没有？你是幽灵吗？"尹沫熙有些不满地抱怨了几句。随后转身把牛排和意大利面摆放在餐桌上。

"听说你一直在国外生活，所以我简单做了一些西餐。"

沐云帆微微一笑，拿起刀又切了一小块放在嘴里慢慢咀嚼着。

厚度约为5cm左右的牛排并不是很好烤，如果火候掌握不好，则会外面焦了里面还没熟。

可尹沫熙的手艺却恰到好处，时间刚刚好，外面微微有些焦，里面的肉咬上一口却又汁水满溢，肉香十足，让人唇齿留香。

沐云帆毫不吝啬地朝她竖起了大拇指："我很少夸别人，不过不得不说，真的很好吃。"

看来吴建成的确没有吹牛。

见他吃得开心，尹沫熙也就放心了。

饭桌上，两人都很安静，气氛有些诡异和尴尬。

沐云帆看了一眼厨房四周的环境，橱柜上锅碗瓢盆一应俱全，而且每一处角落都打理得非常干净。

沐云帆好奇地问道："家里怎么没看见保姆？"

尹沫熙没有抬头，一边吃饭一边解释："我不习惯家里有陌生人。"

"你自己一个人包下所有家务？"

沐云帆吃惊地睁大眼睛，不可置信地看着眼前淡定吃饭的女人。

她是有多强大？照顾女儿和丈夫，还要包下家里所有家务？

来之前沐云帆有查过尹沫熙的资料，她可是含着金钥匙出生的千金小姐。

可她完全不按套路出牌。

尹沫熙抬头瞧了沐云帆一眼，不理解他为何这么惊讶。"嗯，家务都是我自己搞定。"

"洗衣服这种事情也是，给你老公洗袜子洗衣服？"

"没错，我老公的贴身衣物都是我洗……"尹沫熙突然低头嘲讽一笑，随后继续道，"不过那又有什么用呢？我守住了老公的贴身衣物，却没守住他的身体，呵呵。"

尹沫熙的自嘲让沐云帆不禁笑出了声："想不到你看起来跟木头人似的，不过倒也挺幽默的。其实也没什么。你没听过那样一句话吗？十个男人中，有九个男人都偷腥，剩下那一个可能是身体有问题。"

男人就好像是偷腥的猫，婚外情让他们觉得刺激又兴奋。

可大部分男人依旧是清醒的，他们分得清外面和家里，分得清老婆和情人的区别。

也就是说，聪明的男人是绝对不会离婚，更不会放弃自己老婆的。

沐云帆这番话只是想安慰一下尹沫熙，可她的脸色反而阴沉得更厉害。

无奈之下，沐云帆只好转移话题，他拿出了两本相册递给尹沫熙。

"听说你之前是婚纱设计师，也很喜欢婚纱。这是我这三年来给各大知名婚纱品牌所拍的宣传照。我想你可能会喜欢，送给你了。"

沐云帆给尹沫熙带来一份礼物，他自己也不清楚为何要对这个女人如此上心。

可能是真的同情她，也可能是觉得她特别，想要再靠近她一些。

"这……你要送给我？"

尹沫熙双手接过那两本相册，一页页地翻开，里面都是各大品牌的经典款婚纱。甚至还有很多新款婚纱，是出自尹沫熙最喜欢最崇拜的设计师之手。

尹沫熙有些受宠若惊地看着沐云帆，眸子里闪过一片隐隐的水光："这么珍贵的东西，你确定要送给我吗？"

摸着相册里的照片，尹沫熙仿佛在摸一件精美的婚纱，一切都是那么的熟悉。

沐云帆想到她会喜欢这个礼物，却没想到她会惊喜到这个地步。

他点点头，目光渐渐柔和下来，温柔地说道："嗯，送给你了。这两本是国际婚纱品牌，我手里还有几本国内婚纱品牌的样片目录，你若喜欢，哪天我再拿来送你。"

沐云帆一眨不眨地盯着尹沫熙，她专注地低头看着相册上的婚纱。

他喜欢看她笑的样子，眼睛微微眯起，好像一弯月牙。

那是一双会笑的眼睛，也只有在笑的时候，那双眸子才会闪闪发光。

"沐云帆，之前是我误会你了，抱歉。没想到你还会送我这么珍贵的礼物，谢谢你。"

尹沫熙看他，笑得天真烂漫，那双又大又圆的眼睛乌黑晶莹，像小鹿一样灵动兴奋。

沐云帆看得有些怔了，右手下意识地捂住自己的胸口。心脏，好像跳得厉害……

第13章　七年了，你还爱我吗？

尹沫熙收好那两本相册，随后带着沐云帆在屋里转了一圈。

沐云帆发现，尹沫熙的确是那种持家过日子的好女人，他们家虽然有钱，可这装修并不奢华浪费。

整体装修风格是田园风，而女儿的房间则是粉嫩嫩的小公主气息。

这才是家的感觉，温馨而又浪漫。

沐云帆也想和尹沫熙多聊聊，不过他看了看时间，已经是下午三点多。

毕竟两人才第二次见面，彼此还不熟悉，他也不好一直留在这里。

"我得走了，我想我们还有机会再见的。"

尹沫熙没有挽留他，而是亲自送他到了门口。

走出大门后，沐云帆忽然转身问她："你老公邀请我出席你们的结婚七周年party，还拜托我帮你多照一些好看的照片。"

尹沫熙有些恍惚，是啊，最近一直在烦恼小三的问题。她都快忘了，后天就是她和吴建成结婚七周年的纪念日。

她想低调一些，不过吴建成说这是七周年，他们好不容易跨过七年之痒，一定要邀请一些亲朋好友和贵宾来热闹热闹。

只是尹沫熙没想到，吴建成和沐云帆并不熟，却也邀请了他来参加。

她没反对，只是笑着说："好啊，那就拜托了，到时候帮我和我老公拍些美美的照片。我想选一张挂在客厅里。"

"好，对了！我收回刚刚那句话。现在想想，如果是你的话。也许真的能赢过那个女人，能挽回你和你老公之间的感情。"

末了，沐云帆突然冒出这么一句话来，让尹沫熙有些疑惑。

她微微皱眉，看着沐云帆已经走远，这才收回思绪，喊着问道："为什么？为什么你说我有机会？"

沐云帆收住脚步，突然回头道："那个女人虽然美艳动人，可你比她更能打动人心。最起码在我看来你比她更有魅力，如果我是你老公，我一定会回心转意的。"

沐云帆冲尹沫熙笑笑，一阵微风拂过，深黑色的发丝在阳光的照耀下闪闪发光。

恍然一笑间，那个男人俊雅如王子一般惊艳不已。

尹沫熙没再问他什么，只是觉得胸口那里好像被什么噎住，说不出来，却又觉得心里暖暖的。

就算是这个男人同情自己，说出这般安慰她的话也好。

尹沫熙觉得，一个只见过两次面的陌生男人，能如此小心翼翼地呵护着她的自尊心，真的很暖。

转身上楼后，尹沫熙将那两本相册小心翼翼地放进抽屉内珍藏。

这或许是她这辈子收到过的最珍贵的礼物。

只是心里有些不甘心，如果可以，她也想继续做她喜欢的事。

尹沫熙低头看看自己的那双手，虽然依旧娇嫩白皙，可毕竟是做家务的手，早已没有当初的感觉。

这双手，还能拿起画笔画设计图，还能继续做婚纱吗？

"唉，当初结婚时，就知道该有取舍的。"

她不禁对着那两本相册轻声叹息。

选择了婚姻、家庭和孩子，自然就要放弃最喜欢的事业。

她摇摇头，弯起的唇带着一抹苦涩，这样的付出真的值得吗？

两天后，尹家异常热闹。吴建成的爸妈特意把朵朵送了回来。

尹沫熙早早起床开始做准备，她在衣柜前挑选着今晚出席晚宴的晚礼服。

今天对于尹沫熙和吴建成来说都是一个特殊的日子。

这样的日子里，到底穿哪件才好呢？

楼下厨房内，婆婆亲自下厨为尹沫熙准备早餐，朵朵则拉着爷爷在院子里荡秋千。

这一家和乐融融的景象，让吴建成对家的留恋更是多了几分。

这种家的温暖，是那个女人所不能给他的。

他嘴角的笑意渐渐加深，满足地上了楼，见妻子在衣柜前发呆，他无奈地笑笑。

随后走上前去，将准备好的礼物拿出来。

"老婆，结婚七周年快乐。我们到今天为止，已经走过了七个年头。如果没有你，这个家不会这么井然有序，我的事业也不会如此顺利。你让我能够没有后顾之忧，老婆，真的很谢谢你。"

吴建成将手中的精致盒子打开，里面是一条价值不菲的蓝宝石项链。

深邃的蓝色犹如大海般神秘莫测，吴建成在看见它的第一眼，就觉得这条项链特别适合自己的老婆。

只是……

因为那天那个女人也在，在她的死缠烂打下，吴建成不得已也给那个女人买了一条。

两条项链一模一样，只是尹沫熙还不知情。

她诧异地捂住嘴巴，惊讶得说不出话来。

这条蓝宝石项链是某品牌推出的限量款，全世界也只有20条而已。

可想而知，吴建成为了这份结婚纪念日的礼物，真是用了心思。

说不感动是不可能的，尹沫熙有些激动地拍了拍自己的胸口，却在这时问了一个让人费解的问题。

"老公，我们一起生活了七年。你会不会嫌我烦，会不会觉得腻了？七年了，你还爱我吗？"

尹沫熙固执地认为，只要有爱，哪怕这爱情已经渐渐消退，不如结婚前那样热情如火。可只要还有一点星星之火，就可以再次燎原，就足以点燃他内心的热情。

晨光温柔地洒在她的身上，风透过窗户飘了进来。

她恬静温柔地站在那里，眼中是固执和坚定的态度，黑色的秀发顺着晨风轻轻扬起，那双笑如淡月的眼眸下，却隐藏着点点不安和焦躁。

吴建成低头望着她，心里莫名的一阵疼。

印象中的妻子，好像从结婚到现在就没怎么变过。

她的性格，她的容貌，她从结婚到现在一直保持着初心。

那他呢？

在这七年婚姻中，激情平淡下来，如一汪死水掀不起半点波澜。

可每每在外辛苦奔波劳累后，回到家中，他都贪恋她的温暖怀抱和家中的柔情。

想到这，他愧疚地揽住她的肩膀，低头在她额头轻轻一吻，嗓音略微沙哑地开口："爱，当然爱了。老婆，我这辈子只认定你一个女人。"

吴建成说的是实话，那个女人不过是一时新鲜。

他可以宠着那个女人，可以捧她成为最火的明星，甚至可以给她花钱买下一栋豪宅。

可吴建成唯独不会和她交心，不会给她应有的名分和一个温暖的家。

他清楚这就是情人和妻子的区别。

尹沫熙将头埋进他的怀中，听到这样的回答，不知是该笑还是该哭。

虽然她点头说着感谢，只是，在他看不尽的眼底，那抹意味不明的苦笑还是显得有些无可奈何。

第14章　小三主动现身

“妈咪，妈咪！”

女儿朵朵奶声奶气地唤着她，听到朵朵的脚步声，尹沫熙轻轻地推开了吴建成。

下一秒，朵朵跑进他们的卧室，直接冲进了尹沫熙的怀中。

她委屈地抬头，小嘴噘得老高：“妈咪是因为要生小妹妹了才把我送到奶奶家去的吗？妈咪我真的好想你和爹地啊。是不是有了小妹妹你就不疼朵朵了呀？”

朵朵委屈地向尹沫熙抱怨着，她虽然也很喜欢奶奶。可是她更想和妈咪一起睡。

尹沫熙看着女儿胖嘟嘟的小脸如此可爱，心里再多的委屈和对老公的怨恨，也都渐渐消失得无影无踪。

她还有这么可爱的女儿在身边陪伴着，怎么忍心看着这个家庭崩溃瓦解？

为了给女儿撑起这个家，她也不会就这样轻言放弃。

尹沫熙心疼地抱着女儿亲了又亲，有些愧疚地解释：“朵朵这么想我呀，是妈咪不好呢。不过妈咪不是因为要生小妹妹了才把朵朵送到奶奶家的哦。小妹妹可没这么快就出生呢。”

吴建成见女儿生气了，也走过来捏了捏她红红的小脸蛋：“可是朵朵为什么这么肯定妈咪这次会生小妹妹啊？要是生个小弟弟呢？”

吴建成对这个女儿疼爱有加，可他更想有个儿子。

这样，也好对爸妈交代。

朵朵歪着脑袋想了想，随后摇摇头："小妹妹才能和我玩呢，难道爹地也像奶奶一样重男轻女，更喜欢小弟弟吗？切，爹地说谎，爹地可是说过无论是小弟弟还是小妹妹你都一样疼爱喜欢的。"

朵朵一脸严肃地教训着吴建成，小大人的模样逗得尹沫熙不禁哈哈大笑。

就连吴建成都拿这个女儿没办法，小小年纪却古灵精怪，聪明得很。

婆婆听到笑声上了二楼，站在门口，看着他们一家三口如此温馨的一幕很是欣慰。

不过遗憾的是，家里没有孙子。

要是小熙这胎生个儿子就好了，这样一家四口也就圆满了。

"好了朵朵，别累到你妈咪。她现在可是怀着小弟弟呢。"

尹沫熙怀了二胎，做婆婆的自然小心翼翼，宠着疼着。

朵朵搂着婆婆的脖子，却气哼哼地甩甩头："奶奶就知道小弟弟，妈咪你不知道我在奶奶家这段日子，奶奶成天跟我说你妈咪要生小弟弟了，还要我谦让疼爱小弟弟。奶奶都不疼我了。"

朵朵有些撒娇也有些委屈，婆婆见了无奈地摇头，只好抱着她下楼去哄她。

尹沫熙也笑着摸了摸自己的肚子："看来朵朵更喜欢小妹妹呢。"

吴建成点点头，却有些犯难了："是啊，可是咱妈更想要个孙子啊。"

……

午饭后，闺蜜小雪和尹沫熙的妹妹尹沫夏也赶到了家中。

妹妹尹沫夏一直在美国陪着父亲疗养，为了给姐姐和姐夫庆祝七周年结婚日，特意坐飞机赶了回来。

见到姐姐，尹沫夏激动地跑过去紧紧抱住了她："啊，姐，我都想死你了。"

看见亲人和朋友都在，尹沫熙心里暖暖的，她心疼地摸着妹妹的脸蛋问："你又瘦了，照顾父亲很辛苦吧？"

小妹摇摇头："辛苦什么啊，爸在美国最好的疗养院，根本就不需要我伺候他。爸也想回来看你的，可是你知道不方便嘛。不过姐，你真的好幸福啊，摊上我姐夫这样的完美老公，要实力有实力，要样貌有样貌，还有一颗爱你的心哦。"

妹妹坏笑着调侃尹沫熙，在妹妹尹沫夏看来，姐夫是最完美老公的榜样。

所以姐姐和他才会走过七年之痒，也相安无事的。

妹妹如此崇拜姐夫，在一旁的小雪实在听不下去，她咳嗽两声制止道："行了你，怎么跟花痴似的。宾客就快来了。赶紧帮你姐挑礼服化妆啊。"

"对啊，瞧我这记性，光想着聊姐夫了。"

小雪和妹妹扶着尹沫熙回了房间，小雪帮她在衣柜中挑了一件白色鱼尾晚礼服。

白色是尹沫熙最钟爱也是最适合她的颜色。不过这件晚礼服尹沫熙买来后倒是很少穿。

礼服换好后，小雪和妹妹让她轻轻转了一圈，随后两人同时鼓掌夸赞道："真的是太美了。"

典雅大气的鱼尾礼服穿在尹沫熙身上很是合身，拖尾裙摆的设计带来华美的惊艳之感，而精致的蕾丝更是彰显她非凡的气质。

尤其是紧紧贴合身体曲线的鱼尾裙，勾勒出尹沫熙蜿蜒凹凸的女性身材，女人味十足。

再配上柔软的波浪卷发，仿佛一条刚刚跃出水面的美人鱼。

尹沫熙戴上了那条老公送她的蓝宝石项链，还有之前吴建成送给她的一条水晶手链。

一切准备妥当，尹沫熙优雅地走下楼梯，来宾们看着如此优雅美丽的她，不禁发出一声惊叹。

还未到时间，不过宾客倒是来了不少。

沐云帆早早就到了，他拿着相机百般无聊地站在角落里打发时间。

直到尹沫熙下楼，他手中的相机才有了焦点。

只是，这镜头拍下的瞬间，也无法定格她嘴角那灿烂的笑意。

今晚的她，真的很美，好像是天空般最璀璨的那颗星，让人无法将视线从她身上挪开。

尹沫熙在妹妹的陪同下，笑着在人群中穿梭着，接受所有人送上的祝福。

走着走着，一个女人忽然挤到她的面前，她微微一笑随后向尹沫熙伸出了手："吴太太您好，初次见面，我是吴总旗下新签的艺人。之前总听吴总说起您，没想到今日一见果然很有气质也很漂亮。"

尹沫熙笑着同她握手，可是低头的瞬间，却见她露出手腕晃了晃她的手链。

尹沫熙低头看了一眼自己的手腕，两只手握住的同时，两条一模一样的水晶手链碰撞在一起发出好听的声音。

尹沫熙下意识地抬眸看了一眼眼前的女人，火红的唇色，金色的大波浪长发随意地披在肩头，浓密的睫毛、魅惑的眼神、性感丰厚的双唇，无时无刻不透露出万种风情。

还有她脖子上那闪闪发光的蓝色宝石项链，竟然和自己脖子上的这条一模一样。

此刻，这个女人没有松手，依旧对尹沫熙骄傲地笑着，手上的力度似乎又加重了一些。

望着那条项链，尹沫熙感觉胸中一痛，压抑得快要窒息。

是她！

那个女人！出现了！

第15章　她无法给你的，我能

尹沫熙曾在心里无数次地想象着第一次和小三见面的情景。

可能是两人约好在一家咖啡馆见面，也可能是在公司或者是私下里见面。

可尹沫熙怎样都没想到，她和小三的第一次碰面竟然是在自己结婚七年的纪念日派对上。

两人狭路相逢，尹沫熙知道自己必须强大起来，不能在这个女人面前有半点懦弱。

作为正室，她此刻的表现的确很完美。

虽然内心愤怒万分，虽然身体忍不住微微颤抖着。

可是那张精致的脸上却找不到任何瑕疵，她只是微微笑着，像对待其他宾客那般温柔地对待这位小三。

"原来是我老公新签的艺人？没想到我老公会经常和员工提起我。也对，我们结婚七年感情一直很好，即便是其间也遇到过风风雨雨，但他始终都陪我身边，他一向是个以家庭为重的好男人。"

这番话尹沫熙说得格外慢，似乎是在有意说给这个小三听。

此刻的尹沫熙才明白，为何她没有猜到是眼前这个女人。

因为她是吴建成新签的艺人，刚入公司没多久，所以尹沫熙对她并未留意。

不过此刻细细观察这个女人，她的确是有这个能耐破坏别人的家庭。

小三本想突然出现气气尹沫熙，最好能够让她在宾客面前颜面尽失。

可是想不到这个女人如此能忍？

就算尹沫熙能忍，小三却忍不下去了，她直接报上自己的名号："是啊，吴总的确是个好男人呢！我叫欧雅妍，今后还请多多关照了。"

对方已经报上名号，尹沫熙嘴角的笑意越发苦涩。

如今的第三者，都如此的嚣张霸道吗？

当真一点羞耻心都没有吗？

两人虽然彼此在笑，可是内心却剑拔弩张。

在一旁和宾客聊天的吴建成视线瞥到这边，却见自己的地下情人和他的老婆在一起相聊甚欢。

吴建成心里一颤，那个女人怎么跑到这种地方来了？

她该不会和小熙说了什么不该说的话吧？

吴建成心急地走向尹沫熙和小三这边，他快速来到尹沫熙身侧，随后将小熙揽入自己的怀中。

"老婆，我找了你一圈，原来你在这里啊。"

吴建成心慌地紧紧搂住自己的老婆，双眸却死死地瞪着眼前的欧雅妍。

这个女人敢背着他单独和小熙见面？

尹沫熙感觉到老公是紧张她的，她心里虽然难受，可也还是笑着说道："老公你什么时候签了这么一个新人？我都不知情呢。不过雅妍看起来很欣赏你呢。"

吴建成心虚地笑了笑，随后俯身在尹沫熙额头轻轻一吻。

尹沫熙还想继续追问下去，奈何妹妹沫夏跑过来将她拉到了一边道："姐姐，你猜我刚刚看到谁了？国际婚纱设计师Miss Wang哎，是谁请来的？肯定是姐夫呢，姐夫一向最疼你了。可是好奇怪啊，如果姐夫特意请来Miss Wang哄你开心的话，为何不让你继续工作呢？"

沫夏被搞得有些晕了。

尹沫熙朝沫夏手指的方向看去，的确是国际婚纱设计师Miss Wang。

是谁请来的呢？

可是眼下，尹沫熙哪有什么心思和国际知名设计师聊天？

她的心完全放在了老公和那个小三的身上。

妹妹刚刚还拉着她兴奋地说个不停，可是看到不远处的吴政宇后立刻扔下她跑开了。

　　吴政宇是吴建成的弟弟，尹沫熙知道吴政宇是个不错的男人，而妹妹沫夏和政宇之间似乎并不是那么简单。

　　尹沫熙再次回头望向之前老公和小三所在的方向，然而两人早已不知去向。

　　这时沐云帆走了过来，用手中的相机照了几张相后，有些好奇地问道："同一天见到了最想见的第三者，又见到了最喜欢的国际婚纱设计师，你心里是什么感受呢？"

　　尹沫熙这才恍然大悟。

　　"原来Miss Wang是你请来的？"

　　也对，就算老公再想哄她开心，也不会真的去请国际婚纱设计师来参加他们的结婚纪念日晚宴。

　　沐云帆不过是好心想要让尹沫熙开心一下。

　　"是我请来的没错，不过你看起来并不开心。"

　　尹沫熙疲惫地摇摇头，随后笑着感谢道："谢谢你的好意，能见到Miss Wang我也是真的很高兴。只不过眼下我还有更重要的事情要忙，先失陪了。"

　　尹沫熙只想知道，此时此刻自己的老公和那个小三到底在哪里。

　　见她要走，沐云帆不禁勾了勾唇角，残忍地提醒她认清现实："老公和你的梦想到底哪个重要？你不是婚纱设计师吗？你不想见Miss Wang吗？不想完成你的梦想成为一个知名的婚纱设计师？你已经见到那个小三了，直到现在你还要守着那个烂男人？还要为了那个渣男放弃一切？"

　　在沐云帆看来，这个女人太傻，太不值得。

　　尹沫熙脸色铁青，她回眸望了一眼沐云帆，声音冷冷地警告他："不要以为你是我老公请来的摄影师，就可以对我如此无礼。也不要以为你给我几本婚纱写真，请来Miss Wang就可以对我的婚姻指手画脚！一个从未结过婚的男人，你有什么资格对我的婚姻说三道四？"

　　尹沫熙扔下沐云帆，独自一人向前走去。

　　她要找到自己的老公，要找到那个突然出现的小三。

　　在婚姻和梦想之间，她早就已经做出了选择，在结婚的时候就已经放弃了婚纱设计师的梦想。

　　尹沫熙知道，她现在能守得住的只有自己的老公和这段婚姻了。

　　沐云帆并未生气，他手拿相机对着尹沫熙的背影按下了快门。

　　在拍了几张照片后立刻跟在了尹沫熙的身后。

尹沫熙四处寻找一番，最后在后院的小花园中看到了两人。

只见那个女人正对着尹沫熙，而她的老公却背对着她。

"建成，你真的舍得放弃我？我给你的，你确定你老婆也能给你吗？她现在怀着二胎呢，你干吗那么辛苦？干吗要让自己忍着呢？"

那个女人上前抱住了吴建成，将头枕在吴建成的肩膀上，那双勾人的眸子却得意地直视尹沫熙的眼睛。

那个小三，她是故意的。

她明知道尹沫熙就在那里看着他们，却故意说出这番话来刺激尹沫熙。

"小可怜，你老婆可是要怀胎十月呢，你能忍得住寂寞？"

欧雅妍一边说着一边用手捧着吴建成的脸颊，那双娇艳的红唇热情如火地印在了吴建成的薄唇上。

起初吴建成有些犹豫，可是耐不住小三的魅惑，他竟然化被动为主动，两人在小花园内吻得火热。

尹沫熙紧握双拳，她告诫自己要坚强，可却觉得眼前一阵天旋地转。

吴建成，又一次狠狠地伤害了她！

第16章　打掉孩子

尹沫熙知道这一切都是那个女人搞的鬼，她这次完全就是有备而来。

尹沫熙很想转身离开，可是双脚好像被钉子钉住一般，双腿沉沉地陷在那里，无法拔出也无法行走。

光是看着眼前这香艳的一幕，就已经让尹沫熙耗尽所有力气。

她的头痛得要死，身子也沉甸甸地向下坠着。

尹沫熙用手抚着自己的胸口，呼吸渐渐急促起来。

就在尹沫熙感觉自己快要窒息的时候，肩膀却被一双有力的手臂握住。

"你没事吧？"

温润的话语从头顶传来，尹沫熙茫然地眯着眼睛看着眼前的这个男人。

是那个摄影师，是她老公特意请来的那个摄影师。

尹沫熙痛苦地紧闭双眼，不想再看自己的老公和那个小三一眼。

“带我离开这里。”

尹沫熙双手死死地抓住沐云帆的双臂，沐云帆扭头看了一眼不远处的花丛内。

沐云帆没想到吴建成这么没有定力，竟然会在结婚七周年的晚宴上和自己的地下情人在自家后花园里做这种事情。

沐云帆立刻搀扶着尹沫熙离开了后花园。

沐云帆无奈地摇摇头。

那个小三太过妖娆性感，像吴建成那样的男人又怎会禁受得住这种诱惑？

尹沫熙觉得身体很不舒服，本以为离开后花园，眼不见为净，心情也会得到缓解。可她却越发觉得自己头痛得厉害，小腹更是像针扎一般疼。

尹沫熙担心自己的情绪会影响到肚子里的宝宝，于是她立刻抓着沐云帆的衣角请求道：“送我去医院，送我去市中心的公立医院。”

尹沫熙和市中心公立医院的院长一家是老相识了。

院长和尹沫熙的父亲是世交，尹沫熙和院长家的儿子又是从小到大的青梅竹马。

只是……

想到院长家的儿子，尹沫熙总是莫名的有些心疼，还有一丝丝的愧疚。

沐云帆见尹沫熙脸色憔悴，他伸手轻轻握住尹沫熙的双手，那双手冷冰冰的。他不敢怠慢，立刻搀扶着尹沫熙从后院离开，亲自开车将尹沫熙送到了市中心的那家公立医院。

看过医生后，尹沫熙被安排在一间VIP病房内。

沐云帆一直陪伴在她身边，随后一个五十多岁的男人走了进来。

他关切地询问着尹沫熙的身体状况：“小熙啊，现在还很难受吗？”

尹沫熙摇摇头，可是看上去却很虚弱的样子。

“韩叔，我的孩子没事吧？我知道孕妇要保持一个良好的心态。我最近情绪太糟糕了，会不会影响到我肚子里的宝宝？”

尹沫熙下意识地伸手抚摸着自己的小腹，总觉得这一胎真的委屈了肚子里的孩子。

院长无奈地摇摇头，望着尹沫熙眉眼间尽是心疼之色。

“韩叔，到底怎么了嘛？难道我的孩子真的保不住了？”

见院长脸色难看，尹沫熙整颗心都揪到了嗓子眼处。

院长止不住地轻声叹息着，他几次欲言又止，在尹沫熙的不断追问下只好继续说道："小熙，现在不是孩子的问题。你的情况很复杂也很……轩儿就要回来了！他现在应该已经下飞机了。轩儿是这方面的专家，我还是让他和你说吧。"

院长留下这番话后就匆匆离开了尹沫熙的病房。

他可是看着小熙长大的，小熙对他来说就像是亲生女儿一般，他实在没办法也没有勇气亲自告诉小熙她所要面对的一切。

现实，终究是太残忍了。

尹沫熙面如菜色，韩叔说轩儿就要回来了？

那个从小和尹沫熙一起长大，和她青梅竹马，曾经向她求婚却被她拒绝的韩冷轩要回国了？

那个参加了她的婚礼后就突然跑到国外消失了整整七年，不再和她有半点联系的韩冷轩真的要回来了？

尹沫熙不知道此刻内心的情绪到底有多复杂。

该开心还是该难过？

老公和小三的事情，宝宝的问题，还有青梅竹马韩冷轩就要回国的问题，都让尹沫熙感到异常烦躁。

沐云帆看看手表，他很想继续留下来陪着尹沫熙，不过他还有其他重要事情要处理。

"我还有事先离开下，你在病房等我，一个多小时后我回来接你。"

沐云帆让尹沫熙等他回来，可尹沫熙却并未留意他所说的那些话。

尹沫熙只是眼神呆滞地望着天花板发呆。

她从未像现在这般沮丧过，好好的生活被突如其来的变故搅得一团糟。

更让尹沫熙担忧的是，韩叔为什么不肯直接告诉她，而是要等韩冷轩回来单独和她谈？

难道，她的情况真的很严重吗？

尹沫熙的双手止不住地颤抖着，她现在真的已经没有更多精力去应付其他难题了。

在漫长的等待中，韩冷轩终于推门而入。

尹沫熙抬头看着门口的那个男人，嘴角的笑意却越发苦涩。

两人视线相交，彼此凝视对方几分钟后，韩冷轩却红了眼眶，他声音沙哑着轻声唤道："小熙，好久不见，你还好吗？"

那一声熟悉的小熙，那一句好久不见，让尹沫熙眼中的泪水瞬间夺眶而出。

她不好，一点也不好。

婚姻亮起了红灯，肚子里的宝宝也是状况百出。

她看起来，怎么会像是过得好的样子？

尹沫熙苦涩地摇摇头，随后擦了擦脸上的泪水说："有些糟糕，可是你真的很过分，我的婚礼结束后你就悄无声息地消失了！一走就是七年！我们说好的，彼此要做对方坚实的后盾。我们从小一起长大，我以为我们是家人一样亲密的关系……"

尹沫熙对韩冷轩又恨又心疼，恨他的绝情，也心疼他的痴情。

韩冷轩以为自己在美国这七年的时间可以忘记小熙，他在美国交了一个女朋友，也已经到了谈婚论嫁的地步。

可是当他回国，当他看到病床上面色苍白的尹沫熙时，所有的思念和爱恋像潮水一般迅速涌入心头。

他知道，他根本就没忘记她！

韩冷轩快速走到病床前，他紧紧地将尹沫熙抱入怀中，心疼不已地轻声呢喃着："对不起小熙，我不该把你一个人留在国内的！对不起我来晚了！你和吴建成的事我都知道了，你肚子里的宝宝留不得，你和他离婚吧！"

尹沫熙身子一僵，韩冷轩的这番话瞬间将两人重逢的喜悦和温暖全部打破。

他匆匆回国见自己一面，开口却叫她打掉肚子里的宝宝并和吴建成离婚？

尹沫熙一脸震惊地望着眼前的男人，她和他从小一起长大亲密无间，可是此刻她却觉得韩冷轩是如此的陌生！

第17章　给了希望，又陷入绝望

尹沫熙猛地揪住韩冷轩的袖口，焦急地询问道："冷轩你实话跟我说，是不是我肚子里的孩子有问题？"

韩冷轩清楚纸是包不住火的，几次反复深呼吸后，韩冷轩心痛地坦白："小熙你要有心理准备。我原本不想这么早就告诉你实情的。可是你的病情拖不得，尽早治疗才会尽早康复。"

韩冷轩的表情实在太过严肃，严肃到让尹沫熙有些不寒而栗。

病情拖不得？

不是孩子，是自己的身体出了问题吗？

最近她总是头痛得厉害，身体也似乎越来越虚弱了。

可尹沫熙以为只是因为她怀了二胎，所以身体才会比之前虚弱一些。

尹沫熙伸手紧张地握住床头栏杆，随后看似镇定地问道："说吧，我得了什么病？不要说一大堆医学术语我听不懂的，你就直接简单地告诉我，我到底怎么了？"

尹沫熙只想尽快知道答案，她到底得了什么病。

虽然尹沫熙已经有了心理准备，然而当韩冷轩说出真相的那一刻，她还是差点晕厥过去。

"白血病。"

韩冷轩省去所有医学用语，用了三个字简单明了地概括了尹沫熙如今的病情。

听到"白血病"三个字时，尹沫熙身体不由得打了个寒战。

尹沫熙并没有哭，可是身子却不受控制地颤抖个不停。

她呵呵地笑着，随后抬眸看着韩冷轩自我打趣道："白血病？你知道我刚才心里想的是什么？我以为我得的会是癌症。你说白血病的时候我都不知道该笑还是该哭。"

白血病和癌症又有什么区别呢？

这两种病都够让人绝望的。

尹沫熙绝望地靠在床头，大口大口地喘着粗气。

她只是觉得好压抑，压抑到她快要窒息。

为什么会这样？

老天还嫌她的生活不够乱吗？

韩冷轩立刻蹲下身子不停地抚摸着尹沫熙的后背，柔声细语地安慰她："小熙你别这么绝望。白血病有很多种也很复杂，你还要接受一系列更加具体的检查。现在医学很发达的，很多白血病患者都能被治愈，真的不是你想的那么可怕。"

韩冷轩的安慰起不到任何作用，尹沫熙笑着笑着哭了出来。"我虽然不是学医的，可是对这个病还是有些了解的！即便是康复的白血病患者，也可能会在五年或者十年后再次复发。还记得《不了情》那部电视剧吧？我们上学时一起看过的。女主角就是白血病患者，她明明已经康复了，可是几年后再次复发，最后还是死了啊。"

想到那个结局尹沫熙就觉得心痛，治愈了又如何，只是给了希望最后又陷入绝望而已。

谁能确定以后不会复发，谁能确定治好了这次就不会死掉？

她无法接受这个残酷的现实。

可是却又不能就这样垮掉。

尹沫熙有着太多的牵挂和不舍，不想就这样离开这个世界。

韩冷轩温柔地抚着她的后背，不再提及吴建成和打胎的话题，而是聊起了其他事情。

"小熙，我在美国混得还不错。而且在这方面也很擅长，所以你相信我好吗？"

尹沫熙苦涩地发出了一声"嗯"后，就继续保持沉默。

从医院回来后，尹沫熙便对周围人隐瞒了自身病情，只是最近身子似乎越来越虚弱了。

尹沫熙没有什么其他想法，只希望这身子能多撑一段日子。

等到她解决了这次婚姻危机，等到她让老公回心转意后，她就去医院接受治疗。

尹沫熙不想就这样绝望，她不想就这样结束自己的人生。

若是如此，她未免也太过委屈了些。

她手扶着墙壁一步步地走回了屋内，开始想着今天晚上要给朵朵准备什么晚饭。

思考时，电话突然响起。

家里一来电话尹沫熙就会觉得头疼，因为她不知道这电话是否又是那个女人打来骚扰她的。

犹豫再三，尹沫熙还是拿起了听筒。

这一次，打来的不是小三，而是另一个难缠的家伙。

"你身体好些了吗？"

对方直接关切地询问她的身体情况，这让尹沫熙有些摸不着头脑。

是韩冷轩吗？

不对，这声音不是冷轩的声音，虽然两人分开七年之久，可毕竟从小一起长大，小熙能分辨得出这不是冷轩的声音。

见小熙一直在沉默，对方只好尴尬地自报姓名："是我，沐云帆。"

"沐云帆？"

尹沫熙皱眉思考着，几秒后才反应过来："哦，是你啊。"

这样的反应让沐云帆有些不爽。

他也算是尹沫熙的救命恩人了吧？

几次帮她解决了危机，可她怎么连他是谁都记不起来？

沐云帆自从上一次送尹沫熙去了医院后就消失了，所以小熙一时间没想起这个人来。

想到上次是他帮忙，尹沫熙感激地说道："谢谢你上次送我去医院。"

沐云帆笑了笑说："跟我不需要这么客气，送你去医院那一次正好是我家里有事，所以我连夜飞回了美国。昨天才飞回来。你身体没大碍了吧？"

沐云帆不知道尹沫熙的病情，以为她只是因为情绪波动影响了肚中的宝宝。

她敷衍地嗯了一声，随后就彻底沉默了。

"既然你说要谢谢我，那就请我吃饭吧。"

尹沫熙太过被动，沐云帆只好主动一些。

想要了解这个女人，首先就要和她多接触。

尹沫熙依旧眉头紧蹙，为什么这个男人要她请客吃饭？

她是有老公的人，一个有夫之妇和一个相识没几天的男人走得太近，这不太好吧？

见对方依旧沉默，沐云帆只好叹气道："我几次帮了你，连请吃个饭都不行吗？"

小熙不肯放松警惕心，婉拒道："之前已经请你吃过一次了，还是我亲自下厨。"

明明是道个谢，两人却在电话里讨价还价起来。

"上一次可是你老公请我，并非是你请我。虽然你亲自下厨，却是看在你老公的面子上才肯给我做顿饭吃。我说尹沫熙小姐，请我吃顿饭有这么难吗？"

尹沫熙越是避而不见，沐云帆越是想要和她见个面聊聊天。

尹沫熙不想被一直纠缠只好答应他的要求，反正不过是一顿饭而已。

"好，改天我们约时间在你喜欢的地方。"

尹沫熙拗不过沐云帆，所以答应了他的要求。

可沐云帆却更是过分，"别哪天了，择日不如撞日，我今晚有时间，我看就今晚好了。"

"今晚？不行！"

尹沫熙想都没想，直接回绝了沐云帆的要求。

今晚吴建成还要回家吃晚饭的。

听她回答得如此干脆，沐云帆不禁笑出了声，问："你不会是要留在家里给你老公准备晚饭吧？他今天晚上可是要去参加一个重要的活动，而且他今晚的女伴正是横在你们中间的女人！你老公带着小情人去外面风流，你却要在家里守着锅碗瓢盆等着他回来吃饭？"

沐云帆不是有意要刺激尹沫熙，只是希望她能看清自己在这场婚姻中的位置。

第18章　她不配

她的老公今晚要带着他的小情人在外出席重要活动吗？

听到这样的消息，尹沫熙的小脸顿时黯然失色。

她幽暗的眼中闪过愤怒，想到自己的老公可以背着她在外面风流快活，而她却傻傻地守在家里还给他准备丰盛的晚餐？

果然，自己实在太蠢。

既然他不回家，她又何必在家里苦等一个迟迟不肯回家的男人？

于是尹沫熙答应了沐云帆的邀请，不过地点却由她定。

沐云帆对此没有任何异议，尹沫熙的品位和对美食的标准，沐云帆还是信得过的。

结束通话后，尹沫熙只是换了一件衣服，提着一个包包就离开了家。

小雪给她买的化妆品似乎成了摆设，此时此刻她没那个心情打扮自己。

更何况，她是要去见一个认识没几天的摄影师，她无须把自己打扮得那么惊艳。

尹沫熙向来不喜欢迟到，于是她到达那家小馆时提前了十分钟。

这家小饭馆的老板和尹沫熙已经很熟了，虽然大家不会一直聊个不停，可是老板还是特意为她空出一个小包间。

尹沫熙进入包间，在靠窗户边的位置坐下来。

既然是要感谢他，地点和饭菜都是尹沫熙亲自决定的，沐云帆还没来她就已经点好了菜。

老板像往常一样给她倒了一杯果汁，她冲着老板微微一笑，随后转身推开玻璃窗，看着窗外园景，心情也随之豁然开朗起来。

她喜欢这里，喜欢这院子里被老板精心布置过的园景。

她更喜欢听着潺潺水声漫过鱼缸顺着两侧的石阶缓缓而下的声音。

这一切都能让她烦躁的内心瞬间安静下来。

此刻再喝上一杯凉凉的果汁，凉意直沁心脾，舒服得不得了。

几分钟后，沐云帆推开包间的门径直走了进来。

当他看到尹沫熙背对着自己，安静地坐在窗边看着窗外的美景时，他忽然觉得尹沫熙似乎和这窗外的景色已经融合在了一起。

她今日的穿着依旧是那么的朴素，朴素却不失高贵的气质。

如此有气质的女人，沐云帆实在想不出为何吴建成会选择出轨？

任他看，这种气质可不是小三那种庸脂俗粉能比得了的。

沐云帆轻轻咳嗽一声，随后在尹沫熙对面的位置上坐下来。

尹沫熙听到声音转过身来，见他到了便轻柔一笑："时间刚刚好，提前两分钟，并没有迟到。"

沐云帆点点头，刚要点餐，尹沫熙就继续说道："因为我对这家饭馆比较熟悉，知道什么好吃什么不好吃。所以我就擅作主张点了一些我喜欢吃的饭菜，你不介意吧？"

沐云帆点点头说："随你喜欢就好。"

他并不介意，也相信尹沫熙喜欢吃的东西一定很美味。

窗外夜色宜人，屋内气氛却有些尴尬。

尹沫熙没有什么想说的，只是低头看着桌上的木纹发呆。

虽然此刻人和这位摄影师在一起，可是她的心却早飞到她老公所在的活动现场。

不知道他有没有收敛自己，该不会被那些狗仔拍到什么暧昧镜头吧？

尹沫熙一直在小心翼翼地维护着他这个好老公的形象，可吴建成本人呢，谁知道他是否真的在乎？

见她一直不肯出声，沐云帆主动开口："我也是凑巧知道他今晚的行程。那个活动好像很重要，所以他请我去现场多拍些照片，你老公好像是有意在捧红那个女人。多拍些美照也是为了发给记者多夸夸她而已。"

新闻的那些通稿会怎么写，尹沫熙差不多也是知道的。

不过，吴建成肯找沐云帆这么大牌的国际摄影师亲自为那个女人拍照，看来吴建成是真的很在乎那个小三。

尹沫熙喝了几口果汁，有些疑惑地蹙起眉头轻声问道："我老公让你帮忙给那个女人拍些好看的照片，可是你怎么会在这里？你现在不是应该在活动现场给那个女人拍照的吗？"

尹沫熙的问题让沐云帆不禁嗤笑出声，他满不在乎地挑了挑眉毛，却很严肃地告诉尹沫熙："你可能真的不了解我，所以也不知道我在国际上究竟多有名气。我不是谁都拍的，想要让我拍的模特，要么有点气质，要么有些特点，或者是真正的超模！像那种只会在镜头前搔首弄姿、卖弄自己的女人，呵呵，她不配让我按下快门。"

沐云帆看似说得云淡风轻，可是气场却很强。

他看不上的人，不管是谁花多大的价钱他都不会去拍的。

不过，沐云帆也不会傻傻地跟钱过不去，吴建成可是为了那个小三豪掷千金请他去拍照的。

沐云帆不想断了和尹沫熙的联系，所以没有直接回绝吴建成，而是派他的助理去拍。

他的助理是跟他一起从美国回来的，很有潜质，拍的照片也不错，就是缺乏经验而已。

正好这样的场合可以让他的助理去练练手。

尹沫熙点了点头，暗中打量着眼前的这个男人。

很有傲气，或许国际知名摄影师都这么有傲气吧。

他不仅仅是冷傲而已，好像还挺腹黑的。

不过那句话让尹沫熙心里好受些，欧雅妍那样的女人的确只是会卖弄自己的身体而已。

可偏偏，吴建成就好这一口！

门外，服务员敲了敲门，随后端着饭菜进了包间。

尹沫熙没有点太多，只是简单地要了六个小菜，两碗黑米饭。

饭菜精致且清淡，看起来的确是符合尹沫熙的口味。

沐云帆拿起筷子尝了尝这些小菜，脸色顿时一惊。

味道真的很不错，他一直吃的都是大饭店的特色菜，要么就是西餐之类的。

这种小菜，味道清淡吃下去却又让人觉得胃里暖暖的。吃起来反倒有种家的感觉。

第19章　肚子会越来越大

尹沫熙很想喝酒，可是她现在是个孕妇。

她想到韩冷轩对她说的那些话，这个孩子肯定是留不得的！

只是她迟迟不肯去医院将这一胎打掉，她好不容易才怀上的，怎么舍得就这样打掉这个孩子呢？

沐云帆见尹沫熙看着碗中的米饭发呆，无奈地轻叹出声："你就这么痴情？就这么爱你的老公吗？以至于连吃饭都要想着他？我有时候真的搞不懂你们这些女人，为什么每次面对老公出轨都选择大方原谅，或者是睁一只眼闭一只眼，当作什么都没发生似的？"

沐云帆只是觉得尹沫熙太过可惜了。

这样有气质的千金大小姐，嫁给一个一穷二白的小子，帮他坐上了总裁位置后却又面临这种背叛。

她何必如此委屈自己？

她明明就可以拥有更好的生活不是吗？

尹沫熙只是轻笑出声却没有说什么。

别人怎么会理解她的心酸？

眼前的这个男人只是一个风流潇洒的单身汉，没结过婚的人更不会理解她对婚姻的执着。

更何况，她现在只有这个家，只有这段婚姻，她真的不想失去任何事物和人，不想失去她所珍重的一切。

沐云帆被尹沫熙的忧郁气质深深地吸引着，她眼波流转之中尽是悲伤之色。

沐云帆不知，曾经的尹沫熙虽然性子如一杯清茶一般淡淡的，可是也活泼可爱。

只是如今，她或许再也回不到曾经那般无忧无虑的幸福生活了。

沐云帆有些心疼尹沫熙，他不停地朝她碗中夹着菜。

他知道自己不是她的谁，可就是想帮帮她。

"我回美国的时候正好是著名婚纱设计师Anna的生日。在生日晚宴上我和她谈起你，她得知你曾经是婚纱设计师，也拿过一些奖项时，很愿意让你去她的工作室上班，不过你要从最底层也就是从助理做起。"

这是难得的好机会，虽然是在Anna设计师手下做助理，可是这助理可不是谁都能做的。

相信尹沫熙在Anna手下待个两三年就可以独立开店重新设计婚纱了。

沐云帆说的一切都让尹沫熙心里痒痒的。

之前七年结婚晚宴上请到的婚纱设计师，还有这一次他和自己说起的Anna。

她们可都是国际知名的婚纱设计师，尹沫熙一直很崇拜她们。

沐云帆见她感兴趣便继续游说道："或者你有更喜欢的婚纱设计师？你可以告诉我是谁，我帮你去说说看，反正你有那么好的基础，他们应该会乐意招你在他们的工作室工作的。"

沐云帆就是这么有自信，他是国际摄影师，名气的确是响当当的。很多设计师都要给他三分薄面的。只要是尹沫熙说得出的婚纱设计师，他都愿意去帮忙说说看。

尹沫熙心动得很，可是……

Anna的工作室在美国，她怎么能舍得扔下孩子和这个家去美国工作？

更何况，她现在的身体和病情真的不容许她离开国内的。

尹沫熙眉头紧皱，突然觉得心好累。

曾经的梦想，或许早就该放弃了。

她感激一笑，随后将实情说出："谢谢你，真的谢谢你肯为我如此着想。婚纱设计师是我的一个梦，没错，我真的很喜欢这个职业。不过我很快就要去我家自己的公司上班了。"

她要上班了，可是那家娱乐公司虽然是尹沫熙的父亲创建，但是现在是她老公吴建成坐总裁位置。

吴建成会允许尹沫熙去公司上班吗？

不过这样也好，能在公司和尹沫熙经常碰面。

或许她需要时间好好想想，等到她发现这段婚姻走到尽头，无法挽回的时候，可能就会放弃一切重新做回婚纱设计师。

反正这一次，沐云帆计划在国内多待几年。

他看似遗憾地勾勾唇角惋惜道："既然如此，那好吧，我尊重你的选择，只是觉得有些可惜了。"

尹沫熙只是浅浅一笑，没有再说什么。

可惜，她一直都知道自己放弃当初的梦想很可惜。

所以，她早已无路可退。

……

钟叶路一家五星级大饭店外，众多大牌明星携自己的舞伴走上了红毯。

现场星光熠熠，人头攒动。

吴建成和欧雅妍在车内等候着走红毯。

吴建成有些心急地看着手表，小熙现在应该已经做好晚饭在家里等着他了吧？

今天的活动吴建成原本是不想参加的，只是……

只是因为欧雅妍找到自己苦苦哀求，想要让他带她一起出席这次活动，给她一些曝光的机会。

只有多在媒体大众面前露脸，才会让大家开始记住她。

今晚的欧雅妍打扮得十分性感，只是这身长裙看起来还是大了些。

"你之前的穿衣风格是恨不得布料越少越好，怎么最近总是穿这种不太合身的长裙？"

虽然这件长裙看似不太合身，不过欧雅妍还是动了小心思。

裙摆经过裁剪后直接开衩到腿的顶部，露出两条白嫩的美腿格外吸引人的注意力。这也让她看起来更加的性感妖娆。

欧雅妍一脸的忧心忡忡，因为怀孕一事一直在隐瞒着吴建成，可是这肚子终究会越来越大的。现在尚且还能继续隐瞒下去，若是再过两个月，肚子彻底大起来，她想打掉这个孩子都来不及了。

就算她胆子再大也不敢冒这个险。

吴建成并不知道欧雅妍有了孩子，还以为她最近压力太大导致体重增加。

"你是不是最近胖了，所以才不穿那些紧身裙的？你最好控制自身体重，你是模特出身，身材就是你的命！若是身材不行，在这一行我就算再想捧你你也走不下去。"

欧雅妍擦了擦额头的冷汗，不住地点点头："嗯，是啊，最近好像有些胖了。我会注意管理我的身材的。"

她敷衍着，心里却有些担心。

不管这个孩子她要不要，暂时都不能让吴建成知道她怀孕的消息。

若是他知晓这些，只怕自己还没抢过尹沫熙的位置，吴建成就先拉着她去医院把孩子给打掉了！

第20章　给我一晚上的时间

两人在车内交谈了一会儿，可是还没有到他们走红毯。

吴建成是真的有些急了，他拿出手机给小熙打电话，可无论是家里的座机还是小熙的手机始终是无人接听。

这怎么可能呢？

小熙平时都是宅在家里的，更何况她一个孕妇又会去哪里呢？

吴建成开始担心自己的妻子。

坐在对面的欧雅妍实在看不下去，生气地说："建成，你现在和我在一起哎，你好歹顾及一下我的感受可以吗？"

欧雅妍无法忍受这个男人和自己在一起时却还想着他的老婆。是自己不够漂亮还是不够有吸引力？

吴建成没有理会欧雅妍，而是继续不停地给家里打电话。

欧雅妍实在气不过，前倾着身子伸手将吴建成手里的电话抢了过来。

吴建成脸色一沉，声音冷冷地命令着："把手机给我。"

欧雅妍也壮着胆子道："不给！就是电话打不通而已，你何必这么着急呢？她是个成年人了，难道还会走丢出事不成？她现在怀孕，可能是怀孕的女人睡得比较沉，没有听见电话声。你何必如此小题大做？"

欧雅妍就是看不惯吴建成一脸宠溺地想着他老婆的模样。

他对尹沫熙是真的疼爱宠溺，对她呢？不过就是贪婪和霸占而已。

说到底，这就是正室和小三的区别。

只是现在那么多小三上位，可以得到男人的爱，甚至还可以登堂入室，将正室赶出家门。别人能做到，她为何做不到？

欧雅妍脾气倔得很，吴建成已经动怒，他脸颊紧绷，双眉拧成了川字，乌黑的眸子更是散发着无尽的冷漠。

"我说了，把手机还给我。"

　　吴建成才不在乎欧雅妍的感受，他今天破例和她一起参加这个活动就已经很给她面子了。

　　若不是看在她之前的确让他很开心的份上，他早就把她赶出公司了。

　　欧雅妍也算是他的女人，可仅仅止步于情人，永远不能和小熙相提并论。

　　这一点，吴建成还是拎得清的。

　　欧雅妍将手机藏在身后，忍不住撒娇道："建成你不要这样嘛，她刚怀孕而已不会有事的。你看那些艺人怀孕五六个月还踩着高跟鞋满世界跑来跑去地工作呢，你真的太大惊小怪了。你老婆肯定没事的。"

　　欧雅妍在安抚吴建成，因为欧雅妍担心这通电话打过去，他老婆会直接让他回家去陪她。

　　她好不容易争取到的机会，她还想活动结束后借机和他在一起过夜的。

　　吴建成已经没了耐心，他起身准备下车，他要回家，要回家看看小熙到底怎么了。

　　只是吴建成人还没下去，就被欧雅妍一把拉住了胳膊，"你不能这样对我，你每天晚上都按时回家去陪她。你可为我空出过一晚上的时间来陪陪我？建成我的要求很过分吗？我只是希望你今晚能陪陪我，你也知道今天这个场合对我很重要的。你老婆天大晚上都霸占你，就给我一晚上，一晚上你都做不到吗？"

　　欧雅妍眼中含泪，看起来娇滴滴的，很是惹人怜爱。

　　吴建成知道他从未对欧雅妍付出过真心，只是贪恋她的身体而已。

　　他已经背叛了小熙和这段婚姻，他真的不想再失信于人，每天晚上回家陪小熙，这是他的底线，也是唯一能坚持的深情。

　　难道连这一点他都做不到了吗？

　　欧雅妍见吴建成在犹豫，更是可怜兮兮地擦了擦眼角的泪痕，哽咽着说："马上就要到我们走红毯了，你突然消失不见，就这样离开，你说那些记者会怎样写？我又不是让你陪我一整夜，我们进去待一会儿就走还不行吗？"

　　吴建成面露为难之色，而前面守着的狗仔们更是注意到他这边的状况，还将相机对准他们的车子。

　　吴建成只好关上车门坐回原位，可他继续要求道："我可以陪你进去坐一会儿，不过手机必须还给我。"

　　既然如此，欧雅妍也只好将手机还给了吴建成。

　　欧雅妍拿出化妆镜给自己补了妆，这时工作人员敲了敲车窗说："吴总，到你们走红毯了，请跟我来。"

欧雅妍笑了笑，手挽着吴建成下了车。

两人在众人瞩目下走上了红毯，红毯两侧的记者看到吴建成后立刻按下了快门。

吴建成是谁，他可是国内最大娱乐公司的总裁。

虽然不是艺人却身处娱乐端最高位置，这样的他一出现在公众场合，自然会成为全场瞩目的焦点。

记者们在将镜头对准吴建成的时候，也注意到了他身边的那个女人。

一袭黑色长裙将她的好身材包裹住，可是裙摆却直接开到腿的根部，一双美腿明晃晃地闪现在众人面前，不禁让人感叹她的性感妖娆。

欧雅妍嘴角一直上扬着，她心里美滋滋的。

这次活动邀请了近百位的大牌艺人，可谓是轰动全国。

她跟在吴建成身边露一露脸，各大媒体记者肯定是会争相报道的。

欧雅妍不信尹沫熙不看娱乐新闻，只要她看手机和电视，就一定会看到她挽着吴建成的胳膊，亲密暧昧地走在一起的画面。

这，算是对尹沫熙最直接的挑衅。

欧雅妍想要让尹沫熙看清楚，只有她有这个资本能破了吴建成对尹沫熙的坚持。能让他不再一下班就直接回家陪着妻子。

两人缓缓走过红毯，经过采访区时，欧雅妍想要拉着吴建成接受主持人的采访。这样给自己更多一些曝光的机会。

可是吴建成却只是冷冷地瞧了欧雅妍一眼，随后继续朝前走去。

无奈之下，欧雅妍只能尴尬地同主持人笑一笑随后快步追了上去。

她什么都没说，也不敢抱怨什么，只是安分守己地站在吴建成身侧，随他进入了酒店的宴会场内。

晚宴还未结束，可新闻的传播速度却是相当的快。

实时娱乐新闻已经在各大网站头条曝光了欧雅妍手挽吴建成，两人亲密依偎在一起走上红毯的照片。

而一直守在红毯外帮忙给欧雅妍拍照的那个助理已经完成了他的工作，他将拍好的几张照片发给了沐云帆过目。

助理拍的也还不错，虽然技术比不上沐云帆，不过拍欧雅妍这技术是绰绰有余了。

沐云帆将手机横在尹沫熙面前说："你老公和小三刚走完红毯，现在应该已经进入宴会现场了。"

尹沫熙看着照片，心猛地揪在一起。

她面无表情地移开视线，随后起身淡淡地说道："吃好了，我们走吧。"

第21章　只想找个人陪陪自己

尹沫熙穿好大衣走出了包间，沐云帆则去前台结了账。

他以为尹沫熙会在饭馆外等他，可当沐云帆走出饭馆时却早已不见尹沫熙的踪迹。

沐云帆只好询问门口的保安："刚才那个女人去了哪里？"

保安想了想随后说道："哦，她乘出租车离开了。"

沐云帆沮丧地回到自己的车内，他拿出手机打给尹沫熙，想要问问她为何先走了。

电话打了几次始终无人接听，或许那个女人压根就不想接他的电话吧。

无奈，沐云帆只好转动方向盘开车离开了那家饭馆。

虽然是和尹沫熙单独相处的好机会，却让她就这么溜走了。

不过没关系，沐云帆记得尹沫熙说过，她过几天就会到公司去上班的。

而沐云帆现是吴建成特聘的摄影师，这段时间他们在公司内应该会经常碰面的。

如此想着，沐云帆不禁觉得心情特别的舒畅。

离开饭馆的尹沫熙在出租车上看着窗外的夜色发呆。

天空繁星点点，街上不时出现一对对情侣在路边散步。

尹沫熙忽然觉得自己好孤单。

看似她什么都不缺，有让人羡慕的好家庭、好老公，还有一个活泼可爱的女儿。

可是此时此刻，尹沫熙最羡慕的就是那些在路边彼此相依偎在一起的年轻情侣。

恍惚中，她想到了曾经和吴建成恩爱甜蜜时，他们也是这般黏在一起的。

她吸了吸鼻子，落寞地低下头不想再去回忆那些伤人的回忆。

曾经再恩爱又如何，那个男人还是出轨了。

尹沫熙承认自己在看到沐云帆递给她的那些照片时，心碎得快要无法呼吸了。

那个女人站在自己老公身边，竟然是那样的相配。

她比自己年轻，的确有资本在男人那里得到更多的宠爱。

可她七年的付出，七年的青春，难道就是活该白白为了家庭而牺牲吗？

尹沫熙只要一闭上眼睛，就能想到那个小三站在自己老公身边那一脸幸福甜蜜的模样。

她呼吸急促，低着头紧紧地握住自己的双拳。

司机见她不太舒服，好心地问道："小姐，您是不是身体不舒服？要不要送你去医院？"

医院？

尹沫熙忽然呼出一口长气。

自从那次见过冷轩后，他们大概有一个多星期都没有联系过了。

今夜，自己的老公陪着那个小三在外面风流，女儿又在婆婆那里住。

她自己回家又有什么意义？

自己一个人面对那空荡荡的房子未免太过孤单凄凉。

尹沫熙不想回家，可又不知道该去哪里。

想了想，此刻她唯一能信任的除了小雪就是冷轩了。

小雪有自己的家庭，她的婆婆又一向喜欢刁难她。

这个时间，尹沫熙实在不好去麻烦小雪。

她最后只能选择去韩冷轩那边宣泄一下内心的苦楚。

"麻烦你，市公立医院。"

司机立刻将车开向了市公立医院。

尹沫熙下了出租车却没有进入医院内，她抬头看着满天的繁星，内心却犹豫不安。

她和冷轩已经七年没有联系过了，她这样打扰人家真的好吗？

可是……

她现在又能依靠谁呢？

唯一给过她家的温暖，像亲人一般对待她的人，只有冷轩了啊！

尹沫熙拿出手机，看到了老公打来的30多个未接电话，还有一通未接来电是沐云帆打来的。

看着未接来电全是老公的名字，尹沫熙不禁冷笑出声。

　　身在活动现场陪着小三谈情说爱，还要分心给她打电话，她老公还真是够博爱的。

　　尹沫熙无视这些未接来电，从电话本中调出了韩冷轩的手机号。

　　打过去，十多声后才被接通。

　　尹沫熙还未开口，那边却是韩冷轩紧张的声音："小熙，是你吗？我刚才去查房，手机放在办公室了才看到。"

　　他还特意解释了一下为何这么半天才接电话。尹沫熙听得出，他是真的很在乎自己。

　　尹沫熙长叹出声，声音却是消极的："冷轩，我在医院门口。"

　　尹沫熙没再多说什么，韩冷轩便点头说道："好，我知道了，我现在就出去。"

　　好不容易等来了尹沫熙，韩冷轩不想她就这样跑掉。

　　韩冷轩脱掉身上的白大褂，套上外套后就飞奔出医院。

　　在医院门口，他看到了对着天空发呆的尹沫熙。

　　她站在夜空下，穿着朴素却那样的耀眼。

　　仿佛是天上的星星般，在漆黑的夜空中总是闪耀着点点光芒。

　　即便她现在很消极，却依旧遮不住她高贵的气质。

　　韩冷轩笑着走过去，像以前那般轻轻地揽住了她的肩膀，柔声道："你啊你，怎么穿得这么少？今晚有些冷的。"

　　尹沫熙有些受惊地抬起头，无辜的眼神蒙上了一层灰色。

　　韩冷轩看着这双眸子，心疼得说不出话来。

　　曾经的小熙，有双清澈明亮的眼睛，而如今这双眸子却蒙上了一层伤感。

　　她过得不快乐，从她的眼神中就能看得出她现在有多受伤。

　　尹沫熙有些排斥韩冷轩的亲密举动，想要将他的手臂打掉，可韩冷轩却固执地揽过她的肩膀，"虽然我们七年不见，可是我们的关系并没有改变，小熙我是你的家人！所以你对我不需要这么冷漠。"

　　韩冷轩太固执，尹沫熙也的确觉得身子有些冷了，便没有再挣扎。

　　两人在医院的后花园内走了走，韩冷轩领着她在不远处的长椅上坐下，随后将身上的外套脱下来罩在她的身上。

　　这么晚，她独自一人在外流浪，还跑到医院来找他。

　　韩冷轩猜得出，尹沫熙肯定心里特别绝望，否则她也不会跑来见他吧。

　　为了不让尹沫熙有什么负担，韩冷轩笑着调侃道："这么晚跑来见我，该不会是想我了吧？"

韩冷轩只是想活跃一下气氛，可是尹沫熙却面无表情地看着他。

这个玩笑，真的很冷！

尹沫熙不肯说话，只是闭着嘴巴保持着沉默。

她只是想找个人陪陪自己，什么都不用说，只是陪在自己身边待一会儿就好。

第22章　说你不再爱我

夜风冷冷地吹过，尹沫熙身子微微颤抖着，随后打破宁静的气氛，突然问道："冷轩，你这次回国要待多长时间？准备什么时候回去？"

想不到尹沫熙沉默许久，开口却是问他何时回美国去。

韩冷轩不想隐瞒尹沫熙，他得知小熙生病的消息后就匆匆回国来，这一次他不打算再离开了。

不过，在美国那边好不容易做出点成绩，现在为了小熙就这样全然放弃，若是问他会不会有些不舍？当然会，他在美国独自一人打拼七年才有如今的成绩。

可是为了小熙，这点取舍又算得了什么呢？

"小熙，我这次回国就不打算再离开了。我会一直留在这里，留在父亲的医院的。"

韩冷轩是想给小熙一些安全感，是想她知道，即便她现在身陷绝境，却依旧可以有他在身边，给她温暖和依靠。

韩冷轩却不知，他的这个回答让尹沫熙更是惶恐不安。

如果韩冷轩要留下来，有些事情就一定要当面问清楚。

虽然这个话题很尴尬，可尹沫熙却一脸严肃地看向韩冷轩，声音清冷地问道："冷轩，我问你，七年前你可是因为我和建成结婚，觉得太过伤心才离开这里的？"

小熙什么都懂，韩冷轩面露尴尬之色。他不想回答这个问题，这个话题让自己很有压力。

尹沫熙不给韩冷轩喘息的机会，继续问道："你还爱我吗？七年了，你不会对我还有感觉吧？"

尹沫熙的问题尖锐得让韩冷轩心里都止不住地颤抖着。

爱吗?

是啊，还爱着她，他以为七年的时间可以淡化任何一种感情。

可为何对她的感情却越发强烈了?

韩冷轩低头沉默不语，他没法说出心里的那个答案。

可尹沫熙却咄咄逼人道:"冷轩，我们从小一起长大的，我们两家关系又是如此的亲密。在我心中你就是我的哥哥，是我的亲人。我只是不希望这种关系有什么变化。冷轩，七年了，你早该把我忘了的。"

尹沫熙低着头轻声呢喃着。

曾经她选择了吴建成，那么这一次也不会选择韩冷轩。

她这个样子，又怎么舍得拖累冷轩呢?

他这样的好男人，理应找个更好更适合他的女人。

尹沫熙如此执着，也是为了让韩冷轩断了对她的念想。

气氛变得异常严肃，两人短暂的沉默后，尹沫熙继续说道:"冷轩，我要你告诉我你已经不再爱我了。否则的话，我没有勇气继续来医院接受治疗。"

尹沫熙无法回应韩冷轩的这份感情，对她来说，冷轩的爱反倒是一种负担。

韩冷轩凝视着如此倔强的尹沫熙，嘴角苦涩一笑，纵使心里万般不舍，还是点头按照她所想的说道:"嗯，小熙你别有什么负担。七年了，我再痴情也不会单恋一个人这么久的。更何况你是有夫之妇! 既然你把我当成是你的哥哥，就该信任我。"

这番话说出口，尹沫熙终于松了口气，顿时觉得豁然开朗了。

她起身将肩上的外套脱下还给了韩冷轩，随后整理了自己的衣领，"冷轩，我不值得你为我这般付出。我们只适合做家人，而并非是恋人。"

尹沫熙再次强调自己的观点，韩冷轩无奈地笑了笑点着头说:"我知道。"

这三个字算是他对尹沫熙的承诺，即便再不舍，那份爱恋也只会埋在心里不会再说出口了。

尹沫熙亦是同样微微一笑，随后俯身轻轻地抱了抱韩冷轩。

"好了我先回家了，你再给我几天时间，过几天我会来医院接受治疗的。"

她需要时间，这一点韩冷轩完全可以理解，他不想给小熙太多压力，更不想逼她。

韩冷轩送小熙出了医院，看她上了出租车才肯转身回去工作。

尹沫熙坐在后排位置上，盯着车窗外的夜景发呆。

心里的苦闷始终无处发泄，此刻也不知她那出轨的老公回家了没，还是继续在那种场合陪着他那情人。

家里的电话始终无人接听，吴建成越发着急。

活动现场内，很多知名艺人纷纷到场支持此次活动。

吴建成在圈内一向是最出名的，众多艺人和时尚杂志记者以及某些大老板都过来同他打招呼。

站在吴建成身侧的欧雅妍见状主动介绍自己。

她靓丽的外表、性感的身材，立刻引来大家的一片赞赏和议论。

这一次参加活动，欧雅妍在吴建成身边可谓是出尽了风头。

吴建成心不在焉地盯着自己的手机，欧雅妍有些生气地问道："电话还是没人接吗？她该不会是背着你跑出去玩了吧？"

欧雅妍无心的一句话却让吴建成气愤不已。

小熙不像欧雅妍，她是个贤惠的好妻子。

吴建成只是冷冷地瞪了欧雅妍一眼，毕竟现场众多宾客，他不好冲她发火。

吴建成压低嗓音说道："我要走了，你可以继续留下来。"

他该做的都已经做了，其他的就看欧雅妍自己如何融入这种场合。

不过看她刚刚的表现，即便他不在这里，她也同样可以玩得不错。

见他要走，欧雅妍立刻拉住他的手："建成，再陪我待一会儿。"

吴建成的眼神瞬间冷到极致，他眸光深邃地提醒着欧雅妍："放手，不要一再地挑战我的极限。"

实际上，吴建成已经很给她面子了。

一个新人就可以作为吴建成的女伴出席这种场合，吴建成给足了她面子，她又何必得寸进尺呢？

欧雅妍看到旁边有些宾客已经将视线聚焦在这边，为了不惹怒吴建成，她只好无奈地松开他。

吴建成理了理衣角，随后转身大步向宴会现场外走去。

他走得那么着急，甚至都没有回头看她一眼。

欧雅妍气得直跺脚，却又拿他没有办法。

不管她在吴建成的身边笑得多阳光灿烂，可是这一战她的确是彻彻底底地输了。

欧雅妍此刻才明白，尹沫熙在吴建成心中的位置是无法撼动的。

第23章　总有一天你会求我见你

吴建成离开现场后，欧雅妍趁着这次机会和一些大老板相谈甚欢。

那几位老板还承诺会找她拍广告。

今天对于欧雅妍来说的确是收获颇丰。

一个多小时后，欧雅妍不好继续留在现场，于是她风光无限地走出了酒店。

想不到酒店外依旧有大批的记者在那等候着。

因为欧雅妍外貌出众、身材惹火，记者们早就记住了她。之前欧雅妍和吴建成走上红毯时，连主持人都无法采访他们。这一次，欧雅妍身边没了吴建成，他们倒想试一试。

于是，欧雅妍刚走下台阶，就有大批记者们围了过来。

"请问你是吴建成签下的新人吗？"

"请问你和吴建成之间到底是什么关系？"

记者们显然对她和吴建成之间的关系更好奇。

欧雅妍想到了尹沫熙，想到那个女人对她如此轻视，或许这一次是报复她的好机会。

于是欧雅妍勾了勾唇角，故作害羞地低着头，小声对着镜头说道："吴总人很好的，对我也很好。"

如此暧昧的一句话瞬间就让记者们沸腾了。

吴总对她很好？怎么个好法？

于是记者们继续追问下去："你和吴总是怎么认识的？"

"吴总怎么对你好了？经常给你买礼物吗？"

吴建成对外的形象一直是很正面的，所有人都知道吴建成有妻室，更知道他是从他老婆那里继承了现在的娱乐公司。

这样一个不近女色的总裁，现在和一个女人如此暧昧，大家自然会好奇这其中到底是怎么回事。

欧雅妍深知这里的路子。

她完全可以当着所有记者的面澄清这种关系，可她不仅没有这样做，反倒让人觉得他们的关系更是暧昧不清。

欧雅妍故作惊慌地向后退了几步，随后低头小声地说道："我是吴总公司新签约的艺人，吴总人真的很好的。吴总经常给我买珠宝和名牌包包，还给我买了两栋别墅和一辆豪车。"

她装作很傻很天真地说出实情，如此坦白不禁让那些记者傻了眼。

她是真的天真，还是故意的？

其中一位记者不禁冷笑出声，讽刺地说道："哇哦，一个刚签约的新人就能得到这种待遇，吴总对你还真是够好的。"

如此这般，欧雅妍更是可怜兮兮地抬眸望着众人，眼中闪烁着雾气，"难道不是因为我是吴总新签约的艺人，吴总才会给我买这些的吗？我以为吴总对公司的其他艺人也是如此的啊。你们别误会，可能吴总只是想大力培养我，你们不要乱写啊。我和吴总真的没什么的。"

末了，欧雅妍眼角还落下一丝晶莹的泪珠，如此我见犹怜的模样让记者都觉得心疼。

仿佛她真的就是不谙世事的小白兔，只是被吴建成相中进入公司，大家都觉得她才是真正无辜可怜的那一个。

因为现场太过混乱，酒店方立刻派出保安一路护送，才将欧雅妍送上了出租车。

她进入车内一直低着头，直到司机将车开出去很远，她确定没有记者跟着，这才抬起头露出一抹得意的笑容。

想必明天自己就会登上各大新闻的头版头条吧。而且还是一条爆炸性的新闻。

欧雅妍倒是聪明地把自己撇除在外，让人以为是吴建成对她有非分之想。而且她把关系说得那么暧昧不清，这绯闻应该可以炒上一段时间。

欧雅妍倒是很想看看，那位正室今晚看到这条新闻到底会是什么感觉？既然尹沫熙不肯见她，无所谓。欧雅妍有自信，早晚有一天尹沫熙会求着见她谈谈的。

吴建成还不知道酒店外发生的这些烂事。当他将车开进别墅内的花园时，发现整个豪宅黑漆漆的一片没有一点光亮。他完全不适应。

每每回家，家里的那盏灯都会为他点亮，小熙总会在家里等着他归来。可今天，她却不在家，家里是如此的黑暗冷清。

小熙去了哪里？

吴建成刚想开车出去寻找，就见一辆出租车停在大门那边。随后小熙下了车付了钱，转身进入了豪宅内。

吴建成下车跑了过去："小熙，你去哪里了？"

语气中满是担心和焦急，倒也有些怒气。

对此尹沫熙倒是没有什么反应，态度淡淡的，甚至没有抬头看吴建成一眼。

"觉得有些闷，所以出去走走。"

很简单的一个理由，就噎得吴建成说不出话来。

是啊，小熙不是他养在笼子里的金丝雀，她觉得闷了出去走走也是正常的。

只是……

为什么小熙最近如此反常？

吴建成拧紧眉头，首先想到的就是韩冷轩。

是不是那个男人回国了，小熙才会如此反常？

尹沫熙没有理会吴建成，一个在外浪了一晚上的男人，回家后还想质问她不成？

尹沫熙进入宅内，脱了鞋直接走入客厅，她随意地瘫在沙发上，然后打开电视调到了娱乐新闻台。

如果今晚吴建成是带着欧雅妍去参加那个活动，那么电视上就一定会有这则新闻，也一定会有吴建成和小三的亲密照片。

尹沫熙这样，是故意做给吴建成看的。她想看看，吴建成从电视里看到自己的绯闻时会是何种表情？会不会很滑稽？

吴建成坐在小熙旁边，握住她的一只手担心地责怪她："那你怎么不接电话呢？你知不知道我多担心你？你出去了好歹要通知我一声的。你现在可是怀着宝宝呢。"

"宝宝"两个字让尹沫熙的心一阵抽痛着。

他也知道自己怀着宝宝，知道还和别的女人玩地下情？

尹沫熙忽然想起那天在酒店，那个小三让吴建成和她摊牌说离婚的事情。

当时尹沫熙没有暴露自己，她背对着自己的老公和小三。可是吴建成的回答她却听得清清楚楚。他说会离婚的，只是因为她现在还怀着二胎，所以才没有和自己摊牌。

尹沫熙不禁低头苦涩地扯了扯嘴角。

他现在如此在乎自己，也只是因为肚子里这一胎可能是男孩吧。

是不是她肚子里的孩子没了，吴建成就会马上抛弃她，和她办理离婚手续，直接将她扫地出门呢？

第24章 不想最后人财两空

尹沫熙不想再这样被动，于是她主动提出了自己的要求："老公，给我在公司安排个职位吧。"

此话一出，吴建成更是惊得没了反应。

小熙要去公司上班？他是不是听错了？结婚七年，小熙从未要求过去公司工作。

而且吴建成了解她，小熙对坐办公室没兴趣，她唯一感兴趣的就是婚纱设计。

她现在还大着肚子，怎么最近如此任性？

吴建成只好耐心地安抚她，"小熙，你现在刚怀孕不适合去公司上班，你不是对公司一向不感兴趣的吗？"

尹沫熙始终没有看向自己的老公，视线一直紧盯着电视屏幕，她无所谓地淡淡回应着："以前的确不感兴趣，现在又有兴趣了。"

简单的一句话，又是让吴建成无话可说。

还没等他开口，尹沫熙继续问道："老公，我不过是想在公司讨个职位，你不会是连这一点都无法满足我吧？"

的确，尹沫熙要求的不多。

更何况这公司还是尹沫熙父亲一手创办的。

当初若不是因为和尹沫熙结婚，吴建成也不可能接管这家公司。

所以于情于理，既然小熙提出来了，吴建成都理应按照她说的去做。

可吴建成还是很担忧。

毕竟她现在是孕妇，再过两三个月肚子渐渐大了，她就要回家休息的。

尹沫熙见吴建成一直犹豫着不肯答应，心里更是觉得委屈。

若是那个小三开口，他是什么要求都会答应的吧？

虽然很艰难，可尹沫熙却固执地坚持着自己的要求："你就当我是无聊了，随便给我个职位就好。”

　　话已说得如此直白，吴建成若是再继续找借口，未免显得他太不近人情了。

　　无奈之下，吴建成只好点头答应："行行行，我依了你还不行吗？你想要什么职位随便挑。"

　　吴建成伸出手臂将尹沫熙揽入怀中，享受着和妻子之间的温存时光。尹沫熙没有反抗，将头安静地靠在他的肩上，双眸却直直地盯着电视机中的画面。

　　她只是幽幽开口："副经理吧！暂时先给我这个职位好了。"

　　吴建成微微皱眉。

　　副经理？小熙刚到公司就盯上了副经理的位置？

　　不过算了，只要小熙开心，他这个做老公的自然要好好疼爱自己的老婆。

　　吴建成宠溺地捏了捏尹沫熙的脸蛋，眼中满是疼爱地点头道："好好好，你说副经理就副经理。我明天到公司安排人事部的经理安排一下此事，你要是高兴的话后天就可以来公司上班。"

　　吴建成就当尹沫熙是太过无聊想要找点事情做打发时间。

　　只要她身心愉悦，就算她想在总裁位置上做几天，吴建成也要让给她玩玩的。

　　只是吴建成并不知情，尹沫熙可并不是玩玩而已。

　　一旦副总经理的位置坐得住，她是不打算退下来的！

　　现在尹沫熙已经学聪明了，想要拴住老公，不仅仅是要紧盯着他，更要盯紧她父亲创建的公司。

　　就算拴不住吴建成的心，她也必须要拴住公司和钱。

　　她不想最后人财两空！

　　尹沫熙没说什么，只是点了点头。

　　这时娱乐节目中播出了今晚的最新娱乐新闻。

　　尹沫熙定睛一看，那不是她老公的地下情人吗？

　　尹沫熙轻轻地推了推老公的身子，手指着屏幕问道："那不是你最近新签的艺人，叫什么来着？欧雅妍是吧？"

　　说着，尹沫熙拿起遥控器将音量调大，想要听清楚这个女人在接受采访时都说了什么。

　　"吴总人很好的，对我也很好的。"

　　当欧雅妍颤抖的声音透过电视屏幕传来时，尹沫熙心尖一颤。

　　这个女人竟然在公众场合如此秀恩爱吗？

吴建成的脸色已经难看得快要黑成炭了。

他怎么也没想到欧雅妍竟然有这个胆量，趁他不在的时候私自接受采访？

这也就算了，还敢说出这种暧昧的话让人浮想联翩？

吴建成立刻抢过尹沫熙手中的遥控器想要调台，还没等按下换台键，身边就传来尹沫熙清冷的声音："老公，干吗这么急着调台呢？这个女人不是你新签的艺人吗？你这个反应还真是够奇怪的。"

尹沫熙仿佛什么都知道一般，那么冷静地坐在那里。

自己的妻子如此冷静，他若是太过惊慌急躁反倒显得心虚。

没办法，吴建成只好放下遥控器，继续盯着屏幕。

不知道这女人还会说出什么话来。

只见欧雅妍可怜兮兮地继续说道："吴总人真的很好的，给我买珠宝买各种名牌包包，还给我买了两栋别墅和一辆豪车。我只是个新人，想不到他如此提携我呢。"

很显然，这番话是故意说给尹沫熙听的。

聪明如她，尹沫熙又怎会听不出这话中挑衅的意味？

可欧雅妍说的却是实话，尹沫熙猜到吴建成会很宠着她。

那天在酒店听到两人的谈话，尹沫熙就知道吴建成处处依着她。

那天在结婚七周年的庆祝晚宴上，欧雅妍第一次在尹沫熙面前现身时，脖子上和手腕上戴的可都是和尹沫熙一模一样的同款珠宝首饰。

只是尹沫熙没想到吴建成会如此大方，竟然还给她买了两栋别墅和一辆豪车！

她感觉自己快要气晕过去了，可表面上却还要保持着淡定的姿态。

电视画面依旧停留在欧雅妍身上，她一脸的无辜天真状，又说道："难道吴总对其他艺人不是如此吗？我和吴总真的没什么，吴总人很好，可能是看我有潜质才会如此提携我的。你们不要误会什么啊。"

尹沫熙不禁在心里冷笑出声，还真是会演戏。

像欧雅妍这种女人怎么会选择身为模特出道？这演技，直接去当影视剧女一号都是可以的！

尹沫熙勾了勾唇角，话语中听不出任何情绪起伏地说道："看来她是真的很有潜质呢，老公，你好像从未对新人如此厚爱过吧？买了两套别墅、一辆豪车！你一定很看好她，是吗？"

尹沫熙好像什么事都没发生过似的，不哭不闹，只是好奇地看着吴建成，看得他心怦怦直跳。

要说无辜和天真，小熙这双眸子看着更加清澈。

她应该会相信自己的吧？

第25章 这一胎一定是个男孩

尹沫熙不会傻到相信吴建成和欧雅妍之间没什么。

吴建成此刻急于澄清自己："小熙，你要相信我和那个女人真的什么关系都没有。我只是觉得她很有潜力，如果现在签下她好好培养一番的话，将来肯定会红透半边天。她红了对我们公司也是有利的啊。"

吴建成的解释那样苍白，换作是之前的尹沫熙一定会信以为真。

可惜的是。

现在的尹沫熙没有那么好骗。

虽然心里觉得好气，可是尹沫熙却还是淡笑着点头，反倒开始安慰起有些紧张的吴建成。

"老公，你这么紧张做什么？我还不了解你的为人吗？我们可是结婚七年的夫妻，我当然会相信你了。"

尹沫熙如此相信吴建成，终于让他松了口气。

吴建成刚要将自己的笑脸贴上去，尹沫熙却一把将他推开，笑着要求道："老公，人家想女儿了嘛。你去把女儿接回家来吧。"

尹沫熙今晚是无法和自己的老公同床共枕的。

在他面前演戏简单，可是若真的要亲密接触，她怕自己应付不来。

吴建成眉心蹙起。

朵朵是尹沫熙的女儿，自然也是他的女儿。

当父亲的怎会不想自己的孩子？

只是朵朵在她奶奶家过得挺好的，小熙又怀着二胎不方便将朵朵接回家来照顾。

吴建成刚要开口劝她，尹沫熙却抢先一步坚持道："老公，我是真的很想女儿。朵朵也想我了。"

尹沫熙一脸委屈的模样让吴建成不忍心说不。

可是今天的确有些晚了。

"好吧，那我明天就把朵朵接回来。"

不知尹沫熙是不是故意想要为难吴建成，她摇摆着自己的身体撒娇道："不嘛老公，我要你今晚就把朵朵接回来。"

"这……可是太晚了些。"

尹沫熙一脸失落地低下头，声音越来越小："别人的老公，只要老婆想吃东西半夜都会出去买。我只是想女儿罢了，你都不肯去接。"

如此委屈的模样，吴建成看了自然心疼。

转念一想，算了，难得小熙向自己撒娇，就按照她说的去做好了。

吴建成轻轻地拨了拨尹沫熙的头发，随后俯身在她脸颊处轻轻一吻："好，就依你，我现在就去把朵朵接回来。"

尹沫熙撒娇地搂住了老公的脖子，在他耳边甜甜地说道："老公你真好，开车小心些。"

不管今天多累，有小熙的这句话，吴建成觉得再辛苦都是值得的。

很快，吴建成便开车离开了家。

尹沫熙将视线重新聚焦在电视画面中，脸上的笑意却瞬间隐去，取而代之的是一副冷冰冰的表情。

她知道吴建成今晚很辛苦，可她偏偏要让他为自己做些什么。

这是吴建成欠她的。这些还远远不够！

尹沫熙调了几个台，发现所有娱乐新闻都在报道此事。

她恨，她好不容易维护的好老公形象，就被吴建成和欧雅妍这样毁掉了。

尹沫熙深深地吐出一口气，强迫自己冷静下来。

若是她动怒失态，岂不是着了那个小三的道？

欧雅妍越是如此，她越得淡定。

尹沫熙关了电视，去厨房给朵朵准备一些甜点。孩子最近一直在奶奶家，尹沫熙也没什么时间和女儿单独相处。趁着朵朵还没回来，尹沫熙给朵朵烤了一些她最爱吃的曲奇饼干。

没错，她是个完美的妻子，可谓是上得厅堂下得厨房。

这几天尹沫熙很辛苦，觉得很受折磨。她也想过，要不然就这样放手成全老公和那个女人。

可是如今，她看着烤箱内的饼干渐渐上色，才猛然惊觉。她万万不能在这个时候就轻易放弃。她必须守护下去，守护这段婚姻，不仅仅是为了自己，更是为了女儿朵朵。

如果家散了，对于朵朵来说会是怎样的伤害？

想到女儿朵朵，尹沫熙总算有了些斗志。

没错，所有这些都是为了朵朵！

半个小时后，吴建成的车子开进了母亲的别墅内。

朵朵还没睡，正跟着奶奶一起看电视剧。

看到吴建成进来，朵朵立刻跑过去抱住了他："爹地，你怎么会来这里？你是想我了吗？"

说着，小嘴在吴建成的脸上亲了又亲。

对于这个孩子，吴建成一向很是疼爱，毕竟是他和小熙的第一个孩子。

虽然是个女孩，可是朵朵聪明伶俐，小嘴更是甜得很。

这孩子最会讨人喜欢了。

可惜的是，要是男孩就好了。

吴建成在遇到小熙之前，只是一个穷小子罢了。

他家境贫寒，可父母却一心想要让小熙生个男孩子。

尤其是吴建成的母亲，最讲究传宗接代，也有些重男轻女。

见儿子这么晚来家里，他母亲心里咯噔一下，立刻抓住吴建成便问："你怎么这个时间来家里？是不是小熙出事了？肚子里的孩子出问题了？我就说应该找个保姆去照顾她，或者是我亲自去照顾她也好啊。"

吴建成的母亲很紧张尹沫熙，可说白了，还是紧张她肚子里的孩子罢了。

吴建成无奈地笑了笑，随后拍拍母亲的肩膀让她放心，"没有的事，小熙好着呢，肚子里的宝宝更是没问题。就是小熙想朵朵了，非要我现在就把朵朵接回去。"

"现在就让你把朵朵接回去？小熙很少会提这种任性的要求。"

吴建成的母亲觉得尹沫熙有些奇怪。

她知道小熙这个儿媳的确是没得挑，人家是豪门千金大小姐，也多亏了她建成才有今天的一切。他们一家人也跟着过上了好日子。

而且小熙虽然是千金小姐却没有一点大小姐的脾气，对他们家人更是无微不至地照顾着。

这儿媳妇，识大体、有气质，如今怕是打着灯笼也难找出第二个如此完美的儿媳妇了。

可怀了二胎后，小熙这性子可是变了太多，变得如此矫情，让吴建成的母亲更是觉得，这一胎应该就是个儿子！

"我跟你说建成，不管小熙提什么条件，你都一定要满足她！就算她半夜把你叫起来让你去买吃的，你也必须去做。"

为了抱大胖孙子，建成的母亲愿意把小熙像祖宗一样供起来。

第26章　此副总非彼副总

美国洛杉矶，尹沫熙的妹妹尹沫夏和吴建成的弟弟吴政宇正在一处公园内欣赏夜景。

尹沫夏娇羞地靠在吴政宇的怀内，面色沉重地小声问道："政宇，我们两个也快要毕业了。你有什么打算吗？"

当初尹沫夏只身一人来美国求学时，吴政宇和她只是通过煲电话粥来维持感情。

后来，吴政宇干脆也飞到美国来陪着她。

虽然两人在不同的大学念书，可是每天都能看见彼此，这样的感情让尹沫夏心里踏实了许多。

解决了异地恋的问题，却要面临着毕业季的难题。

他们是继续交往，还是果断说分手？

吴政宇微微蹙眉，低头凝视着怀中忐忑不安的女人。

他心疼地捏了捏尹沫夏的脸蛋，疑惑地反问她："你想怎样？我们两个都交往四年了！难道你还想继续拖下去？还是你觉得我配不上你，你不想嫁给我？"

"嫁给你？"

听到那三个字后，尹沫夏猛地从他怀内坐起来，直视着眼前的男人，她的心却突然跳得厉害。

吴政宇是在向自己求婚吗？

嫩白的脸蛋飞快地染上一抹绯红，尹沫夏低着头娇羞地矜持道："你刚刚说什么？我都没有听见。"

吴政宇不禁"噗嗤"一声笑了出来。

他无奈地伸手怼了她一下，"你还装？你明明就听到我说什么了。"

"那你什么意思呀？再说一遍会死啊？"

尹沫夏和姐姐尹沫熙的性格完全不同，她更活泼也更豪爽，有时候看起来的确不像大家闺秀那般娇气。

虽然也有小女人的娇羞，可是在吴政宇面前，那种小女人家的娇羞也只是维持几秒就会显露原形。

吴政宇就喜欢看她凶巴巴的模样，像小野猫一般。

吴政宇伸出手臂瞬间将她搂入自己的怀内，低头在她耳边轻声耳语着："等毕业后我们就回国，到时候我就跟家里说和你结婚的事。我知道你在担心什么。你姐姐和我哥哥虽然结了婚，可他们是他们，我们是我们！这是喜上加喜，就是称呼上有些尴尬而已。"

原来尹沫夏一直担心这一点，担心吴政宇的母亲不想亲上加亲。

不过政宇的回答一直暖到了她的心坎深处。

有他如此坚定的回答，自己还担心什么呢？

夜静悄悄的，一片静谧祥和中，尹沫夏眨了眨眸子，看着天上的月色，不禁调皮地捂嘴偷笑着。

吴政宇见她一个人笑得开心，有些好奇地问她："笑什么呢？"

尹沫夏微翘着唇，稚气中带着几分坏笑，说："我在想，如果我姐姐和姐夫知道我们两个在一起偷偷交往了四年的时间，你说他们会是怎样的表情？"

尹沫夏一边猜想着一边板起一张脸，面容有些冷漠地瞧着吴政宇，"我姐夫肯定会是这个表情，指不定还要揍你一顿呢，竟然敢打他小姨子的主意。"

尹沫夏学着姐夫的模样对着吴政宇指指点点。

不过吴政宇更好奇的是，如果知道此事后，嫂子对他又会是什么态度呢？

"你说，嫂子会怨我把她最可爱的妹妹拐跑了吗？"

尹沫夏暗自偷笑了两声，却摇了摇头："不会，我姐姐那么温柔的一个人。最后肯定是成全我们了呗。"

两个人对未来生活有所憧憬，甚至开始在心中描绘着他们的将来会是什么样子。

在那之前，他们会一直对姐姐和姐夫保密，直到回国后再给他们一个天大的惊喜。

国内，尹沫熙在家里休息了两天后，终于决定要去公司上班。

她这天早早便起来开始做准备。

第一天上班，她既不想给人留下太过强势的印象，又不想让人觉得她在公司的职位可有可无。

尹沫熙在衣柜前选了很久，最后选了一套干净利落的白色套装。

那头乌黑的秀发也被她高高束起。

这么一打扮，还真有职场女性的干练气质。

吴建成站在小熙背后，看着那挺直的背脊透着几分倔强，忽然觉得自己的老婆最近越发迷人了。

他轻步上前，从背后偷偷环住她的腰，将头抵在她的肩窝处语气暧昧地问道："老婆，你最近好像变了一个人似的，以前从不对公司的事情感兴趣，你该不会是想去公司天天盯着我吧？"

尹沫熙没有回头，看着镜中的自己，又抬眸看了一眼镜中的吴建成。

嘴角微微翘起，似笑非笑地轻启朱唇，语气同样暧昧地回应他："有个如此爱你的老婆天天盯着你，难道不好吗？"

吴建成笑得开心，享受地点着头："好好好，我巴不得你天天盯着我。"

吴建成扳过小熙的身子，目光贪婪地看着眼前娇艳的妻子，俯身一点点地向她靠近。

眼看那张薄唇就要袭向自己，尹沫熙却突然伸出右手挡在自己的唇间，随后娇嗔地抱怨着："老公，人家刚化好的妆，我可不想被你弄花了。快点走吧，我可不想第一天上班就迟到。"

尹沫熙伸手轻轻拍了拍吴建成的脸蛋，随后转身匆匆下了楼，到车里去等他。

她的目光有些呆滞，不管自己如何想要挽救这段感情，她的身体就是本能地排斥着吴建成。

哪怕是清晨一吻这种浪漫的亲密举动，尹沫熙也是从骨子里就开始抗拒他。

等了一会儿，眼角瞥见吴建成朝这边走来，尹沫熙低头深呼吸后，又换上了一张笑颜。

"老公，我们出发吧。"

吴建成点点头，转动方向盘向公司的方向开去。

一路上，小熙看着窗外的风景，双手却不安地握在了一起。

要面对那么多公司员工，她这个总裁夫人说不紧张是假的。

发呆的时候，车子已经停在了公司前，吴建成亲自扶着尹沫熙下了车。

她踩着十多厘米的高跟鞋走进了大厦。

此刻，吴建成甘愿站在她的身边，更愿意成为尹沫熙的一个陪衬。

还未到办公区，就听别人在小声议论着："副总来了。"

欧雅妍见他们聊得这么开心也凑了过去小声问道："副总来了有什么大惊小怪的？你们又不是第一天见到副总。"

助理小南神秘地摇摇头，凑到她的耳边小声嘀咕着："此副总非彼副总！昨天人事部下达通知，我们之前的副总调到地方分公司去了，现在的副总就是我们那位总裁夫人。"

欧雅妍面色一惊："总裁夫人？"

这时，尹沫熙已经在吴建成的陪同下走进了办公室。

所有人都毕恭毕敬地站在一侧，默默迎接着她，欧雅妍傻傻地看着吴建成身边的那个女人，眼前一黑差点晕了过去。

相较于欧雅妍的诧异和不安，尹沫熙看起来就太过淡定了。

她只是对着众人微微一笑，随后亲切地自我介绍："大家好，我从今天起正式担任副总一职。还望大家多多包涵和支持。"

尹沫熙脸上和善的笑容很有感染力，她既是这家公司创始人的千金，又是现任总裁的老婆。大家对她自然也更亲近一些。

很快，所有人就围了过来，将尹沫熙和吴建成围在中间，大家热情地同尹沫熙攀谈起来。

为了能够尽快熟悉这里的工作环境，也为了能够尽快和大家处好关系，尹沫熙还向大家宣布道："今天我请客，大家晚上在××大酒店聚餐。"

此话一出，所有人都沸腾起来，大家一边拍掌叫好一边不停地夸着尹沫熙。

第一天上班就如此大方请大家去那种五星级大酒店聚餐，这样的好上司他们自然是欢迎的。

吴建成看着自己的老婆和其他员工很快就打成一片，心里的担忧也渐渐消失。

虽然小熙平时都在家里闷着，可她毕竟是名牌大学毕业的高才生，又是家世良好的千金大小姐，和人相处自然是没有问题的。

大家还在兴奋地讨论着今晚要吃些什么，这时身后传来一个熟悉的声音。

"哦，原来是新任副总请大家聚餐，不知道我这个特约的摄影师算不算你们公司的员工，又是否有这个资格和你们一起聚餐呢？"

听到这熟悉的声音，尹沫熙轻蹙眉心，却没有转身去看他。

第一天上班，恰巧沐云帆今天也来公司？

真的是巧合吗？

吴建成笑着走上前拍拍他的肩膀，十分肯定地说道："沐大摄影师说笑了。你可是我特意邀请来公司帮我们拍照的。既然你有兴趣参加这次聚会，自然是有这个资格的。对了给你介绍一下，我太太你见过的，从今天起就是我们公司的副总了。"

老公亲自介绍，尹沫熙纵使心里万般不情愿，却还是优雅转身伸出了自己的右手问候道："又见面了，沐先生。"

沐云帆嘴角的笑容透着说不出的诡异，眨了眨眸子语气轻快地说道："是啊，又见面了，看来今后我们会经常见面的。"

面对他的调侃，尹沫熙身体一僵，可是脸上的笑容却依旧挂在那里。

不能让人看出她和沐云帆之间的异常。

欧雅妍看着尹沫熙轻松自如地周旋在众人之中，不禁佩服这个女人心思缜密。

欧雅妍以为她只是会忍耐而已，想不到她却在无声无息之中开始了反击。

这一次，的确是欧雅妍大意了。

如今尹沫熙到公司来上班，她和吴建成在她的眼皮子底下还能有什么暧昧举动？

她是想盯死他们两个吗？

更让欧雅妍担心的是，尹沫熙在公司的职位如此之高。

她该不会是要用这种身份来压制她吧？

尹沫熙站在人群中，虽然是在和办公室的员工交谈，可是视线却时不时地瞟向欧雅妍那边。

很快，尹沫熙便一步步地走到欧雅妍面前。

"雅妍昨天在记者面前表现得很是不错，也是我们公司最近力捧的新人，今晚的聚餐可一定要参加啊。"

欧雅妍猛地抬头，对上一双清冷的眼睛，她心里有些惊慌，连忙向后退了一步。

她的反常举动引来别人的注意。

大家联想到平日里欧雅妍就是个狐狸媚子，娇滴滴的模样别说是吴总了，就连公司的其他男艺人也被她迷得不要不要的。

加上欧雅妍昨晚接受采访时说的那些话，又的确是耐人寻味。

现在，小三和正室站在一起，反倒显得欧雅妍气势太弱。

沐云帆悠闲地坐在椅子上看着这一出好戏。

和平日里的温婉可人不同，想不到对待情敌时，尹沫熙这股子倔劲儿还真是让人着迷。

吴建成稍显焦躁。自己的两个女人同在一个公司，他感觉自己完全就是在挖坑给自己跳。

吴建成目光深沉地望向欧雅妍，似在警告这个女人不要再说错了话。

欧雅妍有些委屈，却还是点点头小声地感谢："谢谢尹总的好意，我会去参加今晚的聚餐的。"

尹沫熙点点头，嘴角勾起玩味的笑容，声音轻柔地说道："那就好，那我们就晚上见吧。"

说着，尹沫熙在吴建成的搀扶下走进了她的办公室。

尹沫熙能够感觉到背后似乎有两股视线一直聚焦在她身上。

一个是欧雅妍，可另一位？

吴建成见她低头发呆，心疼地将她揽入怀里，宠溺地问她："都说了不要来公司上班，你以为这是在玩游戏？这只会让你更辛苦而已，是不是很累？"

尹沫熙笑着摇摇头，她知道欧雅妍一直在看这边。

既然欧雅妍想看，尹沫熙就故意做给她看好了。

她没有拉上百叶帘，而是光明正大地踮起脚尖，轻轻地吻了一下吴建成的薄唇。

那一瞬间，欧雅妍气得浑身发抖。

想到自己的处境，她只能和吴建成在办公室内偷偷玩地下情，可尹沫熙呢？

来到公司后，却可以光明正大地秀恩爱！

老天还真是够不公平的。

欧雅妍赌气地转身跑回自己的办公室。

而坐在另一侧的沐云帆，在看到尹沫熙主动献吻后，嘴角的笑容渐渐消失。

自从尹沫熙进入办公室后，他的视线就从未从她身上移开过。

只是沐云帆那双星眸早已覆上了一层寒霜。

他竟然有些生气？

吴建成似乎很享受尹沫熙的主动献吻，他大手扶在尹沫熙的腰间，往前一搂，让尹沫熙同他的距离更近一些。

尹沫熙的双手抵在吴建成的胸前，眼里闪过一丝烦躁。

就在吴建成想要加深这个浪漫的吻时，尹沫熙却伸手推开了他。

"老公你真是的，我们现在可是在公司，外面都看得清清楚楚呢。"

尹沫熙故作娇羞小女人一般地低着头，可是眸光里却清清楚楚地写着嫌恶两字。

好在她一直低着头，让吴建成误以为她在害羞，没有看清她真正的情绪。

"我们都老夫老妻了，你还害羞？我把百叶帘拉上。"

吴建成走过去准备拉帘，尹沫熙却伸手拦住了他，"你这样岂不是更奇怪吗？大白天的你拉上百叶帘，人家更会猜想我们要在里面做什么见不得人的事情了。好啦，你快回你办公室去吧。"

尹沫熙转身的瞬间，透过窗户和坐在外面办公区的沐云帆视线交汇。

她微微一愣，随后有些心虚地移开视线，尴尬地将自己的老公推出了办公室。

刚刚她献媚讨好吴建成的手段，他应该都看得清清楚楚。

不知怎的，尹沫熙最不想让沐云帆看到她如此卑微的一面。

第27章　天价封口费

第一天上班，尹沫熙的工作十分轻松。职员只是送来几份文件要她签个字，至于其他的工作，上面没有安排给她，这些底下的员工自然不敢劳烦她。毕竟他们的老板娘现在还怀着二胎。

尹沫熙在办公室坐得有些无聊。她叫来了秘书耐心地问道："酒店的包间已经订好了吗？"

秘书点点头："是的副总，按照您的要求全都准备好了。"

"嗯，好你出去吧。"

尹沫熙望着电脑屏幕发呆。

她得找吴建成谈谈，她现在是公司的副总没错，可她手里没有任何实权。

所有人似乎真的当她只是出来玩玩罢了，而她却最讨厌这种做做样子的工作。

如此这般无聊，还不如回家做点家务来打发时间。

尹沫熙起身走出了办公室，朝吴建成办公室那边走去。

没有离开的沐云帆见她从办公室内出来，很快也跟在了她的身后。

吴建成办公室，欧雅妍在里面已经有十多分钟的时间了。

尹沫熙刚要敲门，就听办公室内传来一个委屈的声音。

"建成，你不能这样对我。我们到底算什么？如今你老婆来公司上班，我岂不是要天天被她打压？你当真不为我考虑一下？"

尹沫熙下意识地靠在门边偷听。

好在吴建成的办公室在办公区最里面的位置，加上这里是总裁办公室，一般很少有人会来。

吴建成的秘书刚巧出去别的部门送文件，所以尹沫熙才会这样偷听。

她很想知道，这两个人是不是在公司内经常这样做。

吴建成见欧雅妍哭哭啼啼的模样很是头疼。

女人多了的确麻烦，一个老婆要哄，还有这么一个情人要安慰。

如今两女共处一室，吴建成提心吊胆的，生怕自己的老婆发现他的地下恋情。

这让他活在焦躁不安的情绪中。

"你昨天私自接受采访，我之前已经提醒过你不要耍小手段。你觉得你自己很聪明吗？如果我们两个恋情曝光，别说你，我连自己都保不住。"

吴建成心虚，自知理亏。这公司不是他的，是他岳父因为年纪大了要在美国治病，所以才会把公司全权交给了他。

如果自己的地下恋情曝光，小熙会不会让他净身出户？他不想失去爱情和婚姻，更不想变成一个穷光蛋。

吴建成推开怀内的欧雅妍，他想要结束这段关系。可是想到这个女人手中有着太多他的把柄，想要彻底断绝关系也并非是一件容易的事情。

如果他能一下子哄好两个女人，让两个女人全都按照他所想的去做，那么他的世界就真的太平了。

"我不管，还不是你一再地辜负我对你的一片心意。你老婆都能坐副总的位置，你好歹给我个职位吧。"

原来欧雅妍这个女人这么贪心，公司大力捧她上位，她却不肯知足。

她想得到更多，最起码她要和吴建成的老婆平起平坐。

吴建成像看个怪人一般审视着欧雅妍，不知道她心里打的什么主意。

"你要公司的职位？你只是一个刚出道的模特。你是艺人，不是我们公司的员工。"

吴建成试图让欧雅妍能够理解这两者之间的区别。

可欧雅妍却执意道："人家不想只做个模特而已啊。谁说我不能同时兼顾了？给我个职位就当是让我玩玩而已，反正你老婆做副总也不是真的能胜任那个职位。这种事情对你来说很简单的嘛。反正你要补偿我，要不然，你分我点公司的股份好了。"

欧雅妍越说越过分，尹沫熙几次忍不住想要冲进去扇她两个耳光。

抢她的男人就算了，还想连她的钱和她家的产业一并抢去？

怎么会有这么不知好歹的女人？

尹沫熙胸口剧烈地起伏着，她一直在咬牙忍着，忍着听他们谈话。

尹沫熙觉得自己是了解她老公的，就算是被冲昏了头脑，也应该分得清一时的快感带来的新鲜，和他所拥有的一切不能相提并论。

然而尹沫熙却对自己的男人彻底失望了，因为她听到了一个让她差点吐血的回答。

"好好好，你想要公司的股份，我给你百分之二的股份就是了。你是我的女人我自然不会亏待你的，还有，我额外再买一套别墅送给你。你把你的父母都接来，让他们住进去过几天好日子。我对你够好了吧？"

吴建成解决女人问题时，想到的最简单的方法就是用钱摆平。这一招，往往也是最好使的。

毕竟，他是花了大价钱的。

欧雅妍一听吴建成要给自己再买一套别墅，还愿意分给她百分之二的公司股份，顿时心花怒放。

果然，抓住男人的心，就能让自己过上高品质的生活。

如此算来，她也算是个小富婆了。名下三套别墅，一辆豪车，还有公司百分之二的股份。再加上那些名贵珠宝和限量版包包。

不得不说吴建成对她是真的很慷慨。可她想要的，远不止这些！

吴建成如此好心，就只有一个要求。

"宝贝，过来。"

吴建成朝欧雅妍招招手，欧雅妍扭着腰身一步步地走近他。

吴建成轻轻地拥着她的身子，不急不慢地提出了他的要求："我说过的，你是我的女人，我自然不会亏待你。你若是乖乖的，你想要什么我都会给你，也都会满足你。不过只有一点要求，本本分分做你的地下情人。你见不得光的！你若是再贪婪，我恐怕要收回你所拥有的一切，可你若是乖乖地闭上你那张可爱的小嘴，在我老婆面前装作什么都没发生，只要你安分守己，我保证你会拥有的更多。"

吴建成的手掌轻轻地抚摸着欧雅妍的小脸，她抬眸看着这个男人，眼睛微微发红。

她早该知道的，所有的甜言蜜语不过是为了哄她开心罢了。

他这样的男人，怎么可能会真的和他老婆离婚？

"我……"

欧雅妍想说些什么，可吴建成却只是眸光冷冽地哼了一句："嗯？"

欧雅妍只好委屈地低下了头，她为了保住现在所拥有的一切，断然不能惹怒了吴建成。

她所能做的，就是先答应他，然后再一点点地想办法让尹沫熙知难而退。

门外，尹沫熙冷着一张脸，双眼通红，在听到吴建成的那番话时，她的心猛地一颤。

他竟然要分给那个小三百分之二的公司股份，还要再给她买一套别墅？

想到两人此刻在办公室内彼此依偎着对方情意浓浓，那种揪心的难受慢慢袭上尹沫熙的心头。

第28章　你是在同情我吗

尹沫熙不知道房间内的两人到底在做些什么，此时屋内已经没有了谈话声。

可是尹沫熙清楚，欧雅妍还没有从办公室出来，这个女人和自己的老公肯定是在做着见不得人的事情。

她被吴建成伤得不轻，扶着门框一时缓不过神来。

而在距离尹沫熙不远处的沐云帆，目光复杂地站在尹沫熙的身后。

虽然隔着一段距离，可是办公室内的谈话他也听得清清楚楚。

一心一意想要守护的老公和家庭，已经被欧雅妍那个小三侵蚀得差不多了。

不仅如此，连她父亲留下的家业都要不保。

看着那瘦弱的背脊微微发抖，沐云帆竟然有种想要冲过去将她抱在怀内的冲动。

正在发愣时，沐云帆听到身后有高跟鞋的声音传来。

他扭头一看，原来是吴建成的秘书回来了。

尹沫熙可能是沉浸在悲伤的气氛中无法缓过来，可是让吴建成的秘书看到尹沫熙躲在这里偷听就不好了。这或许也会让尹沫熙不经意之间就暴露了。

沐云帆轻轻咳嗽两声，随后走过去将那位秘书拦了下来："刚刚我来的时候看你不在，原来你去别的部门送文件了。晚上公司聚餐你去吗？"

沐云帆洒脱地靠在墙边，那张俊脸带着几分坏笑，勾得人心里痒痒的。

"是你啊，大摄影师，想不到你还会亲自来找我。"

颜值高的人，想用美男计是肯定会成功的。

那位秘书已经被沐云帆吸引，此刻正和他聊得欢呢。

尹沫熙听到谈话声，这才警觉地向后看了一眼。

是沐云帆和吴建成的秘书。

她立刻直起身子，揉了揉有些红的双眼。无论如何不能让吴建成发现什么。

尹沫熙踌躇着，不知道是该敲门进去，还是该后退一步悄悄离开。这种感觉，就好像是那天在酒店房间外，她也是这样犹豫不决。

她真的好讨厌这种感觉，讨厌看到自己老公出轨的那一幕。

沐云帆一边笑着同眼前的秘书聊天，一边瞄向尹沫熙那边。

他知道尹沫熙在犹豫，不知道是该前进还是该后退。

这时沐云帆急中生智，找了个理由支开了那位秘书。

"对了，我的助理有些问题不太懂想要请你帮个忙。你不介意现在去帮帮他吧？而且我的助理还说你的身材和样貌都很适合做模特，他想给你拍组照片试试看。"

沐云帆为了帮尹沫熙解围，可算是下了血本。

他从来不会把技术和时间浪费在这种女人身上，不过为了让尹沫熙顺利离开，他必须想个合适的理由支开这位秘书。

"要帮我拍片？真的吗？你也觉得我的气质和样貌很适合做模特吗？"

秘书顿时心花怒放，要是能成为模特被公司捧红，岂不是比这秘书的位置要好得多？可是……

那位秘书有些犹豫，现在是上班时间。

沐云帆见她有些动摇，便继续鼓励她："虽然不是我亲自给你拍片，不过我的助理技术也是不错的。到时候他拿给你的老板看，或许你老板也会觉得你有成为模特的潜质。"

谁不想成为大明星？如此一来她的确有些心动。反正欧雅妍在吴总的办公室，他们两个人那些勾当，她这个做秘书的自然是清清楚楚。欧雅妍那个狐狸精每次进去都要一两个小时才肯离开。她稍微离开一下应该不会有什么事情吧？

秘书点点头，终于被沐云帆说服，她激动地转身下楼，找他的助理去了。

看她离开，沐云帆立刻走上前将尹沫熙拉了回去。

安全出口的楼梯内，沐云帆看着尹沫熙无奈地摇摇头："你想在那里站到什么时候？刚刚若不是我帮你支走那位秘书，你今天肯定是要暴露了。你现在还不想和你老公撕破脸吧？"

沐云帆似乎很懂尹沫熙。

她木讷地点点头。

的确不能当面开撕，有些事情她必须在私下处理妥当。

首先就是那百分之二的公司股份，她必须要守住。

还有那别墅，她无法忍受自己的老公花着家里的钱去到外面养小三。

那她就真的太委屈了。

"谢谢你，我先回去了。"

尹沫熙面无表情地说了声谢谢，准备下楼。

刚要走，沐云帆伸手拉住了她的胳膊，"你就是这么对待你的恩人的？如此算来我可是帮了你好几次的。你对我的态度不能好一些吗？"

尹沫熙无奈，她自认没有任何失礼的地方。

她甩开沐云帆的手，和他拉开一段距离，淡漠地开口："我们的关系还没有那么熟，我觉得我的态度没有什么不妥。还有，你为什么也会在那里？你在跟踪我？"

一个吴建成让她头疼，而这个沐云帆更是让她无奈。

她不知道沐云帆想要的到底是什么。

钱？好像并不是，他是国际知名摄影师，也算是个小富翁了。

名利？就更不是了。

他这种国际知名人物，还需要到她这里来找存在感吗？

尹沫熙一脸茫然地望着眼前的男子，他看自己的目光炯炯有神，尹沫熙不太喜欢这种眼光。

好像是他在期待什么，又好像自己是已经被他锁定的猎物。

总之，沐云帆看她的神情，让她浑身都不自在。

"我很感谢你的帮助，之前的也好，现在的也好，我的确都很感谢你。不过沐云帆先生，这是我的家事，请你不要过多地干涉我的家事。"尹沫熙警告沐云帆离她这些烂糟的事情远一些。

她没有再理会沐云帆，转身径直走下楼梯。

刚走下几层，就听见沐云帆好听的声音再次响起："你不就是想打败那个小三吗？我帮你如何？多一个人帮忙就多一分希望。"

尹沫熙突然止住脚步，僵硬的身子渐渐向后转去，她看着站在上面的沐云帆，一脸的不可思议。

他竟然说要帮她？难道这个男人很热心，一向喜欢多管闲事？

还是？

尹沫熙垂下头，声音伤感地问他："为什么想帮我？你是觉得我太可怜了吗？"

如果被人同情，那自己也未免太过可悲。

第29章　他是在乎小三，还是更在乎钱

沐云帆之所以想要帮助尹沫熙，的确是因为她有些可怜。

可这并不是全部的理由。

尹沫熙见沐云帆沉默了，低头苦涩地笑了笑："谢谢你，不过我不需要你的同情，更不需要你的可怜。"

没谁能拯救得了她，尹沫熙知道，一切只能依靠她自己。

眼见她没了耐心，沐云帆只好说出自己的要求："不是同情你，我没有那个闲心去同情一个婚姻亮起红灯的女人。你知道的，我是国际知名摄影师，我想帮你自然是因为你也能帮上我的忙。"

尹沫熙猛地抬眸，她盯着沐云帆眼中尽是不解。

她能帮得上沐云帆的忙？

尹沫熙自认没有什么能耐，她这个副总也是今天刚刚上任，而且还是一个毫无实权的副总。

她一不掌管钱财，二不掌管实权。

不仅如此，她还没有什么人脉，尹沫熙实在想不出自己能够帮他什么。

"我想你可能想错了，我虽然是副总，不过没有什么实权。我想我帮不了你什么。"

尹沫熙急于澄清自己的实力，沐云帆却摇头笑了笑说："我看中的是你的气质，我说了我是摄影师，我想请你帮忙自然是和摄影有关，想请你帮我拍一组照片，可以吗？"

尹沫熙的确有些惊讶。

想不到最后沐云帆提出的要求就是请她帮忙拍摄一组照片。

"可我不是专业模特，我之前从未拍过写真什么的。而且……"

尹沫熙想到第一次和沐云帆见面的情景，她在酒店醒来时……

沐云帆好像是在拍知名睡衣的目录。

她不想穿成那个样子。

沐云帆很了解尹沫熙，从她的表情上就能猜得到她在想什么。

于是沐云帆只好解释道："不是让你拍睡衣目录，也不是让你拍商品目录，我保证衣服很正经，不是那种衣服，就是很正常的一组照片。"

沐云帆信誓旦旦地向尹沫熙保证着，她心里的确有些心动。自己一个人在公司孤立无援，想要对付欧雅妍实在是太难了。

更何况这个女人聪明得很，又那么有心机有手段。

尹沫熙低头还在考虑沐云帆的提议。

沐云帆却有些急了，"我比你更好接近她和吴建成，毕竟我是吴建成特邀的摄影师，他对我不会有什么戒备心，可是你呢？你是吴建成的老婆，光是这一点你就无法真正地靠近他们两个人。"

沐云帆说的的确很有道理，尹沫熙慎重考虑后终于点头答应："好，我们丑话说在前面，不许拍什么乱七八糟的照片。"

沐云帆点点头："放心，我是国际知名摄影师，品位不低。我所拍的照片都很有价值。"

如此这般，尹沫熙自然是放心多了。

两人达成协议后就各自回到办公室。

尹沫熙让秘书好好准备今晚的聚餐活动，而尹沫熙却背着所有人偷偷地去了邱老的办公室。

"邱叔。"尹沫熙敲了敲门就走了进去，邱老见尹沫熙来见他很是诧异。

"小熙，想不到你第一天上班就来我这。"

尹沫熙无奈地垂下头。

父亲创立公司时，邱叔和其他几位叔伯是陪着父亲一起创业的。

尤其是邱叔和父亲关系最好，又是看着她长大的。

公司有事，尹沫熙最先想到的人就只有邱叔了。

邱叔隐约察觉到小熙有重要的事情要说，他神情严肃地问她："你那天找我说要来公司上班时我就觉得很奇怪，小熙你和我说实话，到底出了什么事情？"

尹沫熙一阵沉默后，只好如实说出公司的现状。

"邱叔，那个新人欧雅妍您是知道的吧？"

邱叔点点头："不是公司最近力捧的新人吗？难道那个女人有问题？"

邱老这边只是负责一些对外扩展的项目，可他是公司的老前辈又是股东之一，就连吴建成也要敬他几分。

虽然在公司邱老位高权重，不过吴建成身边的事情他自然是不清楚的。

"那个女人就是介入我和建成婚姻的第三者，据我所知，建成已经送给了她两套别墅、一辆豪车。我得到的最新消息是，他还要分给她百分之二的公司股份。"

"什么？糊涂！真是糊涂，这简直就是胡闹！这公司是谁的？这是谁一手打下来的天下？建成竟然用你父亲的钱去养小三？"

邱老气得怒拍桌角，说到愤怒时还不停地在咳嗽着。

吴建成的所作所为着实让人气愤。

尹沫熙知道邱叔在心疼她，也是在替她不值。

"真是反了他了，真以为娶了你就可以一手遮天，直接吞了整个公司不成？我和你其他几位叔伯手上都有公司的股份，我们现在就召开股东大会，把他和那个小三都赶出去。"

邱老的确是被气得不轻，然而在这件事情上，尹沫熙比邱老更沉着一些。

她无奈地摇摇头轻声道："邱叔，现在不能召开股东大会，更不能将他们赶出去。我要的不是两败俱伤，我要的是挽回我的婚姻，保住这个家。我现在不能和吴建成公然撕破脸。而且我们如果将建成赶出公司，谁来掌管公司？现在的确是找不出第二个合适的人选来管理公司。我们要暗中给他压力。"

显然，尹沫熙已经有了想法。

邱老认真地审视着眼前的丫头，她好像瞬间成熟了很多。

也是，之前在她父亲的守护下，无忧无虑地成长着，如今她父亲病重在美国疗养，身边只有老公和女儿可以依靠。

她不坚强的话，如何守住现在所拥有的一切？

邱老看尹沫熙的目光中多了一分赞赏。

"那丫头你的意思是？"

"盯紧欧雅妍那个女人，由您单独找我老公谈话，旁敲侧击提醒他不要在欧雅妍身上花太多钱，更不要将公司股份分给她。否则，你会召开股东大会来讨论这件事情。我知道建成很怕这件事情被公开。"

尹沫熙还是了解自己老公的，他如果现在离婚，或许一分钱都拿不到！

尹沫熙眯了眯眸子，她在赌。

赌自己的老公，是在乎那个小三，还是更在乎金钱和名誉！

第30章　这个女人你爱不得

沐云帆回到办公室后就一直对着自己的电脑屏幕发呆。

男助理皮特悄悄地走到沐云帆身后，看着屏幕里的那个女人不禁有些疑惑地问道："云哥，这女的不是这公司的老板娘吗？你为什么一直盯着人家的照片看？云哥，你该不会是喜欢上吴总的老婆了吧？"皮特不禁吓出了一身冷汗。

沐云帆长了一张俊脸，和他合作过的，无论是明星还是模特，几乎都对他的外貌赞赏有加。可那些女人都是单身，所以男助理皮特也不觉得什么。

可这个女人是尹沫熙，她是吴总的老婆，而且这个女人有了一个女儿，现在肚子里还怀了一个小的。老大是不是脑子进水了？

沐云帆无视皮特的激烈反应，他只是淡淡地瞄了他一眼，没有解答他的疑惑反倒是询问出声："你觉得这个女人如何？漂亮吗？"

皮特弯腰凑得更近些，他仔细地观察着电脑屏幕中的那个女人。

老大的摄影技术绝对是一流的，虽然这张照片是老大用手机拍的，而且只是一张很普通的偷拍照。

这个女人不施粉黛，头发随意地束在脑后，脸色有些苍白，可是嘴角却带着一丝甜美的笑容。

皮特说不上来这种感觉，她穿的衣服很普通，款式简单的白色衬衫，搭配一条修身的牛仔裤。

穿着普通，可是站在那里却很有吸引力。

皮特竖起大拇指毫不吝啬他的夸赞之词："漂亮，那吴总的老婆自然是漂亮的啊！他公司里的那些小模特什么的自然不能比。这千金大小姐不愧是豪门走出来的，这气质这身段，不施粉黛也很有味道啊。"

皮特是真心觉得尹沫熙这个女人很美，如果她选择出道做艺人，相信也会名声大噪，在圈子里有所成就的。

听到皮特如此夸她，沐云帆满意地笑了笑。

皮特越发觉得奇怪，指着沐云帆翘起的嘴角高声喊道："老大，你别这样吓我啊老大。虽然她是豪门千金，虽然她长得漂亮又有气质。可是老大人家可是有夫之妇，人家还有两个孩子呢！这种不地道的事儿你可不能做啊。咱可不能砸了自己招牌啊。"

皮特对此很是在意。

另一位助理小月手捧一些资料走了进来。看两人聊得正欢，她放下手中的文件也走了过去。当小月看到屏幕中的那个女人时，眉头下意识地皱了皱。

她站在沐云帆身后沉声警告着："皮特说的对，你还是不要和那个女人走得太近。"

小月板着一张脸，瞪了皮特一眼后就怒气冲冲地走出了办公室。

皮特一阵莫名其妙，随后恍然大悟地拍了拍桌子："我知道小月为什么生气了，小月一直很喜欢老大你的。"

沐云帆被吵得有些烦了，皮特哪都好，有上进心又聪明好学，就是这嘴太碎了点，一点小事都要念叨个不停。

他的私人问题何时需要向他的两个助理报备了？

"欧雅妍的宣传目录你拍了吗？"

皮特有些为难地挠挠头说："老大，人家是看在你的名气上请你专门给人家拍照的。我刚才去那个模特办公室，和她沟通拍摄的问题，人家好嚣张直接把我撵出来了。她说吴总是花了大价钱让你给她拍照，而不是花大价钱请你的助理给她拍照的。"

皮特说到最后声音越来越小，被那个女人狠狠地训斥了一顿，想想还真是有些丢人。

那个女人还没出名呢，脾气就这么糟糕，名气不大，架子倒是不小。

沐云帆微微眯了眯眸子，说话的声音却冷冰冰的："我说了，那个女人不配我给她拍片。算了你先去准备，此事我会和吴总再谈谈。"

沐云帆很倔强，也很坚持自己的原则。

他从不糟蹋自己的手艺，更不浪费自己的时间。

皮特刚刚离开没多久，尹沫熙竟然亲自到访。

她在办公室门口敲了敲门，随后轻轻咳嗽两声："你忙吗？"

听到她的声音后，沐云帆惊喜地起身迎接，"什么风把你吹到我的办公室来了？"

尹沫熙只是浅浅一笑，随后直接进入主题："我听说欧雅妍正在要小脾气，这事闹得还挺大，怎么你不肯亲自给她拍照？"

尹沫熙发觉沐云帆这个人真的很有趣，他有他自己的原则，一旦踩到他的底线，他绝不会轻易妥协。

他不过是一个拿着人家工资办事的人，真的要这么高傲吗？

沐云帆对此态度很是坚决："我说过那个女人不配让我给她拍照，我这个水准这个名气，你以为是谁都可以让我拍照的吗？说句不好听的，让我助理给她拍照都有些委屈。"

沐云帆的实话实说逗得尹沫熙不禁"噗嗤"一声笑了出来。

不管怎么说，听到别人如此评价欧雅妍，尹沫熙心里还是很开心的。

"好，既然你坚持这样做。这事我亲自去解决。"

尹沫熙在办公室憋了一天，正愁待得太无聊了，正好欧雅妍给她找了点事情去做。

尹沫熙打定主意后就匆匆回到自己的办公室，她让手下的秘书通知欧雅妍半个小时后到摄影棚开工。而尹沫熙本人也在第一时间就赶到了摄影棚。

皮特和其他工作人员已经开始在准备拍摄工作。皮特已经架好了机器，所有人都已经就位，就等欧雅妍来开工了。

尹沫熙的秘书来到欧雅妍办公室，轻声提醒她："雅妍姐，那边都已经准备好了，请您跟我去摄影棚开工吧，耽误了时间损失的还是您啊。"

欧雅妍兴奋地起身，以为沐云帆肯为她拍照。

"沐大摄影师已经准备好了吗？"

见欧雅妍如此兴奋，那位秘书实在不好开口告诉她真相。

欧雅妍见她低着头吞吞吐吐地说不出话来，目光渐渐阴沉下来，沉声威胁道："说，到底是怎么回事？"

第31章　不够红，不够格

欧雅妍在公司的地位并不低，虽然是新人，可是很受吴总的宠爱。

一个小小的秘书又怎敢轻易得罪她？

欧雅妍猛地拍了拍桌子怒吼道："还不快说？"

吓得那位秘书身子抖了抖，只好如实说道："雅妍姐，不是沐大摄影师亲自为你拍片……是……是……"

秘书吓得浑身抖个不停，是了半天也没说出个所以然来。

不过欧雅妍这种聪明的女人大概已经猜到了。

"是他的助理？"

秘书连忙点头，没错，就是沐大摄影师的助理要给她拍片。

欧雅妍一听更是气不打一处来。

那个国际知名摄影师，欧雅妍听说过他的名号，的确很厉害也很有名。

可是那个男人未免也太拽了吧？

建成可是花了大价钱请他来给自己拍照的，可他却打发了个手下来应付她！

欧雅妍再次要起了大小姐脾气，坐在那里嚣张地同那位秘书说道："你回去吧，告诉他们，如果不是沐云帆亲自掌镜，这工期耽误下来可不是我的问题。"

秘书哆哆嗦嗦地走了出去，她一路小跑着来到楼下的摄影棚。

尹沫熙紧盯着那位秘书，她身后并没有出现欧雅妍的身影。

看来这个小三的确不好请。

"没请来？"

尹沫熙的态度同样冷漠至极，秘书委屈得快要哭出声了，她小声地将欧雅妍的话转告给她："副总，雅妍姐说如果不是沐大摄影师亲自给她拍的话，她是绝对不会来的。她还说，如果耽误了工期不是她的问题。"

秘书的话尹沫熙听得清清楚楚，她捏了捏拳头，想不到欧雅妍平日里在公司如此嚣张。

一个刚出道的新人就敢这样耍大牌？公司那么多前辈，还有顶级模特也没有她排场大。

这样的劣质艺人，她老公到底怎么想的？为什么会签这种女人进公司？难道他的眼里只能看到欧雅妍的美，却看不到这些缺点？

尹沫熙眨了眨眸子，想到了别的法子来让欧雅妍妥协。

"你去通知公司管理层的所有员工，等到欧雅妍拍摄结束后我们就去聚餐。"

秘书愣了愣，随后诧异地抬眸看着尹沫熙，眼中却写满了惊喜。

她一个小小的秘书都明白了尹沫熙的用意。

用公司管理层的所有员工来做威胁，看欧雅妍是想继续耍大牌，还是想作死得罪这些高层员工？

秘书立刻点头应着："我知道了副总，我这就去办。"

看秘书兴奋地转身要冲出去，尹沫熙再次叫住了她："等一下，不要着急。你先去通知大家，然后去找欧雅妍，就说沐云帆摄影师已经准备好了。"

尹沫熙决定先把她引来再说。

可秘书却不明白她为何要说谎，"可是副总，沐云帆摄影师不会亲自给她拍片的啊，这样骗她，我怕雅妍姐会大闹一通的啊。"

平时在公司里，吴总的确是太宠着欧雅妍了，无论她做什么，吴总都会尽量去满足她的要求。

所以公司的其他人也会尽量避开欧雅妍，惹不起总还躲得起。

可秘书的反应让尹沫熙更不能容忍。

如果她这个副总连一个刚出道的新人都对付不了，那这个职位还不如不要。

尹沫熙冷哼一声，一双秋水明眸散出两道精光，"你觉得在这公司，是她一个刚出道的新人说了算还是我这个副总说了算？"

言外之意，尹沫熙也是在提醒着众人，不要轻易小瞧了她的身份。

就算公司内的人都知道欧雅妍是吴建成的地下情人，都惧怕欧雅妍在公司内的势力，可他们更应该认清一个事实，她才是吴建成的妻子，是这家公司创始人的女儿，是吴建成那个老总的妻子！

她的地位和实力是欧雅妍那个小三所不能比拟的。

尹沫熙如此强势倒是让那位秘书舒心了不少。欧雅妍作为吴总的地下情人，在公司极其惹人厌烦。如今有人肯教训教训她，他们这些小员工自然是最开心的。

秘书点点头，转身立刻去处理此事。

尹沫熙的目光从影棚外收回，安静地站在那里等待着欧雅妍的到来。

皮特将所有看在眼里，越发感叹这吴总的老婆是惹不得的。

之前看老大收藏的那些照片，皮特还以为这个女人是个气质恬淡很随意的女人，如今只是相处了十多分钟，他发现这个女人完全不是他想的那么简单。

话虽如此，可她还是很漂亮，尤其是那张有些苍白的脸，搭配那双冰冷到毫无温度的眼睛，竟然有种别样的美。

皮特还在发呆，就听影棚外传来一阵高跟鞋的声音。

皮特紧了紧喉咙，他知道这一次欧雅妍那个女人总算是来了。

不过老大不在，她是要当场发飙的吧？

很快，声音由远至近，欧雅妍大摇大摆地走进了影棚内。

她扫视了一圈，没看到那大名鼎鼎的沐云帆摄影师，却看到了一个她最不想看到的人！

她不禁在心里暗自后悔，该死的，尹沫熙怎么会在这里？

她被骗了？被尹沫熙骗了？

欧雅妍有些心虚，刚刚的嚣张态度也稍微有些收敛。

尹沫熙只是微微一笑，随后命令道："很好，既然雅妍也已经到了，大家开始工作吧。"

所有人都已经就位，等待欧雅妍去换装，可她却上前一步找尹沫熙理论道："副总，我想你第一天来公司上班有些事情可能不太了解，我的御用摄影师是沐云帆，是吴总亲自请他来给我拍照的。这个人只是沐云帆手下的一个助理。抱歉副总，不是沐云帆亲自拍的话，我是肯定不会拍的。"

尹沫熙还算有耐心，轻声告诉她："放心，这位虽然是沐云帆摄影师的助理，可是拍照水准也是一流的。他经常给一些欧美二三线的明星拍照的。"

"二三线明星？"

欧雅妍不禁有些火大，尹沫熙这是在公然嘲讽她不够红，不够格吗？

第32章　亲自出马

欧雅妍心里恨得咬牙切齿的，可毕竟尹沫熙现在是公司的副总。

她不敢逾越，只能稍微忍耐。

可是她不想轻易妥协，尹沫熙似乎在无形中一直在压制着她。

欧雅妍不想一辈子被尹沫熙压着，不想一辈子无法翻身只是做个小三而已。

她尴尬地笑了笑，解释道："这位助理的确很厉害呢，也对，毕竟是沐云帆摄影师手下的人，能为欧美二三线明星拍照也很厉害。我虽然是个刚出道的新人，不过吴总给我的定位是希望我能尽快火起来的。既然想捧红我，自然需要沐云帆摄影师亲自出马了。"

欧雅妍这番话说得滴水不漏，还时不时地拿出吴建成来威胁尹沫熙。

尹沫熙在心中冷笑出声。就算吴建成在现场，他只怕也要站在她这一边。

尹沫熙将计就计吩咐着身边的秘书："既然雅妍那么信任我老公，好吧，你去把我老公请来。"

秘书点点头立刻去请。

摄影棚内的员工都在一旁看好戏，正室和小三，再加上吴总夹在两人中间，这还真是出好戏啊。

秘书去总裁办公室亲自请吴总出马，而公司高层办公区内，所有人都在小声议论着此事。

原本他们可以早早下班一同去聚餐的，可是因为欧雅妍耍大牌迟迟不肯拍照，才导致他们也要留在这里一起陪着她。

大家对她完全没有好印象。

"平时在公司耍耍脾气也就算了，如今我们吴总的夫人都亲自找到公司来了，她怎么还不知道收敛？"

"啊呸，你见过小三要脸吗？不是我拍副总的马屁，那副总和欧雅妍站在一起，完全是两个气质。欧雅妍在我们副总面前完全就像个酒吧女嘛。"

员工们私下议论得欢，一些男同事不禁也跟着一起吐槽。

"要不然你以为呢？你以为欧雅妍出身有多好？我听别人说，好像是有一次我们吴总去夜总会陪客户，欧雅妍主动黏上来的。谁知道她用了什么手段，把我们吴总牢牢拴住了。"

所有人都在为尹沫熙感到不值。

这时吴建成急匆匆地从办公室出来，身后还跟着尹沫熙那位秘书。

大家见吴总出来，立刻收声，回到各自的岗位上。

很快，楼下摄影棚内，吴建成匆匆赶到。

"老婆，我听小吴说你和雅妍有点争执？"

尹沫熙笑着摇摇头，装出好妻子的模样，挽住吴建成的手臂："老公，我听说摄影棚这边出了点问题就亲自来处理了，可是这个新人也太有脾气了，愣是让我等了半个多小时！如今她人到了却还是不肯开工。"

尹沫熙的确够聪明，知道自己的优势在哪里。

她委屈地指了指自己的小腹，吴建成就心疼地蹲下身子将耳朵靠在了她的肚子上。

"哎哟，真是委屈了我们的儿子。"

尹沫熙冷漠地勾了勾唇角，随后继续埋怨道："老公，这公司的事情都是你做主。咱爸也是相信你的能力才会把公司全权交给你来负责。可是这新签的艺人真是太不像话。沐云帆摄影师让他的助理来给她拍片，可她却偏偏要求沐云帆来给她拍。"

尹沫熙没有说谎，这的确是欧雅妍说的，在场所有员工也都默认了。

吴建成有些为难，却还是哄着老婆："小熙，我们最近在力捧雅妍。"

尹沫熙听他这样说，心头的火气噌的一下就冒出来了。

不过她还是克制住自己，面无表情地反问道："那皮特可是给欧美许多明星拍照的，难道不配给她拍片吗？也不知怎的，可能是我刚来公司上班，她对我不信任吧。我跟雅妍说了几句话，可她句句都要提你。说是你要力捧她，说是你花了大价钱请沐云帆来做她的御用摄影师，好像你很宠她呢。"

尹沫熙话里有话，吴建成有些心虚地瞪了欧雅妍一眼。

他明明警告过她要安分守己的，难道欧雅妍背着她又在耍花招？

吴建成和欧雅妍拉开一定的距离，态度坚决地说道："老婆，我和雅妍不过是公司上下属的关系而已。她是我们公司新签的艺人，我们在力捧她，仅此而已。"

尹沫熙不肯就此罢休，依旧不紧不慢地逼问道："哦？那沐云帆真是你花大价钱请来给她做御用摄影师的吗？我还以为你请沐云帆来，是给公司的所有艺人拍宣传片的。我们家一姐一哥都没这个待遇，却给一个新人如此待遇，这未免不太好吧？"

尹沫熙说的的确有道理，吴建成立刻澄清："当然不是了，我怎么会请沐云帆这种大牌摄影师来公司，却只给欧雅妍这个新人拍照呢？"

如此回答，尹沫熙便是满意了。她点点头，看向欧雅妍时，嘴角不由得勾出略带嘲讽的微笑。

只见她步伐优雅地走向欧雅妍，尹沫熙站在那里冲着欧雅妍微微一笑。

她的笑容温柔美丽，然而在别人看来，那笑容中却又有着高傲的怜悯。

尹沫熙眼神淡漠，命令秘书："语嫣，吴总的话你听得清清楚楚，开工吧，省得耽误大家聚餐的时间。"

欧雅妍气得浑身发抖，她握紧双拳，指尖将手心掐得差点流出血来。

尹沫熙！

该死的尹沫熙！

她竟然在大家面前让她如此难堪。

她自从进入公司就被吴建成格外宠爱，公司上上下下所有人都会让着她半分，她哪里受过这种气啊？

欧雅妍不甘心，可是吴建成却也下令道："雅妍，听副总的话，大家时间都很宝贵，不要在这里耍小孩子脾气。"

"我……"欧雅妍委屈却说不出。连吴建成都警告她要听尹沫熙的话！

第33章　打个巴掌给个甜枣

欧雅妍被逼到这个地步，只能乖乖地跟着助理去换衣服。

皮特总算是松了口气，还是这位总裁太太更有魄力一些，三言两语就搞定了这任性霸道的欧雅妍。

因为吴建成和尹沫熙亲自监工，欧雅妍不敢再耍小脾气，全程都很配合皮特。

一个多小时后，宣传目录已经拍得差不多了。

皮特放下相机的那一刻，尹沫熙立刻起身鼓掌为她叫好。

欧雅妍心里清楚，尹沫熙是在那里做戏给吴建成看罢了。

她才不需要尹沫熙在那里假惺惺。

欧雅妍朝他们走过去，可是脸上的表情依旧有些不开心。

尹沫熙却伸手轻轻地拍了拍她的肩膀，随后有些心疼地鼓励她："雅妍也是辛苦了，全程配合下来的确很累呢。老公，雅妍今天表现得真不错，虽然之前任性了些，但是你也别因此责罚她。毕竟雅妍还小，可能刚到公司就如此顺风顺水，被你宠坏了才会如此霸道。但是你看她工作的时候那样认真，这事就算了，你千万别再训她。"

刚刚还很强势的尹沫熙竟然换了一种口吻，开口闭口都在帮欧雅妍说好话。

正在喝水的皮特听到这番话时，惊得差点将口中的水全部喷了出来。

好一个聪明伶俐的女人啊，先是给欧雅妍一个巴掌，打了人家一个巴掌后给人家揉一揉又给人家塞了一颗甜枣。

现在，就算欧雅妍心里再火大，在吴建成面前，她也只能勉强地扯出微笑，然后硬咽下尹沫熙塞进她嘴里的甜枣。

心里就算再恨她，却还要亲口和她说声感谢。

皮特不禁在心中暗自感叹着，高，实在是高啊！

欧雅妍恨得咬牙切齿，却只能笑着点点头："谢谢副总体谅。"

尹沫熙笑着"嗯"了一声，随后挽起吴建成的手臂公然秀恩爱，"老公，大家也都等急了，我们赶紧出发吧。"

吴建成宠溺地伸手摸了摸尹沫熙的脑袋，随后命令秘书去通知大家到酒店集合。

有尹沫熙在，欧雅妍自然不能和吴建成同坐一辆车。

尹沫熙和吴建成先行离开公司去酒店，欧雅妍一脸哀怨地望着尹沫熙离去的背影，直到那双背影彻底消失后，欧雅妍才发狂地将工作台上的东西全部砸在地上。

尹沫熙，她算什么玩意儿？

凭什么在这里对她指手画脚的？

凭什么让吴建成来教训她？

欧雅妍心中的怒火始终无处发泄。

皮特就知道这个女人要发飙，他不想无辜被牵连，收拾好自己的设备后立刻就回到了楼上的办公室。

说来也奇怪，沐云帆竟然沉得住气一直在办公室修图。

皮特一进入办公室就开始噼里啪啦地讲个不停："老大，刚才摄影棚内一出好戏你竟然没去观赏，真是太可惜了啊。你别说那尹沫熙的确不是一般人啊！这有学识有素质的女人，连手撕小三都这么优雅。欧雅妍完全拿她没辙的。说真的，尹沫熙和欧雅妍完全不是一个段位上的，智商也不是一个层次上的。综合算来，欧雅妍必输的啊。"

皮特议论着别人的事情倒是津津有味。

沐云帆也没有阻止他，双眼继续盯着电脑屏幕，不过嘴角却微微一翘。

皮特说了那么多，沐云帆却依旧如此沉得住气，他不禁有些迷惑了："我说老大，你不是对尹沫熙挺有好感的吗？那你刚才怎么一直在办公室没下去看看呢？你不怕尹沫熙被欧雅妍那个野蛮的女人给欺负？"

在皮特看来，尹沫熙就算是要手段也是要得光明正大。因为她是正室，正室撕小三还需要讲究什么情分和同情吗？反观欧雅妍，在她千方百计、想方设法去霸占别人的家庭和男人时，就已经表明她是一个卑鄙阴险的小人了。

皮特还真担心欧雅妍背地里玩阴的。

沐云帆一直很淡定，他嘴角含笑却相当坚定地告诉皮特："就算我不在，她一个人也可以处理得很好。她是尹家大小姐，远比你想象中要坚强得多。"

沐云帆嘴角的笑意渐渐加深。

他越发喜欢尹沫熙，相处的时间越久，就会发现这个女人更多的惊喜。

初次在酒店相遇时，她被老公出轨的现实打败，她哭得那般伤心，肩膀微微颤抖个不停的样子至今还停留在沐云帆的脑海中。

每次见她，她都脆弱得仿佛下一秒就会被狂风暴雨击垮。

这是第一次，第一次有女人让他产生了一种强烈的保护欲望。

也是第一次那么心疼一个女人。

可就在他以为她需要保护和帮助时，她却挺起背脊直起胸膛，坚强且高傲地维护着她的婚姻和家庭。

的确，在那脆弱的外表下，在那有些苍白的脸蛋下，是一颗怎样坚定执着的心？

沐云帆的确被她吸引着。

助理小月静静地站在一边，看着沐云帆说起尹沫熙的种种时，嘴角的笑容那般温和。

那和煦般的笑容深深地灼伤了小月的心。尹沫熙是特别的，这一点小月心里也清楚得很。沐云帆这些年和很多女人都有过暧昧关系，那些大明星也好超模也罢，可是没有哪一个女人能真正走进他的心里。

小月有些害怕，因为这一次，沐云帆似乎真的很用心。

"好了，我们也准备准备出发吧。"

沐云帆关了电脑，穿上外套就离开了办公室。

小月和皮特跟在他的身后，他们都被尹沫熙邀请去参加今晚的聚餐。

只可惜，冤家路窄。

沐云帆刚走出办公室，就见欧雅妍迎面走了过来。

见到沐云帆，欧雅妍一肚子的怒火正愁没处发泄。

细细算来，今天被尹沫熙当众侮辱一番，归根结底是要算在沐云帆头上的。

若是他早点同意给她亲自拍照，她今天怎会那般狼狈？

欧雅妍想都没想，怒气冲冲地就奔了过去。

她在沐云帆面前站定刚要和他好好理论一番，怎料沐云帆由始至终都未抬眸看她一眼，好像她是空气一般，径直朝前面走去。

小月跟在身后也只是淡淡地瞄了欧雅妍一眼，便匆匆地跟了上去。

岂有此理，沐云帆无视她就算了，连他身边的助理都如此轻视她？

第34章　一个小三也敢和我叫板？

"沐云帆！你给我站住！"

只听身后传来欧雅妍的一声呵斥，很快，她就踩着高跟鞋蹭蹭蹭地追了过来。

欧雅妍的经纪人很是头疼，因为最近才安排欧雅妍出道，她也是昨天开始才亲自带她的。

可是说实话，这位新人实在是不好带。

经纪人陈姐可谓是老行家了，从她手里带出来的艺人个个都是顶级明星。

包括公司现在的一哥、一姐当初也是跟着陈姐出来的。

吴建成之所以把欧雅妍分配给陈姐，也是为了让欧雅妍能够尽快上道，争取在最短的时间内火遍大江南北。

可这丫头也太嚣张霸道了些。

她不怕尹沫熙这个副总也就算了，想不到她连国际大牌摄影师也敢得罪。

陈姐听到她的喊声也立刻追了过去。

"欧雅妍，你太不像话了，你就这么没礼貌吗？"

陈姐严声苛责着欧雅妍，可她根本就不理会这位中年大妈。

欧雅妍双手环胸，一副高高在上的模样冷哼出声，随后出言不逊道："我当是什么了不起的人物，不就是仗着自己长了一张不错的脸，就说自己是什么国际知名摄影师？拍照谁不会？你以为你是谁？吴总可是花了钱请你来拍我的，你凭什么让你的助理来给我拍照？"

一整天都备受煎熬的欧雅妍，在尹沫熙那里受了太多的气。

此刻的她已经失去了理智，逮住沐云帆便如此纠缠不休。

她承认，沐云帆的确很帅，那张脸只要直视十秒就会被深深地吸引。

建成和这个摄影师有着诸多不同。个性不同，气质不同，虽然都是高颜值，不过建成肯定比他更有钱也更有权力。

陈姐气得头都大了。

欧雅妍仗着自己是吴建成的地下情人，最近的表现实在太过分，简直就是无法无天。

陈姐偷偷看了一眼脸色铁青的沐云帆，只好亲自跟他道歉："沐摄影师，您别和雅妍一般见识，她是个刚出道的新人，没有规矩，不懂事的。请您不要放在心上。"

陈姐毕恭毕敬地站在那里代替欧雅妍向沐云帆道歉。

沐云帆很是可怜这位陈姐，虽然之前沐云帆一直在国外生活和工作，可他同样也给国内大牌艺人拍过照，也见过陈姐几次面。

欧雅妍算是陈姐带的那些艺人中最难教也是最难带的吧。

沐云帆无奈地摇摇头，对陈姐的态度一直都很客气。"陈姐，你我也见过几次面。你是你，欧雅妍是欧雅妍，你没有必要代替她跟我道歉的。不过就她这个性格，估计就算出道了也是很难火起来的。"

沐云帆向来是有什么说什么，不会因为她是吴建成的情人就谦让几分。

如此嚣张的态度让欧雅妍更是火大，她那双美眸瞪得滚圆，伸出食指指着沐云帆的鼻子破口大骂："我告诉你沐云帆，不要把自己太当回事。你不愿意给我照，我还不稀罕让你给我拍照呢。全世界又不是只有你一个摄影师！明天我就让吴总换一个比你更有名更厉害的摄影师来给我拍照，我告诉你沐云帆，你就要被炒了！"

事实就是，欧雅妍的确太把她自己当回事了。

站在沐云帆身后的小月和皮特都看不下去了，这个女人竟然如此侮辱他们的老大。

可沐云帆却面无表情地斜睨了欧雅妍一眼。

他只是呵呵一声冷笑，随后嘲讽道："一个小三也敢在这里和我叫板？今天看在陈姐的面子上我不跟你计较。"

末了，沐云帆客气地同陈姐微微点头后便带着两个助理离开了。

欧雅妍越想越气，尹沫熙没来公司之前，全公司的人都围着她团团转，谁敢当众得罪她？

可为何尹沫熙刚到公司上班，那些个小角色都在看不起她？

说到底，还是沐云帆的那一句小三刺痛了她。

她是在意这个称呼的，哪个女人不想风风光光地做正室？谁愿意被人直接称呼为小三？谁又愿意被人如此嘲讽？

欧雅妍红着眼睛继续咒骂出声："沐云帆你给我等着，我一定会让吴总把你给炒了！"

陈姐忍无可忍，冲欧雅妍怒吼出声："够了，你闹够了没？"

欧雅妍不屑地瞧了陈姐一眼，挖苦道："陈姐，你应该知道我和吴总的关系，你只是我的经纪人，说白了就是为我服务的，我拜托你下一次有点眼力见，不要胳膊肘往外拐行吗？"

欧雅妍竟然猖狂到这个地步，竟然如此侮辱她，说她这经纪人不过是给她服务的。陈姐火大到极点，扬起手臂直接就甩了欧雅妍一个巴掌。

只听"啪"的一声，欧雅妍整个人都呆住了。

公司还有其他同事没有离开，他们看到这一幕后都悄悄地散开了。

谁想无故蹚这趟浑水？

"你……"

欧雅妍委屈地伸出食指指向了陈姐，陈姐却火大地双手掐腰开训道："别以为你是吴总的情人就很了不起了，你以为当小三那么光荣吗？公司的艺人尤其是一二线的艺人都在外忙着拍戏，平时很少来公司，所以你以为你一个人在公司就可以为所欲为了？公司的小员工惹不起你，高层员工是懒得搭理你！就连我这个经纪人都不是你能惹得起的。"

陈姐不过是在教育欧雅妍，她的确是被吴建成宠坏了，以为靠着吴建成情人的身份就可以在公司内为所欲为。

先不说上面有总裁夫人压着她，就是公司的那些大牌艺人，个个都能把她踩死。

陈姐顿了顿继续训斥着："我们这一行最讲究的就是辈分关系，你不懂得尊师重道还想在这个圈子里混得长久？别的地方我不清楚，但是在这里，靠着吴总情人的身份是活不下去的！吴总也不可能次次都保你。我知道你是夜总会的陪酒女出身，出身不好最起码要学会尊重他人，要学会谦虚待人！若不是看在吴总几次求我的分上，你以为我愿意带你？"

陈姐实在懒得跟这种没素质的女人继续浪费时间。

小熙还在酒店等着她呢，虽然陈姐亲自带欧雅妍，可那是因为她是公司的员工，是经纪人所以必须听从吴总的命令。

可是小熙在他爸爸掌管企业时就经常来公司玩，公司的老人和一些明星都是她的好朋友。

所以在情感上，陈姐完全站在尹沫熙这一边！

第35章 你舍不得吗

尹沫熙同吴建成早早就来到了酒店。

今天招待的是公司内部的管理层员工，至于其他部门的员工，因为还要在公司加班，所以不能到这边来聚餐。

不过作为老板娘，又是这家公司创始人的女儿，尹沫熙贴心地叫了外卖犒劳仍在公司加班的员工们。

管理层的员工们陆陆续续地到达了酒店，尹沫熙早就和这家酒店的经理打好了招呼。

一楼的餐厅几乎都被尹沫熙给包了下来。

吴建成见自己的老婆如此大方，不禁揽过她的腰轻声调侃道："你啊你，为了和员工们打成一片至于这么大手笔请他们吃饭吗？你来公司不只是玩玩而已？"

尹沫熙微微皱眉，谁说她是玩玩而已？

来公司玩未免也太浪费时间了。

尹沫熙轻轻地推开吴建成，神情严肃地纠正他："谁说我来公司只是玩玩而已？我对我的工作很有兴趣，我是准备大干一场的。"

尹沫熙嘴角带着迷人的微笑，让吴建成有些看不懂了。

她的老婆一向对所有事情都淡淡的，提不起什么兴趣来。

如今，再看看自己的老婆，她好像有了胜负欲望？

这到底是怎么了？

尹沫熙只笑不语。

请员工来五星级大酒店，包下一楼的餐厅请他们聚餐，这又算得了什么？和吴建成给欧雅妍所花的那些钱相比，这完全就是小菜一碟。

与其等着吴建成把钱花在别的女人身上，还不如让她直接把钱花在员工身上。

好歹员工知道感恩会更加努力为公司奉献。

可小三呢？

她们只会侵蚀你的婚姻罢了。

今天的聚餐，尹沫熙是真正的主角，员工们纷纷赶来给她敬酒。

"副总，我敬你一杯。"

尹沫熙摇着头笑了笑，随后指了指自己的肚子，"我现在这样喝酒恐怕不太好吧。"

吴建成立刻接过酒杯，"我帮她喝了。"

说着将杯中的红酒一饮而尽，很是痛快。

刚刚来到酒店的沐云帆看到这一幕后，立刻靠在皮特的耳边小声命令着："你一会儿去给他灌酒，灌醉了最好。"

"啊？我给吴总灌酒？"

皮特顿时有些懵了。

为什么要把吴总灌醉？老大到底要做什么？

该不会是……

沐云帆就知道皮特会胡思乱想，看来他若是不说清楚事情的原因，皮特是不会轻易帮忙的。

沐云帆有些无奈地坦白："好好好，我告诉你，我只是想请尹沫熙帮我拍组照片，你不觉得她的气质很适合拍片吗？"

皮特想了想，随后赞同地点着头："是挺有气质的，比那些模特更出众。那你早说嘛，我还以为……"

沐云帆瞪了皮特一眼："你还以为什么？"

皮特心虚地笑了笑，随后摆摆手："没什么，没什么的！我这就去给吴总灌酒。"

皮特傻乎乎地就奔着吴建成去了。

小月站在身后，却看穿了沐云帆的用意。

皮特开始猜得没错，沐云帆的确是想借机接近尹沫熙。

给尹沫熙拍照也只是他想出的一个借口罢了。

可她只是沐云帆身边的一个小小的助理，她知道自己无权干涉沐云帆的个人感情。

即便那个女人是有夫之妇，她也无力改变什么。

小月看着沐云帆一步步地走到尹沫熙身边。

他主动和尹沫熙交谈了几句，两人似乎谈得还不错。

小月有些伤神，躲到角落里去了。

这时，陈姐和欧雅妍也到达了酒店。

虽然被陈姐嘲讽一通，可是欧雅妍还是厚着脸皮来了。

她若是不来，别人会怎么想？

还以为她不战而退了呢！

欧雅妍扭着细腰来到吴建成他们这一桌。

实际上，她根本不想坐在这里。

虽然她在吴建成身边坐着，可是这一圈都是尹沫熙的人。

她右边的位置是那位助理摄影师皮特，这一桌还有沐云帆和陈姐。

个个都是她的敌人。

"吴总……"欧雅妍娇哆哆地唤了吴建成一声，吴建成浑身一个激灵，这小声音酥得他骨头都快软了。

若不是自己老婆就坐在身边，他还真怕自己会把持不住。

尹沫熙知道，欧雅妍这是换着法子在向她挑衅。

她不急也不气恼，只是眼中的笑意越发让人看不透了。

欧雅妍刚想说些什么，尹沫熙却抢先一步问道："雅妍还没有对象吧？你看沐云帆如何？他可是国际知名摄影师，长得帅还有钱，最重要的是你们两个看起来很般配的。"

此话一出，惊得吴建成和欧雅妍不停地咳嗽着。

欧雅妍反应如此强烈倒能理解，只是吴建成，他未免太不会隐藏自己的情绪了。

尹沫熙皮笑肉不笑地抽出一张纸巾帮吴建成擦了擦嘴角的红酒，说道："你看你，老公，真是不小心。我知道你一向很宠着雅妍，我不过是想撮合他们两个而已。你却激动成这样？怎么，你舍不得雅妍吗？"

吴建成不敢抬眼和尹沫熙对视，他避开她探究的视线，嘿嘿嘿地尴尬笑着，随后耐心地哄着自己的老婆："小熙你真是说笑了，我只是突然听到你要把雅妍和云帆撮合在一起，有些惊讶才会呛着了。雅妍只是我们公司的签约艺人，你给她介绍对象是好事，我怎会舍不得？"

言外之意，他是舍得喽？

舍得把欧雅妍往外推，舍得让她和别的男人在一起？

欧雅妍气得不轻，阴沉着一张脸坐在那里不再说话。

尹沫熙扭头看了一眼坐在身侧的沐云帆，上一秒还脸上带笑的他，这一刻却似瞬间冻结了一般，表情冷漠，阴鸷的眼神更是透着几分愤怒。

他是万万没想到尹沫熙会说出这种话的。

气氛瞬间像死一般的沉寂。

除了尹沫熙在笑外，其余三人的神情都很严肃。

沐云帆看了欧雅妍一眼，阴冷的眸子像是冰箭一样，直直地射向了她。

沐云帆语带讥笑地回应着尹沫熙的好意。

"这样的美女我无福消受，副总还是把她介绍给别的男人好了。"

性格一向恬淡的尹沫熙，看到沐云帆如此严肃的嘴脸，绷不住的她终于笑了出来。

她怎会真的撮合沐云帆和欧雅妍在一起，尹沫熙只是突然来了兴趣想要逗逗他罢了。

只是没想到三人的反应会如此有趣。

第36章　独自一人暗自神伤

现场的气氛有些尴尬，皮特看着自家老大脸色如此难看，想到之前他嘱咐自己的那些事情，于是皮特主动献殷勤拿起酒杯开始猛灌吴建成。

"吴总，这次您能够选择和我们合作的确是我们的荣幸，今天高兴我敬您几杯。"

皮特如此真诚，吴建成自然不好推脱。

只是想不到皮特如此能喝，一杯又一杯，吴建成显然已经有些醉了。

可能是因为自己的两个女人把他夹在中间的确难做，先开始的确是皮特在引导吴建成喝酒，可是渐渐地，吴建成越发主动，几瓶红酒已经被他消灭掉了。

欧雅妍想要劝酒，可是转念一想，若是建成喝多了便找个法子把他弄回自己的别墅去。那么漫漫长夜，只要吴建成和她在一起，尹沫熙肯定会胡思乱想的。

尹沫熙不是傻子，也看得出皮特是在故意灌醉他。

可是尹沫熙也同样没有制止皮特。

喝醉了也好，反正回家后尹沫熙也没有什么心情面对吴建成。

除了尹沫熙这一桌的气氛有些诡异外，其他员工心情还都不错，大家把酒言欢，好不热闹。

差不多喝了半个多小时，吴建成的意识渐渐模糊。

他想要去洗手间，站起身子，趁着最后一丝的清醒，扶着酒店走廊的墙壁举步维艰。

见此情景，欧雅妍起身想要去扶他一把。

刚站起来，就被尹沫熙给压下去了。

"雅妍，你一个女孩子家是扶不动他的。皮特，麻烦你陪他去一下洗手间。我老公醉成这个样子也不方便继续留在这里陪着大家，就麻烦你亲自把他送回家去。"

皮特看了一眼沐云帆，沐云帆点点头后才答应道："好吧，我开车送吴总回去。"

皮特和两位员工帮忙搀扶着吴建成离开。

欧雅妍看着他离去的背影心里急得要死。

尹沫熙还真是有手段，这种时候竟然还在防着她吗？

尹沫熙自然猜得到欧雅妍在打什么主意，她只是不经意地瞄了她一眼，随后眼角微微弯起："雅妍可不能提早离场哦，你现在是我们公司力捧的新人，你今天才是全场的焦点！一定要待得久一些。"

尹沫熙死盯着欧雅妍，她根本就没有机会离开这里。欧雅妍顿时有些泄气。

今天一整天都糟糕透了，她完全就没翻身过。

这还只是尹沫熙第一天上班，若是她长久在这里待下去，自己岂不是被吃得死死的？

欧雅妍暗自低头思考着今后应该如何对付这个难缠的女人。

此刻她才清楚，自己一直以来都把事情想得太过简单，实际上，尹沫熙比她想的更加聪明，也更有手段。

吴建成不在，现场都没有一个站在她这边。

与其坐在这里被人议论来议论去的，还不如早点回别墅去休息。

欧雅妍疲惫地起身向众人告辞："我有些累了就先回去休息，你们玩得开心些。"

尹沫熙看了一眼时间，吴建成离开已经一个小时了。

就算欧雅妍再嚣张，她也不敢亲自找到家里去。

尹沫熙这才点点头，装作和善的样子嘱咐她："好，我让他们送你回去，好好休息。"

欧雅妍亦是假惺惺地笑了笑，随后在两位员工的陪同下离开了酒店。

当事人都已经离开，尹沫熙一直紧绷的身子终于松了下来。

她好累，是真的好累。

从未想过自己结婚后，还要和另一个女人如此累心地斗智斗勇。

尹沫熙看着桌上的饭菜发呆，突然觉得周围的人好吵闹。

她拿着酒瓶趁着众人不注意的时候悄悄地走出了餐厅。

餐厅外的一处景观园林内，她坐在石头上抬头看着天上的星星发呆。

一切都是那样的美好，夜，如此的妖娆。

可她却觉得那样孤单和寂寞。

好像自己和周围的一切都格格不入，连这景观园林内的一花一草都显得那样普通。

在尹沫熙眼中，此时的一切都不美好，都是有瑕疵的。

包括她的婚姻，也包括她自己。

沐云帆一直在暗中注意着尹沫熙，他拿着外套也悄悄地跟了出去。

找了一圈，才在园林内发现了她。

今晚的夜色虽美，可是冷风阵阵吹得人酒都醒了大半。

沐云帆走过去将手中的外套披在了她的身上，看到她手中握着的红酒瓶时，好看的眉蹙成一团。

"我没记错的话，你可是个孕妇。什么时候孕妇都可以喝酒了？"

沐云帆一把抢过尹沫熙手中的酒瓶。

他能理解她情绪低落，可是再怎么难受也不该如此折磨自己，更不应该拿肚子里的孩子开玩笑。

"孩子？孕妇？"

尹沫熙低头喃喃自语着。

是啊，她肚子里还有个宝宝，想到这个宝宝尹沫熙就疼得说不出话来。

她就算真的可以挽救家庭，留住她的老公，可是她清楚，这个宝宝注定是留不住的吧？

她之所以固执地没有去医院打掉他，只是希望可以再拖延一些时间。

也或者是在祈求老天可怜可怜她，祈求奇迹出现会改变这一切。

可她也清楚，她所做的一切都是在自欺欺人罢了。

可那又怎样？

让她打掉孩子，她舍不得，真的舍不得啊！

尹沫熙没有哭出声，泪水只是无声地滑落着。

沐云帆低头，看她一抽一抽的肩膀，看她那样克制自己不要哭出声来。

他明白，这个女人再坚强，却也还是脆弱得让人心疼。

人前，她费尽心思步步为营，想要阻断小三和老公之间的所有来往。

可是人后，她却只能独自一人坐在这里黯然神伤。

沐云帆无奈地轻叹出声，他坐到尹沫熙旁边的位置上。

"介意我坐在这里吗？"

尹沫熙摇摇头。

两人就那样并肩坐在一起，可是谁都没有说话。

沐云帆吹了半个多小时候的冷风后，终于沉不住气，率先打破了沉默："其实你刚刚把欧雅妍介绍给我，是在开玩笑吧？"

不知道该聊些什么，沐云帆只能随意找个话题。

此时此刻，他只希望能够陪着她，只希望这个女人心里的痛能少一些。

第37章　我有故事，你有酒

尹沫熙的确是笑了，她笑着摇摇头却又立刻严肃着一张脸看向他问："你说话不算数吗？是你和我约定好要帮我的。既然你说要帮我，我撮合你和欧雅妍在一起，不也是在帮我吗？"

尹沫熙眼中带着些许笑意，她的笑容那么纯粹，让沐云帆的心动了动。

他喜欢看她笑的样子，明朗单纯的笑意好像是一张从未被污染过的白纸，一眼便看得通透。

可她忧伤愤怒的时候，总是会掩藏起内心的小心思让人捉摸不透。

此刻的尹沫熙，虽然是严肃的嘴脸，可那双调皮的眼睛还是出卖了她的真实想法。

沐云帆竟看得有些愣了。

一向恬静的她，竟然也会恶作剧？也会和他开玩笑？

沐云帆真的不知道，真正的尹沫熙到底是一个怎样的女人？

沐云帆突然伸出双手按住尹沫熙的肩膀，他的手骨节修长冰冷而有力。

尹沫熙愣了愣，不知道沐云帆突然这是要做什么。

她只是觉得这气氛有些不太对劲。

沐云帆看着尹沫熙，薄薄的双唇透着一股神秘的孤傲，他很严肃地提醒着尹沫熙："即便是玩笑话也不可以，下一次不要把我和那个女人联系在一起，不知道我很讨厌她吗？"

尹沫熙笑了笑，她伸手捏了捏沐云帆的脸。

他如此严肃和自己讲话的样子真的好有趣。

"我真的不知道你讨厌她，不过很奇怪，男人不是都喜欢欧雅妍那样的女人吗？你竟然说讨厌？你是故意说这样的话来安慰我吗？"

尹沫熙的眉眼弯了弯，染上几许笑意。

能被一个相处不多时日的人如此呵护着，尹沫熙已经很感激了。

这些日子相处下来，沐云帆是真的帮了她很多。

尹沫熙对他，也不再像之前那般的排斥。

沐云帆无奈地摇摇头，再次肯定地纠正着尹沫熙："谁告诉你男人都喜欢欧雅妍那个样子的？别把我和你的老公相提并论，你老公可能眼睛瞎……"

沐云帆倒是一时痛快将心里的话说了出来，可是话一出口他就后悔了。

好端端的为什么要提起尹沫熙的老公呢？又为什么要说吴建成眼瞎？

沐云帆有些不知所措，可尹沫熙的反应却是出奇的冷静。

她只是对着沐云帆笑了笑，随后朝他这边的位置挪了挪。

"我有故事，你有酒，我跟你说说心里话，你让我喝几口酒行吗？"

看着尹沫熙可怜兮兮的模样，沐云帆有些心动，但孕妇是不能喝酒的。

可是……

尹沫熙心里憋屈得很，若是让她一直这样憋屈下去，她会不会得抑郁症啊？

让她少喝一点应该是没问题的吧？

尹沫熙见他迟迟没有反应，只好伸手将他手中的红酒瓶抢了过来。

她嘟起嘴巴不满地抱怨着："你好磨叽哦，孕妇是可以喝少量的红酒的。你是男人你不懂，再说了到底你是孕妇还是我是孕妇？你看我像是那种会冲动不对孩子负责的人吗？"

沐云帆想了想，随后摇摇头，不会，尹沫熙即便在酒店目睹她老公出轨的一幕，也没有崩溃得发疯。她的确是个冷静对自己负责的人。

"这就对啦，我之前看过这方面的书，是可以少量喝一些的。我这都第二胎了，还不清楚吗？"

尹沫熙随意地找了个借口忽悠着他，反正肚子里的孩子是保不住的，她今晚又特别想喝酒。

尹沫熙打开瓶盖直接就往嘴里灌了一口。

如此豪爽的模样让沐云帆有些无语，问道："你确定你不需要拿个杯子吗？"

尹沫熙摇摇头道："拿什么杯子，直接喝就好了。对了，你刚刚说欧雅妍，你觉得她坏吗？我今天一整天都在和她过不去。我处心积虑地设计她，想尽办法地打压她。这一整天下来，我都觉得自己是个特别有心机的女人。"尹沫熙不禁开始怀疑自己。

沐云帆听后笑了笑，到底还是善良的女人。若是换成欧雅妍，绝对不会有这种想法吧。

沐云帆只是给出了很中肯地回答："你是守护者，她是掠夺者。从某种意义上来讲，她才是最可恨的那一个。"

小三自然是让人厌恶的，尤其是欧雅妍这种登堂入室毫无羞耻之心的第三者。

她们目标明确，为了达到自己的目的不择手段。

尹沫熙若是选择善良，只怕这时候还不知道在父亲留给她的哪个别墅内放声大哭呢。

有时想要守护某些重要的东西，就意味着你可能失去一些你最珍贵的东西。

尹沫熙点点头，将红酒瓶放在嘴边又喝了几口，随后继续说道："可是我老公呢？难道我只能怪欧雅妍主动勾引我的老公，却……却让我老公安心继续过日子？受惩罚的是欧雅妍，可我老公却是真正背叛我的那个人，在我心里，他比欧雅妍更可恶、更狠毒。可是我却要若无其事地和他继续秀恩爱，仿佛什么事情都没有发生过。你觉得可能吗？我怎么可能当作什么事情都没有发生过？"

尹沫熙不是欧雅妍，她没有接受过专业的演技课程，她无法演出那种完美的夫妻关系。

一旦裂痕产生，她的任何行为都只会加剧婚姻的破损速度。

可她自己看不透，却还在其中苦苦挣扎着。

几句话后，半瓶红酒已经下肚，她目光迷离地看向沐云帆，不禁勾起一抹苦涩的笑意，自嘲道："你以为我能接受现在的生活？我只是竭尽全力地在维持这个家庭和婚姻。我想继续爱他，可是当我想起他和欧雅妍两人做过的那些事情，我就……我忘不了，也没法说服自己不去想他们两个在一起的时候有多缠绵。"

尹沫熙眼中氤氲着层层雾气，仿佛又看到了欧雅妍的身子紧紧贴着她老公的那个画面。

她无法原谅欧雅妍，也无法原谅自己的老公吴建成！

第38章　我还爱他吗？我不知道

在沐云帆看来，吴建成真正爱着的女人的确还是尹沫熙。

可就像尹沫熙刚刚自己说的那样，她无法原谅他们，每次和吴建成在一起就会想到他和欧雅妍在一起缠绵的模样。

　　像尹沫熙这种眼睛里揉不得半点沙子的女人，又怎会容得下自己的老公给她带来这样的伤害？

　　沐云帆无奈地叹息出声。

　　事到如今，他反倒不知该如何安慰她。

　　沐云帆只是伸手轻轻地拍打着她的后背，柔声道："哭吧，哭出来可能会好受一些。反正今天过后，你又要戴上那张面具，继续过你不想过的生活。"

　　沐云帆虽然不清楚为何尹沫熙对婚姻如此执着，明明无法原谅吴建成，却又执着地不肯放手、不肯离婚。

　　尹沫熙浑身瑟瑟发抖，却扬起头一脸迷茫地自言自语着："我还爱他吗？我不知道。"

　　是的，她不知道。

　　她想继续爱下去，毕竟爱了七年的男人她怎会轻易放弃？

　　可是，这才短短几天时间，她真的觉得爱得好痛苦。

　　为什么要背叛她？为什么要和别的女人做那种事情？

　　更让尹沫熙感到绝望的是，为什么打击接二连三地袭来，为什么老天要让她得那种病？

　　她不再说什么，躲进沐云帆的怀中紧紧地咬住自己的下唇，虽然在哭却又倔强地不肯哭出声来。

　　她好累，真的好累，眼皮沉甸甸的，一直往下坠。

　　醉意袭来，尹沫熙连呼吸都变得有些缓慢，视线开始模糊起来。

　　沐云帆发觉怀中的女人好像没了动静，他轻轻地推了推她的胳膊："尹沫熙，你睡着了？"

　　怀内的女人没有任何的反应。

　　沐云帆有些无奈，她显然是喝醉了。

　　沐云帆拿起被尹沫熙丢在一边的酒瓶晃了晃，一瓶红酒被她喝了一大半。

　　这也算是少量饮酒？

　　喝成这样，对肚子里的宝宝真的没问题吗？

　　夜晚的风凉凉地吹在沐云帆的脸上，他只知道，不能让尹沫熙就这样睡在外面。

　　她会着凉，会生病的。

　　孕妇一旦生病，比喝酒更让人头疼和麻烦。

　　沐云帆起身将尹沫熙横抱在自己的怀中，将他的外套罩在了尹沫熙的身上。

　　沐云帆担心从正门回去会遇到公司的那些员工。让他们看到自己和他们的老板娘如此亲密地在一起，只怕会惹来无端的麻烦。

　　没办法，沐云帆只好抱着尹沫熙从酒店的后门离开。

　　停车场内，沐云帆抱着尹沫熙上了他的那辆车。

　　此刻，正前方的停车位上刚好有个男人从车上走下来。他的眼睛一直朝这边看。

　　从车上下来的这个男人就是尹沫熙的闺蜜小雪的老公吴志远。当年吴志远毕业后一直没有找到什么合适的工作，为了让小雪安心，尹沫熙特意说服吴建成给小雪的老公一个机会，让他在公司开车。

　　虽然只是个司机，可是每个月都能拿到一万多元的收入，加上公司的各种福利待遇，尹沫熙对他也算是真心的好。

　　今天是公司聚会，吴志远送完艺人后就赶到了酒店。

　　只是，当他看到沐云帆抱着尹沫熙时，他总觉得沐云帆怀里的女人有些眼熟。

　　是小熙吗？

　　吴志远想了想又摇摇头，怎么会呢？

　　小熙向来稳重持家，从没和别的男人传过暧昧绯闻。

　　这个时候，小熙应该在酒店和吴总在一起吧？

　　如此想着，吴志远加快了速度朝酒店走去。

　　沐云帆将尹沫熙放在副驾驶的位置上，随后贴心地帮她系好了安全带。

　　她很安静，即便是喝醉了也如此的安静，让人觉得省心。

　　沐云帆可以开车将尹沫熙送回家，她也应该回家的。

　　可是当车子开到尹沫熙家的别墅前，沐云帆只是朝花园内看了一眼。

　　别墅内一片漆黑，吴建成应该睡得正香吧？

　　他短暂犹豫了几秒，然后立刻踩向油门将车子开了出去。

　　没有将尹沫熙送回家，也没有带她去宾馆。

　　沐云帆只是将尹沫熙带回了他的公寓。

　　他不知道自己为何这样做，他只是不想让尹沫熙再回到那个让她压抑让她不快乐的家中。

　　车子停在公寓外，沐云帆抱着尹沫熙上了楼。

　　这套公寓是远在美国的父母心疼他在国内天天住宾馆太辛苦，特意在繁华地段帮他选的。

200多平方米的单身公寓，各项娱乐设施齐全，房子最里面的房间是沐云帆的工作间。

沐云帆抱着尹沫熙来到客房，刚把她放到床上没多久，他就弯下身子继续将尹沫熙抱回了怀中。

让喝醉了酒的她独自睡在这里，他怎会放心？

沐云帆亲自将尹沫熙抱回了自己的卧室内。他轻柔地把她放在床上，随后帮她脱掉外衣和鞋子。

出于对尹沫熙的尊重，他只是把外套脱了下来。

可没多久尹沫熙就突然从床上坐起来，干呕着要找洗手间。

沐云帆只好扶着尹沫熙直奔洗手间的马桶。

尹沫熙吐了很久，吐出来后胃里也就舒服了些。

只是，她的衬衫上沾了不少的污渍。

沐云帆看着那件污渍斑斑的白色衬衫，心里犹豫着。到底要不要帮她换掉？

可……这公寓只有他一个人，也找不到女人来帮尹沫熙换衣服。

他还要继续吗？

第39章　亲自帮穿睡衣

尹沫熙脑子晕沉沉的，沐云帆抱着她回到了卧室。

尹沫熙看见床自己就爬了上去。

沐云帆看她睡得正香，可是白色衬衫上的污渍实在看不下去。

他将手伸向尹沫熙，刚刚解开第一颗扣子，摇摇头又将手伸了回来。

两人单独相处，还亲自帮她换衣服？这不太好吧？

可是……沐云帆的视线就是无法从那件带有污渍的衬衫上离开。

他几次将手伸向尹沫熙，又几次将手缩回来。

内心反复斗争了十多分钟后，沐云帆干脆心一横，再次将手伸过去痛快地解开了衬衫上的所有扣子。

雪白的皮肤瞬间暴露在他眼前。

他是个男人，是个正常的男人，看到尹沫熙的美好身体后微微蹙眉，吞了吞唾液。

沐云帆只是觉得浑身有些燥热。

他立刻别开视线，从衣柜内拿出一件浴袍，小心翼翼地帮尹沫熙换上。

他自认自己是个很有自制力的男人，他和吴建成不一样。

不会因为一个性感魅惑的女人睡在他的床上，他就要对这个女人做些什么。

他今晚对她所做的，仅仅是帮她换了一件干净的睡袍而已。

沐云帆将换下来的那件白色衬衫丢到了洗衣机内。

虽然他是个自控力良好的男人，可是身体内熊熊燃烧的欲望还是让他有些吃不消。

沐云帆打开花洒让凉水直接浇在他的身上。冰冷的凉意袭来，头脑和身体也瞬间冷静下来。

十多分钟后，沐云帆擦干身子，穿上一件新的浴袍就回到了卧室。

他不知道今晚自己还能不能睡得着，他只是试着躺在尹沫熙的身边。

内心久久不能平静，他侧头看着尹沫熙，她睡得很香，不知道是不是因为酒精的原因，刚才折腾那么久她都没有醒。

虽然现在她看起来很安静，可是明天早上她醒来后，看到自己就睡在她的身侧，只怕会闹得更厉害。

沐云帆依旧在盯着尹沫熙看，他察觉到自己对尹沫熙的感情有些特殊。

为什么总是在意这个女人？

为什么总是想要接近她？

单纯的是想发掘她成为自己的模特，还是对她有别样的感情？

沐云帆收回视线望着天花板发呆。

他不能对尹沫熙动情。

她是有夫之妇，她若是肯离婚、肯从这段婚姻走出来还好说。

只要她是单身，沐云帆不会在乎别人的目光，即便她是两个孩子的母亲，他只要喜欢她就一定会继续追求她。

可现实是……

这个女人一心想要回到她老公身边，虽然不确定是否还深爱着她的老公，可是就像她所说的，七年的感情不会轻易放弃。

沐云帆很感性，但是更理性。

一番分析之后，他确定自己在这样的感情中是占不到半分优势，也不会有任何收获的。

没有回报，又何必付出呢？

更何况，沐云帆也不清楚，自己对尹沫熙的情感到底处于哪个阶段。

仅仅是喜欢她的外貌？还是如此关注她，如此为她着迷，只是因为这个女人身上自带的忧郁气质，让他对她有些同情？

在搞清楚自己的心意前，沐云帆虽然想要靠得更近些，却还是谨慎地保持了一定的距离。他还不想冒险。

一个小时过去了，沐云帆还是睡不着。

尹沫熙就在自己身边，他总是忍不住转过身子去看她。

如此好机会就这样浪费有些可惜，沐云帆干脆去工作间拿出一台专业相机。

为了不惊醒尹沫熙，他并没有开闪光灯，却还是对着她不停地按下了快门。

如此静谧的深夜，房间内极其安静，只能听见咔嚓咔嚓的响声。

沐云帆拍了十多张不错的照片，这才心满意足地关灯睡觉。

那些照片，他是打算作为私人珍藏保留的。

次日清晨，沐云帆的助理小月来到了他的公寓找他。

昨晚她在酒店餐厅找了一圈也没有找到沐云帆，手机关机，公寓内的电话又无人接听。小月一直在为他担心。

不过最让小月担忧的是，昨晚饭吃到一半，和沐云帆一同消失不见的还有吴总的妻子尹沫熙。

他们两个该不会是单独在约会吧？

这个问题困扰着小月，让她昨晚彻底失眠，整整一夜躺在床上翻来覆去都睡不着。

吴总有个地下情人欧雅妍，那尹沫熙会不会因此也和沐云帆好上？

小月想着这个问题，干睁着眼睛到天亮，她匆匆洗漱之后就来公寓找沐云帆。

有些事情，还是亲自确认一下的好。

小月按下了门铃，门铃响了两声不过没人来开门。

难道是沐云帆不在家吗？

小月仔细想了想，不，应该是在家的。

沐云帆的车就停在楼下，他昨晚肯定是回来睡的。

小月想到上一次来公寓送底片的时候，沐云帆公寓的钥匙并没有还回去。

应该就在她的包内。

小月低头在包内翻了一阵儿，终于找到了公寓的钥匙。

她将钥匙插入门孔中，轻轻一转房门就被打开了。

小月一进玄关，就发现地上有两双鞋子。

一双肯定是沐云帆的鞋，可这另一双女鞋……

到底是谁的？

小月心里咯噔一下。

客厅空无一人，客房也没有人。

那就是……

卧室……

小月一边飞快地往卧室方向走去，一边试探性地唤着："老大？你在吗？老大？"

听到叫声的沐云帆揉了揉自己的太阳穴，眯了眯眸子这才渐渐醒了过来。

谁的声音？

"老大？你在卧室吗？"

小月已经快到卧室门口了，沐云帆这才反应过来。

这声音是小月的。

该死，小月一大早就找到公寓来了？

沐云帆来不及叫醒尹沫熙，从床上跳下来跑到门边，立刻将门关上并且反锁。

真是该死，他绝对不能让小月看到尹沫熙睡在他的床上。

他们两个现在根本就解释不清。

"老大？你在？我就知道你在家呢。"

小月一边唤着一边敲门。

一直在睡觉的尹沫熙好像听到了喊声，她翻了个身，蝶翅般长长的睫毛微微颤了颤。

为什么这么吵？

第40章　昨晚他俩睡在一起了

"老大，开门啊！你为什么要锁门？"

小月倔强地继续敲着门，睡在床上的尹沫熙睡得极其不踏实，她几次翻身，眉头下意识地皱了皱。

"唔……"尹沫熙眨了眨眼睛，揉着惺忪的睡眼从床上坐起来。

到底是谁在吵来吵去的？

是朵朵不乖，一大早就在吵闹吗？

尹沫熙刚要起身去朵朵房间，可是双脚还没沾地，整个人就像冰雕一样被定住了。

这里是哪里？

不是宾馆，可也不是她家啊。

尹沫熙眼珠转了转四下瞧着，当看到沐云帆守在门口方向时，她不禁张大了嘴，一脸诧异地伸手指向沐云帆。

沐云帆有些头疼，小月一直在外面紧追不舍，恰巧尹沫熙又在这时醒来。

沐云帆张了张嘴，冲着尹沫熙对口型道："不要喊！"

尹沫熙起身想要去沐云帆那边，可是刚站起来就觉得身上滑滑的凉凉的。

肌肤的触感好舒服，这衣服的质感好好哦。

等下……

衣服……这质感……

尹沫熙下意识地低头看了一眼身上的衣服。

松松垮垮的睡袍穿在她身上，尹沫熙觉得自己的头疼得更厉害了。

"沐云帆！啊啊啊！你……你……"

尹沫熙忍无可忍地尖叫出声，他竟然对自己使这一招？

她还要不要活了？

门外的小月听到房间内传来的熟悉声音。

是的，小月只见过尹沫熙两次面，第一次见面时她晕了过去。

她跟尹沫熙并不熟，昨天小熙第一天上班，她也是第一次听到她的声音。

可此刻，小月无比坚定地确信，这个声音就是尹沫熙的。

尹沫熙，就在沐云帆的房间内，他们两个昨晚睡在一起了！

沐云帆无奈地摇摇头。终究还是没瞒得过去。

事到如今也没有必要继续遮掩下去。

沐云帆开了门，小月站在门口往里看了一眼，就这一眼她的眼睛瞬间就红了。

尹沫熙果然在这。明明是沐云帆和尹沫熙解释不清，可此刻小月却像个做错事的孩子低着头站在那里抽泣个不停。

尹沫熙头疼得厉害，她厉声质问沐云帆："我为什么会在你家？我身上的睡袍是怎么回事？别跟我说你不认识我家在哪，更不要跟我说你不知道我是有夫之妇，你明知道我有家室，你还把我带到你家，还亲自给我换了衣服，你到底什么意思？"

尹沫熙只是觉得自己快要气炸了。

如果欧雅妍拿此事做文章，她之前的所有努力岂不都是白费了？

沐云帆说好了要帮她的，这是在帮她的？这简直是在帮倒忙！

沐云帆脸色有些深沉，他只是如实地解释道："你昨晚喝多了，我有劝过你不要喝酒的，是你非要喝又吐得哪里都是。难道我要让你穿着一件被吐得脏兮兮的衬衫，让你穿着脏衣服睡在我的床上吗？我没有对你做任何事情，你还怀着孩子，我不是垃圾！我自然不会对你做那种事情。我就只是帮你换了一下衣服而已。"

沐云帆实话实说，眼中坦坦荡荡，没有半分隐瞒。

尹沫熙盯着他看了好久，直到确定他没有说谎后才松了口气。

的确怪她昨晚喝得有些多了，可是现在怎么办？

"吴建成应该已经醒了，算了，我得去公司。"

若是再无缘无故就消失，吴建成肯定会抓狂的。

见她要走，沐云帆拉住了她，"你怎么去公司？衣服在洗衣机里，你先等会儿。"

沐云帆拿出手机立刻给他的朋友打了电话。

简单地交谈几句后，沐云帆放下手机，吩咐着小月："去这个地址找Mr.吴，他会把准备好的衣服交给你。"

原来沐云帆是打给了某国际品牌在国内的负责人，这个时间各大商场肯定是不会营业的。他只能先让小月从Mr.吴那边拿几件衣服过来。

小月虽然还很难受，可是沐云帆是她的老板，他的话她不得不听。

小月拿着地址离开了公寓。

她刚走，沐云帆就进了厨房。

尹沫熙没有跟去，而是紧了紧身上的睡袍坐在客厅的沙发上看了会儿电视。

她实在是太瘦了，无论她怎么抽紧衣服，浴袍还是松松垮垮的。

过了一会儿，一阵香气扑鼻而来，沐云帆端着一盘炒饭从厨房走了出来。

"先吃早饭，你吃完早饭小月差不多也就回来了。"

尹沫熙朝盘子里看了一眼，是很简单的蛋炒饭。不过香气十足看起来也很有食欲。

尹沫熙接过盘子，舀起一勺饭放在嘴里细细咀嚼着。

味道竟然出奇的好。尹沫熙不禁有些好奇地问道："你还会做饭？"

尹沫熙还以为，他这双手就只会拍照而已。

沐云帆只是谦虚地笑了笑说："常年在外工作，吃饭这种事情需要我自己来解决。不过多半还是吃外卖，太复杂的我不会，简单的炒饭我还是会的。"

而尹沫熙是第一个能让沐云帆下厨做饭吃的女人。

饭还没吃完，小月已经匆匆赶了回来。

"换上吧。"

小月将衣服递给尹沫熙，她点头说了声谢谢，转身回到屋内将衣服换好。

这个时间再不去公司就要迟到了。

她才第二天上班，不想搞得那么特殊。

沐云帆也换好了衣服和她们一同离开了公寓。

"上车，我们一起去公司。"

尹沫熙本不想上车，不想再让别人误会。

可时间的确来不及了，她只好硬着头皮上了沐云帆的车，小月也跟着坐在了后排的位置。

一路上三人保持沉默，气氛有些紧张。

好不容易到了公司，尹沫熙的心里还是有些不安。

该怎样和吴建成解释昨晚她去了哪里？

楼上办公室，吴建成一直在等待着尹沫熙。

见她和沐云帆还有沐云帆的助理一起上来，他眸光一紧，立刻上前问道："小熙，你昨晚去了哪里？你没回家？"

尹沫熙在脑海中快速地思考着如何应付吴建成。

这时，一直站在身后的小月突然上前一步小声解释道："吴总，昨晚我喝多了，副总裁人真好，看我一个女孩子怕我那么晚回家会有危险，就亲自送我回了家。不过我喝太多一直在吐很不舒服，副总裁就留下来照顾我。真是抱歉，都是因为我副总裁没能回家，昨晚也没有好好休息。"

尹沫熙一惊，没想到小月会主动站出来帮她解围。

第41章　你昨晚去了哪里

尹沫熙朝小月投去一个感激的眼神，小月却没有什么表情。

她之所以开口帮她，完全是因为沐云帆。

如果小月不站出来，那么吴总就会怀疑到沐云帆头上。

毕竟现在是他们三个人站在一起，吴总肯定会认为尹沫熙昨晚是和她或者是和沐云帆在一起过夜的。

难道要让沐云帆承认一切？

小月不忍心，只好说了个谎话。

这个借口看似完美得无懈可击，可是吴建成看了一眼小熙身上的衣服，还是忍不住蹙了蹙眉疑惑地问道："我记得你昨天穿的不是这件衣服。"

尹沫熙低头看了一眼身上的名牌，这是小香家的最新款，她衣柜里可没有这件衣服。

刚要解释，小月再次抢先说道："是啊，昨天副总穿的不是这件衣服。不过昨晚副总裁送我回家后因为一直在照顾我，所以衣服上被我吐得都是污渍，我就从衣柜里找了这么一套衣服给副总裁穿。"

小月自己也想不到，刚说了一个谎言，紧接着就要再用另一个谎言来圆。

不知道吴总是不是还要继续逼问下去。

果然，吴建成依旧觉得哪里怪怪的。

"你一个小小的助理，衣柜全是这种大牌货？还是当季最新款？"

这一件衣服，大概抵得过小月两个月的工资吧。

沐云帆有些头疼，当时只想着让Mr.吴拿两套衣服来给尹沫熙穿，却没有考虑到这些后续的问题。

这样说来，小月的理由的确有些牵强了。

尹沫熙冷静思考着要如何应付过去此事，小月低着头小声地解释道："这件衣服还是之前沐云帆帮品牌拍商品目录时，人家负责人好心送我了两件。我衣柜里也就这么两件衣服是能拿得出手的，平时我都舍不得穿。因为副总裁身份高贵，我才特意拿给她穿的。"

好在小月够机敏，虽然一直低着头，看着有些心虚，可是这些理由都是合情合理的。

吴建成点点头，好像她说得没错，可是又总觉得哪里怪怪的。

吴建成还想问些什么，好在这时尹沫熙的救兵终于到了。

只见邱老和其他两位元老级人物从电梯内走了出来，邱老朝沐云帆这边看了一眼随后轻声说道："吴总，我们有事找你谈谈。"

吴建成紧了紧眉，这三个老头同时出现在他面前，这种情况很糟糕，应该是有什么重要的事情找他。

吴建成不想耽误时间，他轻柔地抚摸着尹沫熙有些憔悴的脸，心疼地说道："你啊你，自己还怀着宝宝，却对别人如此照顾。我早上醒来见你不在，知道我有多担心你吗？你的手机还打不通！下一次，遇到这种情况，一定要记得打电话通知我一声。"

想到尹沫熙还怀着孩子，吴建成也不忍心责备她。

尹沫熙点点头，吴建成这才放心地跟邱老他们离开。

尹沫熙松了口气，吴建成终于不再追究此事。

邱老来得正是时候，想必他们找吴建成就是要谈谈欧雅妍的事情吧。

尹沫熙在心里估摸着，如果计划顺利的话，这几天欧雅妍就会被公司雪藏。就算不能马上把她赶出公司，也要让她吃点苦头，灭灭她那嚣张的气焰。

尹沫熙再次郑重地向小月道谢："刚才谢谢你了小月。"

小月摇摇头，没有应声而是冷漠地转身回了自己的办公室。

尹沫熙能理解小月对她为何如此抵触，多半是因为沐云帆吧。

不管怎样，昨晚是自己任性非要喝酒的，沐云帆主动照顾了一个晚上，她也还是要感谢人家。

"谢谢你昨晚照顾我，不过你下次若是可以找个女同胞帮我换衣服的话，我会更感激你的。"

沐云帆无奈地笑了笑，这个时候还在纠结此事，他又没对她做什么。

沐云帆心思敏锐，刚才在看到邱老他们时大概猜到了一些事情。他试探性地说道："看来你搬来了救兵，你可能很快就要解脱了。"

尹沫熙目光再次迷离，欧雅妍这个小三是否真的能被击退，现在还不好说。她只是轻声叹息："但愿吧。"

……

会议室内，邱老面色沉重嗓音低沉地质问他："建成，当初小熙的父亲有多信任你，他是有多在乎你这个女婿，才会将公司全权交给你来打理。"

公司已经完全交给了吴建成，小熙的父亲将自己毕生的心血全都交给了吴建成，他最爱的女儿、他最在乎的公司。

吴建成心里有些犯嘀咕，这老家伙今天到底是怎么了？怎么一上来就开始煽情？

岳父对自己好他是清楚的，没有岳父和小熙他现在可能还在某个公司混个小职位，过着工薪族的小日子吧。

见吴建成沉默，另一位股东拿出一些资料扔在了吴建成面前。

"小熙的父亲如此看重你，可你呢？却背着小熙在外勾搭别的女人？当初你签那个欧雅妍时我就极力反对，可你却还是硬把她签了进来。听说你最近正在考虑分给欧雅妍百分之二的公司股份，建成啊建成，你糊涂啊你！"

几位股东连连摇头，对吴建成犯下的错误很是不能理解。

任谁看来，欧雅妍虽然长得漂亮，可是却没有小熙那么优秀。吴建成为了一时的快活，竟然犯下这种错误？

"李叔，你听谁说的这些？"吴建成有些慌了，这件事情他只同欧雅妍说过，股份转让也是在秘密进行。为何这事会传到这些股东的耳朵里？到底是哪里出了错？

邱老见他如此态度，愤怒地冷哼出声："哼，要想人不知，除非己莫为！之前你送给她好几处房产，我们也就睁一只眼闭一只眼了，想不到你越来越过分，竟然还把股份给她？你当我们不存在吗？"

公司若是让吴建成这样败下去，迟早要毁在他的手里。

吴建成想要辩解，却又无话可说，他们这样说肯定是有实质性的证据。他的确是无力反驳什么。

见他沉默，邱老开始施加压力："这事小熙还不知情。建成，你知道我和小熙还有小熙父亲的交情。我现在不说是为了小熙好。我给你一天时间，你和那个女人处理干净，收回所有房产和股份。你若是做不到，我只能将所有实情全部告知小熙。到时候其他股东可不像我们这么有耐心。"

邱老的话让吴建成压力很大。他有些焦急地打断邱老的训斥："邱叔，是我一时糊涂，你放心，我马上就着手处理此事。今天之内就会收回全部房产和股份。还请三位长辈给我一次机会，不要将此事告知小熙。"

第42章　我们离婚吧

吴建成不会放弃尹沫熙而去转身投入欧雅妍的怀抱。他和那个女人不过是玩玩而已，虽然欧雅妍的确很有手段，也的确让他有那么一点不舍。

邱老和其他两位股东相信吴建成会尽快做出选择，他们没有逼得太紧，而是给他时间去处理此事。

邱老离开会议室后，立刻给尹沫熙发了一条短信，告诉她此事已经处理妥当。

而吴建成也的确是办事迅速，回到办公室后立刻安排秘书去处理此事。

仅仅几个小时的时间，欧雅妍就被告知她名下所有的房产全部被收回。

欧雅妍听到这个消息后差点没晕过去。这完全就是一个晴天霹雳直接砸了下来。

前前后后加一起将近四套房产，为什么说收回就收回了？

还有……说好要分给她的百分之二的股份呢？

欧雅妍首先想到的就是，吴建成到底在耍什么花招？

欧雅妍怒气冲冲地找到了吴建成的办公室。

在她出声质问前，吴建成倒是态度冷漠地如实将情况说出："我说过你若是安分守己就会得到更多，可你偏偏太作！现在董事会的人齐齐向我施压，要求我收回所有房产和豪车。之前承诺赠送给你的那百分之二的股份你也不用惦记着了。公司会暂停你最近的所有活动，先在家好好休息一段日子。我给你租了一个公寓，这段时间会按月给你发工资的。"

对欧雅妍的处理结果，暂时就是这样的。

如此结果已经让董事会的人满意了。

欧雅妍觉得特别可笑，她好不容易争取的一切，凭什么就这样被夺回？为什么董事会的人要跟她过不去？

欧雅妍想了想，总觉得这事和尹沫熙脱不开关系！

没错，就是尹沫熙！

董事会里的那几个老家伙都是尹沫熙那一伙的，这事肯定是尹沫熙暗中使坏，想要把她赶出公司。

欧雅妍没说什么，怒气冲冲地踩着高跟鞋又匆匆离开了。

她知道这个时间，尹沫熙应该在楼下餐厅内吃午饭。

她来到餐厅，在人群中找了很久终于发现了尹沫熙。

"副总，我有话想跟你谈谈。"

尹沫熙刚点了午饭，端着餐盘正在找位置，想不到欧雅妍这时就出现了。

她蹙了蹙眉，不想理会这个女人。

可被逼急了的欧雅妍怎会轻易放过她，欧雅妍的音量徒然走高，厉声说道："副总，我想和你谈谈！"

尹沫熙止住步子，知道这一次是躲不掉的。

她早就猜到欧雅妍会来找她，只是没想到是在这种人多的地方。

她是笃定自己不会在这么多人面前给她难堪吧？

尹沫熙没有马上回答她，而是暗中打量着整个餐厅的其他空位。就在这短短的一分钟内，尹沫熙已经想好了对策。

随后她定了定神，扭头对着欧雅妍声音淡淡地开口："既然你想谈，可以，跟我去那边坐吧。"

尹沫熙走在前面，欧雅妍紧跟其后，两人在餐厅最里面的角落里坐了下来。

这边的位置比较偏僻，欧雅妍可以不顾廉耻，一个破坏别人家庭的女人居然还敢主动挑衅，但是她尹沫熙还不想成为别人茶余饭后的谈资。

尹沫熙放下餐盘，把手伸向自己的衣兜内，悄悄在手机上按下了一号快捷键。

一号键拨出去的号码正是吴建成的电话。

尹沫熙估摸着电话应该是通了，她也提高了音量故作无辜地问道："雅妍？你找我到底想要说什么？不过你脸色看起来可不太好啊。是昨晚没休息好吗？"

电话那端的吴建成听到欧雅妍这个名字后，心里一紧。

欧雅妍去找尹沫熙了？该死，那个女人到底要说什么？

吴建成挂了电话，疯了一般地跑出办公室开始寻找尹沫熙和欧雅妍。

尹沫熙看电话挂了，随后脸上的笑意也消失不见，尹沫熙定定地看着欧雅妍，墨色深邃的瞳仁毫不掩饰地扫视着坐在对面的这个女人。

她没有半分愧疚之意，神色依旧如此嚣张。看来她还是没有得到教训。

欧雅妍被她这样看着有些不爽，怒气问道："你看什么看？是你搞的鬼吧？是你联合董事会那些老家伙们在背后算计我对不对？你早就知道我和吴建成之间的关系，尹沫熙，你好阴险啊！你装作什么都没发生似的，还故意在众人面前和吴建成秀恩爱。"

这个女人真是无耻到了极致，是她破坏了他们的婚姻，到现在都没有一丝悔意，居然还在怨尹沫熙算计她？

尹沫熙也不否认，只是勾起唇角微微一笑。

欧雅妍看着那玩味的笑容，心里不禁颤抖了一下。她到底想怎样？

"我阴险？我一直在算计你？你以为你是谁？当你想尽办法使用各种手段去破坏我的家庭时，就注定你今天会落得这样的下场。否则呢，你以为我应该怎样对你？你以为我这样的妻子，应该会像电视里演的那样，终日懦弱隐忍只会躲在家里哭哭啼啼地等待离婚？还是像新闻里说的那样，像个泼妇似的对你大打出手，受尽别人白眼，最后惨遭男人抛弃？"

欧雅妍被噎得说不出话来，没错，她之前的确以为尹沫熙是个好对付的角色，以为她够善良够懦弱，最后也只会妥协离婚而已。

可现在看来，事情远比她想的更加复杂。

尹沫熙再次笑了笑，不紧不慢地继续说道："不要把我和那些女人做比较，你连对手是怎样的人都没有了解清楚，就堂而皇之地想要取代我的地位，我该说你太傻太天真，还是该笑你太蠢呢？"

如此嚣张的口吻在气势上就已经压倒了欧雅妍。

她气得浑身颤抖，手指着尹沫熙咬牙切齿道："所以你早就算计了一切，你比我还会演戏，我以为你是多善良的人，你简直比我还要阴险。"

欧雅妍万万没想到，她在社会上混了这些年，最后竟然栽在了一个不食人间烟火看似单纯无害的千金大小姐身上。

欧雅妍的指控让尹沫熙不禁笑出了声，还真是可笑啊，她这样的正室要被小三指着鼻子骂？

"你和我能相提并论吗？欧雅妍，你有那个资本吗？我是守护我的家庭，而你所有的计谋都用于破坏别人的感情！别拿我和你做比较，太恶心了，你不配！"

一向温柔如水的尹沫熙，想不到也能说出如此伤人的话语。

欧雅妍气得快要失去理智了，"你……"

尹沫熙却微微一笑，她的眼睛漆黑如墨，带着点点清冷孤傲，不怒自威的凌厉瞬间让欧雅妍心里更是忐忑不安。她为什么一直在笑？

尹沫熙的余光已经瞥见了吴建成的身影，他来的可真够慢的。

"你！"欧雅妍已经完全失去了理智，"啪"的一声，耳光就打到了尹沫熙的脸上。因为动作太大，桌上的水杯也被摔在地上，溅起的碎片在尹沫熙的小腿划过一道伤痕，顿时血流如注。

尹沫熙的脸上已经高高肿起五个手指印，泪水混着凌乱的发丝黏在脸上，手捂着腿上的伤口痛苦地蹲在地上。

尹沫熙张了张嘴，似乎说了什么，可欧雅妍却又听不清她到底在讲什么。

"啊啊啊！"

其他座位上的员工看到她腿上的血都慌了，大家都看见，是欧雅妍弄伤了尹沫熙。

吴建成听到尖叫声，立刻跑了过去，发现自己的老婆痛苦地蜷成一团，雪白的小腿已经被鲜血染红了。

"小熙，小熙你怎么了？怎么流了这么多血？怎么止不住血呢？"

吴建成心急地让人拿来毛巾缠在了小熙的小腿上，可是很快雪白的毛巾也被浸湿。

欧雅妍看到这一幕，吓得浑身颤抖说不出话来。

怎么会？吴建成怎么会在这里？

尹沫熙虚弱地抬眸看了一眼眼前的男人，他如此紧张自己的模样倒像是发自内心的。尹沫熙在欧雅妍拦住她时，她就决定要赌一把，赌欧雅妍已经是一个被欲望和愤怒冲昏了头脑的女人，赌吴建成对她还有最后的一点点良知，赌吴建成从来不知道欧雅妍的真面目。还好，她赌赢了，虽然代价有点重。

可她下一秒，却委屈地握住吴建成的手，委屈的泪水吧嗒吧嗒直往下掉。

"小熙你……"

看着她如此虚弱苍白的脸，吴建成心痛得说不出话来。

尹沫熙只是看了看呆呆站在那里的欧雅妍，随后将视线转向吴建成，声音哽咽地说道："建成，你不再爱我了是吗？那我们离婚吧。"

第43章　想要害死她

尹沫熙竟然直接说要离婚？

一直颤抖着身子的欧雅妍也害怕地连连退了几步。

尹沫熙到底在玩什么？这个女人到底在搞什么啊？

　　刚刚尹沫熙还一本正经地训斥她这个小三有多阴险，有多卑鄙，她那个态度一心护着自己的家庭和男人，完全不像是要妥协，更不像是会离婚的样子。

　　可她现在却主动说要离婚？

　　为什么欧雅妍有种头皮发麻背脊发凉的感觉，为什么她此刻觉得这个女人是如此的可怕。

　　她心思缜密早就算计好了一切，欧雅妍此刻才弄清楚。

　　原来尹沫熙早就料到，她在得知房产和豪车全部被收回的情况下一定会被逼急，也一定会找来。

　　可尹沫熙怎么会算好她一定会在餐厅找她谈话？

　　欧雅妍转了转眼珠认真地想着。

　　今天早上听助理说邱老和其他两位股东和吴建成在会议室开会。

　　欧雅妍抬头看了一眼四周的环境。这个位置也是尹沫熙精心挑选的，她就是要激怒自己。欧雅妍根本就没有想过，自己就是这样没头脑的人，否则就算尹沫熙再刺激她又有什么用呢？

　　欧雅妍再次向后退了几步，太可怕了，这个女人简直……

　　吴建成大概猜到了是欧雅妍对尹沫熙说了什么，他低头轻柔地在尹沫熙额头轻轻一吻，随后安抚她的情绪："别胡说，我这辈子就认定你一个女人。你休想把我甩掉。我送你去医院。"

　　尹沫熙紧紧地抓着吴建成的衣角，她觉得自己的大脑晕晕沉沉的。

　　如此只为让吴建成回到生活的正轨。

　　为何身体如此无力疲惫？尹沫熙还想说些什么，可眼睛却渐渐合上没了反应。

　　"小熙？小熙。"

　　见她晕了过去，吴建成疯了似的喊着她的名字，随后将尹沫熙横抱在怀里一路小跑着离开了公司。

　　欧雅妍看着吴建成抱着她如此紧张的模样，心酸得说不出话来。

　　危急时刻才能看清一个男人的真情实意。

　　如果此刻倒在地上的是她，想必吴建成不会如此心急吧？

　　欧雅妍整个人都在麻木状态中无法回过神来，尹沫熙的所作所为实在让她大受打击。

　　吴建成已经抱着尹沫熙离开了餐厅，其他员工纷纷看向欧雅妍这边，所有人都在小声地议论着她。

"谁不知道她是吴总的地下情人啊，可惜副总什么都不知情，还傻乎乎地和她坐在一起吃饭？要我看就是副总人太好，心太软才会被欧雅妍如此算计。"

"她要是只是算计副总也还好，现在都公然直接伤害副总了，要我说她就是个狐狸精！她不过是个夜总会的陪酒女，出身那么卑微能是什么好货色？就这样还勾引吴总，妄想飞上枝头变凤凰，我呸，小三什么的最恶心了。"

有的人私下议论，有的人当着她的面唾骂她。

欧雅妍清楚，自己就是那人人喊打的恶毒小三。

她什么也不想听，只能捂着耳朵慌忙逃离。

……

吴建成开车将尹沫熙送到了医院，因为小熙是韩冷轩的病人，护士通知他立刻去一趟急救室。

"小熙？"

韩冷轩匆匆来到急救室，看到小熙那张脸毫无血色时，他紧张的心都提到了嗓子眼处。

"到底怎么回事？"

韩冷轩厉声质问站在身侧一脸担忧的吴建成，他有些犹豫，不知道该怎么说。

最后，吴建成只是简单地解释："腿被玻璃杯碎片划伤了。"

"划伤了？你让她受伤？"

韩冷轩气得一把揪住吴建成的衣领，他不知道小熙得的是白血病。

白血病患者意外受伤出血一向是很麻烦的。血小板数量降低会出现出血不止的情况，血液凝固性降低。出血不止不说，伤口也很难愈合。

吴建成知道这件事情是自己的错，可是韩冷轩有必要这样对他吗？

小熙是他的老婆，不是韩冷轩的妻子！

吴建成不爽地打掉韩冷轩的手，理了理领带，语气严肃地警告着韩冷轩："我知道你关心小熙，可她是我妻子，你最好注意一下你和她现在的关系。"

"你！"

韩冷轩气得想给他一拳，可是想到尹沫熙极力隐瞒着自己的病情，他也只能隐忍下来。

"家属在外等着。"韩冷轩一把将吴建成推出了急诊室，他和其他医生立刻帮昏迷中的尹沫熙止血。

过了半个多小时后，尹沫熙终于被护士们推了出来。

韩冷轩让护士将她送到了VIP病房。

吴建成立刻上前询问小熙的病情："小熙没事吧？肚子里的宝宝可有影响？"

韩冷轩冷冷地瞧了这个男人一眼，他是在乎小熙，还是更在乎小熙肚子里的孩子？

韩冷轩冷笑一声，声音低沉地警告他："既然这么在乎，你还不如想想如何陪在小熙身边，多给她一些关爱。孩子没事，小熙也没事。不过她的伤口很难愈合，最近要格外关心她。"

吴建成点点头，韩冷轩还要处理其他事情，只能稍后再去病房看望小熙。

吴建成心怀愧疚地来到病房外，透过门上的玻璃窗看着病床上的小熙，吴建成此刻真恨不得抽自己两个耳光。

好好的一个家，就被他这样毁了。

结婚七年，小熙第一次开口和他说离婚。

说得那般委屈，那般不舍，让他看了揪心的疼。

为了维持这段婚姻，吴建成决定，不管欧雅妍对小熙说过什么，他都要全盘否认，坚决不能承认他和欧雅妍之间的关系。

吴建成甚至想好了说辞，实在瞒不过去就把所有责任都推在欧雅妍身上，就说欧雅妍主动勾引他，他一直坐怀不乱。

就算自己这样说，小熙最后也是会相信他的吧？

小熙那么单纯那么善良，关键是她一直都很信任自己。

结婚七年，谁会轻易割舍这段感情？

吴建成在盘算着如何说谎瞒过小熙，只要哄住小熙，守住这段婚姻，那么一切问题都能迎刃而解。

吴建成还在沉思，这时有人拍了拍他的肩膀。

吴建成回头，平静的双眸瞬间掀起了巨浪。

欧雅妍，这个女人竟然还有脸来医院？

"你还有脸来这里找我？给我滚，我再也不想看到你。"

因为是在医院，吴建成将嗓音压得低低的，那声音冷淡到骨子里，像一把浸透了冰雪的飞刀直接扎向欧雅妍的心头。

他是想彻底抛弃她吗？不，他不能这样做！现在察觉到老婆的好，就想甩了她这个情人？

难道他之前的所有付出，不过是陪着她玩玩而已？

欧雅妍转了转眼珠，脑子里快速地想着要如何说服吴建成相信自己。

欧雅妍有些急了，她紧紧拽住吴建成的衣角焦急地为自己辩解："建成你相信我，事情不是你看到的那样。建成我知道你心里很苦，虽然你是公司的总裁，可是谁人不知这公司是尹沫熙父亲一手创建的。虽然是你掌管整间公司，可你还要看那几个老头和你老婆的脸色。"

欧雅妍竭尽全力地想要说服吴建成站在自己这一边。

病房内，躺在病床上的尹沫熙已经渐渐苏醒过来。

病房内空荡荡的毫无一人，她走下病床想要出去走走。

刚到门口就听到外面有人说话，她立刻躲在门后悄声地听着。

"建成，你想想看，只要……只要你老婆消失。那所有的一切就都是你的。我想了想，我们可以制造一起车祸，如今车祸频发，就算尹沫熙被意外撞死了也不会有人怀疑到你我的头上。到时候你可以坐拥一切，公司，包括尹沫熙名下所有财产全都是你的啊。"

尹沫熙呼吸一窒，她虚弱地靠在冰冷的墙面上，用双手死死地捂住自己的嘴巴，豆大的泪珠瞬间从眼角滑落。

欧雅妍那个女人，竟然想害死她？

他们这对渣男渣女，为了她的财产竟然想……

尹沫熙心痛得喘不上气来，脸色惨白惨白的。

她知道欧雅妍那个女人是狗急跳墙才会想害死她。

可让尹沫熙最心痛的是，她的老公吴建成，在听到欧雅妍说想要害死她吞掉她名下的所有财产时，他竟然犹豫了。

他没有立刻否决这个想法，却在犹豫吗？

尹沫熙喘着粗气，想哭却又死死地咬住下唇，控制自己不要发出任何声音。

这一刻，她对爱情，对婚姻，已经失去了所有信心。

第44章　先下手为强

病房外吴建成的确没有什么反应，那是因为他实在太过震惊。因为他完全没有想到欧雅妍会有这样的想法。

想到小熙此刻还在病床上躺着，为了不打扰小熙的休息，吴建成粗鲁地拽着欧雅妍的手臂将她拽到了走廊尽头的拐角处。

吴建成担心一会儿小熙的朋友来医院看她，若是被人发现他和欧雅妍此刻还黏在一起，那就真是无法说得清了。

欧雅妍四处张望一番，发现这里的确比较安全。于是她压低声音再次提议："建成，我完全是为你考虑的。你想想看，你现在不过就是个傀儡。在公司里看似你掌握着实权，可是真正要做主的事情不是还要经过几位老股东同意吗？你连送我房子都要他们批准？你这总裁当着还有什么意义啊？"

吴建成此时此刻才发觉，欧雅妍不只是蠢，是完全就没有长脑子。

如果小熙活着的时候他不能一个人做主，那么小熙死后，公司就会完全交给他吗？

难道欧雅妍忘了，尹家还有个小女儿，尹沫熙还有个妹妹。

也就是说，吴建成若想吞掉尹家所有的财产，除了尹沫熙那份还有她妹妹那一份。

吴建成有些疲惫，朝她摆摆手将她赶走："滚回公司去，不要再出现在医院内。"

有欧雅妍出没的地方，吴建成都担心小熙的安全。

他不是那种没良心的男人，他承认自己一时把持不住自己，禁受不住外界的诱惑。可是他的心里一直只有小熙一人，他也清楚，若不是小熙当年坚定不移地选择了他这个老公，他吴建成何德何能能有今天的成就？

做人不能太垃圾，吴建成更不能对小熙做那种过分的事情。

欧雅妍急得快要哭了。到底是哪个环节出了错？为什么吴建成对她如此的冷漠？

当初他看她的眼神热情如火，可是如今，他连看都懒得再看她一眼。

欧雅妍不甘心地揪住吴建成的衣角继续求饶着："建成，我说错了。我就是今天遭遇了太多事情脑子一时有些乱，我是在胡言乱语，你就当我是在发疯，我刚刚说的话你别放在心上好不好？"

欧雅妍恨不得给自己两个耳光，为什么这么蠢？为什么要在吴建成面前提议弄死尹沫熙？

此时此刻，欧雅妍才意识到，她连尹沫熙是个什么样的对手都不了解。

说出去的话就好比是泼出去的水，她现在还能补救得了吗？

吴建成一把将她甩开，眼睛微微眯起，幽深的眼底霎时略过一道血红的光芒，他愤怒地伸出手掌紧紧地掐住了欧雅妍的脖颈："你还说餐厅的事情不是你做的？你这个狠毒的女人，还有什么事情是你做不出来的？你去餐厅找小熙谈话，告诉她我之间的关系。小熙选择相信我，最后你恼羞成怒就摔碎杯子划伤了她？"

的确，欧雅妍自己挖了个坑然后自己跳了下去。

如果她没提议弄死尹沫熙，独吞掉她的财产，或许别人会多少相信她说的是真的。

可是……她自己把自己推到了狠毒女人的角色中，又怎能怪吴建成不肯相信她呢？

"我……我……"欧雅妍百口莫辩。

欧雅妍低着头，她初次挑战尹沫熙就败了下来，后来几次交手她更是节节败退，输得一塌糊涂。

尹沫熙实在是太聪明了。

欧雅妍知道此时此刻，她不能再硬碰硬。

于是她嗓音软了下来，近乎祈求道："建成，让我回去休息吧。"

恢复理智的吴建成渐渐松开自己的手掌，背对着欧雅妍，直到她走下楼梯，他才疲惫地靠在台阶上休息。

女人的问题的确搞得他疲惫不堪。

他骗了小熙很多次，只是这一次，吴建成不知道是否还能成功地骗过她。

病房内，尹沫熙无力地倒在地上，身子抽搐了几下。

她太疼了。

为什么？为什么自己最爱最亲密的人要如此地伤害她？

吴建成或许永远都不知道，对他而言只是几个简单的谎言，对他而言他犯的错误不过是全天下男人都会犯的错。

可是对于尹沫熙来说，那是一辈子都无法愈合的伤口，他带给她的伤害就像一把利刃直插心脏，疼得她生不如死，又没有勇气自己将那把利刃拔出来。

她能做的，就只是眼睁睁地看着那把利刃越插越深，只能忍受着自己的心越来越痛。

或许痛到最后就会麻木，或许婚姻的尽头也就是麻木没有知觉了吧？

小雪得知小熙出事的消息后立刻赶到了医院，一进入病房就见小熙在地上疼得直打滚。

小雪吓得立刻扑过去跪在小熙身边，急得也直掉眼泪："小熙啊，你怎么了？是不是太疼了呀？我现在就去叫冷轩过来。"

小熙见小雪起身要去找人，立刻伸手将她拽了回来："小雪，扶我上床。"

尹沫熙只是要求小雪扶她去床上休息。

身体上的疼痛和心里的痛比起来算得了什么？

人家都开始算计她的这条命了，她哪里还有时间管得了那么多？

尹沫熙知道，她必须自保。现在不单单是为了女儿而战斗，她必须要守住自己的命，才能守得住这一切。

小雪艰难地搀扶着尹沫熙爬上了床，她说不出话，一直躺在那里喘着粗气。

小雪找了一圈都没有看到吴建成，气得忍不住破口大骂道："吴建成那个没良心的，你都这样了他却不知道跑哪里去了？要他这个老公到底有什么用啊？"

真不知道结了婚要这些男人在身边到底有什么意义？

终日像个保姆似的伺候他们，给他们做饭给他们洗衣服，可是当女人生病住院时，却不见这些男人守在病床前悉心照顾。

说起吴建成，尹沫熙就觉得呼吸困难。

她几次忍住要流出的泪水，极力克制自己控制情绪。

彻底平静下来后，她忽然拉住小雪的手让她帮自己一个忙。

"小雪，帮我演出戏，这出戏只有你能演。"

尹沫熙在短暂的痛苦后大脑飞速地运转着，她甚至都没有时间去悲伤和难过。

一切都发展得太快，尹沫熙不知道吴建成和欧雅妍此刻在哪里做着什么事情。

该不会是真的在计划如何弄死她，如何吞掉她名下的所有财产吧？

小雪一向很支持小熙，既然小熙想请她帮忙，那她就一定会倾力相助。

"说吧，你想我怎样做？"

于是小熙将事情全盘托出。

小雪听得云里雾里的，不过好像也明白了一些。

"欧雅妍？那个他新签的艺人欧雅妍？"

小熙点点头，再三嘱咐她："记住了吗？多劝劝我，我会借此原谅他，跳过离婚这个话题。"

小雪点点头，这种事情一点都不难。只是……

"小熙，我也不知道该劝你离婚还是该劝你想办法挽回建成的心。可从我自身的感受来说，我是舍不得离婚的。你看我和我老公，他这些年也曾在外风流，可家就是家。你再努力试试看。"

小雪作为小熙的闺蜜，这些年看着吴建成和小熙经历风风雨雨才有今天的幸福生活。相爱容易相守难，或许这就是他们之间的一道坎，迈过去可能就会长长久久，恩爱甜蜜？

尹沫熙无力地笑了笑，她并未说出心里的真实想法。

婚，现在是肯定不能离的。

如果现在离婚，所有家产都要分给吴建成一半。

她已经厌恶那个男人，厌恶到一分钱都不想分给他。

尹沫熙在心中暗自思量着，必须尽快将名下所有财产转移到在国外居住的父亲那边。

其次，就是公司的财产。

尹沫熙在想，谁会是最佳的人选？

看来财务那边要换个自己信得过的人。

尹沫熙知道，她必须先下手为强为自己做好万全的准备。

想着想着，吴建成终于推门走了进来。

见到小雪也在，吴建成第一反应就是，刚刚将欧雅妍赶走实在是明智的选择。

他亲切地同小雪打招呼："小雪来了，你没事就多陪陪她，小熙最近情绪不太好。"

小雪点着头，可是脸色却黑得跟炭似的。

她知道自己的任务是帮小熙演出戏，可是看到这个男人伤害小熙这么深，她根本对他笑不出来。

第45章　给他一个台阶下

尹沫熙知道小雪是性情中人，此刻让她对吴建成和善地微微一笑，对她来说很难。

小熙轻轻咳嗽一声，随后朝小雪使了个颜色。

小雪无奈，只好僵硬地笑了笑，随后开口劝道："行了建成，你们俩的事小熙也和我说了。建成你是什么样的人我还不了解吗？你和我们家志远不一样，志远天生就是个花花公子，可是你结婚这七年来对小熙很是宠爱。你快和小熙认个错好好哄哄她，你们还有朵朵呢，这婚能说离就离吗？"

吴建成心里暖暖的，没想到小雪这一次会主动站在他这一边。

有小雪在一旁劝着小熙，想必这一关他应该很容易就会过去。

吴建成有些动容地来到小熙床边，轻轻地握着她的手低声呢喃着："对不起老婆，是我没有处理好这些事情才会让你受到这样的伤害，可我跟你发誓我对欧雅妍没有任何的感情！我不知道她跟你都说了什么，可你要记住一点，我最爱的女人只有你一个。"

吴建成说得如此信誓旦旦，深情的眸子一眼望进去却望不到底。

尹沫熙身子微微抖了抖，她已经分不清吴建成说的哪句是真话，哪句是假话。

她更是分不清，自己和欧雅妍之间，到底谁才是他心里真正爱的女人。

小雪见小熙正在发呆，立刻开口跟着劝道："是啊小熙，建成这么一个完美的男人，有钱有颜又温柔体贴，那外面肯定很多女人会盯着他想要倒贴的嘛。"

小雪的这番话完全说到了吴建成的心坎里，他点点头严肃地承诺着："相信我老婆，这就是一个误会，是欧雅妍的一个阴谋。她可能是想要离间我们夫妻俩的感情，然后再乘虚而入！这个女人太有心计，我已经停掉了她近期的所有活动，暂时对她雪藏封杀，让她长长记性。"

为了得到小熙的信任，他甚至愿意放弃欧雅妍这个女人，放弃一切为她打造的专属培养计划。

他的这番良苦用心，尹沫熙却并不会领情。

她所做的这些，无非是和小雪做戏给吴建成一个台阶下罢了。

尹沫熙木然地躺在病床上，苦涩地呼吸着，可脸上却始终挂着浅浅的笑意："这样我就放心了，我仔细想了想的确是我多心了。我应该完全信任你才是。小雪刚才也劝了我很多，你有一个完美的家庭，怎么会为了一时的快感就犯这种错误呢，对不起老公，我下回不会再怀疑你了。"

尹沫熙低着头，看似一副单纯天真的模样，可紧握在一起的双拳却出卖了她的真实想法。

她必须这样做，必须取得吴建成的信任，让他对自己放低警惕心。

吴建成在心中暗自松了口气，想不到小熙这一关的确好过，小熙比欧雅妍那个贪婪的女人好哄多了。

毕竟小熙一心一意只守着这个家，可是欧雅妍那个女人，却贪婪地想要得到更多。

小雪看着两人如此和谐的一幕，心里却是酸酸的。婚姻走到这一步，彼此各怀心思又要戴着面具应付对方。

尹沫熙紧紧依偎在吴建成的怀中，午后的阳光暖暖地洒在两人身上，一切看起来都是那般的美好。

可小雪是真的看不下去了。面对如此温馨的一幕，她只是觉得眼眶红红的，好想大哭一场。

小雪低了低头沙哑着嗓音说道："我想起来下午还要陪婆婆去商场买东西，我先回去了，小熙你好好养病，我们再联系。"

尹沫熙点点头，也好，小雪看到自己这个样子肯定心里不好受。

与其让她留在这里看到自己这个样子，还不如让她回家去舒服一些。

见她要离开，吴建成主动提出要送她回去："我车在楼下，我送你。"

小雪有些排斥吴建成，尤其是得知他出轨还深情款款对尹沫熙说出如此情话后，实在无法接受他的形象反差。

小雪连连摆手拒绝："不用了建成，医院门口很好打车的。"

可吴建成却执意要送她离开："我送你就好，何必打车。正好顺路我去你家附近的甜品店给小雪买红丝绒蛋糕。"

吴建成是贴心的，他永远都记得小熙喜欢吃什么。

既然吴建成话说到这个份上，小雪不好拒绝，只好点头答应。

小熙看着两人离开病房，心里却有些不安。

小雪，独自应付吴建成，真的没问题吗？

病房内静悄悄的，尹沫熙望着窗外的景色发呆。

她知道，吴建成最近肯定会有所收敛，趁着这个时间，她必须尽快将公司内部高层管理员工重新洗牌。

"咚咚。"

有人敲了敲门，小熙回过神朝门口那边看了一眼。

当看到那抹白色的身影时，小熙不禁低头浅浅一笑。是韩冷轩，也是现在小熙最信赖的一个人。

韩冷轩走进病房，放下手中的本子，随后走到病床边俯身伸手探了探小熙的额头。

没有发烧，好在没有发烧。

"你知道你刚被送进来时我有多紧张吗？"韩冷轩无奈地摇摇头，想要好好教训一下这个丫头，可是话到嘴边又舍不得。

她这个样子，他又怎么舍得训她？

第46章　你们应该已经订婚了吧

尹沫熙低着头保持沉默，她现在已经没有任何资本去输了。

病房内的气氛再次陷入僵局。

韩冷轩心里纠结，可为了尹沫熙好，他还是再次尝试着劝道："小熙，我知道我说这些你不喜欢听。可是……我真的觉得你的人生中还有很多其他的事情等着你去关注，不是一定要把所有心思都用在婚姻上。如果你嫁了一个好男人，有一个幸福的家庭，我不会这样劝你，可如今你看到了，他不值得，你又何必把自己困在婚姻的城墙里面，浪费光阴又浪费你的青春呢？"

尹沫熙听后苦涩一笑，她的这个年纪比较尴尬。

三十岁，她今年已经三十岁，相爱七年，她早就付出了她最美好的时光和青春。

更何况，尹沫熙现在是白血病患者，她有什么资本去重新憧憬爱情？

既然自己冲不出这爱情的坟墓，她这辈子要困在婚姻的围墙中，那么吴建成也绝对别想从这围墙中走出去！

尹沫熙现在的态度，与其说是挽回婚姻，不如说更带着一点报复的心理。她不想成全那一对狗男女。

韩冷轩见她又在发呆，轻声唤着："小熙……"

尹沫熙麻木地点点头，随后声音缥缈地回应他："冷轩，我知道你为我好。可你清楚，结婚不是一件容易的事情。要讲究门当户对，要考虑双方父母的人品等。同样，离婚也很复杂，要考虑的事情也很多。家庭、财产、事业，最重要的还有孩子。"

婚姻里一旦有了孩子，仿佛整个人的一生就此被套牢了。

虽然把锅甩给无辜的孩子有些残忍，可是尹沫熙知道，不能离婚的最终原因是孩子，她的出发点是为了给孩子一个健全的成长环境。

韩冷轩还想说些什么，小熙却强势地打断了他："我知道的冷轩，我真的知道你为我好。可你不是我，你不知道我现在最需要的是什么。我自有分寸，我知道如何处理此事，交给我自己去处理好吗？"

她不想别人介入这段婚姻感情中，她才是当事人，她想用自己的方式去解决此事。

冷轩知道小熙是多么倔强的一个人，与其惹得她不高兴，不如就按照她的想法去做。

韩冷轩最后还是妥协了。

"好，我尊重你的选择，不过要快一些。我现在只是给你开一些药，可是你需要尽快来医院再做个全面的检查，到时候要接受化疗之类更系统的治疗方案。"

尹沫熙木然地点着头，是啊，婚姻告急，病情又容不得耽误。

尹沫熙觉得自己就是在时间线上拼命地奔跑着，多抢到一点时间就多一分的机会。

"咚咚。"

门外又是敲门声，尹沫熙下意识地蹙紧眉头。

小雪已经来看望过她了，建成和小雪刚走没一会儿，肯定不会这么快就回来。

会是谁？还会有谁来看望她？

下一秒，一个熟悉的身影缓缓而入。沐云帆手捧一束郁金香走了进来。

他不太喜欢给女人送花，只是因为今天来医院看望病人，他觉得总该送点什么才是。

沐云帆在公司内几番打探，才从邱老那里得知小熙最爱的就是郁金香和百合。

他开车来医院的路上，路过一家花店，见那里的郁金香开得正艳，便买了一束带来。

沐云帆走近小熙，将那捧花送到她的怀里，问候道："听说你在公司食堂发生了点小状况，我就来看看你。"

上午的时候沐云帆和公司的一线明星去海边拍写真集，想不到刚出去一上午的时间，小熙就出了这种事。

看见鲜花小熙的心情总能跟着明朗起来，她嗅了嗅花香，满足地说了一声："谢谢你，我的确很喜欢郁金香。"

看得出，沐云帆是有心之人。

站在一边的韩冷轩眉头拧得死死的，他上前一步疑声问道："云帆，你怎么会在这？"

更让韩冷轩不解的是，云帆又怎会认识小熙？

沐云帆从进入病房就将视线全部集中在尹沫熙身上，完全忽视了站在另一边的这位医生。

直到韩冷轩主动开口，他才抬眸看了他一眼，这一看他不禁也有些吃惊。

"冷轩？这话应该我问你才对，你怎么回国了？还有，若冰呢？"

原来韩冷轩和沐云帆在美国的时候就彼此相熟。

这世界说大也大，说小也小。想不到他们竟然在这里相遇。

尹沫熙更是好奇地问道："你们两个认识？很熟吗？"

很难想象冷轩这种性格的人会和沐云帆做朋友。尹沫熙只是觉得，两人性格差异还是挺大的。

冷轩嘴角微微翘起，亲切地将手臂搭在了沐云帆的肩膀上，两个人站在一起看起来更像是相处很久的老友，感情看似也还不错。

"是啊，我在美国的那家医院工作时，当时院长特意请来云帆给医院拍宣传片，那个时候云帆只是小有名气，还不像现在这般名声大噪。"

原来在沐云帆还是个小有名气的摄影师时，两人就已经相识了。

云帆也跟着笑了笑继续说道："当时冷轩因为长得不错院长还让我给他多拍了几张宣传照。我们就是那个时候认识的，打那以后，我、冷轩还有若冰，我们三个就经常聚在一起。"

那段时光现在想想也的确是值得回忆的。

后来他们三个都在各自发展的领域中有了名气，因为各自都太忙，最后也就各奔东西，大家相聚在一起的时间一年也就那么一两次。

只是没想到这一次，冷轩和云帆会在这里重逢。

不过沐云帆更是好奇："若冰呢？怎么就你一个人回国？你俩应该已经订婚了吧？"

尹沫熙诧异地看向冷轩。

若冰？订婚？冷轩有女朋友了吗？

第47章 只想着传宗接代

可笑的是韩冷轩的反应比尹沫熙更加不知所措。他还没有准备好将这件事情告诉小熙，因为韩冷轩和若冰，已经在那次通话中结束了彼此的关系。

准确地说，若冰现在并不是他的女朋友。

尹沫熙起初有些诧异，可是很快就笑着鼓起掌来，"天啊，冷轩你真的是很不够意思哎。云帆要是不说我都不知道这些，你有女朋友了？你们还订婚了？她叫若冰吗？"

这一刻，小熙是打心底里替韩冷轩感到开心。

虽然自己婚姻失败了，可是看着别人幸福终究是一件开心的事情。

如此这般，小熙内心的担忧和压力也逐渐减轻。

冷轩有了要结婚的对象，他应该就像那天向她承诺的那样，是真的完完全全地放下了她。

如此这般，对冷轩和小熙来说是最好的结果。

韩冷轩看着尹沫熙嘴角那发自内心的甜美笑容，心里越发心酸。

她是真的在为他高兴。也就是说，小熙的心里，是真的没有他的位置。

韩冷轩没有告诉大家实情，只是敷衍着回答："是啊，她叫若冰。和我在美国的同一家医院工作。若冰那边工作忙不能过来，所以暂时就我一个人回国。"

云帆点点头，原来是这样。

那若冰，应该早晚也会跟着冷轩回国的吧？

不过有些可惜，他们在美国工作的那家医院，很难进得去。

那里的福利薪资待遇和工作环境，的确要比这家医院好很多。

……

吴建成车内，小雪一直保持着沉默。

吴建成暗中观察小雪的情绪，总觉得她今天看起来怪怪的。

在医院帮他说话，可是现在看来，又似乎是在和他暗中拉开距离。

到底怎么回事？

吴建成试探着问小雪："小雪，刚刚在医院时谢谢你帮我求情。志远到公司后一直都是给别人开车。我想，或许可以提拔他当个部门的部长？"

如此也算是还了小雪的这个人情，他是公司的总裁，想要在公司提拔一个人也是理所当然的。

这是好事，小雪的丈夫可以名利双收，工资也会涨不少。

吴建成以为小雪一定会接受自己的美意，怎料小雪坚决地拒绝了："千万不要给他升职，更不要给他加薪。你若升职他更有机会勾搭那些小姑娘，若是给他加薪，他那些钱全都拿出去挥霍。现在每个月一万多元的工资，也只上交给家里几千元而已，剩下的全都拿去吃喝玩乐。"

吴建成面色沉重，他知道志远的性格就是如此。

可是想到小雪生活得如此辛苦，倒也让人觉得惋惜。

小雪长得也算不错，虽然这张脸比不上小熙那般精致，可也算是温婉可人。

他阴沉着嗓音安慰小雪："我以为他会有所收敛的，想不到他竟然这么过分？你放心小雪，我会找个时间和他好好谈谈。实在不行我就好好教训他一顿。"

吴建成如此义愤填膺的模样倒是让小雪觉得够可笑的。他是站在什么立场上，来教训和训斥志远呢？

或许在吴建成心里，他觉得自己只是犯了天下男人都会犯的错，可他的心始终忠于小熙，他一直疼她爱她，将她视为珍宝一般呵护着。

吴建成用自己对小熙的好，来减轻自己出轨的愧疚心理。

小雪并未领情，她只是冷声笑笑，随后摇摇头，颇为无力地为志远辩解着："刚结婚那阵我们很甜蜜的。可能爱情都抵不过时间的考验吧。刚结婚时觉得婚姻是个很简单的事情，结婚后才发现，什么七大姑八大姨，什么公公婆婆，一点鸡毛蒜皮的小事情都能压死你。我和志远真正渐行渐远的原因大概还有我们没有孩子。"

小雪第一次和吴建成敞开心扉地聊了聊自己的婚姻。可能是因为提到了志远她心情实在苦闷。也可能是小雪想要借此让吴建成知道，他现在所拥有的一切是多么不易。

"孩子？"

吴建成这才恍然大悟，小雪和志远是六年前结婚的，结婚六年他们还没有孩子。

相比小雪和志远这一对，吴建成发觉他和小熙是真的很幸运，婚后第二年朵朵出生，现在小熙肚子里又有了一胎。

这对小雪来说的确是够残忍的。

小雪自顾自地继续倾诉着："我婆婆是个什么样的人你应该很清楚的。这六年时间内不知道给我施加了多少的压力，我在家里受了多少的白眼和侮辱？就因为我没有孩子，我在家里的地位就要低人一等吗？我婆婆一心想要我生个男孩给他们家传宗接代。其实你母亲也是如此。"

小雪直接说到了吴建成的母亲，小熙肚子里的孩子一直是小雪最担忧的。

孩子肯定是保不住的，到时候小熙打掉孩子，吴建成的母亲又会怎样对待她呢？

吴建成愣了愣，轻声问道："我母亲？"

小雪点点头："我说实话你别不爱听。你母亲和志远母亲一样都一心想要抱上孙子，想着传宗接代！只是因为小熙出身豪门，小熙的父亲还肯拿整个公司给女儿做嫁妆，所以你母亲不好说些什么。可没怀二胎时，你母亲也没少给小熙脸色看。"

生男生女不都一样吗？可为何在婆婆眼中，生个男孩就那么重要？

第48章　不要等到失去时才懂得珍惜

小雪只是觉得女人还是挺悲哀的。

虽然这个时代自主独立的女人不在少数，可是有些女人为了爱情和家庭还在努力地奋斗着。

她就是个例子，生还是不生？

不生的话，你就要在这个家里忍受各种白眼，尤其是在逢年过节的时候，当你走亲戚的时候，看到别人家的孩子已经满地跑了，你的婆婆还不知会用怎样的言语来羞辱你。

可不生的话，小雪知道，如果没有孩子，她和志远的婚姻就真的要走到尽头了。

所以这些年，各种各样的法子她都尝试了，直到现在她依旧没有放弃去做试管婴儿，她的身子早就被折磨得疲惫不堪。

她不过是想要个孩子罢了，不是想委屈自己，只是不甘心放弃这段婚姻而已。

小熙比她幸运一些，却也同样不幸。

在这场生子大战的角逐中，小雪处于劣势，最惨的是她的老公志远也没有站在她这一边。

所以小雪只是希望吴建成能够有点良心，最起码在小熙打胎后，希望他能够站在小熙这边对抗他的母亲。

他们已经有了朵朵，如果能有男孩那是最好，如果没有，他们也不该太过贪婪。

吴建成知道小雪说的都对，可他觉得小雪的这些担忧是完全没有必要的。

小熙已经有了二胎，而且他们都觉得这孩子就是男孩。

吴建成觉得小雪是在杞人忧天，他笑了笑满不在乎地说道："我知道你担心小熙，不过这一胎肯定是个男孩。"

就是这样的态度让小雪更加的失望。

"看吧，你如此肯定这一胎一定是个男孩，这意味着你一直期待他就是个男孩，如果是女孩呢？再或者如果这个孩子不存在了呢？你和小熙之间的感情要就此破灭了吗？"

不是男孩？孩子不存在？吴建成不明白小雪这番话是什么意思，不过他从未想过这个问题。

小雪无奈地摇摇头，小熙的婚姻在第三者介入前就有潜在危险。或许小熙处理得了那个小三，最后也要因为病情和孩子的原因，和吴建成彻底闹掰了吧？

小雪绝望地闭上眼睛，不敢去想那一天若是真的到来，朵朵和小熙会有多受伤。

更难以想象，小熙的婆婆会用怎样恶毒的嘴脸来对待她。

吴建成瞟了小雪一眼，总觉得她今天的确是很奇怪。

车子开到前方一个路口，前面堵车吴建成只好把车停了下来。

刚刚的谈话内容让小雪感觉情绪压抑，她突然开了车门走了下去说："我到前面坐地铁就好，谢谢你开车送我一程。"

小雪要走，吴建成突然叫住了她："小雪，你刚刚那番话到底什么意思？你想和我说什么？你是不是……对我有什么误会？还是小熙对我有什么误会？"

吴建成那么聪明的人，怎会察觉不到小雪那番话中有着其他含义？

她到底是在暗指欧雅妍的事情，还是……可为何要提到孩子？

小雪眼一垂，内心越发烦躁。想到小熙为此付出的努力，她之所以不和吴建成当面开撕，肯定就有她的理由。

最起码，小雪不想让自己的情绪坏了小熙的计划。

她深吸一口气，随后严肃地盯着吴建成："你当真不知道我在说什么？呵呵，欧雅妍那个女人我第一次看到她就觉得她不对劲儿，想不到竟然真的勾上了你！不得不说你真是很会说情话。"

小雪的这番话让吴建成很是震惊，不过他脸上依旧保持着淡定的笑容，声音轻柔地解释着："小雪你在开什么玩笑？我心里只有小熙一个。我想你可能真的对我有误会。还是……这番话是小熙对你说的？"

吴建成开始在心中暗自思量着，小熙真的信任他，还是只是试探他？

小雪眸子一冷，上前一步俯身站在车前，吴建成以为她要上车，谁知小雪却只是伸手一把揪住了吴建成的衣领，狠狠地威胁道："只有小熙才会那么傻，把你说的情话当成是承诺！你那些情话能骗得过小熙可骗不过我！我之所以在医院肯帮你求情，只是因为念在你是初犯，不想你直接毁了小熙好不容易撑起来的家。"

小雪还是忍不住说了出来，好闺蜜的老公出轨，她没上去给他几拳没揍他一顿就已经很给他面子了。这顿威胁是不能免的。

吴建成震惊得说不出话来。

他已经无法反驳，吴建成是有自知之明的人，只要小熙没有看穿他，只要小雪为了小熙还肯守口如瓶，那他也没有必要再继续追究此事。

小雪平息了一下心中的怒火，松开吴建成的衣领，随后直起身子轻声警告他："记住我刚才和你说的那番话，珍惜你所拥有的一切，别等到失去时才想到去珍惜它，到时候，你只会后悔现在所做的一切错误决定。"

小雪转身匆匆离去，很快就消失在了人群中。

吴建成精神恍惚地看着前面的车辆，小雪那番话无疑点醒了他。

是啊，他不能等到失去时才懂得珍惜。

吴建成心里想的都是尹沫熙，他准备从今以后对小熙要加倍疼爱和呵护。

医院内，韩冷轩提议让小熙再多住几天，可是她却执意要出院回家。

必须尽快想办法转移自己名下所有财产，还要提防欧雅妍那个女人狗急跳墙来找自己报复。

尹沫熙现在觉得，家才是最安全的地方。

沐云帆的车子就在楼下，他提议亲自送她回去。

"坐我车好了。"

尹沫熙想到那天偷听到欧雅妍说的话，心里还有些后怕。

她疑惑地问道："你车技怎么样？"

沐云帆愣了愣，没想到尹沫熙会问这样的问题，他不禁笑出了声，却还是自信地说道："放心，我车技一流，和我的拍照技术一样棒。"

如此这般，尹沫熙心里总算放心了些。

她决定，现在就回家！

第49章　从千金小姐到家庭妇女，你甘心吗

冷轩给尹沫熙开了一些药，随后亲自送她和沐云帆到医院门口。

"下次找时间我们一起聚一聚。"

既然大家都认识，沐云帆想找个时间一起吃个饭聊聊天，韩冷轩点头同意，尹沫熙也没有意见。

既然是冷轩的朋友，那么沐云帆应该是个值得信任的人。

小熙上了车，同冷轩挥挥手，随后沐云帆启动车子缓缓离去。

一路上，尹沫熙的情绪有所缓解，可是眉头依旧紧紧地皱在一起。

沐云帆知道她要思考的事情太多。公司的员工都猜测欧雅妍和尹沫熙终将有一天要公然撕破脸。只是媒体大众还并未知道这些事情罢了。

尹沫熙的唇淡淡地抿着，接下来她要为自己着想。

欧雅妍最近应该会比较安分守己，吴建成要安抚公司董事会的人，也必须要暂停欧雅妍的所有活动，这意味着这段时间她将被彻底封杀。

公司会给她安排一个住处，每个月也会给她固定的工资。

不过尹沫熙清楚，那笔钱只有几千块，对于普通人来说或许够用了，可是对于已经贪恋荣华富贵，虚荣心极其强烈的欧雅妍来说，她绝对忍受不了这样的生活。

沐云帆不明白尹沫熙的想法，不过她是个聪明的女人，沐云帆相信这场夺爱大战会越来越精彩的。

一阵沉默后，沐云帆忽然想到一件事情。

"对了，Miss Wang过几天会来这边待几天。你要是想见她就和我说，我帮你

153

安排。"

这是难得的好机会，沐云帆有这个能力安排这次见面，他也希望尹沫熙不要浪费这样的大好机会。

尹沫熙每次听到沐云帆说起Miss Wang的名字时都会一阵激动，那是她的最尊敬的婚纱设计师。她也的确很想有这样的机会和她见见面，聊聊关于婚纱设计的事情。

可是，见了面又如何？

公司的事情，家庭的变数，还有自身的病情和孩子的问题，这些都已经让尹沫熙身心俱疲了。她还有那个心思有那个精力去继续实现自己的梦想吗？

尹沫熙摇摇头说："不了，谢谢你的好意，我想我抽不出什么时间来。"

沐云帆望了一眼尹沫熙，轻抬眼皮，狭长的俊眼微微一眯，很是不能理解地问道："我看你进公司开始工作，还以为你想重新规划你的人生。你在公司任副总一职，也不耽误你继续做婚纱设计师。难道你只是为了挽救婚姻才选择到公司上班，婚姻危机解除后，又想回到家里一心一意做你的家庭主妇？"

家庭主妇那几个字的确有些刺耳，尹沫熙觉得有些扎心，却没有开口反驳。

沐云帆很是恼火，他欣赏尹沫熙，对这个聪明的女人很有好感。

起初只是被她身上那慵懒又自带忧伤的气质所吸引，后来又被她的贤惠美好所吸引。

可是后来沐云帆又发现，她远比他想象中的更加强大，她聪明独立，她机智又有能力。

难道结婚后就要为了另一半和孩子放弃自己的一切梦想？

"我很讨厌那些为了家庭而放弃一切的家庭主妇，好像孩子和老公就是她们的天，好像她们的世界只能围绕着这两个人生活下去。你明明就很有才华，你以为男人会喜欢窝在家里任劳任怨的好妻子吗？事实证明，妻子越是任劳任怨，她们的老公越有可能在外面拈花惹草。不管什么时候，男人更喜欢的都是独立有自信的女人。"

只有女人自己强大了，才会得到别人的尊重。

这些道理尹沫熙都懂，她想独立也完全可以。

首先她有那个条件，她出身豪门，想要做事业也是可以做得起来的。

可是每个人的情况不同。最起码对于尹沫熙来说，她自身情况不像沐云帆想得那么简单。

见她一直在沉默，一直缩在那里不肯开口，沐云帆有些火大，他疑声问道："尹沫熙，你告诉我你想要的是什么？在你的一生中，不仅仅只有婚姻这一个重要的事情，好男人多的是，全天下又不是只有吴建成一个男人。"

这些道理，她都懂啊。她一直看着窗外，恍若未觉怔了几秒。

修长的指尖轻轻地敲了敲车窗，垂着眼眸的她微微皱眉淡然开口："我想要的是什么？我想要活着，活着！"

尹沫熙的声音那样轻，沐云帆扭头看她，她整个身子沐浴在阳光中，可是她看起来却是那般脆弱。

她的身子真的很虚弱，让人感觉下一秒她可能就会被风吹走了。

沐云帆更是不能理解她的那番话。

活着？她想要活着？什么意思？

沐云帆以为她会回答说她想要挽回那段婚姻，或者说她想要家庭幸福之类的。

可她偏偏却说了一句想要活着？

"什么意思？"

面对沐云帆的追问，尹沫熙只是无力地勾了勾唇角，笑容有些苍白无力。

尹沫熙揉了揉眼睛，浑浑噩噩地说道："是啊，你不会理解的。"

沐云帆不会理解的，这些只能她自己默默承受，又有谁会真的感同身受呢？

尹沫熙不怪沐云帆如此态度，她知道沐云帆只是为了她好。

只是有些时候，别人的好对于她来说有些负担，也弄得她有些疲惫。

可能是见尹沫熙状态的确太过疲惫，沐云帆还是结束了这个话题。

车厢内恢复了平静。尹沫熙安静地望着窗外，多半时候她愿意这样看着不断后退的树木和人，让自己的大脑呈放空状态。

什么也不想，什么也不去算计，没有那些钩心斗角，只是单纯地欣赏景色和发呆。

"滴滴……"

一声车鸣瞬间拉回了她的思绪，尹沫熙抬眸看了一眼前面，原来是到家了。

沐云帆将车开进了院子里，下车后，沐云帆搀扶着尹沫熙回到家中。

刚到客厅，就见尹沫熙的婆婆正黑着一张脸看向他们。

怔了几秒的尹沫熙回过神来，立刻推开了身边的沐云帆。

婆婆这个眼神，在怀疑她？

第50章　被婆婆误会

事实上，婆婆的这个眼神让尹沫熙很是受伤。

还没来得及解释，就见朵朵兴奋着尖叫着从楼梯那边跑下来，一路小跑着直接冲进了尹沫熙的怀内。

一边搂着妈妈，还一边委屈巴巴地说道："妈咪，我还以为你要在医院住好久呢。朵朵好想你啊。"

说来朵朵这孩子也是可怜，刚被接回来没多久，妈妈就去了公司上班。

可毕竟这孩子打小就是尹沫熙亲自带在身边，小熙把她教得很好，她也最黏着小熙。

虽然身体很是虚弱，虽然腿已经受伤，可是小熙还是将心爱的女儿抱在怀里，捏了捏她圆圆的脸蛋，心疼地哄着自己的女儿："委屈了我们家大宝贝呢，妈咪没事，你看妈咪这不是回家了吗？妈咪可舍不得在医院住上好几天的时间，妈咪想天天跟大宝贝在一起啊。"

尹沫熙回来的路上想了很多事情，包括朵朵。

如果留给她的时间越来越少，她希望自己能够多抽些时间陪在朵朵身边。

她要教给孩子的还有很多，要教会她坚强，更要教会她独立面对生活中的各种问题。

虽然朵朵才五岁，让她面对这些的确太过残忍。

可尹沫熙根本就没有别的选择。

朵朵在尹沫熙的怀里咯咯咯地笑着，搂着小熙的脖子在她脸上亲了又亲。

她是真的想尹沫熙了，想一直黏着她。

朵朵看到站在尹沫熙身边的沐云帆，虽然不认识他，却还是礼貌地点头问好："叔叔你好。"

这孩子长得可爱又漂亮，那双圆圆的大眼睛清澈透底，不愧是尹沫熙教出来的女儿，沐云帆第一眼看到这孩子就很喜欢。

他宠溺地伸手摸了摸她的头，好奇地问道："你认识我吗？"

朵朵摇摇头奶声奶气地回答着："朵朵不认识叔叔，不过朵朵猜是叔叔你把妈咪送回家的，你应该是妈咪的朋友。"

虽然只有五岁，可是朵朵很聪明也很善于观察。

三个人站在一起的画面竟然如此美好，吴建成的母亲实在看不下去，她轻轻咳嗽两声，问道："咳咳，我说小熙啊，这个人是谁？你不应该跟我解释一下吗？"

建成公司的高层管理人员这老太太几乎都认识，如果说是司机的话，应该是小雪的老公志远亲自送小熙回来才是。

可这个男人，长相英俊，一身衣服更是上上下下都是名牌。

小熙的婆婆脸色更加难看，想想也是，建成整天待在公司忙着工作的事情，而小熙成天闷在家里无所事事。

这孩子还不肯请保姆和用人，家里只有她一个人，谁知道她这一天在家里都在干些什么？若是有男人进来，谁又知道？

若不是因为得知小熙出了意外住院的消息，她也不会亲自来家里照顾朵朵。

不是这样，她也不会意外撞见这个男人送小熙回来的场面。

他亲密地搀扶着小熙，小熙的身体还微微靠在他的身上。

她可是建成的老婆，怎么和别的男人靠得这么近？

尹沫熙知道婆婆又在乱想，她无奈却也只能乖乖解释："妈，这位是国际知名摄影师沐云帆先生，是建成亲自请来和公司合作的。"

尹沫熙以为这样介绍沐云帆，婆婆心中的疑虑就会打消。

怎料，婆婆反倒用怪异的眼神打量着沐云帆，一边打量还一边嘲讽道："国际知名摄影师？就是专门给女人拍照的？呵呵，我听说摄影师，尤其是给女人拍照的摄影师都很花心，很有女人缘的。"

小熙婆婆的言外之意，就是说沐云帆在变相勾搭尹沫熙。

尹沫熙很是生气，她儿子都在外面和小三勾搭好一阵子了，她不管管她的儿子，反倒在这里冤枉她这个好儿媳。

尹沫熙攥着衣角，双拳不自觉地紧了紧。

沐云帆同样轻蹙眉头。

这老太太面相不善，一看就是那种刁钻苛刻的婆婆，看来尹沫熙这日子过得并不轻松。

尹沫熙抱着孩子上前一步，神色严肃地提醒婆婆："妈，人家是好心送我回来，请您注意您的态度。这是建成最重要的客人，是建成亲自请来公司帮忙给艺人拍照的。您知道他多有名气吗？建成可是好不容易才说服他来公司给艺人拍片，若是被您气走了，到时候建成怪罪下来我可帮不了您。"

尹沫熙平日里对婆婆态度一向很恭敬，虽然知道自己的婆婆是比较刁钻苛刻的人，可是因为自己是豪门千金，她婆婆多少也要让着她几分。

但是今日今时，想到吴建成对自己所做的一切，尹沫熙什么都忍不了了。

更不能容忍婆婆怀疑她在外偷人，她不能这样侮辱她！

婆婆暗暗咋舌，儿媳妇呛得她说不出话来。

如果真像小熙说的那样，这个男人对儿子那么重要，那她刚才的所作所为的确有些过分。

只是，这男人和儿媳妇之间，怎么看起来那么不一般？

老太太收敛了情绪，不过依旧是黑着一张脸。

"建成不是在医院陪你吗，你怎么被这位摄影师送回来了？"

提到吴建成，尹沫熙心情更是糟糕。她没耐性地敷衍着："他出去送小雪回家，我突然很想回来，正好赶上沐摄影师来医院探望我，我就让他顺路把我送回来。"

婆婆点点头，不过疑惑的眼神却未从他们两人身上移开。

尹沫熙觉得乏了，婆婆闹这么一出，也的确不方便留沐云帆在家喝个茶再走了。

尹沫熙想送沐云帆出去，还没开口，婆婆又开始训话了。

"建成说你在公司出了意外？你现在肚子里怀着二胎呢，为什么不听话，非要去公司上什么班？在家好好养胎不行吗？我不是说了吗，男主外女主内，你爸都同意把公司交给建成，你为什么还要去逞那个能，非要当什么副总？你就不能在家安心做个贤内助吗？"

婆婆的这种想法和心思让尹沫熙实在无法理解。她为这个家付出的还少吗？

当初就是因为婆婆要求她有个妻子的样子，要照顾好建成和孩子，她才被迫放弃去国外留学深造的机会，放弃自己的梦想，甘愿做一个贤内助。

七年了，也该让她得到解放了吧？

第51章　火上浇油

尹沫熙实在不想让沐云帆看到自己和婆婆吵架的一幕。可是婆婆如此咄咄逼人，的确让尹沫熙很是反感。

她深吸一口气，依旧耐着性子和婆婆好好商量："妈，我这七年来一直安分守己，一直是个好母亲、好妻子。我现在只是想做点自己喜欢做的事情，我想这并不过分。"

儿媳妇如此强硬的态度，让她这个做婆婆的很是不爽。

小熙虽然是豪门世家出身，可是平日里对自己的态度还是恭恭敬敬的。今儿个在外人面前，她怎么反倒对自己如此无礼？

她说一句话，尹沫熙就要顶回来好多句。

她很不爽地顺了顺气，继续教育着自家儿媳："没人想要憋着你，我只是担心你会惊了肚子里的孩子。这一胎有多不容易你不知道吗？算了，你什么都不要再说了，等建成回来我让他立刻取消你在公司的职位，你给我留在家里安心养胎。"

婆婆一心想着肚子里的孩子，担心她的宝贝孙子会有什么意外。

可婆婆如此强势的态度让尹沫熙真的觉得不舒服。

她没有回应，也没有答应。就算吴建成回家后，也不会按照她婆婆的要求去做的。

尹沫熙心里打定主意，无论如何这一次她都要留在公司，说什么都不会离开。

反正吴建成刚刚闹出这么大的事情，欧雅妍和他的绯闻在公司也是传得沸沸扬扬的。尹沫熙相信，这个时候无论她提出怎样的要求，吴建成都会答应她的。

气氛越来越僵，朵朵看了奶奶一眼，知道她对母亲太凶了。

于是朵朵拉着老太太的手往外走："奶奶，我想去外面看花，你陪我去好不好？"

朵朵有意想要引开老太太，可是尹沫熙的婆婆却对赏花没什么兴趣。

"朵朵啊，你要是想看花就自己去吧。奶奶还有事情要和你妈咪说呢。"

朵朵那张肉嘟嘟的小脸瞬间耷拉下来，一脸的委屈和难过："人家就想要奶奶陪着我嘛，奶奶不爱我了吗？奶奶有了孙子就不要孙女了吗？"

小小年纪就把老太太呛得说不出话来。

这个孙女她也是疼爱得很，没办法，老太太只能瞪了一眼尹沫熙，随后牵着朵朵的手去了花园赏花。

客厅内总算安静了些，沐云帆扶着尹沫熙在沙发上坐下，随后又去厨房倒了一杯温水递给她。

"你女儿真是聪明可爱，她肯定是不忍心你这个做母亲的一直被她奶奶训斥，才会想办法把她奶奶支走吧？"朵朵的用意太过明显，连沐云帆都看得清清楚楚。

提起女儿朵朵，尹沫熙的嘴角一直带着浅浅的笑意。

是啊，她的朵朵最可爱最乖巧了，也是最懂事最聪明的孩子。

虽然孩子只有五岁，可是该懂的或许她都懂。

她是一个很善于观察的孩子，所以她察觉到奶奶对自己的态度不对劲，担心自己被她奶奶责罚，才会特意把奶奶弄到花园去。

孩子越是可人，尹沫熙越是舍不得她。

如果……

尹沫熙已经做好了最坏的打算，如果她和吴建成真的离婚了，而自己又必须去医院接受治疗。那么朵朵，肯定是要跟着她父亲一起生活的吧？

到时候，吴建成会再娶的女人是谁，是欧雅妍吗？

尹沫熙难以想象，欧雅妍这个后妈会怎样对待自己的朵朵。

她会疼爱朵朵吗？对朵朵会付出百倍的耐心和爱心吗？

想到这样的问题，尹沫熙就觉得心疼。

所以，她这个做母亲的，要是想守护住孩子，唯一能做的就是坚强起来，让自己更加强大一些。

吴建成根本不知道小熙已经出院回到家中，当他拎着排队一个多小时才买到的红丝绒蛋糕回到病房时，却发现房间内空无一人。

小熙去哪里了？

吴建成拦住一个护士问道："护士，这个病房内的病人呢？"

护士朝房间内看了一眼，随后答道："啊，那个腿受伤的女人啊？她已经出院回家了。"

"出院回家了？"

吴建成觉得这事有些奇怪，小熙刚住进医院还不到一天的时间，这么快就离开了？

吴建成担心小熙会出事，于是他提着那盒蛋糕立刻返回车内往家赶。

车子开进家里时，女儿朵朵和她奶奶正在花园内一同玩耍。

见吴建成的车子开了进来，朵朵立刻兴奋地跑了过去。

"爹地，你可算回来了呢。"

吴建成下了车一手拎着蛋糕盒子，另一只手将朵朵抱在怀内，问道："你妈咪呢？"

朵朵用手指了指别墅内："妈咪和叔叔在客厅内聊天呢。"

吴建成疑惑地问道："妈咪和叔叔？"

朵朵点点头，这时老太太走过来阴阳怪气地打着小报告："哼，那个男的看起来比你还帅。我怀疑那个男人是不安好心。你不知道，他俩在一起可亲密了，那个男人一直扶着小熙，别提那一幕我看着多羞人了！她可是你妻子，也不知道害臊。"

老太太的话无疑是在火上浇油，吴建成压着心里的怒火，一步步地朝别墅走去。

他并不知道客厅的男人到底是谁，不过能从医院亲自将尹沫熙送回家中，还会和小熙如此亲密的男人，应该就只有韩冷轩了。难道韩冷轩这家伙，还在一直纠缠着小熙吗？

吴建成沉着脸，压着怒火进入了客厅。

刚一进去，就被眼前的一幕惊呆了。

沐云帆帮尹沫熙换了药，重新帮她包扎了腿上的伤口。他的动作小心翼翼，看起来极为认真。不过两人在一起并未有什么过分的举动。

那刚才母亲说的那番话……

吴建成轻轻咳嗽两声，其实从他进来的时候尹沫熙就已经发现他了，只是一时不想理他而已。

沐云帆没有什么反应，只是抬眸看了他一眼，随意地打了声招呼："吴总你回来了。"

接着，沐云帆继续低头帮她在纱布末端地方系了一个漂亮的蝴蝶结。

尹沫熙看着那可爱的蝴蝶结不禁无奈地笑出了声："搞什么啊？我又不是小女孩。"

第52章　只能用点小手段

虽然是当着吴建成的面，可沐云帆却没有任何顾忌。

他竟然还无比真诚地说道："你这么漂亮年轻，就算说你是少女也不为过。"

这番话的确让人很是震惊，尹沫熙眯了眯眸子，虽然觉得他是故意在吴建成面前这样说，可她却只是笑了笑没有多说什么。

被人如此夸赞，总归是让人心情舒畅的。

吴建成再次咳嗽几声，提醒着沐云帆注意他的身份。

沐云帆只是无所谓地笑了笑，随后走到吴建成身边拍了拍他的肩膀说："吴总你别介意，我只是看副总气质出众就忍不住说了实话，你知道这是我们摄影师的通病，看到漂亮女人总会夸上几句。吴总不会是那么小气的人，因为我夸你妻子几句就生我气吧？"

沐云帆将吴建成捧到那个高度，他想要生气也只能忍着。

尹沫熙依旧在笑，她起身解释了一下："我在医院太闷了，就想回家休养，正巧云帆来医院看我，我就让他顺道把我送回家来。"

原来是这样，尹沫熙相信沐云帆和小熙之间应该不会有什么。

更何况，有他和欧雅妍之间的烂事，他哪里还有资格去怀疑小熙呢？

既然吴建成已经回来，沐云帆也不想继续留在这里。他起身同小熙和吴建成告别："我还有其他工作，我先回去了，小熙你好好养病。"

尹沫熙皱了皱眉，沐云帆叫她小熙？还叫得如此自然亲切？

除了和她最亲近的人外，没有谁会这样叫她的，云帆可能是因为自己和冷轩是好朋友，所以对她自然而然也亲近了许多吧。

沐云帆见尹沫熙没有意见，心情也跟着好了很多。

尹沫熙没有起身，反倒是吴建成亲自将他送了出去。

花园内，朵朵见沐云帆要上车离开了，还一蹦一跳地跑过来不停地和他挥手："叔叔要回去了吗？叔叔再见，要常来家里做客哦。"

让人意外的是，朵朵似乎很喜欢沐云帆，她对沐云帆的态度真的很热情。

吴建成也觉得奇怪，蹲下身子好奇地问着自己的女儿："朵朵啊，你很喜欢云帆叔叔吗？"

朵朵嘿嘿一笑，害羞地点点头："是啊，以前妈咪每天就只是在家里，也没有什么朋友啊。除了小雪阿姨外，都不见妈咪朋友来家里做客。云帆叔叔是除了小雪阿姨外唯一一位来家里做客的人了。我只是希望妈咪能多些朋友，陪她说说话一起玩，这样妈咪就不会很孤单啊。"

童言无忌，朵朵的一番话看似无心，却道出了尹沫熙这家庭主妇的心酸。

结婚七年，完完全全为这个家庭付出，到头来失去了自己的梦想，没有什么真正的朋友，现在连婚姻和爱情也要一同失去了。

朵朵的话让吴建成心里酸酸的。

"而且爹地你一直忙啊，都不回家陪妈咪的。妈咪最开心的时候就是你回家吃饭的时候了。所以爹地以后常让云帆叔叔来家里玩好吗？而且云帆叔叔照相很棒的，我也想要好多好多漂亮的照片。"

朵朵的话逗得沐云帆笑出了声，他也蹲下身子宠溺地刮了刮朵朵的小鼻子说："要好多好多漂亮的照片啊？我们朵朵这么贪心吗？"

朵朵低头想了想，随后连连摇头："妈咪教我做人不能太贪心的，那好吧，云帆叔叔，你一有时间就来给我和妈咪一起照相好吗？"

云帆是国际知名摄影师，想请他拍照的人多了去了。他这么大牌自然不会谁的请求都答应。可唯独这孩子的要求，他实在不忍心拒绝。

云帆点点头，向朵朵承诺着："好，只要有时间叔叔就来看你，陪你一起玩，还给你照相，这样好吗？"

朵朵点点头，随后又伸出了自己的小拇指："那云帆叔叔要和我拉钩钩。"

孩子如此认真的模样让吴建成这个做父亲的有些无奈："朵朵啊，叔叔都答应你了，不要拉钩钩了好不好？"

朵朵倔强地摇着头，还回头看了一眼身后的奶奶，有些委屈地说道："可是奶奶总是凶巴巴的，刚才还对云帆叔叔和妈咪一直凶。我怕云帆叔叔会被奶奶凶怕了，下回就不来给我照相了。"

沐云帆看着朵朵泪眼婆娑的模样还真是差点被这孩子给骗过去了。

他不禁感叹，尹沫熙那么聪明，生的孩子也是如此古灵精怪的。

她是在变相跟她爹地告状，也是在逼她奶奶点头同意，同意沐云帆今后光明正大地来家里做客。

如此一来，下回沐云帆再来家里找她妈咪，奶奶也不能再说出那些伤人的话了。

吴建成抬眸看了自己母亲一眼，老太太生气地指着朵朵的脑袋就训道："好啊朵朵，我对你那么好，你却反过来这样对我？你就跟你妈咪亲，你就不要奶奶了是吗？"

朵朵作势扑进了沐云帆的怀中，小小的身子还瑟瑟发抖着，她委屈地低着头反驳道："奶奶凶凶，朵朵明明很爱奶奶的。"

看着女儿就快要哭出声来，吴建成立刻压低嗓音对自己的母亲说："妈，我说过多少遍了，教育朵朵的时候要温柔一些，你总这样大嗓门喊来喊去的，朵朵能不怕你吗？"

老太太一脸的无奈，她好心帮忙带孩子，到头来连自己儿子都要怪她。

"你们家朵朵能耐大了，都会在你面前告状了！行，这孩子我也不管了，我回家去。"

老太太气得浑身直抖，转身就要往外走。

吴建成无奈只好追了出去。

沐云帆笑着眯了眯眸子蹲下身子在朵朵耳边问道："你这样骗你奶奶真的好吗？"

朵朵可怜巴巴地眨了眨那双水眸，无辜地摇摇头："云帆叔叔，我这不是骗哦。我这是善意的谎言！你不了解我奶奶，她总是这样欺负我妈咪，我当然要站出来保护我妈咪了。叔叔你要保密哦，不要告诉我妈咪。"

云帆看着朵朵，伸出自己的小拇指勾住了孩子的小指。

他被这对高颜值又高智商的母女感动了。

小熙用她的方式去守护孩子的未来，而朵朵也用她自己的方式保护着小熙。

这样一对母女，又怎能让人不心疼呢？

第53章　解放自己

沐云帆率先离开，等他走后，吴建成也将自己的母亲送回了家。

客厅内，小熙一个人窝在沙发里看电视。

从今天起，她虽然会尽力保住这个家，但仅仅只是为了孩子而已。

她决定从这一刻起，不再全心全意地付出自己，更不会每天都准备一顿丰盛的晚餐，眼巴巴地盼着自己的老公回家吃饭。她想做就做，不想做就不做，只要不亏待自己的女儿就好。

朵朵一直在花园内等着吴建成回来，看他下了车，她走过去有些胆怯地问道："爹地，奶奶生气了吗？"

虽然这样气奶奶不太好，可是朵朵觉得妈咪没有错，是奶奶错了。

妈咪之前教过她，错了就是错了，错了就要及时改正自己的错误。

可是奶奶每次都认识不到自己的错误，对人也很不礼貌。

吴建成不会怪罪朵朵，他了解自己的母亲是个怎样的人。成天只想着抱上大胖孙子，对孩子除了溺爱，就是花钱买买买来满足孩子的所有要求。

好在朵朵从小就跟着小熙，若是朵朵一直跟着自己的母亲，还不知道会被教成什么样子。

吴建成抱着朵朵进了别墅，想到小熙腿受伤身体虚弱，再一想小熙是因为自己和欧雅妍的婚外情才会受伤。吴建成也不忍心让小熙去做晚饭。虽然他很久没下厨了，不过做顿晚饭应该不成问题。

"朵朵，妈咪病了，今晚让爹地下厨煮饭给你和妈咪吃好不好？"

朵朵兴奋地不停拍手鼓掌："好呀好呀，朵朵想吃爹地做的饭菜。我要吃锅包肉，还想吃菠菜炒蛋。"

女儿点了两个菜，并不算难。

吴建成宠溺地将目光投向尹沬熙，声音柔得能滴出水来："小熙你想吃什么？"

尹沬熙不禁在心中冷哼出声。又想哄她？以为一顿饭就能把她哄得开开心心的，然后继续做个傻子，对他的婚外情睁一只眼闭一只眼？

尹沬熙态度冷淡，想了一会儿后随即说出了三道菜："糖醋排骨、红烧鱼，还有一个凉拌菜。"

三道菜也不算很难，但是尹沬熙知道，吴建成最讨厌碰鱼。

他讨厌鱼腥味，可她偏偏点名要吃红烧鱼。

他若是有心，就要亲自收拾那条鱼！

吴建成脸色变了变，可是想到自己对小熙做的那些事情，他的确心有愧疚。

做条鱼而已，腥就腥吧。

吴建成点头答应着："好，我这就去做。朵朵你去把爹地买的红丝绒蛋糕拿出来给妈咪吃。爹地去厨房做饭。"

朵朵乖巧地点点头，将红丝绒蛋糕拿给尹沬熙，还贴心地帮她倒了一杯果汁。

尹沬熙难得有时间享受这种悠然时光，她打开电视调到了女儿最爱看的动画片频道。

两个人坐在沙发上，一边看着电视一边吃着蛋糕，倒是挺惬意的。

可在厨房的吴建成却忙得团团直转。

五个菜，只是一顿晚饭，就让他险些没了耐心。

想想小熙每天要营养搭配着给他和朵朵做吃的，还是一日三餐顿顿亲自准备。

吴建成越发觉得自己对不起老婆。

……

市中心地段的一处高档小区内，公司的一位员工领着欧雅妍上了楼。

"雅妍姐，这就是公司给你安排的地方。吴总还是对你挺好的，一个新人能住上这种高档公寓，全公司也没有几个能有这个待遇啊。行李我们已经帮你整理好了。"

虽然吴建成已经对她进行全面封杀，可是念在两人之前的种种情分上，还是给她安排了一处高档公寓住着。

欧雅妍咬紧下唇，她听得出这位员工是在嘲讽她，不过没关系，她知道自己还有翻身的机会。

"好，你可以走了。"

欧雅妍打发走了那位工作人员，独自一人在公寓内看了一下。

虽然是高档公寓，装修也还算不错，可是这公寓小得可怜，欧雅妍走了一圈发现整体户型只是一室一厅，可能连五十平方米都不到吧？这样也叫对她好吗？

"叮咚。"

欧雅妍憋屈着想要发火，这时门铃突然响起。

欧雅妍心中一喜，她以为是吴建成来看她，可是当她打开门后，嘴角上扬的弧度瞬间塌了下来。

"妈，你怎么来了？"

原来是欧雅妍的母亲亲自来找她。

"到底怎么回事？前几天你给家里打电话让我们准备行李，说什么要让我们住进大别墅去。可是我今天给你们公司打电话，他们却说你的房子被收回了，说公司只分给你一间小公寓？雅妍啊，这到底怎么回事？你都怀了吴总的孩子了，他就这么对待你吗？"

第54章　肚子里的孩子是谁的？

欧雅妍的母亲还以为自己的女儿飞上枝头变成了凤凰，还以为可以托女儿的福住进大别墅享享福。毕竟女儿怀了吴总的骨肉，他给雅妍点财产也是应该的。

可她万万没想到，自己盼了这么久的荣华富贵，到头来却是一场空？

"雅妍，到底怎么回事？难道是他不要这孩子了？吴总连自己的孩子都不要了？"

欧雅妍母亲有些惊慌，音量也跟着大了几分。

欧雅妍吓得立刻伸手捂住她母亲的嘴，随后探出身去，看了一眼门外是否有人。

确定没人后，欧雅妍立刻将自己的母亲拉回了屋内，随后将房门关好。

欧雅妍的母亲不明白女儿为何如此惊慌？这事还不能说了？

"你怕什么？他要是真把房产都收回了，要是真不管你和你肚子里的孩子，我就天天去他们家闹，还要给媒体曝光，我就不信他能坐得住。"

欧雅妍着急得直跺脚："妈，你能不能别给我添乱了啊。我肚子里的孩子又不是吴建成的，你还要到处跟人说去不成？"

欧雅妍的话，吓得她母亲瞬间就瘫坐在了沙发上，半天都回不过神来。

雅妍刚才说什么？这肚子里的孩子不是吴总的？不是吴总的是谁的？

若是这孩子的父亲只是个小角色，那雅妍还要生下来？

短暂沉默后，母亲立刻抓住欧雅妍的衣角焦急地问道："说，孩子的亲生父亲到底是谁？"

欧雅妍无奈地摇摇头，她不想说，说出来又能解决什么问题呢？难道还要让她回到那个男人身边，指望那个男人娶她，然后过着像普通人那样的生活？

别逗了，她可是差点就要站在云端上的人。

纸醉金迷地混了一段时间，住了几个月的大别墅，她怎么可能会甘愿再蜗居在几十平方米的小房子里？

孩子的亲生父亲，根本满足不了她所有的欲望。

欧雅妍的母亲憋着一股气，见她不肯说出那个男人是谁，气得伸手狠狠地打了女儿几下："说，都到这个地步了你还要替那个男人保密？"

欧雅妍疼得直掉泪，委屈地向后退了几步："妈，我不是在向着那个男人。他就是我之前在夜总会工作时认识的人。他也是在夜总会工作，跟我一样挣不了几个钱。你知道他是谁又能怎样？还指望我和他过日子不成？"

欧雅妍的母亲恨铁不成钢地扇了自家女儿两个耳光。

可是……当务之急是让女儿继续留住吴总的心。

"你赶紧去把孩子打掉，明天好了，明天我陪你去医院打掉孩子。"

这孩子肯定是留不得的。

可欧雅妍却犹豫着连连摇头："妈，这孩子都快四个月了。"

"什么？你说这孩子都快四个月了？"

欧雅妍的母亲走进瞧了瞧，雅妍一直穿着略微宽松的休闲衣服，根本看不出怀孕的迹象。

虽然感觉她的身子比之前圆润了不少，可她怎么也没想到，自己的女儿竟然有了将近四个月的身孕。

"这怎么可能？你和吴总在一起时，他都没发现吗？"

两个人肯定是有亲密接触的，怎么会……

欧雅妍不想跟母亲解释得太过详细，只是简单地说了一句："反正我有办法蒙混过去。"

听女儿这样说，她这个做母亲的都觉得丢人。她伸出食指狠狠地在欧雅妍额头上戳了一下："你能耐！还你总能想办法蒙混过去。你以为吴总是傻子吗？你都快四个月了，很快肚子会越来越大。到时候你怎么瞒过去？赶紧去把孩子打掉，虽然这样对你身体会有伤害，可是为了能嫁入豪门，你忍忍吧，我给你多买点补品调理身子。"

做母亲的，为了保全女儿也只能这样做了。

可是母亲说得这么透彻，欧雅妍还是摇头不肯去打胎。

欧雅妍心酸地擦干泪水，眼中尽是狠厉之色。"孩子不能打掉，只要我们不说出去，谁知道这孩子不是建成的？这孩子就是吴建成的，只要我们这样说就可以了！不过现在还不能让吴建成知道我怀了这个孩子的消息，万一他选择家庭而放弃我，知道我有了孩子，让我打掉他，到时候我才是真的损失惨重。妈你别担心，我在等待时机。"

欧雅妍还在等着自己翻盘的机会。

这场夺爱大战是一场持久战，尹沫熙该不会傻傻地以为，她赢了前一局，就真的可以安心地笑到最后吧？

这一次交手，欧雅妍也学聪明了。欧雅妍心里清楚，她和尹沫熙之间真正的较量才刚刚开始。

谁输谁赢，一切还是未知数！

第55章　鱼儿已经上钩

尹沫熙请假在家休息的第二天，公司内一切照常进行，没了欧雅妍在，整个高层办公区都特别的和谐和安静。

显然，欧雅妍在公司的人缘并不好。

这几天欧雅妍那边很是安静，乖乖地服从了公司的安排，不吵不闹，甚至没有来纠缠吴建成。

欧雅妍如此安静，反倒让吴建成觉得有些反常。

以欧雅妍的性格，真的能放弃这一切吗？

虽然尹沫熙和欧雅妍两个女人都不在公司，可是员工们对两人的议论却一直没有停下来。

中午吃饭时间，大家三五成群地聚在一起，聊着公司内人人都关注的八卦消息。

"你们说，副总到底有没有察觉到什么？我以为那件事情之后他们会大闹一场，可是你看吴总表现得很淡定哎，难道副总没有为难他？"

大家对此很是奇怪，看似尹沫熙没有采取任何的行动。

难道副总真的以为这件事情是欧雅妍想要主动勾引吴总，以为是欧雅妍单方面的自作多情？

有的同事摇摇头否定道："不一定！副总虽然性格温婉，可是人家智商高、情商高。咱们副总可是国内名牌大学毕业的呢。我估计副总就是忍了呗。你们没看前几天对家公司的艺人，她老公出轨哎。那位艺人要名气有名气要钱有钱的，都以为她会直接离婚，可是人家愣是忍了下来，原谅了她那出轨的老公，还带着她老公出席各大红毯和现场节目呢。"

此话一出，立刻引起其他人的共鸣。

"没错没错，明星都是如此，更何况是那些普通家庭了？副总也不容易，有个女儿现在又怀了二胎，就算知道吴总出轨又怎样？她为了孩子也得睁一只眼闭一只眼啊。"

大家对尹沫熙的选择都能理解。毕竟在婚姻中，无论正室是选择忍耐继续维持婚姻，还是选择放手婚姻独自生活，对于女人来说都是艰难且不易的。

有位女员工很是感慨地说了一句："欧雅妍也是女人，明明知道人家有家庭有女儿现在还怀着二胎，还去破坏人家的婚姻生活。唉，你说都是女人，女人又何苦为难女人呢？"

她的这番话让很多人都沉默了。

小三可恨，正室可怜，可是再怎么看来都是女人太过可悲。

尹沫熙虽然在家休养，可是她一刻也没有闲着。

趁着吴建成和朵朵都不在家，尹沫熙找来了律师，让他将自己名下的几套别墅立刻出售变现，然后将所有钱都存到她父亲的名下。

尹沫熙的父亲在美国住院疗养，钱存在那里尹沫熙才觉得比较踏实。

可她手上的全部财产也就只有那几套别墅而已。其他财产都在公司内，夫妻二人的共同财产她现在还不能动。

尹沫熙不想打草惊蛇。

等到律师走后，尹沫熙在家里思来想去，觉得公司财务部有必要安插一个自己这边的人。

她想了很久，也没想到谁是她可以信赖的人。

小雪的老公志远？

不行，志远当个司机还可以，可若是让他进财务部，只怕会闹出更大的麻烦。

尹沫熙摇了摇头，想了半天也没想到个合适的人选。

"邱老？"

最后，她轻声呢喃着邱老的名字。

邱老是小熙在公司内最信任的长辈，而邱老的儿子也在公司内上班。

邱老的儿子和小熙从小就相识，他毕业美国名牌大学，留学归来后就进了他们公司。

尹沫熙知道邱老的儿子是个人才。

如果让他儿子去财务部，那她应该会安心一些。

尹沫熙立刻拿起电话打给了邱老，和他一番商量后，邱老也觉得此事可行。毕竟他儿子有那个实力。

"好的邱叔，那我们就这么定了，我会跟建成提议让您儿子到财务部，升他为财务部部长。"

敲定此事后，尹沫熙便想着如何说服吴建成。

无论如何，都要把邱老的儿子安插进去。

而另一边，被公司雪藏的欧雅妍也没有闲着，她一直在思考尹沫熙的致命弱点是什么，到底怎样才能让她在人前暴露自己的真正性格。

不过欧雅妍想得更多的则是，要如何同吴建成重修旧好。只要她和吴建成还在一起，那么一切就还有希望。

虽然欧雅妍的房子和车都被收回了，不过好在吴建成送给她的那些名牌包包都还在。

她去商店把包包卖掉，然后用卖包的钱请公司内的一个新人模特吃了顿晚饭。

两人在高档餐厅内，那位新人模特看起来的确很稚嫩很青涩，不过身材高挑皮肤白嫩细致，也是一个标准的美人胚子。

新人模特好奇地问了几句："雅妍姐，公司是要雪藏你吗？原本是要给你的广告代言已经给了别的艺人。好多资源也都大家平分了。不过好可惜，原本是要捧你的。"

新人模特没有半分嘲讽的意味，只是觉得即便进入这么大的娱乐公司，即便他们都和公司签了合同。可是到底是能成为人人崇拜的偶像，还是像雅妍姐这样直接回家坐冷板凳，还真是不好说啊。

欧雅妍冷笑出声，随后拉拢着这位新人模特："我的身份你是知道的，我可是吴总的情人。我现在只是安分几天，不去刺激他老婆。毕竟他老婆怀了二胎嘛。其实吴总这样做也不过是做做样子给他老婆看而已。实际上我们感情好着呢，你等着瞧吧，不用一个月我就能重新回到公司。"

欧雅妍已经夸下了海口，一个月时间她必须回到公司去。

不过她真的需要一个帮手，她开出了极为诱人的条件："倩倩，你刚入行没多久，也知道我们这一行有多残忍。虽然和公司签了约，可你还是练习生，最后能否留下来成功出道，这可不好说啊。"

那位新人模特一听，瞬间就害怕了，她声音颤抖地问道："雅妍姐，你这话什么意思啊？是不是你听到了什么消息？公司不要我了吗？"

欧雅妍勾了勾唇角，很好，鱼儿已经上钩。

第56章　怒怼婆婆

欧雅妍若有所思地点点头，随后唉声叹气道："毕竟你就是个新人，这在公司也是很正常的。有多少新人没有出道的机会就离开公司了。"

"啊？不要啊，雅妍姐你是吴总的人，那吴总肯定听你的话。你帮帮我好不好？"

欧雅妍心里笑得更加得意，果然，这样吓唬吓唬她，这个丫头就立刻跑过来抱她的大腿。

如此这般就是最好了。

欧雅妍假惺惺地握着新人的手，语重心长道："你放心好了，自打进入公司我就觉得和你有缘。我若是风光了自然要提携你的。只不过你也知道，我最近不能去公司。我可以帮你，你是不是也该帮帮我？"

欧雅妍说到这个地步，那位新人才恍然大悟，原来欧雅妍这次找她是有事让她去办。

可到底什么事呢？新人倩倩有些害羞地低着头，小声道："可是雅妍姐，你若是让我接近吴总，我觉得我可能办不到啊。"

倩倩虽然是标致的小美人，可是她也仅仅只是长得有几分姿色罢了。论娇媚比不过欧雅妍，论气质又不能和尹沫熙相比较。她这样的小角色还妄想去勾引吴建成？

欧雅妍不禁翻了个大大的白眼，她简直就是在白日做梦。

更何况，一个尹沫熙就让欧雅妍很是头疼，她难道是精神有问题，还要给自己再添一个情敌不成？

欧雅妍摇摇头，伸手轻轻勾住倩倩的下巴仔细端详了很久，说："你这小丫头想什么呢？你绝对不能打吴总的主意！你放心，你若是跟我混，我保你吃香的喝辣的。到时候我让你尽快出道，我也会说服吴总下功夫来捧你出名。到时候呢我再拜托吴总给你介绍个好男人。你要知道，吴总认识的人可都是大公司的老板，你若是有机会嫁入豪门，你下半辈子都不用愁的。"

如此诱人的条件让倩倩心里痒痒的。这不就是她的终极目标吗？尽快出道尽早成名，再争取嫁个有钱人。

倩倩忙不迭地抓住欧雅妍的手臂，焦急地连连点头："雅妍姐，我就跟你混了。你说什么我都帮你。"

如此死心塌地的模样，让欧雅妍很是满意。

没办法，尹沫熙在公司有那么多人帮她，每一个都财大势大，邱老那些老一辈她更是惹不起。

所以欧雅妍只能另辟蹊径，找这些模特在公司盯着。

必要时，她也只能要些小手段了。

"我让你帮的忙很简单，就是在公司给我盯死吴总和其他几位股东。如果尹沫熙上班，你也顺便帮我盯着她。"

她让倩倩做她的眼线，一旦有机会她就会主动出击。

倩倩觉得这个事情太简单了，没有多想立刻就同意了她的要求。

倩倩脑子里幻想的，就是今后如何过上纸醉金迷的奢华生活。

只是可惜，欧雅妍却唯独忘了一个最重要的人物，那就是沐云帆！

……

傍晚夕阳西下，尹沫熙站在花园内看着落日的余晖一点点地洒在地上。

她享受这种安宁的时刻，只是，安静总会被人轻易就打破。

她的婆婆特意来家里找她。

这个时间，看她一个人坐在花园内发呆，她的婆婆免不了又要唠叨几句："小熙啊，我说过多少次不要总是出来吹风，春天风大，早晚温差大，你这样着凉了生病了怎么办？你现在怀孕呢，生了病又不能吃药，你要格外小心才是。"

婆婆一直盯着她的肚子，生怕她会有任何意外。

尹沫熙不禁低头笑了笑，还真是大大的嘲讽啊。

如果老太太知道她肚子里的孩子保不住了，只怕现在会跳起来把她活生生地给撕成两半吧？

尹沫熙没有理会婆婆的念叨，依旧坐在那里看着满园的花发呆。

一朵朵鲜花开得正艳，在花丛中争相斗艳着，可是尹沫熙却觉得自己好像快要枯萎了。

女人如花，花总有凋零的那一刻。

尹沫熙只是觉得委屈，自己正应该是争相斗艳的时刻，却要提前凋谢。

婆婆去厨房走了一圈，然后再次来到小熙身边质问道："我说小熙，现在都几点了？已经四点多了你还不做饭？一会儿建成就要下班回家了！朵朵五点左右也会到家。可你呢，却在这坐着悠闲地赏花？"

之前总听儿子夸小熙有多贤惠，每天都会提前准备好饭菜等他回家。

儿子把小熙夸得那么完美，她这个做婆婆的就很少会来干涉他们的生活。

可是如今，她真的来了，却发现小熙并不像建成夸的那样。现在看来，她大小姐脾气倒是不小。

"你不做饭吗？"见她没有反应，婆婆又催了一遍。

婆婆的态度有些惹恼了尹沫熙。又想她生个儿子，又不知道心疼她。

尹沫熙猛地回头看了婆婆一眼，随后理直气壮地说道："妈，既然您都来了，那这顿晚饭就您做吧。"

"什么？你让我做？"

尹沫熙点点头："建成说您特别心疼我肚子里的孩子，建成总跟我说您要来照顾我。我这个人喜欢安静，不喜欢别人一直在我的屋子里来回走动，所以我都不请保姆。不过妈您既然好心想要照顾我，那我这个做儿媳妇的就领了您的这份心意。早饭就算了，您大早上来我家做早饭太辛苦了。午饭我也可以自己解决。那就晚饭好了。请您每天来家里帮忙做晚饭吧。"

尹沫熙早就决定要彻底解放自己，她已经不想再做个只会奉献的家庭主妇了。

"我……我……"

婆婆被尹沫熙这番话堵得不知该怎么回答才好。

自从儿子娶了小熙这个豪门千金后，亲家公就直接给了他们两套别墅还帮他们请了用人照顾他们的生活起居。

这七年来，小熙的婆婆都是被家里的用人照顾着，哪里还亲自下厨做过饭？

见她犹豫，尹沫熙横眉冷对婆婆，强势地问道："哦？妈，在我怀孕时您总说要照顾我，难道都是假的？别人家的婆婆可都是在儿媳妇怀孕时亲自照顾呢，您是不想做吗？"

第57章　基因好生的娃也好

吴建成的母亲被尹沫熙身上的强大气场所震慑。

她知道尹沫熙是千金大小姐，所以有大小姐脾气也正常。

可问题就是，小熙和建成结婚七年来，她对自己的态度从未如此强势过。

她这个豪门儿媳妇向来对她是毕恭毕敬的。

也因为如此，建成母亲在朋友面前各种炫耀，尹沫熙这七年来也的确是给足了她面子。

她一直像个好儿媳那样去做，那这个婆婆是否也该付出一些？

"妈，既然您不想做饭我也不为难您。等建成回来后我们去饭店吧。"

毕竟，出轨的人是吴建成，她何必迁怒于建成的母亲呢。

"你……"

建成母亲气得用手指了指尹沫熙，却也说不出什么来。

她不再念叨尹沫熙，而是转身回到客厅去看电视。

婆婆不在身边，尹沫熙觉得这个世界总算是安静了。

等了一会儿，吴建成终于开车回来了。

尹沫熙起身走过去，朵朵开了车门下车直奔她来。

"妈咪，妈咪，我今天在幼儿园表现超级好的，还在朗诵大赛拿了一等奖呢。"

朵朵美滋滋地将保存好的奖状递给尹沫熙，小熙打开看了看，的确是一等奖。

自己的女儿有多优秀她是清楚的，而且朵朵从小就被尹沫熙教育得很好。

尹沫熙蹲下身子抱着朵朵亲了又亲，夸奖道："我们家朵朵真是超级棒呢。既然朵朵在朗诵大赛拿了一等奖，我们今晚就出去吃大餐，好好庆祝一下好不好？"

朵朵点点头，想了想认真地问道："妈咪，我想吃汉堡可以吗？"

"汉堡啊，当然可以啊。"

小熙牵着朵朵的手，吴建成下车后径直走到小熙身边轻轻地拥住她，凑在她耳边小声耳语着："汉堡包？你也会允许我们和孩子去吃快餐？"

尹沫熙无所谓地耸耸肩膀，说："小孩子不能管得太严了，汉堡而已，偶尔吃吃也没什么，她想吃就去吃吧。你上网搜搜哪家西餐厅的汉堡比较好吃，我去楼上换个衣服。"

尹沫熙牵着朵朵往屋内走，走了几步想到什么又突然回身说道："对了老公，妈来了，她看起来好像不太高兴，你哄哄吧。"

说完，尹沫熙继续牵着朵朵的手往里走。

她那个蛮不讲理的婆婆，还是交给吴建成自己去解决吧。

楼下客厅内，趁着小熙换衣服，吴建成坐在母亲身边低声问道："妈，你怎么又来了？"

"我怎么不能来了？我是你妈，是小熙的婆婆，是朵朵的奶奶，你说我凭什么不能来？倒是你，你不觉得你媳妇最近越来越奇怪吗？"

"奇怪？妈，你又找小熙的麻烦了？"

吴建成有些头大地敲了敲自己的头。

都说婆媳关系很难处理，吴建成结婚这七年来并没有这种感觉。

毕竟小熙将这种关系处理得很好，可是最近一段时间，母亲越发爱抱怨小熙了。

“我找她麻烦？”

一听这话，小熙的婆婆眉毛一挑，满脸不屑地说道："我敢找大小姐的麻烦吗？是她找我麻烦还差不多！你知道她今天跟我说什么吗？她让我给她做饭！我来的时候都四点多了，她一个人坐在花园里悠然地赏花，我去厨房一看，好家伙，一个菜都没做。"

小熙婆婆拉着自己的儿子说个不停，她被小熙刚刚的表现惊得回不过神来。

那个眼神，那个语气，那个态度，她还是那个万事隐忍乖巧懂事的好儿媳吗？

“我只是问了她几句，她却说别人家的婆婆对儿媳怎样，让我也照顾她。还说早饭太辛苦，午饭她自己解决，让我天天晚上来做个晚饭就好。你媳妇是不是疯了？"

一个人，怎么会前前后后变化这么大？

吴建成和母亲对视一眼，看着母亲如此严肃的模样，她应该不是在说谎。

这的确不像小熙，小熙对长辈很少会说这样的话。

见儿子在沉思，她小声问道："怎样？我没说错吧，你仔细想想，最近她是不是很反常？"

这一点吴建成并不否认，可是……

“妈，好了，你体谅一下小熙。怀二胎那么容易吗？她多辛苦啊，你就多疼爱一下你这个儿媳妇不行吗？上一次还是你跟我说，无论小熙要求什么都要答应她。"

建成的妈妈被噎得说不出话来。

她是这样说过没错。可是这丫头是真的太反常了。

两人还在窃窃私语，尹沫熙却已经牵着朵朵下了楼。

显然尹沫熙是精心打扮过自己的，而且还是和女儿朵朵穿了亲子装。

“爹地爹地，我和妈咪好看吗？"朵朵在原地转了一圈，尽情地展示着自己的小粉裙。

朵朵一身亮粉色的小短裙在她那双水灵灵大眼睛的衬托下显得更加灵动动人。

吴建成笑容宠溺地点着头："好看，我的朵朵怎么穿都好看。"

朵朵又指了指身边的尹沫熙，说："那妈咪呢？妈咪很少穿粉色哎。"

尹沫熙的衣服多半都是黑白两色为主，偶尔会穿蓝色，但是粉色和红色这种颜色她轻易不会去尝试的。

身上这件粉色亮片裙还是因为朵朵喜欢粉色，她为了和女儿搭配亲子装才肯买的。今天还是第一次穿。

吴建成和婆婆齐齐抬眸看去，吴建成眼中的惊喜一闪而过，嘴角不自觉地微微翘起。

小熙她这个年纪穿粉色竟然如此的好看，这身长裙的圆领设计和不修身的设计反而多了少女的味道，再加上像浪花一样的荷叶边设计，既有质感又有情调。

婆婆承认尹沫熙的确是美，有这样强大的基因做保障，生出来的孙子一定是个小帅哥吧。

"走了朵朵，我们去车上等。"

婆婆牵着朵朵的手向外走去，吴建成立刻起身走到尹沫熙身边，他的眼中燃烧着无尽的柔情，他低头在尹沫熙的耳边轻声道："小熙，若不是你现在怀着孩子，我真想直接把你吃光抹净。"

看着如此粉嫩的尹沫熙，吴建成找到了和她开始恋爱时的感觉。

第58章　餐厅偶遇

临出发前，吴建成有个重要文件需要处理，小熙只能先带着朵朵去餐厅。

她匆匆走出别墅，敲了敲车窗喊道："妈，带着朵朵下来吧。"

老太太打开车门和朵朵下了车，她看吴建成还没有出来，有些不解地问道："建成呢？不是一起去吗？"

"建成处理好文件再去，我们打车去就好了。"

尹沫熙带着婆婆和朵朵在路边叫了一辆出租车，上了车后，婆婆忍不住又埋怨了几句："你说你也真是的，你看看那些有钱人家是怎么生活的吧。谁家里不是有几个用人和司机的，你开不了车可以叫司机开车送我们去啊。这可倒好，你看你家里，司机司机没有，保姆用人也没有。连钟点工都不请一个。"

尹沫熙没有回应婆婆的唠叨，可能年纪大的人就是如此，凡事都要说个几句。

眼看老太太又要念叨个不停，好在朵朵急中生智立刻说道："奶奶，我不喜欢家里那么多陌生人在嘛。我不喜欢嘛。"

老太太看着自己的孙女，对这个古灵精怪的小丫头很是没辙。

好在从这里到餐厅的路程并不是很远，十多分钟的车程就到了。

吴建成之前就订好了位置，尹沫熙牵着朵朵和婆婆进入了餐厅。

三人刚在窗户边的位置上坐下来，身后就传来一个熟悉的声音："小熙，你也来这里吃饭？"

尹沫熙无奈地笑笑，这个声音她已经很熟悉了。

不过这未免也太巧了吧，为什么每次都能和沐云帆碰见？

真的是有缘分吗？

今天尹沫熙可真的是改变很多，穿衣风格不再是之前单调的白灰黑，而是这种粉嫩嫩的亮粉色。

沐云帆眼里带着笑意，却是真诚地赞美道："你穿这身还真是挺合适的。你自己不说年龄的话，谁也不会相信你是三十岁的女人。"

尹沫熙冲着他翻了个白眼。

她长得还挺好看的，只是不愿意把自己打扮得那么妖艳而已。

她是她，她又不是欧雅妍。

每个人都有自己的风格，她之所以会改变也是为了配合朵朵。

朵朵很喜欢沐云帆，立刻朝他招招手说："叔叔，云帆叔叔。我的裙子和妈咪的裙子是一样的颜色呢。"

朵朵指了指身上的裙子，云帆温柔地笑着点头："是啊，朵朵和妈咪一样漂亮呢。"

吴建成不在，他们三个倒像是一家人似的。

老太太就是看沐云帆不爽，她咳嗽几声，说话很不礼貌："大摄影师是约了人吧，总在我们这边聊天不太好。"

沐云帆看了老太太一眼，他并不计较老太太对他的态度。

他只是冲老太太礼貌性地点点头，随后无视她，直接看向尹沫熙："知道我今晚约了谁在这吃饭吗？冷轩啊！他稍后就到，不介意我们和你们一桌吧？"

第59章　你是想打我吗

尹沫熙没想到今天来餐厅吃饭会遇见云帆和冷轩，她不太想对着吴建成装恩爱夫妻。

若是和冷轩还有云帆一桌，气氛应该会好一些的吧。

尹沫熙没有反对，点头同意道："好啊，大家一起更热闹一些。"

朵朵出生时冷轩早就在美国了，正好借着今天这个机会让朵朵和冷轩熟悉一下。

对于尹沫熙来说，韩冷轩一直是家人，像是她哥哥一般的存在。所以小熙希望女儿朵朵也能够喜欢冷轩。

老太太听到这个回答很是意外，今天是他们家庭外出吃饭的日子。

一家人，朵朵，她儿子和儿媳妇一起用餐，这样不好吗？为何偏偏要加两个陌生人进来？

老太太立刻脱口而出："不好，我们一家人难得聚在一起。"

老太太一直在反对，不过她的反对似乎毫无作用。

沐云帆还是在这一桌坐了下来。几分钟后，韩冷轩也走进了这家西餐厅。

沐云帆立刻朝他招招手："冷轩，这里。"

冷轩朝沐云帆这边走来，当他走进一看，才发现原来小熙也在这里。

"小熙，你也在。"

尹沫熙笑了笑，随后抱过自己的女儿柔声说道："来朵朵，这是你冷轩叔叔，是妈咪最亲近的朋友。"

尹沫熙不过是实话实说，可这番话在老太太听来却是另一种感觉。之前看不出来，想不到她儿媳妇很有能力啊，结交的朋友竟然都是帅哥。

"冷轩叔叔你好，我是朵朵。"

朵朵一点也不认生，对着冷轩礼貌地点着头问好。

冷轩看到朵朵第一眼就喜欢得很，这样可爱单纯的小女孩有谁会不喜欢呢？

因为她是小熙的女儿，韩冷轩对她更是多了几分宠爱。

如果当年小熙没有遇见吴建成，如果当初和小熙结婚的人是他……那他和小熙的孩子也会像朵朵这么大了吧。

吴建成终于赶到了西餐厅。可是当他看到这一桌突然冒出来的两位不速之客时，有点惊讶。

为什么他总觉得韩冷轩阴魂不散呢？

更可笑的是，最近小熙和云帆偶遇的概率未免太高了吧？

"想不到会这么巧，吃个饭也能碰见两位。"

尹沫熙柔声笑着开口道："老公，今天真是好巧，看来你和云帆真的很有缘分。对了老公，忘了告诉你，冷轩和云帆在美国的时候就相熟了。他们两个是好朋友。今天大家好不容易一起遇见，就一起吃顿饭吧。"

尹沫熙对吴建成眨眨眸子，他一对上尹沫熙那双无辜的双眸，气势立马弱了下来，音量也跟着柔了几分："既然小熙想大家坐在一起吃顿饭，那今天就我请客好了。"

这一次，吴建成表现得还算大度，没有当面计较小熙和韩冷轩的关系。

小熙帮大家点了吃的，她似乎对在座的每个人都很了解。

食物上来后，韩冷轩看着自己的这份牛排套餐，嘴角不禁勾起一抹笑意："小熙，你还记得我爱吃西冷牛排，还记得我不爱吃黑胡椒酱只喜欢吃蘑菇酱？"

没错，小熙的确记得。

有些事情已经熟悉到成了习惯，她又怎么会忘？

小熙没有多说什么，只是回以韩冷轩一个温暖的笑容。

就是这个笑容让韩冷轩觉得，自己默默付出这些年不求回报，也是值得的。

沐云帆看到自己的那份套餐时也很惊讶地问："你怎么知道我想吃鸭肉套餐？"

小熙笑容更深，她指了指沐云帆的那双眼睛。

"我点餐时，你的这双眼睛一直停留在鸭肉套餐上，我想你应该很想吃这个。"

她的观察力的确很强，确切地说，是她一直都这样贴心，默默地记住身边每个人的不同喜好。

韩冷轩清楚，小熙就是这样，一直默默地照顾到每个人的感受。

可是吴建成却很是不爽，他有些吃醋。还以为小熙的那些小贴心只是属于他自己的，想不到她对韩冷轩和沐云帆也是如此上心？

婆婆更是看不惯了，忍不住小声嘀咕了一句："成何体统。"

婆婆说话的声音虽小，可这四个字却清晰地传进了每个人的耳中。

吴建成立刻扭头看了自己母亲一眼，韩冷轩和沐云帆却当作什么都没发生似的。

三个男人同时将视线投向尹沫熙，她只是安静地坐在那里用餐，仿佛什么都没听见，又仿佛什么都没发生过似的。

韩冷轩看着心塞，小熙这七年就是这么过来的吗？

忍受丈夫的出轨，还要忍受婆婆的刻意刁难？

韩冷轩觉得胸口闷得慌，他起身说道："我去一趟洗手间。"

他刚走，吴建成也起身道："我也去一趟洗手间。"

看着吴建成也去了洗手间，尹沫熙看了沐云帆一眼："你呢？不去洗手间吗？"

沐云帆呵呵一笑摇着头："我不去。"

洗手间内，韩冷轩刚走到洗手池边，吴建成就跟着走了进来。

"韩冷轩，你什么意思？"

吴建成冷漠地质问着韩冷轩，韩冷轩心里的怒火瞬间被激起，可他却还是保持冷静，淡漠地说道："如果你还是个男人，就守护好小熙，别让她看你母亲脸色生活。"

"什么？你有什么资格过问我家里的事？当年小熙选的人是我不是你。我告诉你韩冷轩，你少缠着尹沫熙。"

吴建成已经紧了紧垂在身体两侧的双拳。

韩冷轩面无波澜地盯着吴建成，声音淡如风："我就守着小熙了怎么着？你是想打我吗？"

话音未落，吴建成已经冲上来揪住了他的衣领……

第60章　我让你放手

吴建成已经忍无可忍，当年韩冷轩一走了之，他以为这些年过去，就算重新出现在小熙面前，也掀不起什么风浪。

可是如今，看着他和小熙之间的温情互动，他心里的醋劲渐渐发酵。

他在乎，在乎得不得了。

他的女人，眼中应该只有他一个男人才是。

吴建成一直都清楚自己的老婆有多迷人，又有多么魅惑人心，只是因为小熙这七年为了家庭、为了自己敛去所有光芒，甘愿做他身后的女人，一直在家里相夫教子。

因为很少参与各种活动，所以小熙的朋友圈一直都很窄，只有小雪和几个大学同学和她有联系。

吴建成也清楚自己占有欲太强，他喜欢小熙继续过之前那种生活。

即便对方不是韩冷轩，换成沐云帆他也不能忍受。

"我最后警告你，离小熙远远的。你在美国待了七年，为什么要回来？为何不滚回美国继续做你的医生？"

吴建成情绪激动，没人清楚他此刻内心有多焦躁。

韩冷轩一直是个劲敌，他和小熙从小一起长大，陪着小熙度过了整个童年时光和青春期。吴建成是羡慕他的。

即便小熙现在是自己的女人，可吴建成还是觉得，他和小熙之间的感情远没有小熙和冷轩之间的感情深刻。

韩冷轩没有反应，他看着吴建成的眼睛，异常冷静地说道："放尊重点，看在你是小熙丈夫的份上我不跟你动手！我从今以后就留在国内，我就想在国内做医生，怎么？我是去是留还要经过你的允许吗？"

两人剑拔弩张彼此怒视着对方，空气仿佛凝固了一样。

都说君子动口不动手，可是在吴建成的几次挑衅之下韩冷轩也已经到达了忍耐极限。

他眉间轻轻蹙起，面上是恼怒的表情，可细细看去，那双眸子里自始至终都没有兴起半分波澜，黑暗得像是一只豹子。

"给我松手。"韩冷轩声音冷冷地命令着吴建成。

一场战争一触即发，吴建成早就看他不爽，他伸手直接就是一拳打在了韩冷轩的脸上。

即便韩冷轩已经到了忍耐极限，可他却还是忍着没有出手。谁会想到吴建成反倒打了他？

韩冷轩依旧冷冷地瞪着他："我让你放手。"

"呵呵，放手？"说着，又是一拳砸在了韩冷轩的脸上，他的嘴角渗出丝丝血迹。

这两拳，看得出吴建成是憋足了劲儿的。

"是你先动手的。"韩冷轩轻蔑地笑着，笑容中裹着令人阴冷的寒气。

吴建成并未在意，然而下一秒，韩冷轩反手揪起吴建成的衣领，右拳直接向吴建成那张俊脸袭去，一下又一下，打得吴建成有些懵了。

此时此刻，餐厅内的尹沫熙看似很平静，可她一直在看着手表上的时间。

韩冷轩和吴建成去洗手间已十多分钟，这肯定有问题。

冷轩和建成的关系，怎么看也不像是在一起推心置腹聊天的人。

难道……

尹沫熙隐约察觉到一丝不对劲。她再次看向沐云帆轻声问了一句："你不去洗手间吗？"

沐云帆被她问得莫名其妙的，她为什么这么关心他去不去洗手间？

因为一会儿要开车送冷轩回医院，他甚至都没有喝酒。

沐云帆很肯定地点点头："谢谢你的关心，不过我真的不想去洗手间。"

尹沫熙很是无奈，沐云帆并不知情，他不知道小熙就是韩冷轩一直深爱的女人。冷轩和建成从上学时起就是情敌了，情敌见面会有什么好事？

时间一分一秒地过去，又过了五分钟，两人还是没有回来。

这一次，尹沫熙用手肘碰了下沐云帆的胳膊，态度肯定地要求他："你要去洗手间，看看他们两个怎么去了那么久。"

沐云帆还是不明白小熙什么意思，不过她此刻的目光太过严肃。

难道冷轩和吴建成之间会有什么事情？

沐云帆觉得不太可能，可是小熙如此肯定地要求他去，他也只好起身去了。

不去不知道，一进入洗手间他顿时被眼前的一幕惊着了。

一向斯文绅士的韩冷轩，竟然和大总裁吴建成打成了一团？

吴建成一记前踢将韩冷轩重重踢倒在地，而韩冷轩也不肯吃亏，他一记反击横踢，如雷霆般踢在他的腰上。

两人伤得不轻，脸上也都挂了彩。

眼看两人又要打在一起，沐云帆立刻冲上去将两人拉开。

"你们两个疯了是不是？这是公共场所，你们两个竟然在洗手间打架？"

沐云帆的介入，总算让两人稍微冷静下来。

好在这个时间洗手间一直没有人，否则，若是有人看到这一幕，那么事情就会变得相当的麻烦。

韩冷轩在洗手池前将脸上的血迹洗掉，可是伤口不浅，还是能看出他们打架的痕迹。

两人在沐云帆的劝说下终于回到了餐桌。

刚一落座，就被眼尖的婆婆发现异常。

"我说建成啊，你嘴角的伤怎么搞的？还有你额头这地方，怎么破了？"

婆婆凑过去仔细瞧了瞧，没错，他儿子是真的受了伤。

刚刚还好好的，怎么去了一趟洗手间……

显然，婆婆猜到了什么，她立刻靠近韩冷轩，在他脸上仔细地查找了一番。

冷轩脸上的伤也不少。

"你打我儿子了？"

婆婆气得浑身颤抖，不分青红皂白扬起手臂就甩了韩冷轩一个耳光。

"你连我儿子都敢打？你不知道他是什么身份吗？"

老太太特别宠爱自己的儿子，尤其是这大儿子她可是当成宝贝一样溺爱着。

这边的骚乱很快引起别人的注意，其他人的视线纷纷聚焦在这边。

尹沫熙眸光微微泛冷，她没想到婆婆会如此不可理喻。

吴建成也很是头疼，这事本就复杂，母亲再掺和进来更没法解决了。

朵朵被奶奶凶凶的样子吓到了，扑进沐云帆的怀中小声地抽泣着。

尹沫熙实在忍无可忍，拍了拍桌角却还是压低声音提醒着婆婆："妈，事情到底怎样你都没有弄清楚，就先动手打人？还有，我之前跟你说过，你的一言一行直接影响着朵朵啊。你怎么能当着小孩子的面动手打人？你看把朵朵吓的。"

第61章　她是孕妇她怕谁

被尹沫熙当面指责，这让老太太很没有面子。

大庭广众之下，其他人都在看着这一出好戏。

沐云帆为了不影响朵朵，只好起身抱着她去外面走走。

孩子离开后，婆婆虽然也极力克制自己的怒火，却还是忍不住用手指着尹沫熙责怪道："我告诉你尹沫熙，你是我们吴家的儿媳。你现在却向着一个外人说话？怎么？你和这个男人有什么特殊关系吗？这种情况下，你老公被打了！你理应帮你老公才是。"

在老太太看来，儿子被打，那就肯定是韩冷轩的错。

尹沫熙知道，自己的婆婆一向蛮不讲理。和一个不讲理的人，又有什么理可讲呢？

尹沫熙没有理会自己的婆婆，转身坐到了韩冷轩身边，问道："伤到哪里了？重不重？"

小熙的反应的确让吴建成有些寒心，老太太瞧了儿子一眼，她隐隐从儿子眼中瞧到了一丝稍纵即逝的寒意。

尹沫熙真是越来越过分。

婆婆挑了挑眉，音量跟着高了几分："尹沫熙，你老公也受伤了你难道看不见吗？你不去看看你老公怎样却反倒关心起这个男人了？"

婆婆是真的太聒噪了，尹沫熙眼神骤然一冷，随后冷声警告着自己的婆婆："我尊重您是我婆婆不想计较什么。这里是公共场合，如果您想让所有人都知道您儿子和冷轩在洗手间打了一架，我现在可以去借个大喇叭给您，或者给您安排个发布会之类的。"

她的强势，这一次吴建成果然是见识了。

尹沫熙向餐厅经理要了几个创可贴，耐心地帮韩冷轩贴在受伤的眉眼处，韩冷轩不想她为难，他柔声道："小熙，我没事的，别忘了我可是个医生。"

尹沫熙帮韩冷轩贴上创可贴后，看了一眼身侧的吴建成，他脸上的伤的确也不少。

尹沫熙打心眼里不想再管这个男人，可她是个高情商的女人，此刻若是真的置之不理，对她和吴建成都没有半点好处。毕竟，餐厅内还有那么多人在看着这边。

尹沫熙无奈，只好侧过身子伸出双手固定住吴建成的脑袋，让他的脸转过来直视自己。

"别动，我帮你弄。"

简短的几句话，有些冷漠却又很是霸道。

吴建成果真一动不动就坐在那里，看着尹沫熙撕开创可贴的外包装，然后将创可贴轻柔地贴在他受伤的嘴角处。

他就那样一眨不眨地盯着眼前的这个女人。

她从容淡定，无论母亲用怎样恶毒的言语侮辱她，她依旧如此的平静，仿佛那些事情和她没有什么关系。

为什么？

小熙是不在乎，还是和韩冷轩真的没有什么关系？

尹沫熙贴了最后一个创可贴，随后收回身子在自己的位置上坐好："好了，大家继续用餐吧。"

尹沫熙低头继续吃着盘子里的牛排，趁着她还没有接受治疗前，她想好好吃点东西。

婆婆被气得不轻，发生这种事情，她怎么能像没事人似的坐在那里？

很快，沐云帆抱着朵朵回到了餐厅内。

朵朵已经不哭了，她还想着她盘子里的汉堡和薯条呢。

尹沫熙从沐云帆怀中接过朵朵，一边喂她吃东西，一边笑着感激道："今天多亏你在这里，真是帮了大忙。"

大家谁都没有说话，表面看似风平浪静，可谁都清楚，这是风雨欲来的假象。

果然，老太太没忍住还是开口了："我今天来找你主要是有一件事情要跟你说。正好建成也在，你为了肚子里的孩子着想，明天起就不用去公司上班了。副总的职位让建成重新安排个人。你就安心在家里养胎就好。"

婆婆还是如此自私地替她做了决定。

尹沫熙实在无法忍受婆婆的这些老套思想，她摇摇头，眉眼间带着几许冷清，很是坚定地坚持着："妈，我自己的事情我自己能够解决，我拜托您不要再干涉我的生活。我怀孕还不到一个月，就算公司的孕妇休产假也是后几个月才回家休养。为什么我不能去上班？"

她好不容易争取来的机会，又要听从婆婆的安排，要学着去做一个乖乖听话的儿媳妇吗？这些年她丢失的东西还少吗？

"你不知道前三个月要格外小心吗？你这二胎来得多不容易，你要是伤到了我的宝贝孙子，你要是让我宝贝孙子有个什么三长两短，你赔得起吗你！"

只要说到孩子，尤其是说到二胎孙子的话题，老太太就会变得格外激动，情绪也很极端。

尹沫熙被激怒了，她瞪着老太太沉声质问："我赔得起吗？是你的宝贝孙子没错，可那也是我儿子！是我的孩子，是从我的身体里出来，是我身上掉下来的肉！我的孩子，为什么要您来做主？"

尹沫熙就好像是被困在笼子里压抑了好久的野兽，此刻正挥舞着爪牙，若是有人进攻，只怕她下一秒就会撕破笼子冲出来奋起反击。

婆媳大战正式开始，之前彼此还忍让着对方，可是这一次，在孩子问题上两人不肯退让半步。

尹沫熙觉得好累，和婆婆继续吵下去只会让自己更加可笑。

可是怎样才能终结这次争吵？婆婆本就是个得理不饶人的主。

尹沫熙忽然想到了自己的身份，她是孕妇啊，没错，她是孕妇她怕谁？

尹沫熙忽然捂着自己的肚子，整张小脸扭曲在一起，身子还微微地颤抖个不停。

吴建成见状吓得不轻立刻问道："小熙你怎么了？"

尹沫熙喘着粗气说道：“我肚子好难受，好难受。”

这一句话也吓坏了老太太，她急得立刻起身，抓着韩冷轩的胳膊就喊道：“你还愣着做什么，你不是医生吗？你快看看小熙怎么了，该不会是孩子保不住了吧。”

小熙的演技略微有些浮夸，还在喝水的沐云帆差点将水一口喷了出来。

她这个女人，还真是够搞笑的！

第62章　哪里冒出来的帅哥

沐云帆看得出尹沫熙不过是在演戏而已，可是其他人却真的很紧张她。

尤其是老太太和吴建成，生怕肚子里的孩子有个什么三长两短。

而韩冷轩担心的是尹沫熙身体有问题。

吴建成立刻抱着小熙往外走，韩冷轩和老太太也急匆匆地跟了出去。

刚刚哄好的朵朵，见自己的妈咪这个样子急得直掉眼泪。

“云帆叔叔，我妈咪怎么了？是不是身体不舒服？”

沐云帆只好先哄着怀里的宝宝，“朵朵乖，没事的。妈咪只是去医院检查一下。”

沐云帆先是结了账，然后抱着朵朵离开了那家餐厅。

餐厅外早就不见小熙和冷轩他们的踪影，应该是直接开车去医院了吧。

沐云帆只是没想到，此时尹沫熙如此信任他，会将朵朵交给他来照顾。

“叔叔送你回家，我们回家等妈咪好不好？”

云帆一直抱着朵朵，小熙刚才表现得那么夸张，孩子肯定吓坏了。

朵朵低头想了想，随后扬起那张肉嘟嘟的小脸严肃地问道：“云帆叔叔，我回家的话，是不是会给妈咪减轻一些负担？如果我去医院的话，是不是会给妈咪添乱？”

沐云帆惊讶于朵朵小小年纪想问题会如此的谨慎全面。

云帆如实点头道：“是啊，你还小，去医院的话可能会感染病菌，反倒让自己生病。那到时候你妈咪还要照顾你，会更辛苦的对不对？”

朵朵点点头，随后请求道：“那好吧，云帆叔叔，那就麻烦你送我回家吧，我在家里等着妈咪。”

云帆宠溺地摸了摸孩子的头，朵朵这孩子是真的很好带，聪明懂事又善解人意。

当车子开回别墅时，朵朵指了指大门那边的方向说："云帆叔叔，那里好像有人。"

沐云帆立刻下车，抱着朵朵走近一瞧，尹沫熙家别墅大门外坐着一个女人。

一个衣着随意头发凌乱的女人？

她是谁？

沐云帆还未开口询问，朵朵就兴奋着喊道："小雪阿姨，你怎么来了？"

小雪眼睛红红的，听到朵朵的喊声，立刻抬眸看去。

谢天谢地，朵朵可算回来了。

可是……这男人是谁？

小雪仔细地打量着眼前的这个男人，英俊的面容，尊贵的气质，挺直的鼻梁，墨一般浓黑的眉毛，嘴唇薄且有型。

还是朵朵的那一声小雪阿姨让她回过神来。

"小雪阿姨，你是在等妈咪吗？"

小雪木然地点点头，双眸一直停留在沐云帆身上。

为什么这个男人会抱着朵朵？

他和小熙到底是什么关系？

小雪太了解小熙了，如果不是最信任的人，小熙才不会让他碰自己的宝贝女儿呢。

沐云帆完全搞不清楚，眼前这个邋里邋遢的女人到底是谁？

小雪尴尬地笑了笑，随后解释道："我是小熙从小一起长大的好闺蜜。最好的那种。"

小雪还额外解释了一下她和小熙之间的关系到底有多亲密。

沐云帆也自我介绍："我是吴总请来的摄影师，也是冷轩的朋友，所以和小熙也是好朋友。"

沐云帆只是在想，既然这个女人和小熙从小一起长大，那她一定也知道韩冷轩。

果然，小雪感叹地点点头，很是不可思议道："原来是这样啊，那你们还真是有缘呢。"

朵朵开了门，三个人进了别墅。

小雪在厨房的冰箱里找了点吃的，她和婆婆大吵一架，披头散发都没来得及收拾自己，实在委屈就直接跑来了小熙这里。

不过这种情况朵朵早就习以为常。

她无奈地点点头，随后还从冰箱内拿出一瓶果汁递给她："小雪阿姨，又和那位奶奶吵架了吗？你这样妈咪看到会心疼的。"

小雪苦涩地笑了笑，泪水在眼眶中打转，若不是因为帅哥在，她此刻怕是早就抱着朵朵哭个不停了。

……

市中心医院，小熙在病房，老太太和吴建成则守在病房外。

韩冷轩留在病房陪着她。

只是，冷轩一直板着一张脸，脸色很是难看。

"小熙，这种玩笑真的一点都不好笑，你快吓死我了你知道吗？"

小熙无奈地笑了笑，随后吐了吐舌头无辜地说道："你也看到了，我若是不弄这一出，我婆婆怕是要吵到整个餐厅都来围观我们。平时或许我会让着她，可是现在真的做不到。那些话太过刺耳，我不想再忍了，你知道吗？"

可实际上，她不是还在忍耐吗？

或许只有离婚那一天，她才能真的放飞自我，彻底地拥有自由吧。

见韩冷轩没有开口，小熙晃着他的衣角继续请求道："我只是想清静一下，若非如此啊，我婆婆怕是今晚都要缠着我的。我睡一会儿就回家去。让我安静一下嘛。"

婆婆连续两天，天天去找她的麻烦，尹沫熙只是需要一个独立的空间好好冷静一下。

虽然她知道，再怎样也不该装病来吓唬他们，可她真的不想再和婆婆继续争执下去。

韩冷轩轻叹出声，他紧握着小熙的双手有些心疼道："只是一个误会，你婆婆就如此咄咄逼人。你的病情和孩子的事情她早晚会知道的，我真不敢想，到时候你婆婆会闹到什么地步！"

第63章 私下调查

关于未来会怎样，尹沫熙没有想那么多。暂时，她只想守住自己能守得住的。或许一切都该顺其自然吧。

韩冷轩见尹沫熙疲惫地合上双眼，他只好起身离开。

哪怕只是短短两个小时的安静也好，尹沫熙只是需要一个地方自己一个人待一会儿。

病房外，吴建成和老太太见韩冷轩从病房出来，同时起身急切地问道："小熙没事吧？"

老太太更是担心肚子里的孩子："我那宝贝孙子没问题吧？"

韩冷轩摇摇头，语气相当的冷漠："小熙和孩子都无大碍，您应该清楚孕妇本就情绪多变，这种时候还是请您多多让着她。"

韩冷轩借此给老太太施压，若是她能因此对小熙好一些，不再找麻烦，或许小熙接下来这几个月会过得相对轻松一些。

冷轩离开后，老太太一直垂着脑袋，想到肚子里的孙子若是有个什么三长两短，她真的也不想活了。

他们吴家盼了这么久，就盼着这么个男娃娃。

吴建成见母亲如此失落自责，也不忍心再说出伤她的话。

吴建成起身透过门上的玻璃窗看了一眼病房内的小熙，她睡得很熟，吴建成不想吵醒她。

"妈，您先回家吧。朵朵你就不用担心了，云帆应该会帮忙照顾她，您还是先回家好了。"

吴建成担心一会儿小熙醒来后再见到母亲，情绪会更加激动。

老太太抬眼看了看自己的儿子，有些话她真的不吐不快，可是想想儿媳妇刚刚的激烈反应，医生都说了，孕妇本就敏感情绪多变。权当是为了她的宝贝孙子，算了，忍忍就忍忍吧。

老太太点点头，没说什么起身离去。

吴建成看着老太太有些落寞的背影，心里有些过意不去。

一边是自己的媳妇，一边是自己的母亲，这种选择就好像是那个最无聊的问题，当你的老婆和你的母亲同时掉进河里，你会去救谁？

虽然有些夸张，可是吴建成现在面对她们婆媳的紧张关系，感觉自己压力倍增。

或许小熙生下这一胎后，一切就会恢复正常。

吴建成没有回去，也没有进病房打扰小熙，他就那样端坐在走廊外的长椅上，静静地等待着小熙醒来。

虽然尹沫熙以装病这种极端的方式终结了那次争吵。不过他们在餐厅内互相指责对方的视频还是被人偷拍传到了网上。

欧雅妍和自己的母亲正蜗居在小公寓内，每天没有工作她都快闲疯了。正巧在网上看到了这个视频，她眼珠转了转，顿时有了想法。

苍蝇不叮无缝的鸡蛋，纵使尹沫熙万般强大，她还是能从别的地方攻进去。

欧雅妍从视频中看得出，尹沫熙的婆婆对她似乎有些意见。

还有餐桌这边多出来的这两个男人，一个是国际摄影师沐云帆，另一个英俊不凡的男人又是谁？

看起来他们和尹沫熙相处得还比较亲密的样子。

欧雅妍嘴角得意地翘起，这些都是尹沫熙的致命弱点。

只要找到一两点可以利用的条件，欧雅妍就能够用手段离间她和吴建成之间的感情。

因为欧雅妍相信，尹沫熙和吴建成之间的感情早就已经出现了裂痕。

那么完美的恩爱表现，无非是做做样子罢了。

欧雅妍立刻拿起手机打给公司的那位新人模特："倩倩，帮我个忙，你在公司帮我打探一下，看能不能查到吴总母亲家的地址。"

欧雅妍已经想到了完美的计划，先从吴建成的父母入手。

倩倩只是个新人，对于这种事情她似乎无能为力，倩倩有些为难地抓了抓头发说："雅妍姐，我肯定是想帮你的。就是，我只是个新人啊。那我尽力吧，我去试试看好吧？"

欧雅妍没有其他可以利用的人，她也只能寄希望于这个新人。

"好，拜托你了倩倩，日后好处少不了你的。"

挂了电话后，欧雅妍看着笔记本的屏幕发呆，食指一下一下地轻敲着桌面。

看来她必须要对这个老太太做个全面的调查了。

如此想着，欧雅妍立刻去衣柜里翻了翻。

好在名牌包包还挺多的。

她母亲见她又要卖包，有些心疼地拦住她："别卖了，我们现在唯一值钱的就是这些限量版的名牌包包了！你要是都卖光了我们可真是赔死了。关键，你这样做最后真的能成功吗？"

欧雅妍的母亲很是佩服女儿的勇气，怀着别的男人的孩子，却敢接近吴总，还妄想替代正室成为吴家的女主人。这可能吗？

虽然母亲半信半疑，可是欧雅妍对自己倒是深信不疑，她要身段有身段，要脸蛋有脸蛋的。她比尹沫熙也没差在哪里。

欧雅妍相当坚定地告诉她："我自有计划，您就放心好了。那些被收回的别墅和车子，最后还会回到我手里，而且会越来越多。"

为了尹沫熙的所有家产，她卖几个名牌包包而已，有什么舍不得呢？

欧雅妍没有理会母亲的劝告，出门去了附近的名品店，卖了两个包包后她又通过别人的介绍，找到一个人脉极广、消息灵通的私人调查员。

"帮我调查一下这个女人，她多大的年纪，什么学历，包括她每天固定的时间都在哪里做些什么，有没有什么兴趣爱好，越详细越好。"

欧雅妍将视频中老太太的照片打印出来，直接交给了调查员。

那个男人拿着照片看了很久，对此很是不能理解，来他这里要求调查的，一般都是出轨对象或者是失踪家人。

可这个外表光鲜亮丽的女人，却要他调查一个老太太？

"你失散的家人？"

欧雅妍摇摇头说："你不用问那么多，这是订金，事成之后会给你更多。"

欧雅妍将一沓现金递了过去，见她出手如此大方，那个男人满意地笑了笑："放心，一个星期后会给你想要的答案。"

一个星期，对于欧雅妍来说有些久了。不过要想进入吴家，她也必须付出点耐心。

第64章　你今晚真的让我很失望

尹沫熙醒来时已经是晚上九点多了，她看了一眼自己的手机，沐云帆给她发了一条短信，告诉她不要担心朵朵，他已经将朵朵送回家并且由她的朋友小雪帮忙照顾着。

沐云帆也想等到小熙回来再走，可是想想若是吴建成看到自己一直留在这里，只怕到时候又要惹什么麻烦。

况且时间不早了，所以沐云帆就先离开了尹沫熙家。

"小雪？难道又和婆婆吵架了？"尹沫熙想到小雪时，第一想到的就是那丫头又受了什么委屈。

她的婚姻不太平，小雪的婚姻同样受尽折磨。

尹沫熙立刻起身走出了病房。

她今晚是不会在医院住院的，趁着还没有接受治疗前，她想尽可能地回到家里守着自己的宝贝女儿。

毕竟她能留给女儿的时间应该也不是很多了。

尹沫熙朝电梯方向走去，守在病房外的吴建成立刻站起身来叫住了她："小熙。"

尹沫熙回头看了一眼，还算他有良心知道守在病房外等她醒来。

尹沫熙点点头只是简单地说了一句："回家吧，朵朵等着呢。"

没有生气也没有其他的情绪，这样的反应反倒让吴建成心里不踏实。

他跟在小熙身后，尹沫熙径直上了吴建成的车子，她没有其他想法，只想尽快回到家里抱着朵朵再睡一觉。

吴建成缓缓启动车子后，试图打破这安静的气氛。

"身体有没有哪里觉得不舒服？"

尹沫熙摇摇头："还好，并没有觉得哪里不舒服。"

回答了这句话后，尹沫熙继续陷入沉默中。她只是不想说话，也觉得和吴建成之间没有什么话题可聊。

车内的气氛冷到极点，直到车子开进了别墅，吴建成并不急着下车而是转身严肃地看向尹沫熙："小熙，我们谈谈吧。"

他必须和小熙谈谈，有些事情不说清楚他觉得心里不痛快。

尹沫熙虽然无心应对吴建成，可在这里谈清楚，总比进到家里大吵大闹要好得多吧。

朵朵在家，更何况小雪今天也来家里过夜。小熙不想吓到她们。

尹沫熙深吸一口气，随后点头道："好吧，既然你要在这里谈，我们就把话说清楚。但有一点，一会儿进去后不许当着孩子的面发脾气，不许当着孩子的面和我吵架。"

"好，我也不想吓到朵朵。"

两人在这方面达成了共识，彼此也都能克制住自己的情绪。

很快，吴建成进入了正题："小熙，你和别的男人走得那么亲近，我真的很在意这件事情。我是你的老公，你的家人，你的亲人，你这辈子最信赖的人，不是吗？"

原来他在吃醋，而且吃了一晚上的醋？

尹沫熙不解地看着他，漂亮的黑眸微微眯起。

吴建成为什么会吃醋？因为还爱着自己？那他和欧雅妍又到底是怎么回事？

还是说天底下的男人都是一个德行？吃着碗里瞧着锅里的？两个都不想放弃吗？

尹沫熙疲惫地垂了垂眼睑，她不想跟他谈这个话题。这个话题本身就不公平。

见她逃避，吴建成有些火大："想逃避现实吗？还是说你看到韩冷轩后又旧情复燃了？你想离开我，想和他在一起是吗？"

吴建成真的是莫名其妙，尹沫熙没想到他会说出这样的话来。

尹沫熙心中燃烧着层层恨意，一双清冷如冰凌般的眼睛突然扫向了吴建成。

她冷着嗓子问道："旧情复燃？什么叫旧情复燃？我当初选择的是谁，难道你不清楚吗？结婚七年了，你现在跟我说这个？吴建成，为什么你要让我对你如此失望！我给你生了一个女儿，现在肚子里又怀着一个，而你却在这里质疑我和冷轩有私情？你难道不知道我和冷轩从小一起长大，你难道不知道我们两家处得就像一家人，你难道不知道冷轩对于我来说就像是我哥哥，就是我的亲人吗？"

尹沫熙的连续质问，硬生生地将吴建成想说的话全都堵了回去。

她不能接受，不能接受一个对爱情婚姻不忠，对她出轨的男人却要理直气壮地质疑她对感情的忠贞？

这简直就是天底下最可笑的事情!

"你说你在意?你在意我和冷轩走得亲近?那你呢?你每天在公司接触多少女员工?你每天生意上的往来要见多少女客户?还有,公司里有多少漂亮性感的女艺人可以和你直接接触?难道我不在意?难道我不在乎吗?那是不是因为我的在乎,你就可以直接隔离这些女员工?吴建成,我难道没有给你最基本的尊重和自由吗?结婚七年,我没查过你的手机没查过你的邮件,甚至都没有查过你的电脑!包括你和欧雅妍传绯闻,我有过像你这样的态度吗?"

兜兜转转,尹沫熙还是把话题绕到了欧雅妍身上。

吴建成似乎永远都避不开这个话题,避不开这个女人。

而尹沫熙说到欧雅妍时,他永远都在理亏心虚。

他有些无奈地纠正尹沫熙:"小熙,那件事情不是过去了吗?我们不是说好了不再提欧雅妍的事情。我将她完全封杀这样的结果你还不满意吗?我在和你说今晚的事情,说的是韩冷轩,为什么你要扯上欧雅妍?为什么在我和韩冷轩同时受伤的情况下,你只关心韩冷轩?你只信任韩冷轩?"

这才是让吴建成真正觉得伤心的事情。

看着自己的女人无条件地站在了韩冷轩那一边,他怎会不寒心?

尹沫熙本不想谈起这件事情,既然吴建成咄咄相逼,她只好如实回答:"因为我知道,我知道是你先动的手。吴建成,你今晚是真的让我很失望,你很幼稚你知道吗?"

尹沫熙太了解吴建成了,结婚七年,她敢肯定,这个世界上找不出第二个人比她还了解吴建成。就连吴建成的父母都没有这般了解他。

吴建成微微一怔,他被尹沫熙那坚定的态度惊住了。她那般肯定那般确定,不允许他对此有任何反驳和质疑。

为什么她就确定一定是他先动的手?

第65章　生不出孩子怪我吗

尹沫熙一眼就看穿吴建成的心思,她淡笑着继续说道:"你心里在想,为什么我就一定肯定是你先动的手?因为我了解你,我太了解你了,建成。你刚进入餐厅时就摆出一张黑脸，不过因为在公众场合所以你一直在克制自己的情绪。后来点菜时，我帮云帆和冷轩点了他们想吃的。你看我和冷轩感情不错，你实在受不了就去洗手间和韩冷轩谈话。"

尹沫熙猜得一点都没错，竟然全中。

吴建成的确无话可说，也不得不承认，小熙是真的太了解他了。

小熙如此懂他，反观他呢，对小熙的态度实在是让人心寒。

吴建成沉着脸若有所思地想着什么，片刻他点点头说："所以，沐云帆那个时候出现在洗手间，也是你让他去的。"

吴建成现在总算反应过来，一直是小熙在想办法处理这些麻烦事。

若是当时沐云帆没有在那个时候出现，他和韩冷轩打架的事情会怎样？可能会被媒体曝光吧。

而他的身份，一旦曝光事情总会变得特别的复杂。

尹沫熙也不否认，大大方方地点头承认："是，你们两个去洗手间去了十五分钟。不可能是你们两个身体都有问题吧？我猜到你会控制不住你的情绪去找麻烦。我先关心冷轩，也是因为婆婆不分青红皂白就在众目睽睽之下给了冷轩一个巴掌，你们真的很过分，你知道吗？"

尹沫熙顿了顿，深不见底的眼眸幽幽地望着吴建成，委屈且倔强地说道："建成，谁都有自己的朋友和交际圈。夫妻之间的尊重应该是平等的。你不能要求我和冷轩还有云帆断绝关系，可你却还是留着欧雅妍在公司。我身边就这两个男性朋友，你身边有多少女人？你每天生活中又会接触多少女人？你不能这样要求我，这对我不公平，你知道吗？"

纤细的五指倏然抓紧了衣角的褶皱，胸口微微起伏了几下，看得出她情绪有些激动。

这对她的确不公平。

吴建成低头陷入了沉默。

两人如此交谈，倒是让吴建成发现自己身上更多的不足。作为一个丈夫，他显然并不合格。可他之前却觉得他做得还不错，最起码在物质上他觉得自己已经满足了小熙。

如此这般，他心里更是愧疚。

"对不起小熙，这一次是我错了。"他是真诚认错，却绝口不提欧雅妍的事情，即便是尹沫熙故意引出这个话题，质问他为何还要将欧雅妍留在公司内，可他却依旧没有正面回答，而是直接跳过这个敏感话题。

欧雅妍，依旧是横在两人面前最严峻的考验。

没有等来小熙的原谅和宽容，吴建成轻轻地抚摸着小熙的脸，眼中带着笑意地赞美道："想不到你这么聪明，如果不是你的话，或许我和冷轩打架的一幕会被曝光。"

这样的赞美尹沫熙并不在乎，她嘴角噙着淡淡的笑意说："我一直都很聪明，只是为了婚姻，为了你而隐藏我所有的光芒罢了。"

说着，尹沫熙开了车门从容地下了车。

她没有等吴建成，而是独自一人匆匆进了家。

尹沫熙刚刚的那句话让吴建成怔了怔，他没有下车，而是坐在那里望着前面那个身材瘦弱的女人。

是啊，她一直很聪明，如果不是早早结了婚有了孩子，如果不是为了家庭甘愿做他背后的女人。

就凭尹沫熙的能力和背景，想要成就一番事业应该也不难的。

小熙刚刚那番话，是在怪他？

尹沫熙上了楼直接来到朵朵的房间，推开门，发现闺蜜小雪正抱着朵朵唱着摇篮曲。

尹沫熙轻手轻脚地走过去，看着已经熟睡的女儿，她立刻伸手轻轻地抚摸着她那肉嘟嘟的小脸。

今天因为他们几个大人，着实是把孩子折腾得不轻。

小雪小声道："朵朵睡着了，我们出去吧。"

两个人蹑手蹑脚地离开朵朵的房间，到了外面走廊上，小雪担心地问道："听说你去医院了？"

小熙反手握住小雪，示意她不要这么紧张："我没事，就是去医院睡了一会儿。你呢？又和婆婆吵架了？"

小雪"嗯"了一声，她这么狼狈，任谁都看得出她是在婆家那里受了委屈。

小熙揽着小雪的肩膀下楼，她今晚准备和小雪睡一个房间。

正好，她现在不想对着吴建成。

两人刚到客厅，恰巧遇见走进来的吴建成，他见小雪也在不禁轻蹙起眉，"小雪，你这是……"

小雪垂着头小声道："和婆婆吵架了，我没地方去，只能先在你们这里住几天。"

小雪的脸微微肿起，看得出她在婆家过得很是辛苦，吴建成不好说些什么。

毕竟她是小熙的好姐妹，而且她知道他出轨的事情。

吴建成只好上前拍拍她的肩膀安慰她："别伤心，你想住到什么时候就住到什么时候。"

小雪依旧只是点点头。

"我今晚和小雪睡客房。"小熙挽着小雪的胳膊往客房那边走去，吴建成也只好点头答应。

客房内，小熙和小雪并排躺在床上，小熙轻柔地摸了摸小雪被打的脸颊，有些气愤地说道："你婆婆打你了？真是太过分了，这次因为什么？"

小雪眼里氤氲着雾气，说起婆婆她就觉得委屈。

小雪的父母在她六年级时因交通事故离开人世，小雪嫁入志远家后，还以为能够和婆婆好好相处，感受一下母爱。

可是想不到她的婆婆却并不是善茬。

究其原因，就只是卡在了孩子的事情上。

"我今天上午去了医院，你知道做试管真的很辛苦，我感觉自己的身体被掏空了似的。身体累不说，心理上也很痛苦。可是我婆婆就因为我下午回去时没有及时把昨天泡在洗衣盆里的床单洗好，就因为这件事情一直在责怪我。我心里憋屈顶了嘴，结果她就拿孩子说事。我和她吵了起来，她还甩了我两个巴掌。那生不出孩子怪我吗？难道我嫁给志远就只是为了生孩子吗？"

第66章　努力修补的婚姻

孩子永远是小雪心中不能言说的痛。她比谁都渴望拥有一个孩子，一个属于她自己的孩子。

小熙眼睛有些湿润，她只是轻轻地抱住了小雪。

此时此刻，她不知道该如何安慰她。是该劝小雪继续忍耐，还是劝她尽早放手呢？

毕竟小雪和志远没有孩子，其实没有孩子的话离婚应该比较轻松一些。

最起码不会像尹沫熙这样，每次想要离婚彻底了断时，想到才五岁的朵朵就不忍心。

她真的很想给女儿一个完整的家庭。

小雪近乎绝望地抓着小熙的衣角，眼神空洞地问她："小熙，你说我和志远是不是没有缘分？我是不是应该放手了？我这两年尝试各种办法，什么中药西药都试过了，试管婴儿也一直在做，可是为何这肚子就是没有一点反应？"

就算不是男孩，哪怕是个女孩也好，她只是想给志远生个孩子而已。

可是这种事情，又怎是他们能决定得了的呢？

小熙轻轻地拍着小雪的后背，柔声地安抚着她："会有的，你们还年轻，虽然现在经历种种挫折，可是想想你们有了孩子后的喜悦心情。现在的委屈和付出都是值得的，对不对？"

小雪忍不住埋进小熙的怀内低声抽泣着，点着头，道理她都懂。

也知道孩子这种事情是要随缘的，她一直在调理身体，一直在努力，可是既然老天爷不给她机会，她又能去怪谁呢？

只是小雪真的觉得累了，身心俱疲，身体的痛苦还能忍受，最让她心寒的就是志远对她的冷漠和不关心。

婆婆的恶言恶语更是让她倍受折磨。

小雪紧紧地抱着小熙，麻木地开口："可是我好累小熙，我真的好累。我自己也不知道我为什么要坚持下去？我坚持的意义在哪里？志远每天在外过着夜生活，我不知道他到底和谁鬼混在一起。我为什么要这样作贱我自己呢？"

有些情感，当断不断只会让当事人痛苦不堪。

小熙完全能够感同身受，因为理解她的痛苦，所以没有讲什么道理，只是那样安静地陪在她的身边。

直到小雪哭得困了，听着她的呼吸渐渐均匀，尹沫熙才心疼地轻叹出声。

婚姻真的就是一场赌局，开始她以为自己和小雪都赌赢了。因为她们选的男人不仅外表帅气，性格也很温柔。

可是谁又想得到，再温柔的男人在柴米油盐等问题的打磨下，终究会失去耐心。他们转而对别的女人产生了兴趣，尹沫熙知道，她和小雪其实都赌输了。

明知道这场赌局已经输了，可是却又无法全身而退。

因为小熙清楚，她和小雪当初选择婚姻，选择这个男人时已经付出了所有。她们只是不想连本带利全赔进去吧。

尹沫熙不记得自己是几点睡着的，次日早上，当她和小雪醒来时已经是九点多了。

吴建成昨晚想了很久，和小熙谈话后他开始重新思考他的婚姻。

最近的生活的确有些混乱，所以吴建成干脆把公司的事情交给属下去处理，他则准备在家里好好休息几天。

这几天的时间，他想一直留在家里陪着小熙和孩子。

"朵朵，这个点朵朵已经迟到了。"

小熙看了看床头柜上的闹钟，赶紧起来，立刻奔向楼上朵朵的房间。

孩子并不在房间，小熙在家里找了一圈也没有找到孩子。

这时吴建成从隔壁书房出来，见她醒了，柔声问道："睡得还好吗？我一早就送朵朵去幼儿园了。去叫小雪起床吧，我给你们两个准备好了早饭。"

吴建成正在努力，努力改变自己，努力让自己成为一个好老公。

尹沫熙能够感受到他的真诚和热情，只是……当一个人爱了另一个人那么久，信任了他这么久，突然遭遇了背叛，那条缝隙已经形成，是否真的能尽快修复？又是否能恢复原样？

尹沫熙也不清楚。

她表情淡漠地说："好，我去叫她。"

小熙去楼下客房叫小雪起床，小雪昨晚大哭一场，眼睛早已又红又肿的。

洗了脸敷了一张面膜后，那张脸看起来才稍微舒服了一些。

两人来到餐厅，发现吴建成已经摆好了饭菜。一部分是他亲自下厨煮的，另一部分则是他一早去外面买回来的。

桌上大部分都是小熙爱吃的食物，小笼包、一些小菜还有他亲手熬的小米粥。

为了照顾到小雪，吴建成还特意弄了一些三明治和煎蛋。

小雪静静地打量着如此温柔的男人，无论怎么看都无法将他和出轨这两个字联系在一起。

可也得承认，男人是真的很会伪装。

小雪收回神低头吃着早餐，昨天哭了一夜，现在肚子早就饿得咕咕直叫了。

小雪向公司请了几天假。她是真的撑不下去了，而且她的父母早已过世，她没有娘家，没有可以避风的港湾。

无奈之下，她只能选择这里。

好在吴建成和小熙都没有赶她，吴建成还贴心地说道："别有压力，你和小熙就像亲姐妹一样。把这里当成你的家就好了。你想待多久就多久。"

温润细语在心中慢慢散开，的确让人心里暖暖的。

可是想到他和欧雅妍搞在一起，小雪还是没法对他友好。

她面无表情地嗯了一声，随后说了句："那就麻烦你们了。"

她在这里又能打扰多久呢？两天？三天？

小雪只是觉得自己挺失败的，结婚这些年一心扑在老公和家庭上。

到头来，吵个架离家出走，自己连能落脚的地儿都没有。

她真正的家，又在哪里呢？

见她情绪低落，小熙只好提议道："反正你这几天休息，我也跟公司请了假。不如我们一会儿去逛街吧。"

女人一旦心情不好，总是喜欢靠购物和美食来发泄不良情绪。

吴建成见小熙想去逛街，立刻附议道："是啊，正好这几天我也有时间。我陪你们一起去逛街，想买什么就买什么。"

吴建成为了哄小熙开心，自然愿意做拎包的。

小熙想了想，立刻点头答应了，反正那些钱花在她和小雪身上，总好过花在小三身上吧。

第67章　女人总要为自己做打算

吃过早饭后，小熙和小雪打扮一番便坐上吴建成的车，三人一同去了市中心最热闹的一条商业街。

好在今天是工作日，整个商业街上人并不是很多。

尹沫熙牵着小雪的手在前面走，小雪平日里省吃俭用的，很少会买名牌衣服。

小熙心疼她，便帮她挑了几件名牌。

小熙帮小雪挑了一件简约白裙，小露香肩的设计让她看起来仙气十足又略显俏皮可爱。

人靠衣装马靠鞍，看着镜中的自己，小雪不敢相信她竟然也能如此高贵有气质。

"就这件了。"

小熙让吴建成去买单，小雪偷偷地看了一眼价钱，吓得她倒吸了一口凉气。

"天啊小熙，这裙子太贵了啊，这么一条小白裙就要三千多？我买不起。"

她当然买不起，虽然有个月入过万的老公，可他们的房子还要供房贷，小雪每个月的工资也就三千多块。除去日常开销，小雪真的买不起这件裙子。

小雪有些不舍地换好了自己的衣服，随后小声道："我觉得我并不适合这里，我还是回家去网购逛好了，在网上一二百块我都能买件不错的衣服了。"

结了婚，反倒是委屈了自己，连件漂亮衣服都舍不得买。

小熙摇摇头，不该这样的。小熙坚持让服务员将衣服包好，随后把购物袋递给了吴建成。

"今天是我老公花钱，你想买什么就买什么。"

说完，小熙凑到小雪耳边低声道："想想他之前给小三花了那么多钱，我就心里不爽！我现在想开了，不给自己花钱，他就会变着法地把钱花在别人身上。"

与其如此，不如她花钱来投资自己。女人应该让自己变得更漂亮、更光鲜亮丽。

并不是为了取悦男人，而是为了让自己活得更精彩。

小雪想了想，还真是这么一回事。志远这种男人大概就是被惯出来的。

小熙最近领悟到一点，她压低声音说给小雪听："我觉得女人真的不能对男人太好。你对他太好，你把他视作你生命中的全部，结果呢？男人被惯出了毛病就会觉得你对他的好都是理所当然的！他们不感激也不会体谅你。所以，就算我和吴建成最后为了朵朵继续生活在一起，但是我今后要更爱我自己。"

这是小熙在这段婚姻中唯一看得透彻的。要找到自己的生活中心，她明白自己的世界不是以吴建成为主。她该对自己越来越好了。

小雪若有所思地点点头，随后意识到自己这些年真是太傻了。

"没错，我累死累活地为这个家着想。可他一个大男人工资上交给他妈，都不说多给我点零花钱。我已经好久没有收到过他的礼物了，连情人节都只有几句祝福来敷衍我。我为什么要委屈我自己，为什么要牺牲我自己去成全他们呢？"

她想好了，激动地告诉小熙："这次回家后我要和他谈谈，下个月起我们两个人同时供房贷。既然我是他老婆，他工资应该交给我来打理。我才是这个家的女主人啊！还有，我要开始攒钱，一部分钱用来买好的衣服和化妆品来打扮自己。"

她们已经不年轻了，这个年纪的女人应该为自己多考虑一下。

看到小雪终于振作精神，小熙总算是松了口气。

小熙揽着她的肩膀，笑着调侃小雪："打扮可以，整容什么的可就算了。"

"不一定哦，没准哪一天我就去变张脸。"

说着说着，两个女人凑在一起笑出了声。

吴建成跟在身后和她们保持着一定的距离，见小熙笑得那么开心，他心里的石头总算是落地了。

他已经好久没见到小熙如此开怀大笑了。

吴建成还担心欧雅妍的事情会一直影响小熙，不过现在看来那件事情的确是过去了。

这样就好，吴建成一直在寻找状态，只要时机对了，他们就会像之前那样恩爱甜蜜。吴建成相信，时间总会修复所有感情上的漏洞。

只要欧雅妍那个女人不再出来搅局，他和小熙就一定不会有什么问题。

一整天的时间里，吴建成都甘愿做个司机，或者是做她们的随从。他手上拎着十多个购物袋，还陪着她们在商业街逛了整整一天。

男人很讨厌陪女人逛街，尹沫熙深知这一点，所以平时逛街她从来都不会叫上吴建成。可他今天的表现的确让人满意，没有一句怨言，全程都极有耐心，而且态度也很温柔。

走着走着，尹沫熙忽然收住脚步，转身问了一句："要不要看个电影？"

他们夫妻俩很久没看电影了，虽然今天还夹了一个电灯泡小雪。

不过找找恋爱时的感觉也好。看他如此努力的分上，尹沫熙也想给他和自己一个机会。

吴建成柔声点头："好，你们等着我去买票。"

吴建成买了三张电影票，又给小熙和小雪买好了爆米花和饮料。

三个人进入放映厅后，小熙坐在了中间的位置，左边是小雪，右边则是吴建成。看着身边都是成双成对的情侣来看电影，他们三个人坐在一起似乎有些另类。

电影还没开始，坐在他们前排的一对小情侣情意浓浓地吻着彼此。

尹沫熙下意识地垂下眼眸，吴建成则深情地看了她一眼。

这一刻，吴建成是真心羡慕身边这些年轻的小情侣们。

第68章 不哭了好不好？

距离电影开始还有十多分钟的时间，尹沫熙真是觉得尴尬极了。

看着身边的小情侣们秀恩爱，总会让尹沫熙想到她和吴建成热恋的那段日子。

是的，他们热恋时每一天都是甜蜜的，甜得好像泡进了蜜罐里一样。

现在结婚了，她才清楚，恋爱是恋爱，婚姻是婚姻。

恋爱时各种甜言蜜语，结婚后，甜言蜜语可能是糖衣炮弹，你不知道背后隐藏的真相究竟是什么。

再美好的感情，在各种琐碎的磨合中终究会变得平淡。

婚姻本就是该平淡的，只是吴建成有时想要刺激，想要新鲜感。

小雪凑到小熙耳边说着自己的小秘密："你知道吗？我的初吻就是在电影院里，和隔壁班的那个男生，个子高高的，脸白白净净的，很好看的那个男生。"

小雪上学时还挺主动的，她和志远在一起当初就是她主动追的人家，只是小熙没想到小雪还主动追过别的男人。

"你的初吻对象不是志远？"

这些小秘密小雪之前没说过，小熙还以为小雪这辈子就钟情志远一个男人。

她笑着摇摇头说："别逗了，我虽然没你受欢迎，可是好歹也有男生追的嘛。那个男生挺帅的，我和他总来电影院看电影。不过你知道的，我对文艺男实在爱不起来。他和我性格实在是合不来。"

想起那段往事小雪不禁低头笑了笑。还是年轻时好，那时还是个少女，连接吻都会害羞到身子微微发抖。

如今，她早已嫁做人妇，早就没了当初对爱情的美好憧憬和幻想。

毕竟，再有少女心的女人，面对婚姻，也被现实狠狠地拍醒了！

小雪突然指着前面那对还在缠绵的情侣不屑地预言着："他们好像很享受嘛，也就是现在年轻，爱得要死要活的，再过几年你看看，不是分道扬镳就是平淡如水。"

小熙无奈地低头笑笑,好在电影终于开演。

所有人都看向了大屏幕,他们前排的这对小情侣总算消停了下来。

片子是吴建成选的,是最近刚上映的爱情催泪大片。片子的内容就是一个女人身患绝症,在生命走到尽头前,和她的爱人共同走完这最后一程。

看似简单的剧情,却有着说不出的悲伤。

小雪看了看身边的小熙,早知道这部电影的内容是这样的,就不带小熙来看这部电影了。这不是成心让她难受吗?

小熙看着那个女人最后在她爱的男人怀中死去,顿时就绷不住了。她双眸死死地盯着大屏幕,瞬间泪如泉涌。她只是不停地流泪,却不敢大声哭出来。

尽管影院内已是一片抽泣声,小雪更是哭得不成样子。

小雪只是觉得悲伤,悲伤到无法用言语来形容这种感觉。

想到小熙或许也会像影片里的那个女人一样就这样离开人世,小雪不由得将身体靠向小熙,紧紧地搂住了她的手臂。她已经失去了父母,真的不能再失去小熙这唯一的好姐妹了。

吴建成有些动容,他虽然没有落泪,可是看着小熙哭得那么伤心,他的心也跟着被揪得生疼生疼的。早知道会这样,真的不该带小熙来看这种片子的。

电影结束后,所有人都已经离开,小熙还坐在那里眼神空洞地看着前方,泪却无法止住。

女主角是幸福的,她可以在自己最爱的男人怀中死去。

那她呢?

想到自己最后可能无依无靠地离开这个世界,小熙就觉得心寒。

是不是她死后,吴建成就会立刻迎娶欧雅妍?

既然老天不能给她一个健康的身体,为何还要给她一个残败的婚姻呢?

"小熙。"

吴建成转过尹沫熙的身子,轻轻地帮她擦去眼角的泪水,可是怎么擦都擦不完。

他摸着尹沫熙脸颊留下的滚烫泪水,小熙到底为何如此悲伤?吴建成知道小熙一向多愁善感,感性的她或许是觉得片中的女主角太可怜了?

知道事情真相的小雪也只能蹲下身子轻拍小熙的肩膀安慰她:"小熙,不哭了好不好?"

小熙试着调整自己的情绪,她伸手抹了一下脸上的泪水,随后站起身向外走去。小雪立刻跟在她身侧搀扶着她，生怕她那摇摇欲坠的身子会真的倒下。

吴建成则紧紧握住小熙的手，牵着她的手走出了电影院。

三人回到了车内，吴建成想直接带小熙去幼儿园接朵朵，不过这个时间朵朵还没放学。吴建成只好开车在街上绕圈圈。

尹沫熙和小雪坐在后排位置上，小熙躺在小雪的腿上，她总算是调整好情绪不再落泪。可是车内始终被一阵淡淡的忧伤所笼罩着。

没人能逃得过死亡，小熙知道这一点，只是没想到自己这么年轻就要面对这个问题。

小雪一下一下地拍着她的后背，像哄宝宝一样哄着她："不怕，不管怎样我都会在你身边陪着你。有我在呢，我绝对不会让你孤孤单单地一个人面对这些事情。"

小雪是小熙唯一的支撑点，所以小雪深知自己不能倒下。她必须尽快处理好自己的家庭问题，这样才能全力支持小熙。

尹沫熙可能刚刚哭得累了，她渐渐闭上了眼睛。

"小熙？"

吴建成轻声地唤着她的名字，见她没有醒来，他确定小熙应该是睡着了。

吴建成将车子停在路边，脱下身上的外套罩在了小熙的身上，随后看向小雪，他先是低头沉默了许久，随后才鼓起勇气同她说道："我是真的想好了，想好好弥补小熙，想做个好老公、好父亲。你说得对，我不想等到失去时才懂得珍惜。我是真的想和小熙像以前那样恩爱甜蜜，也是真的下定决心和欧雅妍彻底做个了断。"

小雪怔了怔，身子僵在那里，而一直紧闭双眸的尹沫熙，那双睫毛也微微颤抖了一下。

他说的，是真的吗？

第69章　贪恋他温暖的怀抱

尹沫熙不知道这番话是不是他的真心话，还是故意试探自己，抑或者，只是在小雪面前做做样子？

小雪同样震惊得说不出话来，她张了张嘴，随后尴尬地开口："你想好了就好。这世上也有不少出轨的男人最后回归家庭，你知道错了就该及时去改正，一切都还来得及。"

小雪是真心为小熙感到开心，看得出吴建成是真心想要悔改。既然如此，应该给他一个机会才是。

吴建成点点头，深情款款地注视着紧闭双眸的尹沫熙。

他已经想好了，过几天回公司就把欧雅妍调到外地分公司去。或者，帮她介绍其他公司，让她在另一个地方好好发展。

不管怎样，他都不能继续留欧雅妍在公司，也不能和她再继续见面。

尹沫熙几次想要睁开眼睛，不过感受到前方有一道灼热的视线正注视着她，她也只好继续闭着眼睛装睡。

那场电影看得所有人都异常疲惫，小雪靠在车窗上小憩了一会儿。

吴建成也闭目休息了十多分钟。

车子在路边停了半个多小时后，吴建成又发动车子朝朵朵的幼儿园驶去。

趁着最近有时间，他想天天接送女儿。

平时在家里都是小熙照顾女儿，如今他也更珍惜和朵朵一起的时光。

快到幼儿园时，尹沫熙总算是睁开了眼睛。

她装作什么都没发生似的，淡定地坐在那里看着车窗外的景色，心里却一直想着吴建成刚刚的那番话。

她会试着给他一次机会，可到底是否真的要信任他，就要看吴建成自己的表现了。

沉思时，车子已经停在幼儿园门口，小熙和建成下了车。

小雪则留在车内继续等待着。

吴建成同尹沫熙站在幼儿园门口，吴建成一直紧紧地牵着小熙的手，她的手实在太冰了，吴建成的心都觉得凉凉的。小熙气色不太好，是不是最近太辛苦了？

"你要是难受就靠我身上歇一会儿，朵朵还有十多分钟就能出来了。"

小熙是真的累了，她直接将身子靠在了吴建成身上。

这些年来，他们两个人很少一起来接孩子。朵朵今天应该会很开心的。

吴建成的怀抱一如从前那般温暖，她承认，她其实很贪恋这个怀抱。她又在发呆，想着以前两人在一起的种种甜蜜。她的心软了下来。

可是那天在医院，她偷听到欧雅妍提议要害死她，而建成却没有什么反应。

再多的甜蜜，都被那一刻的伤害所掩埋。

一阵冷风吹过，吴建成双臂有些用力，尹沫熙娇小的身子一直被他紧紧抱在怀里，任凭冷风吹过她却依旧被温暖包围着。

尹沫熙的心，狠狠地跳了几下。

很快，朵朵和其他小朋友一同从幼儿园走了出来。

吴建成牵着尹沫熙的手走了过去，朵朵的老师见爸妈都在，很是惊喜地说道："哇，一直都不见朵朵的爸爸，今天终于见到真人了呢。朵朵啊，爸爸妈妈今天都来接你回家，是不是好开心？"

朵朵开心地蹦得老高说："开心，超开心，爹地今后每天都来接我就好了呢。"

女儿的反应，让吴建成心里有些酸酸的。他一直都觉得自己做得不错，是个好老公好爸爸，可是现在看来，他距离好爸爸那个高度真的是差了太多太多。

这些年，看似他很宠爱朵朵，可是真正陪在孩子身边的却只是小熙。

吴建成心疼地将朵朵抱在怀里，捏了捏她可爱的小脸蛋问："朵朵这么喜欢和爹地在一起？"

朵朵笑着点头，然后又伸手指了指身边的小熙说："朵朵喜欢和爹地妈咪在一起，我们一家三口在一起。"

虽然孩子还小，但是对家庭的感觉却很强烈。

朵朵的老师也跟着点头建议："是啊，朵朵很羡慕班上的其他小朋友呢。我知道吴先生要经营一家公司很忙碌，可是孩子童年成长的过程就这么几年，你一旦错过了就真的太可惜了。像我每次布置的手工作业，好像都是朵朵和母亲一起完成，其实我布置的作业是为了让父母和孩子一起互动。可吴先生您从来没有参与到那个过程中。"

老师也是为了朵朵着想，这番话说得如此在理，让吴建成也开始反思自己。

他好像只关心朵朵有没有生病，表现好不好，除此之外，他好像真的没有想过朵朵真正需要的是什么。她需要的就只是陪伴而已。

吴建成抱着女儿，轻轻地在额头一吻，随后向女儿提议道："后天我和妈咪带你去游乐园好不好？"

朵朵一听，眼中顿时闪烁着点点光芒。

"真的吗？爹地你真的要带我和妈咪去游乐园玩吗？这次不会说话不算话吧？"

之前吴建成答应朵朵会带她去游乐园，可是好几次都爽约，所以朵朵虽然兴奋却也有些怀疑。

吴建成十分严肃地向女儿承诺着："这次爹地跟你保证，一定会带你去，我们后天就去好不好？"

尹沫熙见女儿笑得跟朵花似的，心里总算得到一丝安慰。

他是真的在试图拯救这段婚姻，对女儿、对她都越来越上心了。

尹沫熙握着朵朵的小手，那张苍白的脸也终于有了色彩。

"那我们今天回家后开始计划后天的游乐园行程好不好？你想吃什么妈咪给你做。"

朵朵点着头，却又心疼地嘱咐着："妈咪你最近很辛苦的，我们去买点零食就好了呀。"

朵朵永远是小熙的贴心小棉袄，反正爹地妈咪都陪在她身边，她已经别无要求了。

朵朵老师看着他们这一家相处得和乐融融，光是看着就觉得好温馨。她感慨着："你们一家人真是好幸福哦。尤其是吴先生和吴太太在一起真的是好般配呢。"

尹沫熙脸上的笑容僵了僵，却还是带着笑意同老师挥手再见。

朵朵乖乖地同老师说了再见后，一家三口很快就回到了车上。

尹沫熙想低调一些，不过吴建成的身份太过高调，刚刚一家三口在幼儿园门口恩爱的一幕，早就被人拿手机偷偷拍了下来。

第70章 没了她，他还能活得下去吗？

小雪看着人家一家三口如此和谐，她真的不想做那个电灯泡。

可是除了小熙这里，她又实在是没有其他去处。

回到家后，小雪想要帮忙煮饭，吴建成却将她推出了厨房。

"你是来家里做客的，怎么能让你下厨？你就和小熙在客厅陪朵朵看看电视，饭好了我叫你们。"

吴建成熟练地系上围裙，挽起袖子开始在灶台前忙活起来。如此顾家的一面让小雪对他的态度有所改变。

谁都会犯错的嘛，总不能一下子拍死，连一次机会都不给人家吧？

小雪觉得，小熙应该把握好这次机会，如果这次家庭危机能够顺利度过，他们两人的感情肯定会越来越顺的。

小雪帮不上什么忙，只好回到客厅去，看到小熙抱着朵朵一起看动画片，小雪内心越发期待能够有个孩子陪伴着她。

小雪是真的喜欢孩子，她觉得领养孩子是个不错的选择，若是能怀上孩子那自然是皆大欢喜，若是怀不上，有个领养的孩子做伴也是好的。想法是不错，关键是婆婆和志远会同意吗？

小熙见小雪站在那里发呆，轻声地唤着她："小雪，想什么呢？今天一整天志远都没联系你吗？"

尹沫熙想找个时间和志远好好谈谈，小雪现在是他的老婆，既然两人是夫妻，那么他这个老公最起码要尽到应尽的责任吧？

小雪失落地摇摇头说："没有，一个电话都没打来过。"

想必她不在家，志远反倒开心吧，没有人再管他，也没有人再念叨他。不用猜也知道志远这些天肯定是天天晚上流连于各种夜店场所。

小雪也想独立，可是想到自己的老公和婆婆，顿时有些泄气。

小熙无奈地叹着气，总让小雪在家里住下去也不是个办法，应该有人出面帮忙调解此事。

不过毕竟是别人家的家事，尤其感情的事情，小熙实在不知该如何下手。

小雪看着朵朵乖巧地赖在妈咪的怀内，一边吃着小点心一边看着动画片，还时不时地将手里的点心分享给妈咪和小雪。如此乖巧的模样让人特别喜欢。

小雪看了一眼小熙，犹豫地开口道："小熙，我想领养个孩子。"

小熙微微一怔，随后微微一笑说："这样也好，既是做好事，没准还会给你添些好运气。心怀善意的人总会有所回报的。"

小雪没想到小熙会支持她，她激动地连连点头："嗯，我其实早就有这个想法了，只是因为家里条件有些复杂。如果要养孩子，我和志远就必须谈清楚，关于钱和他的生活习惯之类的。你知道吗小熙？每次看着朵朵，我就好想要个女儿啊，我婆婆那么想要个孙子，我偏不想顺她的心意，那我就领养一个女儿好了。"

小雪已经有了想法，她想领养一个两到三岁的女孩子。

小熙自然是赞成的，可是想到志远和小雪的婆婆，又觉得这事并不是那么想象中那么容易。

小熙耐心地给了小雪几个建议："想法是好的，不过你首先要做的就是和志远还有你婆婆好好商量一下。如果他们也同意的话，你真的就要制订好一个计划，养孩子不是过家家。况且你是要领养一个两到三岁的宝宝，养孩子真的要花不少的钱。志远花钱如流水，从来不计较这些。如果要养孩子就要做好打算。"

小熙家生活富裕从来没有因为钱的事情发愁过，但是小熙一直亲自带朵朵，所以她清楚，小雪不仅仅是要面对钱的问题，还有各种教育问题。

她选择一个两到三岁的宝宝，晚上睡觉时也会哭闹，每天24小时都要照顾到。小雪有那个耐心，可是面对不是自己的亲骨肉，志远和小雪的婆婆也会有这个耐心吗？

小熙列举了这几个问题，光是钱的问题就已经把小雪给难倒了。看来领养孩子，真的不是随便说说而已，就像小熙说的，领养孩子是件很严肃的事情，不是像过家家那样。

那是个生命，若是真的要领养，就意味着她和志远要对这个孩子的一生负责。她能做好一个母亲吗？

本是一个开心的话题，却聊着聊着就变得如此的严肃沉重。

彼此沉默时，吴建成从厨房出来招呼着她们："女士们，可以吃饭了。"

朵朵关了电视，第一个冲到了餐厅。小雪和小熙随后起身也去了餐厅。

四个人坐在一起，吴建成不停地给小熙夹菜，还亲自帮她把虾剥好。

小雪是真的很羡慕小熙，志远若是能像吴建成那样对她，哪怕这种温柔只持续几天她也心满意足了。

饭后小熙一个人赖在沙发上看电影，她最近很念旧，每天都要找一些老掉牙的电影来看，甚至开始看起了黑白电影。

小雪在楼上朵朵的房间内哄着她睡觉，因为自己没有孩子，小雪对朵朵格外上心。

吴建成煮了一杯热牛奶送到了客厅，看她躺在沙发上，吴建成便在她身边的空位上躺下来，随后揽着小熙让她靠在自己的怀内。

小熙有些冷，她没有拒绝这个怀抱，在他怀内蹭了几下找了个舒服的位置躺好。

吴建成好奇地问她："最近你好像很念旧，这些黑白电影好看吗？"

小熙点点头说："念旧没什么不好的，那时的电影情节不像现在的电影那么狗血，也不像现在电影特效这般夸张。简简单单的却最是打动人心。"

吴建成难得有心地陪着她看完了这部黑白电影。依旧是悲剧，男主因车祸去世突然离开了女主。吴建成看着女主独自痛苦的一幕，内心有些感触。

如果有一天他离开了小熙，她的生活会有怎样的变化？再或者说，如果有一天小熙离开他和孩子的话，他的生活又会变成什么样子？没有小熙，他还活得下去吗？

他以前好像从来没有想过这样的问题。

第71章 忍耐还是放手？

吴建成似乎一直在思考，一直在反思，在这段感情中自己处于什么位置，自己又付出了多少。

或许这是所有出轨男的普遍心理，因为愧疚和不安，总会想办法做得更好来弥补对妻子的愧疚之情。

可是下一次，在面对诱惑时，他真的能坐怀不乱吗？

小熙红了眼眶却竭尽全力克制自己没有落泪，吴建成心疼地低头在她发间轻轻一吻，随后小声提醒道："最近怎么这么爱看悲情片？你总是这么多愁善感，肚子里的宝宝也会受到影响的。我去给你放洗澡水，你泡个热水澡，好好睡一觉，好吗？"

小熙点点头，看他回到楼上的房间，小熙才擦了擦脸上的泪痕。最近自己好像特别脆弱，一点小事就能触碰她那敏感的神经。

她也知道自己不该这样，可是却让自己陷入一个恶性的死循环中，纠结着犹豫着，想要继续前行可是心里的这根刺却又越扎越深。

小雪一直在楼梯拐角处看着小熙，刚刚小熙和吴建成在沙发上看电影的一幕她也全都看在眼里。

她走下来，坐在小熙身边，轻轻地揽着她耐心地劝道："给他一次机会吧，他现在对你真的很好。在车上的时候你是在装睡对不对？我知道你根本就没有睡着，建成的那番话你也听见了。他是真的想悔改，你给他一次机会嘛。"

小雪只是觉得，如此登对的两人若是真的就此离婚的话，那真的是太可惜了。

这样，岂不是白白便宜了那个欧雅妍？

小熙压抑地吐出一口长气来。要原谅，也要心里真的接受他才行。有些事情，说着简单，可是多年来的信任感瞬间崩塌了，想再一砖一瓦地累积起来，需要的是更多的时间。

小雪拉着她的手苦口婆心地继续劝说着："你看前几天有个当红女艺人被曝出婚姻有问题，她老公出轨，所有群众都以为那个女艺人会离婚，可是最后她选择了忍耐，选择给那个男人一个机会。你再看现在，她老公对她很是感激，反倒更是疼她宠她。"

谁的婚姻会真的没有任何问题？

"小熙啊，现在时代变了呀，男人受到的外界诱惑也很多。我也想说一些大道理，想理直气壮地说女人就要独立，就要潇潇洒洒地学会放手，可是那现实吗？别人在评论和自己无关的事情时总会说得好听，劝你离婚啊，劝你放手去过自己想过的人生啊。可是那些人呢，自己婚姻出问题后你看他们哪个离婚了？"

小雪说的还真是如此，每个人的情况本就复杂，到底是离婚还是继续走下去，全看个人如何选择了。小熙不知道那些选择隐忍的女人，是否和她们的老公过着毫无嫌隙的完美婚姻生活。这种事情，如人饮水，冷暖自知。

小熙有些乏了，她疲惫地揉了揉自己的太阳穴随后起身和小雪说了晚安："你说的我会好好考虑看看，先去休息吧。"

又是一天过去了，小雪的手机依旧很安静。志远一个电话都没有打来，哪怕只是一声问候都没有。小雪也想不通，为什么这样的婚姻她还要固执地维持下去。

可能是因为对家的执念吧，因为小雪父母去世得早，所以她更渴望有个完整的家，所以才会如此坚持如此固执。

……

欧雅妍的公寓内，她的母亲正在用手机看新闻，翻到娱乐版时发现头版头条的照片竟然是吴建成和他老婆。

欧雅妍的母亲立刻叫来了欧雅妍："雅妍啊，你看看，这是怎么回事？人家一家三口其乐融融的，感觉你根本就插不进去啊。"

她是第三者，想要介入那段婚姻，可是在外人看来，她现在已经完全被人抛弃了。

欧雅妍拿过手机死死地盯着屏幕看了好久。每一张照片都充满了温情，吴建成看尹沫熙的眼神更是让欧雅妍嫉妒得快要发疯了。

她承认，尹沫熙是真的厉害，她现在肯定很得意吧。

欧雅妍母亲拿回手机，忍不住指着女儿的脑袋开始抱怨："你啊你，就是白日做梦。你学什么不好学人家做小三，好，做就做吧，可你好歹学人家精明点嘛。就算别人做小三的不能成为正室，好歹该拿的都拿到手了。各种别墅豪车，每个月还有十多万的零花钱。可你呢？别墅别墅被收回，车子车子被拿走。除了那些名牌包包和化妆品外，你还有什么啊？连一个月一万的零花钱你都没有。"

欧雅妍母亲觉得自己女儿这一生算是彻底毁了，孩子不肯打掉将来是个累赘。

在娱乐圈里还没出道就先被封杀雪藏了。女儿又没有什么高学历，出身背景又太卑微，之前还是夜总会的陪酒女。这样的欧雅妍，到底有什么自信能够翻身？

欧雅妍火大地拿起一杯冰水猛地灌了几口，冰水下肚她焦躁的情绪才有所缓解。

想着手机屏幕上他们一家三口的幸福照片，欧雅妍的指甲深陷掌心。

随后她的唇角弯起一个弧度，诡异而妖娆。

之前输给尹沫熙就是因为自己太过急躁，这一次，她一定要耐心地等待时机。

她含笑看着自己的母亲，说出的话依旧充满自信："妈，我不需要有什么高学历和好的家庭背景。我只需要靠我的手段和曼妙的身材，只要勾住吴建成的心，还怕我拆不散他们两个吗？呵呵！"

第72章　软饭男

小雪在小熙家住了两天了，吴建成觉得这样待下去不是办法。

既然夫妻间出现了问题，那就应该直接找出问题所在并且积极地去解决它。

吴建成只好主动打给了志远。虽然他们早就认识，也是因为志远是小雪老公，吴建成在小熙的说服下才会允许志远来公司上班。

但是在吴建成面前，志远永远都是低一等。老板和员工的身份，注定志远要乖乖听他的话。

"你在哪呢？"电话已经通了，吴建成看了一下时间，上午十点多，这个时间他应该是在片场或者是在公司吧。

志远小声地回应着："吴总，我在公司呢。"

"行了，你现在立刻来我家一趟。越快越好。"

"好，我马上就过去。"

挂了电话后志远匆忙往吴建成的别墅赶，老板发话他怎敢不听呢？

吴建成为了撮合小雪和志远和好，亲自打电话让五星大酒店的厨师到家里来做饭。

反正快要到午饭时间，他准备留志远在家里吃顿午饭，给他和小雪时间好好谈谈。

小熙换了衣服从房间出来，看到楼下大厅内有人进进出出的，立刻下去查看。

"这是怎么回事？"

尹沫熙找到吴建成，指着那些进进出出的人疑惑地问道。

"是酒店的工作人员，我让志远来家里一趟。都快中午了总不能让他们饿着肚子离开吧？"

小熙这才明白，原来这一切都是吴建成计划好的。

这样也好，把志远叫来好好谈谈，若是他再欺负小雪，尹沫熙决定亲自给他施加压力。

只要断了志远的钱，他就不会再去酒吧鬼混了吧？

半个小时后，志远果然及时赶到了别墅。

他看到尹沫熙和吴建成后，毕恭毕敬地点头问好："吴总，副总。"

吴建成嗓音低沉地嗯了一声，小熙神情淡漠却还是客套地说道："私下见面不用这么见外。你应该知道，我们今天为什么把你叫来吧？"

志远点点头，他不会傻到连这些都猜不出来。

前几天小雪和母亲吵了架，他一猜小雪就是躲到这里来了。

吴建成担心小熙和志远谈话时会情绪激动影响肚中胎儿，于是扶着小熙在沙发上坐下，随后俯身在她耳边哄着："你放心，我会和他好好谈谈，保准让他对小雪好好的。"

小熙点点头，这事吴建成去办是最合适不过的了。

面对同样对待感情不忠的志远，吴建成应该感触颇多吧？

吴建成看了志远一眼，随后冷声命令着："跟我过来。"

志远立刻低着头跟在了吴建成的身后。

两人坐在花园的石凳上，吴建成拍了拍志远的肩膀，带着一丝无奈和不屑说："我说志远，我们也认识很久了。可你连家里的事情都处理不好吗？你是个男人！既然是小雪的老公，你就要尽到一个丈夫应尽的责任。你老婆离家出走两天了，你一个电话都没有？你好意思吗？"

没错，在吴建成看来志远就是个废物，没有一点上进心，靠着那点工资混日子。

实际上，他跟软饭男没有什么区别。

吴建成有些不耐烦地继续说："不要有点钱就出去鬼混，你不该把钱交给你老婆吗？你们的房子是贷款买的，可到头来还要小雪上班挣钱去还房贷？你肯把钱花在夜总会酒吧，却不肯给你老婆买件衣服？志远，没有你老婆的话你会有这一个月一万多的工资吗？我之所以让你在公司开车，之所以给一个司机开这么高的工资，完全是因为小雪是小熙的闺蜜，我才会给你这个面子，你懂吗？"

志远听着这些话心里自然是不高兴的，他不过是在外面混混酒吧找人玩玩，他可从来没有动过真情，反倒是吴建成，在公司里和欧雅妍不清不楚，全公司的人都知道了。

他和自己明明是一路货色，又有什么资格教训他？吴建成说他是软饭男，靠着小雪的面子才在公司混到了司机的工作。那吴建成现在所拥有的一切，还是小熙的父亲所给予的呢，难道他不是软饭男？

虽然心有不甘，可是毕竟吴建成才是公司的老总，志远只能卑微地点着头，动作小心翼翼，唯恐惹怒面前的这个男人。

"我告诉你志远，偶尔出去玩玩也就算了。可你不能天天泡在酒吧里，把钱都花在女人身上。你是已婚男人！记住你自己的身份！一会儿去把小雪哄回家，你若是哄不好她，明天也不用来公司上班了。"

吴建成望了望志远，淡淡地懊恼着。对待这种无赖，不下点狠功夫他是不会上心的。

果然，一和钱挂钩，志远的态度立刻来了大转变，他忙不迭地连连点头，一再承诺着："吴总，这是误会，纯误会！我以为小雪和我妈只是有点小矛盾，以为她使小性子想来小熙这里住几天。她是我老婆嘛，我怎么会不疼她不宠她呢。"

志远赔笑着做出解释，不过这解释听起来太过牵强。

吴建成起身拉着志远回到了屋内，把他推向了客房："去吧。"

志远点点头，他来到客房前轻轻地敲着门："小雪啊。"

房间内，小雪正在用笔记本处理一些文件，听到是志远的声音，她先是一愣，随后又恢复了平静。

连着两天都没有任何问候的他，怎么会突然出现在这里？八成是小熙他们看不过去，特意把他找来的吧？

"我进去了啊。"志远说着开了门径直走了进来。

关上门后，夫妻俩见面免不了一阵争吵。

"你能不能懂点事？一吵架就往小熙这跑？你当这是你自己家啊？"

说好的哄她呢？一转身怎么就这个态度？吴建成听到里面的争吵声不禁出声咳嗽了几下，他在提醒志远注意自己的态度。

若是哄不好小雪，吴建成会当即将他赶出公司。

第73章　他动手打你了？

有吴建成在外盯着，志远没办法，只能缓和自己的态度。

他坐在床边，盯着小雪，可是心里的火气依旧没有减少。

刚刚被吴建成羞辱一通，他又怎能咽得下气？

可是为了钱，他只能继续忍耐。

"回家吧，你闹也闹了，作也作了。你还想闹到什么时候？"

小雪也想回家。谁愿意住在别人家里打扰别人一家的生活？可是若这样不明不白地跟他回了家，下一次又被欺负了，她又要像现在这样继续躲到小熙家里来吗？

有些事情，一直逃避不解决真正的问题，那么下一次她依旧处于被动状态。

小雪低着头，认真想了很多事情，良久她才缓缓抬眸严肃认真地瞧着他。

小雪语气放柔，耐心地和他约法三章。

"每对夫妻都有自己的约束制度，我想我们也要约法三章了。首先，家里的女主人是我不是你母亲！我尊重她，可是她最起码也要尊重一下我吧？"

志远一向很少插手婆媳之间的关系，他也懒得去管两个女人之间那点婆婆妈妈的事情。更何况，那个是他母亲，难道他要向着老婆和自己的母亲对着干？

志远刚要开口反驳，小雪却紧接着说到下一条要求："还有，你是家里的男主人，是顶梁柱，可为什么房贷却是我一个人在还？难道你在家里是吃干饭的吗？"

小雪一向很体贴自己的老公，很多时候不愿意说出这样的话来伤他的自尊心。可是志远实在太不上进。

志远不以为耻，反倒觉得自己没做错什么，他理直气壮地辩解着："我怎么就是吃干饭的了？你出房贷，我出家里生活费。咱俩不是挺平均的吗？再说了，赌毒两样我都没沾。你还挑这挑那的？"

如此无赖的模样，小雪真恨不得冲上去给他两个巴掌。

当初选男人，怎么就选了这么一个不上进、没自尊的男人呢？

小雪压了压嗓音，伸出食指指向了志远："你少在那跟我顶嘴！你还觉得自己挺光荣的呗？我就差给你颁个奖状了是吗？你看看人家吴建成是怎么对小熙的？含在嘴里怕化了，捧在手里怕摔了的。你再瞧瞧你，你对我不闻不问，我离家出走你连个电话，甚至连条微信都没有？志远，我到底是不是你老婆啊？"

小雪本想和他好好谈谈的，可是谈着谈着，反倒觉得这日子是过不下去了。

小雪在志远面前细数吴建成的种种好处，志远听后更是嗤之以鼻。吴建成不过就是个伪君子罢了，他在公司包养小三谁人不知？志远差点就将此事脱口而出，不过为了保住自己的饭碗他还是忍了下来。

虽然忍了下来却还是心有不甘地小声嘟囔着："人家吴建成对小熙好，那是因为小熙漂亮又有钱。而且人家有个女儿又要给生个儿子，你呢？想我对你好，你倒是给我生个儿子啊。"

志远的确是够渣，明明知道那是小雪心里的一根刺，他却能这样无所谓地说出口？

小雪强忍着眼中的泪水，拿起床上的枕头狠狠地砸向了志远："你个混蛋，亏我对你还抱有幻想，我这些年受了多少苦你看不见吗？别人都可以这样说我，包括你母亲，但是唯独你不能这样说我。我每次去医院回来都感觉全身像散架了一样，你去医院做一次试试，有多痛苦你知道吗？难道我不想要孩子吗？"

所有委屈顷刻间涌上心头，小雪再也忍不住地坐在地板上大哭着。

志远怎么能这样对她？

她可是把他看作最亲的人、最信赖的人，他却可以这样肆无忌惮地拿刀子戳她的心吗？为什么一点都不顾及她的想法和感受？难道她是个机器人，被婆婆和老公如此伤害还没有感觉吗？

　　小雪的眼泪根本刹不住闸，哭声越来越大，已经惊到了坐在客厅等候的小熙和建成。

　　小熙立刻起身跑到客房，她伸手咣咣地敲着门："小雪，你怎么了？怎么哭了？志远打你了？"

　　屋内到底什么情况小熙毫不知情，可是听着这歇斯底里的哭声，小熙怎会不着急？

　　"什么？志远动手打女人？"建成一听小熙说志远动手打人，火气一下子蹿上来，他转身去找门钥匙。

　　小熙还在不停地敲着门，小雪却只是悲伤地坐在地板上哭个不停。

　　眼看这局面已经控制不住了，志远彻底傻了眼。他先是对着门口的方向高声喊道："那个……小熙啊，你别着急，我们没事，我们挺好的，就是谈着谈着小雪有点激动了而已。"

　　显然，这样的借口尹沫熙是不会相信的。

　　她音量徒然走高，厉声命令着屋内的志远："你当我傻吗？你们好好的话小雪会哭成这个样子？你到底把小雪怎么了？你给我把门打开，你现在就给我把门打开。"

　　若是志远再不开门，她就只能找东西来砸门了。

　　志远急得扑通一声跪在了地板上，双手合十地向小雪求饶道："哎呀我的老婆，小雪啊，我的小祖宗啊，你别哭了行不行？多大点事啊，孩子的问题我们之前不是谈过很多次了吗？我妈每次念叨你，你不是都挺过来了吗？那我说的也是实话啊，小熙的确有本事生儿又生女的。那你这肚皮不争气还不许我说几句啊？"

　　志远本想哄好小雪，奈何这张嘴就是犯贱，小雪见他这样哭得更大声，气得直用手砸地板，嘴里还不停地嗷嗷喊着："啊啊啊！你给我滚，你给我滚！"

　　听到小雪大吵大闹的，小熙急得团团转。

　　这时，吴建成拿着钥匙过来了。

　　"我找到钥匙了，这回看我怎么收拾那小子。"

　　吴建成立刻用钥匙将门打开。小熙同吴建成瞬间就冲了进来。

　　志远立刻起身向小熙和吴建成解释道："小熙，吴总，事情不是你们想的那样。小雪吧她就是太爱哭了，情绪一激动就没控制住。"

　　末了，志远还一再地强调着："我没动手，我真的没打小雪。"

小熙懒得理他，径直走到小雪身边，她蹲下身子轻轻地擦去小雪脸上的泪痕，随后轻声问道："小雪，他到底怎么你了？"

小雪委屈地指着志远控诉道："她说我肚子不争气，怪我没有给他生个儿子。说我自己不知足，对他要求太多，他还说他每个月都有上交给家里一千多生活费，所以我也不该觉得委屈。"

还有好多小雪都说不出口，小熙听着小雪的这番话被气得发抖。

吴建成看自己的老婆被气得不轻，立刻走过去轻轻拍着她的肩膀安抚："老婆你别生气，和这种人生气不值得，我来教训他。"

吴建成拖着志远离开客房，将他拖到客厅好好地训斥了一通。

十分钟后，志远哭丧着脸回到了客房，他犹豫了一下却还是在小雪面前跪了下来，"老婆我错了，这一次我是真的知道错了。以后我的工资自己只留一千块零花，再给父母两千块养老，剩下的钱我都交给你。我再也不说伤你心的话，每天晚上下班我就早早回家陪着你，我会主动帮你做家务，如果我母亲再刁难你，我会主动站在你这一边。老婆你原谅我好不好？"

志远就是这么没骨气，被吴建成威胁若是再惹小雪生气，就真的不用在公司继续上班了。他哪里还敢气小雪？只能把她当祖宗似的先供起来再说。

见他这狼狈模样，小雪的气也顿时消了一些。趁着这个机会她提出了领养孩子的建议。

"既然我们婚姻中最大的问题就是孩子，那我想领养个孩子。"

"啥？领养孩子？"

志远有些懵，什么要求他都依着她，可是领养孩子这种事情……

那领养来的毕竟不是自己亲生的啊。

他为什么要把钱花在一个和自己没有任何血缘关系的孩子身上？

第74章　你们会离婚吗

为了哄小雪开心，他已经低三下四地求她原谅，甚至什么要求都答应她。唯独这一点，志远真的无法说服自己去接受一个没有血缘关系的孩子。

自己的孩子都没有，却要去养别人家的孩子？小雪大概是脑子被门挤了吧？

见他没有回应，小雪有些失落地问道："接受不了吗？"

是啊，该想到这一点的，志远那么自私，怎么会愿意接纳福利院的孩子？

吴建成见状，在身后狠狠地推了志远一下。

想到收养个孤儿，总比丢了工作没钱要好一些。志远也只好点头应道："行，都依你，你想领养就领养吧。"

小雪不敢相信自己的耳朵，志远竟然同意了？小雪激动地搂过志远，将他抱得紧紧的。

场面很是感人，可是志远却没有什么感觉。若不是看在钱的分上，他打死都不会养别人家的孩子。

结局总算是皆大欢喜，小熙看着小雪如此激动兴奋的模样，心里总算踏实了。

他们回家能真正好好过日子才是最重要的。

这时朵朵已经从幼儿园回来，在客厅找着小熙。

"妈咪，爹地。"

听到女儿的声音，小熙立刻出去看了一眼。

原来今天幼儿园休假。

因为小熙和建成都没去幼儿园接她，所以今天朵朵是坐着幼儿园的校车回来的。

"妈咪，我们今天下午就开始放假了，正好明天我们要去游乐场，今天下午就可以去超市买零食了哦。"

朵朵一直想着明天去游乐场，早就在心里计划好了一切。

小熙笑了笑，宠溺地将朵朵抱在怀里，"好，我们去超市大采购。"

吴建成招呼大家去餐厅用餐，他可是特意请了酒店大厨亲自准备了丰盛的午餐。

可是志远哪里还吃得下去？他想尽快带着小雪回家去。

"算了，我们还是先回家吧。"

小雪知道志远现在心情不好，她收拾好了自己的衣服和志远走出了别墅。

还没上车，朵朵就追了出来。

"小雪阿姨，志远叔叔。"

两人回头看了一眼朵朵，小雪低头问道："朵朵，怎么了？"

朵朵笑着摇摇头，随后上前一步踮起脚尖，抓过小雪的手又拽过志远的手，朵朵将两人的手放在一起。

"小雪阿姨和志远叔叔要好好过日子哦，不要离婚呢。你们要好好的哦。"

朵朵一本正经地对两人说着，可爱的模样不禁逗得所有人都哈哈大笑出声。

想不到一个五岁的孩子竟然会说出这些话来。

小雪紧紧地握着志远的手，在朵朵面前晃了晃说："嗯，小雪阿姨和志远叔叔肯定不会离婚的。"

如此这般，朵朵才放心地看他们离开。

小雪和志远走后，小熙抱着女儿疑惑地问道："朵朵，你为什么要对小雪阿姨和志远叔叔那么说啊？"

朵朵低着头，神情略显忧伤地说："妈咪，班上有两个小朋友，他们的父母离婚了。今天我的好朋友笑笑说她的爹地妈咪天天吵架，可能也要离婚了。妈咪，离婚了是不是就要分开住？笑笑说她现在每天在外婆那里住，她爹地妈咪都不要她了。"

说到自己的好朋友笑笑，朵朵难过地抽了抽鼻子。爹地妈咪都不要她了，想想就觉得好伤心哦。

朵朵不要爹地和妈咪分开，虽然爹地每天都在忙着公司的事情，可是朵朵不想爹地妈咪离开自己。

看着朵朵伤心的模样，小熙真的很担心。她最担心的就是这一点，大人们总以为孩子还小，以为孩子什么都不懂。孩子已经五岁了，这个年纪的孩子其实很多事情都懂的。

可是懂得并不深刻，所以很多道理你没法和她说得清。她不明白父母之间的感情出现问题，也不懂父母之间性格可能不和。在她看来，就是爹地妈咪吵架了，家要没了，爹地妈咪都不要她了。

朵朵光是听她班上的好朋友笑笑说起这件事就已经难受得想哭。那若朵朵是当事人呢？若朵朵知道她和吴建成要离婚的话，朵朵会不会比笑笑更难受？

朵朵见小熙望着地板发呆，紧张地搂过小熙的脖子，肉嘟嘟的小脸在小熙脸上蹭了蹭，随后奶声奶气地不安着问道："爹地妈咪会离婚吗？爹地妈咪从来不吵架，不吵架就不会离婚对不对？我要爹地妈咪永远在一起，爹地妈咪和我还有我的小弟弟。我们四口人要一直在一起哦。"

朵朵小可怜的模样急切地望着小熙，想要尽快得到一个肯定的答复。

看着女儿如此澄澈的双眸，尹沫熙怎么忍心让孩子失望？

她笑着点点头，宠溺地吻着孩子的额头说："当然了，爹地妈咪会一直陪在朵朵身边。爹地妈咪不吵架就不会离婚呢。"

尹沫熙如此回答，总算让朵朵放了心。

可是那双小手却还是紧紧地搂着小熙，她知道，朵朵其实是个很没有安全感的孩子。

虽然已经回答了女儿，可是尹沫熙还是忍不住好奇地问了一句："那朵朵你告诉妈咪，如果……妈咪是说如果哦，如果妈咪和爹地不住在一起了，朵朵你想跟着谁一起生活啊？"

如果真的走到那一天呢？小熙希望朵朵会选择自己。

可是她的身体状况会越来越糟，过阵子去医院接受治疗还要住院的。

若是真的离婚了，她这个样子也是没法把朵朵放在身边的吧。

朵朵很反感这个问题，她有些生气地瞧着自己的妈咪，语气相当坚定地摇着头："不要，朵朵就要和妈咪还有爹地一起，我不能离开妈咪，也不能离开爹地。"

女儿的话让小熙心里更痛。女儿的这一句谁也不能离开，硬生生地还是把她和吴建成拉扯在了一起。

尹沫熙嘴角扬起苦涩的笑，神情有些恍惚地点着头轻声呢喃着："好，不分开，爹地妈咪不分开。"

尹沫熙清楚，有了孩子后又怎么可能潇洒地从婚姻中全身而退？

解决了小雪的事情后，小熙整个人都轻松了不少。

她陪女儿吃过午饭后，便上楼哄着孩子睡个午觉。

晚上他们一家还要去超市大采购，为明天的出行做准备。

尹沫熙一直在孩子的房间陪着朵朵，一直到一点多她觉得有些口渴，想要下楼去喝杯水。

刚一开门，就发现公司的律师悄悄地从吴建成的书房走出来。

尹沫熙心里一惊。为什么公司的律师会出现在家里？难道是吴建成背着她又有所行动吗？

尹沫熙偷偷跟在了律师身后。

花园内，尹沫熙突然叫住了律师。

"张律师……"

尹沫熙突然叫他，吓得张律师浑身一颤，回过头来发现身后站着的人是尹沫熙时，律师的神色明显有些紧张。

尹沫熙更是察觉到，这位律师和吴建成之间肯定有什么事情。

尹沫熙一步步地靠近那位律师，低声在他耳边问道："这个时间张律师来家里有什么事情吗？"

张律师怔了怔，很快就恢复了淡定，轻声开口否认道："没什么重要的事情，就是公司的一些纠纷问题，找吴总来签个字。"

只是这么简单？

尹沫熙又不是傻子，他刚刚的表情明明就是有什么！

尹沫熙呵呵一声冷笑出声，随后语气加重："张律师，我和我父亲很信任建成，所以把公司全权交给他来打理。可是这公司还是我父亲的，你应该知道这一点。如果我想调查一些事情，那我就一定查得到！到时候，我想辞掉某些人，我想应该也是可以的。"

尹沫熙在威胁张律师，她必须这样做。

她只是想知道，吴建成到底有没有预谋伤害她？还是他们打起了公司的主意？

张律师擦了擦额头上的冷汗。吴总得罪不起，副总更得罪不起。到底该说还是不该说？

见他有些动摇，尹沫熙继续说服他："我只是想知道他找你什么事，又没强迫你改动什么资料或者是做其他坏事。"

张律师低头严肃地考虑了很久。

其实吴总这么做也是好意，既然如此，为何要对副总进行隐瞒？

张律师张了张嘴，顿了顿后开始说出事情的真相。

"吴太太，吴先生他买了两份保险。"

听到保险俩字，尹沫熙身子猛地晃了晃，顿时感觉一阵头晕目眩。

张律师见她脸色发白，立刻问道："您没事吧？"

尹沫熙扶着旁边的花架摇摇头继续说道："我没事，你说他买了两份保险？是给他自己的吗？"

尹沫熙听到保险俩字就开始胡思乱想，就像电视里演的那样。渣男为了拿到全部家产，买了保险后就开始加害女主，害死女主后还能拿到高额赔偿金。

所以吴建成也想如法炮制？他的那些温柔表现不过是假象罢了？尹沫熙轻轻地按住自己的胸口，她心里慌得不得了。

然而律师的回答却让她更加诧异。

张律师摇摇头，轻声道："怎么会呢？这两份保单是为您和朵朵买的。吴总若是发生意外，您和朵朵会拿到高额赔偿金。"

尹沫熙一惊，不可置信地抓着张律师的手臂问道："你说什么？保单的受益人是我和朵朵？不是他？为什么？好端端的为什么要投保，为什么我和朵朵会是受益人？"

吴建成还有他的家人，他的父母和他弟弟。为什么受益人却只有自己和朵朵？

张律师无奈地轻叹出声，随后有些忐忑地嘱咐着尹沫熙："太太，原本吧，吴总是要求我对你保密的。他是不想你知道此事。具体是因为什么我也不太清楚，我也很不解啊。您看公司现在发展得很好，也绝对不会破产之类的，我也问过他，他说好像是看了一部什么电影，看到男主意外去世留下女主一个人孤苦伶仃地生活，就觉得应该做点什么。我想吴总是真的很爱你和朵朵。"

张律师的确是实话实说。可尹沫熙却真的不能完全信任吴建成。毕竟他是出过轨的人，尹沫熙不确定他是否真的愿意回归家庭。

张律师看了一眼时间，他还有事只能先行离开。

尹沫熙一个人在花园内的长椅上坐了很久。

张律师刚才说的那部电影，应该就是他们之前看的那部老电影。

难道他真的是因为那部电影有所触动，所以才会决定买保险，算是给她和朵朵一份保障吗？

如果吴建成真的就只是一时被迷惑，如果他的心从未离开过自己呢？她应该给他一次机会，也应该给自己一次机会。

第75章　意外惊喜

事情似乎真的在朝好的方向发展，吴建成抽出更多的时间带着朵朵和尹沫熙外出玩耍。

今天天气不错，和风习习，阳光灿烂，尹沫熙摇下车窗感受着暖暖微风拂面，这种感觉真的太好了。

处理好家庭问题，尹沫熙觉得自己心态也跟着有所改变。

虽然短暂的甜蜜让她心情放松，可是她却依旧不能大意。毕竟欧雅妍还是公司的艺人，她一天没离开公司，就有可能继续缠上吴建成。

225

尹沫熙知道欧雅妍这种女人最需要的是什么。

钱！她一旦享受过富足的生活，就一定不会甘愿再回到底层过那种平庸的日子。

尹沫熙只能在心里默默祈祷着，希望吴建成真的能坚守信念，能够经受得住所有的诱惑。

朵朵躺在小熙的怀里，开心的她一直哼着儿歌。朵朵知道爹地妈咪都很忙，能够抽出时间来陪她她就已经很满足了。

吴建成几次回头看朵朵开心的模样，心里又做出了另一个决定。

"朵朵啊，既然你这么喜欢爹地妈咪陪在你身边。那爹地再休息一个星期好不好？"

朵朵立刻从小熙的怀内爬出来，探头看向驾驶位置的吴建成，一张笑脸写满了期待："真的吗爹地？你不上班可以的吗？"

尹沫熙也觉得吴建成最近休得太久了。他是公司的总裁，公司有什么事都要依靠他的，他哪里有这个工夫天天陪着她们？

尹沫熙忍不住劝道："我知道你心疼朵朵，可是公司那边你也要负责的。不能太宠着朵朵，如果她养成了习惯，朵朵天天都要你陪在身边，你怎么办？"

尹沫熙一边说着一边看着女儿，耐心地和她商量着："朵朵，妈咪之前教过你的。每个人都要有责任心的。还记得妈咪跟你说的什么是责任心吗？爹地要管理公司，那他就要对公司的员工和客户负责对不对？"

朵朵点点头，高声回答着："对啊妈咪，爹地要对公司和员工负责。可是妈咪，我是爹地的女儿，爹地也要对我负责的呀。"

古灵精怪的朵朵如此回应尹沫熙，倒是让她一时说不出话来。

没错，朵朵是吴建成的女儿，他的确应该对朵朵负责。

看着尹沫熙一时无言的尴尬模样，吴建成不禁哈哈哈的大笑出声。想不到女儿如此聪明，小熙倒是一脸呆萌的模样。他们的女儿现在就这么厉害，长大了可不得了呢。

朵朵见妈咪如此无奈，笑嘻嘻地仰头在她脸上亲了一下，随后乖巧地说道："妈咪，朵朵知道的。我不能太任性一直让爹地在家里陪我。爹地妈咪都要上班的嘛，可是爹地妈咪，以后你们可以常抽出时间来陪我吗？"

朵朵在努力为自己争取和父母多一些相处的时间。她想爹地妈咪带着她一起去游乐园玩，一起去看大象和狮子，还想让爹地妈咪带她去看动画片。她有那么多想和爹地妈咪一起做的事情，需要的就是他们的时间和陪伴。

吴建成沉默了许久，女儿的懂事让他心疼，他不是没有时间。虽然是公司的总裁，可公司有那么多人，他并不一定要事事亲力亲为。如果他之前肯把陪在小三身边的时间，抽出一些来陪女儿，那么朵朵也不会那么孤单了吧？

吴建成和尹沫熙同时答应了朵朵，以后每个星期都抽时间带她出来玩玩。

很快，他们就到了游乐场，吴建成买好票就带着小熙和女儿进入了游乐场。

"对了小熙，有惊喜等着你哦。"

吴建成一手抱着女儿，另一只手牵着小熙往旋转木马那边走。

尹沫熙很是好奇，吴建成所说的惊喜到底是什么？

一家三口来到旋转木马前，有个男人正拿着相机朝他们这边拍照。

尹沫熙眯了眯眸子，这身影看着太熟悉了。她不禁笑着问吴建成："你该不会是把沐云帆给叫来了吧？"

吴建成故作惊讶，随后竖起了大拇指："我老婆真是好聪明呢，的确是沐大摄影师。"

尹沫熙被吴建成如此夸张的语气逗得笑出了声，她娇嗔地拍了几下吴建成的后背，却还是有些不能理解地问："可你不是不喜欢我和沐云帆走得太近吗？"

一个沐云帆，一个韩冷轩。

尹沫熙现在的男性朋友就只有这两位，而吴建成偏偏又是个醋缸子。

吴建成只是伸手摸了摸尹沫熙的脸颊，指尖温软动作轻柔，又假装无可奈何地叹息着："有什么办法呢？谁让你是我最疼爱的老婆！我想了想，总不能干涉你交朋友吧？"

吴建成背对着阳光，尹沫熙眯眯眼睛，感觉头顶有一束光芒晃得她睁不开眼睛。

什么时候起吴建成如此的善解人意？又是什么时候起他如此温暖人心了？

看着吴建成嘴角那一抹醉人的温存笑意，尹沫熙微微踮起脚尖在他脸颊处轻轻一吻。

不远处的沐云帆刚好捕捉到这一幕，手指下意识地按下了快门，便有了这么一张人人羡慕的家庭合影。

沐云帆低头看着相机屏幕内的这张照片，一家三口沐浴在阳光下，尹沫熙踮起脚尖娇羞地在他脸上留下一吻，而吴建成则笑得那么满足。

他真的好想删了这张照片。为什么一切看起来都是那么美好，美得让他心生妒意呢？

吴建成突然低头在尹沫熙耳边轻声说道："你知道我照相技术并不是很专业，更何况我们一家三口来游乐园，所以我就请沐云帆来给我们拍片。他的拍照水准，估计今天的照片拍出来后张张都会是宣传海报。"

尹沫熙浅浅地笑着，不禁调侃："沐云帆身价这么高，你却把他请来给我们拍全家照？那些抢着要和沐云帆合作的人，若是知道你这样大材小用，岂不是要哭死了？"

想必今天沐云帆亲自来陪着一起拍片，肯定是看尹沫熙的面子友情出场。

第76章　你还会回来吗

朵朵那双水汪汪的大眼睛转来转去的，突然指着不远处的海盗船兴奋地叫着："爹地爹地，我要玩海盗船，你陪我玩海盗船嘛。"

"那你先陪她去玩海盗船，一定要注意安全，照看好她。我先去那边和沐云帆打个招呼。"

夫妻二人只能分开行动，毕竟这种有点惊险的游戏，尹沫熙是玩不了的。看来今天大部分游戏都要吴建成这个做父亲的来陪玩了。

尹沫熙转身看着沐云帆正将相机对准自己，她立刻笑脸如花地快步迎了上去。

"你的相机不是应该对准我女儿吗？"尹沫熙一边笑着一边伸手指向了沐云帆手中的相机。

沐云帆一直没有放下相机，不停地按下快门，镜头中都是尹沫熙的身影。

她今天只是穿了一件白色的小洋裙，款式简单也很低调，的确是符合她的穿衣品位。虽然穿着娴熟而优雅，可她此刻笑着伸手指向自己的模样，却又俏皮可爱。

沐云帆能够明显地感觉到，尹沫熙变了。不再是他第一次见到她时那般的忧郁，她的笑容中多了几分暖意。

短短几天时间，她已经解决了家庭问题？她真的已经打败了欧雅妍那个小三吗？

"云帆，谢谢你今天肯抽出时间来给我们拍照。你可能不知道，建成拍照技术真的好烂的。"说着说着，尹沫熙还不时低头笑出了声。

想到以前吴建成给她和朵朵拍的照片，虽然能看得过去，但是真的算不上好看。

沐云帆态度忽然有些冷淡地说："吴建成什么都好？你确定吗？你今天看起来很开心，你和他看起来似乎已经没问题了？"

沐云帆也不清楚，自己是盼着尹沫熙和吴建成和好，还是盼着他们有问题？他心里也是复杂的，不过此刻，看着他们如此甜蜜地秀恩爱，他是真的觉得不爽。

尹沫熙娇羞地低着头，沉吟片刻后说道："原来幸福的模样真的是藏都藏不住呢，是啊，我和建成的问题解决了。我决定原谅他。"

尹沫熙只是用了简单的结局就交代了她婚姻中出现的这个小插曲。对她来说，可以算是一个考验，只要挺过去了就不想再计较。毕竟日子要继续过下去，难道一定要闹得让吴建成下跪认错，要离婚，才算是真正地解决问题？

尹沫熙嘴角的笑容刺得沐云帆心里格外的痛。

"你说得云淡风轻的，当初不知道是谁哭得要死要活的。你确定危机真的过去了？他是真的不会再出轨了？"

尹沫熙有些犹豫。这种事情她真的说不好。

"将来的事情谁说得准呢？人不是要活在当下吗？现在他还在我身边，这就足够了。"

婚姻是要经营的，这是这次婚姻危机后尹沫熙得到最深切的感受。之前是她对婚姻太过松懈，以为彼此互相爱着对方就一定不会出问题。太过信任，太过放纵老公也是不行的。

沐云帆听后不禁有些想笑，却又笑不出来。既然这是尹沫熙的决定，那他又有什么资格去干涉人家的婚姻生活？

当初就不该有期待的，她有孩子有老公，难道还能期待她成为一个单身女性不成？

既然尹沫熙已经确定婚姻危机解除，他们之间是绝对不会有什么进一步关系的。

沐云帆知道小熙当他是朋友，可他对自己不确定，他还不知道他对小熙到底是什么感觉。只是此刻，他真的很想逃避。

"我可能下个月就要回美国了。"沐云帆是临时决定要回美国。他还是回避尹沫熙的好，不见她，心中的那种感觉应该就不会那么强烈。

"你要回美国？你不是决定留在国内了吗？怎么说走就走这么突然？"

尹沫熙好不容易交到一个朋友，她也感觉自己和云帆是越走越近。可他却要离开了？

沐云帆眼神躲闪，只能随意编了个借口："嗯，美国那边有个工作要接，所以下个月就要回去。"

"哦，那你……还会回来吗？"

尹沫熙只是觉得，如果沐云帆离开，或许他们再见面就真的很难了。

毕竟像他这种大摄影师，都是各国飞来飞去的，哪里还有时间回来这边和他们叙叙旧聊聊天呢？

尹沫熙只是觉得有些可惜，说来她和沐云帆挺有缘分的。初次见面的误会和尴尬，到现在的相识相知，他们两人竟有些惺惺相惜。

沐云帆心里有些不舍，却还是噙着笑意轻松道："谁知道呢？就像你说的，将来的事情都是未知的。"

尹沫熙笑了笑。

算了，有缘还是会再见的。

这半个月的时间他们在公司应该也会经常碰面的。

沐云帆虽然想要逃避尹沫熙，可是想到今后两人见面的机会越来越少，他真的很想多拍一些她的照片留作纪念。

于是沐云帆提出了一个要求："之前你可是答应我，要帮我拍一组照片的。不过我就要走了，你是不是应该多让我拍些？"

沐云帆想拍下尹沫熙的每个动人瞬间，她哭起来无助的模样，她虚弱时苍白惹人怜惜的模样，还有她巧笑倩兮，笑起来梨涡清浅的模样。

他似乎真的着了魔，只是自己并不知情罢了。

之前尹沫熙不想沐云帆给她拍照，不过现在两人是朋友，她也就比较放得开了。

"OK，没问题啊，能被国际著名摄影师拍，也算是我的荣幸了哦。"她调皮地眨着眼睛，如此调侃着沐云帆。

不得不说，她如此的活泼可爱，那张略显苍白的脸此刻也更加生动了。

第77章　为什么要给人家做电灯泡

沐云帆既然决定下个月就要回美国，便想着尽快找时间给小熙拍照。

他不想把行程排得太往后，也不想回美国前让自己变得更加忙碌。

"不如这周末吧，来我工作室。"

她略显惊讶，感叹着："我看建成在公司给你腾了一间办公室出来，我还以为你没有工作室呢。周末的话，我和建成可能要带朵朵去看电影。我们答应孩子每周都抽出一些时间来陪她。不如这周五吧，我下午应该有时间的。"

周五公司应该没有什么事情，尹沫熙准备下午的时候早点离开公司，去云帆那边拍些好看的照片留作纪念也是不错的。

两人已经决定好了，这时朵朵从远处跑了过来，手里还拿着两个冰激凌。

"妈咪、云帆叔叔吃冰激凌。"

朵朵将草莓口味的冰激凌递给了小熙，又将巧克力口味的甜筒递给了沐云帆。

"云帆叔叔，我不知道你喜欢什么口味的冰激凌，不过我好喜欢巧克力呢，我想你也会喜欢巧克力的。"

云帆笑着点点头道："朵朵真聪明，我的确很喜欢巧克力。"

吴建成很快也追了上来："朵朵，都叫你不要跑了，要是摔倒了怎么办？"

吴建成拿出纸巾帮朵朵擦了擦嘴角的冰激凌，又帮她擦了擦手。这么看来，倒的确是有好爸爸的模样了。

朵朵嘿嘿一笑，随后又指着身后的旋转木马撒娇着："爹地，我想玩这个。"

旋转木马没有任何危险，小熙点头同意。虽然小熙也想陪着女儿一起玩，不过谨慎小心的吴建成怎么也不肯同意。

没办法，尹沫熙只好站在外面，看着吴建成和朵朵坐上了木马。

随着音乐声开始，木马缓缓旋转着。这一次，沐云帆手中的相机对准了木马上的朵朵。

他自动过滤掉旁边的吴建成，拍了那么多张照片却没有一张有吴建成的。

他只是不爽吴建成这个渣男能够重新得到小熙的原谅，所以他不肯给吴建成拍照。

站在一边的尹沫熙也没有闲着，她拿出自己的手机对着女儿拍个不停。

她向前走了几步，随后对着女儿喊话："朵朵，看妈咪这边。"

朵朵一听到尹沫熙的声音，立刻看向这边，随后双手比V竖在自己的脑袋上。

小熙拍了几张后再次喊道："朵朵换个姿势。"

朵朵又嘟起了肉嘟嘟的小脸，可爱的模样让人忍不住想要上去捏捏。

沐云帆在一旁将母女二人之间的互动全部拍了下来。

趁着朵朵拉着吴建成去买饮料，沐云帆好奇地问她："你好像很擅长给朵朵拍照，你学过拍照？"

小熙不禁扑哧一声笑了出来。她摇摇头，随后谦虚地解释着："我之前是婚纱设计师嘛，每次设计好的婚纱都会拿相机拍下来，但是和你这种专业的肯定没法比。不过我拍女儿不一定会比你差哦。你听过有一种视觉叫妈妈视觉吗？"

"妈妈视觉？"沐云帆皱了皱眉，他的确没有听过这种说法。

"就是以母亲的角度去给女儿拍照片，因为我和朵朵一直在一起。我知道朵朵什么角度什么表情是最可爱最真实的。光是看她脸上的表情就知道她下一秒会是什么动作。所以我觉得我虽然是拿手机拍，可是捕捉的画面应该不比你差的。"

两种风格两种概念，在专业上沐云帆的或许更好看，可是从情感的角度出发，或许尹沫熙拍的照片会更真实更有感觉。

尹沫熙的这番话让沐云帆更是兴奋不已。仔细想想小熙说得挺对的，他们有时候为了拍出一组不错的照片，都要亲自跟在被拍者身边，和他们同吃同住，了解他们的生活习惯和人物背后的故事。

还有那些拍动物的摄影师更是辛苦，为了拍出一张珍贵的照片，可能要在雪地中等上好久。

不去了解，又怎会拍出生动的照片？

沐云帆觉得，他和尹沫熙之间有很多相似处，也有很多话题可聊。

说到底，是自己慢了太多拍。

吴建成和尹沫熙上学时就已经认识了，那个时候他还在纽约上学。

他们的人生，无论是过去还是未来，或许都不会再有交集了吧？

沐云帆有些惋惜地说道："如果还有机会，真想亲自教你如何拍照。"

尹沫熙也有些感慨地点着头："是啊，如果有机会的话我也想学学。希望以后会有那个机会。"

以后，谁知道以后会怎样？

氛围有些淡淡的忧伤，两人沉默了许久。

还是朵朵的声音打破了这沉默。

"妈咪我饿了。"

尹沫熙给朵朵擦了擦额头上的汗珠，随后拿出带来的零食和便当。四个人在草坪中找了个位置坐下来，小熙将毯子铺好，把食物都摆了出来。

朵朵开心地坐在小熙和吴建成中间，大口地吃着小熙给她做的饭团和蛋糕。

沐云帆不是第一次品尝小熙的手艺，每次吃她做的菜都觉得有种家的味道。

"小熙，你最爱吃的鸡翅。"吴建成把鸡翅送到小熙嘴边，小熙有些害羞地低着头小声抱怨着："建成，云帆还在呢。"

当着别人的面这样喂她吃东西，她当然会有些害羞。

沐云帆本就心情糟糕，见小熙如此娇羞的模样，心里更是觉得堵得慌。一个饭团下肚差点没把自己噎死。

他真是想不开，为什么要来游乐场给一家三口当电灯泡？还是个这么没有存在感的灯泡。

像他这么一个身份不低的人，无论在哪里都是别人瞩目的焦点。

可他此刻轻声咳嗽着，想要引起尹沫熙的注意，结果尹沫熙和吴建成却只顾着互相喂食。看来今天，他是真的要消化不良了。

第78章　在全国人民面前秀恩爱

沐云帆想了想，觉得还是不要自虐的好。他只好起身尴尬地找了个借口先回去。

"我还有事就先走了，照片找时间我传给你们。"

小熙点点头，也没有强留他，朵朵抓起几个饭团和蛋糕塞到他的手中。

"谢谢云帆叔叔帮我们拍美美的照片。以后有时间要常来和我们一起玩哦，妈咪做的饭团和蛋糕超好吃的，云帆叔叔你要多吃点。"

沐云帆双手捧着那几个饭团和蛋糕，顿时觉得心里五味杂陈。

他喜欢尹沫熙，也喜欢可爱的朵朵。可她们都是别人家的，他只是尹沫熙的朋友，只是朵朵口中的云帆叔叔罢了。

沐云帆点点头，捧着吃的离开了。

他走后，吴建成更是光明正大地搂过自己的老婆，和她一起享受着日光浴。

吴建成忽然想到小熙暗中调动邱老的儿子去财务部一事，他忽然低头轻声问道："小熙，是你让邱老把他儿子送到财务那边的吗？"

尹沫熙就知道这事吴建成早晚都会知道。

虽然两人现在婚姻危机解除，他们像以前那样还是一对恩爱的夫妻，可是尹沫熙并不打算把邱老的儿子撤走。她只是没了安全感。

尹沫熙不着痕迹地勾了勾唇角，随后耐心地解释着："是啊，我建议邱老让他儿子去财务部上班。你看邱老之前一直辅佐我父亲管理公司大小事务，他是我父亲的患难之交也是公司的有功之臣。而且我还了解到邱老的儿子是国外知名大学毕业，有能力。我觉得他完全可以胜任财务部部长一职。"

吴建成并没有考虑太多问题。既然是小熙想要调来的人，他依了她便是。

更何况吴建成私下里也有调查邱老儿子的背景，虽然邱老的儿子一直在公司上班，不过他从来没有在别人面前提起过邱老是他的父亲。他很低调，从来都是靠自己的实力说话。这样的人才，升职到财务部做部长也是挑不出任何毛病的。

吴建成宠溺地在小熙的耳边吐着热气，"好，你想调他去财务部做部长，那就调他过去好了。从今天起我都听你的，甘愿做你的俘虏。"

吴建成在尹沫熙耳边说着动人的情话，尹沫熙身子颤了颤，随后立刻推开了他，神情略显严肃地小声抗议着："你疯啦，朵朵还在呢！你在女儿面前别对我动手动脚的。"尹沫熙担心吴建成的暧昧举动会被朵朵看到。

吴建成只好撇撇嘴有些委屈道："你啊，自从有了孩子，生活重心都扑在朵朵身上。你是不是也该关心一下你的老公？"

话虽如此，可是尹沫熙的确是无能为力，她无奈地耸耸肩膀说："我想关心你，可是没办法喽。你都是当爹的人了，能忍就忍吧。以后会好好补偿你的。"说完，尹沫熙攥紧了手心，白皙的脸蛋迅速染过一抹绯红。

吴建成还不知这几天他早就成了狗仔们争先跟踪的对象。此刻一家三口在游乐场草坪上悠然地享受着午后的休闲时光，而狗仔队的相机也在不远处拍了不少的照片。

尤其是这对夫妻躺在草坪上彼此温存的一幕，也被他们收入镜头中。

很快，关于尹沫熙和吴建成的新闻再次霸占了娱乐版的头版头条位置。

尹沫熙对此毫不知情，直到手机响起。

吴建成有些懊恼地看了一眼小熙的手机屏幕问："谁啊？怎么在这个时候打来？"

还是吴建成准备充足，他就是不想别人打扰他们一家三口的休闲时光，来的路上就已经把自己的手机关机，外界的电话一个都打不进来。

小熙看了一眼手机屏幕，立刻从吴建成的臂弯中挣脱出来，她坐起身子慌忙地按下了接听键。

"小雪？你和志远又吵架了？你婆婆又难为你了？"尹沫熙担心小雪回家会被他们刁难。

小雪笑了笑，立刻为自己解释："你慢慢说，不用这么紧张我。这次回家他们表现得还不错，志远虽然还是那样，不过嘛，对我也还不错啦。昨天下班回家竟然给我买了草莓和樱桃。我婆婆应该还是看我不爽，但我猜志远肯定找我婆婆谈过的，我婆婆虽然看我的眼神还是凶巴巴的，却没再说我什么。"

小雪暗自庆幸，这一次反击总算是成功了。今后这家人应该不会再无视她了吧。

小熙听小雪这么说总算松了口气。她过得好比什么都强。

小熙刚喘口气，小雪便八卦地笑着调侃她："某人好幸福哦，和自己的老公躺在草坪上卿卿我我，还撒娇地躺在老公的怀里。"

小雪的话让尹沫熙的眉越皱越紧。尹沫熙立刻站起身子四处张望着问："你在哪呢？你也来游乐园了？"

小雪翻了个白眼，一脸无奈地告诉她："我的大小姐，你都不看新闻的吗？你今天一整天都没看你的手机吗？我怎么可能会在游乐园啊，我是在新闻上看到你和吴建成还有朵朵的！你们一家今天又霸占了整个娱乐版头条哦，恭喜恭喜，你这个曝光速度都可以出道当艺人了。"

小熙呆呆地瞧了一眼仍旧躺在草地上的吴建成，她立刻挂了电话蹲在吴建成身边，有些无可奈何地说道："老公，小雪打电话告诉我，说我们一家又上了头版头条。你说我又不是娱乐圈的人，我只是想低调一些，可是那些狗仔队的记者怎么成天盯着我们两个？"尹沫熙不想这么高调，在全国人民面前和她老公秀恩爱，她也不想让朵朵在媒体面前过度被曝光。

对此吴建成也有些无奈，谁让他们一家人名声在外，虽然不是娱乐圈的艺人，却也天天被狗仔们惦记着。

第79章　你以为你很高级吗

欧雅妍最近几天天天在家闷着，私人调查员那边还没有给答复，她只能耐心地等待着。

她打着赤脚在地板上走来走去。公寓就这么小，从卧室出来到厨房再到客厅转了一圈，找了一遍也没看到自己的母亲。

欧雅妍一边抓着头发一边小声嘀咕着："又跑去哪里了？"

没有工作的日子里，她无聊地打发着时间。

欧雅妍对肚子里的孩子显然并没有那么在意，她留着这个孩子，只是因为这个孩子对她还有点用处。

她去冰箱找了一杯矿泉水，拧开盖子灌了几口后，又自言自语道："就昨晚喝多了，应该没什么问题吧？"

欧雅妍正对着地板发呆，门铃突然响了。

欧雅妍以为是母亲出门没带钥匙，她走过去开门，还高声抱怨着："你明知道我怀孕了，还不拦着我喝酒……"

后面的话没说完，当她看到站在门口的人时，身子僵了僵，后面的话全部吞进了肚子里。

是她自己大意了，竟然没有看清是谁就敢胡言乱语。

门口站着的男人正探究地打量着她，他的穿着很是新潮，一头栗色的短发被简单地打理过，身材修长标致，耳垂上还挂了一个十分显眼的黑色耳钉。

这个男人就是欧雅妍肚子里孩子的亲生父亲，他和欧雅妍在同一家夜总会上班。

欧雅妍深若冰潭的眸子异常清冷，她承认，在看到他的那一瞬间，她心里紧张得要死。

为什么他会突然出现在这里？

欧雅妍眉头渐渐拧起，语气很不友善地想要把他赶走："我和你早就没有任何关系了，你来找我干什么？"

那个男人只是目光阴沉地盯着欧雅妍，沉默许久后，突然迈着步子走进了公寓。

"哎你干什么？谁让你进来了？"欧雅妍伸手想要将他推出去，奈何力气敌不过人家。只能眼睁睁地看着她的前男友进入了公寓。

前男友环视了一下公寓的环境，随后摇了摇头说："我以为你离开夜总会，傍上那个男人会过着怎样富贵的生活。搞了半天你只是住在这么一个小公寓内？欧雅妍，你前阵子挺风光的啊。听楠楠说你还回到夜总会大肆炫耀，当时你好像是开着一辆限量版跑车回去的吧？"

那个时候的欧雅妍正受宠，名下两套别墅，还有吴建成送给她的那辆豪车。那个时候的她，真的是够风光的。

欧雅妍好像没听见他说什么似的，厉声喊着前男友的名字："王宇，谁让你进来的？我说了我们两个早就没有任何关系了，你立刻给我滚出去。"

她见前男友就好像是见到了仇人似的。这让王宇不能理解，他是好心来看看她，毕竟他们之前有过那么一段情，而且爱得那么热烈。

王宇上前一步嗓音低沉地问道："你确定要我出去？你确定要我站在你公寓门口和你说话？"

"你……"欧雅妍被气得脸通红，她当然不能让王宇站在公寓门口了。

谁知道他这么一闹，会不会被周围的邻居听见什么。

欧雅妍只好缓和语气冷声质问："你来干什么？"

"我来看看你，这几天铺天盖地的都是吴总和他太太的新闻，两人花式秀恩爱你还受得了吗？"

前阵子回夜总会时，她得意地向所有人炫耀，说她很快就要出道成为艺人了。

当初欧雅妍奋不顾身和吴建成离开时，他就觉得欧雅妍总有一天会摔得很惨。吴总那样的男人，会为了她放弃所有吗？

欧雅妍冷笑出声，眼里的阴郁已经渐渐转向狠绝，她笑着问道："你看到了，看到我过得不好，你很开心是不是？你满意了，当初我抛弃你和吴建成离开，现在我过着这样落魄的日子，在这么小的公寓内，还要面临失业的可能。看我这样你心里很爽对不对？"

欧雅妍以为王宇此次来是为了羞辱她。当初，是她抛弃了他。她怀着王宇的孩子，却跟着吴建成跑了。他恨她也是应该的。

王宇无奈地摇摇头，他声音沉稳却很有力量："我来是想告诉你，我现在是DJ，一个月能挣一两万块。等到以后我有点名气了，会挣得更多一些。虽然比不上吴建成，但是我给你的比你现在拥有的要好得多，我们可以租个大点的房子，也可以贷款买辆小轿车。"

王宇是真心喜欢欧雅妍的，想要真心实意和她在一起过日子，所以也计划好了这一切。

可是这一切在欧雅妍看来却是特别可笑的事情，她嘲讽地哈哈大笑。

"租个大点的房子？你以为租个房子很了不起吗？我要对你感恩戴德立刻跟你走是不是？我告诉你王宇，我之前住的是三百多平方米的别墅！我开的可是豪车！你连房子都买不起还跟我谈什么？一个月一两万块很多吗？我现在没有任何工作，可公司每个月给我的工资也有几千块的。"

她长得这么漂亮，就算不是勾上吴建成，她也同样可以钓个有钱的公子哥。她自从和吴建成在一起后，就暗暗发誓，这辈子一定要嫁进豪门，一定要成为豪门贵妇！

他的真诚却换来欧雅妍如此无情的嘲讽，王宇眸子一冷，忍不住伸手甩了她一个耳光，责问道："我为了给你一个好的生活一直在努力，可你却看不起我？你是住着别墅开着豪车，可是你那钱怎么来的？你和那些在外面卖的女人有什么区别？你为你很高级吗？"

第80章　准备将她拱手送人

欧雅妍脸上火辣辣的疼，王宇这一巴掌下手着实挺狠的。她捂着自己的脸，一脸愤怒地看向自己的前男友。明明已经分手了，为何要自作主张地来找她？

每个人都有自己的人生，对，她就是他口中那种低俗不堪的女人。

王宇用自己的双手辛勤工作去赚钱，她用自己的美貌和手段去得到自己想要的。难道自己就错了吗？她只是选择了这样一条路，既然两人不是一条道上的人，彼此分道扬镳，互不相见不就好了？

欧雅妍咬了咬唇，冷冷地警告他："我就是这样的女人，你以为我在夜总会上班会是怎样的女人？你以为我是贤妻良母？还是乖乖女？我们早就分手了，你犯贱地跑来找我，说了一大堆可笑的话还甩了我一巴掌？王宇，你是不是精神不正常？我警告你，再也不要来找我，我们之间已经没有任何关系了。"

虽然曾经那段恋爱时光真的很幸福，幸福得让她有时也会回忆过去。

可是光有爱情有什么用？她需要的是钱，需要稳定富足的生活。这些王宇都给不了她。

王宇气得有些哆嗦，他试图把她拉回来，试图让她看清她在吴建成心中的位置。她不过就是一个玩物罢了。

两人沉默地对视着，王宇突然想起刚开门时欧雅妍说的那句话。他眼中闪过一丝惊喜，低声问道："你怀孕了对不对？"他还有期待，期待欧雅妍肚子里的那个孩子就是他的。

欧雅妍怔了怔，她立刻垂下眸子故作镇定地说："我怀孕了跟你有什么关系？"

"孩子是我的吗？"

欧雅妍嘲讽一笑，眼中满是不屑："你在搞笑吗？孩子为什么是你的？我跟你说实话吧，孩子是吴建成的！如果孩子真的是你的，我一定会立刻去医院把他打掉，我怎么可能还会留着他？"

为了让王宇相信她说的谎话，她竟然说得这么绝情。

这番话的确是伤害到了王宇的心，他的心骤然紧缩，不过想想也的确如此，如今的欧雅妍已经不是当初他所认识的那个女人。若孩子是他的，欧雅妍或许真的会把孩子打掉，因为对于想要进入豪门的她来说，怀了王宇的孩子，那孩子只会成为她前往豪门之路的绊脚石。

看来他真的不该来找她，何必自取其辱呢？王宇这一次对欧雅妍是真的不再抱有任何幻想，他已经对这个女人彻底失望了。

"雅妍啊，我刚才去超市看到……"

欧雅妍的母亲拎着两个购物袋回到了家，刚开门就看到一个陌生男人站在客厅。

她紧了紧喉咙，放下手中的购物袋，随后走上前去认真地打量了一番。

这男人她从未见过，当然女儿的私生活她这个做母亲的也并不了解。

欧雅妍的母亲轻轻咳嗽两声，问道："雅妍啊，这是谁啊？"

欧雅妍崩溃地拢了拢头发，没有回答母亲的问题，而是直接对王宇下了逐客令："可以走了吗？"

王宇自知没趣，从今以后，他真的不会再对这个女人有半分留恋。

"好，就像你说的，从今以后我们互不认识。你自重吧。"

王宇转身离开了小公寓，他走后，欧雅妍直接瘫坐在了沙发上。

看女儿这个表情，她的母亲试探性地问道："那个男人，该不会就是肚子里孩子的亲生父亲吧？"

欧雅妍点点头说："对，就是他。"

欧雅妍的母亲也相当的震惊，她立刻小声地问道："那他来干什么？他知道肚子里的孩子是他的吗？他到底有没有钱啊？"

欧雅妍静了静心，思绪渐渐平稳下来，"他还什么都不知道，他今天找我来是看我如今落魄，想要接我回他那里去过日子。他说现在当上了DJ，一个月一两万块，也算不上有钱。"

一两万块，对于欧雅妍来说真的算不上有钱。想想吴建成之前给她买的限量手包，一个都要十多万。

"一两万块还少啊？要不你考虑一下？总比你一直耗在吴总身上要强得多吧？我刚才去超市，结果看到家电区的电视画面中一直在播娱乐新闻，吴建成和他太太恩爱得很。我看你是没戏了。"她对自己的女儿实在没有什么信心。

欧雅妍懒得搭理自己的母亲，她说不出什么好听的话来。

欧雅妍起身往自己的房间走去。她现在把所有的希望都寄托在私人调查员和公司的眼线身上。

欧雅妍以为情况再糟糕也不会比现在更惨。她怎么也没想到，吴建成对她做的事情更绝情。

几天后，尹沫熙和吴建成结束休假，夫妻二人送了朵朵去幼儿园后就来到了公司。

员工们看着两人同时下了车，尹沫熙小鸟依人地挽着吴建成的手臂，两人走在一起真的是一幅美丽的风景画。

"吴总、副总早上好。"

"吴总好，副总好。"

员工们一字排开，纷纷给尹沫熙和吴建成让路，尹沫熙笑容亲切地同员工们点点头。

两人进了电梯后，其他人立刻炸开了锅。

"看来那些娱乐新闻都是真的？吴总和副总真的没有闹别扭哎，想不到两人感情更好了。"

公司的员工还以为两人会大闹一场，想不到结局竟然如此的平静。

有些人更是觉得欧雅妍蠢得可怜。

"唉，一个夜总会的陪酒女，一个真正的豪门大小姐。气质不同，性格不同，任谁都会选择我们副总了。欧雅妍还真是不自量力，到头来什么都没捞到。"

所有人都觉得，欧雅妍人财两空，这损失真是太惨重了。

尹沫熙先回到了自己的办公室，吴建成回到办公室后也立刻叫来了秘书。

"帮我联系几家娱乐公司的老板一起吃个饭。"

欧雅妍是留不得的，不过为了给她一个交代，吴建成已经在着手准备将她安排在别的公司内。他打算将欧雅妍拱手送给别人。

第81章 一手交钱一手交货

秘书只是觉得好奇随口问了一句："吴总，我们是要和其他娱乐公司一起合作吗？"

毕竟他们公司是全国最大的娱乐公司，可是吴总让她去联系十多家的娱乐公司一起吃饭谈事情。秘书不过是好奇，吴建成也没有对她隐瞒。反正这消息早晚都要传开的。

"我看看哪家公司比较适合欧雅妍发展，她不太适合在我们公司继续待下去，所以准备安排她去别的公司，也可能把她分配到分公司去上班。再说吧。"

吴建成还没有完全下定决心，这也要看欧雅妍到时候如何选择。

是想继续做艺人，找个其他规模不小的公司出道，还是去他们公司旗下的分公司做个高管之类的。

不管是哪一种选择，吴建成都不会亏待了她。虽然给不了她豪宅别墅，但是给她一个安稳的工作，她今后的生活也是有了保障的。

秘书只是秘书，她不能干涉吴总的私生活，更没有资格在吴总面前发表意见。她只是点点头随后悄无声息地退出了总裁办公室。

欧雅妍会被赶出公司的消息很快就传遍了。

中午，在食堂吃饭的倩倩听到这个传闻相当的震惊。若是如此的话，今后谁还罩着她啊？欧雅妍不是肯定地说吴总一定会对她负责的吗？

倩倩有些激动地追问着旁边的那位练习生："你听谁说的啊？是不是小道消息啊？欧雅妍不是吴总的情人吗？怎么会被赶出去呢？"

那位练习生不屑地笑了笑，随后伸手指了指不远处的一个位置。

"看见那个女人了吧？那可是正室，是吴总的老婆尹沫熙！还是公司的副总，你说有她在，还有欧雅妍的位置吗？"

倩倩偷偷地打量着不远处正在吃午饭的尹沫熙。她的轮廓秀美雅丽，眼神更是清澈温柔，仿佛不沾世间的尘埃。

因为倩倩只是个还没出道的练习生，之前都没有机会遇见她。如今在食堂碰到了尹沫熙，倩倩才惊觉原来其他练习生说的都是真的，他们没有说谎。尹沫熙是真的好像仙女哦。虽然雅妍姐也很漂亮，她那双勾人的眸子妩媚动人，可是和尹沫熙比起来，的确是太过风尘了。

倩倩有些失望地低着头，和尹沫熙那样的高贵女人硬碰硬？欧雅妍真的有胜算吗？

趁着午休的时间，倩倩立刻给欧雅妍打了电话，把这个消息告诉了她。

"雅妍姐，你那边接到通知了吗？"

欧雅妍一脸的莫名其妙，什么通知？难道公司对她有新的安排了？

欧雅妍一阵窃喜，还以为自己熬出了头，没想到倩倩接下来说的话却愣是给她浇了一盆的凉水。

"看来你还不知情啊，公司都已经传开了。听说吴总已经约了十多家娱乐公司的老总一起吃饭，就是商量看把你送到哪家公司去。以后你是不可能留在公司了。"

"什么？你说吴建成要把我送到别的公司去？"欧雅妍忍不住惊叫出声，这怎么可能？就算想要和她保持一定距离，也不至于把她弄到别的地方去吧？若是离开了公司，离开了吴建成，她还有什么机会耍手段啊？

更何况，其他公司哪有吴建成这边有实力有财力？

欧雅妍虽然慌得不行，却还是一再地让自己保持冷静，绝对不能自乱阵脚。

她有些怀疑地继续问道："你确定这消息是真的？"

倩倩严肃地点点头："是真的雅妍姐，全公司都传遍了。"

此话一出，欧雅妍更是有些绝望。

倩倩也跟着心急道："雅妍姐，你不是说吴总很疼爱你的吗？你还说吴总一定会对你好的，可是现在你都要离开公司了，今后谁还帮我啊？我什么时候才能出道啊？”

　　倩倩觉得自己可能没戏了。这一期的练习生各个都很优秀，竞争很激烈，倩倩若是得不到欧雅妍的帮助，或许最先被淘汰的就是她。

　　欧雅妍反复深呼吸着，她现在自身难保，哪里有那个工夫去管倩倩？

　　可为了稳住她，欧雅妍依旧嘴硬地坚持道：“你相信我好了，现在吴总这么做只是给尹沫熙一个台阶下。我说会帮你就一定会帮你，你继续盯着公司的那些人，一有消息立刻通知我。”

　　倩倩也只能选择继续相信欧雅妍了。

　　挂了电话后，欧雅妍唯一想到的办法就是尽量拖延下去。若是吴建成帮她找好了其他公司，她一定要想办法拖住他。

　　她这次是真的沉不住气了，立刻打给了那位调查员。

　　“我要的资料还没有弄好吗？”

　　“已经好了，不如今晚我们约在××餐厅，我们一手交钱一手交货。”

第82章　今晚我有时间

　　下午的时候，尹沫熙来吴建成的办公室找他。

　　其实关于欧雅妍被赶出公司的谣言她也有听过，只是吴建成没有亲口承认前，她不会轻易相信那些消息。

　　“老公，刚才妈打电话给我，说她很久没见朵朵了，所以下午她会去幼儿园接朵朵放学，今晚朵朵就住在妈那里。”

　　老太太和尹沫熙之间的关系明显比以前要紧张一些，可是看在孩子的面上，而且尹沫熙和吴建成已经和好如初，所以尹沫熙也不想再刁难婆婆，她既然想孩子了，就让朵朵去住上一两天也是可以的。

　　吴建成让尹沫熙在自己的办公椅上坐下来，他则站在尹沫熙身后，轻轻地帮她捏着肩膀两侧。

　　“正好今晚我约了几家娱乐公司的老板见面商量一些事情，我是不能去幼儿园接朵朵了，今晚你自己回家可以吗？”

　　虽然吴建成想送尹沫熙回去，可是来回太耽误时间。

他也想过带着小熙去酒店赴局，可小熙又不喜欢应付这种场合。

尹沫熙扯了扯嘴角，明知故问道："约那些娱乐公司的老板做什么？"

吴建成无奈地笑了笑，伸手捏了捏尹沫熙的脸蛋说："明知故问，你难道没听到公司的那些传言吗？"

尹沫熙微微一笑，凝视着吴建成办公桌上的那张全家福。

照片里的她和朵朵笑得好甜。

尹沫熙很自然地拿起桌上的杯子，轻抿了一口。

她皱了皱眉说："老公，咖啡好苦啊。"

吴建成无奈地抢过她手中的杯子放在桌上，随后严肃地纠正她："怀孕的女人不能喝咖啡的。"

尹沫熙眨了眨眸子无辜地点头："是啊，我只是轻轻地抿了一小口。"

话虽如此，尹沫熙心里还是有些难过。孩子的事情还有她的病情，终究是瞒不住的。

她知道，她必须要对吴建成坦白一切。只是她现在还没有做好心理准备，再等一等，等以后找个机会再告诉他。

吴建成拧着眉语气加重道："轻抿一口也不行！你要是口渴我让秘书给你倒些果汁。还有，你为什么要回避刚才的话题？"

吴建成扳过小熙的肩膀，让她直视他的双眼。

是因为知道和欧雅妍有关，所以小熙才刻意避开不谈的吗？

尹沫熙眼神平静如水，语气波澜不惊道："传言是传言，我怎么知道那传言是真是假呢？"

吴建成拿尹沫熙没辙，轻轻地弹了一下小熙的脑门，随后郑重地告诉她："传言是真的，我今晚和那几家娱乐公司的老板见面，就是看看谁家愿意接收欧雅妍，毕竟她不是科班出身，没有演技没有唱功，舞蹈水平也有限。所以也要看看是不是有公司愿意出钱包装她让她出道。"

尹沫熙听吴建成说了欧雅妍这么多缺点，她一脸疑惑地眨着眸子问道："老公，这很奇怪哦，既然欧雅妍没有演技没有唱功，还不是科班出身，那你为什么要签她？为什么想要捧她呢？"

这还真是难住了吴建成。他好像自己给自己挖了个坑。

尴尬几秒后，他只能如实说道："因为欧雅妍长得漂亮，她妩媚娇柔，在娱乐圈或许会混得不错。"

尹沫熙点点头，已经读懂了吴建成的潜台词。欧雅妍长得漂亮，所以当初吴建成的心才会被她勾了去吧。

尹沫熙不想让别人以为她很苛刻，她将手覆在吴建成的脸上，轻轻地抚摸着他脸上的轮廓轻声道："老公，既然你和欧雅妍是清白的，就没必要把她赶出公司。好了，这种事情你自己拿主意吧，我晚上约朋友出去吃饭。"

尹沫熙只是不想一个人回家，约谁出去她还没想好。小雪？或者是沐云帆？冷轩在医院那么忙应该没有时间的。

吴建成点点头柔声嘱咐着："好，记得早点回家。"

为了给小熙绝对的尊重，他都没有过问小熙晚上约了谁一起去吃晚饭。尹沫熙的朋友就那么几个。吴建成觉得小熙可能会是约小雪出去用餐吧。只要不是韩冷轩就好。

至于刚刚小熙的那番话，她一向心善心软，或许是看欧雅妍处境太惨，可怜她吧。

但是吴建成必须说到做到，他想要向小熙表心意，让别人看到他的诚意和决心。他说过的，他是真的要好好珍惜小熙，珍惜这个完美的家。

尹沫熙从吴建成办公室出来后，刚好在电梯外遇见了沐云帆。

他只是来公司看看，因为他知道，尹沫熙已经结束休假来上班，在公司肯定会遇见她的。

小熙上前一步打招呼："嗨，又在公司碰见你了。"

沐云帆笑笑说："是啊，好巧呢。"

只有跟在沐云帆身后的小月才知道，这一句"好巧"并不是那么轻巧。看似是偶然遇见，可沐云帆可是没事就往这一层跑，为的就是偶遇尹沫熙。

小月实在不能理解，天底下好女人那么多，她不否认尹沫熙很有魅力。她气质高贵长得漂亮，可是沐云帆之前遇见的女人也都很优秀的。曾经他还和国际影后传过绯闻。难道尹沫熙比那些女人都好？

尹沫熙想到今晚吴建成不在，于是提议道："今晚我有时间，下班后去你办公室拍照好了。"

反正已经答应了沐云帆做她的模特，尹沫熙想着尽早拍完也能早点看到照片。

小月刚要插话提醒沐云帆晚上有个重要的饭局。

可沐云帆却抢先开口："好啊，正好我也有时间。那下班后你在办公室等我。"

沐云帆准备亲自开车带小熙去他的工作室。

尹沫熙点头答应着，电梯来了后小熙和他挥挥手就进入了电梯。

看着电梯门关上，小月忍不住质问他："你疯了？你晚上有时间给她拍照？你不记得晚上你约了谁吗？"

他竟然为了尹沫熙，推掉了国内顶尖的摄影师前辈？

第83章　是去是留？

在小月看来，沐云帆可能是真的疯了。

他是不是脑子进水了？

尹沫熙只是一个有夫之妇，而沐云帆今晚约好见面的那位摄影师，可是国内摄影界的泰斗级人物。虽然沐云帆现在也是国际知名摄影师，可是在那位前辈面前只能算是个新人。

小月相当坚决地提醒他："不可以，你必须按照原来计划好的，准时出现在那家餐厅和那位摄影师见面。这次会面可是你盼了好久的。你这次若是爽约，安老师肯定会很生气的。"

小月觉得这次机会难得，没有必要为了一个女人放弃这么好的学习机会。更何况尹沫熙根本不会给他任何的机会。

沐云帆蹙了蹙眉，他知道小月倔强得很，也知道她是为了自己着想。他不是一个不知轻重的人，也一直很敬重今晚约好见面的那位安老师。

可是他就要走了，如果再不珍惜和尹沫熙相处的机会，只怕今后再想见到她会更难。沐云帆只是不想让自己留有遗憾罢了。

沐云帆相当坚持地说道："我自有安排，安老师那边你不用担心，我会亲自打电话过去解释清楚。"

解释清楚？现在距离见面的时间只有三个小时，他提前三个小时才想到给安老师打电话取消见面，就算他的解释再真诚，安老师真的不会生气吗？

小月抿了抿唇，贝齿轻咬着唇瓣，她不甘心地冷声抗议着："为了一个尹沫熙，你真的连轻重都不分了？你曾经说过的，工作是工作，私人感情是私人感情，你绝对不会把两者混为一谈，可现在呢？你已经让你的情感问题影响了你的工作。"

小月就是不想他去见尹沫熙，不想他们两个人独自在沐云帆的工作室相处，更不想看到他们两个有说有笑感情不错的样子。

小月承认，作为沐云帆的助理，她的确是逾越了，管得实在有些宽。可是作为一个偷偷爱慕着沐云帆的女孩，她根本控制不住自己的心。

沐云帆只是看了小月一眼，声音冷冽道："如果你对我的工作态度不满意，你可以直接递交辞呈。"

说完，沐云帆转身冷漠地离去。

小月一个人站在那里，气得眼睛红红的，差点落泪。沐云帆为何始终不懂她的心？她跟在他身边两年多的时间，他可曾回头看看她？

小月委屈地擦了擦脸上的泪痕，躲在一边的皮特实在看不下去，哼着曲子向小月这边走来。

小月见皮特也在，立刻转身揉了揉眼睛，不想让别人看到她委屈难过的模样。尤其不想让皮特看见。

皮特无奈地摇摇头，单手直接搭在了小月的肩膀上说道："你说你，何必自讨没趣呢？你又不是不知道我们老大的心思，就算他喜欢的女人不是尹沫熙，也绝对不会是你啊。"

皮特是想安慰一下小月，可是这话越说越让人来气。

小月瞪了他一眼，粗鲁地打掉了搭在自己身上的那只手，连句话都懒得和他说。

皮特见状，立刻又黏了过来，他挽着小月的胳膊像闺蜜似的在她耳边劝说着："你看你这脾气，我们不是一个工作室的吗？大家都这么熟，我把你当朋友才好心劝你的。长痛不如短痛，反正你和老大都不可能在一起，何不断了念想试试接受别的男人呢？这个世界上男人那么多，何必在一棵树上吊死？"

小月瞪了皮特一眼，她特别讨厌他这痞里痞气的模样。

虽然他说的都是真的，可是女人都对爱情抱有幻想，她想听的不是这些。

"滚开。"

面对皮特的苦心劝导，小月只回了这两个字，皮特摇摇头，死死地挽着小月的胳膊。

小月无奈，面对这癞皮狗她只能下狠手了。

小月低头，看准皮特的那双鞋子狠狠地踩了下去。

"哎哟，哎哟我的妈呀，你要谋杀啊你。"

皮特乱叫着，小月那尖细的鞋跟正狠狠地踩在他的脚面上，觉得不解气的她还拧了拧鞋跟，疼得皮特差点跳起来。

这丫头怎么这么狠毒啊？

皮特紧跟小月身后回到了办公室。

沐云帆正坐在椅子上目光冷冽地打量着小月，许久他才缓缓开口问道："想好了吗？是去是留？"

若是小月无法忍受他，她完全可以递交辞呈离开他去找新的工作。

小月委屈地低着头，她明明就不是那个意思。虽然心里憋屈得要死，可她还是没骨气地说道："我留下来，我没说要辞职的。"

沐云帆点点头，随后将手中的一张清单递给了她："既然决定留下来，就好好做事，做你分内的事！去Miss吴那里把我这张清单上的衣服都取回来，直接送到我的工作室去。"

那清单上的衣服件件都是大牌，而且衣服的风格也很多变。

小月知道她作为一个小的助理不该多问，可她就是忍不住："这些衣服是要送给尹沫熙的吗？"

未免太多了吧？只是给她拍照片而已，用得着这么用心吗？

沐云帆没有回答她，只是冷冷地扫了她一眼。他真的不喜欢别人干涉他的个人生活。

小月只好立刻收声，穿好大衣就拿着清单离开了。她必须要在尹沫熙和沐云帆到工作室前，就把那些衣服送过去。

两个小时后，吴建成先行离开了公司，随后尹沫熙也整理好手头的文件，拿着包离开了自己的办公室。

沐云帆已经在电梯那里等候了。

"可以走了吗？"

尹沫熙点点头，两人出了公司，尹沫熙在其他人的注视下上了沐云帆的车。

虽然员工都看见了，但是其他人并没有多想。

尹沫熙系好安全带后，沐云帆才缓缓启动了车子。

他朝着工作室的方向驶去，手握方向盘，头却转向了尹沫熙问道："你单独和我出去，不怕你老公说你吗？"

两人关系刚刚缓和，正是甜蜜的时候，吴建成那个醋缸子真能容忍她单独和他在工作室相处？

沐云帆虽然珍惜和她在一起的每一分每一秒，却也不想因为自己让她为难。

第84章　清新脱俗的惊艳

尹沫熙对此并不担心。

两人关系最近一直很和谐，吴建成给予她绝对的尊重，那他就不会为此而吃醋生气。

"他最近是真的变了很多。其实这次婚姻危机后，我们两人都有成长。虽然彼此没有戳破那层纸，但是我知道他因为内疚而在默默改变自己，我也在改变我自己。"

只是尹沫熙还不清楚，吴建成到底会坚持多久。她前几天在一本书上看到一句话，就像食物有保鲜期一样，爱情也是有期限的。尹沫熙只是不知道，吴建成对爱情对婚姻的保鲜期到底是多久。或许她应该在里面多加一些保鲜剂了。

车子在市中心繁华地段的一处写字楼前停下。尹沫熙下车后仰视整座大楼，这座大厦在市内是很有名的，当初的房价一度被炒到天价。能在这里开自己的工作室，不得不说沐云帆比她想象中的还要有钱。

沐云帆将车停好后，在前面引路，两人上了电梯一路直奔48层。

踏出电梯的那一瞬间，尹沫熙的视野也随之开阔了。想不到整个48层都被沐云帆买下来，他打通之后更是自己亲自设计装修。

大面积极简的黑白灰色调，搭配原木色系的家具，再佐以黑色金属构件，各种欢快的高饱和度色的点缀，让整个工作室都充满了活力和灵气。

尹沫熙独自逛了一圈，她最喜欢的就是露台的部分，沐云帆在这边种了不少的花花草草，搭配各色花纹奇特的地毯，整个波希米亚风情的小露台被他弄得很有情趣。

尹沫熙立刻竖起大拇指夸赞道："想不到你照片拍得好，连装修都这么厉害。"

如此比较，沐云帆真的太优秀了，实话实说他甚至比吴建成还要优秀。

会拍片会挣钱，有点神秘却又给人感觉很正直，甚至设计装修这种事情他都能独立完成。

沐云帆喜欢被尹沫熙如此夸赞，他看到沙发上整齐摆放好的十多件衣服，就知道那是小月送来的。虽然小月爱管闲事，但是本职工作的确没得挑。

沐云帆朝尹沫熙招招手："你过来，这些是你今天拍照时要换的衣服。"

尹沫熙走过去一件件打开看了看，还真是各种不同款式和风格都有。难道沐云帆要拍的这一组片子是百变女郎主题不成？

尹沫熙从中抽出了那件绣花牛仔外套，随后又挑了一条彩色反光网纱半身裙。

她有些不确定地咨询沐云帆的意见："这样搭OK吗？"

沐云帆给予了充分的肯定："很OK。"

尹沫熙立刻拿着衣服去试衣间换好。再次走出来时，她已不是刚才那个休闲慵懒的女子。

硬朗休闲的牛仔与女性化的裙装搭配，在刚柔并济的造型里凸显了个性美。沐云帆很喜欢她这身打扮，整体风格干脆利落，更是元气满满。

沐云帆立刻拿起相机，自觉地将镜头对准她快速地旋转着并且按下了快门。

随意地拍了几张后，尹沫熙突然伸手喊停："等一下，不需要我化个妆什么的吗？"

尹沫熙只是化了淡妆，几乎跟素颜没有什么区别。

要给国际知名摄影师做模特，好歹也要好好化个妆打扮下自己吧。

沐云帆摇摇头，再次弯着身子找合适的角度，一边按着快门一边说道："你这个样子就是最美的，不需要化妆。"

他想拍最纯粹的她，不施粉黛，没有珠宝首饰的映衬，依旧可以美得这么纯粹。

这一组照片结束后，沐云帆亲自在那些衣服中帮她搭配着。

他让尹沫熙尝试了多种不同的风格，飞行员夹克，复古百搭上衣，条纹图案的T恤……不管是复古风还是可爱风，尹沫熙竟然都能hold住，沐云帆越拍越有感觉。

"来一组你最喜欢的风格吧。"

尹沫熙按照沐云帆的要求换上了一件白色衬衫，她最喜欢的颜色，就如同她带给人的感觉一样，干净清爽。白色上衣搭配一条简单的牛仔裤，勾勒出曼妙的身材曲线，此时此刻，她绝对是工作室内最美的那一道风景。

小月拿来的衣服几乎都拍完了，最后，沐云帆将另外两套衣服递给她说："这也是我送你最特别的礼物。"

尹沫熙微微一愣，看着手中的衣服不解地皱了皱眉问："送我的最特别的礼物？"

沐云帆笑了笑，随后神秘道："打开看看就知道了。"

尹沫熙拿出那两套衣服，她怔着，瞠目结舌地看着眼前的沐云帆。

这……

短暂的沉默后，尹沫熙不禁哈哈大笑出声。

"拜托啊云帆，你为什么要送我这么奇怪的礼物？我说过我不能穿粉色和紫色的衣服哦，这颜色太艳丽了。"

原来，这两件衣服是沐云帆亲自为尹沫熙挑选的。他喜欢看她穿一些色彩明亮的衣服，在色彩的映衬下她整个人也跟着光彩动人。

"可是你上次穿过。"

前几天在餐厅偶遇，沐云帆被尹沫熙那一身粉色短裙所惊艳。有意思的是，她不喜欢粉色红色这种太过招摇的颜色，可她却意外地非常适合这些颜色。

尹沫熙无奈地摇摇头："那是为了搭配朵朵的衣服才买的，是我和朵朵的亲子装。"

尹沫熙不想穿，沐云帆只好软磨硬泡道："你试试看，我拍组照片你看看效果如何。"

在沐云帆几次建议下，尹沫熙只好去试衣间换上了那身粉色外套。

当她走出来时，沐云帆忍不住吹了个口哨。

她真美，就好像是童话故事中走出来的公主一样。和沐云帆预想的一样，优雅且甜美的冰粉色很适合她，给人带来一丝清新脱俗的惊艳。

蕾丝的精致点缀又平添了优雅高贵的气息。明媚清新的色调搭配温婉素雅的印花，让她看起来越发有灵气。

此时夕阳西下，阳光洋洋洒洒地照在尹沫熙的身上。

她轻轻地旋转着身体，嘴角挂着那抹笑意，如夕阳般带着耀眼的光芒，如夏花般灿烂。

第85章 十万块，帮我个忙

这个晚上是沐云帆回国后最珍惜的一晚，也是他最开心的一晚。

几个小时的时间他已经给尹沫熙拍了两百多张的照片。

张张都很经典，如果她肯出道做模特的话，相信很快就能成为国内超模。

可惜，她的兴趣并非在此。

天色已晚，尹沫熙正坐在露台的长椅上，吹着夜风抬头看着天上的星星。这里是40多层的高楼，坐在这里看星星真的太惬意太浪漫了。

沐云帆将露台外的星星灯点亮，闪闪灯光中尹沫熙的秀美轮廓深深地刻印在了沐云帆的脑海中。

若她是单身，沐云帆此刻一定会主动吻她。毕竟一切浪漫的因素都具备了，暧昧的光线，浪漫的夜景，还有这舒缓的音乐。

可惜，她是别人的妻子。

沐云帆将思绪拉回现实中，他把那些衣服整理好后交给尹沫熙："送你的。"

尹沫熙有些咋舌："全都是送给我的？十多件呢，而且我平时很少会穿这种风格的衣服。"

这十多件衣服中，只有那两件白色衬衫是尹沫熙最喜欢的。其他衣服风格多变，尹沫熙应付不来的。

她不想收，沐云帆却相当坚持："你之前不是让我帮你吗？你以为你现在和你老公和好如初就真的没有婚姻危机了？"

沐云帆的一番话让尹沫熙莫名有些紧张。她很喜欢和吴建成现在的相处模式，那种感觉很舒服也很暖心。难道，还会有变数吗？

尹沫熙有些忐忑，沐云帆只好出声安抚她："你应该知道你们结婚七年他突然出轨的原因，婚姻不是一成不变，如一潭死水一般。你要懂得去变化，你老公想要的只是一点改变。你老公喜欢红色，你还记得那天在宾馆，你就是穿着我帮你选的那件红色长裙回的家。你还是你，只是偶尔稍微改变一下，给无聊的婚姻生活加点调味剂。"

出乎意料的是，沐云帆是个黄金单身汉，之前从未结过婚。可就是这样一个单身汉，却能说出如此真理？

没错，婚姻不能一成不变，也不能因此而失去自我。尹沫熙需要掌握好那个度。

她低头浅浅一笑，随后收下了那些衣服。"既然是你的建议，我自然是要听的。不过这些衣服很贵的。"难得沐云帆如此有心，这些衣服不仅仅是牌子货，最重要的是很适合小熙。看得出，挑选衣服时他很用心。

沐云帆扯了扯嘴角，借此要求道："既然你想感谢我，干脆请我吃顿饭吧。我肚子饿了。"

尹沫熙连连点头："那是自然，有你这个国际大摄影师亲自上阵为我拍片，请你吃顿好的也是应该的。"

尹沫熙打电话订了位置，沐云帆亲自帮她拎着那十多件衣服，两人依依不舍地离开了这间工作室。若不是时间太晚了，尹沫熙真想在那里多待一会儿。景美，又安静自在，她真的很喜欢沐云帆的那个工作室。

……

某家西餐厅内，欧雅妍和那位私人调查员正在谈话。

"我要的资料都准备好了吗？"

男人点点头，随后将一沓资料交给了欧雅妍说："老太太虽然没有高贵气质，毕竟她儿子是国内最大娱乐公司的总裁！老太太每个周末会去福利院做慈善，也经常参加各种慈善活动。"

神秘男人说得很是详细，欧雅妍没想到吴建成的母亲还如此热衷慈善公益事业。

"还真是个有爱心的老太太。"

欧雅妍心里总算有了底，如此善良的老太太应该会比较好相处，最起码不会刁难她的。

听她这样说，那位神秘男人不禁嗤笑出声，一脸不屑地鄙夷道："我说这位小姐，你是装傻还是天真？你以为她是善良才会去做慈善事业？做慈善和她善良不善良没什么关系。她不过是为了增加自己的曝光度，为了在社会上有自己的位置，实际上，这个老太太为人刁钻苛刻，蛮不讲理还很势利，绝非善茬。"

男人的回答让欧雅妍顿时寒了心。既然不是个好对付的人物，从老太太下手真的有胜算吗？欧雅妍低头认真思考着，接下来到底要怎么走？

见她没有出声，男人催了几次："钱呢？我们当初可是谈好了的，事成后要再给我五万。"

欧雅妍点点头，家里的限量包包应该还够的。不过这吴建成的母亲如此难对付，她总得用些手段。

欧雅妍心生一计，她朝那个男人勾了勾手指，两人凑在一起小声嘀咕着："我可以额外再给你十万块，不过你要帮我个忙。"

男人听了有些心动，问道："什么忙？"

"很简单的，老太太每周日不是都要去福利院做慈善吗？这周末你在福利院门口候着，看见她的时候你就开车冲过去，不要真的撞到她，吓吓她就可以。"

她打算借此在合适的时间出现，扶老太太起来并且亲自带她去医院检查。如此一来，也算是真正的接近了老太太。

为了感谢她，老太太肯定会邀请她去家里做客。一来二去的，欧雅妍不信没机会接触吴建成。

法子是可行，不过那个男人却有些犹豫。

若是真的没把握好力度把老太太伤了，他岂不是要担责任的？

欧雅妍只好反复承诺道："你放心，只要你注意角度和力度，从她身边近距离经过，吓唬吓唬她就可以了。我发誓绝对会劝说她不追究此事。"

如此简单就能得到十万块，在金钱的诱惑下那个男人还是点头同意了。

欧雅妍承诺三天内将五万块打到男子的银行账户上，两人已经谈妥，欧雅妍付了账单准备离开。

这时，尹沫熙和沐云帆说笑着走进了这家西餐厅。

"以前我带朵朵常来这家吃牛排。"

尹沫熙已经订好了位置，店员引导两人在靠窗户的位置上坐下。

欧雅妍眯着眸子盯着尹沫熙那边。那个男人是沐云帆吧？她一个有夫之妇竟然在这么晚的时候和别的男人在西餐厅吃饭？

第86章　突然抱住他

欧雅妍怎么也想不到，今天来这里竟然会有意外惊喜。

她更没想到，尹沫熙会如此光明正大地同沐云帆在这家西餐厅吃饭。

欧雅妍想起之前沐云帆对她的敌对态度，她那时候还想不明白，为什么沐云帆会如此地厌烦她。直到这一刻，当欧雅妍看着尹沫熙和沐云帆有说有笑地在一起时，才恍然察觉到，原来沐云帆也是尹沫熙那边的人。

不得不佩服尹沫熙的确够厉害，连沐云帆都能为她所用。这更能说明，尹沫熙这个对手太过厉害，她万万不能大意了。

欧雅妍让那位调查员先行离开，她想多待一会儿，好好观察一下尹沫熙和沐云帆之间到底是什么关系。

尹沫熙不是一个八卦的人，可是今天，她忽然很想了解一下这个男人的内心情感到底是怎样的。

"云帆，我知道你其实挺热心的，你对朋友都很义气。可是你对爱情的态度让我有些看不透。我觉得你做这一行肯定会接触到各种女人，青涩的、成熟的、可爱的、性感的，你还给很多知名女星拍过照，难道就没有谁让你动心吗？"

作为好朋友，尹沫熙有些为他发愁，年纪也不小了，怎么就不知道找个合适的人好好发展一下呢？

沐云帆呵呵一笑，随后朝她神秘地眨眨眸子，语气有些轻佻地调侃道："你怎么就那么肯定我心里没有喜欢的人？"

此话一出，尹沫熙很是惊讶。

"你有吗？可是你表现得好像你没有喜欢的女人。我还一度以为你喜欢男人呢。"

尹沫熙不过是实话实说，沐云帆顿时一脸黑线。

沐云帆脸色沉了沉，很严肃地向尹沫熙坦白："我心里有个女人，虽然我不知道我对她到底是什么感觉，不过目前来看我是挺喜欢她的。"

尹沫熙完全没察觉到，沐云帆所说的这个女人就是她。她还傻乎乎地继续问道："她好看吗？是做什么的？你和她是怎么认识的？"

尹沫熙只是好奇，不过她的过分好奇让沐云帆心里感觉怪怪的。她是在关心他，还是在紧张他？

"你在乎？"

沐云帆神情相当严肃，虽然他知道他和尹沫熙之间不会有什么更深一层的感情，他就要走了。

可他忍不住还是想要问问看。

或许，尹沫熙对他也有好感？

尹沫熙点点头，率直地坦白道："当然了，你是我的好朋友嘛，像冷轩一样。我很在乎你们两个的。以前我最担心的就是冷轩，他是真的对女孩子冷冷的没有任何感觉，不过他现在有了女朋友，我也就放心了。我希望你也能尽快找到你的那一半。对了，结婚的时候别忘了通知我哦，我会给你包一份大红包的。"

尹沫熙一脸的满足，有小雪和冷轩还有云帆在，她觉得自己的人生也算是多姿多彩了。

当然，如果能有机会认识更多的朋友那自然是件好事。

尹沫熙也渴望和外界多多接触，而不是一味地留在家里做个家庭主妇。

沐云帆情绪瞬间跌落到谷底。算了，他还奢求什么呢？尹沫熙这样痴情的女人，她的心里只有她的老公吴建成，根本看不到其他男人的存在吧？

沐云帆低头苦笑一声，随后转移了话题："我说真的，如果有一天你需要我的帮助，一定要第一时间通知我，不管我在哪里，只要你需要我，我就会第一时间来到你身边。"

沐云帆并不是在开玩笑，如果小熙有需要他的地方，他会奋不顾身冲到她的身边。他也不明白他为何如此付出，只是他看不得尹沫熙伤心难过的模样吧。

小熙低头浅笑，有沐云帆这样的好朋友真好。可她应该不会再需要云帆的帮助了吧。

她宁愿这辈子都不需要云帆帮她，也不想自己的老公再次出轨。那种痛苦一次就够了，尹沫熙没有信心能够承受得住第二波的伤害。

两人吃过饭后已经是晚上九点多。

两人并肩离开了餐厅，在餐厅门口尹沫熙犹豫着想要自己打车回去。

虽然吴建成现在很尊重她，不过若是让他看到她和云帆一起外出这么晚才回去，他多少都会在意的吧。

欧雅妍见两人离开，立刻跟了出去。

"我还是自己打车回去好了。"

尹沫熙固执着，沐云帆不爽地拽着她的胳膊往车里拉，"现在都几点了，我怎么放心你一个人独自打车回家？你不是说你老公不会吃醋吗？就算他要生气，我亲自帮你解释。"

沐云帆放心不下尹沫熙，强行让她上了自己的车。

跟在身后的欧雅妍拿出手机偷偷拍下了这些画面。或许这些亲密照片今后能帮到她。

车子已经开走，欧雅妍立刻叫了一辆出租车。

"跟上去，跟上前面的那辆车子。"欧雅妍让司机紧紧地跟着沐云帆那辆车子。

她没猜错，沐云帆亲自开车将尹沫熙送回了家。

别墅外，欧雅妍没有下车，她让司机把车停在花丛边，随后拿出手机对准尹沫熙和沐云帆。

她倒要看看，他们是不是真的什么关系都没有。

尹沫熙虽然很想请沐云帆去家里坐坐，喝杯热茶再走。可是建成应该就快回来了，的确不方便请他进去。

"我就不请你进去了。"

云帆笑着点点头:"我知道,你我之间不用这么客气。"

尹沫熙是真的很感激,她忽然上前一步轻轻地拥抱住沐云帆,鼓励地拍拍他的后背:"云帆,谢谢你,真的谢谢你。如果没有你,我和建成可能不会这么快就和好。我真心地希望你能尽快找到属于你的幸福。"

想到他下个月就要走了,尹沫熙眼眶泛红,突然有些舍不得。

第87章　她开不了口

欧雅妍虽然躲在暗处,可眼前的一切她都看得清清楚楚。

欧雅妍立刻按下拍照键,将两人拥抱在一起的画面全部拍了下来。

如果到时候她拿着这些照片给吴建成看,他又会是什么表情什么反应?欧雅妍还真是期待那一天的到来。

和沐云帆聊了几句后,尹沫熙进了院子里。沐云帆没有急着离开,等到别墅内的灯亮起,他才开车离去。

当事人都已经走了,欧雅妍也没有必要继续留在那里跟踪。手头上的这几张照片已经足够让她搞些事情了。就算她和沐云帆只是普通朋友,她若是执意说他们两个关系不一般,吴建成也一定会胡思乱想的。

欧雅妍嘴角翘起一抹得逞的笑意。天无绝人之路,看来老天爷这一次的确是站在她这一边的。

回到家后尹沫熙就觉得一阵头晕,她立刻扶着沙发扶手躺了下来。最近总是觉得头晕,之前还晕倒过几次。她也有查过一些相关的数据,白血病患者一般都会贫血。

好在她现在只是贫血而已,尹沫熙知道自己没有太多的时间来浪费。她必须尽快去医院接受治疗。在住院接受治疗前,她必须主动和吴建成坦白这一切。

病情还有孩子,她必须都和吴建成说清楚。可是现在,时机对吗?

他们才刚刚和好,尹沫熙只是有些担忧。担心自己的病情一旦曝光,会让他们之间好不容易修复的感情会再次破裂。

不知为何,尹沫熙就是觉得不安。

"老婆，你在家？"

吴建成在尹沫熙到家后没多久也回到了家中，他手捧一束鲜花走了进来。

见小熙躺在沙发上，他立刻走过去关切地问道："怎么了？身体不舒服？"

尹沫熙脸色太过憔悴，没有一丝血色，惨白惨白的。

小熙虚弱地摇摇头，伸手拉住吴建成的手："没关系的老公，我只是有些不舒服而已。能帮我倒杯温水吗？"

吴建成立刻将手中的鲜花放在沙发上，去厨房倒了一杯温水送到尹沫熙手中。

"慢点喝，你和谁出去逛街了？是不是晚上吃的东西有问题？"

小熙摇摇头，那家西餐厅的食物很干净，绝对没有问题，是因为她的病情本就如此。

至于她晚上和谁出去了，尹沫熙本想对他隐瞒，可是她觉得，她和沐云帆之间的关系的确是清白的。既然清清白白，为何还要对他隐瞒？

尹沫熙如实说道："我晚上和云帆一起去吃的饭，还去他的工作室拍了一组照片。对了，那些衣服是他送我的。"

尹沫熙指了指玄关那边的购物袋，里面十多件衣服都是沐云帆送给她的。

吴建成感谢尹沫熙没有对她隐瞒，说明她对自己是极度的信任。

可是，她和云帆在一起？一晚上都和那个男人在一起？纵使吴建成告诫自己要大度一些，要对妻子尊重和信任，可是想到自己的女人和别的男人整晚都待在一起，他实在是觉得不爽。

他不屑地低头小声说了一句："不过是十多件衣服而已，我可以给你买更多。"

没错，他们家又不缺钱，再贵的衣服也能买得起。

尹沫熙知道吴建成还是有些吃醋了，无奈地笑笑，伸手轻揉地抚摸着他的脸颊说："建成！云帆下个月就要回美国了。这一走还不知道何年何月才会回来，他帮我拍了几组照片，又送我这些衣服算是临走前的礼物，让我留作纪念的。"

吴建成有些生气，可是听到小熙说沐云帆下个月就要回美国，心里的火气顿时消了大半。

他半信半疑地问道："他要回美国了？"

吴建成还以为沐云帆要长久留在国内，若是如此，他还真是担心沐云帆和小熙走得太近了些。可既然他下个月就回美国，那吴建成也就没有什么好担心的了。假想敌总算是消灭了一个。

吴建成倒是更希望韩冷轩能够尽快回美国。他和小熙关系太过亲密，若是他也能离开，那吴建成真心没有什么好担忧的了。

见他一个人低着头发愣，尹沫熙伸手在他眼前晃了晃问："建成，想什么呢？怎么？云帆送我衣服你吃醋了？"

吴建成宠溺地低头吻了一下尹沫熙的额头，随后摇头道："都说了要绝对地相信和尊重你。我又怎会吃沐云帆的醋？更何况，当初还是我亲自把沐云帆请来公司的。他下个月就要回美国了，若是有时间你们就一起出去吃个饭聊聊天都可以的。"

见他如此大度，尹沫熙开心地搂过他的脖子："老公你真好，你和那些娱乐公司的老板见面谈的如何了？"

会有公司愿意接收欧雅妍吗？

"谈的还不错，有三家公司愿意接受欧雅妍，觉得她外形和气质都很适合出道做模特，而且她本人也有一定的话题性。"

对此尹沫熙很是赞成，那个女人那么有心机，想要炒作肯定不会是难事。只要不打扰她和她的老公，那么欧雅妍今后在娱乐圈怎样发展她都不会过问和干涉。只要她安分守己，从今以后两人就各自走各自的路，不再互相为难对方。

尹沫熙是愿意放她一马，可关键是，欧雅妍愿意舍弃吴建成，愿意放过尹沫熙吗？

今天朵朵不在家，这两天都会住在婆婆那里。趁着朵朵不在，尹沫熙很想和吴建成好好谈谈，谈谈她的病情和肚子里的这孩子。

"老公……"

尹沫熙突然唤了一声吴建成，他轻柔地嗯了一声，低头深情地凝视着怀里的小熙。

尹沫熙有些犹豫，有些话一旦开口就没有了回转的余地。她真的做好心理准备了吗？或者可以说，建成真的有心理准备接受这些残忍的事实吗？

尹沫熙欲言又止，心里万分纠结。

她开不了口，真的开不了口。

第88章　如果我再也不能生了呢

尹沫熙想了很久，可是话到嘴边就是说不出口。

吴建成见她如此犹豫，沉稳的声音在她耳边响起："小熙，你想说什么就说，和我你不需要这样小心翼翼。"

吴建成只是有些心疼尹沫熙，她是他老婆，两人如此亲密，又何必对他如此小心？

尹沫熙深吸一口气，随后鼓起勇气问道："老公，我是说如果啊，如果有一天我得了绝症，或者是我生孩子的时候有生命危险，孩子和大人只能保一个的时候，你会保谁？"

虽然这个问题有些可笑，很多人都会觉得，吴建成一定会选择尹沫熙。但是尹沫熙心里完全没底。

尹沫熙记得曾经看过一篇博客，那个女人就是因为在生产时遇到危险情况。可是他的老公在选择保孩子还是保大人时，竟然犹豫了。就是那几秒钟的迟疑和犹豫，深深地伤了一个女人的心。

所以尹沫熙也想知道，在吴建成的心里，是不是孩子比自己更重要？

吴建成疑惑蹙眉，不知道尹沫熙为什么要问这样的问题，他严肃地反问尹沫熙："小熙你是不是身体不舒服？还是你肚子里的孩子有问题？"若不是如此，她怎么会突然问出这样的问题？

尹沫熙有些乱了阵脚，她刻意低着头让自己镇定一些。短暂沉默后，她开口解释："不是的老公，我就是想知道嘛，如果我真的得了绝症，你会是什么反应什么态度呢？还有，如果真的到了要你选择的时候，孩子和我你到底会选择谁？"

吴建成很是头疼，小熙以前从来不会问这样的问题来为难他。

先不说得绝症的问题，就是孩子和她的选择都让他有些郁闷。

谁都知道家里人有多期待这个男孩的降生，爸妈成天嚷着要抱孙子，吴建成自然是希望尹沫熙能够生个男孩，如此这般母亲日后也不会再找小熙的茬。她们婆媳二人的关系应该会很和谐。

可是，让他放弃小熙只为保住儿子？他也做不到，那是他最爱的女人，是和他一起生活了七年的老婆。

尹沫熙见他眉头拧得很深，还在犹豫，就知道他难以做出抉择。尹沫熙本想在今天就跟他坦白一切的，但是看他的态度，尹沫熙的确有些失望。

"老婆，这种假设本就不存在。首先你身体好好的，怎么会突然得绝症？其次，孩子也好好的，怎么会出问题？你不要胡思乱想好不好？你和儿子都会平平安安的，我不许你们两个有事。"

吴建成这样的回答显然不能让尹沫熙满意，他这样的态度算不算是一种逃避？

尹沫熙有些固执地仰着头问："那如果我非要让你选择呢？危险时刻你必须

做出选择呢？"

小熙步步逼问，吴建成没办法，只好说了一番甜言蜜语："傻瓜，我当然是选你了。我虽然很在意我们的儿子，可是我更在意。孩子没了还能再生，你没了我上哪里去找啊？"

是啊，这世上只有一个尹沫熙。

可是孩子没了她真的能再生吗？尹沫熙得的是白血病，她不知道自己能否痊愈，更不知道今后还能不能要孩子。

尹沫熙隐忍着内心的苦楚，声音平静地继续问道："那如果我以后再也不能生了呢？你是不是就会选择孩子？"

尹沫熙今天特别的固执，好像就和孩子过不去似的。

吴建成有些生气，轻声呵斥着尹沫熙："好端端的为什么要这么想？你就不能盼着我们的孩子好啊？"

尹沫熙心里一沉再沉。他没有直面回答她的问题，而是在生气。

或许孩子更重要吧。尹沫熙低头掩去眸底的失落，轻声地开口："没有，就是最近看了个电视剧，里面有些情节是这样的。我就是想问问你，看你是什么态度和反应。"

小熙的解释让吴建成的心稍微放松了些，可他依旧沉着嗓音道："你啊你，最近总是看这些乱七八糟的东西。我看以后就只许你和朵朵看儿童片，那些乱七八糟的电视剧和电影都不许你看了。"

如此下去，吴建成担心尹沫熙会得产前抑郁，还担心儿子都会跟着一起抑郁。

尹沫熙轻笑出声："只许我看儿童片？你把我当五岁小孩子来养？"虽然心里有些失落和伤心，但是尹沫熙能够理解吴建成。公婆都太想要个男孩了，吴建成的心理压力不比她小。

吴建成宠溺地吻着尹沫熙的秀发，故作生气地警告她："谁让你总胡思乱想的。你放心，无论何时我都会把你放在我心里第一的位置。"

尹沫熙知道，吴建成一向很擅长甜言蜜语。不过如此甜蜜情话说给她听，说明他心里至少还是在意自己的。只是……她的病情和孩子的事情，看来只能以后再找机会和他说了。

……

两天后，欧雅妍接到了公司打来的电话。秘书通知她来公司一趟，还说已经帮她找好了新的公司。

欧雅妍心里一紧，她只好先找了个理由拖延时间。

"小曹，我最近身体不舒服。等我病好了后我就去公司。"

秘书有些犹豫，可既然欧雅妍病了，他们也只能把一切计划往后延一延。

"那好吧，我稍后报告吴总，等你病好了你再来公司办理手续。"

欧雅妍心里松了口气，这一关总算蒙混过去。

挂了电话后，欧雅妍一直盯着手表上的时间。她和私人调查员已经约好了，下午一点的时候到福利院附近找机会接触老太太。

十二点三十分的时候，欧雅妍等不及就打车去了福利院。她在附近的咖啡馆耐心地等待着。

十二点五十五的时候，欧雅妍收到男子发来的短信息："老太太来了。"

欧雅妍立刻从咖啡店出来，径直向老太太那边走去。

欧雅妍已经看到了她，也看到一辆面包车正缓缓地向老太太那边驶去。男人只想吓唬一下老太太，可是一时紧张竟然狠踩油门冲了上去。眼看车子快撞上老太太，欧雅妍只好快速跑过去挡在老太太前面。

只听一个急刹车，欧雅妍和老太太同时倒在了路边。

第89章　请您千万不要这样做

男人也没想到会是这样，他真的就只是想要吓唬一下老太太而已。更没想到欧雅妍会直接冲上来。这也太下血本了吧？

男人不想承担任何责任，他甚至没有下车查看欧雅妍和老太太的伤势，倒退车子后直接转弯离开了。

欧雅妍觉得浑身酸痛，不过还好，她只是胳膊擦破了些皮而已。老太太被欧雅妍护着，虽然也摔倒在地，不过也仅仅只是崴了脚而已。

欧雅妍心下暗自感叹，总算是没有出什么大事，她们真的算是幸运的了。

老太太勉强站直身体，见欧雅妍衣服上都是血，吓得她惊声尖叫着："天啊，孩子你没事吧？你怎么衣服上都是血啊。"

胳膊擦破了皮衣服上自然会有血迹。欧雅妍庆幸自己那一刻没有犹豫，直接就冲了上来。

现在看来那个时候的决定是明智的。

欧雅妍笑着摇摇头说没有大碍，还关切地询问起老太太伤势如何。

"阿姨您没事吧？刚才那个司机，哎，那个司机怎么没了？"

欧雅妍故作焦急地四下寻找，也不见面包车的踪迹，她当然知道那个私人调查员已经逃走。不过这对她来说反倒是好事。

老太太也狠狠地咒骂着："真是缺德啊，撞了人竟然直接就跑掉了，都不说下车来看看我们的伤势如何，好歹送我们去医院看看啊。"

雅妍立刻出声安抚老太太的情绪："阿姨您别激动，要不我陪您去医院吧。"

老太太很是感激，刚才面包车驶向自己的那一瞬间，这孩子可是奋不顾身地护在了她的前面。

如今，像她一样的好人可不多了。

老太太客气地连连感谢："真是太谢谢你了，若不是你跑出来帮我拦着，我或许伤得会更重。"

说话时，福利院内的人已经出来查看情况。

院长看到吴建成的母亲瘫坐在路边，吓得立刻过去搀扶她："夫人您这是怎么了？"

吴建成的母亲越想越气，忍不住喊了几句："刚才有个司机太缺德了，开着车直接就奔我来了，多亏这女孩出面帮忙，否则我今天可能要直接瘫痪的。"

福利院院长吓得不轻，这可是吴建成的母亲，吴总是什么身份什么地位，他们怎么惹得起？

而且吴家是他们的大金主，吴建成的母亲为了脸上有光，一直在福利院做慈善，每个月都能捐个几十万给他们。若是惹怒了吴建成的母亲，下个月的捐款还能进账吗？

院长立刻帮忙叫了一辆出租车，扶着老太太和雅妍上了出租车。

去医院的路上，老太太几次盯着雅妍看了看，总觉得这孩子看着眼熟。

因为雅妍还未正式出道，所以老太太对她并不熟悉。不过前一阵子她单独接受采访，特意在大众面前提了吴建成，让她连续两天在娱乐版出现。或许就是因为如此，老太太才会觉得她看着眼熟吧。

"我们之前是不是在哪里见过？"

老太太疑惑地询问出声，欧雅妍笑着摇摇头，随后倒也如实交代了自己的身份："阿姨，说来也是巧了，我是吴总公司的艺人，就是还没正式出道，所以您可能并不认识我。不过我倒是在电视上见过您的。"

总是高调做慈善，吴建成的母亲的确是上了几次电视和新闻报纸。这个圈子里的人几乎都认识她。

毕竟她是吴建成的妈，是尹沫熙的婆婆，别人想不认识她都难。

老太太听后这才反应过来。

原来如此。怪不得她觉得这个女孩子看起来很是面熟。

"这样啊，那你怎么会出现在福利院附近呢？"吴建成的母亲感谢她的帮助，却也疑惑她为何在此出现。之前可从来没见过她的。吴建成的母亲对此还是比较谨慎的。

欧雅妍心里窃喜得意，看来今天她真是运气爆棚。她主动亮出身份后老太太竟然没有苛责她？看来老太太并没有看到那天的娱乐新闻。

于是欧雅妍继续说着自己早就已经编好的谎言："我最近一直很想找个机会多做些善事。他们说我可以来福利院做义工，所以我今天就来看看，没想到会遇见您，真是好巧呢。"

欧雅妍有一张巧嘴，而且专挑吴建成母亲爱听的说。

"阿姨，之前在电视上看到您，就觉得您为人亲切又很和善。如今见到您真人，没想到您不仅亲切和善还很有气质，特别的高贵呢。"

这番话真真说到了老太太的心坎里。她就喜欢听这种吹捧。

老太太笑呵呵地点着头说："你啊你，还真是个好人，有爱心又这么热心肠。我得找机会和我儿子谈谈，让他捧你出道，必须把你捧红了。"

老太太和欧雅妍总算是对上了眼，老太太特别喜欢她，算是报恩的方式，自然要找儿子尽快将她捧上位。

然而欧雅妍心里清楚，此刻是万万不能让吴建成知道她和他母亲私下接触的。若是吴建成知道此事，对她还会信任吗？

于是欧雅妍谦虚地低着头，一副乖乖女的模样道："阿姨，请您千万不要这样做。我想凭借我自己的实力和能力去取得应得的成绩，我不想被人说我是走后门的。况且吴总办事一向可靠，他现在没让我出道就一定有他的原因。再说，公司的事情，工作上的安排，还得遵从吴总个人想法来。我不想你们母子俩因为我这事而吵架。"

欧雅妍说得如此明事理，让老太太更是感动不已。

瞧瞧这姑娘，再瞧瞧家里的那个儿媳妇。小熙不是不好，小熙是豪门千金，出身优越，学历又高。小熙也的确够孝顺，但是……

小熙的嘴可没有这个孩子的甜，小熙现在只想着去公司上班，当个副总还当上了瘾。倒是这个女孩说的在理，公司的事情自然是应该遵从建成的想法去做。

第90章　比爱情更重要的是友情

到了医院后，欧雅妍和老太太同时被人搀扶了进去。

欧雅妍简单地包扎了下伤口，反倒是老太太扭伤了脚踝，需要在家养上一段时间。

离开医院时，老太太说什么也要拉着欧雅妍去家里坐坐。

欧雅妍嘴角翘起一抹得意的笑容，一切都在按照她的计划进行着。

……

下午的时候，尹沫熙接到了小雪的电话，想让她陪着一起去福利院接她领养的孩子回家。

反正公司也没有重要的事情，尹沫熙同吴建成打了声招呼后就去福利院门口和小雪集合。

这次一同来的，还有小雪的婆婆和志远。

"伯母您好。"

虽然知道小雪的婆婆有些刁钻，可是毕竟是小雪的婆婆，尹沫熙还是很礼貌地同她问好。

小雪婆婆立刻走过来激动地握住了她的手："哎呀，是小熙啊，真是好久都没见到你了。以后有时间就常去家里做客，我们志远多亏了你才能在公司谋到一个好职位啊。"

小雪婆婆之所以对小熙如此亲切，也正是因为尹沫熙给了志远一份好工作。

小熙尴尬地扯了扯嘴角，客气地点头答应着："好，等我有时间就过去。"

很快，福利院的工作人员出来接待了他们。

小雪婆婆和志远正在一边谈话，小熙立刻拉着小雪到了角落里。

"怎么回事？你婆婆竟然没反对，还和你们一起来领养孩子？我还以为就她会闹得最凶呢。"

无私奉献自己的一生去抚养别人家的孩子，这种事情不是每个人都能接受的，更何况是小雪婆婆这种自私的人。

小雪忍不住掩嘴偷笑着说道："你还不知道我婆婆啊！我婆婆那么迷信的一个人，听别人说领养孩子的话自己也能怀上孩子，所以啊，她积极性比我还高呢。"

原来如此，尹沫熙恍然大悟地点点头。

这么说，还真是挺符合小雪婆婆的性格的。

小雪忽然拉过小熙的手，认真地说道："你是我最好的姐妹，我父母去世后，你就像是我的家人一样。你父亲也对我那么好。我是真的很感激你所给我的一切。包括我老公的工作，若不是你，他现在可能还不知道会是什么样。"

说着说着，小雪眼眶微微泛红。很多人都以为世上最重要的就是爱情，爱情固然重要，因为自己选的男人就是这一生的伴侣。可是在小雪看来，她和小熙的这份情谊才是最难能可贵的。

小雪抽了抽鼻子继续道："你也知道这是我的第一个孩子，虽然不是我身上掉下来的肉，但是你知道的，我有多期待这个孩子的到来。所以我希望你能在我身边，陪着我，也要让我的女儿第一个看到的人就是你。"

在小雪心里，小熙一直排在志远和婆婆前面。

尹沫熙动容地点点头哽咽着，她和小雪之所以感情这么深，也是因为他们有着相似的失去亲人的经历。

小熙失去了母亲，小雪的父母在交通事故中双双身亡。

小熙自认她比小雪更幸运，家里有钱，她父亲还健在。

而小雪，真的需要一个依靠。或许这个孩子的到来，会让她的生活更多姿多彩。

小雪下定决心，要好好抚养这个孩子。"其实想想领养孩子也没有什么的。他们都是可怜的孩子，你妹妹沫夏就是领养来的，可是你看她现在不也成了一个优秀的人？"

"小雪，孩子抱来了。"婆婆见小熙和小雪聊得正欢，小声地唤着小雪。

尹沫熙和小雪激动地走了过去，小雪双手颤抖着从工作人员的手中抱过那个两岁大的女孩。

她那双水汪汪的大眼睛扑闪扑闪着很是可爱，小雪在看到这孩子的时候，就决定要抚养她。

不仅仅是因为她长得可爱，院长说起她的身世也是让人觉得心疼。

最重要的一点就是，这个孩子和朵朵长得有几分相似，都有一双清澈明亮的大眼睛，都那么可爱动人。

她和小熙是好姐妹，她自然希望自己的女儿和小熙的女儿也能是好姐妹。

小熙似乎比小雪更激动，她声音哽咽着扶住小雪的胳膊。

"小心点，你抖得厉害。"

小雪点点头却忍不住流下两行泪水，她是开心，是激动，激动得语无伦次，双手抖个不停。

"小熙，你看她，她冲我甜甜地笑着。她是真实的，这个孩子是我的。"

抱到孩子的那一刻，小雪就感觉这就是她的宝宝。

尹沫熙能够体会那种感觉，她欣慰地伸手揽住小雪的肩膀，在她身边为她打气："这是你的宝宝，这当然是你的宝宝！你一定会是一个好母亲，一定会把孩子健健康康地抚养长大。"

小熙的话仿佛有种魔力，小雪对此深信不疑。

是的，她一定会是一个好妈妈，宝宝也一定会健健康康快快乐乐地成长。

第91章　空虚

小雪和志远办理了相关手续后，小雪便抱着女儿同小熙离开了福利院。

小熙送小雪上了出租车，她弯着腰对着车内的小雪说道："现在有了女儿要更加努力地工作，要好好生活，听见了吗？"

小雪开心得眼角眉梢都弯成了一条线。

不过想到自己第一次养孩子，她还是有些紧张地说："小熙，我虽然之前买了好多母婴的书籍，学习如何抚养宝宝，可我还是挺紧张的。若是孩子发烧感冒我搞不定的话，你可要帮我啊。"

小熙笑了笑，手伸进车窗摸了摸孩子的脸蛋说："放心吧，有问题你就直接找我。"

小雪这才彻底安心。

婆婆和志远也上了出租车，小熙同他们挥挥手，见车子离开她才失落地转身离去。

小雪迎来了一个新的小生命，那个家应该会有些改变的吧。

她的婆婆即使是再冷血的一个人，被孩子的天真可爱所打动也会有所改变的。

倒是自己，几次想要下定决心去医院把孩子打掉，可是几次又原路折回家中。

她舍不得，虽然胎儿还不足三个月，可是每每抚摸着自己的小腹，尹沫熙似乎都能感受到那里的温度和新的生命。

她是真的为小雪感到高兴，可是也为自己肚中的宝宝感到悲伤。

尹沫熙漫无目的地在街上走着。不想回公司也不想回家，反正这几天朵朵都会住在她奶奶那里。

尹沫熙只是觉得心里空虚，明明和吴建成已经像热恋时那般恩爱甜蜜。可为何心里还是觉得空荡荡的，她总觉得需要什么来填补自己的内心，却又不清楚到底缺失的是什么？

走着走着，尹沫熙竟然来到了那栋大厦前。她下意识地抬头仰望着眼前的高楼大厦。

48层，她根本数不清48层在哪里，只是记得那个方向。沐云帆工作室的方向。

他会在工作室吗？还是在公司？

尹沫熙只是想上去坐坐。她是真的很喜欢那里，环境也好装修的风格也好，她都特别喜欢。

而且那里很静，她想坐在露台上吹着小风，再喝上一杯咖啡。

抑或者是躺在露台的长椅上，悠闲地闭目小憩一会儿。

就算什么都不做，站在那里对着远处的景色发呆也是幸福的。

尹沫熙想着想着，就拿出了自己的手机。

"云帆？"

电话接通，沐云帆正同助手皮特一同前往某杂志社准备给这家杂志拍周年纪念刊封面。

助理皮特正在开车，见沐云帆的嘴角不自觉地微微翘起，他更是好奇，电话那边的人是谁。

肯定是女人了，不过应该不会是小月。

"嗯我在，怎么想起来给我打电话了？"

之前尹沫熙的确很少会给他打电话。

尹沫熙站在大厦前的台阶上，看着路上人来人往的热闹景象，却有些悲凉地叹口气："哎，觉得无聊就在街上闲逛，走着走着就到你这来了。你不在吗？我还想上去喝杯果汁看看美景呢。"

尹沫熙干脆在台阶上坐下来休息一会儿。

最近身体越来越虚弱，这一路走来她现在竟然有些喘了。

沐云帆和皮特就快到杂志社了，一听小熙正在她办公室楼下等着，沐云帆立刻来了精神。

"我刚好要回去呢，你等我一会儿好吗？"

小熙点点头语气轻快道："好，我在这等你，要快点哦，可别让我等太久。"

沐云帆挂了电话后立刻急声喊道："停车！"

吓得皮特直接踩了刹车。

皮特一脸懵地问："老大，怎么着了这是？我撞到人了还是撞到动物了？"

沐云帆摇摇头，皮特这才大口喘着气道："那我开得好好的你干吗突然让我停车，你要吓死我啊！"

沐云帆没工夫听皮特在这里抱怨，他冷声命令着："下车。"

等到沐云帆坐在了驾驶位置上后，皮特开了车门，坐在了副驾驶的位置上。

沐云帆紧了紧眉头，再次冷声道："下车！"

皮特彻底懵了，他傻傻地看着沐云帆问道："老大，你让我下车我下了，驾驶位给你，你还让我下车，那我去哪啊？"

沐云帆彻底无奈了，他摇摇头随后指着路边的空地说："到那边去！在那里等出租车。"

皮特这才反应过来。

"老大，你又要放人家鸽子啊？我说老大你最近真的变了。刚才谁给你打的电话？尹沫熙对不对？老大不是我说你，你以前很敬业的，可现在，你就说你回国后因为尹沫熙推掉了多少工作，之前和安老师的会面也因为尹沫熙耽误了。现在还要为了尹沫熙耽误工作？"

那家杂志社虽然不是最有名的，可是最近风头正旺，也是最有潜力的时尚杂志之一。

杂志创刊两年时间，却已经在时尚圈有了自己的地位。

老大这么得罪人家不好吧？

沐云帆嫌他聒噪，冷冷地瞪了他一眼，声音却相当的淡漠："你不相信你自己的实力吗？跟在我身边的助理都不会是小角色。"

时尚圈最有潜力的杂志社又如何？和尹沫熙比起来，他宁愿回去陪在尹沫熙身边一起看看美景发发呆。

第92章 暴发户气质

欧雅妍被吴建成的母亲邀请到家里做客。

吴建成的父亲并没有在家，老太太问了一句："他跑哪去了？成天就闲不住。"

用人毕恭毕敬地站在一边小声回答："夫人，老先生他和朋友去海边钓鱼了。"

老太太点头随后吩咐道："去倒两杯果汁。"

用人立刻去厨房准备饮料和零食。

欧雅妍亲自扶着老太太在沙发上坐下。

她趁着老太太不注意的时候，偷偷上下打量了这栋别墅。装修阔气豪华，比吴建成之前送给她的那两栋别墅还要气派。果然是有钱人家。

如果自己也能在这么气派的房子里生活，想必她也能像吴建成母亲这般悠闲自在吧。若是有那样的机会，她哪还需要在娱乐圈拼命地往上爬？

很快，用人将果汁和点心送到两人面前。

老太太一边喝着果汁一边介绍道："喝点果汁吃点蛋糕，这果汁是美国空运过来的，很好喝你喝喝看。"

果然，吴建成的母亲就是暴发户气质，无论在谁面前都忍不住想要炫耀一下。

欧雅妍尴尬地笑了笑，拿起果汁喝了几口，的确是好喝。

一对比，欧雅妍反倒觉得自己够可怜的。别人住着大别墅天天喝着进口果汁吃着最好的糕点，可她呢？最近穷得叮当响，别说是进口果汁，她出门口渴了也只能去便利店买瓶矿泉水喝。

一个月几千块钱根本就不够维持她和母亲的日常开销。

她跟在吴建成身边的时候过惯了好日子，突然穷下来她还真是受不了。

见她一直沉默不语，老太太关心地问道："雅妍啊，你怎么突然这么安静？

对了，你说你一直没有出道，又不想我在建成身边提起你，那不如这样，你有时间就常来我家，我带你去参加一些慈善晚宴。"

老太太为了感谢她的救命之恩，愿意亲自带她出席各种高档场所。

多认识一些名媛贵妇，对她今后的演艺之路也是有所帮助的吧。

欧雅妍没想到自己会得到这样的机会。能够多在圈子里走动走动，多认识一些名媛贵妇，对她的确是有不小的帮助。

欧雅妍立刻谦虚地感谢道："谢谢伯母，真是太感谢您了。我一直都想参与到慈善活动中来，只是可惜我身边也没有谁是经常做这些的。毕竟现在这个社会，像您这样有爱无私的人实在是太少了。只是……伯母，我还没有出道，所以能力有限，可能在金钱方面我帮不上太多的忙。"

真要让欧雅妍拿出钱来做慈善，她现在可没有那个资本也没有那个心情。

"放心，钱的事你不用担心。你只管跟着我参加各种活动就好。没事就常来家里坐坐。"

雅妍点点头，她还一再地嘱咐着老太太："伯母，今天你受伤的事情吴总肯定会知道的。他来看望您的时候请千万不要说起我，您就当没见过我好了。"

老太太笑着点头，看向欧雅妍的眼神中多了几分欣慰之色。真是难得一见的好女人，如今很多新人都愿意靠关系上位，她却不想这么做。还真是难得啊。

欧雅妍陪着老太太聊了一会儿，这时用人走过来在老太太耳边小声地提醒着："夫人，该去幼儿园接朵朵了。不过您这脚踝伤了，我看还是让司机单独去吧。"

原来到了接朵朵回家的时间，老太太有些为难了。

朵朵毕竟是小熙和建成的第一个孩子，她这个做奶奶的自然疼爱得很。

老太太不禁摇头感慨着："朵朵这小丫头又要不开心了。她爸妈平时忙，她羡慕别人家的小朋友都是家人去接送上下学，本来这几天是我天天接送她的，这现在我怕是去不了了。"

让司机去的话，朵朵可能会觉得难过吧。

老太太有些犯难了，这时候联系朵朵她爷爷，只怕从海边赶到幼儿园时间也太久了些。

欧雅妍觉得这或许也是一个机会，于是她假装好心地提议道："伯母您别着急，不如我去接她回来好了。小孩子嘛，看到别人家的小朋友都是爸妈去接送，肯定会有些羡慕人家的，那我去好了。"

用人看了一眼欧雅妍，顿时有些为难，不过老太太却觉得欧雅妍的人品不错，让她帮忙接朵朵回来也没有什么不可以的。

"那好，那就麻烦你了。你坐家里的车子去。"

雅妍点点头，一想到要接触到吴建成和小熙的女儿，欧雅妍内心就禁不住的兴奋着。今天真的是太幸运了，成功接近了吴建成的母亲，如今还有机会接触尹沫熙的女儿。如果她能得到尹沫熙女儿的喜欢和信任，那么她想插入吴建成和尹沫熙之间就变得更容易了。

小孩子都比较好哄，在去幼儿园的路上，欧雅妍看到路边的一家商店时立刻叫住了司机："司机，先停下车。"

司机知道这位小姐是老夫人的贵客，自然不敢怠慢了她。

司机将车子停在路边，欧雅妍下车直奔那家商店。她买了一些糖果和一个毛绒玩具。小孩子应该都喜欢这些东西的吧？这些小孩子的东西并不便宜，光是给孩子挑选的那个毛绒玩具就花了欧雅妍两百多块。

最近本就手头吃紧，可是为了今后的富足生活，她也只能咬咬牙买了下来，但愿这些钱花得值得。

司机继续开车前行。

大概十多分钟后，车子终于开到了朵朵所在的那家幼儿园。

欧雅妍下了车，询问着司机："哪个是朵朵？"

司机朝门口那边的方向指着说："那个穿着粉色小裙子的就是我们家朵朵。"

司机很喜欢朵朵，朵朵这孩子乖巧懂事，和家里的用人还有司机都相处得很好。

倒是欧雅妍，这女人未免太过热心肠，司机总觉得欧雅妍如此接近老太太和朵朵是别有用心。

第93章　太难搞

朵朵隔着老远就看到了司机，她兴奋地朝司机挥挥手。

不过在看到司机身边的女人时，朵朵有些疑惑地看了一眼站在身后的老师。

幼儿园老师也觉得奇怪，今天来接朵朵的这位她并不认识。之前从来没有来过幼儿园，虽然不认识，可是却又觉得有些眼熟。

幼儿园老师领着朵朵走了过去，朵朵甜甜地唤着司机："王叔叔。"

司机应了一声，随后伸手摸了摸孩子的脑袋。

朵朵闪着那双大眼睛好奇地看着眼前的女人，她很漂亮，只是她身上的香水味太浓，朵朵不喜欢。

欧雅妍为了让自己看起来很友善，还特意蹲下身子和孩子套近乎："你就是朵朵呀，长得可真好看。你爸爸那么帅，你妈妈那么漂亮，果然生出的孩子也这么好看呢。"

欧雅妍以为这一招对所有人都好使。不过只有老太太喜欢听别人夸她，朵朵对此并不感冒。

她乖巧地点头，却一本正经地承认着："是呀我妈咪是公主，我爹地是王子，所以我就是小仙女喽。"

朵朵如此认真的模样真是让人忍俊不禁，这么可爱的孩子自然是人见人爱。欧雅妍也有些喜欢她，于是立刻拿出准备好的礼物送给她。

"朵朵，这是阿姨特意给你买的礼物。今天就让阿姨接你回奶奶家好不好？"

欧雅妍将买来的毛绒玩具塞在了朵朵的怀里，还把买来的糖果送到她的面前。

可是朵朵却变得很警觉，她不着痕迹地向后退了一步，随后往幼儿园老师的怀里靠了靠。

"朵朵，不要害怕，阿姨是你爹地和妈咪的好朋友。"

欧雅妍极力解释着自己和她父母之间的关系，但是朵朵并不买账。

朵朵还把欧雅妍买来的糖果放回了她的包内。

"谢谢阿姨，但是这糖果我不能收，妈咪说了糖吃多了会长蛀牙的。"

欧雅妍刚要说话，朵朵又将手里的毛绒玩具还给了她。

"谢谢阿姨给我买礼物，但是这兔子我也不能收的。阿姨我不认识你，我们还不熟，我妈咪说不能收陌生人的礼物。"

在朵朵看来，这个女人就是个陌生人。

她不是朵朵熟悉的小雪阿姨，也不是最近她喜欢的云帆叔叔和冷轩叔叔。她甚至不是奶奶家里熟悉的用人和司机。所以朵朵绝对不会跟她走的，朵朵对自我的防护意识很强。

欧雅妍有些崩溃，这小不点怎么就这么难搞？

小孩子不是看到糖果和毛绒玩具就会开心地跟她亲近的吗？为什么朵朵完全不吃这一套？

欧雅妍虽然快被逼疯，却还是耐心地弯腰劝着："朵朵乖，那不吃糖也不要玩具了，和阿姨回奶奶家好不好？"

朵朵还是摇头说："不好，我不认识你，阿姨。"

"可阿姨是你爹地和妈咪的朋友啊。"

"爹地和妈咪的朋友我几乎都见过的，可是我从没见过你呀阿姨。"

朵朵分分钟能把欧雅妍折磨崩溃。她就是想从孩子入手，想要取得孩子的信任怎么就这么难？

欧雅妍只好求助身边的司机："那个，你有夫人的电话号码吧？让夫人和朵朵视频通话。"看来也只有这个法子了。

朵朵不相信欧雅妍，她倒是仰头向身边的幼儿园老师求助："老师，我可以借用一下你的手机吗？我想给我的爹地或者是妈咪打电话。"

幼儿园老师也担心会出现什么问题，她立刻将自己的手机递给了朵朵。

欧雅妍一听朵朵要打电话联系尹沫熙和吴建成，吓得立刻从朵朵手中抢过了老师的手机。

"朵朵啊，你爹地现在正在开会，你妈咪也在忙啊。你可以不相信阿姨，但是你不能不相信司机叔叔吧？要不然我把手机还给你，你给你奶奶打电话好不好？"

朵朵低头认真地思考着，万一爹地和妈咪正在忙呢？她不想打扰爹地和妈咪，给奶奶打也是可以的。

于是朵朵点点头，欧雅妍这才将手机放回她手中。

朵朵熟练地拨通了奶奶家的电话。

"奶奶，我是朵朵，幼儿园门口有个陌生的阿姨说是爹地妈咪的朋友，她来接我回家，是这样的吗？"

朵朵向奶奶求证，老太太宠爱地说着："是啊朵朵，那位阿姨也是奶奶的朋友，你跟着她和司机叔叔回来就可以了。"

得到奶奶的肯定，朵朵这才挂了电话并将手机还给了老师。

"老师，奶奶说的确是她让这位阿姨来接我回去的，那我先走了。"

老师这才放下心来，同意朵朵跟着他们离开。

直到朵朵上了车，欧雅妍这才松了口气。刚刚真的好险。不过眼下，她算是见识了。不愧是尹沫熙的孩子，简直就是个人精！

小小年纪竟然如此聪明，想要骗这孩子看来是有些难度的。没办法，欧雅妍每走一步都要格外小心。

朵朵一直坐在车子的另一边，她和欧雅妍始终保持着一定的距离。

这位阿姨打扮得太过……在朵朵的眼中，这位阿姨穿得太过灿烂了些。比太阳公公还要晃眼睛。而且身上的味道她真的是不喜欢，还是妈咪身上那淡淡的茉莉花香最舒服了。

此刻，看着眼前的欧雅妍，朵朵忽然好想妈咪啊。她决定明天就回家去。

欧雅妍猜不透朵朵心里想的是什么，她只能乖乖闭上自己的嘴巴。此刻，与其多说还不如什么都不说。

回到老太太家后，朵朵放下书包就跑到老太太身边，安静乖巧地趴在老太太的肩膀上，奶声奶气地问道："奶奶，送我回家的那位阿姨是谁啊？"

老太太见欧雅妍没有跟着回来，还疑惑地问道："接你回家的那位阿姨呢？"

"那位阿姨先回家了，奶奶，她是谁啊？"

吴建成的母亲只是敷衍着朵朵："就是你爹地和妈咪的朋友。"

朵朵不放弃地追问道："那位阿姨叫什么名字啊？"

被孩子问得有些烦了，老太太脱口而出道："以后叫她雅妍阿姨。"

"雅妍阿姨"，朵朵将这个名字记在了心里。等下见到爹地一定要问问他这个阿姨到底是谁。

第94章　偶尔放纵一下

尹沫熙一个人在大厦前坐着，看街上的人群发呆。

等了一会儿，沐云帆终于开车回到了工作室！

他见尹沫熙一个人坐在台阶上，总觉得她此刻看起来有些脆弱和渺小。

沐云帆下车向她走去，"你在这等了多久？"

尹沫熙笑着从台阶上坐起来，头依旧有些晕晕的，不过比刚才好受多了。

"没多久，也就半个多小时吧。"

沐云帆低头看了一眼手表，现在五点多，他还不知道尹沫熙吃饭了没。

"饿不饿？"

尹沫熙摸了摸自己的肚子，还真是有些饿了。

"你不说还好，你一说我还真是有些饿了。"

尹沫熙调皮地眨了眨眸子，沐云帆无奈地摇摇头，看来今晚尹沫熙是想要宰她一顿。

不过他不想和尹沫熙去外面吃，工作室内有个小厨房，他们买点东西在厨房做顿晚饭应该是没问题的。

只不过沐云帆担心，尹沫熙跟他在一起，她老公真的没意见吗？

沐云帆疑惑问道："你确定你今晚和我在一起，你老公不会说什么？"

尹沫熙想到那一晚吴建成和她之间的对话，吴建成得知沐云帆要回美国的消息后态度发生巨大转变。不仅没有生气，还同意她经常和沐云帆见面。

在吴建成看来，反正两人再亲近，也不过是半个月左右的时间。沐云帆根本不足为惧。

"没有什么意见啊，反正你下个月就要回去了。他还建议我多和你聚一聚呢。"

听尹沫熙这么说，沐云帆心里总算是踏实了，他提议道："晚上不去饭店了，工作室有厨房，我们去超市买点东西回去做。"

这个提议还不错，尹沫熙点头答应着，两个人并肩走在一起。

距离大厦不远处的地方就有一个大型超市。尹沫熙和沐云帆穿过马路往超市那边走。晚高峰时期，街上的人多车也多。尹沫熙一个没注意，旁边的车子差点刮到了她。

倒是沐云帆反应迅速，他用力一拽直接将尹沫熙拉入了自己的怀中。

一切都发生得太过突然，尹沫熙被他抱在怀里一时没有反应过来。直到两人身后响起车鸣声，他们才回过神来。

"走不走啊？别挡道。"

后面的司机有些不耐烦地催着两人，尹沫熙立刻推开他，向旁边的位置挪了挪。

后面的车子开走后，两人呆呆地站在路的一边。

沐云帆也不知道刚才是怎么了，那么自然地就把她拉入了自己的怀中。不过当时的确是事出有因。

尹沫熙有些尴尬地低头笑了笑，只好自己给自己找了个台阶下："瞧我真是的，刚才不小心差点被电动车刮到，谢谢你啊。"

沐云帆只是好心出手拉她一把，虽然动作暧昧了些，可是尹沫熙知道自己不该多想的。

他们是好朋友，有什么可尴尬的呢？

尹沫熙很快就调整好了自己的心态，倒是沐云帆，刚刚和她亲密接触后，反倒想找机会再次靠近她。

或许这就是瘾，面对尹沫熙他有些上瘾，可是偏偏又戒不掉。

沐云帆只好岔开了话题："马上就到了。"

尹沫熙笑笑："是啊，我已经看到了。"

两人进入超市，尹沫熙特别喜欢逛超市，她喜欢看各种超市的宣传单，喜欢带着朵朵在超市里一边购物一边聊天。尹沫熙最喜欢做的事情就是去超市买一家人最喜欢吃的东西，然后回家将冰箱填满。看着冰箱被填满的那一瞬间，她感觉自己的心也被填满了。

如今想想，过去七年她真的是个合格的家庭主妇，每做一件事情似乎都想到老公和孩子。

可她似乎，并未为自己着想过。

"你喜欢吃什么？"

沐云帆在货架上寻找着尹沫熙喜欢吃的食物。

她这种生活得如此精致的女人，应该不会喜欢垃圾食品吧？

于是沐云帆直接带她去了果蔬区。

"我猜你应该很喜欢吃沙拉水果这一类的。"这些东西看起来比较健康。

尹沫熙皱了皱眉，没好气地自嘲道："拜托，我看起来比较无趣，不代表我吃的也这么无趣吧。"

沐云帆同样皱眉不解地看向尹沫熙。接触过的大部分女人都喜欢吃蔬菜沙拉，和那些模特演员约会时，也不见她们对餐桌上的大鱼大肉感兴趣。

"什么意思？你不喜欢吃这些？你觉得蔬菜沙拉很无趣？"沐云帆还以为女人都喜欢吃蔬菜和水果。

尹沫熙无奈地叹着气，随后解释道："在家吃得健康一些，是因为我要权衡一家人的营养搭配。我不想在外面还要吃的那么健康，我想吃芝士，想吃比萨，想吃冰激凌和炸鸡。"

尹沫熙说了一堆高热量的食物，沐云帆有些被她吓到了。

见他一直用怀疑的眼神看着自己，尹沫熙无奈地耸耸肩膀："你认识的那些艺人模特是为了保持身材，我偶尔放纵一下自己的胃应该不会有事的。"

见她可怜巴巴地望着自己，沐云帆只好举双手投降："OK，今天你不在家，在我的工作室，就当是你的放纵日，你怎么舒服就怎么来。"

尹沫熙不停地"耶耶耶"举起双手欢呼着。

今天她不要做什么好太太好妈妈，只想遵从自己的心意，想吃什么就吃什么，想干什么就干什么。

她虽然结了婚，也需要像今天这样的时间来放松自己。

每个结了婚的女人，其实都需要一些个人空间来让自己喘口气。

尹沫熙在货物架上拿了不少的高热量食物和一些饮料。

排队结账时，吴建成突然打来了电话。

"小熙，我得去趟外地，那边出了点事情，分公司的经理搞不定，所以我临时决定去看看。"

吴建成说的是实话，没有约欧雅妍，也没有其他女人陪着，他是真的要去外地办正事。

尹沫熙虽然有那么一瞬间的迟疑，却还是相信了他。

"好，那你什么时候回来？"

"明天晚上前一定会回来，朵朵在我妈那，家里就只有你一个人，我有些不放心。"

尹沫熙听说吴建成不在家，眼珠转了转，眼里顿时闪着点点光芒。既然老公不在家，何不叫上小雪，在云帆的工作室来个闺蜜派对？

第95章　忠于家庭，更忠于自己的内心

吴建成放心不下尹沫熙，小熙只好搬出小雪做挡箭牌："放心吧老公，小雪今晚会陪着我，有小雪在你放心了吧？"

"那好，有事立刻打给我。"

吴建成这才依依不舍地挂了电话，整理行李准备去机场。

挂了电话后，尹沫熙异常的兴奋，她向沐云帆征求意见道："云帆，今天我老公要去外地出差。难得我可以尽情放松一下，你不介意我叫小雪和冷轩一起去

你工作室热闹热闹吧？"

沐云帆虽然很想和尹沬熙有个浪漫的约会。可毕竟小熙是结了婚的女人，两个人孤男寡女的单独相处的确容易被人说闲话。沐云帆也只能点头答应。

"好，那我再去那边货架多拿些零食和饮料。"

小熙点点头，见沐云帆推着购物车又去拿东西，她立刻给小雪打电话。

"今晚出来happy呀？"

小雪正在喝水，听小熙这么说，惊得她差点把自己给呛到。

小雪咳嗽半天，这才缓过神来："你说啥？我没听错吧？一向稳重持家的好太太也要出去happy？你的这个happy是指去哪里啊？酒吧？夜店？还是去你家看看电影吃点东西？"

"我找到个好地方，云帆的工作室！我们今晚在他工作室。"小熙对着手机不停地向小雪撒娇着。

既然好姐妹都如此相求，小雪也只能答应她。

"OK，地址用微信发给我，我一个小时后就到。"

小雪答应得痛快，可小熙想喝点啤酒。

她只能继续央求着小雪："小雪，人家想喝点啤酒，你买点啤酒带来好不好？"

"你一个孕妇还想喝啤酒。"小雪说话不过大脑，直接脱口而出。话一出口她就后悔了，自己怎么总是说错话？

算了，她想喝就喝吧，虽然婚姻总算修复好了，可是她的病，还有那孩子……

小熙就算不说，心里肯定也是压抑痛苦的。

"好，我买一些啤酒过去。"

尹沬熙还打电话通知了韩冷轩，他们以前都是同学，小雪和冷轩也是认识的。今天大家聚在一起聊聊以前的事情，小熙觉得这样也挺好的。

只是可惜韩冷轩今晚值班，不过他答应小熙晚些时候会去沐云帆的工作室坐一会儿再走。

沐云帆也已经买好了东西，结完账主动拎着四个大袋子往回走。

小熙几次伸手想帮忙拎两个袋子，沐云帆都相当霸气地回绝了她："你一个女人柔柔弱弱的，这些东西又没有多沉。"

真的没有多沉吗？尹沬熙见他有些吃力的模样不禁掩嘴偷笑着。想不到沐云帆这样的男人也喜欢耍帅啊？光是那些饮料和果汁就已经很沉了，再加上那些蛋糕肉类的东西，哪一样不是占分量的？

　　沐云帆不仅主动甘当苦力，还让小熙走在内侧，他则走在马路外侧一直护着她。

　　可能是因为来超市前，尹沫熙在路边差点被电动车刮到，所以沐云帆才会如此小心地护着她。

　　这些都是小事，可就是这些小细节让尹沫熙有些感动。多细心多体贴的男人啊。这样的男人还是单身，还真挺奇怪的。

　　回到工作室时，小雪还没有到。沐云帆和尹沫熙两个人在厨房开始忙碌起来。

　　因为工作室主要是工作休息为主，厨房内的基础设施和各种电器虽然齐全，但是面积却小了些。尹沫熙和沐云帆两个人站在厨房里都有些转不开身。

　　在这样相对狭小密闭的空间亲密接触，沐云帆倒是感觉挺奇妙的。

　　尹沫熙突然很好奇冷轩的女朋友是个怎样的人，也不知道冷轩是害羞还是故意不想说给她听。

　　尹沫熙仔细回想了很久，她确定韩冷轩回国后从未在她面前说过女朋友的事情。不曾透露过她叫什么名字，更不知道那个女人多大了，长得好不好看。

　　"你之前说过的，你和冷轩还有他女朋友都认识，你们关系很不错？"

　　沐云帆点点头："是，我们在美国相识，彼此很熟悉也是很要好的朋友。"

　　尹沫熙来了兴趣。

　　"那你跟我说说冷轩的女朋友吧，冷轩从未跟我提起过她。"

　　尹沫熙的话让沐云帆有些疑惑。既然是冷轩从小长大的好朋友，冷轩没必要对小熙隐瞒吧？

　　沐云帆只好跟小熙描绘了一下若冰的大致样貌和家庭背景等情况。

　　"你若是问我对若冰有什么印象的话，我只能说名如其人，冷冰冰的，我几乎没见她笑过。若冰长得很漂亮，不过若是把你和若冰放在一起比较的话，还真是很不一样。她是那种都市冷美人，你呢，是那种慵懒气质女。"

　　沐云帆顺便把对尹沫熙的第一印象也描绘了出来。

　　小熙拧了拧眉，慵懒气质？还有这么形容人的吗？那她到底是慵懒，还是有气质？

　　小熙有些迟疑地问道："你不觉得慵懒和气质两个词放在一起很矛盾吗？"

　　沐云帆嘴角的笑容越发明显，他理直气壮地回应着："女人本就是矛盾的。

你身上有多种气质，正验证了那句话，女人是多变的。"

沐云帆喜欢尹沫熙这样多变的女人，看似一成不变，实际却偶尔爆发一下自己的小个性。

就像今晚，谁会想到她这样标准的好老婆，会在老公出差不在家的时候，去别人的工作室疯玩？

沐云帆就是喜欢她这个样子，忠于家庭，有时候则更忠于自己的想法和内心。

话题又绕回了若冰身上。

"女人一般都是多变的，时而乖巧可人，时而性感妩媚。不过若冰是真的一成不变。"

这些年来若冰永远都是那一副表情，对人永远都是冷冷的。就算她是对着韩冷轩，就算冷轩是她最爱的男人，她的表情也是冷冷的。

或许只有冷轩能看出那张冰冷的面容下，藏着的点点温情吧？

第96章　搅了他的姻缘

乍一看尹沫熙和若冰是完全不同的两种女人，可是细细品味，就会发现她们也有着惊人的相似之处。

沐云帆深深地打量着尹沫熙，随后突然说了一句："如果你和若冰真的会见面的话，相处时间久了我想你们会成为好姐妹的。"

这番话让尹沫熙有些摸不到头脑。

"我和她会成为好姐妹吗？我感觉我们的性格不太适合做朋友的。"

性格太冷的人，尹沫熙真的会敬而远之的。

沐云帆再次神秘地笑了笑："其实你们差不多，你比她温婉可人，但是你骨子里的性格也是如此，对于不相干的人你的态度也总是淡淡的。你和人之间保持的距离刚刚好，不会太近，也不会太远。"

尹沫熙愣了愣，随后嘴角一扯，淡然一笑。

他分析得还挺全面的。没错，对待陌生人或者是不熟的人，她看似和善友好，却又和人保持着一定的距离。

她只会对小雪和自己的妹妹那般热情依赖，也只有和沐云帆混得熟了，沐云帆才会看到她脆弱敏感的一面。

尹沫熙忍不住好奇地问道："冷轩都回国了，若冰会跟着回来吗？他们已经到了谈婚论嫁的地步吧？"

说到这个话题，沐云帆就更是觉得奇怪了。他和冷轩私下也有谈过这个问题，可是冷轩却不愿意多说。

沐云帆沉默许久，也觉得奇怪："据我所知，冷轩和若冰是计划明年就结婚的。我实在不能理解冷轩为什么会突然回国？你知道他在美国工作的那家医院有多难进吗？无论是薪资待遇还是工作环境真的都是一流的。他们两个人同时进入那家医院，婚后还能在一起工作，按理说是挺幸福的事情。可冷轩却突然回国。据我对若冰的了解，她应该不会跟来。"

若冰不光是冷美人，实际上她的确是个相当理智冷静的人。就算结婚这种事情，她也是会经过深思熟虑，在心里精细计算过后才会做出决定的。她会参考各种因素，家庭背景、工作环境、对方人品以及经济实力等。

如果冷轩坚持留在国内，放弃原来那么好的工作环境和发展机会，以沐云帆对若冰的了解，那个异常冷静的女人，一定会主动提出分手的。

"或许他们会分手。"沐云帆最后给出的结论就是如此。

尹沫熙听到分手两个字，彻底怔住了。

会分手吗？若冰和冷轩分手的原因，就是因为冷轩执意要回国来？

沐云帆依旧不解地说："我以为是冷轩的家里出了问题，可实际上他父母都很健康，没有任何问题，他父亲经营的医院也好好的。实在想不通他为何匆忙回国。"

沐云帆还不知道尹沫熙得病的消息，可尹沫熙却瞬间红了眼眶。她知道，她心里最清楚冷轩为何会突然回国。是因为她！在得知她的病情后，冷轩第二天就坐飞机回国了。

难道冷轩的好姻缘，最后还是要因为她而断了吗？那一刻，尹沫熙内心深深地自责着。

她曾经就怕自己会耽误了冷轩，所以那次去医院特意逼他承认，他已经不再爱她。可是现在，她还是搅了他的好事。

尹沫熙转过身去，背对着沐云帆，她突然打开水龙头，将水果放在龙头下清洗着。哗哗的流水声让沐云帆听不到尹沫熙抽泣的声音。

她只是觉得好伤心。帮不到别人什么忙，还总是在给人家拖后腿。

这时外面传来门铃声，看来是小雪到了。尹沫熙没有反应，依旧站在水池前洗着水果。沐云帆只好去给小雪开门。

感觉到沐云帆离开厨房，尹沫熙立刻靠在旁边的冰箱上伸手抹干了脸上的泪。她不想让小雪和沐云帆看出什么来，更不想在这种时候搅了大家的好兴致。

很快，小雪就抱着两组啤酒进来了。

她将啤酒放在冰箱里，随后走过去抱住了小熙："哎哟，我们家小熙真是辛苦了，还亲自给我们洗水果！怎么样？背着你老公偷偷出来和我们一起玩，是不是觉得很刺激呀？今晚我们就住在这吧，我刚才参观了一下，房间还挺多的。他和冷轩睡客厅，我们俩睡里面那个房间。啊对了，还有露台，小熙，那个露台超级棒的。半夜我们可以躺在露台的沙发上，抱着笔记本一起看电影。"

小雪一眼就看中了那个露台，她也喜欢上了沐云帆的这间工作室。

小熙忍住悲伤的情绪，冲着小雪翻了个白眼说："什么叫我背着我老公偷偷跑出来和你们玩啊？我可是光明正大地出来玩，我和我老公说了有你陪着我。"

小雪点点头，随后刻意拉长了尾音："哦？原来是因为我，你老公才肯放你出来玩的！看来你老公还蛮信任我的嘛。"

面对小雪的调侃，小熙只是狠狠地瞪了她一眼。

小雪越想越觉得好笑，问道："你肯定没说你今晚是和冷轩还有云帆在一起吧？"

小熙点点头，的确没说。

尹沫熙理直气壮地耸耸肩膀："我是没说，可他也没问啊。"

如此调皮的模样让小雪不禁兴奋地吹了个口哨："哦！你可以呀，尹沫熙，现在会玩这一套了哦？你之前可是不管去哪里，不管和谁在一起都要一五一十地向你老公汇报的。不过这样也好，谁规定只许他们男人和漂亮女人一起玩，我们女人就不能和帅哥一起的？"更何况他们只是在沐云帆回美国前，多在一起聚一聚罢了。

小熙被小雪逗得仰头笑出了声，不过很快她又眨着眸子提醒道："没错，女人也可以和帅哥一起玩的。不过我们两个可都是已婚女哦。"

这句话着实给小雪泼了盆冷水，她故作委屈地夸张地说道："唉，谁说不是呢。我想我们两个当初结婚时可能是脑子进水了，为什么要那么早结婚呢？唉，真是可惜啊。"

第97章　她身边的男人是谁

韩冷轩要晚一些才能到，于是小熙和小雪帮忙加工了一下食物。

一个小时后，三个人聚在露台外的小餐桌上，一边欣赏着夜景一边吃着桌上的丰盛食物。

小熙拿起一个汉堡有滋有味地吃着。原来食物是真的可以治愈受伤的心。尹沫熙感觉自己空虚的心，被食物填满了。当然，这只是一时的感觉罢了。

小熙熟练地打开一瓶啤酒，没有倒在杯子里，直接拿起瓶子仰起头咕嘟咕嘟地喝了起来。

这一幕还真是似曾相识。

之前尹沫熙和吴建成请大家去酒店聚餐时，尹沫熙就是这样喝酒，还把自己醉得不省人事的。

沐云帆立刻伸手想要去抢她手中的酒瓶，尹沫熙没有什么反应，倒是小雪立刻伸手拦住了他。

"我说这位帅哥，你不懂的，千万别拦着她，让她喝。"

连小雪都是这个态度，沐云帆是彻底无语了。

他在小雪耳边小声问道："你确定孕妇可以这样喝酒吗？"

小雪只是不住地叹息摇头："唉，可能要不了多久，小熙也就不再是孕妇了。"

小雪一时嘴快说出了口，沐云帆却相当震惊。

沐云帆刚要继续问下去，小雪后悔地拍拍自己的嘴，随后小声嘱咐着："你若是想让小熙好受点，就当什么都不知道，千万不要问这些事情。你忍一忍，以后你自然就会知道的。"

以后自然就会知道的？他下个月就要回美国了，那时候知道这些还有什么用呢？

等他回到美国再知道事情的来龙去脉，那他还能帮得上尹沫熙吗？

沐云帆想要问清楚，可是看到小熙独自黯然神伤的模样，他又实在是问不出口。

算了，今晚就让她尽情放纵吧。

至于这孩子的事情，他准备找机会问问小雪，或者是问问冷轩看他是否知道此事。

气氛有些僵，沐云帆一时没了情绪，心里五味杂陈的。

小熙喝了一瓶又一瓶，可是今天也是奇怪了，不管怎么喝脑子都是这么的清醒。

小熙晃着手里的酒瓶，一步步地走到了栏杆处，双手抓着围栏向下看去。

风吹起她的长发，她飘摇着身子想要站在栏杆上吹吹夜风。

看她摇摇晃晃的样子，吓得沐云帆立刻冲过去将她抱了下来："大小姐，你是疯了吗？这里是48层！你敢站在围栏上？你知道掉下去是什么后果吗？"

尹沫熙嘿嘿一笑，随后点点头："我当然知道，我只是想要往下看看嘛。"

沐云帆担心她会耍酒疯，只好坐在她身边看着她。

小雪有些乏了，不过想到家里还有孩子在，她起身说道："你看着小熙，我去给家里打个电话。"

沐云帆点点头。

小雪拿着手机去了客厅。家里两岁多的女儿自从被领养回家后，一直都是跟在她身边。这是小雪第一次把女儿扔在家里让老公和婆婆照顾。

因为不放心自己的老公，小雪还特意开了视频通话。

"孩子没事吧？"

志远有些不耐烦地点着头："没事没事，真是麻烦。你一晚上到底要给我打几次电话啊？你这么不放心干脆留在家里照顾她好了。"

知道志远没有耐心，小雪只好哄着他："好了好了，我不是怕你做不好嘛。一会儿睡觉前你要给她唱儿歌。"

小雪按照步骤提醒着志远。志远不爽地皱着眉，刚要发飙，却发现手机屏幕中，除了小雪，好像还有两个人？

原来小雪在客厅，她这个方向前摄像头正好能拍到落地窗外露台上的景象。

而小熙和沐云帆正坐在露台上的沙发上。

志远眯了眯眸子仔细地瞧着。

小雪见他一直紧盯着屏幕，还以为他是在看她，小雪撩了撩头发得意地开口："怎么？觉得我今晚特别美吗？"

志远白了她一眼，随后毫不留情地打击着："少在那自作多情，你后面那块大玻璃窗外是谁？尹沫熙吧？那男的……"

志远总觉得那个男的好眼熟，上一次他赶去酒店参加聚餐时，因为去得晚了，下车时刚巧看到一个男人抱着小熙上了车。

对，现在手机屏幕里看到的男人，就是那一晚上在酒店外抱着小熙上了车的男人。

这男人是谁来着？志远绞尽脑汁想了半天。

小雪这才警觉自己对着的角度正是露台那边。

她立刻挪开位置，将前置摄像头对准厨房这边，随后找了个借口敷衍道："你那什么眼神啊！我和小雪在同学家呢。那男的是我同学的老公。你能不能别瞎说！"

小雪想到，小熙可没和吴建成说沐云帆和韩冷轩也在。

虽然这事没什么大不了，也没有必要遮遮掩掩的。

小雪就是担心吴建成会吃醋再误会了。

志远始终觉得奇怪，不过既然小雪这样说，他也没再追问下去。

说了几句后志远就关了视频。小雪放下手机，这才大口地喘着粗气。好险好险。

小雪去厨房倒了一杯冰水缓缓神。

这时门铃响起，小雪立刻冲了出去。

肯定是韩冷轩！

果然，开门后，韩冷轩拎着两大袋子零食站在那里。

小雪激动地立刻冲上去抱住了他，"啊冷轩，好久不见了呀，真的是好久没见了呀。"

之前小雪去医院看望小熙，可是几次都没碰见冷轩，他在医院时太忙了，小雪又不好打扰他工作。今天总算是碰上面了。

大家都是从小一起玩到大的好朋友，冷轩轻轻地拍着小雪的后背，轻声道："小雪，你还是像以前那么活泼，一点都没变。"

第98章　我不能毁了他

小雪和韩冷轩久别重逢，两人紧紧地抱在一起。

许久之后，小雪有些激动地指着露台的方向，"小熙和那位摄影师都在露台呢，小熙可是等了你好久的。"

韩冷轩冲小雪笑笑，随后快步走向了露台。

小雪看着韩冷轩，七年的时间这个男人越发的成熟有男人味。尤其是那双星眸，太过温暖和闪亮。

小雪不禁想着，如果当初小熙选择了韩冷轩而不是吴建成，那么现在会是什么样子？

小雪不知道吴建成得知小熙的病情时会是什么反应。

但是……若是冷轩的话，面对生病的小熙，冷轩一定会不离不弃一直守在她的身边。

可惜的就是，别人看来小熙和冷轩是最适合的一对，别人觉得小熙应该嫁给冷轩，可偏偏小熙选的人是吴建成。

小雪现在还记得小熙当年的回答，她说过，从小和冷轩一起长大，或许是彼此太过熟悉，她对冷轩只有家人般的温暖，却没有恋人般的心动感觉。

不心动，冷轩再优秀再帅又有什么用呢？

冷轩目光柔和地望着小熙，见她喝了这么多酒，立刻蹙起眉头有些生气地制止她："怎么这么不听话？你现在的身体状况，能喝这些酒吗？"

尹沫熙见是韩冷轩来了，她嘿嘿一笑伸手拍了拍冷轩的脸说："是冷轩哎，冷轩你不要每次见我都是这么一副严肃的表情好不好？你笑一笑，你笑一笑嘛。"

尹沫熙伸手扯着冷轩的嘴角，扯来扯去的。

沐云帆看了有些震惊。冷轩的那张俊脸被尹沫熙扯得都快变了形，可是韩冷轩却依旧耐心地伸手揉了揉小熙的头发。

他知道小熙心里苦，知道她是无处发泄心里的压抑情绪。

沐云帆轻轻咳嗽两声，韩冷轩这才按住小熙的手，让她在沙发上老实地坐一会儿。

"别喝了，你喝得够多了。想喝东西的话，喝点这个。"韩冷轩将买来的牛奶递给了小熙。

她忍不住白了冷轩一眼。她现在需要的是牛奶吗？她现在需要的是酒精来麻痹自己。

尹沫熙想单独和冷轩谈谈，想和他谈谈若冰。

于是小熙朝小雪使了个眼色，轻声道："小雪，我肚子不舒服，你下楼去超市帮我买点暖胃的东西好不好？还有，我想吃点酸的东西，帮我买点话梅之类的东西。"

尹沫熙在找借口让小雪和沐云帆离开。

小雪点头，立刻穿上外套拿着钱包准备下楼去买东西。她见沐云帆还傻坐在那里，忍不住喊了他一嗓子："喂，那边那个帅哥，你还坐在那里发什么呆？"

沐云帆有些疑惑，耐着性子地问道："你叫我有事吗？"

"你是不是该有点绅士风度？难道让我一个人下去买东西？这么晚了哎，要是被别有用心的人跟踪的话……"

小雪说的是夸张了些，小熙倒是被她逗得哈哈大笑。

这也是小熙最喜欢小雪的原因之一，她永远都是那么的搞笑。如果人生中少了像小雪这样的朋友，那她这辈子真是少了很多乐趣。

沐云帆还是起了身，作为一个男人，的确应该保护女人的人身安全。尤其是像小雪这样的……嗯，像小雪这样的家庭主妇。

"我们出去买东西，一会儿就回来。"

沐云帆和小雪离开了工作室，尹沫熙这才恢复了往日的冷漠，一脸严肃地死盯着韩冷轩。

冷轩被她看得心里有些发毛，心虚地问道："小熙，你怎么这么看我？"

小熙摇摇头，还是说出了若冰的名字。

"你和若冰原本计划明年结婚的，对不对？"

韩冷轩身体一僵，没想到小熙会和他谈起若冰。冷轩真的不想和小熙谈起自己的前女友，他已经在电话里和若冰说了分手。

冷轩不想回答这个问题。他眼神躲闪，很想找个别的话题聊，可小熙却伸出双手直接捧着他的脸，让他的眼睛直视自己，不再看向别处。

"冷轩，不许逃避话题，不许逃避我！你是不是因为我，才和若冰分手的？"

小熙知道他们应该是分手了的，否则他怎么会独自回国这么长时间，也不见那个女人出现？

甚至没有听冷轩说起过那个女人？

冷轩直视小熙的眸子，他无处躲闪，只能点头承认："我和若冰的确是分手了，不过不是因为你。"

冷轩只能欺骗小熙，他知道小熙的想法。若是她得知若冰和自己是因为她才分手的，她肯定会内疚不安，肯定会自我折磨痛苦万分。

他的确很了解小熙。

　　小熙突然松开韩冷轩，低着头自言自语地说着："就是因为我，若是我没得病，你也不会跑回国内来帮我。若你没有回国，你和若冰就不会分手。就是因为我，你别再骗我了好不好？"

　　当她是傻子吗？恋爱那么多年都到了谈婚论嫁的地步，不是因为她分手，还能是因为什么？

　　小熙缓了缓情绪，语气相当坚决地说道："这几天做好准备，赶紧回美国去吧。这里又不是只有你一个医生，别的医生也可以给我看病，我不需要你留在这里。"

　　七年前，小熙伤了他的心，他出国待了整整七年。七年后，她不想让冷轩再因为她而放弃一切。

　　爱情，事业，他所拥有的一切，她不能就这么毁了他。

第99章　我求你了小熙，别这样

　　冷轩有些急了，他一再地强调道："小熙，我都承诺不再爱你，你为什么还要赶我走？我都说了若冰的事和你无关。你了解若冰吗？你怎么确定我和若冰就适合在一起？我们都是成年人了，你能不能理智点？"

　　小熙痛苦地摇着头："我理智？我怎么理智？你七年前走的时候，一个电话都不肯打回来，你知道我心里多愧疚吗？我每次看到伯父伯母的时候，就觉得是我害你离开他们，是我害你背井离乡，身赴异国他乡去过那种孤单的日子。我这些年只要一想到你，我心里就会痛啊！"

　　没人知道她那段日子顶着多大的压力，每次同学聚会，大家都会问起冷轩怎么样了，现在在哪里，过着怎样的日子。

　　他明明可以留在父母身边。若不是受了情伤，他会出国，他会消失不见吗？

　　冷轩眼底光芒黯淡，当年他只是想逃避小熙成了别人新娘的事实，所以才会只身一人离开这片让他伤心的地方。只是没想到自己一时的离去，给小熙带来这么大的伤害。

　　冷轩无助地揽过小熙的肩膀，感受着她在自己的怀内不停地抽泣，内心一片黯然。他最想守护的人，如今却被他伤得这么深。

可他真的不能走，小熙的血常规检查的确是有问题。血红蛋白降低，血小板减少，之前也是因为腿划伤出血不止而到医院治疗。种种症状都表明小熙就是白血病，但是白血病很是复杂，如果不做一个具体的检测韩冷轩不能确定她到底得的是哪一种白血病。

最近小熙不仅贫血还伴随低烧症状，虽然她自己挺能撑的，没有告诉家里人，一直在偷偷用药，但是那根本解决不了真正的问题。

如果是急性白血病，超过三个月不治疗的话，小熙可能会有生命危险。她的病真的是不能再等了。

冷轩有些绝望地抱着小熙，声音有些哽咽地央求道："小熙别这样，你不是说我们是一家人吗？你不是一直把我当哥哥看的吗？你的家人有病了，难道你会一走了之、不管不顾吗？听我的小熙，尽快去医院接受全面检查，去接受治疗好不好？"

冷轩真的担心她的病情拖不得。为何小熙就是听不进去他说的那些话？难道在小熙看来，家庭、老公、孩子，比她的命更重要？

小熙知道自己有资本威胁冷轩，威胁他尽快回美国。

她反手抹了抹脸上的泪痕，一咬牙一狠心便威胁出声："让我去医院接受治疗，也行。那你答应我回美国，回到若冰身边。你若答应我，我就答应你尽快去医院。"

小熙的威胁让冷轩更是心急，她为什么就是这么倔强呢？

"小熙，你听话好不好？不要拿你的病情来威胁我。"

冷轩很是无助，不知道该如何劝说小熙，她向来是说一不二，如果她下定决心要这样做，那她就一定会说到做到。

冷轩又不能将小熙的病情告知吴建成，小熙的父亲在美国养病，妹妹在美国上学，冷轩根本就联系不上他们。

所有事情，都要小熙一个人默默扛着吗？

小熙冰冷生硬地打断他，话语中满是冷漠残酷地问道："我就是拿我病情来威胁你，那又怎样？你若是真的在乎我，若是真的想我尽快接受治疗，就尽快回美国和若冰好好相处。云帆下个月回美国，你或许可以准备一下和他坐同一班飞机回去。"

虽然一下子送走两位挚友，小熙很不舍也很心痛，可是她不能那么自私地把朋友留在自己的身边。

冷轩想说些什么，小熙打断他："小雪和云帆应该要回来了，我们就当什么事都没发生好了，我刚才说的话你再好好想一想。"

说着，小熙将身子往外挪了挪，和韩冷轩拉开了一定的距离。

几分钟后，小雪和沐云帆拎着东西回来了。

小雪把话梅和其他零食扔给小熙。

她突然变得有些安静，一个人坐在那里吹着夜风吃着零食，不想再多说什么。

原本今晚她可以疯玩一次，她还想和他们一起打打牌聊聊天的。但是当她从沐云帆口中得知若冰的事情后，她就心事重重的，对任何事情都没了兴趣。她开始思考很多问题，准确地来说，是开始胡思乱想。

她今后，会经常给身边的人带来麻烦和不便吧？建成会耐心地陪在她身边一起对抗病魔吗？

到时候她头发掉光，没有了昔日的美貌，建成还会留在她的身边吗？朵朵谁来照顾？婆婆也会开始嫌弃她，不能再给吴家添后了吧？

其实这几天她本来情绪乐观，对未来还是有所憧憬的。只是现在，好像被人正面打了一拳，让她看清了现实的残酷。久病床前无孝子，那么一个久病的人，她的老公和家庭真的会对她不离不弃吗？

沐云帆一直望着小熙，看她双手抱膝坐在那里，一直望着远方发呆的眸子有些空洞无神。

他很想走过去问问她，她到底在想什么？为什么又是那种眼神？为什么感觉她好像又变成了一个木偶娃娃毫无生气？

午夜时分，小熙忽然很想回家，很想念家中的床。她只想好好地睡上一觉。

"小雪，我想回家。"

小雪一直很迁就小熙，她想回家那就回家吧。

"好，我送你回去。"

小雪开始收拾东西，拿着小熙的衣服帮她披在身上。

夜深了，气温也跟着下降了几度，小雪怕小熙身子扛不住风的侵袭。

沐云帆也将自己的外套脱下来罩在小熙身上。他不放心让她们两个女人就这样回去。

"我开车送你们回去。"

既然小熙要回家，冷轩也没有理由留在这里。

"我也准备回医院了。"

于是，说好的疯狂之夜就这样结束了。

第100章　疲惫不堪

可能这一夜对于其他人来说是不够尽兴的。

但对尹沫熙来说，倒也算是疯狂的。

她记得自己回家后好像一直在哭，哭了多久她倒是记不清了。好像是小雪一直抱着她轻轻地拍打着她的后背。那一晚，尹沫熙是在泪水和小雪的安慰中睡去的。

这一觉一直睡到次日中午才醒来。昨天喝了那么多的酒，再加上哭了整整一夜，小熙醒来时整个人的状态非常的糟糕。

首先最敏感的就是大脑，刚一睁开眼睛，就觉得头要炸开似的疼着。其次就是眼睛，那双水眸毫无光彩，她甚至能够感觉到眼睛已经肿得厉害。嘴巴干干的，胃里也不舒服。

所以，酒真的不能乱喝。

小雪见她醒来，立刻从洗手间打了一盆温水过来。

"你啊你，昨晚哭得让我都快疯了。"

小雪一边和小熙讲起了昨晚的事情，一边用温水将毛巾浸湿，随后耐心地帮小熙擦了擦脸和手。

"昨晚是云帆送我们回来的？"

小雪点点头说："是啊，说来你昨晚的确很反常。疯狂地吃东西疯狂地喝酒，开始怎么喝都不醉。到了最后要回家时，你反倒是直接醉倒了。"

尹沫熙仔细回想昨晚的事情，好像是这样。

小雪继续说道："冷轩回医院了，他还嘱咐我一定要照顾好你。云帆昨晚见你一直在哭，竟然还拿手机对着你拍照。那家伙真是个拍照狂。"

或许只是单纯地想要记录下她每一刻的样子吧。

尹沫熙伸手拍了拍自己的脸颊，随后问道："现在几点了？"

她现在总算是清醒了些。今天建成出差回来，他们约好一起去婆婆家把朵朵接回来的。

小雪看了一眼墙上的钟："都十二点半了，你要吃东西吗？"

小熙一惊，掀开被子瞬间从床上爬了起来，她光着脚直奔洗手间，嘴里不停地念叨着："完了完了，都十二点半了。我和建成约好下午两点去婆婆家的。"

今晚在婆婆家吃饭，她这个儿媳妇好歹要早点去陪陪公婆的。之前婆媳关系就闹得很不愉快，那时候小熙和建成之间的感情出现问题，所以小熙对婆婆的态度强硬了些。如今小熙和建成重归于好，她自然也要照顾到婆婆的情绪。

小雪无奈地摇摇头。嫁了人的女人，哪个不是为了婆家的事情忙得焦头烂额的。

明明就只是一件小事，可那毕竟是婆家，小熙必须做到一个儿媳妇应尽的职责。

小雪帮忙在衣柜前挑选了几件衣服出来。这些衣服见长辈还是挺合适的。

昨天夜里睡得晚，加上身体本就虚弱。小熙看着镜中的自己，感觉这张脸已经憔悴得不能更憔悴了。她只好对着镜子简单地化了个妆，尤其是眼睛，被她画得炯炯有神。这样，别人应该看不出她的憔悴了吧。

见她从洗手间出来，小雪晃了晃手中的衣服："这身白色套装如何？"

小熙点点头，随后冲着小雪飞吻道："谢谢，最爱你了。昨晚要不是你陪着我，我今天能不能醒得来都不好说呢。"

若不是小雪在身边细心照料着，她这个酒鬼今天还不知道会怎样呢。

小熙弄了弄头发，然后换好了小雪帮她挑选的白色套装。

小雪关衣柜门的时候，忽然发现衣柜最里面的角落有一抹红色特别亮眼。

她好奇伸手去拿，却拽出来一条红色紧身裙，惊得小雪不禁尖叫着："天呐，小熙，这是你的裙子吧？大红色！这个颜色就已经很扎眼了，最重要的是，紧身裙，紧身裙哎。"这完全不是小熙平时的风格。

看到小雪手中的那件紧身裙，小熙愣了愣。

这是她那天在酒店时云帆送给她的。虽然是无奈之下买给她穿的，不过也算是云帆送她的第一份礼物。

小雪说得没错，这绝对不是她的风格。

"放回去吧，今后或许都不会再穿。"小熙只是冲小雪无奈一笑。今后只怕是没有什么机会穿了。

小雪将紧身裙放回衣柜内，却相当惋惜地说："可惜呢，你要是穿上肯定会特别惊艳。"

没错，的确很惊艳，小熙已经穿过，也知道那件衣服有多迷人。不过她现在脑子里想的，就是一会儿见到老公吴建成时，她会不会穿帮？刚才在洗手间刷了好几次牙，她又在身上喷了些香水。应该闻不到酒气吧？

"看不出我喝酒了吧？"

小熙还是有些紧张，若是让建成发现她偷偷喝酒，那她就真的死定了。

小雪凑近小熙身边闻了闻，随后摇头让她放心："闻不到的，根本就没有酒味。"

小熙担心婆婆会等得急了，还特意给婆婆家打了个电话。

接电话的正是家里的用人，她客气地说道："少夫人请您稍等。"

此时吴建成母亲家中，刚刚迎来一位客人。

只见欧雅妍正坐在那里喝着咖啡，用人走过来轻声道："老夫人，是少夫人打来的电话。"

欧雅妍一听是尹沫熙打来的电话，她一惊，手中的咖啡杯差点摔在地上。

老太太没想到欧雅妍反应这么强烈，她只是扫了欧雅妍一眼，随后从用人手中接过分机。

"怎么？"

婆婆语气不善，小熙只能硬着头皮说道："妈，我大概一个小时后到您那。建成下飞机后也会直接去您那的。"

老太太只是语气不善地应了一句："嗯。"之后就挂了电话。

老人这个态度尹沫熙是猜到了的。算了，婆婆脾气一向如此，尹沫熙也并未放在心上。

欧雅妍见老太太挂了电话，试探性地问道："是副总打来的吗？"

老太太点点头说道："是啊，我儿媳妇稍后会过来。今天是家庭聚会的日子。建成出差回来后也会来家里。"

欧雅妍得知尹沫熙和吴建成都会来，那她更不能留在这里了。欧雅妍有些惊慌地起身解释道："既然副总要来，那我就先走了。"

绝对不能让尹沫熙看到她在这里！

第101章　主动避嫌

欧雅妍的反常态度让老太太觉得奇怪。

在这待得好好的，怎么一听儿媳妇要过来就立刻想跑？

294

老太太冷着眸子，正襟危坐，随后清了清嗓子不紧不慢地说道："等等……我儿媳妇来你跑什么？"

欧雅妍自知心虚，可老太太这边她也是好不容易才打通的缺口。如果这个缺口被尹沫熙给堵上……那她今后还要从哪里寻找突破口？

朵朵那边肯定是不行的，那孩子小小年纪却比猴精。为了不让老太太怀疑自己，欧雅妍只好摆出一副弱者的姿态。

她有些委屈地低着头小声地说道："不是的伯母，只是因为副总平日里不苟言笑，有些冷漠罢了，我是有些怕她的。"

听了这番话后，老太太认同地点点头。没错，小熙那孩子看似乖巧可人，可实际上，却总是对人保持着一定距离。尹沫熙的性子的确是冷了些的。

小熙那孩子从小过着富足生活，肯定不会理解欧雅妍的难处。若是真让小熙见到欧雅妍的话，只怕儿媳妇会刁难她。出于为她着想，老太太点头同意了。

"那你今天就先回去吧。下周日正好有个慈善活动，到时候我让司机去接你。"

没想到老太太说话算话，真的愿意带着她去参加活动。欧雅妍内心一阵欢呼雀跃，面上却是谦逊的模样，她微微低头看似认真地道谢："谢谢伯母您给我这个机会，我一定会尽自己一份力去做好公益活动。那我先走了，您保重身体。"

同老太太道别后，欧雅妍加快脚步迅速地离开了。

她刚离开不到十分钟的时间，尹沫熙便乘着出租车赶到了。她在来的路上去商场买了老太太最爱吃的糕点。既然是婆婆，她这个做儿媳妇的就要哄着来。

用人恭敬地点头问好："少夫人您来了。"

小熙笑着点头轻声道："我妈她在客厅吗？"

"是，正等您过去呢。不过少夫人，老夫人的脚踝受伤了，前天在福利院门口被车撞倒，扭伤了脚。"

小熙一听这个消息，整张脸都变了，有些紧张地追问道："伤得严重吗？去医院了吗？为什么前天被车撞，伤了脚踝你们却没有人通知我？"

这事尹沫熙是根本就不知情的。她这个做儿媳的，连婆婆脚踝扭伤这种大事都毫不知情，建成若是知道此事应该会很生气的。

这一次，的确是她做得不够好。

"那我老公知道此事吗？"

用人摇摇头凑近小熙耳边小声道："少夫人，少爷和您都不知此事。老夫人不许我们通知你们。她好像是在生气。”

因为小熙为人和善，所以平日里和婆婆家的用人们相处得还算不错。这个用人正是好心地将这些告知小熙。其余的事情，用人不能再多说了。

小熙感激地朝她点点头，拎着那盒精致的糕点快步走进了客厅。

果然老太太正襟危坐在那里，脸上没有一丝笑容。婆婆是生气了，更是在怪她没有尽到儿媳妇的责任。

小熙走过去，见老太太的脚踝的确缠着绷带，看来是伤得不轻。

尹沫熙走过去微微点头问好：“妈，听说您脚踝受了伤，怎么没打电话告诉我呢？”

老太太冷哼一声，瞪了小熙一眼说：“我不告诉你，你就不会主动关心一下我这个老太婆吗？”

小熙的确没主动给婆婆打过电话。她根本就没想到婆婆会受伤。小熙知道自己理亏，她没有辩解而是耐心地站在那里任由婆婆训斥。

她心里的那股火发泄出来后，应该也就好了。

“你看看人家的儿媳，嫁进家门后就天天伺候公婆，每天负责一日三餐还要哄婆婆开心。你倒好，你有关心过我吗？你甚至从未陪我去参加过一次慈善活动。”

这么说，的确有些委屈小熙了。她只是没有和婆婆去参加那些慈善活动。尹沫熙都是私下里去做义工，每个月都会匿名捐款，捐助贫困小学的孩子们读书。

小熙依旧没有反驳，只是突然抬头，眼波流转慢条斯理地询问自己的婆婆：“所以，妈您是想让我搬来和您同住，天天伺候您是吗？”

她会退让，但是有个度，如果婆婆太过分，她没法一忍再忍。

就拿婆婆接触的那些豪门贵妇来说，哪家的儿媳是天天伺候公婆还要准备公婆的一日三餐？为什么自家婆婆总用模范儿媳的标准要求她，却从未想过她是一个怎样的婆婆？

吴建成刚刚从机场赶回母亲家中，一进入客厅，就听到母亲扯着嗓子在那训斥小熙：“你什么态度？你是在质疑我吗？”

老太太忽然想到欧雅妍那乖巧的模样。选儿媳还是不能选小熙这种太有主见、太过聪明的女人，还是欧雅妍那样的乖巧女人更适合做儿媳。

吴建成匆匆走上前将小熙揽入怀中，无奈地劝说母亲：“妈，小熙都怀孕了你就不能心疼一下她吗？”

儿子不分青红皂白，上来就向着儿媳妇说话，这让老太太更是火大。

她指着自己的脚踝厉声问道："我还怎么心疼她？我脚踝伤了整整两天的时间，她有打电话问候我一下吗？她有心疼过我这个婆婆吗？"

小熙有些头疼，想不到修复了和老公的婚姻，却要应付和婆婆之间越发恶化的婆媳关系。

第102章　我们之间的小秘密

吴建成疲惫地看了小熙一眼。

他只是离开一天的时间，想不到家里就出了这么大的事。

母亲受伤，作为儿媳的小熙没有主动询问病情并且亲自来照顾，这的确有些说不过去。

可母亲没有提起此事，小熙又怎会知道？吴建成知道母亲和小熙之间有隔阂。他并不想站在谁那一边，只是今天他单纯地想要替小熙说几句话而已。

"妈，小熙怀着咱家的孩子呢。你不是想要宝贝孙子吗？你宝贝你那还没出世的小孙子，按理说就该先宝贝你的儿媳妇吧？你儿媳妇怀孕时心情好，生出的孩子才会更健康更漂亮。"

虽然吴建成在替尹沫熙说话，可他够聪明，知道如何说到老太太的心坎里去。老太太最在乎的就是小熙肚子里这孩子了。

果然，吴建成这样解释，老太太顿时就闭上了嘴不再唠叨半句。儿子说得对，一切以小熙肚子里的孩子为重。她这个做婆婆的，就暂且不跟儿媳妇一般计较了。

吴建成的父亲去幼儿园接朵朵还没有回来，老太太觉得乏了，先回房间休息。

客厅内就剩下小熙和吴建成，尹沫熙这才松了口气，整个人完全放松下来，直接靠在吴建成的身上。

"老公，多亏你今天回来得及时。要不然，还不知道我和妈要闹到什么地步呢。不过这事的确怪我，是我没有主动给妈打电话问候她的。"

小熙低着头，是真的在反思她这个做儿媳的都有哪些不足。

吴建成冷硬的轮廓忽然柔和下来，他低声笑了笑，嗓音磁性十足："就算我不在，你也不会真的和妈吵起来。最近咱妈好像有些敏感，明明就是她不许别人将她脚踝受伤的事情告诉你，反倒要怪你不关心她。可能父母年纪大了，想要被我们关注吧。小熙，你别和我妈一般见识。"

吴建成一直站在她这一边，就是这一点让小熙格外感动。想想小雪和志远，每次小雪在婆婆那里受了气，志远作为老公不仅没有向着她反而还要训斥她。和志远比起来，建成做得真的很棒。

虽然小熙有些低烧，不过既然来了婆婆家，为了吴建成不夹在她们婆媳之间左右为难，小熙主动起身去了厨房。

不出多时，朵朵也被他爷爷领了回来。

一进客厅，朵朵嘴里就不停地喊着："爹地爹地。"

肉肉的身子直奔吴建成而去，吴建成将女儿抱在怀里，他是越发喜欢和疼爱朵朵这个女儿了。

吴建成的父亲将钓鱼工具递给用人，随后宠溺地摸了摸朵朵的头："这丫头啊，知道你和小熙今天会来接她，一路上高兴得不得了。平时每天都要买些零食吃的，今天却说什么也不肯吃。朵朵说今天她妈咪肯定会亲自下厨，她要把肚子留着，吃她妈咪做的菜。"

爷爷学着朵朵刚才的模样，看得出朵朵是真的很黏小熙。

吴建成的父亲还低声在吴建成身边嘱咐着："朵朵最喜欢她妈咪了，可这二胎几个月后也要出生了。到时候二孩黏着小熙，小熙又要天天照顾我的孙子，我就担心朵朵会不开心。现在的小孩子心思都敏感得很。你和小熙商量好，现在就得给朵朵做思想工作，一定要照顾好孩子的情绪。"

小熙的这个公公明显要比那刁钻的婆婆好多了，亲切和善又善解人意。

可惜的是，这家里大事小事都是老太太做主，很多事情老头子看不惯，却也无可奈何。

吴建成将父亲说的话记在了心里，决定回家后和小熙好好商量，看如何安抚朵朵。

"好了，我回房去换衣服。你让小熙差不多就出来吧，她还怀着孩子呢，不用亲自下厨做饭，再说家里又不是没有用人。"

等爷爷回了房，朵朵忽然搂着吴建成的脖子，在他耳边小声地问道："爹地，雅妍阿姨是你的朋友吗？"

朵朵看似无心的一句话，却让吴建成震惊不已。

他脸色极度难看，有些紧张地紧紧抓住女儿的肩膀，沉声问道："朵朵，谁跟你说了什么吗？你为什么会提起雅妍阿姨？你认识她吗？"

难道欧雅妍趁他不在时偷偷见了他女儿？

朵朵被吴建成抓得有些疼，她红着眼眶小声叫道："爹地，我做错什么了吗？爹地你生气了吗？"

朵朵委屈地望着自己的爹地，他凶巴巴的模样好吓人啊。

吴建成这才回过神来，立刻松开女儿的肩膀，见朵朵那委屈的模样，吴建成心疼地将她抱在怀里耐心地哄着："朵朵不哭，是爹地不好，爹地刚才太用力了，弄疼你了是不是？"

好在朵朵这孩子比较好哄，吴建成哄了一会儿后朵朵就不哭了。

吴建成便继续问道："那朵朵告诉爹地，你是见到雅妍阿姨了吗？"

朵朵点点头，将那天的事情一五一十地全部告诉了吴建成。

"是奶奶让雅妍阿姨来幼儿园接我的。奶奶好像很喜欢雅妍阿姨呢。不过朵朵不喜欢那个阿姨，她身上的香水味好浓，闻着好不舒服呀。不过雅妍阿姨说她是你和妈咪的好朋友，她还说不许我和你们说我见过她的事情。"

想不到朵朵见到吴建成就全部都说了出来。

吴建成擦了擦额头的冷汗，好在朵朵第一个见到的人是他。若是朵朵先见到了小熙，将这些事情和小熙说一遍的话……那吴建成真是有口难辩，就算跳到黄河都洗不清了。

为了不让小熙知道此事，吴建成低声和朵朵约定道："下次再见到那个阿姨不要理她，爹地妈咪和那个阿姨没有那么好。所以，这事不要告诉你妈咪好不好？这就是你和爹地之间的小秘密，好不好？"

朵朵见爹地神秘的样子，顿时有些兴奋。她也同样低着头压低声音学着爹地的模样悄声道："好的，我不告诉妈咪，这就是我们两个人之间的小秘密。"

婆婆依旧板着一张脸，似乎一直想要借机找碴。

尹沫熙为了哄婆婆开心，亲自给她夹菜。

公公很是满意地夸赞着："看看小熙多孝顺，还亲自下厨给我们准备晚饭。"对于这个儿媳，他是真的没得挑。若不是因为小熙，他们一家哪有条件住这么大的豪华别墅？

婆婆瞪了公公一眼，随后阴阳怪气地说道："偶尔来做顿晚饭就孝顺了？要是能和我们住在一起，天天伺候我们生活的话，那我岂不是要发奖状给她了？"

婆婆这话的确是在找碴，连吴建成都听得出母亲这番话中火药味十足。

她还是在怪小熙不肯和他们同住。

结婚前，尹沬熙就提出了一个条件，结婚后可以每个周末去公婆家聚餐，可以在周末的时候在公婆家住一宿，也可以亲自下厨给公婆做饭。

但是唯独有一点尹沬熙不答应，那就是她不和公婆同住。

尹沬熙只是觉得，检验一个好儿媳的标准不是看她是否肯和公婆同住。她只是了解婆婆的性格，她们在一起合不来。

她完全是出于好意，大家同住在一起，可能摩擦和矛盾会更多。

可惜，婆婆就是不能理解小熙的好意。

吴建成有些头痛，只要母亲想要找碴就会搬出此事来说。

公公看不下去，忍不住说了一句："行了你，动不动就拿这个说事。小熙和建成每个周末都来陪我们。这和搬过来有什么区别？孩子们有自己的生活，你干吗非要绑着他们？现在这个年代，哪个儿媳还和公婆住在一起？再说了，你不要总找小熙的麻烦，没有小熙的话，我们能住这大别墅？能生活得这么好还有用人伺候？人要学会知足，你既然享受了富贵生活，就不要要求小熙做个完全任你差遣的儿媳。"

公公的三观一直很正。小熙向公公投去一抹感激的笑意。

这个家里，每次和婆婆有矛盾，都是公公和建成在中间缓和气氛。

只是公公不小心踩到了婆婆的底线，那就是钱。

当初吴建成娶小熙可谓是轰动全城。毕竟是家境悬殊太大，虽然公婆因此借光住进了大别墅，也顺利地挤进了上流社会。可是别人在背后都会议论他们。

大家都觉得，吴建成混到今天这一步，完全是因为他娶了个尹沬熙，因此少奋斗了好几十年。毕竟岳父大人可是亲自把公司交给了吴建成，那可是国内一流也是最大的娱乐公司。

就算吴建成学历再高再有才华，凭他自己能力的话，就算奋斗二十年也不一定能坐到总裁那个位置。

所以每次提到钱，婆婆就觉得小熙总是高高在上，似乎一直在拿钱压着他们。

"钱钱钱！我们住大别墅怎么了？我们有用人伺候怎么了？那都是建成挣的钱，现在公司是建成在管理，如果建成没有能力的话，公司会像现在这么成功吗？不要动不动就提钱，难道我们现在的生活是靠儿媳才讨来的？难道我们是乞丐？"

　　婆婆的话越说越离谱，尹沫熙有些无奈地拢了拢额边散落的碎发，头有些痛，这和她想象中的完美周末有些不同。

　　最起码开始都是美好的，和朵朵的亲子时光，和老公的短暂温存。

　　可唯独到了婆婆这里，尹沫熙彻底地崩溃了。

　　她又无奈地解释道："妈，我从来没有瞧不起过您！我也没有说您是乞丐，更没觉得您是在向我讨生活。我们不是一家人吗？我的就是建成的，就是你们的。我承认我不想和你们同住。那是因为我觉得结婚后有我自己的小家庭，有我的小生活。我们是一家人，但是我、建成和朵朵又是另一个小家庭。我不和你们同住，不代表我不孝顺您啊。"

　　她就怕公婆会因为贫富悬殊太大感到不痛快。所以她已经很低调了，从来不在公婆面前炫富，穿衣风格也很简朴。

　　甚至为了家庭深居简出，从来不参加任何上流社会的活动。可婆婆却还是如此的敏感。

　　婆婆嗤笑出声，一脸嘲讽道："你是千金大小姐，我是不敢得罪你。在我们这个家里，你才是排在第一位的那一个。"

　　婆婆虽然之前对小熙也有些不满，但是最近似乎表现得尤为明显。

　　小熙和吴建成根本不知道，这一切都是欧雅妍在背后搞鬼。欧雅妍在和老太太单独相处时，总是看似无意地说起吴建成在公司要处处看尹沫熙的脸色行事。

　　老太太想到自己的儿子那么优秀，在公司却要看儿媳妇的脸色，她就觉得心疼，觉得心里不痛快。所以，这几天她才会特别针对尹沫熙。

　　尹沫熙直接收声，不再辩解也不再开口哄着婆婆。因为她知道，自己说得再多也没有意义。

　　尹沫熙不想把这种情绪传递给女儿，可是现在她真的一刻也不想待在这里。

　　她抱着朵朵，随后伸手抽出一张纸巾帮她擦了擦嘴角的酱汁。

　　"朵朵，吃饱了吗？我们回家好不好？"

　　朵朵并没有吃饱，她眨眨眸子，看小熙脸色不好，于是乖巧地点头道："嗯妈咪，朵朵吃饱了，我们回家。"

　　小熙抱着女儿准备离开，刚一转身，婆婆气愤地喊住她："你给我站住！孩子还没吃几口饭，你就要把她抱走？你怎么做母亲的？"

第103章　我不生了

看来今天婆婆是要和她僵持到底。

朵朵实在觉得委屈，妈咪今天特意给她做了那么多好吃的。尤其是她最想吃的锅包肉还没吃几块，就因为奶奶不停地在找妈咪麻烦，好好的一顿晚饭就这样泡汤了。

朵朵不满地噘着嘴巴回头瞪了老太太一眼说："朵朵不喜欢奶奶了，我要回家。"

孩子对她这个态度，让老太太更是生气。她颤抖着身子指着尹沫熙责怪她："看看，你看看朵朵这态度！这孩子从小就跟着你，你到底是怎么教育孩子的？怎么能把孩子教得如此无礼？"

责怪她也就算了，想不到婆婆现在还要扯上孩子。

尹沫熙冷冷地勾了勾唇角，一反之前的谦卑态度，抬起头看着老太太，不卑不亢地为自己的女儿解释："妈，我们之间的事情不要扯上孩子。朵朵一向很有礼貌，她尊老爱幼，是您一直咄咄逼人，朵朵只是如实说出自己内心的感受而已。"

老太太蓦地看向尹沫熙，又瞪着眸子瞧了一眼她怀里的孩子。老太太不甘心地指着孩子道："小没良心的，我白对你好了！养个女孩子有什么用？都说养女孩长大了嫁人了就不是这家人。现在还没长大呢，就对我这样，长大了还不知道要怎么对我这个奶奶。"

婆婆的恶言相向尹沫熙都能忍，唯独不能容忍她在朵朵面前说这种话。什么叫养个女孩有什么用？什么又叫长大了嫁人后就不是一家人了？

尹沫熙知道婆婆重男轻女，只是看她平时对朵朵很是疼爱，以为她和那些封建家庭中的婆婆们不一样。

小熙赌气地说了一句："既然你这么瞧不上女孩子，那我就先带朵朵离开了。肚子里这一胎，我不生了。"

此话一出，急得公公和吴建成都慌了神。

老太太更是急得直跳脚："你说什么？还真是反了你了。我是你婆婆，你敢不生试试。"

尹沫熙不过是想气气婆婆罢了，她依旧冷着眸子继续道："肚子是我的，我想生就生，不想生谁也拦不住我。"

说着，尹沫熙抱着朵朵，头也不回地走出了餐厅。

老太太气得快要晕过去，她指着尹沫熙又要咒骂出声。老头子见状立刻伸手抱住老太太，随后冲吴建成喊道："你还愣着干吗？赶紧去追你老婆啊！今天这事是你妈没事找事，赶紧去哄小熙。"

尹沫熙的公公一向向着小熙，建成看着还在咒骂不停的母亲，顿时觉得自己整个人生都灰暗了。

他和小熙的事情，为什么母亲总是要插手？

吴建成立刻追了出去。他看到小熙抱着朵朵在路边拦了一辆出租车，他立刻冲出去，开了车门上了那辆出租车。

他和小熙同坐在后排的位置上，小熙已经哄着朵朵睡了。

吴建成往她那边靠了靠，不想吵醒女儿，只好压低嗓音道："小熙，今天是我妈不对。我找机会说说她，不过你刚才说什么不生，是气话吧？"

一家人都把注意力集中在她肚子里这一胎上，她若是不生，那家里真是要乱套了。

小熙冷着眸子，没有看他，而是将目光看向车窗外。

她不想迁怒于吴建成，只是婚姻不是两个人的事情。牵涉到很多人，吴建成的父母还有他的那些亲戚们。尹沫熙只是觉得很累。

吴建成抚摸着她的头发，柔声问道："生气了吧？原本是完美的周末时光，因为我妈……"

吴建成真的很头疼小熙和母亲的关系。而他母亲那个性格，却又偏偏谁的话都听不进去。

小熙无奈地叹息出声，没回头看他而是有些疲惫地轻声问道："妈的想法也是你的想法吗？"

"嗯？"

吴建成一时没反应过来，小熙继续说道："妈一直觉得我瞧不起你们，一直觉得我高高在上，故作清高？那你呢？也一直觉得做我老公，做我们尹家的女婿很有压力？你是不是也很忌讳尹家女婿这个称呼？"

小熙以前看过很多女富男穷的例子，虽然结婚前她父亲也提醒过她，结婚还是要讲究门当户对的，最起码双方家庭条件应该要差不多。

小熙知道有些靠着女方家发达的男人实则都有些自卑和压抑。在外或许也要被人议论，不被认可。

但是建成和他们不一样，他有能力有魅力，小熙以为他不会因此太有压力。但是从婆婆那番话听来，小熙觉得或许自己从未问过他的感受。男人都是要强的，尤其是吴建成这种有点大男子主义的人，他真的能容忍自己的老婆比他更富吗？

吴建成俊美的脸上没有什么反应，眼睛里却闪烁着细碎的光芒。

"老婆你不要多想，我从来没有这种想法！我们一直以来都很和睦，我妈最近情绪多变，她怎么想不代表我也是这种想法。"

吴建成实话实说，他一直很感谢岳父给他这次机会。

而且，岳父肯把这么大家业完全交给他，足以说明岳父和小熙是有多么的信任他。

吴建成知道自己才是真正的人生赢家，娶了小熙这样的女人做老婆，不费吹灰之力就得到了如此家业，他有什么好埋怨的？

吴建成的这番话总算让小熙心里舒服了一些，她万分疲惫地靠在建成的肩膀上，看着怀里熟睡的女儿，她真的不想家里的气氛一直这样。

她小声嘱咐着："老公，妈那边还是你去处理吧。"

她无力应付婆媳之间的种种矛盾，这种事还是交给吴建成去处理吧。

市中心的单身公寓内，欧雅妍刚刚躺下要睡，就接到了吴建成母亲打来的电话。

电话刚一接通，就听老太太对她大倒苦水："雅妍啊，我刚刚真是被我儿媳妇给气死了。你之前说建成在公司都要看我儿媳妇的脸色，别说建成了，在家对着我，她都要摆脸色。"

吴建成母亲的抱怨让欧雅妍一阵心花怒放，看来自己的挑拨离间是有效果了。

第104章　欠我一个解释

欧雅妍为了牢牢抓住吴建成的母亲，只好耐心地哄着她："唉，阿姨！我之前就说过的副总看起来柔柔弱弱，对谁都和蔼可亲的模样，可实际上却很强势的。毕竟副总家境优渥，想必吴总在公司的时候也是很为难的。可毕竟副总是你们吴家的儿媳，而且副总现在还怀着二胎呢，阿姨您千万别和她生气。"

欧雅妍完全站在老太太这边，从她的角度出发帮她说话。这种态度总算是让老太太心里舒服了一些。

家里的两个男人全都站在小熙那边，连她宠爱的孙女也是如此，她怎会不窝火？

想到小熙临走前说的那句话，她更是觉得心中憋屈得很。若是小熙真敢不生，那就休怪她这个做婆婆的彻底对她翻脸无情。

欧雅妍竭尽全力地表现出一副乖巧的模样，体贴地说道："阿姨，可能是因为副总从小生活的环境。如果是我的话，要是嫁了人我是很想去婆家一起住的。结婚后婆婆就是我的妈，有两个妈我高兴还来不及呢，当然想要好好地照顾她孝顺她。这可是福气呢。不过可能副总的想法和我们不一样吧。您想开了就好了。"

欧雅妍实在是聪明得很，完全了解老太太到底想听什么。既然尹沫熙不想和公婆同住，她完全可以揪住这一点不放。

老太太一听，心里感动万分，激动地感慨着："好姑娘，如今像你这样想的姑娘可真的不多了。唉，我那儿媳妇要是像你这么乖巧懂事，温柔又善解人意。那我至于挑剔她吗？"

在老太太心里，已经越发喜欢欧雅妍这个丫头。

可惜的是建成七年前就已经结婚了，不然她倒是希望建成能和欧雅妍这样的姑娘在一起。

……

尹沫熙不确定吴建成到底去了哪里，她无奈地叹息出声，忽然就想到了沐云帆。

尹沫熙朝朵朵招招手，让她到自己的身边来后问道："爹地有事出去了，我们和云帆叔叔一起去外面吃好吃的好不好？"

尹沫熙只是想到或许云帆现在还没吃饭，他或许有时间陪她和朵朵去外面逛逛。

一想到云帆还有几天的时间就要离开了，她总是想珍惜每一分每一秒多和他见见面，想借此让他帮忙多劝劝冷轩尽快和他一起回美国。

朵朵对云帆完全没有任何排斥心理，她很喜欢云帆也很喜欢冷轩。朵朵还主动拿起尹沫熙的手机打给了沐云帆。

此时，云帆正在工作室整理文件，还有不到一周的时间就要离开这里了。所以他现在就要整理手头的工作。

正忙时手机突然响起，一看屏幕是小熙的来电。沐云帆竟然有些兴奋。

他按下接听键还未开口，那边就传来朵朵奶声奶气的声音："云帆叔叔，我是朵朵。你现在忙吗？有时间和我还有我妈咪一起出去吃饭吗？"

听到是朵朵的声音，云帆先是怔了怔，随后脸上漾起一抹温柔的笑意。

不过……吃饭？

沐云帆看着桌上那一碗刚刚消灭掉的泡面，面色为难却还是答应了朵朵的邀请："好巧哦，刚好叔叔也没有吃饭。朵朵想吃什么？叔叔去你们家接你和你妈咪好不好？"

"好啊好啊，我想吃比萨和意大利面。"

尹沫熙在一旁听着，宠溺地抚摸着朵朵的头发。

在等沐云帆来接她们时，尹沫熙忽然想到云帆之前送她的那些衣服。

她在衣柜前选出那件色彩明艳的小长裙，搭配一件牛仔外衫，尹沫熙还帮女儿也搭配了一件牛仔裙。两人又穿起了亲子装。

朵朵和尹沫熙独处的时候，几次想要将欧雅妍的事情告诉她。

可是想到那是和爹地之间的秘密，朵朵最后还是乖乖地闭上了小嘴。

从沐云帆的工作室到尹沫熙家开车只要十分钟。

尹沫熙听到花园外传来车子的声音后，便牵着朵朵走出了别墅。

沐云帆下车迎接小熙和朵朵。

"真漂亮，这是我送你的那件衣服？"沐云帆当即竖起了大拇指，不是什么正式的晚礼服，只是一件休闲的长裙搭配牛仔外衫。随意舒服，最适合尹沫熙的风格。

小熙抿嘴淡淡一笑，随后牵着朵朵上了车。

"随便找家快餐店就好。"尹沫熙从来不会太宠着朵朵，更不会刻意带她去五星级大酒店吃饭。如果朵朵想吃汉堡比萨之类的快餐，她通常都会选择街边的连锁快餐店。

都说女儿要富养，尹沫熙却觉得这个富并不是金钱堆砌起来的富，而是内在的富。她让女儿富有爱心，富有内涵，从内在去丰富女儿朵朵，而并非是单纯用钱来富养她。

沐云帆意味深长地看了小熙一眼。如此有钱的她却从未在物质上宠着朵朵，沐云帆知道尹沫熙有自己的想法。事实上，她用自己的方式也的确是把朵朵教得很好。

沐云帆越来越佩服她，若是她没有被家庭和爱人束缚，若是她肯放手创业的话，相信她现在会比吴建成更成功的。

外界不了解尹沫熙，还以为她只是个千金大小姐，要依赖老公吴建成生存下去。

初见尹沫熙时，沐云帆对她的想法也是如此。不过慢慢了解之后，沐云帆才发现尹沫熙骨子里的倔强会让她变得更加坚强和独立。

沐云帆心中越发苦涩，明明几天后就要离开这里了，为何现在却越发觉得不舍和委屈？好想将她拥入怀里，好想光明正大地对她说喜欢。

沐云帆讨厌这样压抑着自己的感情。

所以，他是爱上了一个不该爱，也不能爱的人吗？

第105章　到底是有多快活？

三个人去了街角的一家快餐店。

沐云帆点了比萨和意大利面，最开心的当然要属朵朵了。

朵朵很乖，一个人坐在那里吃得真香，根本不需要小熙帮忙照顾。

尹沫熙一边吃着盘子里的意大利面，一边心事重重地跟沐云帆谈到了韩冷轩。

"云帆，你和冷轩是好朋友，你帮我劝劝他让他尽快回美国吧。"

尹沫熙的要求让沐云帆有些不解。韩冷轩是留在这里还是回美国，这都是他的个人自由，沐云帆没有那个权利去劝说他和自己回美国。

小熙见沐云帆一直沉着脸，只好说出自己的想法："冷轩回国这个决定是一时冲动了，美国医院那边的发展前景那么好，他应该在那边好好发展，最重要的就是若冰在美国。我不想他一直耽误下去，他应该和若冰结婚，好好生活的。"

自始至终，尹沫熙都没有说出自己的病情，也没有说出韩冷轩从小就暗恋她的事。这些说给云帆听又有什么意义呢？尤其是自己的病情，云帆要回美国了，尹沫熙不想给沐云帆增加任何麻烦。

小熙说得都对，道理是这样没错。可是沐云帆却觉得冷轩并不是一个冲动的人。他留在这里一定有他的原因，只是原因到底是什么？沐云帆还真是不清楚。

不过看在小熙如此在意冷轩的分上，沐云帆点头答应她，表示会劝劝韩冷轩。不过也只是劝说看看，如果韩冷轩执意要留在这里，作为好朋友的沐云帆也会支持他。

尹沫熙浅笑着点点头，心里的负担却一直很重。

一方面是韩冷轩的固执让她头疼，另一方面就是她的老公吴建成……

他的种种行为都很反常，这让本就没什么安全感的尹沫熙更加不安。

她真的很想放下之前的成见，想要完完全全地相信自己的老公。

可是他出过一次轨！

面对之前的背叛，尹沫熙真的无法完全信任他。

这个时间，他到底在哪里做着什么事情？

他的身边依旧是欧雅妍那个小三，还是已经换了其他不知名的"小四小五"？

尹沫熙心思乱糟糟的，吃了几口意面后就干脆放下叉子坐在那里一个人发呆。

沐云帆见她情绪低落，有些担心地问道："怎么了？一盘意面你吃了几口而已，是没胃口还是不舒服？"

今天在见到尹沫熙时，美则美矣，只是神情和精神状态同之前几日见到她时完全不同。前几天见到她时，她和吴建成关系亲密，感情正浓，那时候真是所有甜蜜都表现在脸上。可如今，也真是所有担忧都写在了脸上。

沐云帆猜测或许小熙的情绪转变和吴建成有关，可是又担心触碰她心底伤心事，不好问得太过直白。

尹沫熙虚弱地摇摇头苦笑着："都不是，就是肚子不饿，不想吃而已。别担心我！对了，你的行李都整理好了吧？"

尹沫熙不想让沐云帆为她担心，索性把话题引到了沐云帆身上。

说到要离开，沐云帆就觉得心里特压抑。他是不舍得离开这里，不过他的助理小月倒是特别的开心。只要沐云帆和尹沫熙别再扯上什么关系，她就觉得是天大的喜事了。

两人聊了一会儿，尹沫熙估摸着吴建成也该回家了。尹沫熙拿纸巾帮朵朵擦了擦小嘴，随后问道："朵朵吃饱了吗？"

朵朵点点头认真地说道："妈咪我吃饱了，倒是你好像都没怎么吃东西，肚子不饿吗？"

小熙笑着摇摇头："朵朵饱了，那妈咪也就饱了，我们回家好不好？"

朵朵再次点头。

于是沐云帆牵着朵朵向餐厅外走去，小熙紧随其后。

为了不让吴建成找她的麻烦，在距离别墅还有一段路程时尹沫熙突然喊了停车。

"云帆，把车停在这里就好。我和朵朵走着回去。"

从这里走到别墅不过十分钟的路程。

沐云帆知道小熙这么做有她的原因，他没有追问只是点点头让她们下了车。

小熙和朵朵同云帆挥挥手，向家的方向走去。

花园内的路灯照出淡淡的光线，小熙朝别墅看了一眼。黑漆漆的，看来吴建成还没有回来。

他离开了将近四个小时还没有回来？尹沫熙心里更加不安。

小熙同朵朵回到别墅后，小熙先是帮朵朵洗脸刷牙，随后抱着女儿在床上哄她入睡。

"朵朵，如果爹地问起来今晚我们吃的什么，你就说和妈咪去外面吃的比萨和意大利面。不过不要说云帆叔叔也在好吗？"

小熙和女儿商量着，并不是想让女儿说谎，只是让她避开沐云帆这个名字。

朵朵毫不犹豫地点头答应："好啊妈咪。"

小熙在朵朵额头亲了亲，看着她安稳入睡才从房间离开。

尹沫熙睡不着，干脆到楼下客厅，她坐在沙发上耐心地等待着吴建成回来。只是，这偌大的别墅在夜晚显得格外寂静，静得让尹沫熙不自觉地抱紧双臂觉得有些冷。

很难想象她如果和吴建成离婚，独自一人在这大别墅生活下去的景象。

一个人，未免太孤单了些。她也会觉得寂寞，也会害怕。

又过了一会儿，院子里传来一些声音。

尹沫熙下意识地透过客厅的落地窗朝外看去，车灯刚刚熄灭，看来吴建成终于回来了。

尹沫熙没有起身，依旧坐在沙发上等他进来。

吴建成匆匆脱掉鞋子进入客厅，见小熙还在沙发上等着，顿时心生内疚。

"小熙，这么晚怎么还没睡？"

尹沫熙表情有些僵硬，却依旧勾起一抹笑容："你让我等你回来的嘛。你说出去一下就回来，没想到这一去就是五个小时。"

到底是有多快活，他在外面待了五个小时才肯回来？

……

韩冷轩刚从病房内出来，就接到一个陌生号码打来的电话。

"你现在在哪里？"

电话是若冰打来的，听到若冰那冷冰冰的声音，韩冷轩身子不禁微微颤了颤。

他已经很久没有听到若冰的声音了，自从那次不欢而散后，就再也没有和她联系过。

若冰今天突然打来电话，还问他到底在哪里，韩冷轩没有反应过来，若冰对着沉默的手机再次问道："我问你现在在哪里，在医院的哪一层？"

韩冷轩下意识地回答她："我现在在血液科。"

"行了我知道了，你站在那里别动。"

若冰霸道地挂了电话，留下韩冷轩一个人站在那里发呆。

好莫名其妙啊，若冰突然打来电话问他在哪里，还要求他待在这里不要乱动。若冰在美国，难道还会下一秒就突然出现在他面前不成？

韩冷轩怎么也没想到，若冰还真的就出现了。

不到两分钟的时间，就见一个身材高挑的女人拉着两个行李箱朝韩冷轩走来。

她目光灼灼地盯着韩冷轩，踩着那双十多厘米的高跟鞋，一步步地朝这边走来，步伐坚定，姿态高傲。

那个眼神，那冰冷的面容，韩冷轩彻底震惊了。的确是若冰没错。可若冰不是在美国吗？她怎么会……

此时，若冰已经拉着两个行李箱走到了韩冷轩的面前。她高傲地仰着头看着有些震惊的韩冷轩，冷漠地命令道："抱我！"

"嗯？"韩冷轩一愣，这是什么要求？

若冰依旧不改冷傲姿态，继续冷漠地命令着："我让你拥抱我！"

第106章　我要住你家

熟悉的声音响在韩冷轩耳畔，他微微怔了几秒后，果然伸手拥抱住了若冰。

虽然不知道若冰为何会改变心意回国，但是此刻韩冷轩是真的既感动又心疼。

若冰也张开双臂紧紧地抱住了韩冷轩。此时此刻，她不再是那个高高在上的冷美人，而是一个普通的女人，她比韩冷轩想象的更爱他。只是冷轩自己不知罢了。

短暂的温情后，若冰将自己的身子从韩冷轩的怀内抽出，随即又换上那张毫无表情的冷漠嘴脸："我这次回国是来帮你的，你的那个青梅竹马呢？我想先看看她的病历。"

若冰此次回国目的明确，就是尽快帮他医治好那位青梅竹马，只要那个女人身体恢复健康，那么冷轩就会和她回美国吧？

若冰再三考虑之后，觉得自己还是放不下韩冷轩。没错。凭她的条件想要再找个高富帅不是难事，可不是所有男人都是韩冷轩。冷轩是特别的，独一无二的，所以若冰不能轻易放弃他。

韩冷轩脑子里嗡嗡直响，无法想象那个高傲不可一世的冷漠女人竟然会为了他跑回国。

她态度一直都很坚决的，冷轩甚至早就放弃说服她回国帮忙的念头。

却不曾想，在他最绝望的时候若冰竟然突然出现给了他意外惊喜。

若冰见他呆呆地站在那里，蹙了蹙眉冷声道："发什么呆？难道你不高兴我来这里？我们现在还是情侣关系，我并没有同意分手！"

若冰固执地强调着这一点，而她的固执让冷轩有些头痛。他不是渣男，也不是想甩了若冰。只是尹沫熙生病的时间不对，若冰回国的时间也不对！

他心里还有小熙，他怎能欺骗自己的心意继续和若冰交往下去？

冷轩无奈地摇摇头，刚要开口解释这段关系，若冰却非常强势地打断了他："那些废话我不想听。分手不是你一个人的事！我要先看病历。"

若冰很快就投入到了工作中，想要尽快查看尹沫熙的病历好做出治疗方案。

可是冷轩却颇为无奈地摇了摇头。

"你一直摇头？什么意思？没有病历？"

若冰眉头皱得更深，难道那个女人的病情比较复杂？

"她还没有来医院接受治疗，所以我们手上的资料并不是很全面。从血液科的化验单来看，她应该是白血病没错，但是具体的还不清楚。"

韩冷轩的解释让若冰越发不解，她冷漠地扫了冷轩一眼，相当绝情地说道："我没时间陪你的小女人玩这种浪费时间的游戏。如果她自己不在乎她那条命，我们又何必横跨大半个地球来帮她治疗？"

若冰的话没错，他们现在就是同时间在赛跑，早点接受治疗，尹沫熙康复的概率就越大。

冷轩没法解释清楚这其中的缘由。

若冰没有逼他，而是轻声问道："我暂时没有住的地方，也不想住在酒店。你几点下班？带我回家去拜访你父母。"

若冰准备住在冷轩家，她是冷轩的女朋友，两人交往了多年，之前还同居在一起，两人可是即将订婚的关系。她住在冷轩家并不过分吧？

韩冷轩相当头疼。"你要住在我家吗？你刚回国对这里的环境并不熟悉，我怕你住不惯我家。不如你先去宾馆住几天，我尽快帮你找房子。"

若冰出奇的淡定，她凝眸，面色沉静地坚持道："我说了我住不惯酒店。我是你女朋友，住到你家也并不过分。你若是不肯带我回家，我就自己一个人拎着行李箱去你家拜访。我想伯父伯母不会将我赶出去的。"

若冰依旧很强势，她不会轻易向冷轩妥协。为了追回这个男人，她甚至也放弃了美国那边的工作，独自一人飞到这边，甚至愿意帮忙救他最爱的女人。

若冰看似冷漠，实际上对冷轩已经是相当容忍和大度了。

韩冷轩看着她，知道若冰一向倔强得很，这一点倒是和小熙出奇的相似。

他低低地叹了口气，随后伸手接过她手中的两个行李箱向前走去。

"算了，我现在就回家，你跟我走吧。"

韩冷轩同其他医生打过招呼，为了安顿好若冰他今天只能提前下班了。

若冰优雅地转身，没有跟在冷轩身后，而是和他并肩走在一起。

出了医院，上了冷轩的车子后，若冰的冷漠情绪才稍微有所缓和。

她只是迫不及待地想要见见那个女人，那个让韩冷轩朝思暮想，即便分开了七年却依旧让他念念不忘的女人。她是否和自己一样美艳动人？她是否也有过人之处，能够让人念念不忘？

若冰对自己有信心，即便是再优秀的女人，她也坚信自己不会轻易输给对方。

更何况，她听说那个女人已经结了婚还有了孩子。冷轩不会真的想要去破坏人家的婚姻和感情吧？

韩冷轩见她一直看着车窗外的景色发呆，疑惑地问道："你准备哪天回美国？"

冷轩突然想到下个月云帆就要回美国，或许可以让若冰和云帆乘同一班飞机回去。

若冰云淡风轻地回了他三个字："不回去。"

冷轩再次失神。她说不回去了？

冷轩扭头失神地看着她，若冰却镇定地勾了勾唇角，"怎么？没想到我会这么说？我是暂时不会回去，什么时候你回美国，我才会回去。"

她这一次是跟定了韩冷轩，注定他是甩不掉她的。

冷轩不禁黯然，之前是他自私，不该为了自己的想法就让若冰抛弃一切来国内帮忙治疗小熙。这对若冰来说是不公平的。

冷轩突然将车子停在路边，看向若冰十分严肃地说道："若冰，你能回来，我很感动也很感激。我的确需要你和你父亲的帮助，但是我不能自私地让你一直留在这边。你在美国那边的工作怎么办？你和我不同，我和她从小一起长大，我们就好像一家人一样。可你和小熙甚至都没有见过彼此，你不需要这么做的！"

若冰点点头，嘴角浮起一抹清冷的笑，回答得相当坚决："我放弃一切并不是为了她，而是为了你！"

第107章　旧友重逢

得知沐云帆也在国内，若冰直接打电话给他想要出来聚聚。大家分开这么久，现在又能在国内重逢，他们三个其实一直都很有缘的。

若冰提议："我已经在一家酒店订了包间，晚上你和我还有冷轩，我们三个在一起好好聚一聚，不醉不归。"

很难想象像若冰这样的冷美人说出不醉不归时是一种怎样的表情。虽然觉得别扭，沐云帆却还是笑着答应了，他还神秘地说道："今晚七点是吗？我会给你带份惊喜过去。"

沐云帆得知若冰在国内时，首先想到的人就是尹沫熙。

尹沫熙和冷轩是从小一起长大的好朋友，两家更是亲密得像一家人一样。如此这般，冷轩也是希望尹沫熙能够和若冰见一面的吧？

"给我带份惊喜？别只是有惊无喜就好了。"

若冰说话依旧是冷冰冰的，沐云帆却相当有信心地说："放心，这次保证让你很惊喜。晚上七点在酒店见。"

沐云帆匆匆挂了电话，将手中的相机递给皮特后就起身准备原路返回。

皮特立刻将机器收好跟在沐云帆身后上了车，皮特很是好奇地问道："老大，这么早就回去啊？是回工作室还是回公司？"

沐云帆直接开车朝公司前进，他现在要做的就是说服小熙和他一起去参加晚上的聚会。

小熙应该见见若冰的，或许她们两个真的能成为朋友。

沐云帆总觉得小熙和若冰身上有某种气质很相似。

皮特见老大今天心情这么好，也觉得有些莫名其妙。

他心情转变得这么快，该不会又是因为尹沫熙吧？

副总楚楚可怜的模样的确惹人怜惜，如果副总没结婚的话他作为云帆的助理是一定会支持他的。说到底，云帆和副总绝对不可能在一起，就是因为副总是有夫之妇。

所以皮特才不能理解，老大到底迷上了尹沫熙哪一点？

车子在皮特的不解中已经开回了公司。

云帆让皮特把相机和一些素材送回办公室，他则单独进了电梯。

此时已经快到下班时间，尹沫熙也正在做收尾工作准备回家。

朵朵最近一直住在奶奶家。

下班后有什么安排呢？

尹沫熙在想要不要和吴建成去一家环境浪漫温馨的西餐厅共进晚餐？

见她依旧在发呆，沐云帆站在门口轻声叹息随后敲敲门问："我每次来你办公室找你都看到你在发呆，你一天到底要想多少事情？"

语气中有着说不出的宠溺和心疼。

尹沫熙呆愣几秒后不禁低头笑了笑。最近云帆往她这边跑的次数可真是频繁了些。

"你们那边就这么闲？你最近已经往我这里跑了三次了。"

沐云帆有些尴尬，他竟然自己都没有察觉到。

尹沫熙见他站在那里没有开口，好奇地问道："这次来是什么事？又想出什么好法子来帮我了？"

沐云帆摇摇头，想到若冰已经回国，他的心情又明朗了许多。

就算他要回美国了，以后小熙和若冰若是可以成为朋友，大家彼此照应一下也是好的。虽然若冰的个性绝对不会求人帮忙，但是小熙的性格比若冰柔了很多，她们两个人在一起完全可以互补的。

"今晚跟我去个地方，我带你去见一个人。"

沐云帆说得如此神秘，让小熙心里痒痒的。去见一个人，是谁呢？

"该不会是冷轩吧？冷轩就算了。"

如果是韩冷轩的话，尹沫熙并不想见，最近她一直在避开韩冷轩，冷轩打来的电话她一次都没有接。

她要坚持到最后，只有这样才能将冷轩逼回美国。

沐云帆摇摇头说："不是冷轩，是你绝对想不到的一个人。怎么？今晚没时间吗？"

尹沫熙正在思考是否要跟沐云帆走，这时办公室的电话响起。

电话那头响起吴建成的声音："老婆，我又要临时去一趟外地了，分公司那边还有点问题，我得去亲自解决。"

尹沫熙也知道，分公司最近因为艺人的合同纠纷案闹得很不愉快，也有很多突发问题需要解决。尹沫熙很通情达理地说道："公司的事情比较重要，记得处理完那边的问题早点回家，我在家里等你。"

第108章　新鲜的尝试

放下电话后尹沫熙的心情很是复杂，一方面觉得自己身心都得到了解脱很是轻松，可是另一方面又开始担忧起来。

他是一个人去出差吧？

果然是一朝被蛇咬，十年怕井绳。

沐云帆见她死盯着电话不言不语，轻声地唤着她："小熙，又在发呆了？"

"嗯？嗯好，我和你去见见那个神秘的人。我们现在就出发吧。"

尹沫熙回过神来，既然吴建成不在，她干脆就和云帆一起去酒店吃个饭，认识一下他想介绍给她的那位朋友。

这样也好，除了老公和女儿，她也要有属于自己的生活圈和交友圈。

尹沫熙整理好手头的文件，随后起身和沐云帆一起走出了办公室。

两人出了电梯并肩走在一起，一路上尹沫熙还主动和大厅内的员工们问好。

小月和皮特刚从电梯下来，就看到前面两个人格外引人注目。

315

看到那抹颀长的身影，小月有些委屈地低下了头。又是尹沫熙呢，他就要回美国了，可是却总和尹沫熙黏在一起。

皮特知道小月又在难受，他突然站在小月面前挡住了她的视线。

这丫头就是太傻太执着，世上那么多男人，何必就盯着老大一个人呢？像老大那样的男人，小月是无法站在他身边的。

小月低头用手背抹了下眼睛，随后抬眸瞪了皮特一眼说："碍事，别挡我路。"

说着一把将皮特推开，大步地走出了公司。

小月快步超过了沐云帆和尹沫熙，擦肩而过的同时她回头看了一眼沐云帆。他的眼里好像只看得到尹沫熙，他眼中宠溺的目光自始至终都停留在尹沫熙身上。

小月的脚步突然慢了下来，心里被扎得生疼生疼的。她注定不能成为沐云帆眼中的那个人吧。

不过这样也好，即便他看不见自己，她能一直陪在他身边，小月已经很满足了。

距离沐云帆和若冰他们约好见面的时间还有一个多小时。沐云帆干脆带着小熙去逛街。不过沐云帆有些担心的是小熙会被人们认出来。

"你和吴建成一连几天都霸着娱乐版头条的位置，这样出去会不会被人认出来？会不会有狗仔跟踪你？"

"啊？我又不是艺人，不会那么巧被人认出来吧？"

"最近新闻这么猛，那可不好说啊，前面有家服装店，我带你进去打扮一下。"

沐云帆突然将车子停在路边，随后拉着小熙的胳膊就下了车。

两人匆匆进了那家服装店，沐云帆挑了半天，拿下一副墨镜给尹沫熙戴上。

他上下打量了一番说："这样看起来好多了，你再等等。"

随后沐云帆又挑了一顶黑色鸭舌帽。

小熙将头发挽起来，戴上那顶鸭舌帽，这样打扮一番后，就算走在商业街上也不会被人一眼就认出。

现在很多人都爱戴墨镜和鸭舌帽，看起来也是比较时尚的。

尹沫熙觉得自己的造型好新奇，她站在镜子前看了半天，不禁掩嘴偷笑出了声："想不到我竟然也有这一天，搞得好神秘啊。"

沐云帆和尹沫熙伪装好自己后，两人去了附近的商业街。

这种感觉还挺奇怪的，小熙平时都是和小雪一起出来逛，想不到云帆竟然肯陪她做这种无聊的事情。男人好像都不喜欢逛街的，最起码建成就很少会陪她逛街。

两人走过一家珠宝店时，尹沫熙停下脚步，盯着橱窗内的一款手链看了好久。

沐云帆注意到她的视线后，也凑过去看了看那条手链。

彩色天然石手链，款式简单，没有多余的装饰，看起来的确很漂亮。沐云帆也觉得这条手链很适合小熙，而且价格并不是很贵，小熙完全可以买下来。

沐云帆也以为她会进去买下这条手链，可她就只是看了看然后转身继续往前走。

逛街就是这样，尹沫熙对很多东西感兴趣，但是并不一定会去买下来。

她只是走过这里，一时被橱窗里的这条彩色天然石手链吸引，不过沐云帆却深深地记在了心里。

……

若冰这几天一直住在韩冷轩家中，她已经决定先辞去美国那边的工作，然后直接进入冷轩父亲的这家医院。

即便换了地方，她依旧是和冷轩在一个医院一个科室，想想还是挺幸福的。

半个小时后，冷轩已经结束了他的工作，换下白大褂，穿好衣服走出了医院。发现若冰正站在医院大门那里等着他。

每次见到若冰冷轩都觉得很有压力。

"怎么没直接去酒店？"她没有必要来医院接他。

"我们是恋人，我来医院等你，然后一起去酒店不是很正常吗？"

若冰直接挽着韩冷轩的手臂，冷轩心里更是无奈。何时才能分彻底？每次想要和若冰谈这个问题她就会找理由避开。

逃避解决不了问题的，他要趁着若冰还没有进入医院前，说服她尽快回美国。

如果若冰真想帮他，留下来待一两个星期就可以了，完全没必要放弃那边的大好前程。他不想耽误若冰，不想浪费她的青春和感情。

这一瞬间，韩冷轩突然理解了小熙的那种感觉。

小熙，也是不想耽误他的感情，才会逼他和若冰尽快完婚的吧。

第109章　情敌见面分外眼红

想到今天要和云帆见面，为了不破坏气氛，冷轩没有把话说得太直白。

冷轩开车，一路上若冰都保持沉默。她只是不想直接把话题聊到分手上，若冰能够感觉到冷轩一直在找时间和她谈这个事情。而她要做的，就是避开分手这个话题。

若冰和冷轩先到了酒店，若冰一个人点好了菜。她太了解云帆和冷轩，自然也清楚他们的口味。

十分钟后，沐云帆也带着尹沫熙来了，服务员领着他们到了包间外，轻轻推开了门。

沐云帆拉着小熙的胳膊走进了包间。

韩冷轩在看到小熙的瞬间整个人都呆住了。为什么云帆会带着小熙来？他最不想让小熙和若冰见面的，还是在这种场合下。他根本就没有任何的心理准备。

尹沫熙看到韩冷轩的瞬间也很尴尬，她这几天一直在避开冷轩，想不到被沐云帆愣是带过来见他。

可是很快，尹沫熙的视线转到了冷轩旁边的那个女人身上。

尹沫熙从未见过这个女人，不过她长得真的很美，雪白的皮肤毫无瑕疵，清丽无比。只是无限的艳丽之下的清冷，也让人望而却步。

她是谁呢？该不会……

尹沫熙心里已经猜到了答案，只是还不确定罢了。毕竟云帆口中的那个女人和现实中的这个女人还是有些差别的。

若冰在云帆和小熙进入包间时也第一时间就注意到了尹沫熙。这个女人气质非凡，是在人群中也会第一时间就注意到的那种女人。

若冰眯了眯眸子细细看去，尹沫熙不仅仅是气质出众，样貌更是让人惊艳。

浓密卷翘的长睫如蝶翅般安静地栖息着，素白的一张小脸干净如百合。

沐云帆拉着小熙在若冰对面的位置坐下来。

若冰那双美眸更是直接将尹沫熙锁定在自己的视线内。

几番观察后，还没等云帆和冷轩开始介绍，若冰便冷声开口："如果我没有猜错的话，这位就是冷轩从小一起长大的青梅竹马，也是那个让他爱了二十多年还念念不忘的尹沫熙吧？"

话一出口，震惊了在座的所有人。冷轩和尹沫熙是完全没想到若冰会说得如此直白，而最诧异最震惊的人是坐在小熙身边的沐云帆。

他和冷轩是最好的哥们，和小熙是很亲密的好友，他又暗中对这个女人有感觉。但是他从来都不知道冷轩一直都喜欢尹沫熙。

云帆只是单纯地以为小熙和冷轩从小一起长大，两人的关系胜似家人一般亲密。

却万万没有想到，冷轩竟然爱了小熙二十多年！

云帆不是生气，他也知道自己没有资格生气，只是觉得沮丧和懊恼吧。完全搞不清楚状况还拉着尹沫熙来见若冰。他真是什么都不了解，反倒是若冰第一眼就已经认出了尹沫熙。这算什么呢？女性的第六感？还是作为情敌的敏锐感？

尹沫熙一时尴尬地坐在那里，不知如何回答，看来自己猜对了。这个女人就是云帆口中的那个冰山美女若冰了。还真是人如其名，第一次见面就让她如此尴尬。

尹沫熙还没有回答，谁知若冰的第二个问题更是让云帆诧异得说不出话来。

若冰的眼底泄了一丝清冷流光，如琉璃一般清冷却耀目。她直视尹沫熙，突然发问："冷轩就是为了救你才放弃美国那边的工作专程回国来的，可你呢？却一直没有到医院接受治疗。你以为白血病是什么？你当这是儿戏吗？他大老远飞回来为了治好你放弃了所有，可你本人却一点都不在乎是吧？"

若冰一边说着一边伸手探在尹沫熙的额头上，小熙身形一僵，思维一瞬间凝固。

若冰还真是快人快语，她一直想要隐瞒的事情两句话就全部都暴露了。

尹沫熙此时觉得自己心里特别过意不去，尤其是对云帆。明明和他是那么好的朋友，可是隐瞒了这两件大事。换成是她的话，也会生气的吧？

小熙就坐在云帆身边，她能感受到身边的低气压，也知道云帆是真的生气了。该怎么和他解释好呢。云帆都要回美国了，可她却在这时和云帆闹得不愉快。

冷轩有些生气地阻止着若冰："够了若冰，你什么都不懂。"

没错，若冰的确是不懂，不知道尹沫熙到底经历着怎样的痛苦，也不知道她现在的情况到底是怎样的。

小熙怎会不重视自己的生命？她怎会把这种病当儿戏看？正是因为重视自己的生命，所以她才会对家庭更加的执着。对于她来说，家和生命同样重要，没了家就算治好了病又有什么意义？

若冰冷眸瞧了冷轩一眼，果然，只要和尹沫熙的事情沾上边，冷轩就变得不冷静了。

她不过是实话实说，也是想借此提醒尹沫熙尽快去医院接受治疗而已。

若冰并未理会冷轩的警告，而是继续说道："我刚刚摸了一下你额头，你最近一直在低烧吧？发病并不是很快，应该可以排除是急性白血病。可你以为慢性白血病就没生命危险了？你若是不及时治疗，会越来越糟糕。白血病发病初期你就该来医院尽早医治的。"

若冰还不知道尹沫熙肚子里还怀着一个孩子。若是知道了，只怕会说出更残忍的话来。

若冰还想继续说下去，不过这次打断她的不是冷轩而是云帆。

"够了若冰，你不要说了。"

云帆的态度让若冰有些惊讶，她张了张嘴，最后还是乖乖闭上了。

因为云帆的眼神有些不同。

沐云帆转过身，冰冷的目光锁住尹沫熙，一字一句地问道："为什么没有说出来？为什么没有告诉我你的病情？为什么不去医院接受治疗？直到现在你还想着先挽回你的婚姻、挽回你老公的心吗？你别傻了尹沫熙，他背着你和别的女人搞在一起，他出轨！你明明知道，为什么还要在人前故作大度地去相信他？你甚至为了这样一个男人不惜拖延治疗，为了这样的家庭而耽误治疗，你觉得值得吗？吴建成真的值得你这样吗？"

沐云帆火大地怒吼出声，他的眸光锐利冰冷，眼中却有火焰般的愤怒在熊熊燃烧着。

第110章　心疼大过愤怒

尹沫熙无助地坐在那里，她不想哭，不想在若冰和冷轩面前流泪。

可是为何他们如此咄咄逼人，为何连云帆都在逼她？

她怎么放弃这个家庭？如果没了吴建成，如果没了朵朵，她拿什么支撑着自己那颗脆弱的心？

她知道自己没有想象中的那么脆弱，可是那种坚强完全是在强装。

因为没有办法，如果现在就倒下，她可能就真的失去了一切，所以她才咬牙强撑着自己继续斗下去。

尹沫熙将头压得很低，她一言不发地坐在那里，只是肩膀微微地抽动着。

冷轩知道她在哭，她正死死地咬住下唇不让自己发出哭声，不想让人同情她罢了。

尹沫熙只是不想让自己看起来那么可怜。

云帆看着如此脆弱的她，既生气又心疼。心疼大过心中的愤怒。他是真的不知道该拿尹沫熙如何是好。

他原本只是回国完成自己的工作，可是为何偏偏在这里把心留在了尹沫熙身上？

韩冷轩喉咙微微地蠕动，想要说点什么来安慰尹沫熙，可是许久之后也没有说出话来。

在这种现实面前，任何安慰的话语都显得太过苍白无力，反倒会让尹沫熙心里更不好受吧。

若冰看着沉默的这三个人，讨厌这种沉重的气氛。

从云帆刚刚的质问中，她听得出尹沫熙和她老公的婚姻出现了问题。

这样美丽优秀的女人也会被老公出轨吗？

饭菜已经上齐，可是谁也没有心思去吃这些美味的食物。

尹沫熙觉得心里堵得慌。她悄悄地擦了擦脸上的泪痕，随后起身小声说道："我先出去透透气，稍后就回来。"

尹沫熙此刻只想离开这个包间，去外面透透气也好，让大脑换个思维方式也好。总之她想暂时逃离这里。

尹沫熙匆匆拉开门走了出去，韩冷轩和沐云帆都想追出去，可是却又都坐在那里纹丝不动。冷轩和云帆都清楚，或许此时此刻给她一定的空间和时间去冷静一下，才是最好的安慰方式吧。

包间内陷入死一般的沉寂中。空气仿佛凝固了一般，每个人脸上的表情都很沉重。

若冰主动询问出声："尹沫熙的老公出轨了吗？她是因为忙着挽救她的婚姻

才迟迟没有去医院接受治疗的吗？"

云帆轻声应着："嗯，看来是这样，她现在只顾着那个出轨的老公，都不知道心疼她自己。"

她不心疼，别人却心疼得要死。

沐云帆替尹沫熙觉得不值，吴建成那个渣男若是知道尹沫熙得了白血病会是什么反应？

云帆心中的愤怒依旧没有缓解半分，倒是若冰看得比较透彻，她无奈地摇摇头，随后轻叹出声："原来是这样，若是如此我应该收回之前说的那番话。她是个女人是个妻子，所以家是她心里最重要的。如果婚姻破裂了家又没了，她还是没有依靠，无法坚持治疗的。"

若冰的这番话让冷轩和云帆的身子微微一颤，云帆不解地看向若冰。

"为什么这么说？"

若冰继续解释："我之前选修过心理课程，我们每个人的心里都有一个依赖的点。尹沫熙最依赖的就是她的老公她的家庭。毕竟是女人，即便是再强大的女人也有内心柔软的一面。对于尹沫熙来说，婚姻和爱人就是她心里的最后一道防线，如果这道防线轰然坍塌，那她心里的最后一点希望也就破灭了。没有了希望，她会对自己的病情抱有积极的态度吗？"

若冰的话终于让冷轩明白了。

"没错，是这样，我们现在医治病人的时候更注重病人的心理变化。人都是脆弱的，尤其是在面对这种病的时候，他们最需要的就是家人的关爱和支持。一个人是撑不下去的。可是病情的治疗情况是和心态有着密切的关系的，如果求生意识强、心态积极乐观，那么对病情的治疗是很有帮助的，反之，如果一个人心态消极，没有家人的支持和陪伴，可能也会影响康复的进程。"

若冰点点头补充道："没错，这也就是为何那些癌症病房的患者多半都不知道自己的病情，一般家属都是对其进行隐瞒。在治疗的过程中心态很重要，她需要一个支撑点。所以……她渴望修复婚姻，可能是太依赖她的家人吧。"

若冰虽然依旧面无表情，但是所说的话已经将尹沫熙的心理分析得很是透彻。

若冰很是严肃地提醒云帆和冷轩："这个过程很痛苦，我没想到她的情况会这么复杂。一般单纯地给白血病患者治疗已经很不容易了，她还是一个随时可能离婚的女人。心理防线一旦崩溃我担心她的身子也会承受不住的。先给她找个心理医生吧，心结不解开，就算接受治疗也撑不了多久的。"

若冰说得有些口渴，她拿起桌上的杯子，喝了几口水后继续补充道："我不知道她和她老公的婚姻问题有多严重，不过你们要做好心理准备。若是结果不像她想的那样，若是她努力争取挽回爱人最后却还是要离婚，那个时候是她心理最脆弱的时候，你们一定要做好她的心理工作。"

显然，解决尹沫熙内心的问题同样重要。

那就是一道坎，跨过去了就会觉得或许前面有更美的风景等着你。可若是跨不过去，最后痛苦的永远都会是尹沫熙自己！

若冰的话让冷轩和云帆更加沉默。若冰无疑是个好医生，虽然性情冷漠，可她能迅速找出尹沫熙的真正问题。

云帆见尹沫熙出去这么久一直没有回来，便起身道："我出去看看她。"

第111章　强扭的瓜不甜

云帆也走后，包间内只剩下冷轩和若冰两个人。

气氛没有之前那么尴尬却依旧很僵。

许久的沉默后若冰率先开口："我没觉得我错，有些事需要说开才好办。"

之前冷轩和云帆都是在小心翼翼地呵护着小熙的心，担心她会受伤，所以这些问题都没有摊开来说。

或许若冰的突然出现反倒让事情有了转机。

冷轩也知道若冰并非恶意，所以他并没有责怪她。

"我知道。"冷轩淡淡地回了三个字。

若冰的心被伤了，虽然她是个强大的女人，可是面对自己喜欢的男人如此无视她，她也会在意也会伤心。难道只有小熙那种柔弱的女人是女人，她这样强大的女人就不是女人了？

冷轩知道这不是合适的时机，不应该在这种时候谈分手，可是他觉得有些话是真的要尽快说清楚。

"若冰，我们分手吧。"

那句话还是说出了口，若冰身子猛地一颤，低着头强忍着心中的怒意。

她是个成熟的女人，不会因为对方一句分手就让自己彻底失控。

她双手紧握放在腿上，那双手越握越紧，她是真的不甘心，不甘心就这样放弃眼前的这个男人。

若冰固执地看向冷轩冷声问他："你以为尹沫熙和她老公婚姻出了问题，所以想要默默等待，等尹沫熙离婚后你想和她在一起是吧？"

若冰说的没错，冷轩的确是这样的想法。吴建成或许会嫌弃已经得了白血病的尹沫熙，或许会直接抛弃她。

可是冷轩不会，他会将小熙当成宝贝一般捧在手里呵护着。他相信只要默默守护着小熙，总有一天她会看到他的付出和真情。冷轩也相信自己能够治好小熙。他对一切都充满了希望。

若冰从他脸上看到了光芒，憧憬未来的光芒，那么刺眼，让她心疼。

冷轩和她在一起的时候，是否计划过他们两个人的未来呢？

如果他不爱自己，那么几年的交往又算什么？

若冰摇头，直接否定了冷轩的想法："尹沫熙七年前没有选择你，七年后就一定会选择你吗？我知道你对她还有感情，你还没有放弃她，但是你不能这样对我。你回答我，这几年你有没有爱过我？或者你喜欢过我吗？"

如果冷轩全部否认，那对若冰来说这几年的付出全都白费了。

冷轩静下心来认真思考这个问题。

爱过吗？他不确定，不过应该是喜欢过的。

冷轩的神情已经有了倦意，不过那双眸子却多了几分真诚："我喜欢过你，是否爱过你我不确定。至于结婚，我也想过，以为这辈子我们两个就这样在一起过下去。直到那天我接到我父亲打来的电话，听到小熙生病的消息后我才意识到，我心里最爱的人始终是她。感情的事情没法勉强的，不爱就是不爱，若冰，我没办法强迫自己去爱你。这样对你也不公平。"

这就是冷轩给若冰的回答，若冰低着头冷笑着。爱得如此痴狂，恐怕也只有韩冷轩能做到吧。只是这一次，明明知道这个男人可能不属于自己，她却还是不想放手。

若冰不放弃地让他做出选择："你知道我是这方面的专家，你也更应该知道我父亲是这方面的权威。如果你和我继续交往，如果你和我结婚，我就让我父亲飞回国来帮忙医治尹沫熙，怎样，你要答应吗？"

若冰竟然提出这样的条件。

　　冷轩表情很是痛苦。这怎么选择?

　　他自己一个人的力量能否让尹沫熙康复，他也是不确定的。不过若冰父亲真的是这方面的权威，也医治好不少的白血病患者。

　　冷轩爱小熙，也想和她在一起，可是在那之前，她得活着不是吗?

　　冷轩没有考虑很久，他点点头答应道:"好，我答应和你结婚，你让你父亲帮小熙治疗。"

　　如此回答反倒让若冰更心痛。如果她的婚姻是靠这种交易和威胁换来的，她不是更可怜更悲哀吗?

　　强扭的瓜不甜，她若冰不需要这样的婚姻。

　　若冰沉默许久后终于抬头看向冷轩，看似平静的她此刻眼中却带着绝对的威严和不服输的倔强。

　　她异常坚定地开口:"好，我同意和你分手。但是你不能阻止我追求你。我和尹沫熙公平竞争，我这么优秀的女人不比尹沫熙差什么，我对自己有信心。所以你不要再对我说回美国之类的话。这是我的选择，就像你选择留在尹沫熙身边默默爱她，我也可以留在你身边默默追求你。"

　　这就是若冰最后的决定，她知道自己还没有输。

　　一年，两年，再多等待几年又怎样?

　　既然认定这个男人无可替代，那她就理应要付出更多的耐心去等待他。

　　因为韩冷轩值得自己这么做。

　　若冰的话让冷轩不能理解，他一脸不可置信地问:"你刚刚不是让我和你结婚吗?"

　　若冰突然低头笑出了声，那张冰山一般的脸也终于有了表情。"我若冰什么时候可怜到去乞讨爱情? 我选择追求你留在你身边是用自己的方式去争取爱情，可用那样的方式威胁你做交易，那是乞讨来的爱情! 我不屑拥有那种婚姻!"

　　没错，若冰要和尹沫熙公平竞争。

　　"放心，就算不和我结婚，我也会请求我父亲来这边帮忙给尹沫熙治疗。他不能一直留在国内，但是会过来帮忙制定治疗方案的。"

第112章　云帆，我选错了男人！

冷轩不再劝若冰回美国。

他能理解小熙的感觉，也同样能够理解若冰的感觉。

他也是一直默默地守在小熙身边不求回报，所以，他又怎会不明白若冰的那种心情呢？

他除了感谢还是感谢。

"谢谢你若冰。"

这一声谢谢反倒让若冰心里舒服多了。

……

沐云帆在酒店内找了很久也没有找到尹沫熙，只好询问酒店前台的服务员。服务员指了指酒店外的地方，沐云帆说着感谢，随后快步走出酒店朝喷水池那边走去。

夜晚的风有些凉，虽然已是春天却依旧觉得冷飕飕的。

沐云帆看到尹沫熙正坐在喷水池边默默地擦眼泪。

沐云帆快要心疼死了，他疾步上前，脱下身上的外套直接罩在了尹沫熙的身上。

尹沫熙身形一僵，那双氤氲雾气的眸子委屈地抬起看着他。

只这一眼，就让沐云帆再也忘不了她。

沐云帆想要伸手将她拥入怀内，可是双臂停留在半空中，许久之后却又无奈地放下。

他没有资格。她是有夫之妇！

沐云帆无奈，伸手轻轻地揉了揉尹沫熙的头发轻声道："刚刚我说话太难听了。我知道你很在意你的婚姻和你的家庭。是我错了，抱歉。"

沐云帆如此暖心的道歉反倒让尹沫熙心里更是难受。

云帆为什么要道歉呢，云帆什么都没有做错，这些日子她一直在受云帆的照顾。

小熙反倒觉得是自己太过任性了，身边的人一直都在关心她照顾她，可是她却依旧固执地把全部精力都投注在吴建成身上。是她不对呢。

小熙忽然将头埋进膝盖内，双肩不停地抽泣着。

沐云帆只好安静地坐在尹沫熙身边陪着她。

她这样大哭出声反倒好一些，发泄出来总比一直憋在心里要好。

小熙一直装作若无其事地面对所有人，一直对所有人都隐瞒了自己的病情。她把一切都自己扛下来，可想而知心里有多压抑和痛苦。

就这样全部哭出来，全部都发泄出来吧。

一直掩面抽泣的小熙突然开口问道："你没想到我和冷轩是青梅竹马吧？"

问题太突然，沐云帆不知道如何回答，他只能点头道："嗯，没想到。"

小熙抽了抽鼻子，鼻音有些重："在没遇到建成前，我以为我这辈子会嫁给冷轩，我一直以为我会和冷轩过一辈子。你知道吗？小时候我们玩过家家的时候冷轩就总跟我说，长大后嫁给他好不好？我每次回答得都很干脆，我说好！这样的问题他几乎每一年都会问我一次。直到后来建成转学到我们班上。有一天我找到冷轩和他说，我长大后不能嫁给他了，因为我喜欢吴建成。"

她的声音带着些许无奈，娓娓道来。沐云帆没想到原来他们几个上学时就互相认识了。彼此牵绊颇深，怪不得尹沫熙不愿意对别人说起这些事情。

沐云帆很想问问小熙，她是不是后悔了？后悔当初选择了吴建成而没有选择韩冷轩。可是他问不出口，这样的问题无疑是在小熙伤口上撒盐。

此时，包间内的冷轩和若冰担心尹沫熙也跟着出来找她。当冷轩和若冰来到喷水池边时，虽然隔着一段距离，冷轩却伸手拉住了若冰。

"别过去了。"

冷轩保持了一定的距离，他没有上前也没有转身回去，只是默默地站在那里，心疼地望着尹沫熙。

小熙一直将头埋得很低没有抬头。

她声音沙哑地继续说道："你知道吗？我是真的很爱吴建成。我们是同桌，他开始酷酷的很冷漠。我知道他家境一般，而我们学校又是全市最著名的私立学校，所以建成那么冷漠实则是在掩饰内心的自卑。后来慢慢接触他，越发觉得他很可靠又很有魅力。后来我们上了大学，他和全班同学都没有联系，却唯独和我有来往。大学毕业后他就向我求婚了。"

那些心里的故事尹沫熙全部说给了云帆听，她只是想找个人倾诉一下。

"可笑的是，建成向我求婚没多久，冷轩竟然也向我求婚了。我和冷轩像一家人一样！我把他当成是我的哥哥。可能我们彼此太过熟悉，所以我对他没有心动的感觉。我以为爱情和婚姻是必须要有心动的感觉。可是那又怎样？我对建成心动过、爱过，可是到头来他还是背叛了我。我有时感觉这好像就是老天对我的惩罚一样。我和冷轩彼此承诺长大要在一起的，可是最后是我放弃了他。"

尹沫熙突然抬头，那张脸早已满是泪痕。

看着她眼中不断翻滚的泪花，沐云帆心疼地一把将她拉进自己的怀内。

尹沫熙越哭越伤心，眼泪越流越多。

"我要和建成结婚时，家里人全都在反对，我妹妹、我奶奶还有我父亲，包括小雪都不同意，可我一头栽了进去就认准了他。云帆，我选错了。我是真的选错了人！"

第113章　陪她渡过难关

韩冷轩的身子仿佛被定住一般，听着小熙和云帆诉说的这些陈年往事，一向坚强从不流泪的他竟然湿了眼眶。

没有人比他爱得更深沉更委屈。

没错，小熙最后选择了吴建成，可那不是小熙的错。

不爱就是不爱，他又怎能强迫小熙去接受自己？

可如今听着小熙在那里哭着说当初选错了人，让冷轩心里更是心疼不已。

是啊她选错了，这个傻丫头真的是看走了眼。

那她现在，是否肯接受他？

只要小熙想要和他在一起，韩冷轩不在乎别人的闲言碎语，小熙是二婚又怎样？

他只在乎小熙，不在乎她曾经和谁在一起，不在乎她是否有病，也不在乎她的朵朵是吴建成的孩子。

他只想和尹沫熙在一起！

沐云帆轻轻地拍着她的后背柔声劝着："没关系，谁都会犯错，一时看走了眼选错了人而已。你若是不想要他了，你还有其他选择的。"

云帆在鼓励她勇敢面对，后半句云帆想告诉小熙，她还可以选择他沐云帆！

只是他实在没勇气说出口。

若是小熙真的放弃吴建成，若是她要选择，只会选择韩冷轩也不会选择他吧。

小熙哭得更伤心了，眼里的雾气升腾得愈加厉害，她哽咽着不停地摇头："不能，我不能再选择冷轩了，我已经不能再选择冷轩了！我们早就错过了，我现在还是把他当成哥哥一样看待。我不能因为自己想要找个依靠就自私地选择冷轩。我只是……我只是好气，气自己当初没能看清自己的老公，也气现在的自己。"

尹沫熙的话无疑再次伤了韩冷轩。他身子晃了晃，随后转身向酒店走去。

刚刚的话，他就当没听见。

不管小熙会怎么选择，他不变初心，要一直守在她的身边。

若冰看着冷轩快步离去的落寞背影，心里越发苦涩心疼。他的眼里只有尹沫熙，而若冰的眼中却只看到了韩冷轩。冷轩比自己更痛苦，爱着尹沫熙还要克制着这份爱意。

为了不给尹沫熙带来压力，还承诺只把她当妹妹当朋友一样对待。这个世界上，又有多少人是以朋友的身份去默默爱着身边的那个人啊？

若冰回头看了一眼痛苦不已的尹沫熙，此时此刻，她是有些同情这个女人的。

若冰也悄悄地离开了。

喷水池边，尹沫熙眼中的水汽慢慢退了下去。这样大哭一场心里的确舒服多了。

尹沫熙直起身子，看到沐云帆的衣服已经被她哭湿了一大片，她立刻抽出纸巾轻轻地帮他擦着，随后不好意思地说道："抱歉，让你听我在这自言自语说了一大堆没用的，还把你衣服哭脏了。"

沐云帆那么注重仪表的一个人，却没有发现这些。他低头看了一眼自己的衣服，的确是被哭湿了一大片。不过这些都无所谓，她能将心中的委屈发泄出来就好。

沐云帆已经想好了，既然小熙要和病魔做斗争，他为什么不能留下来陪她渡过难关？

沐云帆的薄唇轻轻蠕动着，随后宣布道："小熙，我不回美国了。刚好我们最近工作的重心转移到了国内，所以我会在国内多待一段时间，可能是一年也可能是两年。"

云帆的决定让小熙又忍不住抽泣起来。

都是因为她，因为她冷轩留在国内，现在连云帆也要留下来了。

她心里怎会好受呢？

云帆无奈地再次揽住小熙的肩膀，明明是个坚强的女人，最近却越来越爱哭了。

云帆喜欢她在自己面前哭。

"在我面前，不坚强也可以，哭也是可以的。"

云帆的一句话让小熙瞬间泪目。她讨厌这样的自己，越是逆境越是应该要坚强的。可她被这些人捧在掌心，变得越来越爱哭了呢。

"真的，我不骗你，我是因为工作上的变动才会留下来。"

云帆为了减轻小熙的心理负担又解释了一遍。

小熙破涕而笑，这样的理由还真是够烂的。不过她是打心底里感谢云帆和冷轩还有若冰为她所做的一切。

这一次，就让自己任性一回，像个小公主一样去依赖他们吧。

毕竟，除了自己的老公和朵朵外，她能依赖和信任的就只有他们了。

尹沫熙哭得累了，她渐渐合上眼睛靠在了云帆的怀内，意识模糊前不自觉地蠕动嘴角："云帆，谢谢你。"

沐云帆低头看着小熙，她的呼吸渐渐均匀平稳，看来是哭得累了睡着了。

小熙的那一句谢谢你，让云帆心里暖暖的。

他不后悔自己做的这个决定。

第114章　她怀孕了

欧雅妍觉得时机成熟，便直接打电话给吴建成的母亲。

"伯母，我怀孕了，孩子是建成的，您让他来见我一面吧。"

小熙婆婆收到欧雅妍打来的这个电话后，整个人彻底懵了。

她来不及反应，直接让吴建成去见欧雅妍。

欧雅妍所在的那栋公寓距离公司并没有多远的距离，他驱车赶往公寓，进入房间后，开门见山直接发问："你怀孕了？"

吴建成面色诧异，眉头紧紧地锁在一起。见他如此震惊，欧雅妍的母亲说道："没错，她肚子里的孩子正是吴总您的。我们已经去检查过了，是个男孩，这一点可以确定。"

男孩？欧雅妍怀孕了？孩子还是他的？

吴建成有些发蒙，他一下子瘫坐在床上，完全没有想过有一天欧雅妍会怀上他的孩子。

短暂的慌乱后，吴建成渐渐地冷静下来，他冷漠地连连摇头："不可能的，你什么时候怀的孩子？"

"孩子都已经六个月了，不觉得奇怪吗？我以前那么爱穿紧身裙，可是现在却只是穿着宽松肥大的衣服。你之前说我胖了，却没有想过我是怀孕了吗？"

吴建成回忆着之前每次和欧雅妍在一起时都觉得她有些变化，那个时候还觉得她身材丰腴了不少更有味道了，哪里会想到她是怀孕了。

"可你看起来肚子没有那么大，也没有那么胖！你都六个月的身孕了，却看不太出来。"

欧雅妍呵呵一声冷笑着："不是所有孕妇怀孕时都会变胖，那么多明星艺人从怀孕到生产很多人都没看出来，包括你老婆，她怀孕反倒是越来越瘦不是吗？"

欧雅妍这么一提醒，吴建成倒是觉得小熙最近整个人都很憔悴，四肢纤瘦肚子也没有什么变化。

欧雅妍怕吴建成不相信自己，直接掀开宽松的睡衣让他看自己已经隆起的肚子。

吴建成看得清清楚楚，在宽松衣服的遮掩下那个肚子的确是高高隆起的，她是真的怀孕了。

吴建成彻底地傻了眼。

怎么办？怎么会这么不小心搞出来个孩子？吴建成陷入沉思中。

"房子你先住着吧，孩子的事情等我考虑清楚我们再谈。我现在必须要回家，你若是敢和媒体或者去小熙那里胡说八道，我绝不会饶了你！"

吴建成威胁了欧雅妍几句，确定她不会跑去小熙那里胡说八道才肯离开。

回去的路上吴建成心神不宁，如今后悔是没有什么用的，都怪自己当时不小心，也没有注意到这些事情。

人家都怀孕六个月了，可他却完全没有察觉到，想想自己还真是够蠢的。

这件事情要怎么和小熙说？

不能说，吴建成猛的一个刹车将车停在路边，他整个人心烦意乱，根本无法集中精神开车。

这件事情太棘手，吴建成不知道已经怀孕六个月还能不能打胎，他在欧雅妍和尹沫熙之间已经做了选择，很轻松地就选择了尹沫熙这边。

可是在孩子的生与死之间，他真的无法抉择。

吴建成下车到路边的超市买了两罐啤酒。心里实在太苦闷太压抑，所以他才想要喝酒来缓解一下苦闷的心情。

一罐冰爽的啤酒下肚却依旧不能让他心里的苦闷减少一些。

吴建成担心自己喝醉回到家后会胡言乱语，连酒也不能随心所欲地喝。

吴建成打电话叫了代驾，等待代驾来的时候，他坐在车里一边看着街边来往的车辆一边发着呆。

如果孩子的事情和小熙坦白，她会原谅他吗？

如果让欧雅妍生下孩子，他今后和欧雅妍还能一刀两断吗？

吴建成颓废地靠在车椅上，长长地哀叹一声。

为什么他下定决心重新回到小熙身边时，却又冒出这种突如其来的变数呢？

他疲惫地合上双眸想要休息一下，这时有人轻轻地敲了敲车窗，吴建成打开车门询问道："代驾？"

对方点点头笑着说："您好吴总，我是你叫的代驾小刘。我知道您呢，今天还看过有关您和您妻子的新闻报道。请问您这是要去哪里呢？"

吴建成没想到自己现在都成了新闻人物，越来越多的人认识他。

为了不让自己出丑，吴建成只好打起精神来，跟那位代驾解释道："我要回家，刚刚请公司员工吃饭，吃饭肯定要喝酒的，我没喝多少，不过想着喝酒不能开车就叫了代驾。"

如果不和这位代驾说清楚，吴建成担心他会和媒体爆料说他酒驾之类的。

吴建成现在可禁不起任何负面消息的折腾了。

代驾表示理解，一边赞同地点头一边竖起大拇指连连夸赞道："还是吴总您说的对啊，喝酒不开车，开车不喝酒嘛！这样对您自己对别人都是负责任。您做得真好。"

吴建成尴尬地扯了扯嘴角，代驾已经开车往家的方向驶去，吴建成坐在后排紧闭双眸。

吴建成已经暗中决定，要留下欧雅妍的那个孩子。

吴建成想了想，那栋公寓之前就说好要送给欧雅妍的。如今她又怀了他的儿子，那么送她一套公寓也不为过。

吴建成拿出手机给欧雅妍发了一条信息："大后天你带好你的个人证件我们去房产局过户改名。这几天多买些补品吃些好的，一定要好好养胎。"

吴建成还用微信直接给欧雅妍转账一万块钱说："先拿这些钱买些补品，我要到家了不要再联系我，到时候我会主动联系你的。"

发完这条信息后，吴建成删除了所有和欧雅妍的聊天记录。

看来明天得让助理再去买一部新手机了。吴建成准备将那部新手机留在公司，专门用于和欧雅妍联系。

这样小熙查不到什么，他也可以继续保持和欧雅妍之间的联系。

只是良心上，吴建成觉得的确是对不起小熙。

回到家后，小熙端着一杯橙汁走了过来。

"老公你是叫了代驾吗？喝酒了？"

吴建成笑着点点头，一脸温柔地看着自己的老婆说："就喝了一罐，知道我为什么这么着急往家赶吗？因为我想你了啊老婆，我今天怎么会这么想你呢？"

吴建成上前一步张开双臂将小熙抱在怀里，死死地抱着，只有在小熙身边他的心才会稍微平静一些。

第115章　她已疲惫不堪

最近吴建成的表现的确很好，每天早早回家陪她和朵朵吃饭。

可她怎么也没想到，吴建成对她和女儿的好不过是假象而已，他同欧雅妍一直藕断丝连。

两人偷偷去公园约会，甚至被同去公园游玩的朵朵撞个正着。

朵朵不理解爹地为何会和别的女人那么亲密，甚至将拍下来的照片拿给小熙看，还哭得格外伤心："妈咪，爹地为何会和这个阿姨亲亲抱抱呢？爹地不要我们了吗？"

那一瞬间，尹沫熙双拳不自觉地握成一团，心痛到无法呼吸，她甚至不知道该如何回答孩子的问题。

看来有些事，必须要和他说清楚。

她特意找借口支走保姆花婶，让她拿着奖金回家休息几天。

偌大的别墅内只剩下尹沫熙一个人坐在餐桌前静静地等待着吴建成的归来。

她已经倦了，这样的关系让她疲惫不堪又觉得恶心。

耐心地等待了一个小时，吴建成终于到家了，小熙听到了脚步声却没有起身，依旧坐在餐桌前发呆。

吴建成匆匆进入别墅，刚换上拖鞋就急声喊道："老婆，你在卧室吗？到底是哪里不舒服啊？"

尹沫熙听到他的声音后冲着客厅那边冷声喊道："我在餐厅。"

听见小熙的声音后吴建成立刻飞奔到餐厅，发现小熙脸色虽然难看，却很淡定地坐在那里。

吴建成放下手中的外套走过去伸手轻柔地摸了摸她的脸问："老婆哪里不舒服？我带你去医院好不好？"

小熙摇摇头，没看吴建成一眼只是自顾自地说道："我现在没事了，你先去楼上换好衣服，洗个手就下来吃饭吧。"

吴建成看着面无表情又如此冷漠的小熙，顿时觉得今天的小熙有些不太正常。

吴建成没有多想什么，听话地拿着外套上了楼，他换了衣服洗了手后又回到了餐厅。

看着饭桌上丰盛的菜，吴建成不禁夸赞道："还是我老婆手最巧！可是老婆你准备这么多饭菜多辛苦啊。"

吴建成还是心疼尹沫熙的，他朝四周看了一圈好奇地问道："花婶没帮你准备好晚饭就走了吗？"

尹沫熙拿起筷子一边吃饭一边摇头："花婶帮我洗好了菜我亲自烧的。"

"哦。"

吴建成应声，看着小熙如此冷漠，吴建成心里有些犯嘀咕，她今天到底是怎么了？

吴建成放下碗筷关切地继续询问："老婆，你是不是还不舒服？我们先去医院吧。"

见他要起身，尹沫熙冷冷地说道："坐下，我有事要和你谈。"

吴建成微微一怔，却还是听话地坐了下来，尹沫熙这个态度虽然不常见，但却也并不陌生。前段时间小熙被欧雅妍惹怒时，对他就是这个冷漠的态度。

"老婆到底什么事？"

尹沫熙揉了揉太阳穴。

原本今晚应该是一家和和睦睦开心地坐在一起吃晚饭，听朵朵说说在湖心公园郊游时遇到的有趣事情，等到时机对了，尹沫熙准备在睡觉前和吴建成坦白自己的病情。

可这一切都被吴建成和欧雅妍给毁了。

尹沫熙克制住自己，声音异常的冰冷："先吃饭吧，我怕说了这事就没心情再吃饭了。"

可小熙越是如此吴建成心里越是没底，他坚持要小熙现在就说。

"老婆，你还是现在就告诉我到底怎么回事吧，我担心得不得了，根本没心情吃饭。"

见他如此紧张的模样，尹沫熙不禁冷笑出声："老公，你就那么关心我、担心我吗？"

吴建成下意识地点着头："当然了，最紧张最在乎你的人是我啊。"

依旧是满口谎言，尹沫熙干脆放下筷子冷声开口："好，既然是你要求在饭前说的，你最好不要后悔。你不觉得你应该对我说些什么吗？"

尹沫熙只想听这个男人亲口承认他的错误，只想听他和自己坦白。为什么她一再给他机会，可是想从他口中听到一句真话就这么难呢？

"你今天去了哪里？"

小熙突然问他的行程，吴建成有些心虚却还是镇定地回答着："上午在公司，下午去了一趟城郊的服装厂，你给我打电话的时候我正好就在那边，所以回来得晚了些。"

尹沫熙忽然仰头哈哈大笑着，他每天都要拿服装厂来当借口，昨天也是从那边回来的，也就是说，他几乎每隔几天就会去见欧雅妍吗？

吴建成被小熙的样子吓坏了，他连着唤了几声："老婆！老婆……"

尹沫熙知道吴建成是不见棺材不落泪，于是她直视吴建成嘴角扯出一抹诡异的笑容，声音缥缈地说道："老公，我给你看一样东西。"

小熙拿出自己的手机，打开微信，将保存的那些照片全部发给了吴建成……

第116章　三个人的爱情太累

吴建成滑开手机，点开那些图片后，吓得脸色变了又变，差点将手中的手机扔了出去。

尹沫熙淡定地坐在那里，等待吴建成给自己一个答复。

可吴建成却难以置信地看向她，沉默半晌后才询问出声："老婆，你找人跟踪我？"

就是这么一句话彻底地激怒了尹沫熙，她清冷的眸子里只剩下怒火在燃烧着。"我跟踪你？"

"老婆你为什么要跟踪我？夫妻之间不是应该互相信任的吗？你不是说你完全信任我吗？这就是你对我的信任？"

尹沫熙觉得很荒唐，她青筋暴露的手紧紧地抓着桌椅扶手，她好恨，恨当初自己一再对他容忍，没有当时就把他脸上的那层虚伪的面纱给揭开。

尹沫熙轻笑出声反问他："你倒是敢来先质问我？是啊，夫妻之间应该互相信任，我对你的信任被狗吃了，那你对我的承诺呢？也被狗吃了吗？是谁说不会再见欧雅妍的？是谁跟我郑重承诺从此以后和欧雅妍一刀两断的？"

吴建成一时语塞，在证据面前再怎么反驳都是无用的吧。

尹沫熙眼中迸出寒光，继续步步紧逼地说："你该不会是想说那不是欧雅妍吧？可惜被拍了好多张呢，连欧雅妍的正面都被拍得清清楚楚。哦对了，你一向最会找借口了，是不是要说你和欧雅妍真的没有任何关系，只是她最近被雪藏了，太过伤心所以叫你出去陪陪她？你太好心所以想要开导她？"

面对小熙的逼问，吴建成依旧保持沉默。

小熙再次冷笑出声："我才知道我老公是这么有爱心的一个人，安慰人可以让别人直接靠在你的怀里？所以欧雅妍喂你吃冰激凌也是因为她太感动了只是想要表示感谢是吗？"

一连串的冷嘲热讽让吴建成说不出话来。他的沉默就已经说明他承认了这些事情。

尹沫熙继续说道："你觉得这些照片是我请私人调查员偷拍的吗？你以为我找私人调查员跟踪你？呵呵，吴建成，你自己卑鄙无耻，没必要把别人也想成这个样子。你不是想知道这些照片是怎么来的吗？你不知道你的女儿朵朵今天去了哪里吗？"

小熙的一句话，惊得吴建成浑身一震，"朵朵，朵朵拍的？朵朵在湖心公园？"

锐利的眸子直直地瞪着吴建成，尹沫熙清冷一笑："你也会担心？你也会紧张吗？吴建成，我之前跟你说过什么你忘了？你可是亲口承诺不会让朵朵和我受到任何伤害。你一个大男人说出的话就这么不值钱吗？"

　　吴建成意识到自己真的错了，他知道纸是包不住火的，只是没想到这一天来得这么快。

　　吴建成起身来到小熙身边，扑通一声跪在了地上："老婆我错了，我是真的错了。对不起，我对不起你。"

　　尹沫熙难以控制自己的情绪，她不想让自己变得那么疯狂。

　　可是她真的无法原谅他对自己和女儿所做的一切。

　　尹沫熙抬起手臂对着吴建成的左脸，一巴掌狠狠地打在了他的脸上，"谁给你的勇气让你一而再再而三地挑战我的底线？"

　　吴建成感觉脸上火辣辣地疼，却没敢反驳，紧接着又是一巴掌落了下来，只听"啪"的一声，比之前的更狠更疼。

　　"你就这么没脸吗？那个女人就那么好？好到你可以不要我和朵朵？你知道朵朵今天有多伤心有多难过吗？"

　　尹沫熙疯了似的一巴掌接着一个巴掌地打下来，每打一下便质问一句："我就那么好欺负，那么好骗是不是？"

　　吴建成的脸立刻肿了起来，可是打在吴建成的脸上，小熙的手掌也钻心地疼着。

　　这是打谁的脸？这样的婚姻分明是在打她自己的脸。

　　尹沫熙拿出手机让吴建成好好看看手机上的那张照片。

　　"你真是厉害啊，为了欺骗我无所不用其极。这是政宇的车子吧，担心开自己的车出去和她玩，会被狗仔盯上吗？所以和她出去时就开你弟弟政宇的车子，回家时再换回你的车子开回来？呵呵，你真是下了狠功夫呢，说吧，欧雅妍住在哪里？"

　　吴建成将头压得更低，他能理解小熙为何会如此愤怒。

　　他承认自己真的很混蛋。

　　可欧雅妍怀着孩子，不能让小熙和她见面的。

　　"老婆……我……"

　　事到如今吴建成也不知道该如何是好。

　　小熙也觉得累了，她站在那里拢了拢头发，随后给了吴建成两个选择。

　　"我们之前已经说好了，如果你再和欧雅妍纠缠不清，我们直接离婚。可朵朵跟我说她不想要后妈，所以我现在给你两条路选。要么和我离婚，要么现在立刻带着我去见欧雅妍，彻彻底底地做个了断。"

两个人必须选择一个，如果吴建成两个都想拥有，那么尹沫熙直接退出。她不想再纠缠其中。

尹沫熙以为事情败露后，吴建成会很快做出选择，可他却只是低着头，一脸的愧疚和惶恐，却半天不肯给她一个答案。

小熙忍无可忍厉声呵斥着："这种时候还想脚踩两条船吗？好，你做不出选择是吧？我帮你选择，我们离婚吧，你今后和你的小三一起幸福地生活下去，我祝你们白头到老和和美美。从今以后你和我没有任何关系，我们再见就是陌生人！朵朵归我，起来吧，把饭吃了，吃完饭后你收拾好行李出去吧。"

第117章　她怀了我的孩子

尹沫熙觉得自己的要求并不过分，在他出轨重新回到欧雅妍身边的时候就该想到会是这样的结果。

吴建成没想到小熙再提到离婚，他一把抓住小熙的裤脚连声求饶："老婆你听我说，我真的不想这样伤害你，我也是真的很想和你过以前那种生活。如果我说我心里最爱的女人只有你，你在我心里永远排第一位，你信吗？"

吴建成还在苦苦挣扎，只是这些话在小熙听来实在好笑。

"我信吗？你有什么资格让我相信你？你的话值几个钱？如果你那么爱我，那好，你带我去见欧雅妍，我们直接去做个了断。"

吴建成头疼得快要炸了，不到万不得已时他不想说出实话，可是现在他必须和小熙坦白。

"老婆我求你，别这样好吗？我有不得已的苦衷。"

吴建成说的好像自己真的很委屈似的，尹沫熙倒想知道，把好好的一个家毁成这个样子，他到底有什么理由？

"好，那你告诉我，你不得已的苦衷到底是什么？"

吴建成一直在犹豫，见他迟迟不肯开口，尹沫熙起身准备离开。他不想走，她就只能帮他收拾几件行李然后给他扔出去。

见她真的怒了，吴建成突然开口："她怀孕了。"

简单的四个字像颗定时炸弹直接扔在了两人之间。尹沫熙背脊僵直，双腿定在那里想动却又动弹不得。

空气仿佛静止了一般，尹沫熙沉默不语，吴建成更是大气不敢喘一下。

"老……老婆……"

吴建成不知道到底过了多久，可他感觉自己好像快撑不住了，试探性地唤着小熙。

久久未动的尹沫熙终于有了反应，她转过身来，可那张清丽的小脸却早已挂满泪痕。

容忍自己的老公和别的女人出轨已经够悲惨了，他们竟然还搞出了个孩子？

吴建成竟然让她怀了他的孩子？

"老婆……对，对不起，我知道你肯定很伤心很难过。并不是我想让她怀孕的，我也不知道她怎么会怀上我的孩子。"

吴建成语无伦次地解释着，尹沫熙却觉得胸口越来越闷。

她强装镇定地命令道："你可以让她把孩子打掉。"

没了孩子，两人之间的牵绊就没有了。

吴建成摇摇头："太晚了，她已经怀孕六个月了，我……"

尹沫熙胸口剧烈地起伏着，感觉自己的身体里好像困了一只猛兽，若是不把它发泄出来，尹沫熙觉得自己真的会疯掉的。

她一把揪起吴建成的衣领将他拖到餐桌前，指着桌上的饭菜怒斥道："我在家相夫教子，而你却在外为所欲为？我给了你想要的一切！房子车子公司和总裁的位置，我呢？为了你放弃我的梦想，放弃我的一切，在家为你做饭为你洗衣，你却和别的女人……你……"

尹沫熙怒吼出声，愤怒到极点的她直接掀了桌子，只听噼噼啪啪的一阵响声，玻璃碗筷全部摔在地上摔得粉碎。

可即便这样她心里的苦闷却依旧得不到半点缓解。

"我一再地给你机会！你呢？一遍遍地伤着我的心！吴建成，你以为我们之间还能回到过去吗？你以为这样的日子还能过得下去吗？我的心已经被你伤得伤痕累累，我累了，我真的累了。我不想和你纠缠下去，就当你放过我，我求你放过我行不行？离婚吧，我们痛快一些直接离婚吧。"

之前还想着照顾到朵朵的情绪尽量弥补和挽救，想着去找欧雅妍做个了断。

现在想想，这个男人已经彻底烂掉了，为什么要留个垃圾在自己身边？

烂掉的垃圾就得扔掉才行。

即便自己得了重病，即便自己很想要家的温暖，可她也不屑和这样的男人继续生活下去。

吴建成从没想过自己会离婚，在结婚的那一刻他就认定尹沫熙是他这辈子唯一的妻子，也是唯一一个可以陪他度过下半生的女人。

离婚，他是断然不会同意的。

吴建成起身一把抱住失控的小熙，能够感受到她浑身颤抖个不停。

"小熙你听我说，我们冷静一下好不好？你现在情绪太激动了，激动到不能好好思考问题。离婚这种事情怎么能轻易就说出口？你还怀着我们的儿子呢，你想让孩子们没了爸爸吗？"

让尹沫熙最恶心的是，吴建成竟然拿孩子要挟她？

尹沫熙一把将他推开，怒视着他一字一句愤怒出声："给我滚，我的孩子没有你这样的爸爸。没了你，我可以给他们找个更好更完美不会出轨的好爸爸。"

小熙转身要走，建成再次拉住了她："不要老婆，我不能失去你，我不能和你离婚，真的不能离婚。"

尹沫熙没想到自己的婚姻如此荒唐，更没想到吴建成会如此的无赖，她阴冷的眸子像是冰箭一样瞪着他，冷声警告："松手。"

可吴建成却死死地拽住了她："不要，老婆我不松手，我不能失去你。"

一边嚷嚷着不能失去她，另一边却又要小三生下他的孩子？

"我说了你放开我。"小熙使出浑身的力气想要挣脱开他，吴建成拼命地拉扯着，一拉一拽间吴建成没有掌握好力度，竟然不小心将小熙向后拉去。

身子失去平衡的尹沫熙本能地挪动自己的双脚想要找到平衡，可是当双脚踩到地上的玻璃碎片时，钻心的疼痛瞬间袭满全身，让她忍不住叫出声来："啊！"

第118章　她要和我离婚

吴建成没想到自己会一时失手，见小熙痛苦地喊叫出声，吴建成低头一看，只见她娇嫩的脚底已经被一片鲜血染红。

吴建成身子一颤，黑亮的眸子闪过一抹痛苦，随后跑过去不顾地上的玻璃碎片直接踩在了上面。

"老婆，我带你去医院，我们现在就去医院。"

尹沫熙只觉得浑身阵阵发冷，和吴建成吵了这么一架似乎已经耗尽了她所有的精力。

可当她看到吴建成伸手想要碰触她时，她却依旧倔强地低吼出声："滚，离我远点。"

尹沫熙转身，脚下踩着碎片一步步地向前走去，她想到客厅给小雪打电话。

此时此刻，她最需要的就是小雪。

可每走一步她都疼得喘不过气来，脑袋越来越沉，脚底不知扎进了多少的碎片，瞬间血涌如注。

尹沫熙忽然想到冷轩曾经要求她一定要好好保护好自己，不要受伤不要流血。像她这样，一旦出血很难止住的。

尹沫熙感觉眼前视线渐渐模糊，她不禁绝望地冷笑出声，自己是在作死吧。

又想到了爸爸之前对她说的那些话，她说门当户对这种事情并非是没有道理的。

可为何当初就是没有听爸爸的劝阻，为何一门心思一头就扎了进去呢？

尹沫熙伸手想要去够什么东西，她记得自己是要给小雪打电话的，可最后身子一沉，眼睛一闭便晕了过去。

吴建成见小熙身子直勾勾地向后仰去，吓得他不顾脚底有多疼，飞奔过去一把接住了已经没有意识的小熙。

"老婆，老婆……"

吴建成深深地自责着，可是现在如此悔恨又有什么意义？

他脚受伤不能开车，于是打了120，在等待救护车的时候吴建成又给小雪打了电话。

小熙即便是醒来情绪也会很不稳定，有闺蜜陪在身边应该会好一些。吴建成让小雪直接去冷轩的医院。

吴建成陪着小熙上了救护车，十多分钟后两人被送到了冷轩的医院。

得知小熙受伤的冷轩和若冰都很震惊，吴建成在急救室接受治疗，小熙则被推进了抢救室。

吴建成和若冰帮她将脚底的碎片全部取出，随后帮她包扎好，他们帮小熙顺利地止血，随后将她送到了VIP病房内。

小雪、若冰还有冷轩都守在小熙身边，对于今天的意外所有人都不能理解。

"怎么会伤得这么重？脚底全部都是玻璃碎片。到底怎么受的伤？"

小雪对此毫不知情，她摇着头："我在家哄孩子睡觉，突然接到吴建成的电话，让我到医院来一趟。听说吴建成也是脚底受伤。他们两个到底怎么了？"

若冰突然想到，今天下午小熙来医院检查的时候还跟她说，现在情况稳定了准备今晚就和吴建成坦白自己的病情。

难道是吴建成无法接受这一切所以夫妻俩吵了起来？

"小熙今天下午说过回家要和吴建成坦白的，可能因为这两个人吵架了吧。"

这一猜测立刻被冷轩否决了："不会，吴建成连命都舍得豁出去，又怎会因为这种事情伤害她？"

没人知道夫妻俩到底经历了什么，他们能做的就是等小熙醒来，问问她到底怎么了。

病房内所有人都在等待着，只听病房外一阵急促的脚步声，很快病房门被推开，尹沫熙的公婆一脸焦急地走了进来。

"小熙又受伤了？"

若冰和冷轩都不想理会这位老太太，只有小雪礼貌性地点点头。

很快，吴建成也走了进来，一进来便奔冷轩而去："小熙怎么样了？什么时候能醒来？"

"很快就能醒来了吧，可是你们之间到底发生了什么事情？我之前嘱咐过你不要让小熙受伤。"

吴建成头疼地揉了揉额头，看到父母也在，便把小熙交给了他们，"爸妈我出去一趟，你们看着小熙。"

见儿子也受了伤，老太太心急地一把抓住他问："你去哪啊建成？你脚不是也受伤了吗？你还想跑哪去？"

吴建成双脚缠着纱布只能穿着拖鞋，这个样子他还要去哪里？

"是不是小熙又给你脸色看了？她欺负你了？"

老太太始终护着自己的儿子，若冰实在看不下去，冷声开口："小熙比你儿子伤得更重，怎么看也不像是你儿媳妇欺负你儿子。"

老太太心里不爽，扭头狠狠地瞪了若冰一眼，可若冰却只是不屑地迎上她的目光，气场强大到让老太太避开了视线。

吴建成心急得很，"妈，我得出去一趟，再不去小熙就要和我离婚了。"

"离婚？"

病房内所有人异口同声地喊了出来，离婚？尹沫熙要离婚？

前阵子还在大众面前秀恩爱的两人却要离婚了？

老太太一时慌了神，松开了吴建成，他转身跟跄着跑出了病房。

病房内的气氛尴尬到了极点，老太太异常愤怒，其他人则是相当的疑惑。

又过了一会儿，尹沫熙眼皮动了动，她听到一阵议论声，努力地睁开眼睛。

小雪惊呼道："醒了醒了，小熙醒了。"

小熙睁开眸子，双眼内映入一张张紧张担心的脸，小雪握住她的手紧张得不得了，"你这丫头还能不能行了？就不能好好保护自己吗？干吗总让自己受伤呢，你说你……"

小雪见小熙如此虚弱，心疼得不禁哽咽出声再也说不下去。

小熙努力扯出一个笑容，轻轻拍了拍小雪的手背说："别担心我。"

老太太冷哼一声，走到病床边，原本还很平静的尹沫熙看到婆婆出现时，那双平静的双眸霎时掀起一阵狂风暴雨。

老太太见儿媳妇一脸怨恨地看向她，心里有些发怵，可想到她和儿子之间的争吵却又气愤得很："为什么会让你老公受伤？你们到底怎么了？"

小熙盯着她，眸光中散发着冷冷的寒气，质问道："你怎么不问问我是怎么受伤的？"

老太太不屑出声："那你说吧，你怎么受的伤？"

小熙恨得咬牙切齿地说："你儿子亲手推的！"

第119章　这些年受了多少委屈

尹沫熙将实情说了出来，所有人都瞠目结舌，连老太太都被惊到了。

她一脸的不可置信，伸手指着小熙诧异道："这这这……这怎么会……建成怎么会推你呢？应该是误会，再说你就因为这点小事就和吴建成要离婚？你当离婚是儿戏吗？真是不懂事。"

明明知道是自己的儿子亲手推了小熙才会让她受伤，明明知道自己的儿子出轨还要维护自己的儿子。

尹沫熙对这个婆婆早已失望至极。

她沉沉地闭上眼睛，不想听也不想说什么。

难得的安静时间，她想一个人静一静。

可老太太的个性又怎会放过她？

"我说话你没听见吗？你要离婚？嗯？建成怎么着你了你要离婚？这样的好男人你去哪里找啊？你竟然还要和我儿子离婚？"

老太太一声声的质问像无数个锤子敲打在尹沫熙的心上。

小雪站出来想要替小熙解围，就连若冰都看不下去，想要叫保安把小熙的婆婆赶出去。

尹沫熙再次睁开双眸，她歪着头目光阴冷地看向老太太。

老太太心里一颤："你什么意思？你怎么用那样的眼神看我？你这是对待婆婆该有的态度吗？"

小熙扯了扯小雪的衣角轻声道："小雪，扶我坐起来。"

小雪和若冰两人帮忙扶着小熙从病床上坐了起来，她虽然脸色苍白，神色憔悴，却坚持要坐起来直面自己的婆婆。

尹沫熙挺直脊背，神情冷漠地坐在那里，眸光阴冷，带着强烈的气场，仿佛是个刺猬一样，竖起了浑身的刺让人难以接近。

老太太心里憋着一股火，尹沫熙是她的儿媳妇，儿媳妇怎么能当着这么多人的面给她难堪？完全让她下不来台。

老太太食指指向她反倒先质问她："你还想离婚吗？动不动就拿离婚威胁你老公？你就是这样做妻子的？"

小熙嘴角浮起一抹清冷的笑，不急不慢地缓缓开口："您觉得我不是一个合格的妻子？那您又是怎么做婆婆的？私下里让小三欧雅妍去你家里做客？你好像很喜欢那个小三是吗？听说你们两个走得挺亲近的。可是妈，我……"

小熙不想哭的，可是说到这些还是觉得太过扎心了。

"您知道我妈去世得早，我从小就是在父亲、妹妹和奶奶的陪伴下长大，嫁给吴建成之后，我把您当我亲妈一样来对待。我是没有和你们住在一起，因为性格不合我为了避免更多冲突和矛盾才会分开住。难道您住的别墅不是我们家花钱买的吗？结婚后我几乎每个月都会亲自去商场给您买名牌衣服和包包，逢年过节我们会主动给您红包和零花钱。难道那些不是我们家的钱吗？"

尹沫熙一说起来就完全停不下来，这些年真的是太多怨言埋在她的心底深处，她不说不代表她不怨恨，她不说不代表她不委屈。

"小熙……你听我说，欧雅妍那件事情是个意外，我当时根本不知道她就是和吴建成传绯闻的那个姑娘。我后来在新闻上知道她和建成的关系。还有你生气就生气，扯什么钱啊？我是你的长辈，既然你真把我当你的亲妈对待，给你自己母亲买房子、买包包和衣服有什么不对吗？你本应该孝敬我啊。"

婆婆不说话还好，可她的每句辩解都让尹沫熙忍无可忍。

明明自己错了却又一再地给自己找各种理由和借口，现在尹沫熙总算明白吴建成到底是随了谁，这完全就是随了他的母亲。

若冰在一旁听着婆媳之间的这番对话，不禁暗暗咋舌，这的确是一桩家庭实力和家庭素质都相差悬殊的婚姻，门不当户不对，还赶上了这么一个自私自利的婆婆。

尹沫熙实在是太气了，气得她伸手扶上自己的胸口，大口地喘着粗气。

冷轩见状立刻倒了一杯温水递给她，"小熙你情绪太激动了，别太勉强自己，我还是先把你婆婆请出去吧。"

尹沫熙摇摇头，执意要把话全部说开。

"我孝敬您是应该的，所以呢？您就这样对待您的儿媳妇？您什么意思？想给朵朵换个后妈是吗？您想让欧雅妍嫁进这家吗？所以我成全你们，我走，我走总可以了吧。"

老太太觉得儿媳妇完全是误解了自己，她狠狠地掐了一下站在身侧的老头子，"你快帮我说句话啊，我这可委屈死了，我原先不知道那个女人和建成有绯闻。你这孩子怎么听不懂我说的话呢？我怎么可能会要那种儿媳妇？难道我脑子进水了吗？"

老太太的确是有些急了，这事小熙是真的误会了她，那种出身卑微的女人哪有资格做她家的儿媳？

老头子也郑重地承诺着："小熙，你妈说的是真话，当时真的不知情。"

尹沫熙低头笑了笑："好，就算这事您不知情。可您身为婆婆，只顾着您的儿子。您要替他隐瞒到什么时候？吴建成和欧雅妍只是绯闻关系吗？我手里有一组照片，上面清清楚楚地可以看到你儿子和欧雅妍的脸，两人亲密地依偎在一起，欧雅妍还撒娇地喂他吃冰激凌呢，您知道是谁发现的吗？就是您的孙女在今天下午目睹了这一切。从始至终，你们都在欺骗我和我的女儿。"

最后一句话尹沫熙是吼出声的，如果吴建成有问题，那么这个婆婆的问题更大。

她三观不正，干涉他们的婚姻生活，总想一个人掌控一切。

可该教育的该纠正的，她有做到吗？

老太太彻底哑口无言，原来是建成偷偷和欧雅妍约会被撞见，怪不得小熙要离婚！

可欧雅妍肚子里的孩子她也舍不得啊。

第120章　更像是一种解脱

为了安心养病，尹沫熙不许公婆和吴建成再到医院打扰她。

可她一个人在医院又无聊寂寞，本以为今晚又要一个人在医院熬到天亮，不曾想，沐云帆竟拎着水果来陪她。

尹沫熙大概猜到是冷轩给云帆打的电话，她相当不好意思地说着感谢的话："麻烦你了云帆，都这么晚了还把你叫过来，其实有护士在的，我想干什么直接叫护士来就好。冷轩也真是的，都这么晚了还非要折腾你一趟。"

小熙经历了这些，看得出她最近过得很不容易，尤其是那双水眸早已又红又肿，云帆知道她这几天应该是哭了很久。

云帆将手中的袋子放在了床上，"不是说好了你我之间不要这么客气吗！我一个人在工作室很无聊的，我还要谢谢你能陪着我。我买了一些吃的，我们可以看看电影。"

小熙笑着点点头，却也感慨道："可惜不能喝酒呢，若是可以喝着啤酒看着电影就更爽了呢。"

小熙不过是想找个借口喝点东西让自己放松一下。

虽然态度坚决地说要和吴建成离婚，可是一想到自己的女儿朵朵，尹沫熙就觉得头疼。

如何跟孩子解释？朵朵虽然很懂事，可是毕竟只有五岁。可她却不得不和吴建成离婚。

或许真的只有结过婚的女人才会理解这种痛苦，有了孩子有了牵绊，离婚时也没法做到洒脱自在。

云帆见她满面愁云，虽然很想帮她弄瓶啤酒喝，可想到她还是个病人，只能拿果汁代替了。

"啤酒我真没有，果汁我有的是！在看电影之前我先帮你把脸洗了。"

小熙双脚受伤，洗漱这种事情云帆愿意代劳。

小熙不好意思地一直在拒绝："不不不，我是双脚受伤可是手却好好的啊，我自己洗就好了。"

小熙坚持要自己洗漱，云帆没多说什么，弯下腰将小熙直接横抱在怀里，抱着她一步步地走向了洗手间。

小熙尴尬得双手不知道放在哪里才好，被吴建成以外的男人如此亲密地抱在怀里，她当然会觉得尴尬和害羞。

云帆打开洗手间的门，因为小熙双脚受伤不能站着，可她坐在那里根本就够不到洗手盆和水龙头，想要洗脸也很费劲。

于是云帆给她两个建议："你也看到了，想要自己洗漱不太容易，要么我拿个椅子你坐在上面我帮你洗脸，要么我就这么抱着你，你自己洗？"

全程抱着她让她洗脸？

小熙立刻摇摇头说："实在是太麻烦了呢，那你还是帮我拿个椅子过来，我坐在椅子上然后你帮我洗好了。"

没办法小熙只好选择让云帆帮忙。

他将椅子放在洗手盆前，把小熙放在椅子上。

等她自己找了个舒服的姿势后，云帆耐心地问道："好了吗？"

小熙点点头害羞地说道："嗯好了。"

于是云帆打开水龙头，先是用手试了试水温，确定水温合适后让小熙低着头，他将水轻轻地泼在她的脸上，随后又将洗面奶均匀地涂在上面，两只手轻揉地涂抹着。

小熙能感受到云帆真的是很用心在做这件事情，力度刚刚好，不会被他弄疼。

最后云帆用清水洗净了所有洗面奶小熙才将头抬起来。

云帆柔声说道："别睁眼，我帮你擦干。"

小熙一动也不动地坐在那里，云帆拿了一条干爽的毛巾在小熙脸上轻柔地擦着，确定擦得干干净净后才叫她睁开眼睛。

"好了，现在可以睁开了。"

小熙睫毛微微颤了颤随后缓缓睁开双眼，看着镜中的自己，脸蛋红扑扑的，想不到云帆没有女朋友可是这些小事却做得格外好。

如此温暖的一个男人，谁若是嫁给他肯定会很幸福的。

　　洗过脸后云帆将小熙抱回床上，随后将被子给她盖好，安置好小熙后他又将袋子里的零食全都拿了出来问道："你看看还有什么是你特别想吃的？我现在出去给你买。"

　　小熙低头瞧了瞧，这一袋子零食怎么都是她喜欢吃的啊。

　　"这些可都是我的最爱呢，你特意去买的吗？"

　　"都是你喜欢吃的？那好巧呢，这些也是我喜欢吃的。"

　　"这么巧？"小熙不禁笑出了声，云帆也不擅长说谎，不过小熙不会当面揭穿他。

　　她知道，身边的所有人都在为她着想，他们了解她，知道她自尊心强，不想接受别人的帮助也不想被人可怜，所以都在小心翼翼地守护着她那小小的骄傲和自尊。

　　他们对自己的好，小熙虽然觉得无以为报却还是满心欢喜地接受着。

　　云帆他们对自己的暖心举动，让小熙感觉自己也是被这个世界温暖对待的，觉得自己也是被人心疼被人爱的。

　　她在吴建成那里受到的伤害似乎都可以在朋友这里得到平衡。

　　也正是如此尹沫熙才会有勇气去面对吴建成，有勇气去面对离婚。

　　有这些人在，即便离婚了又怎样呢？

　　她不会再是孤单一人，自己的生活中也不是只有吴建成，朋友、姐妹、女儿、家人，哪一个不比吴建成更有分量？

　　小熙静静地看着沐云帆，嘴角勾起一抹淡淡的笑意，云帆不经意地抬头，看到小熙正笑着看向他，同样温柔一笑问道："怎么了？"

　　小熙摇摇头，眉眼弯弯一笑轻声说道："谢谢你，云帆，谢谢你在我最需要人陪伴的时候一直陪在我身边，若不是你们，我可能永远都没有勇气对吴建成说出离婚这两个字，可如今真的说出离婚后，我觉得我整个人都轻松了，更像是一种解脱呢。"

第121章　想不想去看看世界

　　云帆忽然不想再这样放弃，明明守在小熙身边的人是他，为何最后却只能眼睁睁地看她回到吴建成的身边？

　　于是这一次，云帆想要确定尹沫熙的态度。

"小熙……真的决定要离婚了吗？这一次是下定了决心？不管吴建成怎样纠缠不休，你都不会改变心意？"

云帆只是担心小熙会心软，担心她会后悔。

小熙摇摇头，态度异常坚定地说："那样的男人我还不离婚，难道要留着他过年吗？既然他那么喜欢欧雅妍，我就成全他们两个好了，现在看来他们两个还挺般配的。"

云帆淡然一笑，内心却抑制不住地兴奋，他就知道自己不会看错。

尹沫熙这样聪明优秀的女人怎么会容忍吴建成一再地伤害她？她之前执意要守住自己的婚姻，也仅仅只是因为不甘心没想开罢了。

云帆淡然一笑，小熙明确了她的态度，那么云帆也已经下定了决心。

他要一直留在国内。她在哪，他就跟到哪。等到时机成熟后他会向小熙表白。

之所以没有现在就跟她表白心意，一是因为小熙还没有和吴建成办理离婚手续，云帆不想干扰她，也不想给她增加任何心理负担。

其次，小熙现在和吴建成婚姻破裂，她绝对不会马上就接受另一份爱情，云帆知道得给小熙足够的时间。

尹沫熙透过玻璃朝楼下看去，医院后面有个小花园，她想出去走走，于是试探性地问着云帆："你介意带我出去散散心吗？"

云帆跟着小熙的视线向下看去，这个时候带她出去散散心也是不错的选择。

于是云帆将零食和饮料放在袋子里，又拿了一件厚重的外套披在小熙身上。

准备妥当后，云帆弯下身让小熙爬上他的后背，他就这样背着她离开了病房。

上了电梯后，小熙有些不好意思地提议道："这样背着我多辛苦啊，要不你去借个轮椅过来吧。"

云帆笑着摇摇头温柔开口："你这么轻，我背在身上一点感觉都没有，哪里会觉得辛苦？就让我这样背着你吧，再说上下楼也是坐电梯，我一点都不累的。"

只要能跟小熙亲密接触，不管多辛苦他都觉得值得。

小熙只好乖乖闭上嘴巴，安静地趴在他的身后任由他背着。

云帆的后背很坚实让人觉得踏实，出了电梯，云帆背着小熙从后门出去走了几步就来到了小花园。

因为已经九点多，病人大多都已经回到各自病房去休息，此时没人和他们争抢位置，两人在一处长椅上坐下。

云帆担心小熙会冷，执意要把自己的外套也脱下来罩在她的身上。

小熙抬头大口地呼吸着新鲜空气，一脸满足道："雨后的空气好新鲜啊，空气中有淡淡的青草香。可惜不是白天，若是在白天运气好的话还会看到彩虹吧。"

"你很喜欢彩虹吗？"

小熙看着夜空中的云彩发着呆，随后点点头道："喜欢，有谁会不喜欢彩虹呢？"

云帆一喜，发现自己和小熙之间的共同语言其实很多，他兴奋地告诉小熙："我曾经有段时间专门去拍彩虹，不过那些照片都在纽约，等有机会你跟我去纽约，我把照片拿给你看。"

"好啊，你之前还送我你拍的婚纱目录，我真的很喜欢的。"

云帆是那种很有心的男人，送你的礼物或许不是最贵的，但的确是最珍贵的。

而吴建成呢，恋爱和刚结婚时选礼物还比较用心，可是结婚后的几年时间内，他送的礼物多半都是珠宝钻石之类的东西。

可尹沫熙觉得钻石这种东西有就够了，她需要的是一份心意而不是物质的满足。

云帆看得出，尹沫熙和欧雅妍有着本质上的区别，也可能是两个人的成长环境有所不同吧。

两个人坐在花园聊着各种话题，当得知云帆为了拍照去过世界上各个国家时，尹沫熙不禁连连地发出感慨："哇，好羡慕你啊。虽然你没有结婚、没有恋人，可却是另一种人生和生活态度，看遍世界风景，走遍各个国家，视野不同心态也会有所不同的。有时我就在想，如果我没结婚，没有生下朵朵的话，我会过怎样的人生？可能我会成为一名出色的婚纱设计师吧。"

以尹沫熙的能力，只要她肯做一定就会成功。

云帆知道没能完成年轻时的梦想让尹沫熙格外遗憾，他可以给尹沫熙介绍国际知名婚纱设计师。

可如今的尹沫熙，轻易是不会接受这些的吧。她会考虑得更多，而且她现在的身体也的确不能像其他人那样毫无顾忌地追逐自己的梦想。

云帆有些心疼地拍了拍她的肩膀。他心里忽然闪过一个大胆的想法。

"想不想去看看世界？"

"啊？"尹沫熙一愣，完全没反应过来。

云帆笑着继续重复道："想不想去看看世界？去各个国家走一走？"

只是一个简单的提议，却让尹沫熙热血沸腾，她猛然点头道："想，当然想了。可现在肯定是不行的。"

要和吴建成办理离婚事宜，要管理好公司，还要积极地进行治疗，尹沫熙现在最重要的还是治病。

"那你加油，好好接受治疗，等你病情稳定后，我带你去世界各地走走看看，有很多地方你可能都没有听过，但是那里的人文风情你只要去过一次就一定会爱上。"

云帆说得那般美好，小熙内心向往不已，到时候云帆带上她，她带上朵朵，他们一起去旅行，想想都觉得异常兴奋。

越是如此，小熙越是意识到活着有多美好，生命又有多么的可贵。

她舍不得的人太多，她想做的事情也太多太多，所以，她必须要好好活下去。

即便是被自己的老公背叛，即便是要舍弃一切和那个男人离婚，她也有活下去的理由和意义。

从今以后，她要为自己和女儿活，而不是为了那个所谓的完整的家庭苦苦地奉献和委屈自己！

第122章　一个沉默不语一个欲言又止

这天一早，吴建成接到母亲的电话，得知母亲想要出手帮忙调和他和小熙的关系，吴建成立刻驱车赶到母亲家中。

在此之前，吴建成根本不知道也完全没有想到母亲会把欧雅妍接到家中。

当他进入客厅时，看到欧雅妍正优哉游哉地躺在客厅的沙发上看着电视，心里的怒火瞬间爆发出来。

"你怎么会在这里？谁让你在这里的？你擅作主张来找我母亲甚至都没有和我商量一下？"

吴建成知道欧雅妍有心思，可没想到她会越过他这一关直接来找母亲。

而更让吴建成不能理解的是，母亲竟然真的接纳了她！

听到客厅的争吵声后老太太从楼上走下来，见儿子对欧雅妍这个态度，她有些生气地责怪着自己的儿子："你有什么资格冲雅妍大喊大叫的？她怀了我们吴家的孩子。你知道我多开心吗？我们吴家终于后继有人了，你应该感谢欧雅妍才是。"

吴建成头疼地坐在沙发上相当的无奈，"妈你不能让她留在你这，你让小熙怎么想？我不能和小熙离婚，绝对不会和她离婚。"

老太太安抚儿子的情绪，轻轻地拍了拍他的肩膀："谁让你和小熙离婚了吗？我也没让你们两个离婚啊，可是你不要自己的儿子，你能做到吗？"

吴建成再次沉默，两个都不好选择。

老太太看看时间，于是让用人照顾好欧雅妍，她则拉着儿子的手离开了别墅。

上了车后，老太太才如实说道："小熙不会真的离婚的，她舍得让朵朵离开你吗？再说她要离婚，可你不答应这婚也是离不成的啊。我现在去医院就是为了和小熙谈谈，欧雅妍的事情得解决，关键是要看如何解决，我们不会接纳欧雅妍做我们家的儿媳妇，小三就是小三，可是小三生的儿子我们是要接纳的，因为那是我们吴家的儿子。我会说服小熙让她来养这个孩子。"

这就是老太太想到的解决办法，吴建成觉得这法子或许更不靠谱。

可事到如今，只能按照母亲说的去试试看。

万一，小熙真的肯为了朵朵做出最后的妥协呢？

医院病房内，小熙吃过早饭就让云帆回去休息了，在这里陪她过夜云帆根本就睡不好。

更何况婆婆刚刚打过电话来说稍后她就会到，若是让她看到沐云帆还不知道要怎么刁难云帆。

早上的时候小熙已经和小雪通过了电话，好在小雪昨天回家后孩子很快就退烧了，不过为了照顾孩子小雪这几天只能留在家里。

小熙让她不要担心，这边还有云帆可以照顾她。

电话挂断没多久婆婆和吴建成就来了。

见吴建成也在，小熙依旧摆着一张冷脸，面对这个男人她实在没什么心情。

吴建成一直低着头，他是没脸见小熙，所以全程都低着头没有多说一句话。

老太太在病床边坐下，贴心地问道："脚好些了吗？"

小熙点头冷声道："好多了，一个星期后就能出院。"

也就是说一个星期后，只要一出院她就会着手办理离婚手续。

老太太犹豫着，也不知道要如何开口才好。

尹沫熙看着他们母子两人，一个沉默不语一个欲言又止，小熙的情绪都被带得特别的压抑。

病房内异常安静，沉默许久后小熙实在忍受不了这种诡异的气氛，只好率先开口："不用特意来看我的。"

老太太知道自己的要求很过分也很离谱，可是没办法，她必须解决此事。

只见老太太咳嗽了几声，随后终于肯进入了正题："我知道你和建成为什么会闹到现在这个样子，因为欧雅妍怀孕了所以你……不能接受是吧？"

小熙有着些许的诧异，老太太已经知道了？还是说她一早就知道这件事情？

"您什么时候知道的？"

"我之前是毫不知情的，最近才知道。实不相瞒，我已经把雅妍接到家里来养胎，这事是建成做得不对，我也已经好好教育了他。可是小熙，你真的要因为这些事情和他离婚吗？你们从相恋到结婚可是将近十年的时间，结婚都已经七年了！夫妻之间本就会经历各种各样的事情，关键是建成现在的态度。"

老太太的话让小熙心里异常憋屈，"所以这就是建成的态度吗？跟我承诺不会和欧雅妍再有任何瓜葛，还信誓旦旦地说不会再对我有任何隐瞒。可他怎么做的？我对他已经没有任何的信心了。"

吴建成知道自己理亏，他想开口为自己解释一下，老太太使了个眼色制止了他。

随后老太太继续做尹沫熙的工作："你要知道我和你爸都站在你这一边，我们特别喜欢也特别欣赏你，你作为我们的儿媳妇，我们真的对你很满意。但是……"

当老太太说出"但是"两个字时，尹沫熙就知道老太太肯定会提出什么过分的要求。虽然有心理准备，可她也没有想过老太太会如此的过分。

老太太停顿了一会儿，随后继续开口："但是欧雅妍肚子里怀着的是我们家的骨肉，孩子是无辜的呀。而且是个男孩，你也应该知道我们家最想要的就是个男孩，我们吴家总算是后继有人，所以这孩子我们是不能放弃的。"

尹沫熙听后不禁大笑出声，她看着婆婆，完全不能理解她的思想，"吴家总算后继有人？难道朵朵不是你们家的骨肉？你们吴家是有皇位要留给孙子继承吗？"

一番话噎得老太太哑口无言。

她承认自己是重男轻女了，朵朵也是吴家的孩子，她也很喜欢那个丫头的。

尹沫熙大概明白老太太和吴建成来此的目的，孩子是他们吴家的，离婚之后那孩子是去是留，都是他们家自己的事情尹沫熙不会过问也不会干涉。

第123章　知道自己想要的是什么

小熙态度强硬，她知道婆婆不会善罢甘休，为了不浪费自己的时间，尹沫熙当场翻脸，并叫医院保安将他们赶了出去。

他们被赶走后，尹沫熙一个人躺在病床上发呆，双脚受伤的她想去别处也去不了。

云帆在的时候还好，他就像是自己的双腿一样背着她到处走。

可他现在不在，小熙只能一个人坐在床上发呆。

她在思考离婚后要如何瞒过父亲？

父亲心脏不好，尤其不能受到任何的刺激，所以离婚这事是绝对不能和父亲说起的。

妹妹沫夏肯定是瞒不过去的，不过沫夏一直站在她这一边，之前两人谈话，沫夏也是支持她离婚过独立的生活。

婚后财产分割也不是问题，之前父亲送给吴建成几处房产还送给公婆一些股份，送了就送了，尹沫熙也不会追回这些。好在尹沫熙之前已经处理过了一部分财产。

而夫妻间共有的财产也就是现在所住的那栋别墅，小熙名下只有一处房产，因为父亲还健在，所以小熙家的房产还都在父亲名下，并没有做财产转移，父亲也没有立下遗嘱。

就算是离婚要分割财产，尹沫熙和吴建成也不过是分割现在居住的这栋别墅而已。

小熙唯一担心的就是自己的女儿朵朵，婆婆那性格是一定不会轻易把朵朵让给她的。

可女儿是她的，尹沫熙不能看着女儿住进婆婆家里和后妈一起生活。

欧雅妍若是做了朵朵的后妈，那朵朵的生活还会有阳光吗？

只怕以后只是无尽的黑暗了。

小熙想了很多，她的思路特别清晰，完全清楚自己想要的是什么，接下来要做的又是什么。

她在小本子上写写画画的，准备一边接受治疗，一边处理离婚方面的事情。

病房内静悄悄的，这时小熙的手机突然响了起来，打来的正是她的妹妹沫夏。

小熙对着手机发呆，几次深呼吸后还是接了电话。

"哦沫夏，后天是毕业典礼吧？"

沫夏异常的激动，一来是因为她和政宇终于顺利毕业，即将回国和家人团聚，其次是因为他们回国后就准备和双方家人坦白他们的婚事。

政宇可是和她承诺过的，回国后就给她办婚礼，风风光光地把她娶回吴家。

熬了这么久终于等到这一天了。

"姐你到底哪天来啊？提前一天来吧。"

沫夏兴奋地追问姐姐到底哪天能到洛杉矶，她和政宇准备先和她坦白此事。

两人还想着只要说服了姐姐同意他们两个的婚事，那么政宇母亲那一关应该也就比较容易。最起码姐姐可以帮忙说服老太太。

可沫夏怎么也没想到，她等来的却是这样的消息。

尹沫熙有些为难地告诉妹妹："沫夏啊，姐可能去不了洛杉矶，不能参加你的毕业典礼了。"

"为什么？姐，我的毕业典礼哎，我人生中那么重要的一天，这一天其他同学的家长都会来学校的，你竟然说你不来？"

沫夏会不高兴也是正常的，尹沫熙完全能够理解妹妹的心情，她只好如实说道："我在医院。"

这四个字让沫夏的心提到了嗓子眼处："姐你怎么了？这次又怎么了？"

尹沫熙长叹一声随后说道："和你姐夫吵架，你姐夫推了我一把，我不小心踩到了地上的玻璃碎片，脚底不知扎进了多少块碎片。不过好在现在基本没什么大碍了，再有几天我就能出院。"

沫夏听着都觉得好疼，脚底扎进不少的玻璃碎片？那得是多疼啊。

可让沫夏更感到疑惑的是，姐姐和姐夫怎么又吵架了呢？

沫夏在短暂疑惑后瞬间反应过来，问道："是不是姐夫又出轨了？还是之前的那个女人？"

小熙轻声应道："嗯，那个女人怀了你姐夫的孩子，还是个男孩。我婆婆多想要个男孩啊，所以直接把小三接到家里去养着。今天一早还来医院想说服我来养小三的孩子。呵呵，我已经决定了要和你姐夫离婚。"

尹沫熙这次没想对妹妹隐瞒，该说的该告诉她的小熙都说了。

姐姐虽然说得云淡风轻的，好像没什么大不了的，可是沫夏听着却觉得异常气愤和难过。

第124章　我会一直陪着妈咪

最难过的还是尹沫熙，去不了妹妹的毕业典礼，也见不到自己的女儿。

尹沫熙天天闷在病房内，她十分想念女儿朵朵。

女儿已经在乐儿家里住了好几天，乐儿妈咪知道尹沫熙双脚受伤住院，便主动照顾起朵朵。

可孩子这么长时间见不到自己的母亲怎么会安分呢？

每天晚上都哭成了个泪人，不管乐儿妈咪如何安慰，她就是哭着嚷着要见妈妈。

朵朵晚上吃饭的时候只吃了两口青菜，满满的一碗饭根本就没动一下。

乐儿妈咪也跟着犯愁，尹沫熙根本不能照顾朵朵，乐儿妈咪还听说尹沫熙的婆婆竟然把小三接到家里照顾着。

这种情况下也不能把朵朵送到她奶奶那里去。

就连小雪最近也要忙着照顾自己的女儿，朵朵只能由乐儿妈咪照顾着，而且乐儿陪着朵朵还能缓解一下她的悲伤情绪。

可这几天朵朵变得异常烦躁，她心里既害怕又难过，只能自己一个人将所有委屈闷在心里。

乐儿趴在妈咪的耳边说着悄悄话："妈咪这几天朵朵好孤僻啊，都不爱说话呢，我们想跟她玩，她都不理我们。"

孩子反映的情况让乐儿妈咪很是忧心，小孩子如果不能得到及时开导，不能马上打开心结的话，那对孩子的身心健康都是不利的。

乐儿妈咪只好放下碗筷，将朵朵抱在怀里轻声问道："朵朵你和我说实话，你是不是因为妈咪这几天没来陪你，才会变得这么难过和伤心啊？"

朵朵点点头，带着哭腔委屈地说道："乐儿妈咪，我好想妈咪啊。我知道你照顾我很辛苦，是我真的好想我妈咪。我妈咪和我爹地是不是吵架了？我能见见我妈咪吗？你带我去见我妈咪好不好？"

孩子一脸可怜兮兮的模样，眼中还泛着泪花，乐儿妈咪怎么忍心再拒绝孩子呢？

可有些事情，乐儿妈咪觉得孩子应该知情的。

"朵朵你听我说，你爹地和妈咪的确是吵架了，你妈咪因为被你爹地误伤所以现在在医院不能来看你，也不能接你回家。"

朵朵听说妈咪受伤了，一张小脸紧张地缩在一起，急忙问道："妈咪受伤了吗？严重吗？是爹地做了错事对不对？"

乐儿妈咪有些为难却也还是点点头说："是啊，你爹地做错了事情，让你妈咪受到了伤害。"

朵朵眼中的泪水再也忍不住，哇的一下就冒了出来，爹地真的抛弃她们了吗？

乐儿妈咪见朵朵哭得这么伤心，心疼得不得了，可是有些事情还是现在说出来的好，等到时候尹沫熙和吴建成离婚了，朵朵才知道爹地和妈咪要分开了，孩子岂不是更受伤害？

朵朵哭了一会儿最后擦擦眼泪，目光坚定地看向乐儿妈咪，低声祈求道："乐儿妈咪，能带我去见我妈咪吗？求求你好不好？我爹地伤害了我妈咪，我妈咪一个人在医院肯定很疼很孤单，我要去陪我妈咪。"

乐儿妈咪被朵朵的这番话感动得心里酸酸的，多懂事的孩子，还真是母亲的贴心小棉袄。知道妈咪现在肯定是最无助的那一个。

尹沫熙就算失去了吴建成，可她还有这么乖巧可爱的女儿陪在身边，其实尹沫熙还是赢家。

只是，一旦两人离婚，这孩子到底会跟谁一起生活呢？

乐儿妈咪点点头："好，那我带你去医院找妈咪，我们去洗个脸，换件衣服就出发好不好？"

朵朵抽抽鼻子点点头："好。"

然后朵朵又指着桌上的饭菜小声问道："那乐儿妈咪，能给我妈咪带些晚饭吗？医院的饭菜不好吃，我妈咪很喜欢吃排骨和花椰菜的，能多给她装一些吗？"

乐儿妈咪感动地一把抱起朵朵在她脸上亲了一口，"你怎么那么乖啊，怎么那么贴心啊。我这就让阿姨把饭菜装好。"

说着，乐儿妈咪让保姆阿姨拿两个饭盒，装了满满两个饭盒的排骨和花椰菜。

朵朵这才笑出了声："谢谢乐儿妈咪。"

乐儿爹地见了也不禁感叹着："小熙是真的很会教孩子啊，我们家乐儿和人家孩子一比真的是差太多了，那你快带朵朵去医院看她妈咪吧，我在家带孩子。"

乐儿妈咪给朵朵换好了衣服后，拿着饭盒抱着朵朵就出发了。

两人来到医院时尹沫熙还没吃晚饭，云帆今天要把工作做完才能来医院陪她。

虽然云帆很想一直待在小熙身边，可他是个摄影师，自己的工作必须要做好。

若冰打算一会儿去楼下打饭，顺便帮小熙带一份上来。所以乐儿妈咪敲门时，小熙还以为是若冰来了。

"进来。"小熙轻声应着，随后乐儿妈咪推门而入，朵朵见妈咪双脚缠着绷带躺在床上，急得直喊："妈咪妈咪。"

听到女儿的声音，尹沫熙心里一颤，抬眸看去，当她看到朵朵那张肉嘟嘟的小脸瘦了一圈时，心疼得有些哽咽。

"妈咪在这呢，朵朵怎么来医院了？"

朵朵趴在尹沫熙的怀里，将手放在小熙身后，轻轻地拍着她的后背，一边拍着她的后背一边安慰她："妈咪乖，妈咪不难过，妈咪不疼，有我在哦，我会一直陪着妈咪，一直一直都陪着妈咪，不会离开你哦。"

小小的人儿如此认真地安慰着尹沫熙，让她瞬间就泪目了。

如果说结婚到现在尹沫熙开始后悔，觉得自己嫁错了人，选择错了，可她唯一不会后悔的就是和吴建成有了朵朵这可爱的女儿。这个孩子是她这一生中最好的礼物，女儿如此体贴让她心里暖暖的。

"妈咪，我知道爹地做错了，我也知道爹地和那个阿姨在一起，而且那个阿姨还有了小弟弟对不对？可……可是我知道爹地一有小弟弟，就不要我们了。奶奶也是这样吧，要不然怎么没让我去奶奶家住呢？不过没关系，爹地不要我们了，我们也不要他了。"

朵朵对她父亲已经充满了敌意，这并不是小熙想看到的。

第125章　我妈咪就拜托你了哦

小熙抱着朵朵耐心地给她讲道理："朵朵乖，那是你的爹地，你怎么可以不要爹地，又怎么可以恨爹地呢？不管妈咪和爹地之间变成什么样子，你永远是爹地的小公主，是他最爱的女儿。"

朵朵委屈巴巴地直掉眼泪，她还小，并不懂得大人的世界为何如此复杂，可她就只认准了一个道理，爹地做错了。做错了的人还不知悔改，那她为什么要原谅爹地呢？

朵朵一脸委屈地将小脑袋埋进尹沫熙的怀中，肩膀一抽一抽地反驳道："可是妈咪，是爹地先犯的错，是他先不要我们的。我也不想要爹地了，不要了我不想要了。"

尹沫熙还想说些什么，这时乐儿妈咪抓住她的手臂摇摇头，示意她不要再继续说下去。

一个五岁的孩子再懂事又怎样？她毕竟是个孩子，这些事情还是等以后再说吧。

尹沫熙轻叹出声，也觉得自己似乎是太过着急了些。

可就算不说这些，有些事情还是要和女儿商量一下的。

尹沫熙让朵朵看着自己的眼睛，随后她一脸歉意地和朵朵解释着："朵朵你听妈咪说，你也知道妈咪和爹地之间的感情出了问题。妈咪不想让你有后妈，也不想和你爹地离婚的。可是妈咪真的尽力了，努力之后还是这样，无法改变什么。所以即便知道会伤害你，妈咪还是想要离婚，你能原谅妈咪的选择，并且支持妈咪的决定吗？"

女儿依旧是她心中的首位，是她心里最在意的人。

朵朵哭个不停，可妈咪都说了她已经尽力了，朵朵知道妈咪心里比任何人都难过。

虽然朵朵很委屈却还是点头说："我知道，妈咪我不会生你气，我们幼儿园的老师有讲过的，大人的事情我们小孩子不一定会懂，但我知道妈咪这样做一定有你的理由。可是妈咪，我不要跟着爹地和后妈，我不要离开你。"

朵朵主动表明就算尹沫熙和吴建成离婚，她也要跟着尹沫熙一起生活。

朵朵的话让小熙心里十分感动，只是……

她是一个生病的母亲，带着孩子会很辛苦，可即便如此尹沫熙也已经做好了准备。

乐儿妈咪也表示支持她的决定："你这么优秀，就算离婚后再找，也一定会遇见一个真心爱你疼你的好男人。那样的渣男扔了就扔了吧。你和吴建成已经提出离婚了吗？"

小熙无奈地点点头："我已经提出了离婚，可是看样子吴建成是不会那么轻易就答应的。毕竟他们想要的更多，一旦离婚，吴建成是否还能继续留在公司都是未知数，他当然要为自己争取更多。"

结婚不易，离婚更难。想结束和整理一段感情永远都不是那么简单的事情。

朵朵陪在小熙身边，一起吃了晚饭。

乐儿妈咪和朵朵一直在医院待到了晚上九点多，孩子实在困得不行，小熙只好哄着女儿："朵朵乖，和乐儿妈咪先回家去休息好不好？等妈咪出院后就接你回家。"

暂时她还得将朵朵送到乐儿妈咪那边去照顾。

朵朵又开始哭闹不止，她一把抱住小熙说什么也不肯撒手："妈咪我会很乖的，我真的会很乖的，你让我留下来，留在你身边好不好？就一晚，我就在你身边待一晚还不行吗？"

朵朵是真的太想念小熙了，来了之后就不想再离开。

连乐儿妈咪看了都觉得心疼，也只好跟着劝道："我看今晚还是让朵朵留在你身边吧，这孩子这几天都没有好好吃过一口饭，晚上睡觉也极其不踏实。可你看她在你身边吃得多香啊，今晚就留在这吧，明天下午我再来接她回去。"

尹沫熙低头，见女儿如此渴望的小眼神也是不忍拒绝。

思考再三，小熙最终点了头答应道："那好，今晚朵朵就留在医院陪妈咪好了。"

朵朵开心地一把搂住小熙开心地叫着："妈咪最棒了呢。"

乐儿妈咪拿着饭盒离开了，朵朵趴在小熙身边，那双肉嘟嘟的小手一直抓着她不肯放开。

孩子此刻有多不安小熙心里清楚，她心疼却又不能说些什么。

离婚后，又该如何给女儿填补这份失落感呢？

朵朵今晚不想那么早睡，小熙只好打开电视，让她看动画片，有女儿陪在身边感觉的确不一样。小熙脸上始终挂着淡淡的笑意。

结束一天工作的沐云帆拖着疲惫的身体来到了医院。他想陪在小熙身边，自从得知小熙和吴建成要离婚的消息后，沐云帆总想守在小熙的身边。

他轻声推门走了进来，见朵朵躺在小熙身边看电视，有些疑惑地问道："朵朵怎么到医院来了？"

小熙无奈地笑了笑说："好几天没见到我，一直在哭鼻子，没办法乐儿妈咪就把她带来见我。今晚她在我这睡，明天下午乐儿妈咪把她接走。"

原来是这样，一个女人带着孩子肯定不容易，而且还是一个身患重病的女人。

朵朵看到云帆后冲他嘿嘿一笑，随后甜甜地唤道："云帆叔叔好，你来医院看望我妈咪吗？"

云帆伸手捏了捏朵朵的小脸点头道："是啊，叔叔是你妈咪最好的朋友，那你妈咪生病住院，身为最好朋友的我是不是要来照顾你妈咪啊？"

朵朵认真思考着，觉得沐叔叔说得很对："是啊是啊，妈咪双脚受伤不能下地走呢，刚才想要下去也是叫了护士过来帮忙的，我还小背不动我妈咪。所以云帆叔叔，我妈咪就拜托你了哦，谢谢叔叔。"

云帆是越发喜欢这小丫头，小小年纪还知道拜托他来帮忙。

第126章　你做我爹地好不好

云帆见小熙一直躺在床上，他猜测小熙今天一整天都没有出去过。

冷轩这几天去外地参加一个学术研讨会，而若冰每天很忙碌，要照顾那么多病人，也无暇顾及小熙。

为了不给别人添麻烦，小熙平时就安静地躺在病床上，看看电视或者是思考一下接下来的事情。

云帆看时间还早，便小声地询问朵朵："朵朵啊，在病房里待着很没意思吧？"

"嗯，觉得有些无聊，妈咪一整天都在病床上躺着更无聊。"

"那我们带你妈咪出去散散心好不好？"

朵朵一听要出去玩立刻来了兴趣，拍手叫道："好呀好呀。"

云帆将沙发上的外套递给朵朵让她自己把衣服穿好，随后又在衣柜里找了一件厚的大衣给小熙披上。

"我在这里待着挺好的，再说现在时间不早了，你也辛苦了一天，我不下去也可以的。"

小熙实在不好意思继续麻烦沐云帆，自从住院到现在，云帆每晚都会来陪她，而且每天晚上都会背着她到医院的后花园散散心聊聊天。

虽然小熙嘴上说着麻烦，可她承认，每天最享受的时刻就是和他出去散心的那会儿。

坐在长椅上吹吹风聊聊天，就可以让小熙整个人都轻松下来。

可每天都让沐云帆背着自己，他哪里会吃得消啊？

而且现在还多了个朵朵，他要背着自己还要牵着朵朵，这实在是太辛苦了。

"算了，今天朵朵在呢，你又要背着我又要照顾到朵朵实在是太辛苦了。"

可云帆却执意要带小熙出去走走，"你在医院闷一天太无聊了。那这样我去跟护士借个轮椅过来，你坐在轮椅上我和朵朵推着你不就好了吗？"

尹沫熙微微怔神，这才说道："好，用轮椅我就去。"

云帆苦涩一笑。

"那好，我去借轮椅，朵朵你去冰箱拿几瓶果汁和矿泉水装到你的小背包里好吗？"

随后云帆离开了病房，朵朵下了病床，一边打开冰箱拿果汁一边和小熙说道："妈咪，云帆叔叔好贴心啊，感觉他就像是太阳一样暖暖的呢。"

朵朵把沐云帆形容成是太阳，小熙觉得她说的还是挺贴切的。

不出十分钟云帆就推着轮椅回来了，他将小熙横抱在怀里，小心翼翼地挪向轮椅这边。

朵朵见了笑嘻嘻地喊了一句："妈咪，是公主抱哎。"

小孩子并没有其他想法，或许只是觉得云帆像是童话故事里的王子，而她的妈咪就像是真正的公主一样。她只是觉得这一幕很美吧。

小熙有些尴尬地低头咳嗽了几句，云帆勾唇浅笑，在她耳边轻声问道："你不好意思了？"

尹沫熙的确是有些害羞，可她却嘴硬地否认着："我干吗要害羞？我哪有害羞？"

云帆笑着摇摇头，随即将她放在轮椅上。

云帆推着轮椅往外走，朵朵也跟了上来，云帆给她留出了一些位置，问道："和我一起推你妈咪好吗？"

"好。"

一大一小并肩走在一起轻轻地推着轮椅，他们上了电梯后，朵朵直接将身子靠在了云帆的腿上，"云帆叔叔，我累了，可以靠在你身上吗？云帆叔叔你的腿怎么这么长啊？"

小熙听后不禁笑出了声："这丫头看来跟你是真的很亲啊。不过朵朵不要太过分哦，云帆叔叔一下班就来医院照顾妈咪，叔叔他很累的。"

不知为何，朵朵就是想和云帆叔叔更亲近一些。

叮咚一声，电梯门开了，朵朵直起身子和云帆一起推着轮椅走了出去。

云帆带着她们来到了后花园，今天天气不错，抬头能看到漫天的星星。

云帆在一处长椅前停下，让朵朵看着妈咪，他准备去超市给朵朵买点零食吃。

可朵朵却一把拉住了他的手不想他离开。

"云帆叔叔马上就回来好不好？"

朵朵却摇着头不肯放手，撒娇道："不好，我要和云帆叔叔一起去。"

云帆有些犯了难，还是小熙开口帮忙解围："那你带着朵朵去吧，我在这边等没关系的。反正超市离这不太远。有事情我就打你手机就好了。不过朵朵，你只许选两三样的零食，不能要太多哦。"

朵朵点头，云帆只好将朵朵从长椅上抱起来。

朵朵伸手拉住他的大手，两人缓缓朝超市那边走去。

小熙坐在轮椅上看着这一幕，不知为何，看到云帆牵着朵朵的小手一步步地往前走，她忽然觉得很感动。

如果吴建成能做到云帆一半，她也就没有什么好抱怨的了。

朵朵走着走着还不忘回头看看妈咪，确定有一段距离后她才小声问道："云帆叔叔你觉得我妈咪怎么样？好看吗？"

云帆不明白朵朵为何会问这样的问题，他只是如实回答："当然好看了，你妈咪是最好看的。"

"那你做我爹地好不好？"

第127章　童言无忌

云帆被朵朵的话逗笑了，都说童言无忌，她可能以为谁都可以做她的爹地吧？

于是沐云帆蹲下身子耐心地和她说明爹地的意义："朵朵，你很喜欢叔叔对不对？"

"嗯，超级喜欢的。"朵朵认真地点着头，生怕沐云帆不相信她似的。

云帆按住她点个不停的小脑袋瓜，随后纠正道："你这么喜欢叔叔，叔叔很开心也很感谢。可是朵朵，爹地不是谁都可以当的哦。你有爹地的，你的爹地是吴建成，是你爹地和你妈咪结合后有了你。所以我不是你的爹地。"

沐云帆清清楚楚地给孩子解释了一下，因为吴建成才是她真正的父亲，除非自己和小熙能够结婚，那样他就是朵朵的继父，就可以成为她的父亲了。

道理朵朵其实是懂得的，她难过地低着头说："我知道的啊，我知道我的爹地是吴建成，可是爹地和别的阿姨在一起了，爹地和奶奶只喜欢男孩。既然爹地不要我和妈咪，我也不想要他了啊。我想给妈咪重新找个男朋友，想给我自己重新找个爹地啊。"

朵朵奶声奶气地说着，听得出语气中有些着急。

云帆愣了愣，随即笑了。

朵朵真是可爱的孩子，小小的年纪古灵精怪的，会有这样的想法倒也是有趣。

换作是别人家的孩子，在朵朵这个年纪，若是听说父母要离婚要分开，只会嗷嗷大哭着不许他们分手吧。

可朵朵却很有担当地说要重新给她妈咪找个男朋友。

云帆更是好奇，朵朵为什么会选择他呢？

"那你告诉我，为什么会选择我呢？你不是和冷轩叔叔也很亲吗？"

云帆和冷轩都和朵朵很亲，云帆还以为冷轩也在朵朵的候选人名单中，可是朵朵却连连摇头说："云帆叔叔你真是的，你忘了哦？冷轩叔叔和若冰阿姨是一对啊，他们不是还要结婚的吗？那冷轩叔叔既然是若冰阿姨的，那还怎么做我妈咪的男朋友啊。"

云帆真是被这小丫头打败了，所以他才会胜出？

完全是因为冷轩有了若冰，她没办法只能选择了他吗？

朵朵见云帆看着她不说话，只好再次补充道："云帆叔叔你帅嘛，比冷轩叔叔还帅，而且拍出的照片特别漂亮特别好看。云帆叔叔还很有爱心啊，你对妈咪很好的不是吗？冷轩叔叔太忙了，他是医生嘛要救病人的，我只想给妈咪找个能经常陪着她的男朋友。之前爹地就一直忙着公司的事情，都不怎么陪着妈咪，妈咪一个人很孤单的。"

所以这次朵朵想找个能一直陪在妈咪身边的男朋友，而云帆叔叔就是这样，不管工作多辛苦，也会来医院陪着妈咪，守在妈咪身边。

他真的好暖心哦，所以朵朵特别喜欢他。

"我可不完全是为我妈咪考虑哦，我也喜欢云帆叔叔你啊。云帆叔叔对我也很温柔，你也喜欢朵朵对不对？"

云帆轻轻地摸着她的小脑袋柔声道："是啊，朵朵又可爱又懂事，叔叔当然喜欢朵朵了。"

朵朵高声地欢呼着："耶！我就知道是这样呢，而且云帆叔叔你没有女朋友对不对？你不是说我妈咪很漂亮嘛，你喜欢我妈咪吧？"

云帆真是被朵朵弄得哭笑不得。

他也想和尹沫熙在一起，可他们若是想在一起，首先要等尹沫熙和吴建成离婚，其次云帆还要给她足够的时间让她走出情伤，慢慢地接受自己。

可云帆也不想朵朵失望，于是他在朵朵耳边低声承诺着："可是怎么办呢？你爹地和妈咪还没有离婚。不过在那之前，叔叔一定会守护你和你妈咪。我们给你妈咪一些时间好不好？"

看云帆叔叔那么认真的模样，朵朵这才开心地咧嘴笑了，可她还是不放心，于是伸出自己那肉嘟嘟的小手说："那拉钩，不许反悔。"

云帆伸出自己的小指勾住朵朵的小指，"好，拉钩钩，云帆叔叔要是说话不算数就变成小狗。"

朵朵这才满意地点点头："嗯嗯，那我预约了你哦，你不许和别的阿姨谈恋爱。"

云帆将朵朵抱在怀里，抱着她在超市里逛着，"好，叔叔不和别的阿姨谈恋爱。快选你要买的零食，我们买完东西回去找妈咪，你妈咪等得久了该担心了。"

"好，不过云帆叔叔，刚才我说的那些话你不许告诉我妈咪，那是我们之间的小秘密哦。"

云帆宠溺地点头道："好，那是我们俩的小秘密，绝对不会告诉你妈咪。"

朵朵在货架上拿了两包薯条和一包米饼，两人在收款台结了账后，云帆又抱着朵朵回到了医院的后花园。

此时尹沫熙正一个人抬头看着天上的星星发呆。

见他们两个回来了，忍不住问道："怎么去了那么久呢？"

朵朵和云帆两人相视一笑，朵朵捂着自己的嘴巴笑着直摇头说："没什么的妈咪，你是不是等着急了呀？"

小熙总觉得朵朵和云帆之间好像有什么秘密似的，不过他们两个人看起来关系更亲密了。

"没有，来你自己坐在长椅上，总让叔叔抱，叔叔该累了。"

朵朵可不轻，抱起来很辛苦的。

朵朵认真地点着头，体贴道："嗯嗯，云帆叔叔放我下来吧，你抱我的确是很辛苦呢。"

云帆将朵朵放在长椅上，她一边看着星星一边吃着薯条，妈咪和云帆叔叔都坐在旁边陪着她，感觉心里好像也没有那么伤心了。

第128章　我要打掉孩子

因为有了沐云帆的陪伴，小熙在医院养伤的日子才不会那么单调无趣。

出院后，小熙张罗着大家到家里聚餐，如今她决定过新的生活，妹妹沐夏也和政宇回国开启新的人生。的确该好好庆祝一下。

保姆花婶和她老公张叔也来帮忙，两人忙了一天准备的丰盛晚餐受到了大家的高度评价。

一家人坐在一起吃吃喝喝聊聊天，小熙觉得，今天这样团聚的日子里，不见冷轩和若冰还是有些遗憾的。

可也的确是没办法，谁让两人是医生呢，医生本就是很辛苦又很忙碌的。

这顿饭吃得太过开心，所有人都没有要离开的样子。

小熙干脆提议道："不如今天大家就住下来吧。晚上我们还能边看电影边聊天。想玩就玩，想疯就疯。"

小雪第一个举手赞同："我完全OK啊，我女儿在这，孩子用的我都带全了，就算不够也可以去外面的超市买啊。明天周末我都可以陪小熙在这过的。"

这几天公司比较清闲，小雪也跟着闲了下来。

沐夏也立刻决定留下来："反正吴建成不在，我是愿意留下来的。明天去见他爸妈我都快紧张死了，今晚还是放松一下的好。"

见自己的女朋友都肯留下来，吴政宇自然也要陪着。"我爸妈今天吵得不可开交，还有那个小三我看着就够了。我觉得我还是留下来吧。"

花婶和张叔因为上了年纪不能陪他们狂欢，所以今天花婶和张叔睡楼上的客房，这样小熙他们在楼下是吵不到他们的。

大家都决定留下来，现在就差沐云帆了。

朵朵一直拽着他的袖子央求道："云帆叔叔你就留下来嘛，你给我讲睡前故事好不好嘛。"

爹地只给她讲过几次睡前故事，虽然妈咪讲得很好，可是朵朵真的很想听爹地给她讲。如今吴建成无法给予的那部分父爱，朵朵希望云帆能够满足她。

看着朵朵那期待的小眼神，云帆又怎会舍得拒绝她？

"好，我也留下来。"

看来今晚小熙是不会寂寞了。

小熙和大家聊得正欢，还在商量着今天晚上看哪几部电影，完全忘了时间，也忘了白天吴建成打来电话和她约晚上在家门口见上一面。

此时吴建成早就在门外等着了。

他开始以为小熙不过是开个玩笑而已，可当拿出钥匙想要打开门进去等候时，却发现大门的确被人反锁了。

尹沫熙至于做得这么绝吗？等到现在他还没吃饭呢。可现在小熙连大门都反锁了，吴建成心里觉得窝火。

很想给小熙打个电话提醒她一下。可是吴建成又怕会惹怒小熙和沫夏，小熙还好，沫夏真的太过恐怖了些。他今天可是被尹沫夏狠狠地教训了一顿。

无可奈何，吴建成只能继续乖乖地等待着。

时间一分一秒地过去，直到所有人下了饭桌到沙发上休息时，小熙才忽然想起来，问道："对了，现在几点了？"

"快八点了呢。"

吴建成还会在那里吗？

"政宇你去把大门打开，看看你哥还在吗？我和你哥约好晚上谈事情。一会儿你们情绪都别激动。我和他去楼上谈，你们在客厅该聊天聊天，该看电视看电视。"

沫夏点点头，却还是不放心地说道："他若是纠缠你或者是欺负你，你就叫我。"

小熙无奈地笑道："今天被你狠狠地训了一通，我想他是没有那个勇气了。你还是不要冲动，明天要去见家长的。"

偏偏吴建成是政宇的哥哥，真担心他会在沫夏和政宇的婚事上为难两个孩子。

大门外，政宇四处瞧了瞧，发现大哥真的在那里等着。

"哥，你怎么站在外面啊？"

吴建成气得低吼出声："我倒是想进去，她把大门反锁了我怎么进去啊？你们可真行啊，让我一个人站在外面等了那么久。我看你是被沫夏彻底迷住了，连我这个大哥你都不帮了是吧？"

政宇很是无辜，这事和他有什么关系？他就算想帮也的确是帮不了啊。

"你自己把事情做得那么绝，你说我怎么帮你啊？我想帮也得能帮啊。一会儿你态度好点，不要纠缠她。离就离吧，反正你和小三感情也不错。"

大哥还是不要浪费尹沫熙那么美好的人生了。

兄弟两人走进了客厅，尹沫熙见到吴建成后微微有些诧异。

迟了将近一个小时，他竟然也耐心地等了？

小熙上了楼，吴建成也跟着上了楼。

楼下众人虽然担心尹沫熙，却也必须给他们夫妻二人单独的空间和时间来解决此事。

进入房间后，吴建成直接扑通一声跪了下来说："我在外面等你的时候，想了很多事情。头脑很清醒，始终在想着我们之间的事情。我割舍不下你和朵朵。小熙，我这次真的错了，我是真的想要痛改前非和你好好过日子的。你想想我们的朵朵，还有你肚子里的孩子。难道你想让他一出生就没有爸爸吗？"

看得出吴建成是真的舍不得朵朵和小熙肚子里的孩子。

她神情冷漠地俯视着吴建成，淡淡地开口拒绝道："朵朵已经五岁了，她知道我们感情不和要分开，朵朵这边你放心好了，我已经和孩子谈得清清楚楚。至于我肚子里的这一个你也不用担心，我把他打掉就好了。"

听到小熙说要打掉肚子里的那个孩子，吴建成瞬间就呆住了，像石化了一般，完全没有反应。

他无法相信眼前的这个女人，这口口声声说要打掉肚子里孩子的女人会是尹沫熙？

那个曾经温柔善良，那个对他体贴入微的女人哪里去了？

就算自己做错了，让尹沫熙性格改变，可她怎么能说要打掉自己肚子里的孩子？

那是他们爱情的结晶，是一个小生命啊！

第129章　我已经不爱你了

吴建成被吓得浑身颤抖着，他跪着前行几步然后抱住小熙的腿低声祈求道："那是我的孩子，求你别把他打掉。为什么你不相信我是爱你的呢？当欧雅妍跟我说她怀了我的孩子时，我的确不忍心那个孩子就此消失，所以想让她偷偷把孩子生下来。可是后来你发现此事后，我真的只想要我们的孩子，我直接跟欧雅妍说，让她去做引产那个孩子我不要了。你相信我好吗？"

吴建成说话断断续续的，甚至有些语无伦次，因为他试着跟小熙交流，可是小熙似乎根本不相信他说的那些话。

吴建成是真的急了，急得不知道如何才能证明自己的决心，他现在恨不得拿把刀把自己的心挖出来给小熙看看。

尹沫熙痛苦地紧闭双眼，无奈地摇摇头："事情已经过去了，我们如今走到这一步，真的回不去了。就算我勉强接受了你，我们之间也就是将就着过日子。难道曾经的那些事情我能当没发生过吗？你可能不在乎吗？"

"我不在乎啊，我只在乎你，我只想守住你和朵朵，还有你肚子里的孩子。"

尹沫熙呵呵冷笑道："你当然不在乎，你又受了什么伤呢？可我在乎，我很在乎啊，我若是现在原谅你，我没法说服自己像以前那样和你继续生活下去。我的心里始终有个疙瘩，那个疙瘩解不开。你开心你快活了，最后我却要每天压抑着自己生活下去。孩子我不会留的，我又不是你们吴家的生育工具。你起来吧，我们谈谈离婚事宜。"

该谈的是离婚而不是把时间浪费在如何复合上。

见尹沫熙真是铁了心要离婚，吴建成颓废地起身坐在椅子上整个人看起来倍受打击。

尹沫熙缓了缓情绪，随后继续开口："你应该也已经注意到了。家里的人对你的态度都发生了改变。先是朵朵开始恨你这个爸爸。她说爸爸做错了，爸爸不要妈咪和她。她还说爸爸只要那个阿姨和阿姨肚子里的宝宝。"

吴建成听后立刻反驳："不是的，我怎么可能会不要朵朵呢。我发誓我很爱朵朵，更不会为了欧雅妍抛弃你们。"

见他那么急着表态，尹沫熙无奈地打击他："孩子记得你做过的每件事情，欧雅妍之前去幼儿园接她放学想要接触她，又经常去你妈家里做客，还看到你和欧雅妍亲密地秀恩爱，你以为这些朵朵会忘？"

一番话让吴建成无言以对。

小熙继续说道："还有政宇和沫夏，他们两个对你是什么态度你也应该能够感受到。为什么要让家人都如此恨你呢？我们好聚好散吧。没必要连离婚都要打打杀杀吵得不得安宁吧。我家的财产多半都在我爸名下，我们离婚也没什么可分割的财产。我名下只有一处公寓，你若是想要给你就是。"

那栋公寓也就值个一两百万而已，尹沫熙之所以舍得这些，无非是想给沫夏争取一些机会。她这边离婚不会做得太绝，那么沫夏那边才有机会进入吴家。

"还有，你继续坐你的总裁位置。我不会把事情做得很绝。毕竟你在这个位置做了七年做得也很不错。所以你依旧是SK娱乐的总裁，所有福利待遇和之前一样没有改变，你手中有多少SK娱乐的股份我也不追究。你的还是你的。只要你能继续好好地管理公司就好。但是你想要我把公司全都给你，那不可能。"

如果吴建成想要吞掉整个公司，那他未免也太贪婪了。SK娱乐是父亲一手打造的娱乐帝国，尹沫熙不可能把它直接转交给别人。

也就是说，吴建成依旧可以坐在总裁的位置上，依旧可以管理整个公司，但是公司，却永远都不会是属于他的。

"这已经是我最大的让步。你自己考虑看看，你是出轨的一方，如果我们真的闹到要打官司，错在你。那么你可能失去所有，要净身出户的。我的那栋公寓你得不到，公司也完全可以把你赶出去。说实话这些年我对你们家真的很不错了，你不会贪婪得想要更多吧？"

吴建成被尹沫熙说得羞愧极了，没想到要离婚了小熙还能让他留在公司继续做他的总裁。他的确没资格要更多。

可吴建成心里总有那么一丝的不甘，想要挽回小熙："我们之间真的没可能了吗？当初你愿意放弃一切和我结婚，我们之间说完就完了？"

见他还不死心，尹沫熙勾勾唇角用了一招更狠的，说道："也不是完全没可能和好，不过你需要放弃一切。你辞掉总裁的职位，自己出去找工作，还有你之前在我父亲那里得到的几处房产也还给我，这样我就原谅你。"

尹沫熙给了吴建成选择的机会，他却傻了眼，犹豫很久也没能给小熙一个答复。

爱情和婚姻很重要，可是那些房子和总裁的位置更重要。

让他失去一切？吴建成根本就赌不起。

"小熙……我……"

还没说出口的话就已经被尹沫熙给堵了回去："你什么？你根本无法放弃你现在拥有的一切。说什么为了我甘愿付出所有，也都是搞笑的吧。别担心，我不需要你放弃一切，你只要放弃朵朵就好。反正你和欧雅妍已经有了你们的孩子，而且还是个男孩。所以我只有一个要求，女儿归我。"

吴建成依旧沉默。再说别的只会让自己更可笑吧，是他没担当又舍不得放弃所有。朵朵判给母亲也是应该的。

"可我们还有爱，两个相爱的人只要努力就能克服一切困难的。"

尹沫熙头疼地揉了揉自己的太阳穴，吴建成真是够厚脸皮的。

尹沫熙坚定地看向吴建成，相当决绝地回答他："抱歉，我已经不爱你了。在你欺骗我背叛我的时候，我就已经不爱你了。"

第130章　他想要的是彼此相爱

没有爱情，这段婚姻可以终结了吧。

吴建成被怼得说不出话来，尹沫熙强行拽着他的胳膊往外走，"行了该说的我都已经说了。你回家和你母亲还有你家那小三商量看看，两天内给我答复。你若是不肯在离婚协议书上签字，那么没办法，我们就只能打官司了。你放心，我手里可是有你出轨的证据。"

吴建成知道自己被逼到了死胡同，现在除了离婚是真的没别的法子了。

他沮丧地下了楼，没和任何人说话，就那样默默地离开了。

随后小熙也走了下来，小雪和沫夏急忙跑过来询问道："怎么样，谈妥了吗？"

小熙苦笑着点点头："他似乎无力反驳，不过这事他可能要回家和他母亲商量一下吧。我给了他两天的时间。"

两天之后，这婚应该能离了。

小熙觉得自己即将解决一个大烦恼，他们提前开起了庆祝会，几个人躺在沙发上看着电影兴奋地聊着天。

朵朵看了看时间，拉着沐云帆往楼上房间走去，"云帆叔叔，已经九点了呢我要上床睡觉了，你给我讲睡前故事好不好？"

"好，那叔叔抱你上去讲故事睡觉觉。"

云帆将朵朵抱起，直接上了楼。

小熙没有马上跟上去，而是让朵朵和云帆相处一会儿。

楼上朵朵的儿童房内，朵朵在床上躺好，云帆则躺在她的另一侧，朵朵在一堆童话故事书里挑了一本递给他，说："云帆叔叔我想听白雪公主的故事。"

"好，叔叔给你讲。"

云帆翻开童话故事书开始给朵朵讲起了白雪公主的故事。

虽然这个故事朵朵听了不下五十遍了，可她却还是最爱听这个故事。

"云帆叔叔你知道吗？妈咪说只要心存善良做个正直的好孩子，以后就有资格遇见王子，就能和王子幸福地生活下去。"

妈咪的这番话对于朵朵来说也是一个童话故事，她常常想着，以后长大了会遇见什么样的王子呢？

"我以前总是想着以后长大了要遇到像爹地那样的王子，可是现在我不这样想了。"

"哦？那朵朵想要什么样的王子啊？"

朵朵嘿嘿一笑，伸手指向了沐云帆："我以后要和像你一样的王子一起幸福地生活下去。"

朵朵的回答让云帆有些诧异，他问道："为什么是我这样的王子呢？"

"因为你会对妈咪一直好啊，我也想要一个会一直对我好的王子。"

云帆温柔一笑，真是人小鬼大的丫头，是啊，与其主动爱别人，不如做被爱的那一个，最起码会被宠着一辈子。但是云帆想要的是彼此相爱。

朵朵被云帆哄着哄着就睡着了，小熙这才上来。

她轻声推门走了进来，轻轻地拍着她的小肚子问："你给她哄睡着了？"

云帆点点头说："挺好哄的，要听白雪公主的故事，讲着讲着就睡着了。"

小熙不禁笑了出来："又是白雪公主的故事？朵朵似乎特别喜欢这个故事呢。最近朵朵可能是因为知道我和她爹地要离婚，所以特别的没有安全感吧，感觉她真的很黏你。抱歉让你辛苦了。"

沐云帆怎么会觉得辛苦，他反倒希望这样的辛苦可以更多一些。

"怎么会辛苦呢，有这样的宝宝天天黏着我，我只会更幸福更开心。说真的，以后常麻烦我吧，我也喜欢和朵朵在一起。我现在终于明白为什么男人都想要个女儿了。"

女儿不仅仅是母亲的贴身小棉袄，似乎也是男人的小棉袄。

两人聊着聊着，小熙不知不觉间就打了几个哈欠，她今天是真的有些累了。

云帆一直陪着小熙，见她也睡着了后便将被子往上拽了拽给小熙盖上。

他开始只是盯着小熙和朵朵的睡颜，可是看着看着，自己也有了困意。

半个小时后，他也趴在床边睡着了。

楼下客厅的三人等了很久也没等到小熙和沐云帆，小雪有些疑惑地说："小熙干吗呢啊？这可是她最喜欢的电影，她怎么还不下来？"

沐夏也觉得奇怪，问道："是啊，云帆哥哥也不见了，难道他们两个人在一起哦？"

小雪和沐夏立刻起身去了楼上房间，政宇则一个人坐在那里看着电视。

他发愁的事情可不是一件两件。明天要带着沐夏回家见爸妈，母亲那关到底怎么过，政宇还没想好。要是母亲能有尹沫熙这么善解人意该有多好，政宇现在担心的就是明天母亲会给沐夏脸色看。若是沐夏那暴脾气上来，那个劲儿还不知道会惹出什么乱子呢。

楼上朵朵房间外，沐夏和小雪鬼鬼祟祟地站在那里，扒开了一小条门缝。两个人往里看去，发现小熙和朵朵躺在床上，沐云帆则坐着趴在床边。

他们好像都睡着了。

这么一看，他们三个倒像是一家人似的。

小雪不禁感叹道："好温馨啊，快拿手机拍下来，给他们留个纪念。"

沐夏立刻拿出手机对着屋里的三人拍了不少的照片。

拍了照片后小雪将门关上，两人偷笑着下了楼没再打扰小熙和云帆。

第131章　宝贝对不起

两天的时间到了，尹沫熙和吴建成约好在家里见面。

尹沫熙态度依旧冷漠，吴建成在沙发上坐下后，她将手中的离婚协议书交给他，说道："你看一下，如果没什么意见，直接在上面签字就好。这样我们也会省去很多麻烦的步骤。"

吴建成直接将离婚协议书放在一边，随后一脸自信地问道："你想好了要和我离婚？"

"想好了，我们之前不就说好了吗？不要再浪费彼此的时间和耐心，直接签字吧。"

尹沫熙显然已经没了耐心，她不想再听吴建成说那些有的没的，她目标明确，只想离婚。

吴建成摇摇头说："小熙相信我，你绝对不会想和我离婚的。到时候，只怕你会下跪求我别和你离婚。"

吴建成的这番话尹沫熙根本听不明白。尹沫熙甚至觉得好笑，吴建成到底是哪里来的自信？就算再愚蠢，尹沫熙也不会蠢到下跪求他别和自己离婚。

小熙只是冷笑出声，随后说："别逼我，还是尽快签了吧。"

吴建成却只是悠闲地坐在那里，一脸淡定地看着小熙，不紧不慢地开口问她："我要是不签呢。"

"什么意思？不想离婚？"

"我这是为你好小熙，你根本不知道现在是什么情况。"

如果她知道她的所有钱财都在他的手上，她还会像现在这样毅然决然地要和他离婚吗？

不过这是最后的底牌，吴建成不到最后不能亮出。

小熙微微皱眉，她是真的听不懂吴建成在说什么。

"既然如此，好，我会把肚子里的孩子打掉。是不是这样你要和我在一起？"

尹沫熙在故意激怒吴建成，如果自己打掉孩子，别说是吴建成，吴家的所有人都会恨她的。

到时候，就算小熙不主动，老太太都会让吴建成和她离婚。

不到万不得已，小熙也不想走这一步。

"小熙别这样，这一点都不像你。你以为你说出这种狠话就能威胁到我吗？我今天来就是想提醒你，为你自己今后考虑一下，为了我们的孩子你再好好想想。婚我不会离，这是为你好。"

说完吴建成起身准备离去，小熙急切地喊住他："你这样没用，无非就是在消耗我们两个人的时间罢了。"

吴建成勾了勾唇角什么也没说，头也不回地走出了别墅。

见他就这样离开，小熙气得不轻。

所有人都以为她不过是说说而已，所有人都相信她这样善良的人不会打掉自己肚里的孩子吧。

看来，为了换取自己的自由，她必须对自己更狠一些。

原本是定在下个星期的手术，小熙只好提前进行。

她给若冰打电话，和她约好明天就进行手术。

虽然她比任何人都不舍，可这样做，既是解脱自己也是解脱了肚中的宝宝。

若冰虽然惊讶于小熙会把手术时间提前，可是这样也好，时间拖得越久小熙就会越舍不得肚子里的宝宝。这对她来说并不是一件好事。

和若冰约定好了时间后，小熙又给小雪打了电话。

这种事情总是需要有人去通知吴家人的，于是小熙把这个任务交给了小雪。

"小雪，明天我要去医院手术。你帮我通知吴家人。"

小雪知道这一天迟早会来，不过真的来了，她也心疼得很。

"你是想以此激怒吴家，让他们同意离婚吗？"

小雪大概猜得出，吴建成和小熙今天的谈判应该是失败了，否则小熙也不会用这样的方式去刺激吴家人。

她之前说好的，好聚好散，现在看来是不可能了，不仅不可能好聚好散，可能尹家和吴家今后就是势不两立，彻底结了仇。

"好，我一定会将这个消息告诉吴家人。"

挂了电话后，小熙总算平静下来，她躺在床上想要让自己学会释怀，可是眼角的泪却渐渐滑落。

失去这个孩子也是迫不得已，她只是希望，以后若是有缘再和这个孩子相遇。

"宝宝，妈咪对不起你，因为妈咪现在的身体状况实在不能留下你。妈咪真的做了很多努力，一直在努力想要把你保住。可是真的抱歉，能原谅妈咪吗？等妈咪身体好了，再次遇见爱情了，到时候你再来做妈咪的宝宝好不好？"她轻柔地抚摸着自己的肚子，低声和肚中的宝宝道歉。那种不舍和心疼，或许只有失去过孩子的人才能体会。

花婶见她情绪不好，给她熬了一些小米粥又烧了几道小菜。

因为明天去医院做手术，小熙不想把自己的负面情绪传染给女儿，便让沫夏和政宇帮忙带几天朵朵。

有沫夏和政宇照顾着孩子，她心里放心得很。

吃过饭后小熙爬上床，这一夜她睡得极不踏实，浑浑噩噩地熬过了这一宿，天刚亮她就起身对着窗外的景色发呆。

该来的还是要来的，可如果可以的话，她多希望时间过得慢一些，多希望肚子里的宝宝再多待一会儿。

直到花婶上楼来敲门提醒她："小熙，时间差不多了，你今天不是要去医院吗？"

小熙沉默许久后才应声道："嗯，我这就来。"

第132章　她出事了

尹沫熙缓慢起身，站在镜子前发呆许久，随后才去洗手间洗漱。

因为是去医院，所以尹沫熙只是换了一身白色的休闲套装就出门了。

到达医院时小熙见到了多日不见的韩冷轩。

这些日子冷轩因为去外地出差离开了很久，小熙再次见到他，冲他微微一笑，虽然眼眶泛红，却还是坚强着同他打招呼："冷轩，你回来了。"

冷轩点点头，他什么都没说，上前一步直接将小熙搂入怀中。

"若冰都跟我说了，听说你今天要做手术，我特意赶回来。想哭就哭吧。"

小熙一遍遍地告诉自己要坚强，昨天晚上就已经做好了心理准备，可是她好不容易筑起的高墙，却在冷轩的那句"想哭就哭吧"下瞬间坍塌。

她紧紧地抓着冷轩的衣角，躲在他的怀里泣不成声。

若冰躲在拐角处，偷偷地看着这一幕，心里酸酸的。

她没有嫉妒和羡慕，心里的感受只是难过和心酸，虽然没做过母亲，可是一个母亲不得不打掉自己的孩子，那种无奈无助又悲痛的心情，她真的能够感受得到。曾经冷漠的她，如今竟然也会这般心痛。

冷轩不放心小熙一个人进手术室，于是拜托了自己相熟的妇产科医生，让若冰在手术前陪同她进入手术室。

小雪没敢通知沫夏和政宇，她跟公司请了假，提前赶到了医院。

在见到小熙时她已经换好衣服准备进入手术室了，小雪一把拉住小熙，安慰道："别怕啊小熙，只是一个小手术。千万别难受，以后有的是机会，还有机会的。"

说着说着，小雪自己先忍不住低声抽泣着，小熙红着眼点点头在若冰的陪同下进入了手术室。

走廊外，冷轩和小雪等在那里，小雪想到小熙提醒她要尽快通知吴家人这个消息。

于是她起身走到另一边拿出手机打给了吴建成。

吴建成还觉得奇怪，小雪怎么会打给自己。

他以为小熙出事了，可他怎么也没想到，小熙出的是这种事。

"你怎么会打给我？小熙出事了吗？"

此时吴建成和家人正在用餐，老太太和老头子听到建成说小熙出事了，一颗心瞬间被吊了起来。

小雪声音沉重地说道："嗯，是出事了。"

"什么事？小熙到底怎么了？"

"小熙在医院，刚刚进了手术室，她已经决定打掉孩子了……"

小雪将事实如实告知了吴建成，他在听到"打掉孩子"这四个字时当场就傻了。

手机"啪"的一声摔在了地上，老太太见他的表情跟见了鬼似的，以为小熙出了意外，问道："建成？到底怎么了？小熙怎么了？"

吴建成没了反应，依旧傻傻地站在那里，几十秒后吴建成的脸上挂满泪痕。

老头子从没见过建成这个模样，这是听到了怎样惊骇的消息？

老头子大吼一声："建成你给我清醒点，小熙到底怎么了？"

老头子这一嗓子唤醒了吴建成，他眼神呆滞地告诉老头子："爸，孩子……孩子没了。小熙正在医院手术……"

听到此话，老太太只觉得血液瞬间直冲后脑勺，眼前一黑直接瘫在椅子上。

别说老太太无法接受，就连欧雅妍都十分的错愕。

怎么会，尹沫熙怎么会主动去医院打掉孩子？

老头子的心也瞬间凉了一半，政宇更是惊讶得连手中的筷子都掉在了地上。

小熙姐什么时候决定要打掉孩子的？沫夏之前从未提起过此事啊。

欧雅妍回过神后立刻叫来管家扶着老太太去客厅缓缓。

吴建成也反应过来，转身直接跑了出去。

他要去医院，如果来得及，可能那孩子还能保住。

政宇也起身追了出去，一边跑一边给沫夏打电话："沫夏，你姐在医院准备打掉孩子。可能已经进了手术室，你快去医院看看啊。"

沫夏也懵了，她是想直接去医院，可是朵朵在她身边啊，总不能带着朵朵去医院吧？沫夏只好先送朵朵到邻居家待一会儿，她打车直奔医院。

出了这档子事，家里的人都慌了神。

老头子让管家把老太太扶到客厅沙发上，随后亲自喂她喝了一杯温水，缓了缓情绪后，老太太这才稍微有了点精神。

"我的孙子，我的大胖孙子。不行快送我去医院，我得去医院啊。"

老太太起身非要去医院不可，她想要看看，尹沫熙是不是真的那么狠心，那么绝情。

老头子知道现在是劝不住她的，于是让司机备车，让管家先扶着老太太上车。

老头子准备上楼去拿外套和手机，可刚一转身，欧雅妍就突然跪在地上号叫出声："啊！好疼，好疼啊。"

刘婶跑过去一看，发现欧雅妍的裙子上全是血，她吓得惊叫出声："快，快送她去医院，可能是早产啊。"

刘婶年纪大了毕竟是过来人，一看情况不对劲，她怀疑欧雅妍可能是早产。

老头子听到刘婶的尖叫声，急得哪里还顾得上去拿外套，他让刘婶和用人抬着欧雅妍到车上。老太太见欧雅妍的裙子上全是血，吓得差点又晕过去。

老头子上车，老太太急得直叫："愣着干什么？快开车送医院啊。"

司机猛踩油门一路狂奔，将欧雅妍送到了医院。

医生直接将欧雅妍送进了手术室，老太太则在老头子的搀扶下一步步地蹭到了一楼大厅内。

老头子让她在长椅上坐一会儿，欧雅妍若是早产，可能要等一会儿才会知道结果。

老太太现在哪里等得下去？

同一个医院，一边是儿媳要打胎，另一边是小三要早产。

她两边都等不得，于是她一手推开老头子命令道："我去找小熙，可能她还没开始手术，你去守着欧雅妍。那边若是有什么情况你就立刻告诉我。"

老太太和老头子兵分两路，她坐电梯直奔楼上的手术室。

电梯开了，她就看到了自己的儿子也守在这里。

第133章 现在可以离婚了吗

老太太看到儿子的时候就已经猜到了怎么回事，可她还是不死心地问了一句："你们怎么都在这里？小熙呢？小熙去哪里了？"

建成只好指着手术室的大门告诉母亲："妈，我们来晚了一步，小熙进去了。"

老太太还是不能接受，一直摇着头说："进去了？进去哪里了？她已经进了手术室？不可以，我的孙子，她凭什么自己做主打掉孩子？还我的孙子，不可以，绝对不可以。"

老太太疯了一般地想要往手术室里冲，小雪和冷轩立刻上前将她拦住。

"你冷静一下好不好？手术室你能随便进去吗？"

老太太见到小雪更是来气，她甩手直接给了小雪一个耳光，怒斥道："你还算是小熙的好朋友？她打胎你不拦着？你到底怎么做她朋友的？"

小雪没想到老太太会反手给她一巴掌，委屈得她眼里含泪不服气地喊道："是你们逼她把孩子打掉的。我告诉你老太太，害死你孙子的凶手不是小熙，是你！你是怎么对小三又是怎么对小熙的？你眼里不是只有小三的孩子吗？"

这一家子人都让小雪恶心，他们把小熙害到这个地步，老太太还敢怪罪于她？

护士们听到吵闹声立刻跑过来警告："吵什么吵？不知道这里是医院啊？你们竟然还在手术室外吵？再吵就叫保安把你们都赶走。"

冷轩上前跟护士道歉："抱歉有点小矛盾，我会让他们注意的。"

护士一见是韩医生，笑着点头道："是韩医生啊，那你帮忙多看着点吧，这里是医院他们这样我们很难办的。"

"是是是，我一定让他们注意。"

很快，老头子就跑到这边来找吴建成。

"建成，快去楼上帮忙输血。雅妍早产大出血，可血库中的血不够了，你和她的血型一样，快去给她输血。"

得知欧雅妍那边情况也很糟糕，老太太急得坐在椅子上直抹眼泪。

早知道是现在这样，她当初就该两边一起保的，欧雅妍这边早产孩子生下来后能不能活下去都不好说。

可小熙这边，这孩子就这么没了，实在是太可惜了。

就算小熙肚子里的是女孩，那也是吴家的孩子啊。

老头子陪儿子上楼输血，老太太坐在椅子上等着尹沫熙，她敢把吴家的孩子打掉，她今天绝对不会饶了她。

时间一分一秒地过去，等了许久，尹沫熙这边的手术室大门终于被人推开。

几个护士走了出来，冷轩上前一步询问道：“已经结束了吗？”

他们点点头随后就离开了，而这时吴建成刚刚从楼上下来，见手术门开了，想都没想一个箭步就冲了过去，其他护士见状立刻将他拦住，“你不能进，你不能进这里啊。”

吴建成不甘心地吼道：“尹沫熙，你给我出来！”

听到吴建成的喊声，尹沫熙擦擦脸上的泪让若冰送她回病房。

随后老太太也跟着走进了病房，当他们看到小熙虚弱地躺在病床上时，他们都知道：那个孩子和吴家是真的没缘了。

吴建成眼中带泪咬牙切齿地质问道：“为什么要打掉我们的孩子？”

可小熙却只是冷冷地反问出声：“现在可以离婚了吧？”

原来她做这些只是为了逼自己离婚？为了离婚竟然打掉自己的亲生骨肉？

吴建成实在不能理解小熙为何会变成现在这个样子。

老太太更是生气地冲过来大喊。

这样的场面是小熙早就预料到的。

孩子没了他们怎会不恨？

老太太骂得很难听，说她是毒妇，说她亲手害死了自己的孩子。

那些话从老太太口中说出，却直接戳中了小熙的心窝处。她的心在流血，可面上却依旧冷漠，又重复了一遍：“所以，现在可以离婚了吗？”

她就那么迫不及待地想要离开自己？吴建成刚要回答，老头子冲到病房门口喊着：“那边生了，是个男孩。”

吴建成听后看了小熙一眼，转身就冲了出去。

老太太得知欧雅妍给吴家生了个男孩的消息，立马乐开了花。苍天有眼，上天对他们吴家还是很好的。

老太太指着尹沫熙的鼻子大骂道：“你不愿意给建成生孩子？没关系，别的女人可是巴不得想给我们建成生孩子呢！我告诉你尹沫熙，这婚是离定了！"

说着老太太急切地离开病房准备去看看她的大胖孙子。

所有人都走了，小熙躺在病床上忍不住号啕痛哭。

这是命，她的孩子注定要离开这个世界，而小三的孩子却顺利地降生了，而且还是个男孩。

命中注定就是如此，所以，她和吴家的缘分注定是要走到尽头了。

楼上病房，欧雅妍生了孩子后气息微弱，脸上一点血色都没有。

看着如此苍白虚弱的欧雅妍，那一刻吴建成心里很是感动。

想到一个女人为了自己不顾生命地产下了他的儿子，而另一个女人，为了离开他却杀掉了他的孩子。这种对比，吴建成怎会不念起欧雅妍对他的好？

医生知道他们都沉浸在生子的喜悦中，不过有些事情必须如实相告。

吴建成和老太太想见见孩子，医生却直摇头说："早产儿情况不太乐观，所以孩子出生后就被送到了保育室。早产儿面临的危险很多，也可能会出现各种健康问题，甚至，存活下来的概率也不好说。"

医生的一番话让一家人从喜悦的心情中瞬间脱离出来，犹如当头浇了一盆凉水。

老太太直接就瘫在了老头子的怀里。

她刚对尹沫熙放了狠话，还炫耀自己有了孙子，可现在，这孙子能否活下来还是未知数……

第134章　算不算是一种惩罚

一切的一切都是未知数，欧雅妍在听到医生说的那番话后，差点就直接晕过去。

难道说真的是自己遭了报应？

她曾经和老太太发过誓，说如果孩子不是吴建成的，那么她和孩子都会受到惩罚。

毕竟这孩子，的确不是吴建成的！

这样的结果算不算是一种惩罚？

欧雅妍知道，如果孩子保不住，那么自己所拥有的一切也将不复存在。

哪怕孩子健康有问题，只要他是活的，吴家和老太太就会拼尽一切去挽救这个孩子。

欧雅妍只能双手合十不断地向上天祈祷着，但愿老天爷能够给她一次机会，但愿她的孩子能够存活下来。

医生走后，老太太走到病床边，看着面如菜色的欧雅妍内心一阵感动。

她当即对欧雅妍做出了承诺："不管怎么说，你都为我们吴家生了个男孩。之前跟你承诺过的奖赏我通通都会兑现的。除此之外，我还会让吴建成立刻和尹沫熙离婚，等你身体好了，等孩子稳定后，我就给你们两个举办婚礼，而且是规模盛大的婚礼。"

老太太在尹沫熙打胎的那一瞬间就已经做出了决定，吴家不会再认那种儿媳妇。

不过朵朵是吴家的孩子，这孩子是一定要抢回来的。

"妈！能不能别在这种时候说什么离婚结婚的事情。现在这个重要吗？"

即便是尹沫熙未经他的允许就打掉了他的孩子，可是吴建成心里隐隐地对她还留有感情。七年情深，怎能说断就断？

老太太见儿子如此犹豫不决，当即伸手在他身上重重捶了一拳，说："你是不是傻？谁肯为你付出你看不出来？连孩子都能打掉，她的心有多狠啊。你再看看雅妍，为了生下你的孩子差点就没命了。你看看她脸色苍白的模样多可怜。你难道一点都不感动，一点感觉都没有吗？"

吴建成并非无情之人，看到欧雅妍为自己付出这么多，他当然心怀感激。

只是和小熙之间的了断，他没法做得那么干脆。

欧雅妍知道在这短短的一天时间内发生了这么多事情，吴建成肯定无法接受。

他现在心思乱得很，欧雅妍试着给他一些时间去思考。

于是欧雅妍劝着老太太："阿姨，谁都不想发生这样的事情。建成现在心里很乱，你让他一个人静一静吧。"

老太太见自己儿子这个模样，自然是又气又心疼，她突然拉着吴建成的胳膊下了楼。

"妈，你要带我去哪啊？"

老太太不说话，出了电梯后直奔楼下病房。

为什么又要返回来找她？欧雅妍都已经给他们家生了个儿子，为什么还要来继续纠缠她？

尹沫熙累了，累到根本不想和任何人继续争执下去。

小熙有气无力地看向老太太身后的吴建成，不禁轻笑出声："怎么？还想要打我一顿？"

"小熙……不是这样的……"吴建成不舍，老太太倒是满肚子的委屈和怒火。

"都给我滚开，我告诉你尹沫熙，今天我不会让你好受的。我不会放过你！"

孩子没了，她的心都碎了，这些家长里短、恩恩怨怨对她来说都不算什么。

老太太不肯放过她，指着尹沫熙骂得更加难听："你和建成还没离婚呢，就倒在别的男人怀里？你有没有点廉耻心啊？你们两个早就在一起了吧？尹沫熙，别把自己说得那么清高，实际上你身边围着你转的男人可不少。你打掉孩子，是为了今后好嫁给别的男人，你嫌你肚子里的孩子是累赘吧？"

如此难听的话语若冰都听不下去了，她不仅仅侮辱了小熙，还连带着侮辱了冷轩。

若冰上前一步站在老太太面前，扬起手臂对着老太太的侧脸就是一个巴掌打了下去。

那清脆的耳光让在场所有人都惊呆了。

就算小雪和沫夏有时候特别冲动，可也不会对老太太下手的。

而平日里一向冷静淡定的若冰却出手了，可想而知，她是有多看不下去。

老太太刚要反击，若冰直接钳住老太太的双臂，一条条地数着她的罪行。

"你有资格骂尹沫熙吗？孩子是谁弄死的？难道不是你吗？是你放着自己的儿媳妇不管不顾，把小三接回家好生照顾。"

"还有，你儿子和欧雅妍分分合合藕断丝连地玩地下情。小熙被他骗了你不知道吗？你又是如何背着儿媳妇让小三经常去你家做客，还让小三去幼儿园接你孙女回家？"

最后的最后，若冰实在忍不下去，瞪着吴建成怒吼出声："还有你！你有真正关心过你老婆吗？云帆和冷轩对小熙好，你却怀疑你老婆背叛你？若不是他们帮忙，你老婆可能早就病危了。她有白血病，一个身患重病的女人还要被你们折磨，你们有良心吗？"

第135章　他欠她的，太多太多

若冰知道小熙想要隐瞒自己的病情，可是吴家人对她如此蛮横，若冰实在是看不下去了。

而且若冰觉得，时机到了，应该让所有人都知道，这个女人在身患重病时，还在苦苦撑着，挽回自己的家庭，若冰想要让所有人都知道，尹沫熙从没对不起吴家。相反，是吴家一而再再而三地伤害她。

得知小熙得了白血病，吴建成的母亲直接瘫坐在冰冷的大理石地面上，而吴建成也因为太过震惊身子微微抖了抖，最后扶着墙壁想要让自己保持镇定。

紧随而来的老头子听到这个消息后，眼眶瞬间就红了，问道："小熙，医生说的都是真的吗？"

小熙躲在床上，对着公公艰难地点点头，嗓音沙哑道："嗯，的确是这样。"

政宇听后更是难以接受，他向前一步焦急地询问着："什么时候的事情？我没听沫夏说起过此事啊。"

小熙无奈地笑了笑说："一直瞒着大家来着。我不想你们跟着担心，所以暂时没有说。"

缓过劲来的吴建成一个箭步冲到小熙面前，低声询问："什么时候的事？你为什么不跟我说？所以你是因为不得已才会决定打胎的？可是小熙，你为什么骗我？为什么不肯将实情告诉我？"

夫妻间不应该互相坦白吗？小熙得了白血病，那么这孩子一开始就要打掉的。可她……

老太太也急了，起身指着小熙的鼻子怒骂道："想不到你是这么有心机的女人。你得了白血病孩子肯定要打掉的，一开始就该打掉的，可是你却隐瞒此事。我们想着你怀着二胎，对你百般呵护万般宠爱着。可你呢，却一直在骗我们。"

老太太和吴建成用骗这个字眼，未免太过让人伤心了些。

小熙怒视着吴建成一字一句缓缓开口："你问我什么时候得的白血病吗？你问我为何不肯和你说实话？呵呵！在你出轨的时候我被查出有白血病。我那天打算将实情告知你，却听到你在洗手间偷偷给欧雅妍打电话。你能想象得到我当时是一种怎样的心情吗？我怎么说？你告诉我，我应该怎样说出口？"

她没法说，当时尹沫熙若是将自己得病的消息告诉他，谁知道吴建成会不会抛下自己和小三在一起？

尹沫熙想哭却又哭不出来。心窝处闷闷的，那种如同针刺一样的感觉，让她脸色变得更白了一些。

她安静地看着吴建成和老太太，继续反问道："你能想象我当时有多绝望吗？明明知道自己得了白血病，知道自己的孩子保不住，却要故作坚强地在你面前强颜欢笑。在我们结婚七周年的晚宴上，她直接出现在我面前，向我宣战！她戴首饰和你给我的一模一样。在我们结婚七周年的晚宴上，你和别的女人在后花园做那种事情！吴建成，我当时真的连想死的心都有了，你知道吗？"

那些埋在心里的话，尹沫熙今天全都要说出来。为什么这些委屈必须要她来承受？

围观的患者和家属不禁发出啧啧啧的声音，想不到吴建成这么混蛋，在结婚七周年的晚宴上还和别的女人胡搞，而且还是在自家的后花园。

吴建成有些慌了，他本以为那些事情是神不知鬼不觉的，没想到小熙竟然知道。

"你……你怎么知道的？"

吴建成脸色惨白，他不知道小熙还知道多少。

小熙呵呵冷笑着说："你和她在哪个酒店在哪个房间里做过什么我都清楚。你若是想和小三胡搞可以去别的酒店，为什么去那里？每年结婚纪念日我们两个都会去那间酒店庆祝，可你却带她去那里胡搞？吴建成你自己摸着良心算算看，你到底欺骗了我多少次？你每次都不承认，还记得那次你去外地出差，我和朵朵连夜去酒店找你。你以为我不知道欧雅妍在你房间里面？"

小熙将那些事情全都说了出来，吴建成后怕地连连退了几步。

"不，不可能的。当时你的样子好像什么都不知情似的。你……"

"你所做的一切我都知道。你那个小三为了刺激我，为了逼我让出位置，私下里找我谈话威胁我。而我明明知道你在外面和小三偷情，却要装作什么都不知道的样子，包容你、照顾你。我在给你机会啊，我给了你一次又一次的机会，可你呢？你可曾珍惜过一次？吴建成，你不是一直都想知道为什么我那么决绝地要和你离婚吗？因为我给了你太多机会，因为你让我一次次地失望，一次次地伤心。这颗心，早就被你伤得千疮百孔。"

尹沫熙一声声的责问和控诉，让吴建成彻底崩溃了。

想不到自己在欺骗小熙的同时，小熙也在骗他。

她明明早就知道自己在外面有了女人，却一次次地装作不知情。

不等吴建成开口，小熙继续说道："你以为我不想告诉你我患病的消息？你知道吗？我得知自己得了白血病时有多害怕有多无助，多想扑进你的怀里让你抱抱我，安慰我，给我一些安全感。可在我需要你的时候，你在哪里呢？你心里真的有我的位置吗？你还怀疑我和别人有染？是，好几次都是云帆和冷轩送我回家的，知道为什么吗？因为我几次晕倒都是他们及时相助。在我晕倒时你呢？你又在哪里呢？"

最后一句发问小熙是歇斯底里地喊出来的。吴建成欠她的，真的太多太多。

"够了，不要说了！不要再说了。"

吴建成高声呵止小熙继续说下去。他实在没那个勇气去面对这难堪的事实。

第136章　她自由了

心里的话全部说出来，尹沫熙忽然觉得痛快极了。

如果可以，尹沫熙真想尽快出院，再也不想见到他们这群人。

欧雅妍同样不想和尹沫熙在一家医院，可是没办法，为了孩子她必须耐心地等待下去。

欧雅妍知道，吴建成似乎等不及了。

老太太已经回家去休息，她见吴建成满脸疲惫地躺在沙发上，便起身轻声喊了一句："建成。"

听到她的声音，吴建成立刻从沙发上站起来，来到病床前俯身柔声开口问道："怎么了？是不是哪里不舒服？"

欧雅妍怔了怔，吴建成对他竟然也可以如此的温柔，还真是不容易呢。

见她一直在愣神，吴建成再次问道："是不是口渴了？"

欧雅妍下意识地点点头道："嗯，我想喝水。"

"好，你等着我给你倒水喝。"

吴建成转身去给欧雅妍倒了一杯温水，欧雅妍心里清楚得很，吴建成之所以如此待她，正是因为她给他生了个儿子。

不管怎么说，自己的机会来了，她这次一定要说服吴建成彻底放弃尹沫熙。

"慢慢喝，有些烫。"

吴建成端着水杯回到病床前，将水杯放在嘴边吹了吹，确定不那么烫了才拿给她。

欧雅妍一阵满足和感动，随后试探性地问道："你和小熙谈过了吗？"

吴建成一愣，没想到欧雅妍会问到尹沫熙的事情，他摇摇头说："没有，尹沫熙不会和我谈的，想不离婚是不可能了。"

吴建成语气伤感，看样子心有不甘，欧雅妍最怕他对尹沫熙念念不忘。

于是她只好劝他想开些："你尽力了，你很想挽回这段感情，可是她说死都要和你离婚。对了你不会恨我吧？我承认，我之前的确给你家里打了几次电话，但是我没有威胁她，也没有逼她让位置给我。"

欧雅妍嘴硬得很，她不能承认之前自己的所作所为。若是真的认了，吴建成这辈子都不会原谅她吧。

吴建成已经不想计较那些事情，现在追究谁对谁错又有什么意义呢？

欧雅妍突然拽住吴建成的胳膊，可怜兮兮地告诉他："建成，你别想不开啊。既然你们注定要离婚的，何不试着放下那段婚姻，和我一起生活呢？我们有个儿子，虽然他现在生死未卜，但是我相信我们的宝宝能挺过这一关。"

说到那可怜的孩子，吴建成的确很是心疼，他承认，他是动心了。

沉思过后，吴建成点点头算是答应了她："好，我和她明天去办离婚手续。"

吴建成发了信息给尹沫熙，通知她明天去民政局办理手续。

虽然心里还有一丝期待，可是吴建成也知道，他们的婚姻这一次是真的走到了尽头。

次日一早，尹沫熙起床后简单地化了个妆，因为自己太过憔悴，她只能靠化妆让自己的精神状态更好一些。

准备离开医院去民政局前，云帆敲门走了进来。

小熙见到云帆一点也不惊讶，她大概已经猜到云帆今早会来找她。

"你是看到了昨天有人把视频发到网上，所以担心我是不是？"

云帆点点头，他走过去说："你知道我有多担心你吗？我昨天就想过来陪着你，可是冷轩提醒我不要打扰你休息。我忍了整整一个晚上，今早起床后就直奔医院来了。"

小熙笑了笑，"没事啦，你看我不是好好的吗？虽然孩子没了我很伤心，可是这是没办法的事情，我要接受也要面对现实。今后的路还很长呢。"

云帆点点头轻声道："是啊，以后的路还很长，我会一直陪在你身边。不管你要走哪条路，哪怕是布满荆棘的道路，我也会陪你走到最后。"

云帆在用他自己的方式向她告白，可小熙真的听得懂吗？

事实上，云帆还在耐心地等待着，等她和吴建成办理了离婚手续后，就勇敢地将心中的感情全都说出来。

到时候，就算小熙不接受他，他也要勇敢地和她表白。

"我知道你们最好了，一定会陪我到最后的嘛，我都知道的！好了我要去民政局，再不去我就真的晚了。"

云帆一愣，"你要去民政局？去办理离婚手续吗？"

"嗯，我和吴建成约好今天办离婚。"

云帆一个激动，说："好好好，我送你去民政局，我们这就走。"

小熙笑着，无奈地直摇头。

要离婚的那个人明明是她，可云帆怎么比她还要兴奋呢。

云帆开车送她去了民政局。他们赶到那里时，吴建成也早已到了。

见是沐云帆送她过来，吴建成脸色变了变，却什么都没说。

云帆不方便跟着进去，就在大厅候着，尹沫熙和吴建成则走进了办公室。

两人将离婚协议书、结婚证和其他手续交给工作人员。

办理离婚的工作人员抬眸看了两人一眼，她虽然不常看电视，但是尹沫熙和吴建成的离婚消息现在传得满天飞，她自然是认识这两人的。

她照惯例询问道："你们想好了要离婚吗？女方现在正是需要被人照顾的时候吧？看起来男方也不是没有悔意，要不要再考虑一下？"

尹沫熙当即坚决地摇头道："不需要，我们就是来办理离婚的。我身边有很多人能照顾我。"

吴建成冷笑出声反问道："很多人能够照顾你？你是指沐云帆吗？"

小熙斜眼瞧了他一眼，随后同样冷笑地回击道："以后我们就是陌生人，我和谁在一起不需要你来给我意见。"

吴建成双拳紧紧握在一起，他不甘心，不甘心这个女人就这样离开他。

"小熙，你想好了吗？如果你和我离婚了，你会后悔的，我没骗你，你是真的会后悔的。"

尹沫熙自然不明白他的用意，以为他在虚张声势罢了，她依旧态度坚决地说："我不和你离婚才会后悔。"

既然谈不下去只能离婚了。

好在之前尹沫熙已将财产做了处理，至于公司，董事会一致决定，吴建成继续担任总裁一职管理公司。尹沫熙为了公司着想，只能耐心等待父亲身体康复，从美国疗养院回国后，再做打算。

她只求吴建成能把朵朵的抚养权交给她。

"朵朵归我，我就只有朵朵了。"

吴建成见她如此无助，内心渐渐软了下来，虽舍不得女儿，不过念在之前的夫妻情分，最终点头答应了她。

工作人员问道："还有其他问题吗？"

两人同时摇头。

很快，工作人员盖了章将离婚证交给两人。

这婚，终于是离了！

第137章　接受检查

走出民政局后，尹沫熙立刻打给美国那家疗养院。嘱咐医护人员，一定要帮忙隐瞒自己离婚的消息。

可她心里也清楚，瞒得了一时瞒不了一世。

只是父亲有心脏病，受不得半点刺激。

当初结婚父亲为她操了不少心，现在离婚，她只能自己坚强。

尹沫熙清楚她的首要任务就是尽快恢复健康，才能更好地照顾女儿。

她认真思考着今后的生活，她可以带朵朵住在自己名下的那套公寓。

虽然治病可能需要花费不少，但她手头还有些钱，治疗费倒是不用愁。

云帆到民政局门口接她，小熙笑着晃了晃手中的离婚证，难掩兴奋之情地说："我终于解脱了。"

她脸上笑意明艳动人，晃得云帆眯起了眼睛。

她不再被婚姻和渣男所束缚，勇敢接受新的生活，这样坚强认真的她，真好。

"恭喜你终于摆脱了噩梦。打算如何庆祝？"

云帆想着晚上带小熙回工作室吃顿好的，和大家一起热闹热闹庆祝一下。

可小熙却拧紧眉心，轻声道："庆祝就算了，还是先送我去医院吧。我答应过冷轩和若冰的，今天先去做个检查。"

之前做过简单的检查，小熙一再拖延不肯到医院接受治疗。

这一次，她必须接受全面检查，再制定合理的治疗方案。

云帆开车将她送到了医院。

小熙想要独自接受检查，便劝云帆离开。

"我自己可以的，你先去忙你的吧。"

可云帆却执意要留下来，说道："反正下午没事，我陪你。"

两人僵持不下时，冷轩和若冰已经安排好了一切。

云帆扶着小熙去做骨髓穿刺。

尹沫熙之所以不想让云帆陪着，是因为她之前做过一次骨穿。

她到现在还记得那种钻心的痛，不想让云帆看到跟着难受。

冷轩担心小熙会撑不住，在旁耐心鼓励道："忍着点。"

"嗯。"小熙咬咬牙，勉强扯出一抹笑容。

若冰知道冷轩心疼小熙，便亲自为她做骨穿。

打了麻药后，若冰便开始下针。

她小心翼翼地将针往里推，却没抽出血来。

若冰的额头沁出一层细密汗珠，她看了冷轩一眼，随后摇摇头。

"一针不出，还得换个粗针。"

若冰一边说着，一边换了粗针继续往里推。

而这一次，小熙能清楚地感受到，若冰在操作的时候，骨头里面一抽一抽的酸胀感。

她面色苍白，却还在咬牙苦苦坚持。

云帆看到这一幕，眼底发红，垂在身体两侧的手不自觉地微微捏紧。

他在一旁看着都觉得疼，可想而知这么粗的针穿进小熙的身体里，会有多痛。

小熙死死咬住下唇，用腿撑着才能顶住若冰往骨头里下针的劲儿，才能稳住她自己。

骨穿结束后，小熙和若冰两人都已累得一身汗。

云帆立刻上前握住小熙的手，眼里夹杂着浓浓的心疼，问道："疼不疼？"

小熙苍白的脸上漾出一抹笑容，甜声安慰他们："还好呢，打了麻药没那么疼的。"

若冰见她如此坚强，总算露出一抹微笑，夸赞她："比我想象的坚强多了。"

随后若冰和冷轩让小熙休息了一会儿，又开了化验单子，让云帆陪着去做血常规。

一个小时后，血常规化验的结果出来，若冰和冷轩拿着结果，同时皱眉沉默。

云帆急得嗓音沙哑，反复问道："很糟糕吗？"

若冰蹙眉，低声念了一遍数据，说道："这个数据很糟糕。"

具体的还要看骨穿化验的结果，再做下一步的治疗方案。

若冰让云帆先送小熙回去休息，过几天再到医院商讨治疗方案。

云帆送她回公寓。

云帆放心不下，等到小熙睡着后才离开。

因为还要处理一些照片，云帆必须回公司一趟。

这是他为SK娱乐处理的最后两组照片。吴建成对小熙如此绝情，云帆和他的助理自然也要从SK娱乐撤出。

没有了小熙的SK娱乐，继续留在那里也没有什么意义。

云帆一直在想着如何帮助小熙。

他决定等待父亲那边的回话，如果父亲同意在国内建立分公司，他便可以留在国内发展，陪着小熙战胜病魔。

回到公司后，云帆直奔办公室，想着尽快处理完最后的工作就可以离开这里。

皮特和小月刚从工作室回来，他们离开SK后就会撤回国内的工作室。

皮特知道，云帆肯定要守着小熙，他是绝对不会回美国的。

所以最近接的工作也都是在国内的一些拍摄。

小月轻声走进办公室，见云帆正专注地处理那些艺人的照片。

小月站在云帆身后，犹豫了许久后终于轻声开口："云帆，我听说尹沫熙病了。我想帮忙，所以我也去做配型了。"

小月是善良的，得知尹沫熙患上白血病后立刻去医院做了骨髓配型。

多个人就多一分希望，或许自己和小熙有缘真的可以帮到她呢。

云帆很是诧异，之前小月虽然几次暗中帮助尹沫熙，可是他知道，小月其实很排斥小熙。

这实在让他感到诧异。

"谢谢你，我没想到你会这么做。"

小月无奈地咧嘴笑笑，随后主动坦白："你知道的，我很喜欢你。当初就是因为喜欢你才会来应聘做你的助理。可我也知道你不喜欢我，感情的事没法强求的。我也没想到你对尹沫熙会这么执着。看得出你是真的很爱她。说实话我被你的感情感动了。所以你就大胆地去追求她吧，我决定放弃你了。我会祝福你们的，真的会祝福你们。"

不是每一段暗恋都会成功，小月知道自己失败了。

但是她希望云帆能够成功，希望他能够大胆地向小熙表白他的心意。

云帆心里暖暖的。他很欣慰小月终于肯放下他了，也更感激小月对自己和小熙的祝福。

虽然这个世界上有不公平，可善良的人却有很多。

云帆知道，在大家的帮助下，小熙会渐渐走出这段困境的。

第138章　不同意他们在一起

刚出外景回来的皮特在办公室门口偷听到小月对云帆说的话，心里也跟着为之一动。

皮特本就对小月有些感觉，如今见她这么善良可爱，喜欢又多了一些。

皮特敲敲门走了进来。

"老大，小熙姐真的离婚了吗？"

云帆点点头说："离是离了，下一步就是去医院接受治疗。我们只能默默地守护她鼓励她。"

皮特很想帮帮尹沫熙，可是他能力有限，连老大都没辙，他又能怎样呢？

云帆心里已经有了想法，他告诉皮特和小月都不要担心。

最近一段时间他主要就是陪在小熙身边，所以工作方面的事情只能全部交给皮特和小月来处理。

两人均表示自己累一些并没什么。

只要尹沫熙能尽快康复，只要尹沫熙和云帆能够幸福地在一起，这些辛苦都是值得的。

说话时云帆的手机忽然响起，云帆低头一看，是父亲从纽约打来的长途电话。

父亲肯打来电话应该就是已经做了决定。

云帆走出办公室，到走廊外接了电话。

"爸，妈已经跟你说过了。我觉得国内前景非常好，很适合在这边开个分公司。"

云帆的父亲没有回应这件事情，反倒是好奇云帆怎么会突然答应继承家族企业。

这孩子最近未免太过反常了。

"云帆，跟我说说你的想法。为什么会改变主意？你不是不喜欢做这些事情吗？我记得你之前跟我说过，你只想专注你的摄影事业。"

儿子突然有了转变，高兴是高兴，可是高兴之余他也觉得奇怪。

"爸，人是都会变的。我也不是完全放弃我的老本行，只是减少一些拍摄工作而已。这边的前景的确不错，我觉得可以在这里发展下去。"

云帆的父亲相信儿子的能力，他从小到大就没让父母操过心。

既然儿子觉得适合发展下去，他愿意给儿子一次机会。

"好，你的建议我会考虑的。不过这件事情我还需要和公司股东们再商量一下。如果进展顺利的话，月底就可以着手了。"

父亲如此支持，云帆感激不已。

"谢谢爸。"

云帆的父亲虽已答应儿子的要求，不过他还是觉得儿子有些反常。

他让女儿沐雅楠暗中调查一下，看他在国内是不是有事瞒着他们。

几天后，云帆的姐姐沐雅楠回家，将弟弟在国内发生的事情告知二老。

"爸妈，你们猜的没错，云帆在国内和一个女人关系异常亲密。云帆为她做了很多事情。"

得知儿子的终身大事终于有了着落，父母异常兴奋，等不及想要飞回国内去见见这位未来儿媳。

云帆父亲也终于明白儿子为何会改变心意，他当即决定："既然如此，就按云帆说的办，明天上午我就召开股东大会。"

"不行，爸你听我把话说完，你绝不能答应弟弟的任何要求。"

她父亲见她这副表情，不禁疑惑道："你怎么这个表情？你弟弟尽快结婚他的心也就彻底地稳下来了。"

听了父亲的话后，沐雅楠情绪激动地阻止道："不行的爸，你现在马上取消明天上午的股东会议。还有，绝对不能让云帆向那个女人求婚，更不能让他们两个人结婚。"

女儿的强烈反对让云帆父亲很是不解，云帆的母亲以为女儿和弟弟有什么误会，还跟着劝解道："雅楠啊，平日里你不是很疼爱弟弟的吗？你是不是不满意那个女人啊？"

沐雅楠看了国内的娱乐新闻，知道弟弟喜欢的那个女人是尹沫熙。尹沫熙是结过婚的。

沐雅楠一向很有个性，结过婚的女人在她这里不是问题，只要她和弟弟彼此相爱这些又算得了什么？

可尹沫熙得了白血病！这种病可不好说，万一最后还是救不活呢？

如果小熙走了，最难过的那个人就是云帆。

沐雅楠就是为弟弟考虑才不同意他和小熙在一起。

第139章　被气个半死

沐雅楠急得直跺脚，为了弟弟的幸福着想，她只好实话实说了。

"爸妈，那个女人叫尹沫熙，她不是一般的小角色。"

女儿的这番话让二老都愣住了。

"不是一般的小角色？那她看咱家云帆有钱，故意骗钱吗？"

沐雅楠连连摇头道："什么啊！她不是专业骗钱的。爸妈你们听过SK娱乐吧？"

云帆父母齐齐点头道："听过啊，国内最大的娱乐公司。这尹沫熙和SK娱乐有关系吗？"

"尹沫熙就是SK娱乐的千金小姐，她父亲正是SK娱乐的创始人。"

此话一出，两人彻底傻眼了。

原来云帆看上的是SK娱乐的千金小姐。

"这没什么的，雅楠。她的身份和你弟弟很般配的。SK娱乐，之前只是听说过还从没关注过呢。公司做得那么大，看来她父亲是个出色的人啊。"

因此两位父母对尹沫熙的好感又多了一分。

雅楠无奈只好继续说道："可是她结婚了。"

"啥？结婚了？"

两人彻底懵了，雅楠今天说的话真是让人够受刺激的。

"云帆认识她时，她就已经结婚了！她都结婚七年多了，还有一个五岁的女儿叫朵朵。虽然现在已经离婚了。"

爆炸性的消息一个接着一个。

云帆的父亲不是那么斤斤计较的人，他觉得既然尹沫熙已经离婚了，而且云帆又那么喜欢她，离过婚的女人也是可以接受的。

"只要她离婚了，那这都不是问题。我们找儿媳妇主要是看人品，她只要人品好，长得漂亮又是豪门千金小姐。没理由反对的。"

最关键的是，云帆就只相中了她一人。

这些年来，云帆认识的大牌艺人可不少，还有那些世界超模，可是他都没看上。

儿子喜欢才是最重要的。

雅楠彻底败下阵来，将最残酷的事实告知两位老人，"爸妈，事情没那么简单。她得了白血病。你们愿意要这样的人做儿媳妇吗？"

云帆父母顿时就沉默了。

他们没有想过事情会变成这样。

白血病，就这一点他们就没法再让儿子和她继续在一起。

"不行，白血病能不能治得好可不好说。到时候她若是走了，云帆又那么痴情，我怕云帆会更痛苦。这绝对不行！"

"如果我没猜错，云帆想要在国内成立分公司，八成就是为了帮助尹沫熙。"

听了女儿的话，云帆的父亲当即决定让云帆立刻回来。虽然这样做对儿子很残忍，可是没办法，他们不能让自己的儿子走错路。更不能看着云帆搭上他的整个前途和人生。

沐老爷子心情很沉重，他犹豫了很久后才给儿子打了电话。

父亲在一天内打两次电话，云帆是觉得有些奇怪，不过他以为父亲带来的会是好消息。

"爸，怎么样？是不是有好消息了？"

电话那边的父亲一阵沉默，随后才开口道："我们都知道了，知道你为尹沫熙都做过什么。云帆我不会同意你在国内开分公司，更不允许你一直陪在那个女人身边，你现在就给我回来。"

"爸，小熙现在需要我。我不能在这个时候回去！"

"我和你母亲也很需要你。我们这个年纪了，你也该回来好好孝敬我们。总之，我给你几天的时间把那边的事情处理好，然后就给我立刻回来。"

"爸，您不能这么……"

云帆还想说什么，可沐老爷子却直接就挂断了电话。

在尹沫熙这件事情上，云帆家人的态度都很强硬和坚决，这事是绝对没商量的了。

他和尹沫熙必须分开，云帆很是苦恼，父亲虽然给他留了时间，让他在几天的时间内和小熙分开。

但是……

云帆怎么会离开小熙？

他还想帮小熙完成她的梦想。

沐云帆和父亲闹得很不愉快，在家人和爱人之间，他毫不犹豫地选择了尹沫熙。

最近几天沐云帆一直在查找关于白血病的相关资料，只要有一丝希望，他都不会轻易放弃。

不过……

治病，帮小熙完成她的梦想，这所有的一切都需要金钱的支持。

沐云帆今年才回国发展业务，他名下的产业基本都在国外。

既然父亲不肯在国内开分公司，沐云帆也只有依靠自己的实力来帮小熙圆梦。

他联系朋友，让朋友帮忙将他美国的几处房产出售。

沐云帆的父母以为他们的儿子，很快就会回到他们的身边。

可一连十多天过去，没有等来儿子的任何消息，反倒是听说了云帆在出售名下房产。

老爷子气得浑身颤抖，忍不住大声呵斥着："这浑小子简直就是胡闹！尹沫熙到底给他灌了什么迷魂汤？他竟舍得出售名下房产去帮她？他眼里还有没有我们？"

云帆的姐姐沐雅楠刚一回家，就看到父亲额头青筋暴起，双眼冒着怒火，气急败坏地骂着弟弟。

沐雅楠有些心疼，立刻上前倒了一杯温水递给父亲，她柔声劝着："爸你消消气。别为了云帆再把自己身体气坏了。"

说到云帆这小子，云帆母亲也跟着满面愁容，不住地唉声叹气道："你说你弟弟也真是的，怎么就……天底下女人多的是！我们也知道小熙是个不错的孩子。但她离婚还带着个孩子，这也就算了，可她身体不好，我们实在是接受不了。"

二老被气得不轻，同时瘫坐在沙发上，父亲脸色异常难堪，母亲则是无奈地默默流泪。

沐雅楠在一旁劝了许久，二老才渐渐缓解了情绪。

沐老爷子沉默半晌，这才拿起话筒拨通了儿子的手机。

他绝不能看着自己的儿子深陷泥潭，越陷越深！

电话响了许久，沐云帆才无奈地按下了接听键。

"爸，您若是还想劝我回去，就别再浪费时间了。我想陪在小熙身边。"

不等老爷子开口，沐云帆就斩钉截铁地告诉他，自己绝对不会回去！

云帆父亲只觉得一股火气直往脑门窜，他阴沉着一张脸，冷声命令着沐云帆："我是你父亲，你必须得听我的！你现在立刻给我滚回来。"

沐云帆眸底一片暗色，他只是想用自己的方式去守护小熙。为什么父亲就是不能成全？

"沐云帆！你不管老子死活了是不是？"云帆父亲身子微微颤了颤，对着话筒怒吼出声。

这一次，云帆父亲的确是被气得不轻，云帆执迷不悟，铁了心要陪在尹沫熙的身边。

老爷子怒火中烧，一阵血气翻滚，脸色更是白了几分。

电话那端的沐云帆听到父亲那边始终没有回应，不情愿地试探道："爸，您消消气，我们彼此都冷静一下。等您消气了我们再好好谈行吗？"

话音刚落，云帆父亲身子猛地抽搐了几下，竟直直地向后仰去。

沐雅楠同母亲一阵惊呼，好在管家就在旁边，及时出手扶住了向后倒下的云帆父亲。

家里瞬间乱作一团，管家和云帆母亲将老爷子扶到沙发上，他双眼紧闭，脸色煞白，任凭沐雅楠和云帆母亲唤了半天也没有任何反应。

管家立刻叫了救护车，沐雅楠随母亲跟着一起去了医院。

沐云帆对此毫不知情，他以为自己惹恼了父亲，被父亲直接挂了电话。

他根本就没想到，家里此刻早就乱了套。

……

几个小时后，沐云帆再次接到了家里打来的电话。

不过电话那边的人是他的姐姐沐雅楠。

"云帆，咱爸被你气得晕倒了。我现在在医院，你尽快回来一趟。"

沐雅楠嗓音沙哑，听起来异常疲惫。

沐云帆怔了一瞬，回过神后立刻在网上订了机票便往机场赶。

沐云帆走得匆忙，到了机场后才想起来通知小熙

他怕尹沫熙知道这事后会有压力，便随意想了个借口蒙混过去。

"小熙，我家里有些事情需要处理一下。我现在在机场，我争取尽快回来。"

尹沫熙并未多想，只是想到一直陪在自己身边的人，突然要离开一段时间，一时有些不习惯罢了。

她想，分开的这段时间，她会很想沐云帆的。

但她却并未说出口，只是嘱咐他："回去后好好休息几天，别急着赶回来。和你家里人好好聚一聚。我们这几天可以视频通话，也可以微信联系的。"

尹沫熙忽地低头浅浅一笑，她知道即便分隔两地，彼此也不会断了联系。

沐云帆同样不放心地嘱咐了几句："我不在的这段时间，你听冷轩他们的话。乖乖地好好养病。我很快就会回来的。"

彼此几句简单的嘱咐，听着却格外温暖人心。

聊了几句后，沐云帆依依不舍地挂了电话，嘴角的笑意也瞬间消失得无影无踪。

此刻，他更担心的则是自己的父亲。

上了飞机后，沐云帆依旧在思考这个问题，如何能让父母接纳小熙？

他想一直陪在小熙身边守护她，可他更不想因此让父母伤心难过。

十多个小时的飞行后，飞机终于在机场落地。

沐云帆出了机场后，叫了一辆出租车直奔父亲所在的那家医院。

病房内，云帆母亲和沐雅楠一直守在病床前。

好在送医及时，沐老爷子并无生命危险，只是整个人看起来依旧很虚弱。

沐云帆推开病房门时，沐雅楠正同父母商量弟弟的事情，见他突然飞回来，一家人全都愣住了。

第140章　换一种方式逼他放弃

　　沐老爷子最先反应过来，一双眼睛直直地盯着他问道："你还知道回来？你心里还有我这个父亲？"

　　沐云帆面色难堪，知道老爷子受了刺激心情不好。

　　这种时候，他只能先跟老爷子服个软，"爸，您瞧您这话说的。您是我爸，我自然是关心您的。"

　　见他肯立刻飞回来关心自己，老爷子怒火消了大半，只是面上依旧沉着个脸道："那就安分些，老实留在我身边好好陪着我和你妈。"

　　一家人也没别的心思，只想留住沐云帆在身边。

　　只要他不再回国去找尹沫熙，他们做父母的自然不会干涉太多。

　　可偏偏，在尹沫熙的问题上，沐云帆说什么也不肯退让。

　　他紧绷着下颚，面沉如水地看了父亲一眼，沉思许久才缓缓开口反驳道："爸，您别这么为难我行吗？我只是想陪着小熙，我的要求很简单！"

　　他人好不容易回来了，可是一开口就是小熙，老爷子心里一阵窝火。

　　云帆父亲的情绪突然就激动了起来，伸出手指，颤抖地指向自己的儿子吼道："滚，你给我滚。我没你这样的儿子。心里只想着那个尹沫熙，根本不管我的死活。我……我……"

　　沐老爷子脸色发白，毫无血色，虚弱的身子更是抖个不停。

　　沐雅楠和母亲心里咯噔一下，推开守在床前的沐云帆，立刻叫来了医生。

　　沐雅楠拉着弟弟出了病房，随后云帆母亲也跟着来到了走廊外。

　　她看着一脸疲惫的沐云帆，又想到病房内被他气得半死的老头子，心中一阵酸涩。

　　沐雅楠走上前轻轻拍了拍母亲的手背，随后又耐心地劝着自己的弟弟："咱爸的情况你也看到了。他血压本就高，你还一个劲儿地刺激他？"

　　沐云帆头疼地揉了揉太阳穴，他也不想把事情搞得这么僵。

　　姐弟二人看着对方，却又陷入沉默中。

沐雅楠知道，云帆和父亲一个性格，认定了一件事情就不会轻易动摇。

她知道，弟弟这次对尹沫熙是动了真情。

过了一会儿，医生从病房内走出来，他无奈地摇摇头，再三嘱咐家属："我都说了病人现在需要静养，绝对不能再受到刺激。"

沐云帆点点头，跟着医生去了办公室，详细地了解了一下父亲的病情。

虽然沐老爷子这次被他气得不轻，但身体却并无大碍。只要保持心情愉悦，注意休息，很快就能恢复健康。

确定父亲身体无碍，沐云帆这才长长地呼出一口气来。

回到病房外，母亲和姐姐都在长椅上等着他。

老爷子打了一针镇静剂后好不容易睡着了，她们生怕云帆再把老头子刺激出个好歹来。

三人走到走廊的尽头，找了一处僻静的角落坐了下来。

母亲率先开了口，嗓音有些沙哑："云帆，妈求你了，放弃小熙吧，好不好？你看你父亲……"

说起那同样倔强的老头子，她忍不住红了眼眶，哽咽着说不下去。

沐云帆心里同样不好受，他帮母亲抹去眼角的泪水，轻声哄着她："妈，我是真的喜欢小熙，我不想让我自己后悔，我只是想珍惜当下，想要陪着她罢了。"

见儿子如此固执，她紧紧攥着手中的纸巾，艰难地做出了一个决定。

母亲反复地深呼吸，缓了缓情绪后，又问了一遍："云帆，我再问你一遍，你一定要回到小熙身边吗？"

面对自己的父母，沐云帆心中愧疚，但小熙身患重病，她现在最需要的就是他的陪伴。

沐云帆点了点头，无奈开口道："妈，您就成全我和小熙吧。"

她崩溃地闭上了眼睛，既然儿子一心要陪在尹沫熙身边，他们也不能将云帆绑在自己身边。

她想了许久，才缓缓睁开眸子，直视云帆的眼睛，一字一句地狠声说道："既然你这么狠心，好，我不留你，但你在这边的所有资产，包括你名下的房产、工作室和公司，都不许动！除非你想活活气死我和你爸！"

云帆母亲只是换了一种方式，来迫使儿子放弃尹沫熙。

她知道尹沫熙现在最需要的就是钱，只要控制住云帆名下的所有资产，云帆就拿不出那些钱来给小熙治病。

没钱，加上尹沫熙病重，云帆对那个女人的爱情又能坚持多久呢？

到时候，儿子自然就会回到他们身边的吧。

沐云帆未应声，眉心渐渐拧成一团。

没钱又如何帮小熙圆梦？

他的资产都在这边，母亲这一招未免太狠了点。

见儿子沉默不语，她一咬牙，再次狠心道："云帆，你爸被你气得都住院了。我们把你养大容易吗？我提这个要求不过分吧。你和尹沫熙不是真爱吗？既然如此，我这小小的困难对于你来说又算得了什么？既然你选择了尹沫熙，就该放弃你现在拥有的一切！"

老太太这是在逼他做出选择。

沐云帆目光沉了沉，母亲说的没错。

父亲还躺在病床上，既然不能留在他们身边尽孝，就该尽量满足他们的要求。

至于钱的问题，他回国后再想办法。

稍作沉思后，沐云帆点头答应了母亲的要求："妈您别生气，我答应您。我跟您承诺，我绝不会动我这边名下的所有资产。让姐姐监督我，这样您放心了吗？"

"好，你若是反悔，立刻回来继承公司！"

沐云帆当着母亲和姐姐的面发誓后，老太太才肯罢休。

老爷子住院期间，沐云帆尽心尽力地守在他身边，直到老爷子出院后，他才订了机票飞回了国内。

回国后，云帆开始计划着多接一些工作多挣些钱。

"我们三天后就可以从SK娱乐撤出去，然后你们帮我接些工作，最近没什么挑剔的，只要给的钱多，什么工作都接。"

即便不是给大牌艺人拍片，不是给国内一流大牌杂志拍摄也没关系。

他现在心里只想着一件事情，就是多挣些钱帮小熙。

小月和皮特很是诧异，他们老大什么时候变成这样了？他原先可是很有底线的。

"老大你是不是出什么事了？你不至于吧？为了钱什么活都接？"

国际著名摄影师，难道要自降身份？

云帆不知道如何跟他们解释，于是实话实说了："我没能说服我父亲在国内开分公司，我名下的房产和公司都在国外，现在动不了，我现在卡里就只有十多万而已。"

接一次工作最少都有十几万的收入，所以云帆并没有怎么担心。

小月和皮特理解了云帆的难处，既然如此他们也只好跟着一起帮忙。

"我们手头有点钱的，需要帮忙的时候跟我们说一声。"

虽然不能全部拿出来，但是他们肯定会竭尽所能帮助小熙。

大家决定这几天加班，把SK娱乐留下的工作全部结束，这样他们就可以接其他工作。

然而这边的事情还没解决完，小熙那边又面临着新的困难。

吴建成回家后，欧雅妍怎么想都气不过。

朵朵每个月的抚养费也是一笔不小的数目。可是在欧雅妍看来，那么小的一个孩子现在还没上小学呢，能有什么花钱的地方？

可吴建成却决定每个月给孩子几万，甚至更多的抚养费。

欧雅妍知道，吴建成放不下尹沫熙，这笔钱多半也是花在了尹沫熙身上。

那到头来，她还是掌握不了财政大权。

为了让钱掌握在自己手中，欧雅妍便当着老太太和吴建成的面耐心地说道："我想了一下，朵朵还小，现在尹沫熙患病，朵朵跟着她肯定会吃苦的。"

老太太听后很是心疼，虽然说朵朵不是男孩，可是朵朵毕竟是吴家的孩子，老太太也不想朵朵跟着尹沫熙。

于是欧雅妍继续说道："我是真心爱建成的，所以抚养建成的女儿我也没觉得怎样。我完全可以做到这些的。我心里多少有些内疚，不想孩子跟着尹沫熙一起受罪。"

欧雅妍说得如此真诚，吴建成和老太太都没有怀疑她是别有用心。

毕竟朵朵是个只有五岁的可爱丫头，谁会想着要对一个五岁的孩子下手呢？

"毕竟我现在也有了孩子。儿子还小一个人很孤单，朵朵是他的姐姐，把她接到家里来生活，和弟弟一起成长，这不是好事吗？"

老太太当即决定支持欧雅妍的提议："我看行，再说了，雅妍多大度啊，根本不计较朵朵是你前妻的女儿。这么善良还想着帮你带孩子，真心不错的。"

为了自己的孩子着想，吴建成决定争回朵朵的抚养权。

于是吴建成委托律师向小熙提起诉讼，要求她把女儿的抚养权让给他。

在收到法院传票的时候，小熙气得差点晕过去。

她最不能容忍的就是吴建成拿孩子的事情来威胁她。

他当初答应得好好的，说他绝不会和自己争女儿的。

尹沫熙气得喘不过气来。她慌张地拿出手机打给了云帆。

"云帆，你帮帮我，吴建成要把朵朵抢走。我不能把朵朵给他，绝对不能把朵朵给他啊。"

尹沫熙泣不成声，想到朵朵会离开自己，尹沫熙甚至没了继续坚持下去的动力。

她能一路撑到现在，不是因为她有多坚强，她是为了女儿而坚持。

云帆得知这个消息时很是震惊。吴建成当初可是说好了不抢朵朵的抚养权。那个男人，怎么可以无赖到这个地步？

"小熙你别哭，我帮你，我肯定会帮你。"云帆听着小熙沙哑的声音心疼到不行。

朵朵是她的心头肉，吴建成和欧雅妍实在是太卑鄙了。

"小熙，你先别着急好不好？"

"好，我不急，我相信你。谢谢你云帆，这事就麻烦你了。"

云帆好不容易才把小熙的情绪安抚好，挂了电话后，云帆却愁得不得了。

到底谁能帮忙？

云帆想着，实在不行就先拿出所有钱帮小熙请个最好的律师打官司。

可是小熙现在的情况来看，的确没能力抚养朵朵。

即便不是专攻法律的云帆，都知道小熙这次可能真的要失去朵朵了。

第141章　我们之间没什么好谈的

云帆为了小熙，再次打给姐姐，希望她能帮小熙一把。

沐雅楠见是弟弟的号码本不想接电话，可是为了说服弟弟放弃尹沫熙，她还是按下了接听键。

"想清楚了吗？你还要继续坚持下去吗？"

云帆很是坚决地回答着姐姐的问题："姐，我说过我不会放弃小熙。我真的不明白你和爸妈到底是怎么想的？小熙不会看上我家的财产，也不会占我什么便宜。小熙能不能过了这一关都不好说，我只是想和她在一起，这样也不行吗？"

云帆和小熙之间没有任何利益纠葛，他只是单纯地爱着小熙，为什么家人非要把那些复杂的事情加在他们身上？

云帆不想爸妈和姐姐再次误会小熙，于是他跟姐姐实话实说："现在只是我单方面地追求小熙。"

听着弟弟说的这些话，做姐姐的沐雅楠心里有些酸酸的。

弟弟这番话语中的无奈和苦涩她听得出来。

她知道，弟弟真的很喜欢小熙，比她想象中的还要喜欢。

可是雅楠为了弟弟着想，才会想要阻止他继续留在小熙身边。

雅楠试着去劝说云帆："云帆，我知道你喜欢小熙。可是你连小熙是否喜欢你都不确定，又何必一直坚持下去？或许小熙根本就不喜欢你。"

云帆根本不想把时间浪费在这上面。他直接说出自己的想法："姐，我求你了，我这辈子没求过你什么。你帮帮小熙好吗？朵朵可能要被她前夫抢走了。朵朵就是小熙的命，你帮忙给小熙打官司好吗？"

沐雅楠有些无奈，原来弟弟打来电话还是为了尹沫熙，竟然还想让她帮忙给小熙打官司。

雅楠知道弟弟现在陷得很深，她只好控制自己的情绪试着解释清楚："云帆，我根本不能帮她打官司，我不了解国内的法律情况。我生活在纽约，我只熟悉美国的法律。我很抱歉她前夫这么过分，但是我帮不了你什么。还是另请高明吧。"

雅楠马上就要挂电话了，云帆再次央求道："姐，你别挂电话，别挂，我知道你肯定有办法，你帮帮我。"

其实尹沫熙这种情况，律师完全可以打感情牌，也可以让法官听取小孩子的意见和选择。沐雅楠还在犹豫着。

见姐姐有些动摇，于是云帆再次祈求道："姐，求你了，帮帮我好不好？"

见弟弟如此可怜，沐雅楠心软道："法官也会听取孩子的意见。要看孩子更想和谁一起生活。"

云帆一听有些心动，答应道："好，我知道怎么做了，谢谢姐。"

"等一下，你要答应我一件事情。"

云帆知道姐姐绝对不会提什么好事。

"你想让我离开小熙？"

"嗯，你很聪明。我不是让你马上离开，给你三个月的时间整理你的感情。"

这个时候的姐姐，更像是职场上那个雷厉风行不带一丝感情的大律师。

和律师讲条件，云帆知道吃亏的肯定是自己。

雅楠见他沉默不语，便给他一些时间来思考。

"给你二十四小时时间思考，若是你决定好了就打给我。"

说着沐雅楠直接挂了电话。

云帆对着自己的手机发呆，他想帮小熙夺回朵朵，可又不想答应姐姐离开她。

云帆左右为难，很是苦恼。

……

欧雅妍知道吴建成搞不定尹沫熙的。

为了尽快说服尹沫熙放弃朵朵，她决定亲自出马。

不过欧雅妍的确是怕极了尹沫熙的妹妹尹沫夏，所以这一次，欧雅妍花钱叫了几个保镖陪着她一起去了尹沫熙的公寓。

欧雅妍到公寓的时候恰巧小雪也在，小雪一见是这个女人，抢起胳膊就想给她一拳。

可还没下手，就被欧雅妍身边的两个彪形大汉给拦住了。

小雪看到这阵仗后不禁哈哈一笑，随后嘲讽道："你是被打怕了，所以才会带两个保镖来吧。那你要经常带着他们出去喽，据我所知好像很多人都想打你呢。"

欧雅妍狠狠地瞪了小雪一眼，知道这个女人嘴上不饶人。

她没有理会小雪，而是径直走到床边低头看着小熙，态度相当诚恳地说道："我想和你单独谈谈。"

尹沫熙微微皱眉，她和欧雅妍之间似乎没什么好谈的。

小熙情绪相当冷漠："我们之间没什么好谈的，带着你的保镖离开。"

"我只是想和你谈谈你的女儿。"

听到女儿俩字，一直冷静的小熙瞬间就不淡定了，她猛地从床上爬起来，随后伸手直接掐住欧雅妍的脖子。

这一举动太过突然，就连保镖都愣住了。

她看似柔弱，可是此刻却用上了全身的劲儿。

尹沫熙咬牙切齿地警告欧雅妍："我告诉你，你少打朵朵的主意。你敢招惹朵朵，那我现在就弄死你。反正我可能活不久了，临死前拉你下去陪我也不算太亏。"

女儿是她最后的底线，欧雅妍若是敢打朵朵的主意，小熙是绝对不会手软的。

欧雅妍整个人都呆住了，她呼吸困难，双眸中尽是恐惧。她感觉尹沫熙此刻，是真的想要把她给掐死！

欧雅妍赶紧喊来保镖拉开尹沫熙，然后灰溜溜地走了。

尹沫熙如果想要留住朵朵，就一定要争取早日康复。

冷轩和若冰针对小熙的检查结果，帮她制定了一系列的治疗方案。

前几天尹沫熙到医院做检查的结果，就能看得出她现在的病情已经进一步恶化。

若冰和冷轩研究后，一致决定第一阶段为诱导缓解治疗、联合化疗为主要方法，迅速清除小熙体内的白血病细胞。

但若冰还是提醒冷轩："造血干细胞移植现今仍是急性淋巴白血病的唯一可能治愈的方法。小熙病情恶化迅速，最后肯定要做骨髓移植的。"

冷轩头痛地揉了揉眉心，赞同地点了点头。

可目前并没有匹配的造血干细胞，他们只能采取诱导缓解治疗和化疗的方式，来争取更多的时间。

第142章　做人不能太绝情

欧雅妍对争夺孩子抚养权一事势在必得，前几天她和老太太提过此事。

房间内空荡荡的，吴建成不知道又跑去了哪里。

欧雅妍有些倦了，只好躺在床上休息一下。

很快，欧雅妍的母亲就找上了门来。

管家接待了她的母亲，让她在楼下稍微等一下他好上去请欧雅妍下来。

可欧雅妍的母亲却冷着一张脸，"不用了我直接跟你上去。"

管家想到她是现任女主人的母亲也不好得罪，于是点头让她跟随其后上了楼。

管家来到卧室外轻声敲门，"欧小姐……"

因为还未举行婚礼，所以管家和其他用人暂时称呼她为欧小姐。

欧雅妍听到敲门声后疲惫地从床上下来，缓缓走到门边问："什么事啊？"

"欧小姐，您母亲到了。"

"我母亲来了？"

欧雅妍立刻开了门，见母亲站在管家身后，脸色一喜，"妈你怎么来了？怎么不事先通知我一声，我好让司机去接你嘛。你快进来坐。"

欧雅妍拉着母亲在房间内坐下来，还吩咐着管家："让厨房阿姨准备一些好吃的送上来。"

管家点点头随后退出了房间并将门关上。

"妈，我和建成过阵子就要筹备婚礼了。你开心不？我终于要嫁入豪门了呢。"

欧雅妍的母亲一点都不开心，相反还很痛苦。

她看到了网上传的，尹沫熙去医院看病时的照片。

尹沫熙看起来格外虚弱，被病痛折磨得都不成人形了。

"你和吴建成在一起，这我也就不说什么了。可是尹沫熙得了白血病，你还逼着她离婚你们太过分了。我是向着你的，毕竟你是我的女儿，我希望你能幸福。可是雅妍啊，我们已经把自己的幸福建立在别人的痛苦上，可不能再把人逼上死路啊。"

欧雅妍的母亲虽然希望女儿能够嫁入豪门，可是做人不能太绝情，更何况尹沫熙身患重病。

欧雅妍不能理解母亲，每次一到关键时刻她就心软。

"妈，你能不能不要总是向着尹沫熙？她得白血病又不是我造成的。那是她自己命不好。再说了，我又没逼她离婚，是她自己主动提出来的。"

第143章　父亲病危

见女儿如此固执，欧雅妍的母亲怒声质问道："你当真不怕遭报应吗？"

欧雅妍呵呵一声冷笑，有些无奈地告诉母亲："妈，这世上哪有什么遭报应一说？妈我跟你说这都是命你知道吧！快别玻璃心了。"

欧雅妍的好心情真的不想被母亲一盆冷水给浇灭。

可是欧雅妍的母亲这次的态度却是相当的坚决，"你不怕我们怕。抢了人家的男人也就算了，瞧瞧你和吴总都做了什么。你们怎么能把尹沫熙往死路上逼？你爸都快被你气死了……"

"你们还要为了尹沫熙不认我这个女儿不成？"

欧雅妍母亲很严肃地点着头说："没错，这一次我是站在你爸那一边的。你们做得太过分了。"

欧雅妍一脸诧异地看着自己的母亲，她竟然真的和父亲站在同一战线上？

"妈我怎么了吗？是尹沫熙自己命不好啊！"

见她如此固执，欧雅妍母亲的态度也狠了下来。

"好，我和你爸就当没生过你这个女儿。从今以后，你过富贵生活和我们没关系，你若是走投无路也别来找我们。"

这算是和欧雅妍彻底地断绝了母女关系。

欧雅妍还是不能理解母亲和父亲的逻辑。

"妈，你们别闹了行吗？我很快就要结婚了，谁家父母不想自己女儿嫁入豪门啊。"

"是，我也想过好日子也想你能嫁入豪门，可是你嫁入豪门却要别人付出惨重代价。我和你爸良心难安。那套公寓我们不要了，你自己留着吧。我和你爸现在过得其实也还不错，最起码可以挺起胸膛堂堂正正地做人。"

欧雅妍母亲内心还保有一丝善良，可欧雅妍却彻底地被金钱和利益所麻痹。

甚至可以说，她早就被物质所吞噬，她好不容易走到今天，即便父母要和她断绝关系，她也不会轻易放手。

"既然你们这么想不开我也不拦你们。若是生活上遇到了困难就来找我。"

她认为，爸妈终究会为金钱所折服的。

欧雅妍母亲没再对女儿说什么，只是提醒她一句保重，随后就转身离开了。

欧雅妍站在窗前，看着母亲渐渐远去的背影，内心觉得空荡荡的。

为什么事到如今，她拥有了想要的生活，可是身边的亲人却渐渐都远离了她？

……

尹沫熙每天都积极接受治疗，右胳膊里更是埋了一根40厘米长的picc管，这样可以有效防止化疗药物对血管造成的损伤，防止血管破裂。

所以，即便再痛苦她也要坚持下来。

可她没想到，她的生活才刚刚恢复平静，父亲那边却出事了。

她做完化疗刚刚走出病房，就接到了疗养院打来的电话。

"阿姨，我父亲最近身体恢复得如何了？你们没有让他看国内的娱乐新闻吧。"

电话那端，却传来焦急的声音，"你父亲心脏病发正在紧急抢救中。"

尹沫熙听到这个噩耗，大脑嗡的一声，身子一个趔趄，差点摔倒在地。

好在沐云帆及时赶到，伸手将她揽入怀中，却惊讶地发觉她正微微颤抖着。

云帆见小熙眼神涣散，目光呆滞，立刻拿起手机耐心询问："你好，请问是哪里？"

"我是疗养院的工作人员，尹小姐事先通知我们，让老先生不要接触国内消息。可刚刚老先生和院内的一个先生聊天，从那人口中得知了尹小姐离婚的消息……他心脏病发正在紧急抢救中，请尽快派家属过来一趟。"

"好，我们会尽快派人飞过去，尹老先生还麻烦你们帮忙照顾。"

挂了电话后，云帆立刻扶小熙到病房去休息。

她躺在床上愧疚自责地念叨着："是我害我爸心脏病发的。我得去美国，我得守在我爸身边。"

小熙情况恶化了，韩冷轩和若冰得知消息后立刻赶到病房查看。

"她发高烧了。"

小熙因急火攻心病情加重，这个样子是没法去美国的。

云帆立刻通知沫夏和政宇，两人买了机票赶往机场。

得知妹妹和政宇去照顾父亲，小熙才稍微安心了一些。

一天后，尹沫熙终于接到妹妹的电话，父亲抢救及时已经脱离生命危险。

只是……父亲此次心脏病发造成脑中风，沫夏和政宇会留下来专心照顾他。

小熙心里清楚，想要让父亲尽快康复，唯有自己尽快振作起来。

只有她过得好，父亲才会安心。

第144章　为她实现梦想

小熙住院期间成天无所事事，总是对着窗外发呆。

云帆看在眼里，疼在心里。

他想让她对生活充满信心和期待。

云帆记得小熙曾经和他说过，她和小雪在上学的时候就有过创业的梦想。

梦想着以后两人一起开店，成立属于自己的婚纱品牌。

虽然现在看似晚了一些，但是云帆觉得，一切都还来得及。

只是，开店要花不少的钱。他一个人目前无法全力帮助小熙，更何况他自己出资的话小熙也会不愿意接受。

于是，云帆特意打给小雪，约她在工作室附近的咖啡店见面。

云帆心里大概有了构想，而且小月和皮特也全力支持他的计划，两人还决定把自己一部分的存款拿出来帮小熙开店。

下午两点多，云帆早早就到了咖啡店，他手中拿着不少的图纸资料，都是豪华商业街旺铺的信息。

云帆是想买下一间旺铺给小熙，再好好装修一下。

小雪到了之后，云帆将自己选好的几家旺铺拿给小雪看了看。

"我记得你之前说过，你和小熙在上学的时候就想着以后开家属于自己的婚纱店。"

"你该不会是想买下一间店铺给小熙吧？"

小雪彻底惊呆了，这些坐落在繁华商业街上的旺铺，随便一间售价都要上千万！

小雪好奇地问他："你可想好了啊，这些店铺每月租金几万块都下不来的，买的话最少也要千万吧？再加上装修需要不少资金，而且既然是婚纱店，小熙现在体力有限不能马上做出成品，首先就只能买些婚纱回来出租。买婚纱的费用也不是一笔小数目啊。"

小雪知道这笔钱不是小数目，云帆自然心里有数。

"我想了想，小熙需要动力，需要一个目标来支撑着她继续坚持下去。如果可以让她圆梦，应该能让她对新生活充满期待和信心。"

小雪听后赞同地点点头，云帆说的的确没错，要想小熙重新振作起来，就该帮她圆梦，让她意识到即便是身患重病、和老公离了婚，她的生存也是有价值的。

"我现在只有十多万。我已经接了一个私人写真的工作，过几天会有二十多万入账。"

这些钱想开家婚纱店是远远不够的。

"这些钱是肯定不够的，所以我想请冷轩、若冰他们帮忙。"

冷轩应该不差钱的，若冰更是富得很，他们两个若是肯相助的话，会解决不少的问题。小雪听后立刻竖起大拇指说道："好主意，我这手头也有个两三万的存款，虽然钱不多，可是两三万也是钱啊。"

大家都拿出一点钱，最后肯定能凑足这笔钱的。

"所以，你先陪我去逛逛看，看选哪家店好。"

云帆想要尽快选好店面，尽早弄好一切。

两人喝了咖啡后就去商业街上转了转，连着看了几家店铺后，小雪和云帆一致认为其中的一家店铺是最适合的。

云帆问了价格，想要买下这家店面可能贵了些。

这些钱对于云帆来说并不算什么，可现在……

为了不再刺激到父亲，他根本不敢动名下的任何房产。

他也只能先去找冷轩和若冰商量看看。

云帆开车送小雪回家，他答应小雪一旦有了好消息就会立刻通知她。

见小雪进了小区后，云帆并没有回自己的工作室，而是开车直接去了医院。

今晚冷轩和若冰都在。

趁着两人休息的时间，云帆说了下自己的想法。

"我和小雪下午的时候去商业街看了看，这家店铺很适合小熙开婚纱店，位置也不错的。"

虽然若冰家有钱，她自己也不差钱。可在一线城市的商业中心买间旺铺做投资，任谁都会考虑一下吧。

冷轩很想帮助小熙，不过现在母亲接管了财政大权，他和父亲若是想往外拿钱还是要过母亲那一关。

冷轩账户上也就只有五十多万而已，而若冰也决定拿出五十多万来资助他们。

虽然若冰和小熙算是好朋友，可毕竟还没亲近到让若冰无怨无悔付出所有的地步。

更何况，若冰和小熙之间还隔着一个冷轩。

云帆算了算，这些钱加一起，顶多就是凑个一百五十多万，这还远远不够。

云帆拉着若冰到外面私下谈话。

"若冰，我知道你不缺钱，能不能再多借给我一些？冷轩那边是极限了，可你不同，你可以随意从账户转账，你父母不会过问你的钱都花在了什么地方。"

若冰和云帆是好朋友，他知道若冰的父母给若冰开了一个私人账户，存款少说也有几百万。

若冰无奈地看着云帆，疑惑地问道："你爸妈应该已经知道你在这边发生的事情了吧，听说你父亲被你气得晕倒住院。既然如此，你又何必在小熙面前逞威风呢？"

在若冰看来，就算小熙和吴建成离了婚，可也不代表云帆就有机会和她在一起。

"我不是在逞威风，我只是想帮助她而已。等过阵子我就会把钱还给你。"

若冰知道云帆有这个能耐，即便他父亲不许他动名下的房产，可他也是有能耐在短短几个月时间内就挣到这笔钱的。

可若冰并不是很想借给他。

"就算你是想帮助小熙，可有句话说得好，量力而行。"

"说了这么多，你是不肯借？"

"我已经决定拿出五十万，云帆，我就算只拿一两万你也没有资格怪我什么。"

云帆无奈地点点头，没错，他是没资格怪若冰。

她千里迢迢地回到国内帮忙医治小熙，她做得已经够多了。

"我没怪你，没关系，我再想别的办法，那我先走了。"

云帆朝着若冰挥挥手，随后转身离开了医院。

走出医院后，云帆沮丧地给小雪打了电话："凑了一百五十多万，还不够，我再想想办法吧。"

第145章　筹钱

云帆有些头疼，不知身边还有谁能出手帮忙。

小雪笑着让他放轻松，还告诉他一个好消息："我把你要给小熙开婚纱店的消息，告诉了沐夏和政宇。他们两人决定拿出一部分钱来支持小熙。"

云帆无奈地苦涩一笑，这算是好消息，可就算有了沐夏和政宇凑的那笔钱，想要在商业中心买下一间旺铺，依旧还是不太现实。

沐云帆考虑许久，决定找商业大佬投资小熙的婚纱店。

只有这样才能解决钱的问题。

"你能找到小熙的作品吗？她之前有没有拿过什么奖？"

小雪微微一愣，轻拧眉心，认真地回想着小熙曾经拿过的设计大奖。

她记得前几天帮忙搬家，好像有帮她收藏两本作品集。

"只有两本她的作品集，在国内倒是获过不少奖的。"

沐云帆嘴角微微翘起，她有成绩就好办。

云帆吩咐小雪带上那两本作品集和所有获奖证书，约她在街角咖啡店见面。

小雪不知沐云帆有何用意，却还是照做了。

她抱着两本作品集和所有获奖证书赶到咖啡店门口，沐云帆开着车也刚好过来。

沐云帆摇下车窗招呼她："小雪，上车。"

小雪点头，上了车后，依旧猜不透沐云帆要这些证书做什么。

"我们去哪里？你要小熙的作品集和获奖证书做什么？"

沐云帆眼中尽是期盼，一边向她解释，一边朝方正大厦的方向驶去。

"我和方正集团的总裁算是老相识了，我们可以找他投资小熙的婚纱品牌。"

"那我……我要怎么说才能打动他为我们投资啊？"

小雪格外紧张，双手紧紧抱住怀里的两本册子，生怕自己会给小熙拖后腿。

沐云帆对此并不担心，还柔声鼓励她放手一搏："用你最真实的一面去面对那位总裁，就这么简单。"

小雪点点头，内心却依旧忐忑不安。

很快，车子在方正大厦前停了下来。

小雪跟在沐云帆身后进入了大厦，云帆提前预约了，所以一路畅通无阻，在秘书的引领下，两人来到了总裁办公室。

一进门，方正集团的马总便起身热情迎接："云帆，你小子不够意思，回国也不说常来看看我。"

云帆走过去同他亲切握手，两人彼此寒暄了几句。

马总见他身后还有别人，不禁笑着问道："有事找我帮忙？"

"既然如此，我也就不绕圈子了。我朋友想开一家婚纱店，成立属于她自己的婚纱品牌。想请马总投资。"

"投资婚纱品牌？"马总疑惑地问，食指不经意地轻轻抬起，在桌面上敲了敲，眼中却闪过一抹精光。

马总轻笑出声，随后提醒沐云帆："我是一个商人，如果这个品牌没有任何价值。我是不会傻傻往里扔钱的。"

云帆点头表示赞同，随后示意小雪上前一步。

"那是当然，做买卖自然是要挣钱，我怎会让马总做亏本的生意。马总您看一下，这位婚纱设计师的作品以及她在国内获得的奖项和荣誉。"

小雪将小熙的两本作品集，和所有证书都摆在了马总面前。

马总认真翻看着，不禁疑惑问道："尹沫熙？SK娱乐的千金小姐尹沫熙？吴总的前妻？"

最近尹沫熙和吴建成离婚的新闻闹得沸沸扬扬的。

马总以为尹沫熙这样的豪门贵妇，只是外表好看的花瓶而已，想不到，她竟然是婚纱设计师。

"对，就是她。小熙真的很有才华的。就连国际知名婚纱设计师都曾夸她有潜力呢。马总，投资小熙的婚纱品牌，一定会让你收获满满的。"

小雪言语真诚，马总有些心动了。不过……

"她是有才华有能力，可毕竟现在身患重病，投资婚纱品牌还是太冒险了。"

马总有些犹豫，不想一时冲动白白浪费时间和金钱。

小雪听后有些急了，她想为小熙和自己争取机会。

"马总，小熙的作品和获奖证书您看到了，这是小熙的梦想，正因小熙身患重病，我们才要放手一搏不留遗憾。我们想圆梦，想靠自己双手实现自我人生价值。我们不会让你失望的。"

小雪如此诚恳的一番话语，让马总也为之动容。

他不禁感慨出声："好一个放手一搏，不留遗憾。有梦敢拼的人值得我们尊重和支持。说吧，你们需要多少钱？"

马总终于改变心意，小雪和云帆激动地上前一步，齐声开口："一千万……"

一千万，买市中心商业区的一间旺铺，这对马总来说不是难题。

他大手一挥，立刻拍桌决定："好，我让秘书将一千万打到你们账户上。合约拟好后明天送过去。但我有要求，给你们三年时间，若是三年内，品牌无法盈利，我将撤回所有投资。"

马总的要求很合理，这一千万就当是帮了云帆一个忙，若是婚纱品牌真的无法盈利，他再撤回资金也不亏的。

沐云帆点头表示同意，对尹沫熙也是信心满满。

三人达成协议后，那笔钱很快就打到了小雪的账户上。投资到账后，云帆和小雪便开始着手店铺的事。

云帆先是打给店铺的房东，和她约好明天上午签合同，随后又让皮特和小月联系最好的装修公司。

他们计划让婚纱店在一个星期之内就完工。

因为工程短又要考虑到小熙的身体状况，所以一切装修材料必须是最环保的。

云帆所做的这些都是瞒着小熙在进行着。

小熙只是觉得云帆最近很奇怪，好像总是神神秘秘的，也可能他最近是真的很忙吧。

只是小熙渐渐习惯了每天云帆陪在自己身边，每晚他都会打电话给自己说些鼓励的话语。

每次一听到他的声音，小熙的心就会踏实下来。

小熙低头苦涩一笑，所以说人真的不能养成习惯，习惯就会成自然。

她已经渐渐习惯了有云帆陪伴的日子。小熙知道，自己必须戒掉这种感觉。

没有谁可以让她依赖到永远，凡事还是要靠自己的。

病房内，小熙低头哄着朵朵睡觉，朵朵满足地咧嘴一笑，赖在小熙的怀里满足地说道："妈咪，你知道吗？我超级喜欢和你在一起，妈咪你再也不要离开我了好吗？"

跟在妈咪身边，即便是每天要待在医院里，她就觉得生活是甜甜的。

所以她想要一直跟在妈咪身边，而且她相信，自己很快就会有新的爹地。

为了尽快给自己找个新的爹地，朵朵仰起小脸一脸认真地问母亲："妈咪，我什么时候会有新的爹地啊？"

小熙愣了一下，没想到朵朵会问到这个问题。

"朵朵那么想要爹地吗？就妈咪带你生活不好吗？"

小熙拿朵朵是一点办法都没有，刚刚这小丫头还说只想跟着她一起生活，还说只要有她这个妈咪就够了。可是一转眼，她又想要个新爹地了。

朵朵撒娇地晃着小熙的胳膊央求道："朵朵想要新的爹地嘛，三个人在一起才是一个家呢。我想要个属于我们的家。还是妈咪你心里忘不掉爹地？可是爹地都可以找新的老婆，妈咪为什么不能找新的老公？爹地都有一个新的家庭，妈咪为什么不能有新的家庭？而且妈咪，我想要个小妹妹的。"

朵朵的话让小熙哭笑不得，这孩子，竟然还想着让她给生个小妹妹？

是啊，爱情对于小熙来说虽然是奢望，可她也渴望得到一份真正的感情。

只是，被吴建成伤得这么狠，她对爱情、对婚姻哪里还有勇气和信心？

朵朵见妈咪发呆，在妈咪耳边低声道："妈咪，我很喜欢云帆叔叔的。而且云帆叔叔还单身呢。"

在朵朵看来，云帆叔叔和妈咪是最般配的了。

小熙再次愣住了，随即放声大笑着："你这小丫头，虽然云帆叔叔现在还是单身，可是云帆叔叔不会喜欢妈咪的。"

妈咪说得那么肯定，朵朵有些急了，问道："为什么？你为什么那么肯定呢？妈咪长得这么好看，我又这么聪明可爱，难道妈咪觉得朵朵是累赘，所以云帆叔叔不喜欢吗？"

朵朵之前听幼儿园的其他小朋友说过这件事情，他们说父母一旦离婚了，孩子就会成为大人的累赘。可她很乖的，又聪明，难道这样的自己也是妈咪的累赘吗？可是……云帆叔叔很喜欢自己的呀。

见朵朵如此心急，小熙心里酸酸的，她一把搂住朵朵，柔声在她耳边承诺道："朵朵乖，我们朵朵这么可爱，绝对不会是妈咪的累赘，妈咪答应你，如果真的有幸福来敲门，妈咪会努力试试看，试着给你组建一个新的家庭好不好？"

为了女儿，也为了自己，如果爱情真的来敲门，她是愿意尝试一下的。

谁知道在下个拐角处，她会不会真的遇见属于她的幸福呢？

见妈咪终于答应了自己的要求，朵朵笑得格外灿烂，她伸出小指头和妈咪拉钩钩："妈咪拉钩钩，不许反悔的哦。"

小熙伸出了自己的小指勾住朵朵的小指，承诺道："好，妈咪跟你拉钩钩，绝对不会反悔的。"

朵朵这才安然地入睡，这一夜她做了个美梦。梦见了妈咪穿着婚纱，云帆叔叔穿着帅气的西服。而她则在妈咪身后，拉着妈咪婚纱的裙摆，他们一家三口走上了红毯。

朵朵在梦里亲自送妈咪和云帆叔叔步入了婚姻的殿堂。这是一个好梦，所以，美梦应该会成真吧。

第146章　暗中行动

第二天上午，云帆拿着支票去和房东签了买房协议并给了定金。

接下来的手续也将会在三个工作日之内结束，事实上，这个店面已经属于小熙了。

房主离开后，皮特和小月也赶到了店内。

皮特和小月上下走了一圈，参观后均竖起了大拇指夸赞道："很不错哎，真的很不错。楼上那一层给她们母女住完全够用的，下面这一层也可以分为三个区域，最里面是婚纱展示区，然后这边是接待区和休息区。中间这边可以给她弄成工作台，方便她设计和制作婚纱。"

皮特找了多家装修团队给云帆筛选，最后他们选择了一家最好的装修团队。

云帆将自己的想法和一些要求说给他们听，并要求一切建筑材料和装饰材料必须是最环保的。还要求他们在一个星期之内就完工。

工程虽然紧了些，不过好在这家店之前就是精装修，云帆他们并没有改动得太多，只是在原有的装修基础上做出修改和调整。

尤其是楼上那一层，云帆要求一定要弄得浪漫一些，还要给朵朵弄一个公主床。

一切沟通完毕后，下午的时候装修团队就会过来测量和计划装修方案。

即便是搞定了这些，云帆和小月也没有闲着。

家具这一块他们要亲自去挑，小月要考虑到朵朵和小熙的生活需求，还要为朵朵弄一个最浪漫的公主房。

所以挑选家具和布置房间这一块云帆就安排给皮特和小月去解决。

他则打电话给小雪，约她在店里见面。

既然是婚纱店，没有婚纱这店是开不起来的。

小熙每天接受化疗，亲手制作婚纱的话，身体根本吃不消。

所以，在小熙彻底康复前，他们只能去谈别的婚纱品牌的代理权。

但是要选哪个品牌的婚纱，还是要请小雪来帮忙的。

小雪得知云帆已经安排好了装修团队，兴奋得直接和公司请假，打车来到商业街的店内。

推门而入，发现云帆正在里面等她。

"不错哎，我昨天在网上查了一下，这样大的店铺还是在商业街区，听说要价会更高的。想不到你一千多万就买下来了，厉害哦。"

其实也是他们运气好，房主认出沐云帆是知名摄影师，特意给他一个优惠价。

而且，房主一家准备去美国定居。为了报答房主，云帆承诺他，等他们到了美国后，云帆会安排朋友给他们介绍所居住区域内最好的房子，还会拿到最大的折扣。

这样一来，房主才会以这么低的价格卖给他。

小雪越发觉得云帆是个很靠谱的男人，不管做什么事情都会让人格外放心。

"婚纱这一方面你看怎么弄才好？"

云帆耐心地请教着小雪，毕竟开家婚纱店是小雪和小熙上学时就有的梦想。

关于这个梦想，小雪和小熙以前就有认真做过规划。

"小熙从来都没想过只做高端婚纱，在她看来，每个女人都有资格成为最美的新娘。所以我们的婚纱店应该分为中高端婚纱和轻奢系列婚纱。当然我们还会对外出租婚纱，这样有些女人虽然买不起婚纱也可以租婚纱，在结婚那天成为最美的新娘。"

原来这就是小熙当初开店的梦想，想要每个女人都能实现自己的最美新娘梦。

"所以，我们最好是能够加盟几家婚纱品牌，然后同时创立自己的婚纱品牌。"

小雪说的很简单，云帆当即就听明白了她的用意。

说到婚纱品牌，云帆觉得他完全可以帮得上忙。

"Miss Wang的婚纱够有品位了吧？"

就算小雪的专业不是婚纱设计也知道她所创立的婚纱品牌，而且Miss Wang还是小熙的头号偶像。

"我想应该不会很难，我和她关系不错的。中高端婚纱品牌你想想谁家的更好，我会帮忙去解决这些事情。"那些设计师还是会卖云帆一个人情的。

小雪越发兴奋激动，感觉她们的梦想很快就能实现了。

"不过现在的婚纱店都是一条龙服务，不仅仅是让准新娘来这里选婚纱，她们可以直接在这里定妆，还可以预约摄影师拍摄婚纱照。"

现在的婚纱店多半都是这样的经营模式。

小雪喜欢化妆，她决定去报名参加一个化妆班的培训，可以一边学习一边在这里帮忙化妆。

至于摄影师，他们这就有个最佳人选。可是小雪并没有提议让云帆来一起创业。

毕竟云帆是国际知名摄影师，若是请云帆拍照，这成本未免太高，又有谁付得起这笔费用啊？

"想法不错，等婚纱店全部弄好后，我们再和小熙一步步地去商量，看她到底想如何发展。"

小雪和云帆一致认为这样做最好。

下午装修团队到了店里，云帆留下来和团队负责人继续沟通，小雪则去找小熙，想要咨询下她的意见，看看她更喜欢哪些婚纱品牌。

临走前，云帆一再嘱咐她，千万不要将此事泄露出去。这是云帆给她准备的意外惊喜。

……

第147章　没少受罪

小雪到医院时，尹沫熙正虚弱地躺在床上喘气。

小雪看着她如此难受，心疼得红了眼眶。

"刚做完化疗吗？不舒服？"

小熙扯了扯嘴角，却笑不出来。"每次化疗反应都很大，今天吐了两次，头晕恶心。"

小雪不知如何才能减轻小熙身体上的痛苦，她只能试着转移话题，让她开心起来，于是问道："朵朵呢？去幼儿园了吗？"

说到女儿，小熙脸上终于有了笑容，她点点头，轻轻地握住小雪的手，只是这双手稍微有些冰。

"朵朵去幼儿园了，孩子这几天跟我在医院没少受罪。"

小雪心疼孩子，更怕欧雅妍会继续来医院闹事。

"欧雅妍最近来过？你真的要交出抚养权？"

尹沫熙不傻，怎么会交出抚养权？

"官司还没开打，我不会放弃女儿的。"

但她承认，她的确没法给孩子一个稳定的生活环境。

小熙喘了喘气，随后继续说道："我是不会让出抚养权的，但就是委屈了我女儿。我这几天都是打过激素后，才能睡个好觉。昨晚朵朵来我这和我一起睡。可我因为打了激素的原因，出现了躁郁的症状，不停挠着左手留置针的地方，还将针口挠出了血。吓坏了朵朵。我真的不能让她在这个环境下生活。"

尹沫熙心疼孩子，她知道，若是打官司她肯定会输，因为她的病情的确不适合带孩子。

她必须积极接受治疗，争取早日康复出院。

小雪安抚她不要过于着急，聊了很久才找机会插入话题，问道："对了小熙，你说中高端的婚纱品牌，哪家是最好的呢？"

小熙好奇小雪为什么突然会对婚纱感兴趣，虽然她也喜欢婚纱，有哪个女人会不喜欢婚纱呢。可是……小雪突然和她讨论起中高端婚纱品牌，这让小熙觉得有些怪怪的。

"你有朋友要买婚纱吗？"

"哦不是，公司的同事要结婚了，不知道选哪家品牌的婚纱好，她想买经济又实惠的。"

也就是说，性价比要好。

小熙低头沉思了许久，随后给出了三个婚纱品牌。

小雪暗自将三个婚纱品牌记了下来，随后点头笑道："好，那我要赶紧告诉我朋友。对了小熙，我最近有些忙，不能天天来看你，有事我们微信联系哦。"

最近所有人都在忙着婚纱店的筹备工作，大家都忙得不可开交，哪里还有时间来看望小熙。

小熙只是觉得小雪有些神神秘秘的，虽觉得奇怪却也没多问什么，答道："好，那你就先忙你的，有时间再来看我就好。"

小雪上前给她一个暖心的拥抱，鼓励道："别气馁，我们大家都在为你努力加油呢。你也要有信心。"

小熙嗓音有些沙哑地应声道："好。"

拥抱过后小雪挥挥手就离开了。

她在出租车上将那三个婚纱品牌用微信发给了云帆。

接下来就要看云帆能否拿下那几个婚纱品牌的经营权了。

至于小雪，她已经辞了工作，参加了一个美妆的培训课程。

用她自己的话说，她终于要开始和小熙一同创业了。

为了成为小熙最完美的搭档，她自然要多多充实自己，首先化妆技巧就要过关。

第148章　最不想见到的人

小雪走后，小熙却等来了她最不想见到的人。

离婚后，吴建成就再也没见过尹沫熙。

虽然嘴上说不在乎，可每当夜深人静时，他的脑海里总会浮现出小熙那张苍白的脸。

对她的愧疚和恨意交织在一起，折磨得他无法入眠。

所以一大早，他就叫管家准备一些水果和精致小菜，亲自开车前往医院看她。

他给自己找了一个完美的借口，他们虽离婚了，但孩子还在。

他骗母亲去看望孩子，实则是想看看小熙过得怎么样。

病房内，小熙正坐在病床上休息，整个人沐浴在阳光中，目光温柔面色恬静。

吴建成目光沉了沉，犹豫再三，终于鼓足勇气推开了病房的门。

"咳咳，我来看看你。顺便把朵朵这个月的抚养费给你送来。"

吴建成不自然地轻咳出声，心虚地避开尹沫熙投来的视线。

他也知道小熙恨她，无奈地轻叹出声："我没恶意的。"

尹沫熙目光阴沉地瞪着他，眼底一阵寒意。

这世上怎么会有如此厚颜无耻之人？

离婚时，他答应会将朵朵的抚养权给她，可这才过了几天，他却翻脸不认人？

尹沫熙眼含泪光，心中升起一抹恨意，一字一句地冷声警告："吴建成，少在我面前装好人。我都收到法院传票了！当初离婚时我们说好的。我放弃那栋豪宅和其他财产，只要女儿的抚养权。你明知道朵朵是我的命根子，却还想把她从我身边夺走？"

尹沫熙身子微微颤抖，脸色煞白不见一丝血色。

吴建成拧了拧眉，见她情绪激动，先是让她冷静下来。

"你先冷静一下，我真的不明白你在说什么。什么法院传票？什么夺走女儿的抚养权？我根本毫不知情。"

面对他的解释，尹沫熙却依旧满眼憎恶，她怒斥道："你做过什么你自己心里清楚！"

吴建成垂眸深思，之前母亲和欧雅妍跟他提起此事，他以为她们只是说说而已……

吴建成立刻拿出手机打给律师："欧雅妍这几天是不是找过你？"

"是的吴总，夫人她对您前妻提起诉讼，要争夺女儿的抚养权。"

吴建成面色冷凝，握着手机的十指不禁暗自收紧。

果然是那个女人干的好事。

"取消诉讼，立刻，马上！"

吴建成对律师下了命令，随后挂掉电话，一脸歉意地向她解释："是欧雅妍做的，我的确不知情。我已经让律师取消诉讼，你放心，我不会跟你抢朵朵。我真是想看看孩子。"

吴建成目光真诚，态度严肃，看来此事和他的确没有关系。

尹沫熙这才稳住情绪，眉尖渐渐舒展开来。

她点了点头，态度总算缓和了些，"我不会拦着你见朵朵。只要不争抚养权，我绝不会阻止你们见面。"

吴建成总算松了口气，轻声应着："好。"

他将抚养费交给小熙，看她如今这番模样，心头一僵，心疼又无奈。

她这个样子，的确不适合带朵朵。

吴建成耐心地提出建议："你要住院，朵朵不能一直跟你在医院生活。不如把朵朵送我那去住上一段日子。你放心，我不会抢走朵朵，只是想照顾她而已。"

这也算是帮尹沫熙分担一些重担。

尹沫熙没有回应他，低着头，心底传来钝钝的痛意。

作为一个母亲，却无法照顾自己的女儿，她忽然觉得自己好失败、好无能！

她眼底的失落和无奈，深深地刺痛着吴建成的心。

他摇了摇头，再次劝道："我也是为孩子好，你再考虑一下。想好后通知我。"

吴建成知道小熙不想见到他，放下水果和带来的精致小菜后，他便转身离开了病房。

他走后，小熙瞬间瘫在病床上，攥紧的手心布满一层汗。

即便离婚了，再次见到这个男人，她依旧无法情绪淡定地面对他。

她缓了好久才平静心绪，刚想休息，沐云帆就抱着一束鲜花走了进来。

见她面色憔悴，云帆心疼地将手中的花束塞进她的怀中。

"看起来情绪不太对，又在胡思乱想？"

云帆拽过一把椅子坐在她面前，自然地握住她微微颤抖的双手，不禁蹙眉问她："手怎么这么冰？我叫冷轩过来看看。"

云帆起身要去找医生，小熙反手拉住了他，"别去，我没事。刚刚吴建成来过了。"

听到吴建成的名字，沐云帆身形一僵，随后冷着一张脸又坐回到椅子上。

"他来做什么？威胁你交出朵朵的抚养权？"

小熙摇摇头道："那件事是欧雅妍做的，他的确不知情。他已经让律师撤销了诉讼。朵朵的抚养权还在我手里。但我心里并不踏实。欧雅妍和吴建成的母亲，或许不会善罢甘休。我要做好准备。"

沐云帆轻轻地握着她的手，耐心劝她："吴建成不会把事情做得那么绝，毕竟是孩子的亲生父亲。小熙你放轻松，别给自己太大压力。"

小熙苦涩地扯了扯嘴角，将吴建成的提议说给他听。

"吴建成建议我把朵朵送他那去住一阵子，我住院的确没时间照顾朵朵。"

小熙内心纠结，舍不得朵朵，又想朵朵得到好的照顾。

沐云帆认真思考一番，劝她暂时将朵朵送过去。

"这样也好，只是让朵朵去住一阵子，抚养权还在你的手上。凡事以孩子为主。"

"嗯。"

小熙淡淡地应了一声，事到如今，为了朵朵着想，也只能如此了。

第149章　如她所愿

一切如欧雅妍所愿，朵朵被送到了家里。

为了在老太太和建成面前装样子，欧雅妍特意让用人给朵朵收拾出一间公主房。

房间也的确是精心布置了一番，浅粉色的纱幔和床单，还有摆满一床的毛绒玩具。

吴建成牵着朵朵的手，她看到爷爷奶奶后，礼貌地点头问好："爷爷奶奶。"

二老笑着点点头，亲切地抚着朵朵的头发，让她安心在这边住下来，"朵朵啊，你妈咪住院这段时间，你就留在我们这边，奶奶会照顾你的。"

朵朵脸色暗沉，只是乖巧地点着头，不似往日那般活泼好动。

欧雅妍听到楼下的声音后，立刻抱着儿子下来迎接朵朵。

一见面，她就亲切地走过去想要抱抱这孩子。

"朵朵可算来了，阿姨给你布置了公主房，你肯定喜欢。"

欧雅妍伸出右臂想要抱住朵朵，可孩子却不着痕迹地向后退了一步，直接避开她的拥抱。

欧雅妍愣在原地，尴尬地看着躲在建成身后的孩子，脸色有些僵硬。

果然，不是自己亲生的孩子，麻烦就是多。

老太太见气氛有些尴尬，便站出来教育朵朵。

"朵朵，这位阿姨就快和你爸爸结婚了。你该称呼她妈妈。这是你的弟弟，你今后呀，要爱护你的小弟弟知道了吗？"

朵朵不屑地甩甩头，才刚到这边，奶奶就给她灌输这些想法。

朵朵知道，奶奶一向重男轻女，为什么一定要让她去爱护小弟弟？

更何况，这个弟弟，是那个坏阿姨的孩子，不是妈咪的宝宝！

看到这个小弟弟，朵朵就想到妈咪的肚子里曾经也有个宝宝。

就是因为这个坏阿姨，她和爹地联合起来欺负妈咪，妈咪才会生病，属于她的弟弟才会没的。

朵朵吸了吸鼻子，满眼憎恶地瞪向欧雅妍，理直气壮地反驳："她才不是我妈咪！她是坏女人，是她欺负我妈咪，害我妈咪生病，也是她和爹地害我妈咪没了小宝宝。"

朵朵满脸都写着抗拒两个字，欧雅妍恨得牙痒痒，却只能在大家面前惺惺作态，故作可怜。

"我就知道这孩子会这样看我。我也清楚这年头后妈难当啊。"

老太太看不惯朵朵这个态度，想到自己那个小孙子早早夭折，全因尹沫熙那身子不争气。

她板起一张脸，沉声训斥朵朵："你妈咪到底怎么教育你的？和长辈说话就这个态度吗？"

随后又转向欧雅妍，耐心劝导："教孩子要有耐心的，朵朵就是跟着她妈学了那些坏习惯。还不是小熙自己隐瞒病情，背地里又如此教育孩子，把责任推到我们身上？这孩子得好好教育，你多上点心，该教训就教训，别心软。"

欧雅妍听后，不禁心中暗自窃喜，有老太太这番话，她可就没有什么好顾忌的了。

只要这丫头犯了错，她绝不会手软！

朵朵气得红了眼，却倔强地忍住不哭。

她知道，奶奶绝不会站在自己这一边，而曾经对她温柔宠爱的爹地，也已经和这个坏女人站在一起。

她在这里，只能靠自己。

朵朵一把推开挡在前面的奶奶和欧雅妍，哭着跑到楼上房间，随后将房门反锁。

她想妈咪，想云帆叔叔。

就在朵朵偷偷抹眼泪时，小熙的电话打了过来。

朵朵怔怔地望着手机屏幕发呆，愣了好久才按下接听键。

"妈咪，你想我了吗？"

朵朵擦干眼泪，藏住所有情绪，怕妈咪会担心自己。

小熙语气温柔，又带着万般不舍，一连串问了好几个问题。

"朵朵啊，见过爷爷奶奶了吗？奶奶对你怎么样？那个阿姨有欺负你吗？你住哪个房间？他们帮你布置好房间了吗？"

妈咪的温柔和关心，让朵朵眼圈一红，差点再次哭出来。

她真的好想瞬间飞回妈咪身边，可她不能。她不能继续任性，更不能让妈咪太过辛苦。

所以，为了守护妈咪，再委屈也要留在这里。

朵朵吸了吸鼻子，随后露出一张甜甜的笑脸，声音软糯糯地安慰着妈咪："妈咪我很好哦，奶奶对我很好，那个阿姨还帮我布置了房间。妈咪别担心我，你要乖乖听医生的话，好好养病哦。"

听女儿这么说，尹沫熙悬着的一颗心才彻底落地。

朵朵是吴建成的亲生女儿，是老太太的孙女，他们应该不会亏待孩子的。

尹沫熙用这样的理由来反复安慰自己。

也只有这样，她才能说服自己让朵朵留在那边。

挂了电话后，她还是忍不住红了眼眶。

沐云帆心疼地帮她抹去眼角的泪珠，轻声安慰她："你就安心治疗，朵朵在吴家不会受委屈的。"

小熙点点头，她翻看着日历，每天都算着日子。

等到这一阶段化疗结束后，她就可以和女儿相见了。

朵朵每天同样在数着日子，在煎熬和委屈中度过。

每天见到欧雅妍，她都无视这个女人的存在。

在老太太和吴建成面前，欧雅妍不好发作，可他们不在家时，欧雅妍就会去找朵朵的麻烦。

"朵朵你过来。"

这天，欧雅妍想要教育朵朵，命令她坐到自己身边来。

朵朵瞧了她一眼，随后无视她继续玩着手里的玩具。

她的冷漠态度让欧雅妍十分恼火。

尹沫熙之前就看不起她，如今，连她女儿都要用这种眼神来蔑视她？

欧雅妍怒火中烧，越想越憋屈，快步走到她面前，揪着朵朵的衣领将她拖到旁边的角落中。

"看着我，我跟你说话呢，你眼睛往哪看呢？"

欧雅妍粗鲁地捏住朵朵的小脸，强迫她直视自己的眼睛。

朵朵眼中闪过一丝不甘，愤怒地低头咬住她的食指，疼得欧雅妍立刻松开了她。

"你疯了你？属狗的啊你？你妈就是这么教育你的？"

第150章　我是在教育她

欧雅妍被朵朵气得快要抓狂。

这孩子根本不受她的控制，甚至还会反抗。

"小小年纪不学好，还学会咬人了你。"

欧雅妍一边责骂，一边伸手狠狠地拧着她的手臂。

朵朵疼得哭出声来，她想反抗，可小小的身子根本不是欧雅妍的对手。

欧雅妍一只手拎住她的衣领，另一只手在她手臂上狠狠地掐来掐去。

朵朵疼得号啕大哭，管家听到哭声有些心疼，过来劝说："太太，孩子还小，这样对她……"

欧雅妍一个眼神瞪了过去，冷声解释："朵朵态度恶劣，生性顽皮，我不过是在教育她而已。"

说着，欧雅妍又掐了几下才肯松开朵朵。

朵朵哭得喘不过气来，肩膀一抽一抽的，委屈地揉着被她掐过的地方。

管家将一切看在眼里，这个女人是真狠毒。

掀开孩子的袖子，白嫩嫩的手臂上青一块紫一块，可想而知她有多疼。

欧雅妍推着朵朵，让她回房间去休息。

随后又来到管家身边，在他耳边冷声威胁："你若是敢把今天这事说出去……

我让你明天就从吴家滚出去！"

管家战战兢兢地点头应着："是，太太，我不会乱说的。"

如今，欧雅妍才是吴家的女主人，用人们和管家不敢招惹她，只能转身默默离开。

朵朵回到房间，把门锁上，害怕那个坏女人会来房间里欺负她。

没人给她送药，也没人会来安慰她，抱抱她。

朵朵只能哭着抱住自己的毛绒玩具，一遍遍地在心里说着想念妈咪。

身上和手臂上，被欧雅妍掐过的地方，只要一碰就疼得她直掉眼泪。

朵朵忍不住给沐云帆打了电话。

就算不能跟妈咪告状，她也想让云帆叔叔安慰自己。

此刻的云帆正在外忙着，看是朵朵打来的电话，心猛地揪紧。

朵朵是想家了，还是被吴家人欺负了？

他立刻接起电话，问道："朵朵怎么了？想妈咪了？还是被欺负了？"

这孩子每晚都会和小熙通话，可今天却是打给自己，的确让他担心。

朵朵听到云帆关切的话语，再也控制不住自己的情绪，委屈地哭出声来。

"呜呜，云帆叔叔，妈咪的病还没有好吗？妈咪要在医院住多久？我想妈咪，我不想住在这里了。"

听到孩子哭得这么委屈，云帆心疼不已。

他能理解朵朵的心情，但小熙这个疗程还未结束，他们总不能让朵朵住在医院。

为了孩子好，云帆只能耐着性子哄她开心。

"朵朵乖，这个周末，叔叔去接你，我们去看妈咪好不好？"

虽然不能让小熙亲自带孩子，但他可以找时间接朵朵去医院，和小熙团聚。

这样，也能缓解朵朵和小熙对彼此的思念。

听到这个好消息，朵朵忍住痛意，咧嘴笑了笑。

真好，只要熬过这个周末就能见到妈咪了呢。

想到妈咪那张温柔的脸，朵朵瞬间觉得暖暖的。

她怕云帆叔叔食言，反复叮嘱他："云帆叔叔，那我等你周末来接我哦。千万不要忘了呀。"

云帆低头浅浅笑着，答应她："好，叔叔答应你的事情肯定会做到的。"

两人约定好周末去见小熙，朵朵心里有了盼头。

不过这次被欧雅妍打，朵朵便更加小心翼翼，见到欧雅妍也会避开她。

这天，欧雅妍外出购物回来，将购物袋放在茶几上，便去楼上照看儿子。

朵朵见客厅没人，便放心地待在客厅看动画片。

电视里每天下午都会播放她最爱的动画片，她坐在沙发上看得正入迷，却听到用人的声音："新买的香水在哪里？放在客厅了吗？"

原来是欧雅妍让用人将她新买的香水送到楼上去。

朵朵瞥见茶几上的购物袋，好奇地打开袋子瞧了瞧。

里面都是化妆品和香水，知道用人在找这个，朵朵贴心地想要给拿过去。

只是……她刚吃蛋糕时手上沾了奶油，有些滑，手指没勾住，袋子顺着指缝就滑了出去。

只听"啪"的一声，袋子掉落在地板上。

用人看到这一幕，有些惊慌地跑过来，捡起袋子拿出香水仔细检查。

另一女佣上前询问："没事吧？"

"打翻了两瓶香水。"

用人只能将那个袋子拿到楼上去，欧雅妍翻开袋子一看，脸色顿时铁青。

这可是她刚入手的限量版香水，是有收藏价值的。

"太太，朵朵不小心打翻了您的香水。"用人不敢隐瞒，只能如实说出详情。

欧雅妍听到朵朵两个字时，表情瞬间炸裂。又是那个死丫头，她绝对是故意的。

欧雅妍怒气冲冲地跑到楼下，朵朵见她沉着一张脸，心慌到不行，转身就想跑。

可她还是晚了一步，欧雅妍冲过来，强硬地扣住她的手腕让她动弹不得。

"你个小白眼狼，我们供你吃供你住，你不知感恩还打碎我的香水？我看你就是欠打。"

欧雅妍抓过一旁用人手中的鸡毛掸子，狠狠地打在朵朵的身上。

朵朵疼得嗷嗷大哭，一边哭一边小声求饶："别再打我了，我错了，我不是故意的，我真的不是故意要打翻你的香水。"

孩子的解释在欧雅妍看来就是借口。

"闭嘴，现在还会说谎了！敢做不敢承认是不是？"

"不是，真的不是，你别打我了，再打我，我就跟爹地告状。"

朵朵身上被打得青一块紫一块，前几天她掐得朵朵满身淤青还没好，这又添了新伤。

为了保护自己，朵朵只能搬出爹地做挡箭牌。

可就是这句威胁，彻底激怒了欧雅妍。

她怒目圆睁，抬手就是一巴掌狠狠地打在朵朵脸上。

肉嘟嘟的小脸瞬间高高肿起。

朵朵委屈地捂住自己的小脸，连哭都不敢哭出声来。

即便自己要去跟爹地告状，这个坏女人也毫不畏惧呢。

朵朵委屈地低着头，这个家里，就连爹地都无法保护她！

第151章 受尽委屈

受尽委屈的朵朵，第一个想到的人就是沐云帆。

爹地靠不住，唯一能依靠、能帮她的人只有云帆叔叔了。

朵朵看准时机，趁着欧雅妍转身的工夫偷偷溜回了自己的房间。

她拿出手机打给了沐云帆。

云帆看到来电显示后，眉头不禁皱得更深。

最近朵朵频繁来电找她，想必她在吴家发生了什么事情。

云帆立刻接了电话，还未开口，那边就传来朵朵的哭声："云帆叔叔，呜呜，云帆叔叔我要回家，你接我回家好不好？"

孩子哭得上气不接下气。

沐云帆很是不解，昨天两人才通了电话，约好周末带朵朵去医院探望小熙。

孩子答应得好好的，怎么今天就吵着闹着要回去？

云帆耐心地询问朵朵："朵朵乖，你告诉叔叔，是不是在家里受了委屈？"

朵朵也只是个孩子，再坚强再懂事，也受不了欧雅妍的责罚。

"云帆叔叔，那个坏阿姨打我，我真的不是故意打翻她的香水，我已经跟她道歉了，可她就是不相信我？"

孩子哭得差点背过气去，从哭声中，沐云帆就听得出朵朵有多委屈。

沐云帆心底升起一股怒火，拳头不自觉地握紧。

想不到欧雅妍那个女人，敢对朵朵下手。

沐云帆压住自己的情绪，嗓音低沉道："等着叔叔，我马上就到。"

他放下手头的工作，开车直奔吴家大宅。

管家见他到访，不免有些慌了，立刻跑进去通报："太太，沐云帆先生要见您。"

欧雅妍微微皱眉，疑惑出声："你说谁？沐云帆？沐云帆要见我？"

欧雅妍暗自思忖，想不出沐云帆找她会有什么事情。

管家小声在旁提醒："会不会是朵朵小姐打给他的？"

欧雅妍猛地回过神来，目光沉了沉，随后慢条斯理地吩咐着管家："让他进来。这里是吴家，我谅他也不敢直接抢人。"

欧雅妍并未慌乱，家里用人管家都在。

她还给吴建成打了电话，让他和老太太尽快回来一趟。

沐云帆在管家的指引下进入客厅，沐云帆四下寻找一番，不见朵朵踪影，便说道："我来看看朵朵。"

欧雅妍微微眯眸，看来一切如她猜想的那般。

朵朵那个死丫头，不就是打了她一巴掌吗，竟然偷偷跑回房间去叫救兵？

她以为叫来沐云帆，就能改变什么？

欧雅妍勾唇浅笑，随意找了个借口打发他："真是不巧，朵朵刚刚睡下。你放心，建成可是朵朵的亲生父亲，朵朵在我们这被照顾得很好。"

这番说辞在沐云帆看来，完全就是故意掩饰。

他拿起手机打电话给朵朵："我在客厅，朵朵你下来。"

得知云帆叔叔已经到了吴家，朵朵立刻开门跑到楼下。

"云帆叔叔，呜呜，云帆叔叔你终于来了。"

朵朵一边哭着，一边全速奔向沐云帆，随后直接扑进了他的怀中。

还是云帆叔叔的怀抱最温暖了。

沐云帆看着孩子在自己怀里呜呜咽咽地哭个不停，像是一只受伤的小猫惹人疼惜。

"朵朵不怕，叔叔在这呢。告诉叔叔阿姨打你哪了。"

朵朵抬起头，眼泪唰唰往下掉，随后撸起袖子给他看自己手上的伤。

云帆看到孩子白白嫩嫩的手臂上，满是青一块紫一块的掐痕后，不禁红了眼眶。

朵朵又指了指自己的侧脸，云帆低头仔细瞧着。

朵朵的侧脸早已高高肿起，脸上还印着五个清晰的指印。

看到这些伤，沐云帆黝黑的眸子又沉了沉，捏了捏拳头，眼神阴鸷地瞪向欧雅妍，厉声质问："这就是你所谓的照顾？你们就是这么照顾朵朵的？"

欧雅妍避开他的视线，身子不由自主地微微颤了颤。

那个眼神好吓人，瞪得她一阵心慌。

就在欧雅妍不知所措时，吴建成和老太太赶了回来。

还未进入宅内，就听到里面传来吵闹的声音。

老太太十分不悦地皱起眉头，低声问着："到底因为什么事情如此吵闹？"

她在吴建成的搀扶下来到客厅，看清欧雅妍对面站着的那个男人后，脸色更加难堪。

她对沐云帆自然是印象深刻的。

他之前送小熙回家，和小熙的关系也尤为亲密。

可再怎么说，这朵朵是建成的女儿，他有什么资格跑吴家来大吵大闹？

老太太斜眼睨着沐云帆，沉声警告："我不管你和小熙到底什么关系，但朵朵是我们吴家的孩子，跟你无关。你跑来做什么？"

她一边训着沐云帆，一边呵斥朵朵，让她立刻从沐云帆的怀里下来。

"朵朵，你爸在这呢，赶紧给我下来。"

老太太反复命令着，朵朵就是不肯离开沐云帆的怀抱。

他们都是坏人，只有云帆叔叔是向着她的。

朵朵不仅不听奶奶的，还往云帆怀里缩了缩。

如此亲密的一幕，让吴建成这个亲生父亲看了不是滋味。

那是她女儿，不是沐云帆的！

吴建成试着和女儿沟通："朵朵，爸爸在这呢，来，让爸爸抱抱。"

朵朵摇头，很是抗拒地瞪着他们："爹地坏，爹地和坏阿姨是一伙的。我不要你这个爸爸了！"

朵朵勇敢地向他吼出这句话，她对吴建成早已失望透了。

女儿眼中的恨意和委屈，让吴建成彻底愣住。

老太太见朵朵如此对待建成，气得她冲上前就要打她。

"这孩子就是被你妈给惯坏了。不打你是不行啊。"

沐云帆将朵朵护在怀中，避开老太太的动作，转身将矛头指向欧雅妍。

"原来如此，欧雅妍打孩子是你默许的？你眼里只有你孙子，看不到你孙女

431

受委屈？"

云帆的话，让老太太愣了愣。

欧雅妍打孩子？

一旁的欧雅妍急得直跺脚，慌忙解释道："建成，妈，你们别听他胡说，我只是教育一下孩子。我哪有那么狠心啊？"

沐云帆听后，只是冷冷地勾勾唇角。他让朵朵撸起袖子，随后将朵朵抱到吴建成和老太太面前，让他们看个清楚。

"看看孩子身上的伤。"随后拿出手机，第一时间拍了照片留作证据。

第152章　孩子我带走

孩子身上的掐痕，以及孩子高高肿起的小脸就是最好的证据。

老太太也惊呆了，想不到欧雅妍会下这么狠的手。

吴建成在看到女儿眼中的委屈和恐惧后，脸色更加阴沉。

他快步走到欧雅妍面前，甩手就给了她一记耳光。

"朵朵还小，你就下手这么狠？你也是当妈的人，你怎么下得去手？"

朵朵是他的第一个孩子，更是他疼爱的小公主。

如今欧雅妍这样对朵朵，吴建成根本没法向小熙交代。

老太太心疼自家孙女，不禁回眸瞪了欧雅妍一眼，"你太狠毒了！"

欧雅妍脸色惨白，不安地开口为自己解释："是朵朵不乖，我不过是想教育孩子。妈您最清楚朵朵这孩子有多难管教。她目中无人，无法无天，今天还故意打翻我的香水。"

听着欧雅妍的解释，沐云帆早已失去了耐心。

"朵朵今后不会再住进吴家。"

沐云帆直接断了他们的念头，可以探望，但是不会让朵朵再回到这里。

欧雅妍听他这么说，当时就急了。

那他和尹沫熙，岂不是又要纠缠不休？

欧雅妍气红了眼，咬牙切齿地反问他："沐云帆，你有什么资格插手此事？你算朵朵的谁？你又算是尹沫熙的什么人？"

欧雅妍的一句话，彻底问住了沐云帆。

是啊，他算是小熙的什么人呢？

两人根本就没确定恋爱关系，也没结婚……

沐云帆陷入沉默，倒是怀里的朵朵高声开口："云帆叔叔将来会成为我的爹地，会娶我妈咪，我们才是一家人。"

此话一出，欧雅妍和吴建成都惊呆了。

云帆低头看了一眼怀中骄傲自豪的朵朵，低头宠溺一笑。

随后，他晃了晃手中的手机，再次警告众人："孩子我接回去，从今以后别再打朵朵的主意。否则，我就直接将这些照片曝光。"

沐云帆拍了证据，也只是用来威胁他们而已。

小熙最近化疗很辛苦，不能再跟着急上火，此事不宜闹大。

欧雅妍被人捏住软肋，吴建成和老太太也的确是没有尽到家长的指责。

他们只能看着沐云帆将朵朵抱走。

云凡开着车准备送朵朵去刚从美国回来的沐夏那里，不能让朵朵跟着住医院，也就只能拜托沐夏和政宇帮忙照顾。

云帆将朵朵送到公寓后，沐夏和政宇看到孩子如此狼狈，气得浑身不住地颤抖着。

沐夏更是咬了咬牙，恶狠狠地咒骂道："欧雅妍那个狐狸精，她绝对不会有好下场。"

朵朵知道小姨心疼自己，她走过去轻轻握住小姨的手，祈求他们对妈咪保密。

"小姨，小姨夫，还有云帆叔叔，我被坏阿姨欺负这事，绝对不能让妈咪知道。妈咪每天打针很辛苦的，身体也很虚弱。若是知道我被欺负，她会自责难过，身体吃不消的。"

朵朵就是尹沐熙的贴心小棉袄，被欧雅妍欺负成这样，还惦记着妈咪。

沐夏心疼地一把搂住朵朵，在她肿起的侧脸亲了又亲，心疼不已道："我们朵朵是守护妈咪的小天使呢。小姨跟你保证，一定会为你保守秘密的。"

沐夏温柔地抚着朵朵的脸蛋，随后让政宇照顾朵朵给她上药。

而她，则穿好衣服准备出去。

政宇见她要出去，立刻反应过来，问道："你要去吴家？"

沐夏呵呵一声冷笑，说："考虑我姐的身体，不能告诉她朵朵被欺负，就已经够憋屈了。我可不会就这么算了。我去帮朵朵好好教训一下那个狠毒的女人。"

沫夏披上外套就匆匆离开了。

政宇这次没有阻拦，沫夏那个暴脾气肯定是忍不了，而他也的确不满哥哥吴建成和欧雅妍的态度。

云帆有些担心，轻声问道："她自己一个人没问题吗？"

政宇低头轻笑出声："放心，沫夏不会让自己吃亏的。"

云帆陪着朵朵待了一会儿，夕阳西下，他也该去医院陪小熙了。

临走前，朵朵突然拉住他的手，小声请求："云帆叔叔，你和我妈咪结婚的话，是不是我就能和你生活在一起了？"

朵朵想要有个家，有个疼她爱她的好爸爸。

孩子的美好心愿，让云帆心里酸酸的。

若是可以，他也想……

离开公寓，云帆来医院陪着小熙。

小熙今天状态还算不错，云帆略显疲惫地扶着她在走廊活动。

两人站在窗前，小熙看着窗外，夕阳的余晖洒向大地，仿佛给城市笼罩一层淡淡的悲伤。

她忽地扭头看向云帆，轻声问他："你今天看起来很疲惫，有什么不开心的事情吗？"

云帆望进她的眼底，想到欧雅妍问的那个问题，又想到朵朵对他说的那番话。

他很想堂堂正正地守在小熙身边，而不是让别人去质疑他的身份。

云帆目光灼灼，忽然提议道："你和朵朵都需要人照顾，不如我们结婚吧。让我来守着你和朵朵，保护你们。"

"我们结婚吧"这五个字，犹如一座大山压了过来，小熙在震惊之余又心酸无奈。

云帆会这样想，只是出于可怜和同情吧？

像她这样的病人，还是离过婚的女人，谁会去爱呢？谁又敢来爱她呢？

小熙低头苦涩一笑，有些自嘲地勾起唇角道："别闹了，我知道你是同情我可怜我。云帆，你知道吗？你这样的举动，会让我更自卑更难过。"

"我……"

云帆想要解释，他不是那个意思，他并不是同情可怜她。

他只是心疼她，爱她，怜惜她。

可小熙看不透这些，她连忙出声打断："别再说了，结婚什么的这种胡话，想都别再想了。我累了，送我回病房吧。"

小熙拒绝得相当坚决，云帆无奈，只能搀扶着她回到病房去休息。

告白的时机不对，他不该如此仓促行动。

让小熙误解了他的本意，还吓到了小熙……

云帆并未放弃，他在等，等一个合适的机会再次告白。

到时候，他要堂堂正正地说出内心的真正想法和爱意！

第153章　惊喜告白

接回朵朵后，沐云帆全部心思都放在了婚纱店上。所有人都在这边帮着忙活。

两天后，婚纱店终于搞定。

云帆难掩欣喜之情，准备今天给小熙一个惊喜。

也准备在这样特殊的地点向她表白。

前几天在医院时，他没能说出自己内心真实想法，才会让小熙以为他在同情她。

这一次，他一定要把握时机。

小月、皮特、小雪还有冷轩和若冰都留在了店内，云帆则亲自开车去接小熙过来。

半个小时后，当云帆出现在小熙面前时，小熙还觉得奇怪。

今天他怎么突然就来找她了呢？

云帆拉着小熙上了车，还说要给她一个超大的惊喜。

小熙看着车子开进了商业区，随后云帆下车扶着小熙下来。

"我们去步行街上逛逛吧。"

小熙点点头，任由云帆牵着她的手，两人在步行街上走了一圈，随后云帆拉着她在一家婚纱店门前停下。

"这里什么时候新开了一家婚纱店？看着装修还不错。"

云帆指着小月和小雪他们精心设计过的橱窗，小熙往里看了一眼，瞬间就被迷住了。

"模拟的是下雪时的结婚场景，好漂亮啊。"

橱窗是小月和小雪精心设计过的，要多浪漫就有多浪漫，要多唯美就有多唯美。

"你喜欢吗？"云帆突然小声地问，小熙当即点头道："喜欢啊，多美啊。"

"喜欢就好，这是我们一起帮你开的婚纱店，还找了方正大厦的马总投资。"

大家一起凑钱帮她开的婚纱店？竟然还拉到了方正大厦的马总，给她这家婚纱店投资？小熙彻底惊呆了。

这个惊喜，也未免太大了吧。

"开心吗？我、冷轩、若冰、小雪、小月和皮特，还有你妹妹和政宇。我们一起凑钱帮你开的婚纱店。不过还是马总投资最多。我们已经拿下了三家中高端婚纱品牌的经营权，而且你最喜欢的婚纱设计师Miss Wang也允许我们婚纱店出售她设计的婚纱。"

小熙傻傻地愣在那里，感觉好消息太多了，一个接一个的惊喜快要把她给弄晕了。

"不仅如此，你不是一直想要创建自己的婚纱品牌吗？Miss Wang告诉我，下个星期法国有个世界级的婚纱设计大赛。她推荐你参赛，若是拿到前三名，就能创建自己的婚纱品牌了。"

多么振奋人心的消息啊，小熙笑得合不拢嘴，她语无伦次地说着感谢的话："天哪，我没想到你们会为我准备这样一个惊喜，说真的实在是太惊喜了。惊喜到我不知道该说什么好。"

云帆宠溺地微微一笑，随后又给了她一个难以忘怀的告白仪式，只见云帆突然单膝跪地，随后将他自己亲手做的手链拿到小熙面前。

"其实我很早之前就已经爱上你了，起初是淡淡的喜欢，随着接触的时间越久，就越发喜欢你，最后深深地爱上你，不可自拔。因为你当时没有离婚，我不能越界，只能守在你身边默默地关心你爱护你。可是如今你离婚了，我不想再继续沉默下去。小熙，我知道你刚刚离婚没多久，也知道你对婚姻肯定有些恐惧。可我希望你能给我一个机会，一个爱你的机会好吗？"

小熙听到云帆的这番告白，整个人都呆住了。

小雪惊喜地鬼叫出声："天啊，他竟然跟小熙告白了，可是他怎么会选在今天？小熙一点心理准备都没有，会吓到小熙的啊。"

小雪一边嚷嚷着一边冲出了婚纱店，虽然很震惊，可是小雪还是忍不住在小熙耳边低声提醒着："我们之前可是谈过这个问题的哦。你不想一个人孤独终老吧？还有朵朵，人家朵朵可是想要个爹地的。明显眼前的这个男人比吴建成好上百倍千倍，而且家世不错，也不是凤凰男。最重要的是人家爱你嘛。"

小雪朝云帆眨了眨眸子，小月和皮特也跟着出来，站在小熙身边劝着："是啊小熙姐，我们老板人帅又有实力，现在这样的男人可是不多见的。你和我们老板在一起呢，绝对不用担心他花心出轨之类的问题。我们老板之前合作的都是大美人，什么好莱坞女星、影后和国际超模，可是我们老板都没有心动哦，而且恋爱史干干净净的，只交往过两个女朋友而已。你选择我们老板，绝对不会让你失望的。"

小月一口气说了一大堆话，曾经那个守在云帆背后的女人，如今却愿意成全云帆的爱情。

云帆感激地看向大家，看来所有人都在帮他。

留在婚纱店内的若冰无奈地轻叹出声："云帆啊云帆，一旦认准一个女人还真是谁都拉不回来，他爸妈已经很愤怒了。可他还是愿意为了小熙付出一切。"

这样的爱情，若冰也想成全。

"他人不错的，我敢保证你若是错过了他可能就会错过永远的幸福。我知道你现在脑子里有些乱。可是想想你和他相处的这段日子，其实你也很依赖他，你也蛮喜欢他的，对吧？"

因为曾经把心留在了吴建成那里，所以才会自动屏蔽对云帆的喜欢。

"试试看吧，先交往一下试试看，或许真的很适合你呢。又不是让你们结婚，就算不适合最后分手就好了。你现在身体不好，你不想有爱人陪在身边？你不想轰轰烈烈地爱一场吗？"

在众人的劝说下，小熙回忆着和云帆在一起的点点滴滴。

她承认，她真的很依赖这个男人。

云帆见她如此真诚地看着自己，轻声道："给我一个机会好吗？"

小熙笑着点点头说："好，也算给我自己一个机会。"

云帆激动地上前一把将小熙拥入怀中，围观的朋友们顿时一阵欢呼。

经历了这么多，失去了所有后的小熙终于迎来了真正爱她懂她又珍惜她的男人。

就像小雪说的那样，爱情或许会迟来但是永远不会缺席，就算是之前遇到了渣男，被吴建成狠狠地伤了心，可是真正的爱情一定会再次出现的。

小熙和云帆相视一笑，有了幸福的陪伴，小熙相信自己一定可以在国际婚纱设计大赛中拿到名次的。

第154章　为她守护婚纱店

婚纱店正式营业，然而惊喜却一波接一波地袭来。

小熙正在店里看所有展出的婚纱，结果欧雅妍的经纪人陈姐和邱老带着一大束鲜花走了进来。

"小熙。"

小熙回头看了一眼，在看到陈姐和邱老出现在婚纱店时不禁有些激动。

作为SK娱乐的金牌经纪人，陈姐手下带出不少当红小花。

小熙没想到，自己离婚后，陈姐和邱老依旧对她很是关心和挂念。

"你们怎么来了？公司不忙吗？"

陈姐笑着摇摇头说："忙不忙的关我什么事呢，反正我已经辞职了。我现在可是无路可走了，你愿意收留我吧？"

小熙怔了怔，她已经辞职了？陈姐竟然辞职了？

要知道陈姐可是SK娱乐的金牌经纪人啊！

小熙立刻劝她回去："陈姐你别冲动，SK娱乐不能没有你，你来我这，我也真的没法收留你。虽然朋友们帮忙给我开了这家婚纱店。但是也是刚刚营业的状态，我连你的工资都开不出的。"

梦想是需要小熙独自努力奋斗去完成的，朋友们已经帮了太多太多，总不能连陈姐的工资也让大家想办法出吧？

陈姐一脸坚决，不肯答应："我就想留在这里，我已经辞职了还怎么回去呢？再说你现在是创业初期，以后你成功了，我也算是元老级人物。你以后别亏待我就是了。"

陈姐也在赌，赌小熙会成功，赌她的婚纱品牌会越来越好。

云帆见状说服小熙将陈姐留下来："就让她留下来吧，陈姐也是好心过来帮忙。"

见陈姐如此诚恳，小熙只好将她留下。

邱老也在一旁加油鼓气："没能说服董事会的人将吴建成赶走，我很遗憾也很无奈。不过小熙你放心，我会在公司好好看住他的。绝不会允许他胡来。"

小熙眼含热泪，笑着摇摇头说："邱老您别这么说，我现在这样的确没办法管理公司。不管怎么说，SK娱乐在吴建成的带领下的确越来越好。您儿子被安排在公司的财务部，一旦吴建成动了私心，我们这边也是有机会的。"

好在小熙和邱老之前就做了两手准备，可以全面牵制吴建成。

小雪见小熙红了眼睛，立刻帮着炒热气氛："今天这么开心，不许再提那些伤心事了，来我们好好庆祝一下。"

大家举起酒杯，共同庆祝婚纱店正式营业。

婚纱店刚刚起步，都靠朋友帮忙撑着。不得不说，留下陈姐是明智的选择。

陈姐帮忙处理日常工作，小雪负责化妆跟妆，店里客人渐渐多了起来。

云帆干脆把工作室搬到了婚纱店。

小月和皮特也转移到婚纱店，他们开始一条龙服务，新娘到婚纱店选婚纱，小雪和小月负责化妆，云帆要去医院照顾小熙，拍摄婚纱照的工作只能交给皮特去完成。

虽然他经常跑医院，但在小伙伴们的努力下，店里生意越来越好。

沫夏有时间也会带着朵朵去医院看望姐姐。

见姐姐在整理之前的设计图，才知道姐姐要参加婚纱设计大赛。

如今的姐姐比以往更加光彩夺目，那是她藏在心里多年的梦想，她更是全力支持她。

可沫夏还不知道，姐姐的参赛作品就是为她设计的婚纱。

小熙挽住沫夏的胳膊轻声道："你和政宇就要结婚了，姐姐曾经为你设计了一款婚纱，这次的婚纱设计大赛，我参赛的作品就是为你设计的嫁衣。"

沫夏听了感动得泣不成声。

她并不知道，姐姐曾经的婚纱作品集中，有一款是专门为她设计的婚纱。

在自己结婚那一天，若是能穿上姐姐亲自设计的婚纱，她一定会是最受宠爱也最幸福的新娘吧。

小熙也相信，这件婚纱有她对妹妹满满的爱意和疼惜，一定会拿下名次的。

小熙觉得现在的她，活得有滋有味，虽然每天躺在病床上，和病魔做斗争很痛苦。但她可以抽出一些时间来画图，每画出一张新的婚纱图，她就会闭上眼睛静静冥想。

想象着纱布和蕾丝在她手中缠绕，最后一针一线地缝合，将它们拼凑成幸福的模样。

每每想到这些，她就会禁不住地翘起嘴角，更加期待自己恢复健康后，能在婚纱店做婚纱的模样。

现在的坚持，正是为了日后的梦想。

小熙骨节分明的指尖，轻轻在画纸上摩挲，她相信，她一定可以战胜病魔。

一切都越来越顺，她觉得自己是幸运的，能被云帆如此呵护宠爱。这辈子才算是遇到了属于自己的真爱。

沐云帆始终陪在尹沫熙的身边，即便远在国外的父母和姐姐不断向他施压，他的心都不曾动摇过。

如今小熙好不容易接受了自己，他只想陪着小熙战胜病魔，重新开始属于他们两人的新生活。

他以为，只要自己坚持下去，没有人可以拆散他们。

但他万万没有想到，父母回了国内。他们这次来，就是为了让他和小熙彻底断绝关系。

二老下了飞机后，先是将行李送到入住的酒店，随后直奔小熙所在的医院。

两人的出现，让尹沫熙隐隐有种不好的预感。

她笑着起身，热情地迎接二老的到来。

"是云帆的父母吗？"

心思细腻的尹沫熙，一眼就认出了他们。

之前云帆给她看过二老的照片，而且云帆和他父亲简直就是一个模子里刻出来的。

二老怔了怔，不禁好奇地问道："你怎么认出来的？"

小熙低头浅浅一笑，随后回答他们："叔叔的气质和云帆相似，所以一眼就认了出来。"

云帆母亲点点头，耐心地打量着眼前的这个女人。

她身子瘦弱脸色苍白，虽然身患重病，嘴角却依旧挂着一抹淡淡的笑意。

这孩子身上有种淡淡的柔和和慵懒气息，眼神清澈明亮，让人一眼便记在心里。怪不得儿子会对她如此着迷。

生病时的憔悴模样都映衬着她如此不食人间烟火，若是稍做打扮，肯定会更让人惊艳。

云帆母亲对这孩子很是满意。这淡雅如兰的气质，她是真的喜欢。

可惜，这孩子偏偏得了白血病。

云帆母亲望着她，一脸忧伤无奈，不禁低头连连叹息。若她是个健康的人，他们做父母的，绝对不会阻止云帆和她在一起。

小熙脸上的笑意僵了僵，二老脸上的无奈和伤感她都看在眼里。

见他们两位欲言又止的模样，小熙率先发问："叔叔阿姨，从国外千里迢迢飞回来，是有重要的事情要跟我商量吧？"

她是聪明人，大概猜得出他们要跟她说什么。

虽然有了心理准备，可当云帆父亲开口时，她还是会觉得心痛。

"小熙，你是好孩子。我和你伯母都很喜欢你。我们欣赏你的为人，也知道你是个坚强的人。我们都很开明的，并不觉得离婚和有孩子的女人有什么不好。但小熙，你身患重病，这一点，我们真的……"

话说到一半，云帆的父亲已无法再继续下去。

坐在对面的小熙眼中蓄满泪水。

二老心软，云帆母亲也跟着红了眼眶。

这样来逼一个走投无路的人，他们都觉得自己很残忍。

对小熙来说，云帆是她坚持治疗下去的动力，是她生活的希望吧？可云帆对于他们来说，是更为宝贝的儿子。小熙若是离开这个世界，对云帆的打击也是致命的。

三人同时沉默，小熙默默地擦着眼角流下的泪水。

她才刚刚拥有幸福，才刚刚接受云帆的表白……

可她，也是一个母亲，此时此刻，完全能够理解云帆父母的心情。

"小熙，算阿姨求你了。你放弃云帆好不好？这孩子是个死脑筋，认准的人和事就会一直坚持到底。可你们不会有未来的。我这个当妈的，看不得儿子后半辈子彻底废掉啊。"

云帆的母亲忽然情绪激动地紧紧握住她的双手，作势就要跪下来求她。

小熙一惊，立刻扶她在床边坐下。

"阿姨您别这样。"

"小熙，阿姨没法子了，我们用尽各种方法让云帆放弃你，可他就是不肯。我只想让云帆找个健康的女人，也想云帆有属于他自己的孩子。我想他幸福。"

而这些，尹沫熙不能保证今后都能做到。

一切都是未知的，虽然冷轩和若冰一直在安慰她，说只要配合治疗，一定会看到希望。

可到底能不能治好？谁又说得准呢？

小熙也查过一些资料，像她这种急性白血病的患者，在进行强化疗后，还是要考虑移植治疗。

可大部分患者可能会丧失生育的机会，虽然有的患者在应用了临床治疗后，数年后生育能力也有可能得到缓解……

可她赌得起吗？云帆敢赌吗？

小熙一脸憔悴地看着云帆的母亲，她早已哭成了泪人。

他们在求她，如此温柔又无可奈何，让小熙的心也跟着揪成一团。

云帆的父母，和云帆一样，都是温柔且善良的人呢。

小熙垂眸，动了动有些发僵的手指，嗓音沙哑道："阿姨您别哭了。是我不该一直拖着云帆不放手。我今晚就跟他说清楚，让他尽快回去陪你们。"

说出这番话后，尹沫熙心底一阵抽痛。她舍不得！可又不能太过自私。

云帆离开她，可以拥有更完美的人生和爱情。她也想他能够幸福。

"小熙，你……你真的答应？"

见她点头答应，云帆父母都相当震惊。

小熙，果然是个善良的女人，他们看得出这孩子同样很爱云帆。

能放手，也是下了很大的决心吧。

云帆母亲紧紧抱住小熙，她整个身子都是冰的。

"谢谢你小熙，我们一定会帮你的，等我们回美国后，就帮你联系最好的医生。"

虽然不能让小熙和自己的儿子在一起，但二老也是真心想要帮她治病。

小熙笑着摇摇头，婉拒了二老的好意。

"我的主治医生就是从美国回来的。他们很专业也很优秀。谢谢叔叔阿姨的一番好意。我想和云帆今后还是不要有交集的好。"

接受二老的帮助，意味着和云帆还会再有联系。

若是放手，她想彻彻底底地断开关系，这样她才能下定决心彻底忘掉他。

小熙脸上勉强扯出的那抹笑意，让人看了心疼。

小熙看得出二老刚下飞机很是疲惫，便让他们先回酒店休息。

她今晚，一定会和云帆说清楚的。

"公司还有重要事情要处理，我们明天就得飞回去。小熙，今天我们来医院见你一事，要对云帆保密啊。"

若是儿子知道他们的所作所为，这辈子或许都不会再回去了。

小熙点点头道："放心吧叔叔阿姨，我会保密的。"

第155章　我们分手吧

送走二老后，小熙躺在病床上，抬头望着天花板发呆，想到和沐云帆之间的点点滴滴，不禁湿了眼角。

他守在自己身边时，她还没什么感觉。如今要放手，是真的舍不得。

可她不能那么自私。小熙知道，自己是累赘，云帆跟着她只会更加痛苦。

长痛不如短痛，她决定尽早解脱。

傍晚时分，云帆拎着她最爱吃的小笼包来看她。

自从小熙住院后，云帆就夜夜留在病房守着她。

今天，他更是带了几件换洗的衣服，打算长期在医院住下去。

"饿了吧？我刚才回去取了几件衣服，来得晚了些。等着急了吧。"

云帆依旧如此温柔宠溺，他扶着小熙从病床上坐起来。

见她眼睛红红的，以为她又在胡思乱想。

他耐心地轻轻抚着她的脸蛋，让她对自己有信心。

"我陪着你呢，朵朵也在等你团聚。我知道化疗过程很痛苦，你再坚持一下，撑过这个疗程，我们就回家。"

云帆的柔声细语最能给她力量。

可今晚的尹沫熙，却双眼无神，目光呆滞，没有任何灵气。

她苦笑着摇摇头，有些颓废地反问他："回家？不过是第一个疗程而已。撑过这个疗程还有下一个疗程。谁知道我什么时候会好，或许，永远都不会好。"

她看到病友们，病情反复，甚至恶化离世。

而他们中有些人，甚至和病情抗争了好几年的时间。

她耗不起，云帆同样如此。

小熙有些不舍地摸了摸他的手掌，声音轻柔，却又异常坚定地提出分手。

"云帆，我们分手吧。我们不适合在一起。"

突如其来的话语，让云帆一时没了反应。

他蹙了蹙眉，一脸疑惑地看向小熙。

好端端的，为何突然提分手？

"别说傻话，什么适合不适合的？我比你更清楚，我们之间有多合拍。"

他以为，小熙只是因为最近化疗太过辛苦，情绪敏感，才会对他如此没有安全感。

分手什么的，他不会当真的。

云帆拿出餐盒，自顾自地夹起一个小笼包送到她嘴边。

"别胡思乱想，吃点好吃的，再美美地睡上一觉。明天又是新的一天。"

小熙看着送到自己面前的美味，却摇头不肯张嘴。

"我吃不下。我跟你说真的，我没有开玩笑。我们分手！"

小熙再次态度坚决地说起这事。

纵是一直对她温柔宠溺的沐云帆，此刻也有些恼火。

他眸光沉了沉，表情也跟着冷了几分，斥责道："对自己没信心？才刚开始接受治疗，你就这个态度？尹沬熙，你给我坚强点！"

沐云帆最看不得尹沬熙这个模样，毫无生气，脆弱得仿佛风一吹就会散掉。

尹沬熙眼角泛红，忍着心里的痛意，对他说了狠话："我不能接受你。我有尝试给你一次机会，但不爱就是不爱。你走吧。"

没人知道她此刻心有多痛，好似被利刃一下下地戳着。

她怎能对他说出这般残忍的话？

可为了让他放手，尹沬熙别无选择。

沐云帆的身子微微颤了颤，脸上的表情瞬间崩塌，垂在身体两侧的手渐渐紧攥成拳。

沐云帆强迫自己冷静下来，克制自己的情绪。

"什么都别说了，你先把饭吃了。"

即便如此伤他，沐云帆最在意的还是小熙的身体。

再次拿起筷子，将小笼包送到她的嘴边，唇角依旧勾起温暖的笑容，像哄孩子一般哄着她："乖，张嘴，先吃饭。"

小熙身子僵住，咬了咬牙，伸手打翻他手中的餐盒。

热气腾腾的小笼包撒了一地。

云帆看着如此反常的小熙，无奈地连连摇头。

她今晚的确很反常。

"算了，我再去买。"

他依旧不肯放弃，弯下身子捡起地上的包子，随后套上外套准备再买一份回来。

可惜，这份小笼包是他特意跑去城南那家老店，排了一个小时才买来的。

小熙最爱吃这家的小笼包。

他低头看了一眼手表，太晚了，驱车赶到城南要花掉不少的工夫。

"要不今晚吃别的，明天我再去城南给你买。"

他越是如此温柔，小熙就越是痛苦自责。

想到云帆爸妈在她面前痛哭流泪的画面，她还是狠下心来。

"你给我出去，我说的话你听不懂吗？就算你买东西回来，我也不会吃的。"

一向温润可人的尹沫熙，第一次对沐云帆如此无理。

冷轩过来查房，在门外就听到两人的争吵声。

他推门进来，见小熙涨红着脸站在那里，指着云帆大喊大叫。

冷轩走到云帆身边，小声问他："你欺负小熙了？"

云帆皱眉，随后摇头道："我怎么会欺负小熙？我一来她就要和我分手。"

"分手？小熙要和你分手？"

冷轩也相当诧异，婚纱店开业那天，两人才确定了恋爱关系。这才多久啊，小熙就要分手？

"为什么？理由是什么？"

云帆也相当头痛，如实告诉他："小熙说她心里无法接受我。"

这个理由，冷轩根本不信。

倒是同一病房的一位阿姨实在看不过去。别人的家事，她本不该多嘴。

可这一对明明如此恩爱……

"小熙要和你分手，是因为你爸妈今天来医院看她。"

阿姨的一番话，瞬间点醒了沐云帆和冷轩。

这么一来，小熙的变化就说得通了。

云帆心中一沉，脸色更加难堪。

想不到父母在电话中向他施压还不够，竟然飞来国内找小熙谈话。

小熙如此善良，肯定不会拒绝爸妈的要求。

第156章　我就这样等死

云帆无奈，再次坐在小熙面前，耐心地跟她解释父母心中的顾虑。

"爸妈只是对你的病情不了解，没关系的小熙。我能说服他们。"

云帆对自己有信心，也了解爸妈是怎样的人。尤其母亲，最为心软善良，也最疼他这个儿子。

云帆还拉着一旁发呆的冷轩，示意他帮忙说话。

冷轩回过神来，点头道："是啊小熙，白血病是可以治愈的，你要对你自己有信心。"

小熙只是低头冷冷一笑，其实他们都在瞒着她。

小熙不傻，平日里也用手机查相关资料。

急性白血病的确可以治愈，但是……存活率只有百分之四十。尹沫熙不能确定，自己会不会是幸运的那一部分人。

冷轩望着如此冷漠颓废的小熙，眼底流淌着一丝不忍。

自从住院后，她彻底变了。

云帆他们帮她开了婚纱店，让小熙对生活重新燃起了希望。

她每天沉醉于云帆的呵护和宠溺中，虽要忍受病痛折磨，却也坚强乐观。

只是如今，她消沉并竖起身上的刺，不许云帆再向她靠近。

但冷轩看得出，她是在保护云帆。

小熙依旧态度坚决地说："跟你父母无关，我就是不喜欢你了，别缠着我行不行？"

云帆比她更倔，厉声否决："不行！不管你怎么说，我都不会离开你。"

两人同样倔强，谁都不肯放弃。

冷轩想劝他们冷静一下，却又插不上话。

小熙无奈，最后直接用自己的身体当赌注，以此威胁沐云帆："不分手是不是？行，那我拒绝接受治疗。就这样等死好了。"

她任性地拔掉手上的针管，赌气地瞪着沐云帆。

冷轩急了，立刻跑过去，一把按住小熙的手臂，叫护士又送了一瓶药过来。

云帆也没想到小熙如此固执。

他已经不知道该怎么办了，拿她如何是好？

云帆俯下身子，眼神里写满了无奈和心酸。他柔声哄着她开心："别闹了小熙，别拿自己的身体开玩笑。"

然而她眼中冷漠依旧，嗓音不带任何温度，强势且认真地说："分手，你若不答应。我就绝食，药不吃，针不打，也不再接受化疗。"

小熙凝眸，眼中情绪复杂，看得出她是认真的。

云帆手足无措，冷轩只能在他耳边劝着："小熙现在情绪很不稳定，这对她的病情没有好处。不能再刺激她了。先依了她吧，之后的事情我们再做打算。"

当务之急，就是让她情绪稳定下来。

云帆知道，她连晚饭都没吃……

到底是心疼她，被她这么一闹，云帆只能妥协。

他嗓音沙哑地艰难开口："好，我知道了。我答应你，我们分手！"

说着，头也不回地转身离开。

小熙一直闹着要分手，可真当沐云帆转身离去后，她再也绷不住情绪，掩面痛哭起来。

明明就舍不得，明明就爱得要命。

为什么连分手都要闹到这个样子？

如果可以，她真想和云帆之间，再多留一些美好的回忆。

这次离开，云帆会回美国吧？

到时候，他可以开启新的人生，继续做他的国际知名摄影师。

有着锦绣前程和美好姻缘，而她呢？能在电视上或者网上看到他的消息就好。

冷轩轻叹出声，伸手揉了揉她的头发道："既然喜欢，又何必把话说得那么绝呢？"

小熙擦了擦脸上的泪水，肩膀抽了抽，瘦弱的身躯更显单薄。

就是因为喜欢、深爱，才必须要如此绝情。

冷轩握住她的手，一边安慰一边轻柔地拿蘸了碘酒的棉签，在她手背上消毒。

随后他轻轻地将针头推入血管内，小熙身子颤了颤，一丝凉意串入背脊。

她哭得累了，倒在床上，侧过身子不肯再听冷轩的唠叨。

"我累了想休息。"

冷轩知道，她现在只想一个人静静，只能点头悄悄退出病房。

刚出来，就见云帆正守在走廊外。

冷轩皱眉，拉着他到走廊的尽头。

"让小熙看到，情绪又要失控。这几天你还是回避一下。"

"嗯。"云帆应了一声，嗓音闷闷的。

随后，又将买来的饭交给冷轩。

"小熙没吃晚饭，我刚才在食堂打了点小菜和米饭。就算没胃口，也要让她吃一点。"

他将饭菜交到冷轩手中，冲他挥挥手便走掉了。

云帆出了医院，先是给爸妈打了个电话。

"我知道你们来过医院，小熙那么虚弱，你们竟还逼她和我分手？爸妈，你们真是让我太失望了。今天我就把话说清楚。不管小熙是否接受我，我都不会回美国。我就留在国内，就这么守着她！你们断了这心思吧。"

说完，他自顾自地挂了电话，开车回自己的住处。

为了小熙，他只能暂时离开。

小熙需要的是时间，而他有的是耐心。

云帆走后，当真没再出现在医院。

次日一早，小熙睁开眼睛，就本能地朝门口望去。

往常这个时间，云帆应该拎着买来的早点叫她起床吃早饭了。

可今早，病房内的其他病友都有家人陪同。

唯独她孤零零的一人，凄凉无助。

小熙低头苦涩地笑笑，她还真是不够坦诚。

她以为自己能熬得过去，可这才过了一夜，她便发疯似的想念他。

平日里那些琐碎小事，拼凑出每天的甜蜜日常。

她竟在这看似平凡的守护中，早已对他依赖信任。

他不在，好像心里某处空了。

护工很快送来早饭，是在医院食堂打来的小菜和小米粥。

她看着眼前的食物，眼中水汽弥漫，再次想到了沐云帆。

她好像被他宠坏了。

云帆知道她不喜欢医院食堂的饭菜，早饭和晚饭都是去外面买她爱吃的食物。

可今后，怕是没有哪个男人，会像云帆那般肯在刺骨寒风中排上一个小时的队，只为买一份她最爱的小吃和甜点了。

想到这些，她就觉得心里闷闷的，喘不过气来。

想念那些食物的香气，更想念他对自己的独特宠溺。

第157章　我想你了

起初的思念，尹沫熙还能忍耐。

可接连几日沐云帆都不曾出现，好像真的从她的世界中消失了。

尹沫熙最近情绪看似稳定，可又时常对着手机发呆。

若冰和冷轩看到这一幕，不免有些无奈。

任谁都看得出，尹沫熙的心里一直都有沐云帆的位置。

她狠心将他赶走，却又每天守着手机，期盼他能打来一通电话。

若冰站在门口，隔着玻璃窗，看到小熙一天天地憔悴下去，不禁感慨道："明明就很在意，却又要装出一副无所谓的样子。我倒是希望小熙能坦率点，为自己活。"

冷轩眉头紧锁，他也想小熙能够活得轻松自在。

爱她所爱的人，做她喜欢的事。

可爱情不仅仅是两个人的事情。

若冰吩咐护士要格外注意小熙的病情。

所有人都在关心着小熙。

只是小熙自己不清楚罢了。

夜里，整个病房内都静悄悄的。

小熙觉得胸口发闷，四肢无力。

摸了摸自己的额头，烫得吓人，她这是又烧了。

小熙沮丧地从床上坐起来，叫来护士帮忙打了一针退烧针。

她望着天花板想着云帆此刻会在哪里，又在做些什么。

他应该已经回美国了吧，大洋彼岸的那一端，现在是白天吗？

小熙迷迷糊糊中拿起手机，思念总是在夜深人静时格外强烈，她眯着眸子，不由自主地拨通了他的手机号码。

电话响了两声，便被沐云帆接起。

小熙试探地轻声唤着："云帆……云帆？"

只是，电话那端并未有人回应她。

小熙委屈地低着头，泪水模糊眼眶。

她好想再听听他的声音，更想看他对自己笑的样子。

小熙不舍得挂断电话，对着手机轻声哭泣，道出她心中的无限思念。

"云帆，你已经走了吧？再也不会回来了吧？你在那边，会开始新的生活，会认识更优秀的女人结婚生子，对不对？我开心呢，我真的开心，我也想你幸福。只是，云帆，我好想你。好想好想，我为什么会这么想你呢？"

沐云帆坐在地板上，灯光半明半暗，听到她的抽泣声后，眼底雾霭沉沉。

这丫头，就是这么不坦率！

"等我，我马上过去。"他声音近乎哽咽，说完便挂了电话。

凌晨一点多，他开车行驶在去医院的路上，耳边一直回响着小熙的那一句"我好想你"。

实际上，他更想她。

想她在病房会不会无聊，想她一个人会不会胡思乱想？

想她有没有好好吃饭，想她有没有独自一人偷偷哭泣？

只有他自己知道，这几天他是如何强迫自己收起那份思念和担忧，乖乖等着她给自己打电话。

他以为，小熙真的要放弃他了。

他甚至开始怀疑，小熙的心里是不是真的没有他的位置。

直到这通电话打来，沐云帆便已下定决心。

不管会有多大的阻力，不管外界有多不看好他们这段感情，他都要一直坚守下去。

当他开到医院，来到病房外时，刚好遇见值夜班的护士。

护士见他来了，先是一愣，随后拉着他到一旁说话。

"沐大摄影师你可算来了。小熙最近状态真的不太好。每天都是对着空气发呆，也看不到她脸上的笑容了。我夜里几次查房，都能听到她将头蒙在被子里小声哭泣。她刚刚又烧了，我刚给她打了退烧针，现在还有些迷糊呢。"

医院的护士和医生都心疼尹沐熙。那么漂亮温柔的女人，感情之路怎么就那么不顺呢？

云帆听着夜班护士说起小熙的近况，紧了紧拳头，身子微微颤抖。

光是听护士说起这些，他就心疼到无法呼吸。

小熙选择独自一人扛下所有，又是如何隐忍的？

"现在好些了吗？"

云帆嗓音沙哑，小护士听了也是心疼，无奈地连连摇头道："这一夜怕是要遭罪呢。你快进去看看她吧。"

小护士轻轻拍着云帆的肩膀，为他加油鼓气。

云帆笑着说了句感谢，转身便进了病房。

他轻步来到小熙的病床前，借助台灯的昏暗光线，看到小熙正浑身抽痛地将自己缩成一团。

她额间布满冷汗，面色苍白，双眼紧闭，嘴里却不断地呢喃着他的名字。

"云帆……云帆。"

见到她的瞬间，沐云帆便红了眼睛。

他俯身，声音轻颤，却又无限温柔宠溺地唤着她："傻瓜，我来了，你就那么想我吗？"

尹沫熙似乎听到了熟悉的声音。

她诧异抬眸，眯了眯眸子，随后苦涩一笑，自言自语道："又是烧糊涂了吧，竟然都出现幻觉了。此时此刻，云帆应该是在美国了。"

她随后又疲惫地闭上眼睛，痛苦地咬着下唇。

全身都不舒服，连胃也跟着绞痛。

之前夜里发烧，再难受都觉得能够挺过去，因为身边有云帆的陪伴。

他宽厚的手掌总是轻轻覆在她的额间，带来丝丝凉意，让她好受一些。

可如今，他不在，小熙只能靠自己，硬扛过这一夜。

云帆见她自顾自地说着傻话，又好气又好笑。

这丫头，竟以为他的出现是幻觉。

云帆无奈，拉过旁边的椅子，将手覆在她的额间，低声细语地哄着她："谁说我去美国了？我不是接起你的电话，还听到你说的那句'我想你了'？"

小熙头痛地皱了皱眉，那个声音怎么还在？

她再次抬眼，那张俊脸迅速压了过来，在她眼前渐渐放大。

额头上传来熟悉的温度，就连空气中都有他的气息。

小熙呆呆地看着他，反应有些迟钝地问道："云帆？是你？真的是你？"

云帆笑了笑，这才满意地拨了拨她的头发，哽咽道："对，是我！我怎么舍得扔下你？我才不像你那么狠心，说分手就分手。"

小熙诧异地捂住嘴，不敢相信自己的眼睛。

消失了几天的他，竟然真的回来了，还如此温柔宠溺地守在她的病床边……

第158章　不再动摇

小熙一时不知如何是好，她答应了云帆的父母，一定会和云帆分手的。

小熙目光躲闪，不敢直视他的眼睛。

云帆大概猜到小熙内心的想法，目光幽幽地望着她，一脸认真严肃地警告："别想着再把我赶走。分手的事情就此作罢。我已经给我爸妈通过电话了。你放心，没人能将我们分开。"

云帆的话，似乎给小熙吃了一颗定心丸。

她最放心不下的，就是云帆的父母，尤其是想到阿姨那天在自己病床前哭得那般伤心，她无法真的肆意洒脱地去爱一场。

云帆知道，她又动摇了。

他心疼小熙，知道她推开自己，实则是想让他收获幸福。

但到底是否幸福，也要问过他才是。

云帆背脊挺直地坐在病床边，目光坚定地看向小熙，音色低沉道："为什么不能对我坦率些？你想我，你喜欢我，那就别再把我推开。"

小熙知道云帆同她一样倔强，她无奈地轻叹出声："我们可以这么自私吗？你的家人、你爸妈的公司，你都可以不管不顾？"

"可以，我只喜欢你，如果和你分手，我又怎么会幸福？幸福与否，不应该问我这个当事人吗？我就是我，我想过自己想要的生活。爸妈有他们的人生，公司也会有人打理运营。而我，只想守着你。"

守着她，就是他的幸福。

当然，云帆也是个贪婪的人，他的幸福并不止于此。

他想看着小熙一天天变好，想让小熙彻底康复，想和她结婚共度余生。

他只是贪婪地想要余生的每一天，都有她的陪伴。

所以，他想小熙再坦诚些、勇敢些，放肆去爱，勇敢地接受这一切。

云帆摊开自己的掌心，随后将小熙的小手覆在自己掌内，紧紧合起包围其中。

小熙感受着他手心传来的温度，内心不再动摇迷茫。

云帆为了自己，都肯努力到这个地步。她有什么理由去放弃呢？

小熙低头破涕而笑，随后轻声向他承诺："好，不逃避了，这次一定和你共同勇敢面对所有困难。我不会再放开你的手了。"

说着，两人十指紧扣，小熙幸福地依偎在云帆的怀中。

他怕吵醒睡梦中的小熙，挺直背脊，保持一个姿势坐在床边，直到天边泛起鱼肚白，他才轻柔地松开小熙，让她躺回床上继续睡。

云帆看了一眼手表，早上六点多，他得去几公里外的那家早餐店，给她买最爱吃的小笼包。

云帆披上一件外套就出发了。

病房内静悄悄的，同房的病友渐渐醒来，小熙也被家属的脚步声吵醒。

她揉了揉睡眼惺忪的眸子，从病床上坐了起来。

四下张望，都不见沐云帆的影子，她不免有些急了。

他人呢？

难道说昨晚……当真是自己烧糊涂了，全是她幻想出来的？

小熙低着头，情绪低落到极点。

想给他打个电话，可想到若是昨晚一切都是假的。那她还有什么理由去拖累他呢？

她的身子一点点滑入被子里，捂着头，克制着自己小声抽泣着。

她原本都已经下定决心，要和他共同面对所有难题，也下定决心，一定要和他走到最后。

可终究，一切都是梦一场吗？

泪水湿了枕头，她将自己抱成一团，试图寻找一丝温暖和安慰。

云帆拎着早点回来时，见她又将自己缩进了被子里，这次更是直接将整个脑袋都藏了起来。

云帆无奈地摇摇头，快步走到病床前，他将手中的早点放在床边的小桌上。

刚要伸手去拉她的被子，却发现被子底下的她正浑身颤抖。

她……在哭吗？

云帆俯身，悄悄凑了过去，侧耳倾听，好像听到她在低声抽泣。

云帆急了，立刻掀开被子。

重见光亮的那一瞬间，小熙诧异地抬眸，眼中噙满泪水。

两人视线相交，在看清站在眼前的这个男人后，小熙心里觉得委屈，哇的一声就哭开了。

病房内的病友和家属全都看向这边，云帆也一时愣住。

他手忙脚乱地上前，伸手抹去她眼角滑落的泪珠。

可哭声根本就止不住，她越哭越凶，泪水早已决堤，倾泻而出。

云帆心疼又心急，耐心问着："怎么了小熙？怎么就哭了呢？"

夜里还好好的，怎么一觉醒来她又哭了？

小熙哽咽着摇摇头，双臂忽然缠住他的腰身，将头枕在他的胸前，委屈又可怜地低声哭诉："我记得夜里你守在我的身边，可一睁开眼你就不见了。我以为那些都是我的幻想，我以为我又弄丢了你。我以为……呜呜……"

小熙哭得委屈，死死抱着云帆就是不肯撒手。

她再也不要离开他了，自己不知道还能活多久，干吗还要在意别人的想法和感受？

她现在只想自私地为自己活，只想随心所欲地爱一次。

病友们看到这一幕，不禁也跟着红了眼眶。

相处这些天，他们知道小熙的为人，平日里有多温柔，又有多善良。

处处为他人着想的小熙，在这一刻，终于将压抑在内心的委屈和痛苦，一股脑地倾泻而出。

虽然这哭声听着让人揪心。但病友们纷纷鼓掌，庆祝她和云帆终于有勇气继续走下去。

云帆勾唇浅浅一笑，低头抵着她的额头，郑重地承诺："不会走了，下次你打我骂我赶我，我都不会再离开你。我向你保证。"

小熙这才扬起笑容，闷声问道："你一大早干什么去了？是给我买早点吗？"

"听说我不在的这几天，你根本就没好好吃饭！每天不是对着窗外发呆就是偷偷一个人哭。从今天起给我好好吃饭。"

云帆将买来的早点拿到她面前。

小熙这才擦干脸上的泪水，昨天夜里一直发烧，现在烧退了，她正觉得肚子饿呢。

有云帆在，她也有了胃口。

小熙娇羞地笑了笑，涨红小脸低声要求："你喂我吃！"

"什么？你再说一遍，我没听清。"

云帆笑着逗她，小熙的确有所转变。

她现在已经能在别人面前向他撒娇了，这对云帆来说，是不小的进步。

小熙窘迫地坐在那里，半晌才鼓足勇气，声细如蝇地继续撒娇道："你喂我吃！"

她的肚子饿得咕噜噜直叫。

云帆不禁笑出声来，夹起一个包子喂到她的嘴边。

小熙咬了一口细细咀嚼，忽然觉得今天这包子特别香。

她满足地勾住他的手腕，一脸满足地感慨出声："真好，你在我身边真好！"

第159章　结束第一个疗程

在云帆的悉心照料下，小熙总算熬过了第一个疗程的化疗。

一大早，冷轩和若冰两人就来到病房吩咐注意事项。

"今天可以出院观察，但是出院后会经过一个血液指标下降后再回升的过程。这一周内要及时监测，防止指标过低，出现出血等危险情况。"

冷轩讲得很细，云帆耐心听着。

出院这段时间，云帆会全程陪在小熙身边，但他依旧不放心。

若冰也一再嘱咐小熙，出院后不要着凉，不要太辛苦，更要注意避免让自己受伤。

小熙点头如捣蒜，一再承诺会多加小心，冷轩才肯让云帆带她回去。

想到可以回家，能见到她的宝贝女儿和朋友们，小熙的嘴角就止不住地上扬。

真希望身体能争气，可以在家多待一段日子再回医院。

冷轩和若冰送她到医院门口，见她上了云帆的车后，才肯回去工作。

小熙坐在副驾的位置上，一路痴迷于车窗外的风景，她摇下车窗，感受着微风吹在脸上的惬意。

她真是好久没有出来过，整个人都过于兴奋。

"直接去婚纱店？"

婚纱店开业的那一天，云帆跟她说过，那里就是她的第二个家。

婚纱店的二楼，也被云帆设计成了粉嫩嫩的公主房，方便她康复后去店里上班，可以带着朵朵在那住下。

云帆知道她想去店里看看，不过今天不行。

"你身体还很虚弱，不方便和朵朵住在店里。还是回公寓吧。沫夏和政宇，还有小雪和宝宝都在家里等你。"

今天是小熙结束第一个疗程出院的好日子，大家早就决定好，全员聚在小熙家为她庆祝。

为了让她住得更舒服一些，沫夏和小雪还贴心地重新布置了一下公寓。

当他们到达公寓时，沫夏和政宇正在楼下等着他们。

下了车，小熙直奔沫夏，姐妹两人紧紧拥抱在一起，沫夏鼻子一酸，眼泪不争气地往下掉。

今天是开心的日子，说好了不哭的。

可看到姐姐如今这憔悴模样，她还是心疼。

"姐，你怎么瘦成这样？今晚我们吃火锅，你要好好补补。"

小熙听到火锅两字后，顿时两眼放光。

在医院化疗时，她时常觉得恶心反胃，根本吃不下什么东西。

今晚，应该可以多吃一些的。

政宇贴心地补充道："还是云帆哥最细致入微，能吃什么不能吃什么，都给我们列表写出来。姐不能吃油腻辛辣的，我们今晚吃清汤锅。"

大家为了照顾小熙都很贴心，但想得最周全的那个人绝对是沐云帆。

小熙抬眸，眼含笑意地对他说了一声："谢谢，辛苦啦。"

云帆摇摇头，宽厚温暖的手掌轻轻地在她头顶摸了摸，说道："只要你开心，我就不辛苦。"

简单的一句话，暖到小熙的心坎里。

她牵着云帆的手，跟在沫夏和政宇身后上了楼。

回到家后，朵朵从身后突然窜出来，紧紧抱住小熙的大腿撒娇道："妈咪，朵朵好想你呀。妈咪好棒，勇敢地撑过了第一个疗程呢。"

小熙心内一软，弯腰就要抱起自己的女儿。

朵朵却后退了几步，说："妈咪，朵朵最近胖了哦，妈咪抱的话会很辛苦的。"

随后，朵朵转向沐云帆，张开双臂冲他撒娇："云帆爹地抱抱嘛。"

沐云帆笑成了眯眯眼，他立刻将朵朵抱在怀里，随后凑到小熙面前，朵朵人在云帆怀中，却探出半个身子，将自己的小脸蛋贴在小熙脸上，有些委屈地向她撒娇，"妈咪，朵朵真的好想你呢。"

为了不让妈咪辛苦，她克制住想要妈咪抱的冲动，乖乖地不给妈咪惹任何麻烦。

连想和妈咪亲近，都只能用这样的方式。

小熙眼角微红，被女儿的一举一动彻底暖到。

她发现，自从生病后，她看清了身边人的真正面目。

原来她身边还有这么多暖心的人。

小熙捏了捏朵朵胖乎乎的小手，在女儿脸上亲了一口，"妈咪也好想朵朵呢。妈咪只要一想到朵朵，就有勇气坚持下去了呢。"

妈咪的话，让朵朵小脸羞红，低头小声说道："那妈咪要为了我，也要为了云帆爹地坚持下去哦。我们今后就是一家三口了。缺了谁都不行哦。"

朵朵固执地握住云帆和妈咪的手，期盼着妈咪可以组建一个新的家庭。

一旁的沐夏见朵朵如此心急，不禁笑着逗她开心："傻朵朵，今后可以直接喊云帆爹地为爹地了！"

朵朵听后，小脸布满期待，转头看向妈咪，耐心询问："真的吗？可以吗？"

小熙笑着点点头，她和云帆之间就只差领个证了。

得到妈咪允许后，朵朵甜甜地连着唤了几声："爹地，爹地，爹地！"

云帆被她喊得心都快化了，抱紧怀里的朵朵，另一只手揽着小熙入怀。

任谁看来，这就是真正的一家三口。

云帆怕小熙太累，扶着她去沙发上躺下休息。

其余人都去厨房准备晚饭，只留朵朵和云帆守在她身边陪她聊天。

"妈咪，我今晚想和妈咪还有爹地一起睡。"

女儿的简单愿望，却让小熙内心苦涩。

自己这个样子，苦了她的小宝贝，这么小就要和妈咪分开。

小熙看了一眼云帆，随后点头答应她："好，妈咪在家这段日子，天天都陪着朵朵睡。让爹地给你讲故事，好不好？"

朵朵咧嘴笑开了花，还跟小熙说起她住院时，家里发生的那些事情。

"我最爱听爹地讲的故事了。爹地每天都会把他录好的童话故事发给我听。"

小熙住院这段日子，朵朵一直由沫夏和小雪轮流带。

为了不让小熙担心上火，他们所有人都对她隐瞒了，欧雅妍责骂朵朵一事。

他们找借口称是朵朵在吴家住不惯，只能和沫夏、小雪一起住。

小熙自然是信以为真，她知道妹妹和小雪都很辛苦，但她没想到，云帆会为自己的女儿做到这个地步。

他每晚留在医院照顾她，还要抽时间录好睡前故事给朵朵听。

就连朵朵的亲生父亲，也坚持不下来吧！

第160章　爱我的理由

尹沫熙在朋友和家人的陪同下，热热闹闹地吃了一顿火锅。

虽然吃的并不多，但今晚对于她来说是最特别也是最开心的。

为了不打扰小熙休息，沫夏和小雪帮忙收拾好厨房后就匆匆离开了。

小熙舒舒服服地泡了个热水澡，随后躺在床上，满眼柔情地看着云帆给朵朵讲童话故事。

云帆讲了一会儿，朵朵便在小熙的怀中沉沉睡去。

看着朵朵红扑扑的小脸蛋，小熙忍不住低头在她额间轻柔一吻。

自己的宝贝女儿，怎么看怎么觉得可爱。

云帆心疼地将朵朵额前的碎发拢到耳后，对这孩子同样喜欢得很。

"今晚可能是朵朵最近睡得最香的一次。能在妈妈的怀里睡着，这小宝贝很幸福呢。"

两人轻声言语着，生怕吵醒熟睡中的朵朵。

云帆帮两人盖好被子，转身准备去客厅休息，却被小熙拽了回来。

"干吗？抱着枕头和被子要去哪里？"

云帆低头，明眸浅笑，却柔声解释："我去客厅睡，我们还没领证……"

他全心全意为小熙着想，之前小熙和吴建成闹离婚，让她成了风口浪尖上人人议论的对象。虽然现在大家关注的焦点，全都聚焦在欧雅妍和她儿子身上，但是人们只要谈起欧雅妍和吴建成，就会想到尹沫熙。所以，沐云帆不想给小熙带来更多的麻烦。

小熙无奈笑笑，对这些事情并不在乎。

经历了生死、流产、离婚这三件大事后，小熙根本不在乎别人的异样眼光。

她只想过自己的生活。

"说好了我出院这段时间，陪着朵朵过一家三口的幸福生活。你若是去客厅睡，朵朵会梦想破灭的。你舍得让我们的女儿难过受伤？"

小熙现在张口闭口就是我们的女儿，早就把他当成是一家人。

云帆听着心里甜滋滋的，索性继续爬回床上，躺在了朵朵身边。

"也对，不能让女儿失望。我这个做爹地的，要满足宝贝女儿的所有愿望。那咱俩什么时候去领证？这也是女儿的愿望。"

小熙听后，不爽地瞪了他一眼，小声抗议："你个老油条，现在都学会用朵朵来威胁我了？我只答应和你在一起，可没答应说要嫁给你哦。哪有那么容易就让你娶到手？"

小熙嘴硬着不肯答应，可嫩白的脸颊却染过一抹绯红。

在云帆说去领证的那一瞬间，她就很心动了。

遇见深爱的男人，彼此芳心互许，大概是这个世上最幸运的事情。

小熙知道自己不能太过贪婪，这样便足够了。

她不想用那一纸婚书来束缚云帆的后半生自由。

毕竟，她是白血病患者，她不知道自己能否撑到最后。

她随意敷衍的一个借口，云帆却信以为真。

甚至在低头反思自己过于草率，他该精心策划，在正式场合像小熙求婚。

虽然经历过婚姻的摧残，但小熙和其他女人一样，渴望拥有玫瑰花和浪漫的求婚吧。

云帆认真思考，怎样的求婚惊喜才能彻底打动小熙，让她瞬间就点头答应嫁给他？

小熙见他想事情想得入迷，轻声唤着："云帆，你想什么呢？"

"嗯……嗯？没，没什么。"云帆这才回过神来，神色慌张地掩饰着心底的情绪，生怕小熙看出异常。

求婚惊喜，他不想让小熙有惊无喜。

小熙摸了摸头，不禁有些伤感地开口问他："说真的，你为什么会喜欢我？你到底什么时候喜欢上我的？"

都说爱一个人是不需要理由的。但在小熙看来，她需要一个理由。

云帆长臂一伸，揉了揉小熙的头，笑容越发宠溺，他回忆起两人第一次见面时的场景。

大概就是那一眼，便彻底沦陷在她独特的魅力中。

"一见倾城，二见倾心。事实上，第一次遇见你便对你念念不忘。起初的确是因为你长得漂亮才会被你吸引。可渐渐地，被你的倔强所折服，被你温柔且坚定的信念所打动。越陷越深，早已无法自拔。"

正如云帆母亲所说，漂亮的女人云帆见的多了。

可一眼就相中的，却唯有尹沫熙一人。

小熙听后，小脸微红，不禁感叹世间缘分微妙。

虽然遇上吴建成，遭遇了精神打击让她倍感痛苦。

可若不是经历这些，她这辈子都无法和沐云帆相遇。

若是没遇见他……尹沫熙不禁陷入沉思。

她在吴建成那受到的委屈和痛苦，全都被沐云帆所给的温柔甜蜜所化解。

若是没有遇见云帆，她这辈子或许真的就只有苦，哪还有甜呢？

想到这，小熙动容地侧过脸，伸手轻轻抚着他俊美的面容，感慨道："可现在的我并不漂亮，脸色苍白，面颊消瘦，最近还一直在掉头发。同病房的病友们头发都快掉光了。我早晚也会变成一个秃子的。"

小熙神情哀伤，哪个女人不爱美呢？

小熙在生病前，长发秀美茂密，是个标致的长发美女。就算颜值高，也撑不起这光头造型。

云帆知道小熙的心思，但接受化疗就会掉头发，这个是无法避免的。

他只能继续安慰小熙："你怎样都好看。就算你头发都掉光我也不在乎。等你病好了，头发还会再长出来的。"

小熙点点头，轻声言语着："是啊，只要康复了，头发会渐渐长出来的。"

可这个过程，未免有些漫长和煎熬。

云帆担心小熙会胡思乱想，牵着她的手哄她入睡："早点睡吧。"

"好。"

小熙在女儿和云帆的陪伴下逐渐进入睡梦中。

这一夜，她睡得安稳，一觉睡到了太阳升起才睁开眼睛。

起床后，发现云帆正在厨房为她准备早饭。

小熙在房子里走了一圈，就是不见女儿身影。

"朵朵呢？"

云帆抬头冲她微微一笑，随后继续切着手里的菜，回答她："我看你睡得正香就没吵醒你，我已经送朵朵去幼儿园了。"

这对父女相当的贴心，早起后朵朵在妈咪脸上印上爱的亲吻，随后便被云帆抱着去了洗手间洗漱。

为了让小熙多睡一会儿，朵朵全程轻手轻脚，连吃饭都是小心翼翼，生怕自己会制造噪音吵醒妈咪。

第161章　我想用它做遗像

明明她才是孩子的母亲，可又感觉自己似乎是被朵朵偏爱着。

不仅如此，云帆还为她准备了其他惊喜。

灶台上的汤还在煮着，云帆让小熙坐在餐桌前耐心等候，他则去房间拿出了一个精致的盒子给她。

"给你准备了特殊礼物。"

尹沫熙疑惑地打量着手中的盒子，他会送自己什么礼物？

云帆让她自己拆开看看。

她以为会是衣服或者是首饰之类的，拆开盒子后，却发现里面放了整整十顶假发。

有长发有短发，还有各种波浪卷烫发，小熙仰头看他，伸手抱住他的腰，在他怀里肆意撒娇着："你的行动也太迅速了，昨晚说起掉头发的事情，今天就去给我买了假发？"

这礼物，她很是满意。

窗外的阳光直直洒了进来，云帆站在光影中，好看的眉微微挑着，笑得一脸幸福满足。

他的幸福一直都很简单，就是希望看到小熙嘴角扬起笑容，想她对自己更有信心。

云帆拿起一顶假发帮她戴上整理好。

"真漂亮，这种挑染发色很时尚，你戴上后整个人更有活力了。今后你想换

461

什么发型都可以。真正的百变女郎。"

小熙看着镜中的自己，不禁扑哧一声笑了出来。

虽然不太习惯，但这顶假发戴在自己头上，的确是另一种风格和时尚。

小熙眼角再次湿润，这个男人总是有法子惹她哭。

她想，她之所以被感动，是因为这个男人对她格外用心，有求必应。

只是，想到她所面临的一切，小熙还是想为自己多做打算。

她看了一眼窗外的阳光，今天天气不错，她想出去转转。

"云帆，我想出去转转，顺便帮我拍些照片吧。"

可能是怕自己真的有一天离开这个世界，她想给云帆多留一些照片和难忘的记忆。

云帆去拿相机，小熙挑了一顶她最爱的黑长直秀发戴上，涂上口红简单地打扮了一下自己。

云帆担心她身体吃不消，开车带她去了公寓附近的河边公园。

两人坐在河边的长椅上，感受着微风拂面，惬意自在。

小熙眯着眼睛，沐浴在阳光下。

云帆拿起相机捕捉镜头画面，拍下最自然美好的一幕。

小熙却突然转过头来，严肃认真地要求他："云帆，这张照片帮我拍好看一些。我想用它做遗像。"

小熙转过身子，挺直脊背，将多余的碎发拢至耳后。

她冲着镜头勾了勾唇角，笑靥如花。

可云帆看着镜头中的那个女人，却无论如何都无法按下快门。

他做不到……

云帆收回相机，返回小熙身边，耐心询问："好端端的，怎么想起要拍遗像？"

这个话题很严肃也很沉重，小熙的脸上却始终带着淡淡的笑意。

她似乎已经看淡一切，语气轻柔淡定："没什么，同病房的那个阿姨走得突然。家里人也跟着匆忙办事。我只是提前做好准备。若是真的去了，你们也不至于手忙脚乱的。"

末了，她还扯出一个大大的笑容来安慰云帆。

她说这些话的时候，眼神无奈，却没有太多的悲伤。

如果这就是她的命，是她无法逃避的宿命，再做挣扎又有什么意义呢？

云帆心尖猛的一颤，小熙眼中的光渐渐黯淡，这样不行，她必须继续坚持下去。

云帆有些憋屈地冲她发脾气："别说丧气话，你好好的，怎么可能会突然没了？你在这等我一下。"

云帆起身到一边角落，拿着手机给皮特和小月打了电话。

十多分钟后，皮特开车来到河边公园。

小熙不知道他们要搞什么，只能耐心地坐在长椅上看着平静的河面发呆。

云帆在车里换了一套西装，随后继续吩咐："让小月去接朵朵过来。"

"她已经在去幼儿园的路上了。老大，你今天穿得这么正式，是要照全家福吗？"

云帆逃了挑眉，勾唇浅笑道："全家福和结婚照一起拍了。"

整理好衣服后，他手捧一束玫瑰花下了车，快步走回小熙身边。

颀长的身影遮住她的视线，小熙诧异抬眸，见云帆不知何时已在自己身侧坐好。

他特意换了衣服，西装笔挺，冷漠矜贵，气质斐然。

他搞得如此正式，让小熙莫名的有些慌。

"云帆，你怎么穿得这么正式？"

云帆没有回答她的问题，将手中的玫瑰花塞入她的怀中，随后长臂一伸扯她入怀。

前方不远处，皮特已经架好了相机三脚架，调好了设备。

皮特向他比了一个OK的手势。

云帆在小熙耳边轻声命令："看镜头，微笑，笑容自然点。"

小熙呆呆地看向前方，乖乖地按他所说，嘴角扬起一抹温柔笑意。

两人依偎在一起，看起来格外亲密甜蜜。

皮特看准时机迅速按下快门，一连抓拍到几张不错的照片。

随后，小月也带着朵朵赶来了。

"喏，朵朵我可是给你们送到了。"

见朵朵也来了，小熙更是不解。

"云帆，你这是……"

云帆目光灼灼地对上她疑惑的视线，声线隐隐颤抖着说："在我这里，是绝对不会给你拍遗像的。我只会拍我们两人的结婚照，和我们一家三口的全家福。"

小熙注意到，他说这番话的时候，身子在微微发抖。

心里划过一丝心疼。

还是自己自私了，完全没有想过他的感受，他又是否能接受这些。

小熙犹豫一下，随后反手抱住他的腰，将头抵在他的额间轻声呢喃："抱歉，让你担心了呢。我不该说这种丧气话的。难得今天出来，我们多拍些好看的照片。"

小熙笑着哄他开心，云帆这才松了口气。

朵朵也扑在两人怀中，冲着镜头各种卖萌搞怪。

皮特和小月看着镜头中的三个人，觉得领不领证其实也不那么重要。

重要的是，活在当下，他们彼此陪伴彼此依赖，愿意给对方最温柔的爱。

这种感情，他们真的很羡慕。

朵朵还将手工课上自己做的雪花碎片拿了出来，站在长椅上，让小月阿姨帮她一起制造雪景。

朵朵兴奋地抓起一把扬了下来，碎片雪花纷纷扬扬地落在两人头顶。

她忍不住兴奋地跟妈咪说起她听说的传言："妈咪爹地，听说下雪天，相亲相爱的人一起赏雪，就会长长久久幸福地在一起哦。"

女儿带着美好祝愿洒下纸做的雪花，愿意用这双胖嘟嘟的小手给爹地妈咪创造一片浪漫的雪景。

小熙和云帆彼此相视一笑，镜头将两人最美的瞬间定格。

云帆不禁低声感慨："霜雪落满头，也算共白首。我们会长长久久，永远幸福的！"

第162章　好好珍藏

小熙在女儿和云帆的陪伴下，渐渐找回了对生活的信心。

再次回到医院住院后，云帆依旧夜夜守在她身边照顾她。

云帆担心小熙在医院会太过无聊，特意给她准备了礼物。

他拎着袋子和晚饭来医院陪她，随后将袋子放在床上。

"给你准备了特殊礼物，猜猜看是什么？"

小熙惊喜地盯着那个袋子，猜不透里面到底装的什么。

"又给我准备了特殊礼物？你最近的礼物是不是有点多？"

小熙已经迫不及待地拆开袋子，当她看清那两本绝版个人婚纱作品集后，惊喜地抱住云帆尖叫连连。

"啊！是米歇尔设计师的作品，竟然还有她亲手画的设计图？云帆你真的太棒了。"

米歇尔曾是欧洲最具才华的婚纱设计师。虽然如今早已不在人世，但她却留下了众多精品佳作。

小熙小心翼翼地翻开那本婚纱作品集。

虽然婚纱款式不如现在这般前卫时尚。但是如此复古的婚纱设计，款款都是流传至今的经典。

尤其是后面几张米歇尔大师亲手画的设计图，让小熙叹为观止。

云帆看着她安静地坐在病床上，时间仿佛停止了一般，她的眼里心里，只有这两本珍藏婚纱作品集。

认真专注的她，有种别样的魅力，深深吸引着云帆。

他笑着劝她："好了，你看了一遍又一遍。再看整个人都快钻进去了。"

云帆催了几次，小熙才依依不舍地合上作品集，随后用袋子包好，十分小心珍惜地放进了一旁的床头柜中。

这是最珍贵的礼物，她必须要好好收藏才是。

小熙勾勾唇角，眉眼里藏不住愉悦笑意。

她很是好奇，云帆在摄影界和时尚界到底是有多大牌，竟然连这种绝版个人婚纱作品集都搞得到！

她凑到云帆耳边，小声问他："这个很难搞到手的。你到底怎么弄来的？还有你怎么会知道米歇尔设计师的？"

云帆是国际知名摄影师不假，他也的确给众多国际一线婚纱品牌拍过照片。

但他现在，怎么对婚纱设计和设计师如此了解？

莫非，是有特意去了解学习过？

一如白瓷的小脸微微仰着，她的眼中满是好奇和疑惑。

面对如此严肃认真的小熙，云帆低头笑了笑，想要逗逗她。

"抢的呗。你也知道这是绝版个人婚纱摄影集。很难搞的。"

小熙并不信他，还狠狠地瞪了他一眼，"别闹！到底是怎么弄来的？"

云帆轻笑出声，终于肯说出实情："我之前联系到米歇尔设计师的家人，花了一番功夫才买到手的。"

"这种绝版作品，他们舍得卖？"

云帆笑容越发宠溺，柔和的声调在她耳边晕染开来："我说是买来送给我老婆的礼物。还讲了我们之间的爱情故事，他们被感动到，就肯让给我了。"

在那位家属看来，这两本婚纱影集留在小熙和云帆手中，会更有意义。

云帆漫不经心地讲着当时的过程，小熙直直地望着他，心跳莫名快了几分。

眼睛再次模糊，她低头抵在云帆胸前，声音闷闷的："傻瓜，你不送我这些我也很开心的。天天那么辛苦，还要帮我准备各种惊喜礼物。我不想你这么辛苦的。"

小熙心里都懂，云帆全心扑在婚纱店和她身上，就是为了帮她守住梦想的小店。

待她彻底康复，就可以回去实现梦想。

可他也会累吧，虽然他从未在自己面前展现出疲惫模样。

但小熙却心疼得很。

云帆心里一软，温热的双手捧起她的脸，指腹轻轻擦去她眼角的泪珠。随后冲她暖暖一笑说："我不累，为你做这些小事，有什么好累的。"

说着，云帆还拿出小熙的手机，帮她添加了几位国内顶级婚纱设计师的联系方式。

"通过朋友认识了几位国内的婚纱设计师，给朋友讲了一下我们的情况后，对方愿意加你为好友，和你交流婚纱设计方面的经验。"

小熙拿着手机，指尖微微颤抖，迅速地同几位设计师热情交流。

从此之后，小熙的住院生活就变得更加丰富多彩。

每次云帆去医院陪她，都看到她正在病床上画着设计图。

画到兴奋时，还会手舞足蹈地同他讨论起来。

"你看这款婚纱是不是很特殊？我就是看了米歇尔设计师的个人作品集后，才有了这个灵感的。复古丝绒搭配九分蓬蓬裙设计，复古花纹超显气质的。"

小熙眉眼弯弯，眼里是藏不住的自豪和欣喜。

云帆仔细瞧着她画的设计图纸，这种复古丝绒婚纱，云帆之前的确从未见过。

有别于现在的传统婚纱和新款婚纱，更有新意的同时又保留了经典的一面。

她有灵感，能画出好的婚纱，这自然是好事。

但她天天痴迷于此，会不会……

刚好碰上若冰来巡房，云帆拧着眉，担忧地询问道："小熙最近天天都在画

466

婚纱设计图，会不会太辛苦了？"

若冰听后不禁笑出声来："怎么会呢，她有注意劳逸结合的。而且她最近精神状态真的不错，对生活目标更加明确也更有信心。这对她是好事。"

就怕病人眼里无光，心中无望。

一个人若是对自己都绝望了，就算医生们再努力，也无法将她从死亡线上拉回来。

只要适当休息，小熙画设计图就不会影响病情。

云帆这才松了口气。

第二个疗程虽然进行到了一半，但云帆心里的确没底。

他同若冰在角落里小声谈论病情。

若冰提醒云帆，天气变冷，一定要注意，不能让小熙着凉发烧。

若是发烧引起全身感染，就真的很麻烦……

第163章　官宣恋爱

月初的时候，吴建成想着有段日子没见小熙和朵朵了。

毕竟是他曾经深爱的女人和他的亲生女儿。

即便身边有了别的女人，他依旧对这对母女放心不下。

他让秘书取了钱，直接放在信封内，随后准备去医院探望小熙。

其实本不用如此麻烦，每月月初让秘书直接转账即可。

但他不肯，这是他每个月唯一的机会，可以光明正大地去看看小熙。

欧雅妍刚刚哄好儿子，见他准备出去，立刻上前拉住他的手臂问道："要去哪啊？"

"上班。"吴建成心虚地回答，欧雅妍一眼便看出问题。

"我看不是去上班吧，是去医院看望尹沫熙？你到底什么意思？我才是你老婆，我们就快结婚了，你月月往医院跑，你想没想过我的感受？"

欧雅妍眼底一阵寒意，对吴建成的表现感到失望。

抢来的男人，真的能守得住吗？

欧雅妍心里也清楚，若不是尹沫熙身患重症打掉孩子。

若不是自己生了个男孩……

现在陪在建成身边的那个人，还会是自己吗？

想到尹沫熙对建成的影响，欧雅妍就忐忑不安。

不能再给他们任何机会。

"人家和沐云帆恩爱甜蜜，你去当电灯泡吗？建成，你省省吧，尹沫熙当初可是骗了你们全家！没准，尹沫熙和沐云帆好上很久了呢。"

欧雅妍不过是一句无心之说，可话音刚落，她便认真起来。

是啊，也不是没有这种可能。

沐云帆对尹沫熙，似乎一开始就很有兴趣。

虽然离婚，但这种诬陷，吴建成听不得。

"你少在那胡说八道！谨言慎行！你的任务就是在家看好儿子。"

吴建成冷漠无情地瞪了她一眼，随后头也不回地离开了别墅。

欧雅妍气得直跺脚，越想越憋屈。守得住吴建成的人，根本守不住他的心。

尹沫熙那个病秧子，倒是收到不少的同情。凭什么骂名都是她来背？

嫉妒已经让她逐渐疯狂，欧雅妍打开笔记本，开始在各大媒体网站和微博上，匿名曝光尹沫熙和沐云帆的恋情。

将所有脏水全都泼到尹沫熙身上。

欧雅妍诬陷她，在吴建成遇见自己前，就已经和沐云帆眉来眼去。甚至在离婚前，多次和沐云帆单独相处，暗生情愫。

还编造谎言恶意诋毁尹沫熙，说她根本就不爱孩子，只是拿孩子来做要挟留住吴建成。

流言迅速在网上发酵蔓延。

吴建成将钱送到医院，只停留了十多分钟便离开了。

刚上车，就见网络上铺天盖地都在诋毁谩骂尹沫熙。

看到那几条爆料的新闻后，吴建成彻底怒了。

这事，八成和欧雅妍脱不开关系。

他立刻让司机调转方向，马上赶回别墅。

而医院内，云帆看到新闻后也匆忙赶了过来。

小熙正拿着手机刷各种信息，更是有不少人私信骂她。

云帆见她垂眸沉思，迈开长腿来到病床前，强势地抢过手机，直接将手机关机。

"网上那些人都是看不得别人幸福的，你不必在意他们那些流言蜚语。"

云帆冷着一张脸，眉间印上戾色。

小熙扫了他一眼，不禁笑出声来："劝我别理那些人，你自己却在那生闷气？你放心，我没那个心情和他们斤斤计较。不过……"

小熙拉长尾音，眼中闪过一抹算计。

不管背后爆料的人到底是谁，她尹沫熙这次绝不轻易罢休。

小熙再次抬眸，视线坚定，冷声开口："手机还我，我要发条微博。"

云帆以为她想不开，还在劝着："咱不跟他们计较。"

"不是计较，我要正式宣布。"说着，小熙伸出手来，点点头，让他把手机还给自己。

云帆拧紧眉心，不知小熙要宣布什么，却还是乖乖把手机放在她的手中。

小熙开了机，编辑了一条微博信息。

"我和沐云帆于一个月前正式确定恋爱关系。针对网上曝光的不实信息，我们将依法向爆料者追究法律责任。"

微博发布后，再次掀起热议，短短几分钟内，尹沫熙的这条微博便迅速窜到热搜榜第一的位置。

尹沫熙随微博文字，同时发布了两张照片。

两张照片都是那天在公寓附近的河边公园所拍。

一张是小熙和云帆之间的合照，没有洁白精致的婚纱，也没有浪漫奢华的景色。两个人彼此依偎着对方，眼神清澈，笑容真诚甜蜜。

这种看似朴素的合照，却有着无限温柔藏在里面，让人看了有些心动。

而另一张，则是带上朵朵的全家福。

孩子亲昵地扑在云帆怀中，三人相视一笑，彼此之间的默契和信任无须言语。

明明是最为朴素的照片，网友们却在刷屏似的留言："真甜。"

"看孩子的态度就知道这个男人对她有多好。"

"这种朴实无华的婚纱照，真是太有感觉了。"

云帆这才知道小熙的用意，他知道，小熙一直都很坚强勇敢。

曾经的她，不过是被婚姻和爱情蒙住了眼睛，才会固执愚昧地陷在其中，让自己越发脆弱无能。

可现在的她，越挫越勇，遇见这种事情，绝对会第一时间奋起反击。

云帆守护她的同时，小熙也在维护着云帆和自己的爱情。

吴建成回到别墅后，欧雅妍立刻上来迎接。

"这么快就回来了。"

她媚笑着接过他的外套，刚要帮他解开领带，却被吴建成甩了一个巴掌。

欧雅妍有些懵了，捂着已经红肿的脸蛋十分不解地问道："你一回来就发疯？"

"网上的爆料，是你写的吧？尹沫熙那边准备追究法律责任。那些网友很快就能把你扒得一干二净，你简直蠢到家了！人家一查IP地址，就知道是谁写的。你以为匿名就没问题了？"

欧雅妍这才惊慌地逃回楼上房间，快速地删除着刚刚发过的那些信息。

吴建成紧随其后，一手钳住她的手臂，另一只手关掉了她的电脑。

"录个视频，公开向尹沫熙和沐云帆道歉。否则，你若是真的被起诉，我不会管你的。"

"你……你疯了吗？"

"是你疯了！我们现在活在大众的眼皮子底下，我一再强调谨言慎行，你这个时候招惹尹沫熙？你根本不了解她！"

小熙若是发狠，绝不会给他们任何机会。

想到她现在正病着接受治疗，只要欧雅妍当众道歉，此事她会作罢的。

欧雅妍被逼到死角，为了不被起诉，她只能录了视频公开向尹沫熙道歉。

尹沫熙并未接受她的道歉，依法提起诉讼，欧雅妍这次免不了要赔上点钱。

在那之后，她再也不敢轻易出手。

而云帆和尹沫熙，在经历这些事情后，已被大家接受理解。所有人都在祝福她早日康复，和沐云帆长相厮守下去。

而他们两人之间的感情，也越发深厚浓烈。

第164章　病情恶化

他们的日子，平淡而幸福。

小熙对此很是满足，能守着云帆，守着朵朵她就已经很开心了。

然而，现实却总是残忍的。

一场秋雨后，转眼就进入了十一月，天气越来越冷。

小熙因身体抵抗力很差，加上天气突变，她在高烧后引发感染，病情突然加重。

这天夜里，云帆一直陪在小熙身边。

夜里她本就睡不踏实，两点多的时候，小熙突然呼吸急促，云帆见状立刻叫来护士。

小熙痛苦地告诉护士，她呼吸困难，觉得口渴。

护士立刻帮她开了氧气，可小熙躺在床上翻来覆去依旧无法入睡。

疼痛让她全身虚脱，护士帮忙抽血查血常规，发现小熙血红蛋白过低，必须给她输血。

云帆一直守在小熙身边，轻轻抚着她憔悴不堪的小脸，让她再坚持一下。

护士输了三瓶液体。

小熙状态渐渐有所好转，她看着瓶中的液体一滴滴地滴落，无奈地摇摇头。

这一夜总算是有惊无险地熬过去了。

但小熙的状态一天不如一天，反复地高烧感染，将她折磨得不成人形。

而更让若冰和冷轩头疼的是，白细胞病变影响小熙的免疫功能，致使她出现肺部感染。

若冰和冷轩检查一番后，神情有些凝重。

"情况很严重吗？"

"的确不容乐观。"

这一次情况严重多了，如果不及时进行骨髓移植，谁也不知道小熙还能撑多久。

云帆急得快要疯了，现在他们还没找到合适的骨髓配型，那要如何给小熙进行手术？

所有人都在为小熙努力着，政宇更是号召公司的员工都去医院做骨髓配型检查。

尹沫熙这边的情况不容乐观，然而欧雅妍也没有得意很久，她的儿子最近几天高烧不断。

因为怀孕期间喝酒又常常吃一些垃圾食品，所以孩子早产而且身体的确有些虚弱。

当时出院时，欧雅妍以为孩子挺过了难关，可是这孩子身体虚弱，常常发烧生病。

大半夜的欧雅妍抱着孩子来到医院挂了急诊。

偏偏吴建成陪着婆婆去了外地参加一个远房亲戚的婚礼，欧雅妍身边无人帮忙，她只好叫管家和用人陪着来医院看病。

欧雅妍抱着孩子在验血，孩子哇哇地哭个不停。

刚好若冰下楼来取一个病人的血检报告，在不远处就看到了欧雅妍抱着她的儿子在验血。

欧雅妍看起来很是着急，难道孩子病得很严重？

等到欧雅妍抱着孩子离开后，若冰走过去和化验的医生打招呼，问道："刚才那个孩子怎么了？"

"高烧不退，那孩子身体好像挺虚弱的，经常生病。"

若冰轻声问道："能让我看看那孩子的病历吗？"

若冰只是好奇，那孩子当初离开婴儿重症病房时，医生也说没有问题了。

怎么最近经常生病？她拿过病历看了一眼，当她看到血型那一项时突然觉得不太对劲。

若冰记得吴建成和欧雅妍是AB型血，可孩子却是O型血？

她立刻拿着孩子的病历质问那个医生："这孩子的病历不是什么地方弄错了吧？这个血型是正确的吗？"

医生很是疑惑若冰为何对此提出质疑，不过她可以很肯定的是，这个孩子的病历绝对没有任何问题。

"当然不会出错了，你是在质疑我们吗？"

若冰摇摇头。

医生没弄错，那只有一种可能，那个孩子根本就不是吴建成的。

第165章　孩子不是他亲生的

吴建成见到若冰后，顿时觉得情况不妙。

他们到底要做什么？

吴建成脸色一沉，怒声质问自己的弟弟和若冰："你们偷偷摸摸地带我来这里到底要做什么？"

若冰将她看到的孩子的血型告诉他。

　　吴建成有些恍惚，若冰解释得很明白，他又不傻，怎么会听不出这话里是什么意思？

　　"你是说，这孩子不是我的？"

　　怎么可能，这绝对不可能的！吴建成显然无法接受这样的事实，若冰点头道："你可以带着孩子做个亲子鉴定。"

　　是啊，如果欧雅妍那个女人真的欺骗了他呢？

　　吴建成点头道："行，那就做亲子鉴定好了。需要抽血吗？"

　　"需要。"

　　吴建成也想搞清楚，那孩子到底是谁的。

　　吴建成抽血过后，心里始终有些忐忑，想要尽快知道结果。

　　"大概什么时候能有结果？"

　　"血样要送到鉴定中心去，最快的话两天就会出结果。"

　　"好，谢谢你。"

　　吴建成随后跟着弟弟离开了医院。

　　他原本是想去看看小熙的，可是想到现在他的儿子可能都不是自己亲生的，内心极度复杂的他根本无脸见小熙。

　　政宇见他停在走廊内有些犹豫，好奇地问道："要去见见小熙姐吗？"

　　吴建成有些挣扎，随后还是摇头坚决道："不了，直接回家吧。"

　　于是政宇只好开车送哥哥回了家。

　　小熙情况越来越严重，云帆一直守在小熙身边，就连朵朵也天天待在病房内。

　　若冰和冷轩还在全力救治小熙，他们在和时间赛跑，希望能够尽快找到适合小熙的骨髓配型。

　　然而时间一天天过去，他们还是没能等到和小熙配型成功的人。

　　……

　　五天后，吴建成接到了鉴定中心打来的电话，鉴定结果其实他开始就猜到了。

　　他和欧雅妍的孩子根本不是亲生父子关系。

　　吴建成呆呆地站在客厅中，感觉老天爷好像跟他开了一个天大的玩笑。

　　他当初就是为了这样的女人背叛了小熙？

　　可结果呢，连孩子都不是他亲生的。

　　老太太抱着孩子下来，想要带他去花园晒晒太阳，见儿子站在客厅发呆，于是抱着孩子走了过去。

"来建成，快抱抱你儿子，最近这小家伙长得够快的。我说你和雅妍下个星期就要去领证了吧，婚礼也筹备得差不多了。等到婚礼结束后你们就赶紧要个二胎。"

老太太还想着让欧雅妍再给他们添个孙子。

吴建成低头看着母亲怀中的孩子，那双眸子闪过一丝恨意。

老太太见他在发呆，疑惑地问道："怎么不抱啊？"

吴建成抬眸看了母亲一眼，随后残忍地说出了实情："你最宝贝的这个孙子，根本就不是我们吴家的骨肉。"

老太太以为自己听错了，问道："你说什么呢，建成？"

"他不是我的孩子，是欧雅妍和别的男人的孩子。我已经做了亲子鉴定，他不是我儿子。"

老太太惊呆了，手一抖差点把孩子摔在地上。

管家也很震惊，不过还算镇定，立刻上前一步伸手抱过老太太怀中的孩子。

"好险好险，孩子刚刚差点就掉地上了。"

碰巧刚刚下楼找儿子的欧雅妍听到管家这么一句，又看看浑身发抖的老太太，不禁有些恼怒地抱怨着："妈，你要是抱不动孩子就让别人抱嘛。你看你刚刚差点伤了孩子。"

老太太本就受了刺激，听到欧雅妍这么一说，气得她伸出双臂直接奔向欧雅妍。

"妈，妈，你干吗？"

欧雅妍尖叫着，只见老太太的那双手已经掐在了欧雅妍的脖子上。

"你个坏女人，你敢骗我们？孩子根本不是建成的，那孩子根本不是我们吴家的骨肉。建成和我，为了你和这个孩子被人戳着脊梁骨骂。所有难听的话我们都忍了，只为了给这孩子最好的未来。可结果呢？孩子不是我们吴家的？"

老太太的确无法接受这个现实，他们当初就是为了这个女人彻底地抛弃了小熙。

可最后呢？他们得到了什么？

这个女人从一开始就在欺骗他们吧！

吴建成见局势已经失控，只好拉住母亲劝阻道："别为了这种女人脏了我们的手。"

老太太却觉得就算把她撕了也不解恨。

"就这样骗我们，还好意思收下我给你的几百万奖励和豪车？我们竟然还傻傻地给你买了别墅？吐出来，把吞了我们的钱全都给我吐出来！"

老太太伸手啪啪几下打在欧雅妍的脸上，发疯似的吼叫着。

欧雅妍没想到他们会发现真相。可她还是嘴硬地想要为自己辩解："怎么会呢？你们从哪里听到的闲言碎语？是不是尹沫熙找人诬陷我？建成你要相信我啊，那可是你的儿子，你不会连你儿子都不要了吧？妈，你不是最疼他了吗，他是你最疼爱的小孙子啊。"

想不到这个时候欧雅妍还在骗他们，老太太气得一脚把她踹开："我真想一脚踹死你，真是嘴硬得很啊！建成都去做了亲子鉴定！你到现在还想狡辩？收拾你的行李带着你的儿子给我立刻滚出去。"

欧雅妍难以置信地看向吴建成，想不到他会去做亲子鉴定。他是从什么时候起开始怀疑她的？

第166章　因果报应

老太太忽然反应过来，欧雅妍应该没什么行李可带走的。

"你们几个，现在就把她和孩子给我赶出去，根本不用给她时间收拾行李了。就这么直接赶出去就行。"

话虽如此，可是用人们谁敢上前一步？尽管大家平日里都很讨厌欧雅妍，可毕竟她怀里还抱着个不到一岁的孩子，谁会真的狠心那么做呢？

老太太见所有人都不肯出手，再次怒吼道："怎么？都在看热闹？想被炒鱿鱼是不是？"

为了保住自己的工作，用人们只好连拖带拽将欧雅妍赶出了别墅。

夜晚格外寒冷，初冬季节，欧雅妍身上只穿着一件单衣，孩子身上更是连外套都没穿。

天气这么冷，欧雅妍怕孩子会冻出病来。

可是想再回去显然是不可能了。吴家是绝对不会原谅她的。

欧雅妍只好在路边叫了一辆出租车，她决定带着孩子回娘家。

尽管欧雅妍离开了，可是老太太情绪依旧激动得很，怒气冲冲地念叨着："不能饶了她，绝对不能饶了她，打官司也要把所有钱都要回来。还好，还好没有那么快就领证结婚。"

老太太虽然还在庆幸，可是刚刚情绪过于激动，她只觉得后脑勺涌上一阵热流，下一秒整个人就直接倒在了地上。

医生之前就说过老太太血压太高，不能太过激动的。

"妈，妈，你怎么了？"

吴建成抱着母亲让司机立刻开车送到医院去，然后打电话通知了父亲和弟弟。

得知事情的来龙去脉后，老头子带着儿子和沫夏一起来到了医院。

医生说老太太是高血压引发的中风，虽然抢救及时，可是后遗症还是很严重的，老太太现在半身不遂，连说话都不利索。

老头子和小儿子来到了病房内，看着瘫在床上的老太太，觉得很是可怜。

老太太眨着眼睛看着老头子，眼泪唰唰地往下掉，却又说不出话来。

老头子无奈地连连摇头道："你说你真是，非要什么孙子，可是这下场你也看到了。我们像之前那样平平淡淡地过日子不好吗？"

老太太紧闭双眼，泪水止不住地往下流。

如今老太太这个模样，老头子不会不管不顾。可是有些事情，他还是要说清楚的。

"现在的你是否能够感受到小熙当时有多绝望？你中风了瘫痪在病床上，如果我弃你而去对你不管不顾，你会是什么心情呢？"

老太太不肯睁眼看老头子，可是将心比心，她此刻的确能够理解小熙当时的无奈和痛苦。

"因果因果，这就是因果报应。你当初走了太多的弯路，可你所追求的那些物质生活真的会让你生活得充实吗？真的会让你感到开心吗？想想你被欧雅妍骗得这么惨，其实这就是老天给你的报应。"

老太太闷声啊啊啊地叫着，她说不出话来，只能这样喊着发泄内心的痛苦。

老头子只好握住她的手低声说道："老太婆啊，我住到小儿子那里，是因为你变了，变得我不认识了。现在虽然你瘫痪在床，可是一切还是有希望的。你就当老天是在考验你，你要诚心悔改。你放心我不会弃你而去。"

老太太眼泪巴巴地望着老头子，两人抱在一起哭成一团。

沫夏不同情老太太的遭遇，毕竟她的确是罪有应得，要说可怜，她的姐姐比他们更可怜。

沫夏只是感叹唏嘘，曾经那个叫嚣着要揍她的老太太如今却是如此狼狈。

或许真像伯父说的那样，这些都是因果报应吧。

老太太如此，吴建成和欧雅妍一定也会有报应的。

政宇陪着沫夏离开了医院，吴建成看着已经瘫痪的母亲，想着曾经对小熙做过的错事。

他真的有诚心跟小熙道过歉吗？

吴建成走出病房，在走廊上漫无目的地走着，走着走着就来到了小熙的病房外。

透过玻璃往里看去，发现云帆正在耐心地喂小熙吃晚饭。

对于小熙来说，最需要的就是一个在她身边陪着她的男人。而那个男人不是他！

吴建成知道自己罪孽深重，他为了救小熙也去做了骨髓配型，或许真的会成功呢？

不仅仅是如此，吴建成似乎已经想开了。

他请律师对欧雅妍提起诉讼。

此事闹得沸沸扬扬，各大娱乐报纸头版头条都是欧雅妍、吴建成还有尹沫熙之间的恩恩怨怨。

欧雅妍原本想要回娘家避避风头的，可是她父母根本不肯认她这个女儿，这一次他们不愿意再纵容她了。

不过看孩子可怜，欧雅妍的母亲将孩子带在身边，欧雅妍则在四处漂泊。

租了个十多平方米的小房间，又小又乱。

她的豪宅梦彻底破灭了，努力了那么久，孤注一掷地付出了所有，可最后兜兜转转又回到了这种破旧不堪的出租屋内。

欧雅妍蒙着被子号啕大哭。

她真的打败了尹沫熙吗？事实上，她比尹沫熙更加凄惨吧。

欧雅妍根本打不起官司，只好把所有的一切都还给了吴建成。

而吴建成在当天下午就对外公布，将SK娱乐和名下所有财产都还给尹沫熙。

包括尹沫熙父亲在结婚时给他和他父母买的房子，也包括老太太现在住的这栋别墅，也都一并还给了尹沫熙。

即便他这么做，尹沫熙也不肯原谅他。

但这是他应该做的。

几天后，医院通知吴建成，他和小熙的骨髓竟然真的配对成功了。

两人骨髓配型成功，最快可在一个星期后就进行手术。

第167章　我好怕她会死掉

若冰和冷轩在准备小熙手术的事宜，云帆也接到了姐姐从纽约打来的电话。

"我知道明天小熙就要做手术了。没想到你宁愿失去一切也要和小熙在一起，是我们小看了你的爱情。妈也说了，谁都年轻过，谁都为了爱情疯狂过。既然是真爱，那我们作为你的家人就只有支持和祝福你了。我们希望小熙能够手术成功，我们还等着参加你们的婚礼呢。"

"姐……你，你们……"

云帆那么坚强的男人从来不哭，可是听到姐姐说的这番话，还是忍不住有些哽咽。

这段爱情从开始的默默爱恋付出，到最后的艰难坚守陪伴，云帆付出的太多太多。

他感谢的是，爸妈和姐姐最后还是理解和支持他了。

云帆坚定地说道："放心吧姐，小熙会好的，一定会康复的。"

挂了电话后，云帆打电话叫上小雪、小月、皮特，还有沫夏和政宇。就连若冰和冷轩也被叫到了病房。

没有满地的蜡烛，也没有九百九十九朵的玫瑰。

云帆只是在亲朋好友的见证下，单膝下跪拿出戒指向小熙求婚："小熙，嫁给我好不好？我发誓这辈子只会爱你一个。你知道的，我一向信守承诺。"

在云帆拿着戒指跟她求婚时，小熙眼中的泪水瞬间决堤。

她相信着，一直都相信着这个男人。

和吴建成在一起虽然曾经爱得深刻但是他们的爱情太过顺利，没有经历过任何的风风雨雨。

可她和云帆在一起的时光，哭多过笑，最后又是这个男人的默默陪伴和守护让她的脸上渐渐有了笑容。

他们一起经历了风风雨雨，一起创业，一起努力实现各自的梦想，又为对方的梦想加油鼓劲。

小熙知道，这是她此生最值得去爱的男人，若是错过了，可能就是一辈子。

小熙笑中带泪地点点头，可是云帆要给她戴上戒指时，她却不肯答应。

"再等等，明天就要手术了。我怕，我怕我会挺不过去。所以再等等，我答应你的求婚，可如果手术后我没有醒来，你要答应我再找别的女人好不好？我们一生中会遇见许许多多的人。如果我不能陪你到最后，云帆你答应我，不要放弃你的幸福。你一定会遇到一个更适合你的女人，好吗？"

小熙的话让在场所有人都泪崩了，就连一向冷漠坚强的若冰都止不住地擦着眼角滑落的泪水。

云帆固执地将戒指戴在了小熙的无名指上，异常坚定地说道："我不管，我只要你，这辈子我就只娶你。所以，你也不想看我后半辈子孤零零地活在这个世上吧？那你就要努力一些，一定要活下去，要好好地活下去知道吗？"

小熙知道云帆和自己一样都倔强得很，她无奈地笑了笑说："那好，我为了你一定会努力地活下去。那你等我，等我出院后我们就结婚。"

两人伸出小指勾在一起，彼此承诺着。

求婚过后大家离开了医院，冷轩因为压力太大一个人躲在办公室哭了。

若冰听着他抽泣的声音心疼不已。

她认识冷轩这些年来从没看过他哭，这一刻他是真的在恐惧。

"冷轩……"

若冰在冷轩身后轻轻地唤着他的名字，冷轩转过身，很有压力地说道："若冰，我怕，我怕小熙会出什么意外。我只想救活她，我知道她不爱我。七年前不爱，七年后依旧不爱。可我不在乎，我只想她活着，好好地活着。我真的怕……"

不是所有骨髓移植手术都会成功，就算骨髓移植后也会面临多重问题。

如果小熙有了排斥反应，可能一切都是在浪费时间。

若冰知道他有多怕，他身子不住地瑟瑟发抖着，因为太爱尹沫熙所以才无法面对明天的手术吧。

若冰一把抱住冷轩，轻声在他耳边不停地呢喃着："你要坚强一些。你不能崩溃。想想小熙！她需要你的！只有你自己坚强，才能保证小熙的手术会成功。你想她活，我也想她活。我们加油，手术一定会成功的！"

第168章　圆梦婚礼

次日上午，所有朋友都在医院守着，小熙和吴建成分别被推进了手术室。

一个小时后吴建成先被推出了手术室，又过了一个小时左右，小熙也被推了出来。

云帆和其他人立刻围了上来追问："小熙怎么样了？手术怎样？"

若冰和冷轩总算是松了口气，他们两人通知大家："手术很成功，移植很成功。不过不能高兴得太早，接下来的日子里要密切观察，看小熙是否会有排异反应。"

听若冰这么一说，大家的心再次揪成一团。

可偏偏怕什么就来什么，当天晚上小熙出现排异现象，整个人陷入昏迷。

冷轩和若冰全力抢救，可是小熙一直在昏迷状态没有醒来。

用冷轩的话来说，接下来的几个危险期就要看小熙自己是否能够挺过去了。

云帆一直守在小熙身边，其他人则回到婚纱店继续工作，毕竟那是小熙的梦想，他们不能让婚纱店关门。

小熙昏迷两天后，法国的国际婚纱设计大赛结束，小熙的纯手工婚纱拿下了第二名的好成绩。

云帆激动地把好消息说给小熙听："小熙，你获奖了，第二名。这可是国际大赛，你拿了第二名已经很了不起了。Miss Wang已经答应会帮你一起创建婚纱品牌，她还会全程指导你。所以，你快点醒来好不好？"

无论云帆怎么说，回应他的都是一阵沉默。

……

如今小熙获了大奖，更多的人来婚纱店挑选婚纱，小雪也凭借自己的实力赚得越来越多。

就在志远准备找她签离婚协议时，他却提前收到了小雪的离婚诉讼书。

原来是小雪先把他给告了，小雪之前对志远不管不问，可是在家里却偷偷安装了监控摄像头。

他带着倩倩在他们的房间里亲热，都被摄像头拍了下来。

　　证据摆在眼前，证明志远婚内出轨，而且小雪拿出每个月的银行流水证明，证明她也有按月还房贷。

　　最后法院判两人离婚，并且房子归小雪所有。

　　志远当时就懵了，不过想着公司应该很快就会发给他一套房子，于是他这边离了婚，马上就拿着戒指去跟倩倩求婚。

　　倩倩没想到他会想和自己结婚，笑着摇摇头说："我才刚出道不久，怎么会结婚呢？"

　　倩倩扔下分手两字后，转身潇洒地离开，留下志远一个人傻傻地发呆。

　　他失去了小雪和房子，也没得到倩倩。

　　不仅如此，公司被吴建成还给了小熙，如今是政宇和沫夏在管理公司。

　　政宇直接开除了志远，之前吴建成承诺给他的那套房子也没有了。

　　志远最后只能跟着爸妈在郊区租了一个平房勉强生活。

　　而小雪已经通过自身的能力成为一个顶级的化妆师，现在每个月工资养活孩子是没问题的。

　　小熙这些日子依旧没有醒来，云帆将之前拍的照片重新整理后，在市艺术馆开了一个展览。

　　此次展览全是小熙的照片，她睡着时的样子，她哭的样子，还有她笑的样子。

　　每一个笑容、每一抹悲伤都定格在他的镜头下。

　　很多前来看展出的想要花高价买下他的作品，可云帆都没有同意。

　　这是他的独家珍藏，不管别人出多少钱都不卖。

　　展览刚刚结束，小月兴奋地跑来通知他："老板，小熙挺过来了！她已经醒来了！"

　　云帆听到这个消息，扔下手中的活儿，狂奔出艺术馆，直奔医院。

　　其他人也都赶到了医院，云帆看着已经醒来的小熙，眼眶一红直接扑到她的床边，"你醒了？真的醒了？"

　　小熙笑着点点头说："你不是让我为了你和朵朵努力吗？我还想嫁给你呢，当然要好好活下去。"

　　云帆激动地深情地吻住她的娇唇。

　　朋友们鼓掌起哄着："结婚结婚。"

　　小熙还没有完全康复，若冰和冷轩立刻安排了各项检查。

　　经历了检查后，两人才稍稍松了口气。

虽然现在看来没什么问题，但想恢复健康过正常生活，她还需继续住院治疗观察。

云帆每天都会亲自下厨为她准备营养餐，时刻监测她的各种健康指数。

后期停掉激素后，小熙的血糖终于恢复正常，可身体依旧还很虚弱。

为了尽快恢复体力，云帆每天都鼓励她做运动。

起初小熙每走几步，就要停下来大口大口地喘气。

每次见她如此辛苦，云帆的心都揪成一团。

可为了她好，却又不得不对她严厉一些。

她在前迈着小碎步前进，云帆就小心翼翼地跟在身后，时刻张开双臂护在左右，生怕她会坚持不住倒下。

每天两人都在医院坚持锻炼，皮特来看望小熙的时候，会用相机记录下她康复的每一个瞬间。

就这样，小熙的体力渐渐恢复，从开始的走几步都要停下休息，到现在的每天尝试跑步，她的精神状态也越来越好。

终于，在骨髓移植三个月后，若冰和冷轩宣布，小熙终于可以出院了。

而在小熙住院的那段时间，朋友们忙活着婚礼事宜，小熙和沫夏两姐妹准备在同一天结婚。

小熙为沫夏亲手设计的那件婚纱也被送回了国内，而小熙结婚时的婚纱则是 Miss Wang 亲手为她制作的顶级豪华婚纱。

所有都已经准备妥当，半个月后，小熙和沫夏同时披上婚纱走上了红毯。

朵朵和小雪的女儿作为花童跟在两个新娘身后，小熙的朋友们都在，云帆的家人也赶到了婚礼现场。

云帆考虑周到，提前半个月就到洛杉矶的疗养院，将小熙和沫夏的父亲接回国内。他身体恢复得不错。

当音乐响起时，小熙的父亲由云帆搀扶着走了过来。

小熙和沫夏在看到父亲的那一瞬间，泪水唰的就流了下来。

是啊，女儿结婚这天怎么能少了父亲呢？

小熙和沫夏齐声喊着："爸！"

两人飞奔过去，同时抱住了父亲，小熙父亲有些生气地抱怨着："你这丫头怎么什么事都自己扛？得了病不告诉我，和建成离婚了也不告诉我，如今交了这么好的男人还要对我保密吗？"

父亲看起来恢复得不错，小熙赖在父亲怀里撒娇着："爸，我错了，我现在都好了，真的好了。"

做父亲的舍不得斥责自己的女儿，只能宠溺地抚摸着她们两人的头说："好了就好，今天是大喜的日子，不哭，都不哭。新郎还在那边等着呢。"

婚礼进行曲已经响起，小熙和沫夏一人一边挽着父亲，三个人同时走上红毯，朝云帆和政宇走去。

吴建成在远处默默地看着，小熙脸上的笑容那么灿烂，她幸福他也就知足了。

之后，吴建成默默离开了，他买了去意大利的机票，准备去一个陌生的国家，远离这里的一切。

当两对新人交换了戒指，彼此亲吻过后，婚礼司仪宣布："新娘可以抛捧花了。"

于是伴娘们都站在小熙和沫夏身后，两人相视一笑，随后转身将手中的捧花扔了出去。

"啊！是若冰和小雪啊，我还想接新娘的捧花呢。"

小月见是若冰和小雪接了捧花，有些沮丧地抗议着。

皮特笑着在下面调侃她："你那么着急结婚啊？你有男朋友吗？要不咱俩凑合凑合？"

小月狠狠地瞪了皮特一眼，脱下高跟鞋追着他边跑边喊："让你没正经，我让你没正经的！"

大家被两人逗得哈哈大笑，若冰双手接过捧花，有些手足无措，她下意识地看了冷轩一眼。

冷轩笑着朝她点点头。

他们也算是经历了很多，冷轩意识到这个女人为了他，愿意抛弃一切，千里迢迢跟他来到国内，帮他一起救活了小熙。

尤其是手术前一夜，若不是若冰的鼓励，冷轩不知道自己能否过了心里的那一关。

或许冷轩心里最爱的女人依旧是小熙，但是他知道，他和小熙这辈子都不可能了，而他也应该对若冰负责。

若冰明白冷轩眼中的那抹笑意是何含义，她激动地跑过去，一把拥住冷轩。

"告诉我，你愿意娶我是不是？"

冷轩轻声应着："嗯，你都接到捧花了，短时间内应该也找不到别的新郎吧？"

若冰激动地抱着他哭出了声。

所有的坚持和努力都是值得的，她和小熙即便是情敌，可她却从未为难过小熙。

她虽然冷漠强势，却真诚对待小熙，也正是因为如此，她才收获了这些好朋友，最后也收获了自己的爱情。

虽然这段爱情有些特殊，若冰也知道冷轩心里依旧有小熙的位置。

不过她不会再介意了，那是曾经一段美好的念想，就让冷轩把对小熙最美好的回忆留在心里吧。

她相信，结婚后，他们的生活会越来越甜蜜的。

小雪看到大家都有喜欢的人，有些无奈地耸耸肩说："这捧花给我好像有些浪费呢。"

小熙走上前轻轻地抱着小雪，在她耳边祝福道："你那么棒，很快就会遇到你的白马王子，一定会的。"

是啊，小雪也相信自己一定会遇到属于自己的幸福。

婚礼在一片欢声笑语中继续着。

云帆拥着小熙在场中央翩翩起舞着。

云帆搂紧她的腰身，在她耳边暧昧地说："给我生个宝宝好不好？朵朵可是说她想要个妹妹的。"

"我可是病人，刚出院没多久的。"

"没关系，我们今后日子长着呢，慢慢来……"